Das Buch

Seit Jahrhunderten wachen die unsterblichen Ritter der Tafelrunde über König Artus' Reich. Immer wenn Britannien Gefahr droht, erwachen sie in ihren Gräbern unter den magischen alten Bäumen, graben sich an die Oberfläche und sind bereit, für ihr Land zu sterben. Schließlich werden sie immer wiedergeboren. Sir Kay kämpfte bei Azincourt, bei Waterloo und in beiden Weltkriegen. Und so langsam hat er genug vom ewigen Kreislauf aus Aufwachen und Schlachtenschlagen. Als er sich wieder einmal durch die Erde nach oben gräbt, muss er feststellen, dass sich das Land drastisch verändert hat: Die Meeresspiegel sind gestiegen, Tausende Menschen sind auf der Flucht. Die Hälfte des Landes wurde an chinesische Investoren verkauft, und die Armee ist privatisiert. Dagegen scheint der Drache, der von einer Ökoterroristin namens Mariam bei ihrem Anschlag auf eine Fracking-Anlage erweckt wurde, das kleinere Übel zu sein – und das einzige, mit dem Sir Kay problemlos fertigwird.

Der Autor

Thomas D. Lee arbeitete als Redakteur und Aushilfslehrer, ehe er 2019 sein Studium in Kreativem Schreiben an der University of Manchester abschloss. Derzeit schreibt er an seiner Doktorarbeit, die sich mit queeren Neuinterpretationen der Artus-Sage beschäftigt. Für seinen Debütroman »Die alte Garde« wurde er mit dem Peters Fraser + Dunlop Prize for Best Fiction ausgezeichnet. Immer wieder spielt er mit dem Gedanken, wie der Zauberer Merlin ein Einsiedler zu werden, der alleine im Wald lebt und nur in Rätseln spricht. Bis es so weit ist, bleibt er in Manchester mit seiner Yuccapalme Carlos.

THOMAS D. LEE

DIE ALTE GARDE

Roman

Aus dem Englischen
von Bernhard Kempen

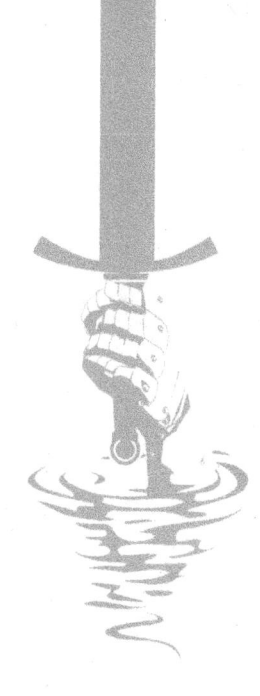

WILHELM HEYNE VERLAG
MÜNCHEN

Titel der amerikanischen Originalausgabe:
PERILOUS TIMES

Penguin Random House Verlagsgruppe FSC® N001967

2. Auflage
Deutsche Erstausgabe 02/2024
Redaktion: Thomas Salter
Copyright © 2023 by Thomas D. Lee
Copyright © 2024 dieser Ausgabe und der Übersetzung
by Wilhelm Heyne Verlag, München,
in der Penguin Random House Verlagsgruppe GmbH,
Neumarkter Straße 28, 81673 München
Printed in Germany
Umschlaggestaltung: Das Illustrat, München,
nach einem Entwurf von Will Staehle/Unusual Corporation
Satz: KCFG – Medienagentur, Neuss
Druck und Bindung: GGP Media GmbH, Pößneck
ISBN 978-3-453-32229-5

www.heyne.de

Für Mrs. Parker, meine Englischlehrerin an der Highschool.
Weil ich sagte, dass ich es tun würde.

ERSTER
TEIL

1

KAY KRIECHT AUS SEINEM HÜGEL HERVOR, KÄMPFT sich durch die klumpige Erde an die Oberfläche.

Die letzten tausend Jahre war das Land rund um seinen Hügel trocken. Entwässerung, Ackerbau und moderne Wunder hielten das Wasser fern. Daran erinnert er sich. Jetzt ist der Boden wieder vernässt, wie damals, als er zum ersten Mal begraben wurde. Bevor die Moore trockengelegt wurden. Er fängt an zu grübeln, was der Grund sein könnte, doch dann kriecht ihm ein Wurm ins Auge, was genau die Art von Widerwärtigkeit ist, die einen vollständig aus den Gedanken reißt. Er stößt einen leisen angeekelten Laut aus und wischt sich den Wurm aus dem Auge.

Dieser Moment ist jedes Mal unangenehm, dieser brachiale Kampf ans Tageslicht. Er gräbt sich durch Lehm, zerrt an Wurzeln, bis er es endlich durch die Erde geschafft hat und in einen dunstigen gelben Himmel hinaufblickt. Er streckt den Kopf raus, dann zieht er einen Ellbogen nach, bevor er kurz eine Pause einlegt, um Atem zu holen. Die Luft schmeckt nicht besonders gut. Die Sonne brennt auf seinem Gesicht. Es muss Mittsommer sein.

Er macht sich wieder daran, sich zu befreien. Die Erde umklammert fest seine Beine, aber der glitschige Schlamm an seinem Kettenhemd wirkt wie Schmiere, endlich hört er ein mächtiges Schmatzen und spürt, wie die Erde ihn loslässt. Er bekommt die Beine frei. Seine Hüften flutschen durch die Wurzeln. Als er bis zu den Knien draußen ist, rutscht er ein wenig ab, wäre fast in die seltsame Höhle zurückgefallen, durch die er gerade hinaufgeklettert ist, aber er schafft es gerade noch, sich festzuhalten. Er zieht die Unterschenkel aus dem Boden, dann kniet er in der Sonne und keucht in der Hitze. In einem Kettenhemd und einem grünen Wollumhang, die beide mit matschiger Nachgeburt überzogen sind. Seine Dreadlocks sind mit Erde verkrustet.

Tatsächlich, sein kleiner Grabhügel ist von Sumpf umgeben. Der Wasserstand ist gestiegen. So war es auch, als er ursprünglich begraben wurde, bevor der Baum aus seinem Bauch wuchs.

Er atmet gierig ein, um seine Lunge mit Sauerstoff zu versorgen, aber die Luft fühlt sich schwerer an, als sie sollte. Es sieht nicht danach aus, als wäre dieses Mal jemand gekommen, um ihn zu wecken. In den alten Tagen waren Reitertrupps anwesend oder manchmal sogar ein König höchstpersönlich, wenn große Not bestand. Dann wurden daraus Militärlaster oder Zirkel aus Druiden in weißen Gewändern, die etwas überrascht waren, dass ihre Tänze tatsächlich etwas bewirkt hatten. In jüngerer Zeit ein Mann im Regenmantel, der auf seine Armbanduhr schaute und hinter dem eine dröhnende Flugmaschine auf der Wiese wartete. Aber heute: nichts. Es muss sich um einen dieser organischen Fälle handeln, bei denen die Erde selbst beschließt, ihn wachzurütteln. Irgendeine Veränderung im Geist der Gefilde. Oder vielleicht haben die Vögel am Himmel eine Versammlung abgehalten und abgestimmt, dass er ausgegraben werden soll. Er blickt sich um. Von Vögeln ist auch nichts zu sehen.

»Also schlecht«, murmelt er zu sich selbst.

Kay wuchtet sich auf die Beine. Als Erstes muss er sein Schwert und seinen Schild finden. Üblicherweise spuckt sie die Erde irgendwo in der Nähe aus, aber es steckt keine präzise Wissenschaft dahinter. Er ist sich nicht sicher, ob die Erde sich ihrer Verpflichtungen gänzlich bewusst ist. Der Vertrag mit Merlin war recht konkret. *Mach diesen Krieger wieder ganz und gib ihn zurück in die Gefilde der Lebenden, wann immer Britannien in Gefahr ist. Gib ihn zurück mit Schwert und Schild und anderen Werkzeugen des Krieges, allesamt makellos. Wenn die Gefahr überwunden ist, lass ihn in deinen Schoß zurückkehren und schlafen, bis eine neue Gefahr ihn herbeiruft.*

Klarer könnte es kaum formuliert sein. Aber Schlamm ist Schlamm. Schlamm tut sich mit geschriebenen Anweisungen schwer. Es musste einfach zu Missverständnissen kommen.

Auf der anderen Seite des Moors ist etwas, das vorher nicht da war. Er muss blinzeln, weil die Sonne hell ist und sich auf den Metallteilen spiegelt. Eine hässliche Ansammlung von niedrigen Gebäuden, zwischen denen überall Rohre verlaufen, wie ein Gewimmel aus Schlangen. In der Mitte erhebt sich ein silberner Turm in Form einer Patrone. Eine Festung? Aber viel größer, als es Arthurs Festung in Caer Moelydd jemals war.

»War früher noch nicht da«, sagt er zu sich selbst.

Die seltsame Festung scheint ihm ein guter Ausgangspunkt zu sein, wenn er herausfinden will, warum er zurückgekommen ist.

Er macht sich hügelabwärts auf den Weg, die Erde schmatzt unter seinen Füßen. Vielleicht steckt irgendwo hier im Sumpf sein Schwert, ragt mit dem Griff aus dem feuchten Boden. Er hofft, dass er einfach darüberstolpert. So läuft es üblicherweise ab, die verschiedenen uralten Mächte der Gefilde arbeiten zusammen, um es ihm leichter zu machen. Das war immer einer der Vorteile, Arthurs Kriegertrupp anzugehören. Man stapfte einfach planlos in den Wald, und zufällig stieß man auf einen sprechenden Raben, der einem sagte, wo man finden konnte, wonach man suchte. Wie sonst hätten Idioten wie Bors und Gawain irgendetwas erreicht, wenn sie nicht auf weiße Hirschkühe oder Flussgeister gestoßen wären, die ihnen den Weg zeigten? Nicht dass sie jemals Dankbarkeit gezeigt hätten.

Auf der anderen Seite des Sumpfes glänzt das Durcheinander aus Gebäuden. Seltsam, dass man es so nah an diesem alten Hügel erbaut hat. Aber auch nicht seltsamer als weiße Hirschkühe oder sprechende Raben. Wenn man früher durch die alten Wälder ritt, konnte man nie das Gefühl abschütteln, dass hinter der nächsten Biegung eine rühmliche Aufgabe lauerte, die irgendeine höhere Gewalt dort platziert hatte, ob es nun Christus König oder ein germanischer Gott oder irgendeine noch ältere Göttin der Bäume war. Arthur schien das nie aufzufallen. Er fand es wohl ganz natürlich, dass sich Dinge von Bedeutung immer in seiner Nähe ereigneten. Und sollte es jemandem anderes aufgefallen sein, so wusste derjenige wohl, dass es klüger war, es nicht zu erwähnen. Nur Kay brachte es gelegentlich zur Sprache und handelte sich damit immer einen finsteren Blick von Merlin oder eine Spöttelei von Lancelot ein.

Das ist eine Vorstellung, die ihn wütend macht: Lancelot, wie er auf seinem weißen Ross höhnisch grinst. Und Arthur etwas ins Ohr flüstert. *Schaut nur, Sire, ein brauner Nubier, mit braunem Dreck beschmiert, und dadurch kein bisschen brauner.* Die Vorstellung ist die perfekte Motivation, um sich damit beim beschwerlichen Weg durch einen Sumpf anzutreiben. Er stellt sich in der Ferne Lancelot vor, wie er ihn provoziert. Er stellt sich vor, wie er Lancelot von seinem Pferd herunterzerrt und ihm einen Schlag gegen das Kinn verpasst. Wie er ihn im Schlamm ertränkt. Auch das ist ein netter Gedanke, um jemanden durch einen Sumpf zu bringen.

Der Matsch ist anfangs gar nicht so schlimm. Kay watet

hindurch und verzieht kaum das Gesicht. Es ist nicht schlimmer als in Azincourt oder an der Somme. Zumindest fliegen keine Kugeln oder heißen Granatsplitter durch die Luft, und er wird nicht von französischen Schlachtrössern gejagt. Das einzige Problem ist das schwere Kettenhemd. Und es ist ein verdammt heißer Tag. Früher waren die Sommer nie so heiß, da ist er sich sicher. Es ist ein Tag, um sich im Schatten auszuruhen, nicht um ein Kettenhemd zu tragen oder durch Schlamm zu waten. Wenn der Boden noch weicher wird, wäre Kay schon ganz bald wieder unter der Erde und würde langsam ersticken, während sich seine Lunge mit Matsch füllt. Und was würde dann geschehen? Im Laufe der Jahre ist er auf vierzig verschiedene Arten gestorben, durch sächsische Speerspitzen und byzantinisches Feuer und japanische Ungastlichkeit, aber er ist noch nie zuvor in Schlamm ertrunken. Das wäre ein neuer Tod, den er seiner Liste hinzufügen könnte.

Unweigerlich bemerkt er, dass irgendetwas mit diesem Schlamm nicht stimmt. Er ist seltsam ölig, hat einen purpurnen Schimmer, der das Sonnenlicht mehr spiegelt, als Schlamm es eigentlich tun sollte. Jetzt steckt er bis zu den Knien drin. Immer noch kein Schwert. Er lässt den Blick schweifen, wirft verzweifelt die Hände hoch.

»Nimue?«, fragt er. Einen Versuch ist es wert. »Ein bisschen Hilfe, vielleicht?«

Keine Antwort. Kein blasser Arm, der aus dem öligen Wasser himmelwärts emporschießt und ein glänzendes Schwert hält. Das klappt anscheinend nur mit Arthurs Caliburn. Nicht mit normalen Schwertern wie seinem, die sich hin und wieder mit Blut besudeln.

Es hat ihn sorglos gemacht, immer wieder von den Toten zurückzukehren. In den alten Tagen wäre er niemals so unbekümmert durch ein Moor gestapft. Das ist Selbstmord. Aber inzwischen ist er es gewohnt, verhätschelt zu werden, wenn er über der Erde ist, mit Autos und Hubschraubern und warmen Betten. Er hat die Basics verlernt. Wenn er hier ertrinkt, wäre es ganz allein seine eigene Schuld. Kein Wunder, dass Nimue ihm nicht hilft. Sie hat wahrscheinlich viel wichtigere Dinge in einem anderen See zu erledigen. Viel wichtiger, als einem umherirrenden Ritter zu helfen, sein verdammtes Schwert zu finden.

Er überlegt gerade, ob er zurückwaten sollte, als ein Geräusch über das Moor schallt, ein modernes Geräusch. Es gibt immer noch diesen einen Teil seines Gehirns, der zuerst an altmodische Erklärungen denkt. Ist es eine Bestie, die erschlagen werden muss? Oder vielleicht ein Signalhorn? Aber nein, es ist eine Warnsirene. Es kommt von den Gebäuden. Das erregt sein Interesse. Wenn es nach Gefahr klingt, ist es vermutlich Gefahr. Also weiter. Durch die Hitze.

Nachdem er sich fünf Minuten lang weitergeschleppt hat, erreicht er einen Drahtzaun. Eine Spirale aus grausamen Stacheln am oberen Ende macht die Überwindung noch unangenehmer, und auf der anderen Seite wurden dicht an dicht Dornenbüsche gepflanzt. Sich einfach schnurstracks durchhacken, wird schlecht gehen, ohne sein Schwert. Aber am Zaun hängen einige Schilder, und mit trockenen Lippen liest er laut die Worte vor. Auf dem ersten Schild steht: GESICHERTE FRACKING-ANLAGE. Ist das so etwas wie ein abgeriegeltes Bordell? Als er das letzte Mal auf den Beinen war, gab es dafür noch keine gesicherten Anlagen. Aber die Zeiten ändern sich. Das zweite Schild ist deutlich interessanter. Darauf steht: DIESES GELÄNDE WIRD VON SAXONS BEWACHT. Sachsen? Daneben ist ein Wappen mit einem Nasalhelm, der ganz und gar nicht irgendeinem Helm ähnelt, den er jemals auf dem Kopf eines Sachsen gesehen hat. In einer Ecke der Mitteilung stehen die Worte: SAXONS PMC. *SCHUTZ, AUF DEN SIE SICH VERLASSEN KÖNNEN.*

Dieses Schild verwirrt ihn. Wie kann es sein, dass Sachsen wieder bestimmte Orte bewachen? Haben sie endlich die Normannen gestürzt? Sind aus Saxonia neue Sachsen gekommen, als Invasoren? Vielleicht ist es das. Britanniens Küsten wurden von Invasoren überrannt, und jetzt ist es seine Aufgabe, sie aufzuhalten. Eine klassische Gefahrenlage. Genau das, worin er so gut war, vor sehr langer Zeit. Die Sachsen aufs Meer zurückdrängen. Wenn er also an diesem Ort auf Sachsen stößt, wird er sie einfach töten. Dann kann er sich vielleicht wieder schlafen legen.

Aber zuerst muss er den Zaun überwinden. Er hat schon die Mauern von Antiochia erklommen und die Strände der Normandie erstürmt, also sollte ein Stacheldraht keine allzu große Schwierigkeit darstellen. Nur dass er vom Schlamm ganz glitschig ist und nirgendwo Fuß fassen kann und das Ganze länger dauert, als es sollte. Mehr als einmal fällt er zurück in den Matsch und wird immer dreckiger. Der Stacheldraht schneidet ihm in die Hände und das Gesicht, und wenn sein Kettenhemd nicht wäre, würde er ihm auch die Haut vom Körper reißen. Auf halbem Weg bleibt er stecken, als sich sein Umhang und das Kettenhemd verhaken; in einem schiefen und schmerzhaften Winkel hängt er da, schon auf der anderen Seite des Zauns, aber außerstande, nach unten zu gelangen, egal, wie sehr er sich anstrengt.

Na großartig. Er stellt sich vor, wie Bors und Gawain am Fuß des Zauns stehen und ihn auslachen. Die Sirene heult weiterhin über den Sumpf. Doch nun hört er auch laute Stimmen aus dem silbernen Turm und den hässlichen Gebäuden Leute brüllen.

Und dann hört er Schüsse. Stotternde Salven wie von den Gewehren, die er während des letzten großen Kriegs zu benutzen gelernt hat. Wahrscheinlich hat man seitdem noch bessere und tödlichere Waffen gebaut. Er vermisst die Tage, als die Sachsen nur Äxte und Rundschilde mit sich führten. Schlimmstenfalls noch einen Langbogen. Aber er will nicht wählerisch sein. Er wird alles töten, was getötet werden muss, wenn es bedeutet, dass er anschließend wieder ungestört schlafen kann.

Sie zielen nicht auf ihn, noch nicht. Also ist wohl noch jemand anders hier, die Schießerei muss einen anderen Grund haben. Dennoch wäre es weise, von diesem Zaun herunterzukommen. Bis zu den Türmen ist es noch ein Stück, der Boden dazwischen feucht. Das erinnert ihn an Flandern, damals im ersten großen schrecklichen Krieg gegen die Deutschen, als er sich über die verwüsteten Felder schlich und sich in die Schützengräben des Feindes stürzte. Um dort im Schutz der Nacht ein Gemetzel der altmodischen Art anzurichten, mit Schwert und Keule und Bajonett. Einmal verheddderte er sich dabei und kam nicht mehr los. Lag bis zur Dämmerung ungeschützt und hilflos im Freien. Bis ihm von einem deutschen Scharfschützen die Kehle zerfetzt wurde. Er ist nicht scharf darauf, so etwas noch einmal geschehen zu lassen.

Er greift mit den blutigen Händen nach hinten und versucht sich zu befreien. Sein eisernes Kettenhemd hat sich an zwei oder drei Stellen im Stacheldraht verhakt, und es ist teuflisch schwer, es herauszulösen. An diesem Punkt hätten Bors oder Gawain sich hoffnungslos verknotet und schreiend um sich geschlagen, bis sie sich noch mehr verheddert hätten. Sie hätten nur noch auf eine vorbeikommende Fee hoffen können, die sich ihrer erbarmt und ihnen herunterhilft, wenn sie im Austausch für ihre Freiheit einen grausamen Pakt mit ihr eingehen. Aber Kay hatte schon immer etwas mehr Geduld als die beiden. Mit vorsichtigen Fingern macht er sich an die Arbeit.

Das letzte Kettenglied des Hemdes kann sein gesamtes

Gewicht alleine nicht mehr tragen. Es zerbricht mit einem leisen Klicken, und plötzlich ist er frei. Er stürzt anderthalb, zwei Meter in die Tiefe und landet in den Büschen, wo er mit dem Kinn gegen etwas Hartes aus Holz stößt.

Für einen Moment tanzen Feen vor seinen Augen, in seinen Ohren singen Engel. Als er mit Ächzen fertig ist, dreht er sich herum und hält sich das Gesicht. Dann muss er leise lachen. Er ist auf seinem Schild gelandet. Er hat hier auf ihn gewartet, liegt mit der Außenseite nach unten im Schlamm. Die Erde wusste wohl, wo sie es ihm in den Weg legen sollte. Das kann nur bedeuten, dass er in die richtige Richtung geht.

Er hebt ihn auf und wischt den Matsch ab. Der Schild ist aus solidem Eichenholz mit Eisenbeschlag. Darauf ist das Gesicht von Herne gemalt, dem Gehörnten Gott, eine grobe Zeichnung, die auch ein Baum oder ein Hirschkopf sein könnte, je nachdem, wie man das Ganze betrachtet. Weiß auf grünem Hintergrund. In der Mitte befindet sich ein eiserner Buckel, mit dem man Leuten die Nase brechen kann. Er schnallt sich den Schild um den Unterarm und fühlt sich gleich besser damit. Dann steht er auf und geht los, in Richtung Gefahr.

Auf dieser Seite des Zaunes ist der Boden trockener. Bald kann er gehen, statt zu waten. Dann beginnt er zu laufen. Rund um den silbernen Turm und die hässlichen Gebäude sind lauter Rohre und Tanks und Laufstege, deren Zweck er nicht versteht. Der Turm überragt alles und glänzt in der Sonne. Seine Höhe beeindruckt Kay. So geht es ihm immer mit diesen neuen Dingern, die die Menschen heute bauen. Die Schüsse kommen aus dem Labyrinth aus Rohren, also wagt er sich hinein. Er duckt sich unter Gerüsten hindurch, steigt über Kabel, schlüpft misstrauisch zwischen den aufgereihten Maschinen durch. Alles summt, als würde sich irgendwas darin bewegen, irgendeine Flüssigkeit oder Energie. Die Luft prickelt, als wäre sie mit einem seltsamen Potenzial aufgeladen. Er hat immer noch keine Ahnung, was das hier alles ist. Ein Bergwerk? Ein Kraftwerk? Er weiß nicht, was Leute veranlassen sollte, hierherzukommen und aufeinander zu schießen, aber das ist eine der Fragen, die er später klären kann. Wenn die Sachsen tot sind, vielleicht.

Er ist den Kämpfen jetzt sehr nah. Zwischen der heulenden Sirene und den ratternden Schüssen hört er Rufe, Schritte, das Rascheln von rennenden Männern in Kriegsausrüstung. Aber er kann noch nichts sehen. Er findet eine Metalltreppe in der Farbe von Zitronen, die nach oben und über eine Reihe von Tanks führt. Er will sie gerade besteigen, als drei weitere Schüsse ertönen. Eine Kugel saust über ihm durch die Luft, genau da, wo sich sein Brustkorb befunden hätte, wenn er sich drei Sekunden früher an den Aufstieg gemacht hätte. Die Kugel hinterlässt eine Delle in einem Tank hinter ihm, und eine Frage drängt sich langsam in sein Bewusstsein, wie ein sich windender Wurm. Keine Bors- oder Gawain-Frage, sondern eine Merlin-Frage. Was ist in diesen Tanks? Verträgt es sich mit Kugeln? Irgendwie bezweifelt er es.

Er grübelt immer noch, als plötzlich eine kleine Person die Treppe hinunterspringt und genau vor ihm landet. Sie landet wie eine Person, die sich recht häufig Treppen hinunterstürzt und weiß, wie man es macht, ohne sich den Knöchel zu brechen. Sie rappelt sich auf und starrt ihn an, schnappt nach Luft.

Sie sieht wie eine Frau aus, aber das muss ja nicht heißen, dass sie nicht sächsisch ist. Die Person trägt Schwarz und Khaki, dicke Stiefel und einen schweren Rucksack. Der gesamte Kopf ist in einer Strickmütze in Regenbogenfarben versteckt, mit Löchern für den Mund und die Augen. Die Augen machen nicht den Eindruck, als hätte die Person erwartet, einem Mann im Kettenhemd zu begegnen. Die Person trägt keine Waffe, soweit Kay erkennen kann. Vor allem sieht sie erschöpft aus.

»Also gut«, sagt er. »Bist du in Gefahr?«

»Was?«, fragt die Frau.

Sie spricht Englisch, diese Bastardsprache der Pferdehändler, die seit der Ankunft der Normannen hier gesprochen wird. Für ihn klingt sie immer noch neu und vulgär und fremdartig, aber Merlins Zauber bewirkt, dass sie sich gegenseitig verstehen können. Ein Teil des Vertrags. Die Gabe der fremden Zungen. *Gib ihm das Wissen über die Worte, die von den Menschen in den Gefilden gesprochen werden, damit er kein Fremder in seinem eigenen Land sei.* Es hätte ja auch wenig Sinn, wenn er herumzieht und Altbritannisch spricht, ohne ein verdammtes Wort zu verstehen, das irgendwer von sich gibt.

»Irgendwie macht es den Eindruck, dass du in Gefahr bist«, sagt er.

Wieder prasseln Schüsse auf sie ein, diesmal näher, von oben, von dort, woher diese Frau gekommen ist. Weitere Kugeln knallen gegen den Tank hinter ihnen.

»Wer zum Henker bist du?«, fragt die Frau.

»Das spielt jetzt keine Rolle«, sagt er. »Lauf weiter, ich werde versuchen, sie abzulenken.«

»Ich ...«, sagt die Frau.

»Lauf zum Baum dort auf dem Hügel, wenn du kannst«, sagt Kay.

Sie scheint einen Moment darüber nachzudenken, während sie wieder zu Atem kommt. Dann nickt sie und rennt los, den Gang zwischen den Rohren entlang. Zum Zaun, hofft er.

Womit er allein am Fuß der gelben Treppe zurückbleibt. Er hört von irgendwo weiter oben Stiefel auf Metall. Wenn er sich nicht schnell bewegt, werden sicher gleich ein paar Sachsen vom oberen Ende der Treppe auf ihn schießen. Am besten nicht zu viel darüber nachdenken.

Er hebt seinen Schild, legt ihn an die Schulter, den Kopf gesenkt, den Körper zur Seite gedreht. Dann schleicht er die Treppe hinauf. Eine Stufe nach der anderen.

Mit seinem Schild allein kann er hier nicht allzu viel ausrichten. Aber selbst sein Schwert wäre jetzt nicht besonders hilfreich. Krieger aus alten Zeiten, die sich mit ihren makellosen Waffen aus dem Boden erheben, sind nicht mehr so nützlich wie früher, seit es niederträchtige Männer mit Automatikgewehren gibt. Wenn Merlin alles vorgesehen hat, was sich begeben würde, warum hat er dann keine Vorkehrungen für Schusswaffen getroffen? Es ist erst etwa einhundert Jahre her, dass Kay gelernt hat, wie man sie benutzt, nachdem er sich zuvor fünfhundert Jahre lang geweigert hat, sie auch nur anzurühren. Aber jetzt hat er keine. Seine rechte Hand fühlt sich ohne jede Waffe leer an, er ballt sie an seiner Seite immer wieder zur Faust.

Über den Tanks verlaufen mehrere Laufstege aus Metall, die sich in verschiedene Richtungen verzweigen. Jetzt ist er fast genau unter dem silbernen Turm. Wenn er über den Rand seines Schildes lugt, kann er am anderen Ende des Laufstegs Bewegungen sehen. Männer, die Gewehre und seltsame Kriegsausrüstung tragen, dazu Sonnenbrillen und grelle Tarnwesten, die sich deutlich von der Umgebung abheben. Die falsche Farbe für einem Kampf an einem Ort wie diesem. Er entscheidet, dass das die Sachsen sein müssen. Es sind viele. Fast zu viele. Was ist an diesem Ort so besonders, um so viele Wachen wert zu sein? Noch mehr sinnlose Fragen. Wenn sie es an ihm vorbei schaffen, werden sie die Treppe hinuntersteigen, den Durchgang erreichen und die flüchtende Frau direkt in ihrer Schusslinie haben. Das ist das Einzige, was jetzt zählt.

Die Sachsen müssen ihn gesehen haben. Ein Schild schützt nicht nur. Er zieht auch Aufmerksamkeit auf sich. Das

Gesicht von Herne ist in Weiß gemalt, und der eiserne Buckel dürfte in der hellen Sonne glänzen. Er hat einen Plan, kein großartiger Plan, aber immer noch besser, als gar nichts zu tun. Er stellt den Schild auf die oberste Treppenstufe und rammt den Rand zwischen zwei Streben des Metallstegs. Dann geht er dahinter in die Knie, senkt den Kopf, macht sich bereit.

Ein Stück Eichenholz kann keine Kugel aufhalten. Nicht einmal ein Stück Eichenholz mit dem Gehörnten Gott auf der Vorderseite. Ein erheblicher Teil seiner Macht in den alten Tagen bestand darin, dass er Leute damit einschüchtern konnte, dass sie zweimal darüber nachdachten, ob sie wirklich gegen jemanden kämpfen wollten, der unter Hernes Schutz steht. Aber diese modernen Sachsen wissen sicher nicht, was das Symbol bedeutet.

Aber das Symbol hat auch andere Anwendungen. An Arthurs Hof gab es mehrere Krieger, die ganz auf Nummer sicher gehen wollten. Sie wollten nicht alle Eier in den himmlischen Korb von Christus König legen. Merlin billigte das. Er brachte sie bei Nacht in den Wald. Er gab ihnen Pilze zu essen und Pulver, das sie sich unter die Zunge tun sollten. Er führte sie weit von Caer Moelydd fort, zu Orten, die nicht auf seinen Karten verzeichnet waren. Er machte sie mit dem Feenvolk bekannt, mit den kleineren Göttern der Erde, mit Leuten mit ungewöhnlichen Fähigkeiten. Und er machte etwas mit ihren Armen und ihren Rüstungen. Er beschwor Magie aus dem Boden herauf und goss sie in ihre Schilde, verlieh ihnen seltsame Eigenschaften, die von der Erde mit magischer Energie versorgt wurden. Vielleicht ist noch genug Magie im Boden übrig, dass die alten Zauber weiterhin ihre Wirkung entfalten können.

Aber eine Bleikugel, chemisch beschleunigt, lässt sich von einem alten Feenzauber genauso wenig aufhalten wie von einem Schleier aus alten Spinnweben. Sie durchschlägt seinen Schild und trifft ihn in den rechten Oberschenkel, durchbricht dabei einen Kettenring und bohrt sich mit ihm ins Fleisch.

Er wurde schon des Öfteren angeschossen, aber man gewöhnt sich nie an den Schmerz. Er strauchelt, er schreit durch die Zähne, ohne den Mund zu öffnen. Fast wäre er rückwärts die Treppe hinuntergestürzt, aber er kann sich am festgesteckten Schild halten. Gütiger Gott, tut das weh!

Die Frau entfernt sich immer weiter. Und darum geht es jetzt. Er lenkt die Sachsen ab. Er muss nur bleiben, wo er ist.

Vor ein paar Hundert Jahren hat er gelernt, dass es manchmal am nützlichsten ist, wenn er sich einfach töten lässt. Merlins Vertrag mit der Erde hat ihm nicht die Kraft eines Ochsen verliehen, er hat seinen Körper nicht so hart gemacht, dass er Pfeile oder Kugeln abweist. Er erlaubt ihm lediglich, von den Toten zurückzukehren. Also bedeutet der Tod für ihn viel weniger als für andere Menschen. Und irgendwer muss immer als Erster über die Mauer steigen, als Erster in die Bresche springen, als Erster das Landungsboot verlassen und auf den Strand stürmen. Sollte das jemand sein, der nur einmal sterben kann, dessen Familie ihn vermissen würde? Oder sollte es jemand sein, der tausendmal sterben kann, dessen Frau und Familie schon lange nicht mehr leben? Wenn man es so betrachtet, ist die Antwort klar.

Jetzt schlagen überall um ihn herum Kugeln ein. Vielleicht macht sich die Magie bemerkbar, lässt die Kugeln ausweichen und auf seltsamen Flugkurven seitwärts davonfliegen. Oder die Sachsen sind einfach nur sehr schlechte Schützen. Er kann sich nicht sicher sein, weil er sie hinter seinem Schild nicht sehen kann. Bis einer von ihnen auf die Idee kommt, die Treppe zum silbernen Turm hinaufzusteigen und auf einen Balkon zu treten. Kay sieht ihn über dem Rand des

Schildes. Der Sachse geht in die Hocke, legt sein Gewehr an die Schulter wie ein guter Armbrustschütze und nimmt ihn vorsichtig über den Lauf ins Visier. Kay hat das Gefühl, dass sie einen Moment der Erkenntnis teilen, bevor der Sachse den Abzug betätigt.

Der Tod fühlt sich an, als würde Gott mit den Fingern schnippen. Es ist jedes Mal dasselbe. Die uralte Magie flattert davon wie ein Rabe, den man von einer Pastete verscheucht, und der Zauber ist gebrochen. Seine Knochen erinnern sich an ihr Alter und verwandeln sich folglich in Staub.

Es gibt immer diesen sehr kurzen Moment, während seine Haut noch zu Pergament zerknittert, in dem er die morbide Verkehrtheit der ganzen Angelegenheit spüren kann. Als würde man eine moderige Gruft öffnen und das verschrumpelte Ding darin sehen und erkennen, dass man gerade unerlaubt eine Grenze überschritten hat. Nur dass er selbst dieses geschrumpfte Ding ist. Er ist ein lebendes Fossil, und dann ist er gar nichts mehr, nur noch Staub im Wind, ein übler Geruch, der sich in den vielen üblen Gerüchen des Krieges verliert.

Dann wird es schlimmer. Das ist für ihn der unangenehmste Teil des gesamten Vorgangs, wenn er sich nicht sicher ist, wo er ist oder was geschieht. Nichts außer Finsternis und dem Gefühl, körperlos zu sein, aber dennoch durch einen Raum zwischen den Welten zu fallen, zwischen Tod und Wiedergeburt. Er macht sich jedes Mal Sorgen, dass er für immer hier feststecken könnte, wenn er nicht aufpasst. Aber er verweilt nie allzu lange in der Finsternis, zum Glück. Nach einem halben Augenblick wird er in die Welt zurückgerissen. Wieder in die Erde, in den Schlamm unter seinem Baum. Ohne zu wissen, wie viel Zeit vergangen ist.

Es folgt eine Phase der Ungewissheit. Ist er wieder Fleisch

oder weiterhin fauliger Lehm, trocknender Schlamm? Er öffnet die Augen, bewegt die Finger, spürt, dass sein Bein und die Schulter wieder intakt sind, dass die Knochen und Sehnen wieder miteinander verstrickt wurden. Kein schmerzhaftes Gefühl, aber eigenartig. Dann kriecht er durch den Boden nach oben, klettert diesmal etwas schneller, schiebt sich mit den Ellbogen dem Licht entgegen. Auch sein Kettenhemd ist repariert. Wie kann die Erde ein Kettenhemd wiederherstellen? Wie kann sie ihn wiederherstellen? Fragen, über die er nicht einmal nachdenken möchte.

Er schafft es wieder mit Kopf und Schultern aus dem Boden. Es ist immer noch ein heißer Tag. Ob es sich um denselben heißen Tag handelt, ist eine ganz andere Frage. Es könnten Jahrzehnte vergangen sein.

Aber er kann die Sirenen hören. Er kann weiterhin die Schüsse in der Ferne hören. Und als er es noch ein Stück weiter aus dem Schlamm schafft, sieht er, dass die flüchtende Frau seinen Rat befolgt hat. Sie watet durch den Sumpf auf ihn zu.

»Aha, *jetzt* hilfst du auf einmal ...«, sagt Kay zur Erde. Sein Schild liegt griffbereit am Fuß des Baumes. Sein Schwert steckt in den Wurzeln und wartet nur darauf, dass er es herauszieht. Manchmal hat die Erde durchaus Sinn für Humor.

Sobald er sich ganz aus der Erde befreit hat, schnallt er sich erneut den Schild an den Arm und packt das Heft seines Schwerts. Es gleitet reibungslos aus dem Baum und hinterlässt nur einen schmalen Schlitz. Kay wischt mit seinem Umhang den Saft von der Klinge. Es ist kein edles Königsschwert wie Caliburn, mit eingefassten Granatsteinen im Knauf, und die Klinge ist auch nicht mit dem Wort Gottes geschmückt, die Parierstange ist nicht mit Silber verziert oder wie das Heilige Kreuz geformt. Es ist einfach nur ein gut ausgewogenes Schwert im römischen Stil, perfekt zum Ausweiden geeignet,

am Heft etwas schwerer, weil er gern die Option hat, es umzudrehen und einem Gegner mit dem stumpfen Ende das
Schlüsselbein zu brechen. Im Laufe der Jahrhunderte hat es
ihm gute Dienste geleistet. Es gibt Schwerter, die *von* Königen
geschwungen werden sollen, und es gibt andere Schwerter,
die *für* Könige geschwungen werden sollen, mit denen ihre
schmutzige Arbeit erledigt wird. Seins gehört zu letzterer
Sorte.

Die Frau ist schon ganz in seiner Nähe, sie watet so schnell
sie kann durch den Sumpf. Die Sachsen folgen ihr, winzige
Gestalten in der Ferne, die sich langsam und unsicher durch
den Schlamm bewegen. Doch ihre Gewehre spucken immer
noch Feuer, die Kugeln krachen und pfeifen durch die Luft.

»Weiter!«, ruft er.

Endlich hat sie festen Boden unter den Füßen und eilt den
Hügel hinauf, bricht kurz vor der Kuppe zusammen. Unterwegs hat sie einen Stiefel verloren. Sie zieht ihre Mütze ab,
um besser atmen zu können. Sie ist jung, wütend, besteht
überwiegend aus Haut und Knochen und ist fast so braun
wie er. Schwarzes Haar klebt an ihrer Stirn. Sie mustert ihn
von oben bis unten mit zusammengekniffenen Augen.

»Ja, ich schon wieder«, sagt er.

»Wie ...?«, fragt sie keuchend.

»Ich komme herum«, sagt er. »Brauchst du irgendwie
Hilfe?«

Sie schüttelt den Kopf. Zieht ihren Rucksack zur Seite und
greift hinein, um etwas herauszuholen. Kay hat keine Ahnung, was es ist. Ein kleines Gerät, etwas Modernes mit Knöpfen. Zu groß für ein Feuerzeug, zu klein für ein Radio. Oder
auch nicht? Er weiß nicht, wie Radios heutzutage aussehen.
Es hat so etwas wie einen eingebauten Bildschirm, ein kleiner leuchtender Kasten.

»Ich denke, ich komme klar«, sagt sie.

Dann drückt sie an ihrem kleinen Gerät auf einen Knopf, und auf der anderen Seite des Sumpfes detoniert etwas.

Kay hat schon gesehen, wie Burgen einstürzen und Kriegsschiffe auf dem Meer explodieren. Er ist mit Fairfax geritten, als die Kirche von Torrington in die Luft ging und sie beide aus ihren Sätteln geschleudert wurden. Er war an der Somme, als die Lochnagar-Mine explodierte. Doch das alles hat ihn nicht auf diese Explosion vorbereitet, die kurz Gottes gesamte Schöpfung wackeln lässt und einen Feuerball kilometerhoch in den Himmel schießt.

Kay wird von einem heißen Wind gepackt und gegen seinen Baum geschleudert. Er sieht, wie auf der anderen Seite des Sumpfs die hässlichen Rohre aufplatzen. Die Lagertanks explodieren einer nach dem anderen, wie donnernde Dominosteine, grelle orangerote Stichflammen schießen in die Höhe. Und dann kippt der silberne Turm zur Seite und explodiert. Aber es ist eine seltsame Explosion. Ein Feuerball aus Regenbogenfarben, Blau, Grün, Gelb, Blitze schießen durch schwarzen Rauch. Kay hat keine Zeit, zu überlegen, was hier passiert, weil plötzlich der gesamte Sumpf in Flammen aufgeht, ein Flächenbrand, der sich mit furchterregender Schnelligkeit ausbreitet. Kay starrt blinzelnd in das Inferno und kann gerade noch ein paar brennende Sachsen erkennen, wie Ameisen in einer Feuerstelle.

Der Brand erreicht den Fuß ihres Hügels, breitet sich auf dem glatten Wasser aus und kriecht hinter ihnen bis zum Meer. Aber das Feuer klettert nicht den Hügel zu ihnen hinauf. Alte Magie. Tiefe Wurzeln. Kays Baum steht hier schon zu lange, um sich von solchen Sachen beeindrucken zu lassen. Zumindest hofft Kay das. Ein derartiges Feuer musste der Baum noch nie bewältigen.

Die Frau hat ihre Augen weit aufgerissen. Sie flucht leise vor sich hin. »Das war eigentlich nicht der Plan«, sagt sie.

»Und was war der Plan?«, fragt er sie.

Doch entweder hat sie ihn nicht gehört, oder sie will ihm nicht antworten. Sie schlägt die Hände vors Gesicht, dann zieht sie sich ihren Schal über die Nase, um sich vor dem Rauch zu schützen. Kay hüllt sich in seinen Umhang. Er legt seinen Schild neben sie, die Vorderseite nach unten, und hockt sich darauf. Leistet ihr Gesellschaft.

So sitzen sie eine Weile da, husten und beobachten, wie der Sumpf brennt. Bis das Feuer sich gelegt hat, können sie eh nicht viel tun.

»Also noch mal«, sagt sie. »Wer bist du?«

»Mein Name ist Kay«, antwortet er. »Wie ist deiner?«

»Mariam«, sagt sie. »Warum hast du mir geholfen?«

»Ich helfe Menschen, die in Gefahr sind. Du sahst aus, als wärst du in Gefahr.«

Sie betrachtet ihn mit einem seltsamen Blick. »Nichts, womit ich nicht klargekommen wäre.«

Kay deutet mit einem Nicken auf das Inferno. »Offensichtlich«, sagt er.

»Trotzdem danke.«

Von der Stelle, wo zuvor der silberne Turm stand, steigt eine große schwarze Rauchsäule in den Himmel. Hin und wieder blitzt es darin auf. Donner hallt über das Moor. Der Boden zittert immer noch. Kay hat inzwischen den Eindruck, dass der Turm zum Graben oder Bohren gedacht war. Um sich tief in die Eingeweide von Britannien zu wühlen und etwas nach oben zu holen. Seine Eingeweide würden auch beben, wenn ihnen etwas Ähnliches zustoßen würde.

»Gehörst du zur Army of Saint George oder so?«, fragt Mariam.

Kay schüttelt den Kopf. »Ich weiß nicht, was das ist.«

»Ich wollte gerade sagen, dass du gar nicht danach aussiehst. Abgesehen vom Schild und so.«

»Was meinst du damit?«, fragt er.

»Ich habe noch nie einen schwarzen Ritter gesehen.«

»Du wärst überrascht, wie viele Leute das sagen.«

Mariam ist verwirrt. »Und was bist du jetzt? Kommst du aus Manchester? Bist du einer von den Kommunisten? Bei wem bist du?«

Er versteht die Frage nicht. »Ich bin bei dir«, sagt er. »Auf einem Hügel.«

»... okay«, sagt sie.

»Sind heutzutage viele Leute in Gefahr?«, fragt er.

Sie sieht ihn ungläubig an. »Häh, lebst du hinter'm Mond?«

»Unter einem Hügel«, sagt er und klopft auf den Boden.

Mariam starrt ihn an, als hätte er den Verstand verloren. Daran hat er sich in all den Jahren schon gewöhnt. Er hat schon Schlimmeres erlebt. Er erinnert sich, wie Königin Victoria ihn bei ihrer ersten Begegnung anstarrte, als sie seine Haut sah.

Blitze zucken durch den Rauch. Dann weht ein neues Geräusch über den Sumpf zu ihnen herüber. Wieder klingt es wie eine sich windende Bestie, wie etwas Uraltes und Furchtbares. Aber wahrscheinlich ist es ein modernes Geräusch. Verbogenes Metall oder brennendes Gas. Etwas, das unter der Gewalt des Feuers nachgibt.

»Ja«, sagt Mariam schließlich. »Ja, eine Menge Leute sind in Gefahr.«

»Ich verstehe«, sagt er.

»Und du willst ... versuchen, ihnen zu helfen?«, fragt sie.

»Na ja, ich werde sehen, was ich tun kann«, antwortet er und lächelt sie an. Dann runzelt er die Stirn.

Im Inferno bewegt sich etwas. Der Rauch bildet einen Wirbel, nimmt Gestalt an. Ein kriechendes Wesen. Und Kay weiß genau, was es ist. Er steht auf und schnallt sich den Schild wieder an den Unterarm.

Es ist mehr als eintausend Jahre her, seit er zuletzt einen Drachen gesehen hat.

Und es ist ein großer, ein erwachsenes Weibchen, die Art, die immer am schwersten zu töten war, die Art, die über ihre Drachenbullen herrschte wie eine Königin über ihre Narren. Arthurs gesamter Hof wäre nötig, um eine solche Drachin zu töten, all seine vierzig besten Krieger, dazu ein tausend Mann starkes Heer aus einfachen Kämpfern, Speerwerfern und Bogenschützen und alle Kriegsmaschinen und Zauberformeln, die Merlin ersinnen konnte.

Oder man bräuchte Caliburn, Arthurs Schwert, das jedes Material durchschneiden konnte. Caliburn, das seit damals unter der Wasseroberfläche schläft, damit keine Narren Hand an sein Heft legen können. Kay hofft, dass es dort noch etwas länger schlafen kann.

Die Drachin sieht sie auf der anderen Seite des brennenden Sumpfes nicht. Sie windet sich am Boden, in Feuer gehüllt, das ihr nichts anhaben kann. Sie prüft schnuppernd die Luft. Sie erkennt, dass in diesen Gefilden irgendetwas nicht stimmt. Und bevor Kay weiter darüber nachdenken kann, wie er sie töten soll, springt die Drachin hoch und drischt mit ihren Flügeln den Qualm zu Boden. Nach ein paar kräftigen Schlägen ist sie weit oben in der Luft, ihr langer Körper steigt auf der Rauchsäule des brennenden Turms empor. Und dann ist sie fort, weit oben über dem Rauch. Viel zu hoch, als dass Kay erkennen könnte, in welche Richtung sie fliegt.

»Was war das, verdammte Scheiße?«, fragt Mariam mit leiser Stimme.

»Ich glaube, das ist der Grund, warum ich zurück bin«, sagt Kay.

2

LANCELOT WOLLTE NEBEN GALEHAUT BEGRABEN werden, auf der Heiligen Insel vor der Küste von Brynaich. In den alten Tagen haben sie mehr als einmal darüber gesprochen. Ihnen gefiel die Vorstellung, dass ihre Bäume vielleicht zusammenwachsen würden, sich zu einer großen Eiche verbinden. Für alle Ewigkeit ineinander verschlungen.

Doch am Ende trug es sich nicht so zu. Man hat es nicht immer in der Hand, wo man begraben wird. Schließlich endete er im dichten Herzen von Windsor Forest, als der Wald noch größer und wilder und für Eindringlinge schwerer zugänglich war. Jetzt ist es ein kahler und gepflegter Wildpark. Seine uralte Eiche steht völlig allein da, weit weg von den jüngeren Bäumen, bewacht von den Statuen verstorbener Könige.

Die Lage ist nicht ideal. Aber immerhin hat sie eine gute Verkehrsanbindung ins Zentrum von London.

Er klettert widerstrebend aufwärts. Lethargisch. Seine einzige Motivation ist die vage Aussicht auf eine Zigarette und einen anständigen Scotch. Vielleicht findet er diesmal die Zeit, ein Bad zu besuchen. Für eine tiefe Porenreinigung. Im Boden von London zu schlafen, tut seinem Teint nicht gut.

Er wünscht sich, er könnte für längere Zeitspannen tot bleiben, ohne dass irgendwer ihn behelligt. Einfach nur ein paar Jahrhunderte lang Erde sein und sich um nichts Sorgen machen müssen. Sehr unwahrscheinlich. Irgendwo in der Stadt gibt es einen Aktenschrank mit Dossiers über all die geheimen Orte in den Gefilden, all die begrabenen Drachen und schlafenden Ritter. Sie wissen, wo sie ihn finden, wenn sie was von ihm wollen.

Marlowe ist schon da, er steht auf der Wiese und wartet. Sogar in diesem heißen Wetter trägt er seinen Hut und seinen langen grauen Regenmantel. Er aktualisiert seine Garderobe einmal alle hundert Jahre oder so. Früher waren es Wams und Pluderhose. Dann kamen Frack und gepuderte Perücke. Seit dem Ersten Weltkrieg sind es Halbschuhe, Aktentasche und ein dreiteiliger Anzug. Nun raucht er eine Zigarette und blickt auf seine Armbanduhr. Auf dem Rasen neben ihm wartet irgendeine neumodische Flugmaschine.

Lancelot wischt sich den Schmutz aus dem Gesicht und seufzt aus tiefster Kehle.

»Gütiger Gott«, sagt er. »Was willst du jetzt schon wieder?«

»Wir sind wohl auf der falschen Seite des Baumes aufgewacht, hm?«, fragt Marlowe. »Welche Macht der Tiefe bist du, dass du mich emporsteigen lässt, langsam und widerstrebend ...«

»Fang nicht damit an. Was willst du?«

»England ist in Gefahr.«

Lancelot deutet mit einem verdreckten Finger über den Park hinaus. »Es sind doch nicht wieder die Falklands, oder? Ich dachte, das hätte ich beim letzten Mal unmissverständlich klargestellt. Die Falklands sind kein Teil von England und waren es auch nie. Sie liegen weit außerhalb meiner Zuständigkeit.«

Marlowe raucht geduldig. »Es sind nicht die Falklands.«

»Was dann?«

»Alles zu seiner Zeit.«

»Es sollte besser irgendeine verdammt ernste Gefahrenlage sein. Mehr will ich damit nicht sagen.«

Marlowe lächelt schmallippig und geht auf Lancelot zu, bietet ihm eine Zigarette an. »Erst mal stecken wir dich in saubere Kleidung. Dann erkläre ich alles.«

Lancelot murmelt ein Dankeschön. Er nimmt die Zigarette an und steckt sie sich zwischen die Lippen. Marlowe tritt näher heran und zündet sie für ihn an. Er riecht nach Frisiercreme und nach noch etwas. Ein leichter Hauch von Schwefel.

Marlowe genießt eine andere Art Unsterblichkeit als er, die durch andere Mittel erreicht wird. Keine magischen Eicheln, kein Schlummer unter Bäumen. Er hat seine Seele mit einer Unterschrift auf einer gepunkteten Linie verkauft und ist Mitglied eines exklusiven Clubs. Ewiges Leben. Aber nicht ewige Jugend. In den alten Tagen war er hinreißend. Marlowe, der Bühnenschriftsteller, der Lebemann von London, der für die Krone spionierte. Der sich in Kneipenschlägereien stürzte. Der sich in schwarzer Magie versuchte und uralte Krieger aus ihrem Schlaf weckte. Früher hatten sie viel Spaß miteinander.

Doch inzwischen ist Marlowe älter und ausgezehrt, das Gewicht von Geheimakten aus mehreren Jahrhunderten lastet auf seinen Schultern. Ihn umweht die beständige Aura von billigem Tabak und Mittagsbierchen. Aber er hat immer noch etwas auf verhärmte Weise Liebenswertes an sich, wie ein Hund, der zu alt für die Jagd geworden ist. Der ermüdete alte Agent. Der Letzte einer aussterbenden Art.

»Also gut«, sagt Lancelot. »Himmel, ich muss was trinken.«

»Das hatte ich mir gedacht.«

Sie gehen über das gelbe Gras auf den Flugapparat zu. Unweigerlich fällt Lancelot auf, dass der Park irgendwie nicht mehr so grün ist wie früher. Die meisten Bäume sehen tot aus. Kein Anzeichen von Rotwild. Und es ist viel zu warm. Wie in Kenia oder Indien, wo er zur Zeit von Königin Victoria einmal war. Ganz und gar nicht wie England.

Doch wenn England nicht mehr so kalt und trist ist wie früher, ist das nicht unbedingt etwas Schlechtes, denkt Lancelot. Er erinnert sich an die alten Tage, als sie Apfelbäume auf der Heiligen Insel pflanzten und die Äpfel in der Kälte erfroren. Galehaut versuchte dennoch, sie zu essen. Inzwischen könnte es warm genug sein, um Apfelbäume anzubauen. Um einen Apfel nach dem anderen zu essen und aufs Meer hinauszublicken. Mit der warmen Sonne im Gesicht.

Die Flugmaschine hat einiges gemeinsam mit den Hubschraubern, die er in den 1980ern gesehen hat, als er das letzte Mal auf den Beinen war. Nur dass dieses Gefährt kleiner, zerbrechlicher und durchsichtig ist. Er hat den Eindruck, dass es nicht für militärische Zwecke gedacht ist. Nicht mehr als eine Glaskugel mit zwei Sitzen und vier Propellerarmen.

»Was, bitte, ist dieses Ding?«, fragt er.

»Oh«, sagt Marlowe abfällig. »Man nennt sie ›Quadpods‹. Der letzte Schrei aus Dubai. Stell es dir wie ein fliegendes Taxi vor.«

»Kein Vergleich zu meiner alten Spitfire.«

»Die Zeiten ändern sich, alter Knabe.«

Nachdem sie sich hineingesetzt und angeschnallt haben, klappt das Kabinendach zu, und die Rotoren beginnen sich zu drehen. Marlowe wischt mit einem Finger über das Kontrollfeld, bis er das richtige Ziel gefunden hat, dann tippt er zweimal darauf. Der Quadpod springt in die Höhe, bläst mit dem Abwind der Propeller totes Laub fort und lässt sie hoch über Windsor schweben. Dann wendet er und trägt sie ostwärts, in Richtung London.

»Er fliegt von allein?«, fragt Lancelot.

»So ist es.«

»Beunruhigend.«

»Es ist völlig sicher.«

Sie ziehen an ihren Zigaretten und füllen die Kabine mit Rauch. Marlowe in seinem Regenmantel und Lancelot in seinem verdreckten Kettenhemd. Keiner will vor dem anderen zugeben, dass es eine schlechte Idee sein könnte, hier drinnen zu rauchen. Beide müssen sich große Mühe geben, nicht zu husten. Bis am Kabinendach eine Warnmeldung erscheint: Eine weibliche Stimme erklärt ihnen auf Chinesisch und dann auf Englisch, dass Rauchen hier nicht gestattet ist. Marlowe verliert die Mutprobe und drückt seine Zigarette an der Armlehne seines Sitzes aus. Lancelot nimmt noch einen letzten Zug, bevor er seinem Beispiel folgt.

»Grässliche Maschine«, sagt Lancelot.

»Ich weiß.«

Sie folgen dem alten Verlauf des Devil's Highway über die Themse hinweg. Dann breitet sich die Stadt vor ihnen aus, viel größer als früher. Lancelot rümpft die Nase. Er hat angenehme Erinnerungen an Marlowes London. Strohdächer und Kopfsteinpflaster, Theater und Wirtshäuser. Begegnungen in Seitengassen. Amouröse Abende bei Bootsfahrten auf der Themse. Und dann London während des letzten großen Krieges, als er gemeinsam mit Galehaut gerufen worden war, um gegen die Deutschen zu kämpfen. Pubs und Ballsäle und rote Doppeldeckerbusse. Wie sie in den kalten Monaten zueinander passende Schals trugen. Heimliche Küsse in dunklen Luftschutzbunkern. Der Gedanke daran bringt ihn zum Lächeln. Doch unter all diesen Londons liegt das alte Londinium, das er immer gehasst hat. Schwärend und freudlos. Stämme und Banden und Jüten und Sachsen, die um römische Ruinen kämpfen. Kay und Arthur, die aus seinen Gossen emporgekrochen sind, was umso mehr ein Grund ist, die Stadt zu verachten.

»Es hat sich eine Menge verändert, seit du das letzte Mal hier warst«, sagt Marlowe. »Ich weiß gar nicht, wo ich anfangen soll. Du dürftest es als etwas feuchter empfinden, als es damals war.«

Über Belgravia verlieren sie allmählich an Höhe. Der Pod bringt sie ohne irgendeine Erklärung tiefer. Das verschafft ihnen einen besseren Blick auf die Straßen unter ihnen. Lancelot lehnt sich vor und blickt stirnrunzelnd nach unten, versucht sich einen Reim darauf zu machen, was er da sieht.

Es sieht eher nach Venedig als nach London aus. Der Fluss ist weit über seine Ufer getreten und hat Chiswick und Shepherd's Bush überflutet. Die Hälfte der Stadt ist überschwemmt, das Wasser glänzt in der Sonne. Die Untergrundbahnen und Luftschutzkeller dürften jetzt unterirdische Seen und Flüsse sein. Die dunklen Räume, wo er Galehaut während des letzten Krieges geküsst hat. Er kann sich nicht vorstellen, wodurch das ausgelöst worden sein könnte, außer durch den Zorn irgendeines alten Meeresgottes. Aber es würde ihn nicht im Geringsten überraschen, wenn Britannien einen Meeresgott erzürnt hätte, seit er das letzte Mal auf den Beinen war. Inzwischen kann ihn gar nichts mehr überraschen. Weder Kriege noch Revolutionen oder Seuchen oder Hungersnöte. Er kommt einfach nur an die Oberfläche und tut, was Marlowe ihm sagt, in der Hoffnung, sich möglichst bald wieder schlafen legen zu können. Das wird er wahrscheinlich bis zum Tag des Jüngsten Gerichts tun. Falls der nicht bereits gekommen ist.

Selbst die trockenen Bereiche der Stadt sehen recht erbärmlich aus. Der Hyde Park wurde in eine Art Lager verwandelt, mit endlosen Reihen aus weißen Zelten. Die Straßen rundherum sind mit Barrieren abgesperrt. Stacheldraht und Männer mit Waffen. Vom kleinen Pod aus können sie Menschenmengen erkennen, die zurückgedrängt werden. Rauchwolken treiben in der Brise wie Senfgas an der Somme. Kleinere Flugmaschinen schwirren wie Hornissen herum und feuern irgendetwas auf die Menge. Worauf die Flugmaschinen im Gegenzug mit Dingen beworfen werden. Ihr Quadpod schwebt weit darüber, zu hoch, als dass sie sich um verirrte Steine sorgen müssten.

»Scheint alles ein wenig aus dem Ruder zu laufen, hm?«, fragt Lancelot.

»So könnte man es formulieren«, erwidert Marlowe. »Es ist schwer, Platz für alle zu finden, wenn das Wasser so hoch steht. Wir mussten Parlament und Whitehall aufgeben. Die Regierungsgeschäfte werden vorläufig von der City aus geführt.«

»Also hat sich in dieser Hinsicht nichts geändert.«

»Recht bald werden wir alles offshore verlagern, aber ich möchte dich nicht mit den Details langweilen.«

Ihr Pod entfernt sich wieder von den Auseinandersetzungen am Boden und überquert auf seiner Route Richtung Osten erneut die monströse Themse. Vorbei am Westminster Palace, der überschwemmt ist und im Flutwasser zerfällt.

Lancelot runzelt die Stirn. »Wir fliegen nicht zum Department?«

»O nein«, sagt Marlowe und räuspert sich. »Wie ich bereits erwähnte, hat es ein oder zwei Veränderungen gegeben.«

»Zum Beispiel?«

»Nun, der gesamte Sektor wurde privatisiert. Die muffigen alten Geheimdienste wurden aufgeteilt und an US-amerikanische Kapitalgesellschaften verkauft. Solche Sachen. Die Dienste, die zuvor vom Department erbracht wurden, übernimmt nun ein transatlantischer Konzern namens GX5.«

»Wofür steht das?«

Marlowe schnieft sarkastisch. »Warum sollte das für irgendetwas stehen, Lance?«

Sie nähern sich dem Bankenviertel, das von oben aussieht, als hätte man eine Schublade voller Glasmesser ausgekippt. Wolkenkratzer ragen aus dem Flutwasser auf und stechen in den Himmel, viel höher und viel grässlicher als alles, was er bei seinem letzten Aufenthalt gesehen hat. Gezackte, hässliche Dinger. Dazwischen verlaufen Himmelsbrücken, und Pods wie ihrer flitzen hin und her. Anscheinend ist es in diesem neuen London viel einfacher, wenn man sich nicht auf Meereshöhe herablassen muss.

Eins der höheren Gebäude hat einen Dachgarten, grün und künstlich. Ihr Pod setzt auf dem Gras auf, gleich neben den Tennisplätzen. Sobald die Rotoren stillstehen, öffnet sich die Kabine, und sie steigen auf das Dach hinaus.

»Grässlich«, sagt Lancelot.

»Oh, so schlimm ist es gar nicht«, sagt Marlowe. »Zur Bar geht es hier entlang.«

Sie gehen über den falschen Rasen, an den falschen Büschen vorbei, zu einer Penthousebar, die sich über das Dach erhebt. Fernseher zeigen ein undefinierbares Sportereignis. An den Wänden sind alte Tennisschläger und Ruder angebracht. Niemand ist hier außer dem Barkeeper, der Gläser putzt. Der Dreck an Lancelots Kleidung und sein Kettenhemd scheinen ihn nicht zu irritieren. Wenn hier oben öfters Regierungsangelegenheiten abgewickelt werden, hat er vermutlich schon viel seltsamere Dinge gesehen.

Marlowe stellt seine Aktentasche ab und lässt sich auf einem Barhocker nieder. »Da drüben gibt es einen Umkleideraum«, sagt er. »Lass dir Zeit.«

Jedes Mal, wenn Lancelot an die Oberfläche kommt, reißt er sich bei erster Gelegenheit das Kettenhemd und den Kittel vom Leib. Es wäre erheblich praktischer, wenn der Zauber anders funktionieren würde und die Erde seine Garderobe im Laufe der Jahrhunderte hin und wieder an die Gegenwart anpassen könnte. Aber daran hat Merlin nicht gedacht, nicht wahr? Der Mann hatte keine Ahnung von Mode.

Lancelot schleudert seine alte Kriegermontur in eine Ecke des Duschraums, ein schwerer Haufen aus Eisen und Leinen, den er nicht mehr benötigen wird. Marlowe hat Waschsachen und neue Kleidung für ihn bereitlegen lassen. Weiche weiße Handtücher liegen ordentlich zusammengefaltet auf einer Bank. Als er sich aus der verdreckten Hose und dem Bruoch gepellt hat, steigt er in die Dusche und dreht sie auf. Spült sich die Erde von der Haut. Wäscht sie sich aus dem Haar. Schrubbt sie sich von den Fingernägeln. Eine heiße Dusche ist eine der wenigen Freuden in diesem endlosen Albtraum.

Whisky, Motorräder, gute Bars mit lauter Musik. Italienischer Kaffee. Kaschmir. Hotels mit guter Seife. Das alles macht den Rest ein wenig erträglicher. All die endlosen Kriege, den Tod und den Schrecken. Viel lieber wäre er tot und vergessen, doch die Option zu sterben musste er schon vor langer Zeit aufgeben. Wenn er sich den Kopf wegschießt oder sich ertränkt oder von einem hohen Gebäude springt, landet er nur wieder unter seinem Baum. Er hat es schon einige Male versucht.

Und wenn er schon immer wieder an die Oberfläche muss, wird er sich auch weiterhin an den kleinen Genüssen des Lebens erfreuen, so oft er kann.

Als er sich wieder einigermaßen menschlich fühlt, tritt er aus der Dusche und starrt sich selbst in den Badezimmerspiegeln an, bewundert sich aus verschiedenen Blickwinkeln. Das ist eine weitere kleine Gnade. Wenn er schon bis zum Ende der Zeit ständig zurückkehren muss, dann wenigstens in diesem Körper. Straffer Hintern. Breite Schultern. Scharfe Wangenknochen. Locken aus blondem Haar. Immer noch ansehnlich genug, dass er im letzten großen Krieg Offiziere der Royal Air Force dazu bringen konnte, mit ihm zu schlafen.

Er findet verschiedene Lotionen und reibt sie sich in die Haut, bis er nach Grapefruit und Mandarine riecht. Dann sieht er sich die Kleidung an, die Marlowe für ihn ausgesucht hat. Graue Boxershorts. Weißer Leinenanzug. Pastellgrünes Hemd. Braune Lederslipper. Alles sehr nach seinem Geschmack.

Er ist Marlowe dankbar. Nicht nur für die Hemden und Schuhe. Es gab eine lange Zeit vor Marlowe, als alles düster und furchtbar war. Ein Krieg nach dem anderen, die ganze Zeit zu Pferde herumstürmen. Matsch und Mord und wahnsinnige Könige. Henrys und Edwards und Richards und all die anderen. Es hat sich so sinnlos, endlos, hoffnungslos angefühlt. Ewige Krieger auf ziellosen Questen, die nach Vergessenheit streben. Dann kam Marlowe und brachte etwas Struktur in ihr Nachleben. Statt fruchtloser Streifzüge gab er ihnen nützliche Aufgaben. Geheimmissionen, Spionage. Er gab ihnen allen wieder einen Sinn. Das Gefühl, dass sie tatsächlich helfen konnten. Um aus den Gefilden einen besseren Ort zu machen.

Als Lancelot damit fertig ist, sich selbst zu verhätscheln, kehrt er zu Marlowe in die Bar zurück. Marlowe hat drei doppelte Whisky bestellt und bereits einen hinuntergekippt. Nun hält er den anderen in der Hand, während er sich auf dem großen Fernseher hinter der Theke die Nachrichten ansieht.

»Geht es dir jetzt besser?«, fragt Marlowe.

»Etwas«, sagt Lancelot. »Danke.«

Sie stoßen an, und Lancelot nimmt dankbar seinen ersten Schluck. Doch der Whisky schmeckt billig, schlicht und widerlich süß. Er runzelt die Stirn. »Ist das ein amerikanischer?«

»Ich fürchte ja«, sagt Marlowe. »Wir haben einige Schwierigkeiten, das gute Zeug aus Schottland zu beschaffen, seit das Land seine Unabhängigkeit erklärt hat.«

»Die Lage scheint schlimmer zu sein, als ich dachte.«

»Ich habe immer noch eine Flasche alten Terrantez herumstehen«, sagt Marlowe lächelnd. »Den von 1704. Wir können sie köpfen, sobald du diesen Job erledigt hast.«

Lancelot seufzt. Der Gedanke an guten Madeirawein lässt die Welt für einen halben Moment freundlicher und besser aussehen. Dann hört er den Nachrichten zu.

Die Bemühungen werden fortgesetzt, den Hull zu sanieren und im Golf von Peterborough Land wiederzugewinnen. Man hofft, dass diese Bereiche innerhalb der nächsten fünfzehn Jahre für die Wiederbesiedlung geeignet sein werden, falls der Meeresspiegel nicht weiter steigt.

Der chinesische Handelsbeauftragte fordert zusätzliche Sicherheit für die Internationale Entwicklungszone in Essex. Andernfalls bleibt Beijing keine andere Wahl, als mit Streitkräften anzurücken, um Chinas Vermögenswerte zu schützen.

In Sibirien wurde eine weitere arktische »Superblase« aus Methan entdeckt. Das Gas wird innerhalb von zwei Jahren aus dem Permafrostboden entweichen, wenn die globalen Emissionen nicht signifikant sinken.

Die Explosion einer Fracking-Anlage in Lancashire könnte das Werk der FETA sein, der Feminist Environmentalist Transgressive Alliance, einer gefährlichen Gruppe extremistischer Ökoterroristen. Die Regierung wird ihre Anti-Terror-Verträge im Norden Englands mit Saxons und anderen privaten Militärfirmen ausbauen.

Die Bewohner des Großraums Manchester werden daran erinnert, sich in Gebiete südlich des Mersey zurückzuziehen, um bei den Kämpfen zur Rückeroberung der Stadt von sozialistischen Aufständlern nicht zwischen die Fronten zu geraten.

Inzwischen wurden die Bauarbeiten auf der Avalon-Plattform im Bristol Channel abgeschlossen, einer hochmodernen Offshore-Anlage

zur Erdölförderung, Zivilverteidigung und strategischen Koordination.
Die Regierung wird im Laufe der Woche dorthin umziehen. Man erwar-
tet, dass sie die Wirtschaft mit mehreren Milliarden Pfund ankurbeln
wird.

»Du meine Güte!«, sagt Lancelot und kippt seinen Whisky
hinunter.

»Hm«, sagt Marlowe. »Noch einen?«

»Bitte.«

Marlowe nickt dem Barkeeper zu, dann greift er nach seiner Aktentasche und legt sie auf den Tresen. Er lässt sie auf-
schnappen und nimmt eine mit rotem Klebeband versiegelte
braune Mappe heraus.

»Uff«, sagt Lancelot leise. »Kann das nicht warten?«

Es ist die Bitte, mal zur Abwechslung was anderes erleben
zu dürfen. Ein anderes Gesprächsthema, einen freien Abend,
bevor er sein Schwert in die Hand nehmen muss. Aber Marlowe kennt kein Erbarmen. Er schiebt die Aktenmappe über
den Tresen.

»Leider nicht, alter Freund«, sagt Marlowe. »Meine Leute
drängen darauf, dass das schnell erledigt wird.«

Lancelot öffnet die Mappe noch nicht. Er starrt sie an und
wünscht sich, dass sie verschwindet. Ihm ist nie ganz klar geworden, wer Marlowes »Leute« sind. Es sind nicht nur die
Leute in der Regierung, die Leute in den Schaltzentralen der
Macht. Marlowe hat noch andere Herren, ältere Meister, die
ihr Recht einfordern. Aber letztlich macht das nicht wirklich
einen Unterschied, oder? Sie sagen Marlowe, was getan werden muss. Marlowe gibt es an ihn und Kay und die anderen
weiter. Sie erledigen es. Sie bekommen so das Gefühl, dass sie
etwas Nützliches tun. So läuft das jetzt schon seit etwa dreihundert Jahren. Es wäre ein seltsamer Augenblick, um das
alles jetzt infrage zu stellen.

In der Mappe könnte alles Mögliche sein. Marlowe benutzt seine arthurischen Helfer auch für gewöhnliche Nacht-und-Nebel-Aktionen, nicht nur für die schrägen Sachen. Es könnte ein Krieg in Asien sein, der gewonnen werden muss. Jemand in Südamerika, dem die Kehle aufgeschlitzt werden muss. Ein uraltes Monster in Wales oder Irland, das aus seinem Schlaf erwacht ist und ohne viel Aufmerksamkeit bezwungen werden muss. Es könnte eine Woche dauern, bis er wieder unter seinem Baum liegt, oder es könnten drei Jahre vergehen.

Der Bartender stellt ihnen neue Gläser hin. Lancelot nimmt einen vorsichtigen Schluck und verzieht das Gesicht. Die einzige Möglichkeit, die Kontrolle über diese Situation zu gewinnen, wäre, nach draußen zu gehen und sich über die Dachkante zu stürzen. Doch dann würde er nur ein weiteres Mal unter seinem Baum erwachen. Und müsste erneut nach oben kriechen. Und noch einmal duschen. Und Marlowe würde immer noch mit seiner Aktenmappe in der Bar auf ihn warten.

»Hätte ich gewusst, dass es so ablaufen würde«, sagt er schließlich, »hätte ich nie zugestimmt.«

»Tja«, sagt Marlowe. Er räuspert sich und klopft Lancelot sanft auf die Schulter. »Kopf hoch, alter Knabe.«

Lancelot wartet ab, bis er sicher ist, dass keine weiteren Ratschläge folgen. Dann stößt er einen Seufzer aus. Er nimmt die Mappe und zieht das Klebeband ab.

»Was ist es, Drecksarbeit?«, fragt er.

»Es entspricht sogar eher deinem Metier als üblicherweise«, sagt Marlowe. »Die hier wurden gestern in Lancashire aufgenommen.«

Die Mappe enthält zwei Schwarz-Weiß-Fotografien, dazu ein Dossier. Lancelot ist zu faul, es zu lesen. Die Fotos zeigen eine Industrieanlage, die anscheinend explodiert ist. Auf dem ersten Bild ist eine alte Drachenkönigin zu sehen, riesig und mächtig, die sich aus dem Boden emporwindet, von Flammen umzüngelt. Die zweite Aufnahme zeigt einen Mann mit Schild. Lancelot wirft nur einen flüchtigen Blick auf das Foto mit der Drachin, bevor er es wieder beiseitelegt. Er ist viel mehr an der Aufnahme von Kay interessiert.

Kay, Arthurs Bruder. Kay, der ihm keine Zuflucht gewähren wollte, als er sie brauchte. Kay, der nordwärts gegen ihn ritt, mit wildem Zorn in den Augen.

»Ein alter Freund von dir«, sagt Marlowe.

»Wohl kaum«, erwidert Lancelot. »Hast du ihn reaktiviert? Vor mir?«

Marlowe lächelt. »Nein, er scheint von selbst hervorgekommen zu sein. Und nun macht er sich zu einem Ärgernis.«

Lancelot schnaubt verächtlich. »Das überrascht mich nicht im Geringsten.«

»Natürlich machen wir uns wegen der Drachin viel größere Sorgen. Zuletzt wurde die Dame über Burnley gesichtet, auf dem Weg nach Osten. Doch es erweist sich als etwas schwierig, ihre Spur zu verfolgen. Von Radar wird sie nicht erfasst.«

»Nein, selbstverständlich nicht«, sagt Lancelot und schaut sich noch einmal das andere Foto an. Er weiß nur zu gut, dass Drachen keine realen Geschöpfe sind. Sie sind Manifestationen von Magie, Entitäten aus fremden Gefilden. Die in monströser Gestalt aus der Anderwelt ausbrechen. Üblicherweise erscheinen sie nie ohne besonderen Grund. Üblicherweise benötigen sie ein wenig Unterstützung von dieser Seite des Schleiers.

»Drachen tauchen nicht einfach so aus dem Nichts auf«, sagt er. »Es ist eine Menge Magie nötig, um sie in diese Welt zu holen. Blutmagie oder Erdmagie. Was war das für ein Ort, bevor er explodiert ist?«

»Nur eine Fracking-Anlage«, sagt Marlowe. »Mit der Erdöl

aus dem Boden geholt wurde. Aber dann gibt es diese Terroristen, FETA, die sind vermutlich für die Explosion verantwortlich. Eine Gruppe von hochmotivierten jungen Frauen, die viel zu viel Zeit haben. Vielleicht haben sie ein wenig in Laienhokuspokus dilettiert.«

»Das klingt ein bisschen weit hergeholt.«

Marlowe zieht eine finstere Miene. »Oh, du wärst erstaunt, wie viele Frauen sich heutzutage dem Heidentum zuwenden, Beltane und Samhain und der ganze Rest. Seit den Flower-Power-Jahren ist das alles sogar noch viel schlimmer geworden. Natürlich können wir sie heute nicht mehr einfach auf dem Scheiterhaufen verbrennen. Wir leben in einem Zeitalter der Toleranz und Meinungsfreiheit. Da sieht man mal, was wir uns damit eingebrockt haben.«

Lancelot hebt eine Augenbraue, sagt aber nichts dazu. In solchen Momenten kommt Marlowe tatsächlich wie ein typischer alter Sack rüber, der in seinen Whisky grummelt. Aber er hat Frauen noch nie besonders gemocht, insbesondere Frauen, die Magie nutzen. Genau jener seltsame Menschenschlag elisabethanischer Herren, die schwarze Magie studierten, aber jeden anderen verbrennen wollten, der dasselbe tat.

»Ich habe seit dem Debakel bei Passchendaele keinen so großen Wyrm mehr gesehen«, sagt er. »Das Blutopfer. Es ist mehr als ein wenig Zauberei nötig, um eine ausgewachsene Drachenkönigin zu beschwören.«

»Glaubst du, dass du es schaffst?«, fragt Marlowe. »Die Bestie erlegen?«

»Es gibt nur ein Schwert, das einen Drachen wie diesen töten kann«, erklärt er. »Ich muss losziehen und es holen.«

»Du weißt, wo es ist?«, fragt Marlowe mit einem vielsagenden Lächeln.

»Ja. Aber ich werde es dir nicht verraten.«

Marlowe seufzt. »Wenn ich nur wüsste, wo es ist, könnte

44

ich angemessen darauf achtgeben. Es im Tresor einschließen und verhindern, dass es in die falschen Hände gerät. Um es nur in Situationen wie diesen hervorzuholen.«

»Es ist bereits sehr gut geschützt«, sagt er. »Selbst mit dem Schwert werde ich einige Hilfe benötigen. Luftunterstützung von der Royal Air Force, so etwas in der Art.«

Marlowe legt sich Daumen und Zeigefinger an den Nasenrücken. »Nun, wie ich bereits erwähnte, gab es diesbezüglich einige Veränderungen. Der Verteidigungssektor wurde privatisiert.«

»Und das bedeutet?«

»Die Streitkräfte des Vereinigten Königreichs wurden aufgeteilt und an multinationale Konzerne verkauft, im Geiste der freien Marktwirtschaft.«

Lancelot blinzelt und übersetzt diese Neuigkeit in Begriffe, die ihm verständlicher sind. »Man hat die britische Berufsarmee durch angeheuerte Söldner ersetzt.«

»Sie ziehen es vor, als private Militärfirmen bezeichnet zu werden. Aber ja. Darauf läuft es letztlich hinaus.«

»Wunderbar«, sagt Lancelot. »Zu meiner Zeit haben wir dasselbe versucht.«

»Ach ja?«

»Wir haben jede Menge Angeln und Sachsen angeheuert, die unsere Grenzen für uns bewachen sollten, nachdem die römischen Legionen ihre Sachen gepackt und sich aus dem Staub gemacht hatten.«

»Und wie ist das gelaufen?«

»Nicht allzu gut, wie sich rausstellt.«

»Das kann man wohl sagen.« Marlowe räuspert sich. »Es sind diesbezüglich noch immer verschiedene vertragliche Streitigkeiten im Gange.«

»Gibt es noch weitere Veränderungen, von denen ich wissen sollte?«

»Na ja, lass mich mal nachdenken. Wales und Cornwall haben sich für unabhängig erklärt, zusammen mit Schottland, auch wenn wir uns weigern, sie anzuerkennen. Der größte Teil des Nordens hat sich zu einer Art sozialistischem Block zusammengeschlossen. Und wir haben Essex an die Chinesen verkauft.«

Lancelot leert sein Glas mit einem Schulterzucken. »Essex hat mir ohnehin nie besonders gefallen.«

Marlowe zeigt ein dünnes Lächeln. »Jedenfalls werden dir unsere Streitkräfte zur Verfügung stehen, egal, wie sie beschaffen sind.«

»Es könnte zu gewissen Kollateralschäden kommen. Brücken, Infrastruktur.«

»Solange es nördlich von Stoke geschieht, würdest du damit sogar verschiedene Regierungsinitiativen beschleunigen.«

Lancelot nickt, zufrieden mit den Bedingungen der Verpflichtung. »Was ist mit Kay?«, fragt er.

»Rede mit ihm, sollte sich die Gelegenheit ergeben. Versuch ihn ins Boot zurückzuholen, ihn auf unsere Seite zu bringen.«

»Und wenn er sich weigert?«

»Ich dachte mir, dass ich dir die Entscheidung überlasse«, sagt Marlowe lächelnd. »Anschließend ... könntest du vielleicht zu einer Nachbesprechung hierher zurückkommen.«

Marlowe beugt sich vor und legt eine Hand auf Lancelots Knie. Lancelot schaut hinunter auf die Hand und hebt den Blick wieder. Marlowe mag heutzutage alt und ausgemergelt aussehen, doch er hat immer noch dieses Funkeln in den Augen. Etwas von seinem alten Schalk. Es fällt leicht, sein Lächeln zu erwidern.

»Versauter alter Bock«, sagt er.

Marlowe gluckst. Drückt sein Knie. »Du solltest lieber gehen. Die Zeit vergehet im Fluge und so weiter.«

»Ich hole meine Sachen.«

Er tritt wieder auf den Dachgarten hinaus. Die Pflanzen sind künstlich, doch die alte Magie kann erstaunlich anpassungsfähig sein, wenn ihr danach ist: Sein Schwert und sein Schild haben sich in einem Plastikstrauch mit Formschnitt materialisiert. Wenn er sie hier nicht an sich nimmt, werden sie auf seinem Weg immer wieder erscheinen, bis er darüberstolpert. Das weiß er aus Erfahrung. Also hebt er sein Schwert vom Boden auf, zieht es halb aus der Scheide und blickt an der Klinge entlang, bevor er es zurücksteckt. Eine lange, leichte und ausbalancierte Klinge, gut geeignet, um Kettenpanzer zu durchdringen und Feinde zu töten, die langsam zu Fuß unterwegs sind. Gegen einen Drachen hingegen wäre es wirkungslos. Dafür braucht er Caliburn, den Hartspalter, der durch fast alles schneiden kann. Doch zuerst muss er losziehen und es holen.

Er legt das Schwert an, befestigt den Gurt straff unter seiner Anzugjacke, die Klinge baumelt über seine Hüfte. Den Schild schnallt er sich an den Arm. Darauf prangt der goldene Löwe auf blauem Feld. Bereit, Drachen zu töten. Lancelot geht wieder nach drinnen, nimmt an der Schwelle zur Bar eine Modelpose ein.

»Wie sehe ich aus?«

»Göttlich«, sagt Marlowe. »Prächtig wie ein Kreuzritter.«

Lancelot lächelt. »Perfekt.«

»Versuch in einem Stück wiederzukommen.«

»Das tue ich immer.«

Er macht sich auf den Weg zur Flugmaschine und lässt Marlowe in der Bar zurück. Überlegungen zu Caliburn und Drachen verflüchtigen sich schnell aus seinem Kopf und werden ersetzt durch Gedanken an Galehaut und Äpfel und warme Gärten.

3

AM NACHTHIMMEL SCHWEBEN FLUGMASCHINEN VON einer Art, wie Kay sie noch nie zuvor gesehen hat. Kleine und mörderische Dinger, die das geschwärzte Moor mit hungrigen Suchscheinwerfern abtasten, während sie wie summende Hornissen am Firmament hängen. Sie sind offensichtlich zu klein, um von einem Piloten gesteuert zu sein.

In den alten Tagen hätte er sich derartige Maschinen niemals auch nur vorstellen können. Aber es gab auch eine Zeit, in der er keine Vorstellung von Plattenrüstungen oder Schießpulver hatte. Inzwischen macht er das schon lange genug, dass er sich daran gewöhnt hat, nach jedem Erwachen neue Wunder zu erwarten. Pferdelose Wagen, Musikautomaten, Telefone. Maschinengewehre. Als er das letzte Mal auf den Beinen war, in Malaya, hat er Hubschrauber gesehen. Es waren neue und unansehnliche Maschinen. Diese Windrädchen dürften ihre tödlicheren Enkelkinder sein. Inzwischen überrascht es ihn nicht mehr, welche neuen Möglichkeiten sich die Menschen einfallen lassen, sich gegenseitig umzubringen. Oder welche neuen Gründe.

Erinnerungen an Malaya drohen hochzukommen, er zwingt sie wieder zurück.

Unter den Windrädchen suchen die Sachsen zu Fuß, ziehen in weiten Reihen aufgefächert durch die Dunkelheit.

Kay kann von ihnen nicht mehr erkennen als das Licht ihrer Helmlampen.

Kay und Mariam müssen sich wie Geister bewegen. Im Laufe der Jahre hat er solche Dinge schon oft gemacht, im Schatten und im Geheimen, doch es ist bereits gut fünf Jahrhunderte her, seit er es auf englischem Boden tun musste. Mariam scheint sehr gut darin zu sein. Sie weiß, wann es sicher ist, ein Stück zu rennen, wann man lieber kriechen sollte, wann es das Beste ist, sich im Röhricht zu verstecken und zu warten. Wie ein erfahrener Agent. Er fragt sich, wo sie das gelernt hat und warum sie es lernen musste. Wie alt sie ist. Wann sie sich für dieses Leben entschieden hat.

Aber es ist nicht der richtige Zeitpunkt, solche Fragen zu stellen. Sie könnte ihn daraufhin nach seinem Alter fragen, und er müsste antworten: »Nun, ich wurde in dem Jahr geboren, als die Ernte ausfiel und der alte König Vortigern in seiner Festung verbrannt wurde.« Er kann sich gar nicht richtig erinnern, welches Jahr das nach der neuen Zeitrechnung war. Genauso wenig weiß er, in welchem Jahr er sich jetzt befindet. Wie lange hat er geschlafen? Lange genug, dass sich die Gefilde bis zur Unkenntlichkeit verändert haben. Dies war einst sein Land, sein Rittergut. Sein kleines Stück von Britannien, das ihm von Arthur übereignet wurde, damit er es gegen die Angeln verteidigt. Früher kannte er jeden Hügel und jedes Tal. Jetzt kann er kaum erkennen, wo Norden und wo Süden ist. Der Rhypol war einst ein schmaler Fluss, doch inzwischen ist daraus so etwas wie ein monströses Gezeitenloch geworden, umgeben von vernässtem Sumpfland. Also müssen sie nach Osten gehen, über die Flutebene ins Binnenland. Mariam hat die Führung übernommen, und ihm bleibt nichts übrig, als ihr zu folgen.

Man kann in Schwierigkeiten geraten, wenn man blind Leuten folgt. Arthur ist er fast sein ganzes Leben lang gefolgt, und das hat er nun davon. Einem anderen König ist er bis nach Palästina gefolgt. Und hier und jetzt folgt er Mariam, weil es so aussah, als sei sie in Gefahr. Er möchte weitere Fragen stellen, wer sie ist und für wen sie kämpft, aber das kann warten, bis sie irgendwo in Sicherheit sind. Es wäre ihm lieber, wenn niemand sie hört und er nicht schon wieder getötet wird. Zweimal an einem Tag wäre ein neuer Rekord. Sollten Gawain oder Caradoc davon erfahren, würden sie nie wieder aufhören, ihn damit aufzuziehen.

Neue Geräusche am dunklen Himmel, schwere Flügelschläge und ein gewaltiges, empörtes Gebrüll. Die Art von Geräusch, das schon vom Firmament zurückhallt, während es dich noch bis ins Mark erschüttert. Dann nähert sich das Dröhnen der Flugmaschinen, rote Lichter blinken, Suchscheinwerfer zucken wild hin und her. Ein kurzer Hieb des Drachenschwanzes leuchtet in der Dunkelheit auf. Eins der Windrädchen wurde getroffen und gerät ins Trudeln. Kay hört den Klagelaut eines beschädigten Motors, dann das heftige Krachen, als die Maschine auf den Boden knallt. Er zuckt zusammen.

Die Sachsen geraten in Panik, ihre Reihen lösen sich auf, und sie feuern mit ihren Maschinengewehren nach oben. Was auch heißt, dass sie das Schilf nicht mehr nach umherirrenden Rittern durchkämmen.

»Das ist unsere Chance«, sagt Mariam. »Los.«

Sie hat recht. Aber er zögert noch einen Moment. Lange genug, um die Drachenkönigin zu sehen, wie sie herabstößt und in der Ferne ein paar Sachsen röstet, der lange Körper schlängelt durch die Luft. Woher ist sie gekommen? Sie ist kein schrumpeliger kleiner Wyrmling, keiner dieser gewöhnlichen, pferdegroßen Feuerdrachen. In den alten Tagen hätte sie Städte in Schutt und Asche legen können. Irgendwo muss sich irgendwer mit ernsthafter Magie auskennen, um eine Bestie von ihren Ausmaßen heraufbeschwören zu können. Kay denkt an die Anlage, die sie hinter sich gelassen haben, den silbernen Turm, die eigenartige Explosion.

Noch mehr Fragen an Mariam, die er ihr jetzt nicht stellen kann. Also folgt er ihr in die Nacht, fort von der Schießerei, fort von den Sachsen, die hinter ihnen verbrennen. Arthur würde ihn einen Feigling nennen, wenn er sehen könnte, wie Kay sich so davonstiehlt. Vielleicht hätte Arthur recht. Aber es wäre sinnlos, sich einem großen Wyrm nur mit Schwert und Schild zu stellen. Bors oder Gawain würden sicher drauflosstürmen und sich das Fett von den Knochen schmoren lassen, würden Heldenmut über Weisheit stellen. Drachen sehen, Drachen erlegen. Er ist nicht so dumm wie sie. Er wird den richtigen Moment abwarten, wenn er Verbündete um sich geschart hat. Nötigenfalls einige der anderen Ritter wecken. Caliburn holen, wenn es sein muss. Sich der Drachin stellen, wenn er eine Chance hat, sie zu besiegen.

Endlich schmatzt der Boden nicht mehr unter ihren Füßen und wird fester. Sie gehen durch Hecken über brachliegendes Ackerland, über eine Fläche voller verrottender Kohlköpfe. Nach zwei oder drei Feldern stoßen sie auf ein Wäldchen mit dichtem Unterholz. Unter dem Farndickicht wird der Boden plötzlich härter. Beton, keine Erde. Hier war früher ein Zaun, doch die morschen Pfähle sind umgefallen, und der Draht ist nur noch auf Knöchelhöhe. Kay wäre fast darübergestolpert.

Innerhalb des eingestürzten Zauns steht ein Bauwerk, ein Metallkasten, der in der Dunkelheit schwer zu erkennen ist. Vielleicht irgendeine landwirtschaftliche Maschine, die jemand zwischen den Bäumen zurückgelassen hat? Er grübelt immer noch, was es sein könnte, als Mariam hinaufklettert und eine rostige Luke öffnet.

»Du zuerst«, sagt sie.

Er verspürt wieder all die alten Ängste. Vielleicht ist der Kasten etwas Böses, ein Portal ins Feenreich. Oder er ist einfach nur leer, und Mariam wird ihn darin einsperren und im Stich lassen. Er ist schon einmal verhungert. Den Tod möchte er nicht noch mal erleben.

Er beschließt, ihr zu vertrauen, zumindest vorläufig. Es ist leichter, großzügig mit Vertrauen umzugehen, wenn der Tod nicht dauerhaft ist. Er zieht seinen Schild vom Arm und versteckt ihn im Unterholz. Dann klettert er hinter ihr auf den Kasten, tastet im Dunkeln nach Halt. Die Luke führt in noch tiefere Finsternis hinab, aber seine Füße finden die erste Sprosse einer Leiter. Also steigt er sie hinunter, in einen düsteren Raum, der nach Rost, Schimmel und Verwahrlosung riecht. Schließlich erreicht er einen Betonboden, auf dem zentimeterhoch Wasser steht. Kay hält inne, er hat keine Ahnung, wie groß der Raum ist oder ob noch jemand hier unten bei ihm ist.

Die Luke schließt sich quietschend. Er hört Mariams Tritte, einen Stiefel und eine feuchte Socke, die die Leiter herunterkommen. Dann spürt er sie neben sich in der Dunkelheit. Sie bewegt sich weiter, kramt in irgendwelchen Sachen. Ein vielversprechendes Summen. Dann erwacht eine matte orangefarbene Lampe flackernd zum Leben.

Kay schaut sich blinzelnd um. Ein winziger rechteckiger Raum mit weißen Wänden, Ventilatoren an der Decke, Instrumentenkisten an einer Wand. Es gibt ein Etagenbett, einen unordentlichen Schreibtisch, eine Dartscheibe, einen verschimmelten Klappstuhl. Auf einem Schild, das an die Wand genagelt ist, steht ROYAL OBSERVER CORPS, darunter eine Liste von Anweisungen: *Explosionen melden und Tagebuch führen.*

»Was ist das für ein Ort?«, fragt er.

»Diese ... Bunker wurden in den Fünfzigern gebaut«, sagt

sie, während sie etwas in einem Rucksack sucht. »Für den Kalten Krieg. Die Leute haben vergessen, dass es sie gibt. Hier müssten wir eine Weile sicher sein. Die privaten Militärfirmen scheinen nichts von diesen Bunkern zu wissen, soweit wir herausfinden konnten.«

»Also gut«, sagt Kay. »Wer ist wir?«

»Das musst du nicht wissen«, antwortet sie. Dann hat sie gefunden, wonach sie gesucht hat, und zieht eine Pistole aus dem Rucksack und richtet sie auf seinen Brustkorb. Sie weiß offensichtlich, wie man sie hält, wie man sie bedient. Die Waffe unterscheidet sich kaum von denen, die man ihm während des letzten Krieges ausgehändigt hat. Es ist das erste Mal, dass er Mariam deutlich sehen kann. Im gelblichen Licht des Bunkers wirkt sie wie ein Reh, das rückwärts durch eine Hecke geschleift wurde. Mehrere Schichten robuster Kleidung plustern ihre schmale Gestalt auf. Parka, dunkelgrüne Hose, verdreckter Stiefel an einem Fuß, schmutzige Socke am anderen. Als sie ihre Wollmütze abnimmt, sieht sie jung und zornig aus. Ihr Haar klebt an ihrer Stirn. Ihre Mundwinkel sind zu einem wütenden Ausdruck verzogen.

»Im Ernst. Wer zum Teufel bist du?«, fragt sie.

»Ich dachte, ich hätte es erklärt.« Er ist nicht bereit, die Hände zu heben. Das hat er sich schon vor Jahrhunderten abgewöhnt. »Ich bin Kay. Ich helfe Menschen, die in Gefahr sind.«

»Bullshit«, sagt sie. »Zu wem gehörst du?«

»Zu niemandem.«

»Also bist du einfach genau im richtigen Moment aus dem Nichts aufgetaucht, um mich vor irgendwelchen Trotteln zu retten, die nicht geradeaus schießen konnten? Klingt irgendwie nicht nach Zufall, oder?«

»Kommt etwa hin«, sagt er. »Mir passieren eine Menge glücklicher Zufälle. Man gewöhnt sich daran.«

»Das muss nett sein«, erwidert sie. »Jetzt sage ich, was ich denke. Ich denke, du bist ein Maulwurf.«

Kay verzieht zutiefst verdutzt das Gesicht. »Was? Nein, ich bin kein ... Ich meine, ich liege zwar die meiste Zeit zwischen den Wurzeln eines Baumes, also bin ich vielleicht ein bisschen wie ein Maulwurf. Aber ich bin mir nicht ganz sicher, wie ich dort hinkomme, um ehrlich zu sein. Ich grabe mich nicht dort ein, wenn ich sterbe, sondern nur wieder heraus, wenn ich erwache.«

»Halt einfach die Klappe!«, zischt Mariam. Sie wirkt genauso verwirrt, wie er sich fühlt. »Und jetzt soll ich dich zu meinen Leuten bringen, damit du uns für die Saxons ausspionieren kannst. Kommt das in etwa hin?«

»Ich habe es dir doch gesagt. Ich helfe Menschen, die in Gefahr sind. Du sahst aus, als wärst du in Gefahr.«

»Wie bist du dann hierhergekommen?«

»Du würdest mir ohnehin nicht glauben.«

Sie kommt näher, die Waffe weiterhin auf seine Brust gerichtet. »Probier's aus.«

»Also gut«, sagt er. Schaden kann es jetzt auch nicht mehr. Er atmet aus und überlegt, wo er anfangen soll. »Ich bin ein alter Krieger. Aus längst vergangenen Zeiten, aus Arthurs Gefolge.«

Sie zieht eine Grimasse. »Was, König Arthur?«

»Ja«, bestätigt er. »König Arthur. Hast du vorhin nicht den Drachen gesehen?«

»Ich weiß nicht, was ich gesehen habe«, sagt sie mit wildem Blick. »Es war nur eine Halluzination oder der Qualm oder irgendwas. Jetzt sag mir, warum du hier bist. Sag mir die Wahrheit.«

»Genau weiß ich es auch nicht«, räumt er ein und bemüht sich, genau das zu tun, was sie von ihm verlangt hat, nämlich ihr die ganze Wahrheit zu sagen. »Ich habe unter einem

Hügel geschlafen. Wie in den Legenden. Damals, in den alten Tagen, haben wir alle diese Dinger gegessen, diese Auferstehungssteine, die Merlin mit seiner Magie aufgeladen hatte. Sie verwurzelten sich in uns, sodass sie nach unserem Tod immer noch da waren und zu Bäumen heranwuchsen. Die Idee war also, dass wir, immer wenn Britannien in Gefahr ist, von den Toten zurückkehren und die Sache in Ordnung bringen. Das war mein Baum, vorhin auf dem Hügel. Da wurde ich begraben. Und jetzt komme ich immer dann darunter hervor, wenn etwas schiefläuft. Wenn Menschen Hilfe brauchen. Also war es vielleicht der Drache oder vielleicht du, aber ... das ist der Grund, warum ich hier bin. Ich bin hier, um zu helfen.«

Es folgt eine längere Stille im kleinen Bunker, abgesehen vom Summen des Generators, der die Glühbirne betreibt. Mariams Augen sind weiß und blinzeln nicht.

»Du hast recht«, sagt sie schließlich. »Ich glaube dir nicht.«

»Hab ich dir doch gesagt.«

»Du bist völlig irre.«

»Vermutlich«, sagt Kay. »Aber ich schwöre beim Blut Christi, dass ich die Wahrheit sage.«

»Also gut«, sagt sie. Offensichtlich ist sie zu einer Entscheidung gelangt. »Dann beweise es mir.«

»Wie?«

»Kehre von den Toten zurück«, sagt sie und drückt ab.

Zweimal an einem Tag. Neuer Rekord.

Für eine weitere kurze Ewigkeit fällt er durch Finsternis, verwirrt und verängstigt. Zeit ist bedeutungslos. Es könnten Jahre oder Stunden oder Sekunden sein.

Sein letzter Körper wird im Bunker zu Staub zerfallen, aber darüber muss er sich nie Sorgen machen. Der alte Körper stirbt, ein neuer wird geschaffen. Der Baum formt ihn jedes

Mal aus Lehm und Erde neu. In der Zeit von Königin Anne hat er einmal eine Druckerpresse gesehen. Wie sie tote Bäume in Papier verwandelte. Das hat ihn an sich selbst erinnert. Vielleicht funktioniert der Baum auch so, und er ist nur eine grobe Kopie des Originals. Etwas, das der Boden am laufenden Band ausspuckt. Ohne Seele in seiner Brust. So etwas wie ein Baumoger. Keine angenehme Vorstellung.

Er wollt das alles nicht. Er wollte in Mamucium neben seiner Frau begraben werden. Neben den Ruinen ihres gemeinsamen Hauses. Er wollte neben ihr in der Erde liegen und schlafen oder sie im Himmel wiedersehen. Das wäre ihm immer noch am liebsten, wenn ihm jemand die Wahl ließe. Aber er hat seine Seele an die falschen Götter verkauft, ist am falschen Ort gestorben. Er hat Merlins Auferstehungsstein geschluckt und damit sein Schicksal besiegelt. Und jetzt erwartet ihn in seiner Zukunft nichts anderes als noch mehr von diesem Unsinn, bis zum Ende aller Tage. Auf ewig zurückkehren, immer und immer wieder.

Dieses Mal hat er wenigstens etwas zu beweisen. Er ist fast schon motiviert, unter seinem Baum hervorzuklettern und den Weg zurück zu Mariam zu finden. Um ihren Gesichtsausdruck zu sehen. Aber er findet es schwieriger als sonst, sich wieder zusammenzusetzen. Sein Fleisch und seine Knochen scheinen länger als weiche Erde zu verharren. Er spürt die Härte der Rinde, das Knarren von Holz, bevor er die vertraute Geschmeidigkeit von Fleisch und Sehnen empfindet. Im Licht, das durch den Boden dringt, erhascht er einen Blick auf seine Hand vor seinem Gesicht. Sie sieht nicht ganz richtig aus.

Irgendwas ist dieses Mal mit der Druckerpresse schiefgelaufen, er kann es spüren. Etwas hat sich in den Rädern verklemmt. Das ist noch nie passiert, kein einziges Mal in den letzten tausend Jahren. Andererseits wurde er auch noch nie zuvor zweimal an einem Tag aus der Erde wiederhergestellt. Vielleicht braucht der Baum mehr Zeit, um sich davon zu erholen. Zeit, um Magie aus dem Boden zu ziehen und die Rohstoffe zu sammeln, um ihn daraus formen zu können. Das könnte es sein. Oder es liegt am Feuer und Öl und an der Verwüstung. Vielleicht ist der Boden vergiftet. Vielleicht hat ein Funke seinen Baum in Brand gesetzt. Er gerät in Panik, kämpft sich durch den Erdboden hinauf. Begieriger als sonst, sich zu befreien.

Dann ist er draußen, kniet am Fuß seines Baums, ringt nach Atem. Alles an ihm ist heil, soweit er feststellen kann. Der Sumpf brennt immer noch in der Dunkelheit, ein See aus Feuer, über den nur wenige sichere Pfade führen. Er sieht die Ruinen der Fracking-Anlage, die weiterhin Rauch in den orangefarbenen Himmel schleudert. In der Ferne hört er das Brüllen der Drachin, weiter weg als zuvor.

Seine Hand sieht normal aus, als er sie betrachtet. Vielleicht etwas steifer, wenn er sie anspannt.

Er braucht einen Moment, bis er den Schmerz mitten in seiner Brust bemerkt. Er drückt eine Hand gegen das Kettenhemd, betastet die Glieder mit den Fingern. Kein nasses Blut, kein scharfer Schmerz, nur ein dumpfes Stechen. Doch es ist genau an der Stelle, wo Mariam ihn kurz zuvor erschossen hat.

Er erstarrt. Das ist bislang noch nie geschehen.

Normalerweise kehrt er brandneu zurück. Er wurde schon geköpft, zu Asche verbrannt, und ist trotzdem nie mit irgendwelche Narben zurückgekommen. Warum also jetzt?

Vielleicht hat es nichts zu bedeuten. Nur ein Phantomschmerz. Der Geist der Kugel verweilt noch. Manchmal bleiben Wunden im Geist zurück, nachdem sie körperlich längst verheilt sind. Das hat er schon vor langer Zeit gelernt. Ja, das muss es sein. Alles nur in seinem Kopf. Mit der Zeit wird es sich legen.

Jetzt kann er es ohnehin nicht ergründen. Er kann sein Kettenhemd nicht in der Dunkelheit abstreifen und seine Brust auf Schusswunden untersuchen. Er muss zu Mariam zurückkehren. Er hat etwas zu beweisen. Wie üblich ist sein Schwert von seiner Hüfte verschwunden, aber er ist überzeugt, dass es schon irgendwo auftauchen wird. Wie jedes Mal.

Es ist eine Herausforderung, ohne Mariams Hilfe zum Bunker zurückzukehren, aber irgendwann findet er das Wäldchen wieder. Er klettert auf den Metallkasten und klopft an die Luke.

Als er hinunterklettert, ist sein alter Körper schon zu Humus geworden und löst sich in nichts auf. Geblieben sind nur ein paar Blätter, die in einer Pfütze Flutwasser schwimmen, und ein erdiger Geruch. Mariam starrt ihn mit panisch aufgerissenen Augen an, mit ihrer rechten Hand umklammert sie fest eine Gebetskette.

»Hast du was zu essen?«, fragt er. »Habe seit 1952 nichts mehr zu mir genommen.«

Damit hat sie etwas, um sie abzulenken. Sie nickt langsam. Dann holt sie zwei Dosen Baked Beans aus einem Vorratsschrank und öffnet eine für ihn.

Er spricht ein kurzes Gebet und verschlingt dankbar die Bohnen. Auch Mariam murmelt ein Gebet. Diese Sprache hat er schon einmal gehört, unter den Mauern von Antiochia und seitdem noch ein paarmal. Safir und Palamedes sprachen sie, damals, in den alten Tagen. Seltsam, dass er sie jetzt besser verstehen kann, seit Merlin ihm die Gabe der fremden Zungen schenkte. Noch seltsamer, eine junge Frau wie Mariam zu hören, wie sie Gott dankt. Als er das letzte Mal auf den Beinen war, hatten die meisten jungen Leute das längst aufgegeben. Er bemüht sich gar nicht, alles zu verstehen. Er dankt Gott einfach nur für die Bohnen.

Mariam isst nicht. Sie sitzt auf dem alten Schreibtisch und starrt ihn an. Die Waffe liegt neben ihr, wo sie sie jederzeit erreichen kann.

»Also gut«, sagt sie schließlich. »Was war das für ein Wesen da draußen?«

»Das war ein Drache«, sagt er zwischen zwei Happen.

»Sind Drachen real?«

»Dieser war es. Außerdem wirkte er ziemlich zornig.«

Mariam starrt auf den Boden und nickt. Vielen Menschen wird regelrecht übel, wenn man ihnen erzählt, dass Drachen existieren.

Er seufzt und versucht es zu erklären. »Sie sind nicht auf dieselbe Weise real, wie du und ich es sind. Oder wie ein Pferd oder eine Kuh oder irgendein anderes Tier. Aber wenn man etwas überschüssige Magie in die Welt entlässt, bleibt diese Magie nicht gern untätig. Also nimmt sie irgendeine Gestalt an. Wenn es nur ein klein wenig Magie ist, wird daraus vielleicht ein Gnom oder ein Kobold oder etwas in der Art. Wenn es sehr *viel* Magie ist, muss man mit einem Drachen rechnen.«

»Okay«, sagt Mariam und kratzt sich am Arm. Ihr Blick ist weiterhin auf den Boden gerichtet. Sie scheint sich nicht allzu wohl dabei zu fühlen, über Magie zu sprechen. »Warum war da ... warum wurde Magie freigesetzt?«

»Das ist eine gute Frage«, sagt er. »Was war das für ein Ort? Bevor du ihn in die Luft gejagt hast.«

»Die Fracking-Anlage? Das ist ... damit holt man Gas aus der Erde. Tief unten sprengen sie etwas, dann strömt das Gas aus. Dann pumpen sie es ab, um es verbrennen zu können.«

»Wie ein Bergwerk?«, fragt er.

»Ja.«

Er betrachtet blinzelnd seine Bohnen. In Bergwerken und Höhlen und Tunneln können seltsame Dinge geschehen. Vor allem nachdem sie aufgegeben wurden. Dann kann sich ein Riss zwischen dieser Welt und der Anderwelt bilden. Kleinere Monstrositäten können sich hindurchzwängen. Aber er hat nie davon gehört, dass eine große Drachenkönigin durch ein solches Feenloch schlüpfen kann. Sie sind stolze Geschöpfe, so etwas wäre unter ihrer Würde.

»Und die haben da unten nicht noch was anderes gemacht?«, will er wissen. »Etwas ... Schändliches?«

Sie zuckt mit den Schultern. »Eigentlich nicht, außer du meinst nach Gas bohren, um damit Jagdbomber zu betanken, die Atmosphäre zu verschmutzen und das Ökosystem zu zerstören.«

Er sieht sie stirnrunzelnd an. »Was?«

»Klimakollaps? Erderwärmung? Schon mal davon gehört?«

»Leider nein.«

Sie starrt ihn eine ganze Weile an und mustert ihn prüfend. Ihr Blick wandert über sein verdrecktes Kettenhemd. Dann schlägt sie die Hände vors Gesicht. »Du warst wirklich die ganze Zeit unter einem Hügel, stimmt's?«

»Leider ja.«

»Bist du wirklich gerade von den Toten zurückgekehrt?«

»Du hast meine Leiche gesehen.«

»Scheiße.«

»Ja, ich weiß.«

»Es fällt mir schwer, das zu verarbeiten.«

»Tut mir leid.«

»Ich hatte einen wirklich langen Tag. Und im Moment bin ich ziemlich durch den Wind.«

»Kann ich dir nicht übel nehmen.«

Mariam atmet tief in ihre Hände. Er wartet ab, bis sie sich beruhigt hat. Es gibt gute Gründe, warum er den Leuten normalerweise nicht erzählt, wer er ist. Meistens benutzt er irgendeinen Decknamen. Als er die letzten paar Male unterwegs war, versorgte das Department ihn mit einer Tarn-geschichte und fälschte für ihn die nötigen Dokumente. Sergeant Knight oder Mr. K. Das ersparte ihm die unangenehme Situation, sich den Leuten erklären zu müssen. Vieles wäre einfacher, wenn er jetzt wieder nach London gehen und Marlowe aufsuchen könnte. Sich zum Dienst melden, wie ein guter Soldat. Aber er hat geschworen, nie wieder für Marlowe zu arbeiten. Nicht nach Malaya.

Ein paar Minuten vergehen, bis Mariam den Kopf hebt und nachdenklich auf den feuchten Boden starrt.

»Also«, sagt sie, »dein ganzes Ding ist, dass du unter einem Baum schläfst und von den Toten zurückkehrst, um Leuten zu helfen, wenn England im Arsch ist?«

»Kommt hin, ja«, sagt er.

»Warum?«, fragt Mariam.

Kay versteht zunächst nicht, wonach sie eigentlich fragt. Er sieht sie blinzelnd an. »Warum was?«

»Warum nimmst du es auf dich, zurückzukommen und Leute zu retten? Was hast du davon?«

Er öffnet den Mund, um etwas über Ehre und Pflicht und heilige Schwüre zu sagen, doch dann bleiben die Worte in seiner Kehle stecken. Das klingt eigentlich schon seit einer ganzen Weile nicht mehr glaubhaft. Er ist sich nicht sicher, ob er das noch laut aussprechen kann, ohne zu schmunzeln.

»Ehrlich gesagt, will ich mich einfach nur wieder schlafen legen«, antwortet er. »Je schneller ich mit der neuesten Sauerei fertigwerde, desto früher kann ich wieder unter die Erde.«

Mariam nickt nachdenklich vor sich hin. Endlich hat er etwas gesagt, das Sinn ergibt. Nun hebt sie ihre Dose mit Bohnen auf und isst eine Gabel voll. Das interpretiert er als ein gutes Zeichen.

»Okay«, sagt sie. »England ist definitiv im Arsch. Also ist es gut, dass du hier bist, denke ich.«

»Würde es dir etwas ausmachen, mich auf den neuesten Stand zu bringen?«, fragt er. »Als ich das letzte Mal hier war, war kein Krieg im Gange. Na ja, es gab einen, aber das war weit weg. Nicht hier in Britannien.«

Sie atmet aus und überlegt, wo sie anfangen soll. Dann legt sie los. Im Großen und Ganzen ist es die gleiche alte Geschichte. Die Reichen versuchen, noch reicher zu werden. Die Armen haben davon die Schnauze voll. Die Reichen geben Ausländern die Schuld daran. Britannien isoliert sich vom Rest der Welt und wendet sich gegen sich selbst. Wie eine hungrige Schlange, die ihren eigenen Schwanz frisst. Menschen verhungern. Menschen werden wütend. Neue Feinde müssen gefunden werden, gegen die sich ihre Wut richten soll. Er nickt, während sie erzählt. Nichts von alldem überrascht ihn auch nur im Geringsten.

Sie erklärt ihm auch andere Dinge. Die Luft ist verschmutzt, die Welt wird wärmer. Im hohen Norden schmilzt das Eis, der Meeresspiegel steigt. Menschen werden aus ihren Häusern geschwemmt. Das alles ergibt für ihn nicht viel Sinn, aber das Seltsamste daran ist, dass es ihm vage bekannt vorkommt. Hat Merlin nicht hin und wieder über so was in der Richtung gesprochen? Bei einer seiner unausgegorenen Prognostizierungen, wenn er Hühnerknochen warf und an Moos leckte und mit leerem Blick an Höhlenwände starrte. Männer von großem Reichtum werden Öl verbrennen und den Himmel trüben, bis die Meere ansteigen und uns alle ertränken. Alle dachten, es wäre nur sein üblicher Blödsinn. Passt auf, Jungs, Merl ist wieder auf Pilzen. Aber vielleicht war es gar nicht so. Schließlich lag er auch mit anderen Sachen richtig. Dampflokomotiven. Schneebesen.

»Gibt es noch mehr von solchen Fracking-Anlagen?«, fragt er. »Andere Orte, wo man dasselbe tut?«

Sie sitzt jetzt auf einer Koje, die Socken auf dem fleckigen alten Bettbezug, die Arme um ihre Knie geschlungen. Sie schaut ihn verwundert an. »Ja, jede Menge. Warum?«

»Was auch immer sie dort machen, es muss etwas mit Magie zu tun haben«, sagt er. »Und wenn Leute mit Magie herumpfuschen, ist es für gewöhnlich meine Aufgabe, sie daran zu hindern.«

»Gut«, sagt sie. »Also, es gibt überall Fracking-Anlagen und Ölbohrplattformen, aber die größte ist weiter im Süden, in der Überflutungszone von Somerset. Die Avalon-Plattform.«

Der Name lässt ihn erschaudern. Ynys Afallon ist die Insel der Äpfel, das Land des wundersamen Überflusses, das in der Anderwelt jenseits der Nebel der Zeit liegt. Auf Avalon schläft sein Bruder und wartet darauf zurückzukehren. Mariam kann nicht denselben Ort meinen. Es muss etwas Modernes sein, für das man diesen Namen übernommen hat. Aber er spürt den Schatten von etwas anderem, wie eine Seeschlange, die unter der Wasseroberfläche lauert.

»Erzähl mir mehr darüber«, sagt er.

Sie setzt sich aufrechter hin. Wirkt aufgeregt, aber vorsichtig. »Na ja, es ist so ähnlich wie hier, aber schlimmer. Es ist alles, was mit der Welt nicht stimmt, alles an einem Ort. All die Verschmutzung, all die Korruption ... es ist ein Hotel und eine Ölbohrinsel und noch zwölf andere Dinge gleichzeitig. All die Firmenbosse und Medienfuzzis und all die reichen Wichser glauben, sie können das Ende der Welt einfach in ihrer großen, klimatisierten Luxusfestung aussitzen, während alle anderen an Hitze oder Hunger sterben.«

»Klingt gar nicht gut«, sagt er.

»Wir ... die Gruppe, mit der ich zusammenarbeite«, sagt sie, »wollen es in die Luft jagen. Oder vielleicht nicht zerstören, sondern eine Möglichkeit finden, es auszuschalten, ohne den Planeten zu verletzen. Würdest du ... uns vielleicht dabei helfen?«

Jetzt vertraut sie ihm. Das nimmt er nicht auf die leichte Schulter. Und ihr helfen könnte der Grund sein, warum er hier ist, der schnellste Weg, um bald wieder unter seinem Hügel schlafen zu können. Wenn diese kleine Fracking-Anlage eine große Drachenkönigin hervorgebracht hat und die Avalon-Plattform noch viel größer, furchtbarer und mächtiger ist ...

Während des letzten großen Krieges hat er solche Orte zerstört, Stahlwerke und Eisenhütten und Geheimbunker, in denen der Feind absonderliche Schrecken ausbrütete. Er sieht keinen Grund, warum er jetzt nicht dasselbe tun sollte. Und an diesem Punkt würde es ihm schwerfallen, Nein zu sagen. In Mariams Augen schimmert eine zarte Hoffnung.

»Warum brauchst du meine Hilfe?«, fragt er. »Du bist ziemlich gut darin, Sachen in die Luft zu jagen, soweit ich erkennen kann.«

Sie verzieht verlegen das Gesicht. »Eigentlich wollte ich die Anlage gar nicht in die Luft jagen«, sagt sie. »Ich wollte sie nur außer Betrieb setzen. Ich habe die Sprengsätze an der falschen Stelle angebracht.«

»Sah für mich recht effektiv aus. Die ganze Anlage hat gebrannt.«

»Genau«, sagt sie. »Und das setzt nur noch mehr ... ach. Das verstehst du nicht. Es hat alles nur schlimmer gemacht.«

Kay betrachtet sie, diese müde junge Kriegerin, die hart mit sich selbst ins Gericht geht und das Gewicht der Welt auf ihren Schultern spürt. Ist ja wohl klar, an wen sie ihn erinnert. Vielleicht ist das der Grund, warum er ihr bis hierher gefolgt ist.

Er würde gern versuchen, ihr einige seiner Gedanken anzuvertrauen, aber er war noch nie besonders gut darin, sein Herz auszuschütten. Seine Gefühle hochzuholen, damit sie wie tote Fische die Luft vollstinken. Lieber würde er noch einmal bei Badon Hill gegen die Sachsen kämpfen. Aber Mariam sieht aus, als könnte sie Trost gebrauchen, weshalb er sich räuspert und sich alle Mühe gibt.

»Du hast gesagt, dass du auf der Seite stehst, die versucht, die Welt zu verbessern«, setzt er an.

»Die es versucht«, dringt es gedämpft hinter ihren Knien hervor.

»Nun«, sagt er, »ich hatte schon oft den Eindruck, ich würde alles nur schlimmer machen. Aber ich *versuche*, es besser zu machen, und das ist es am Ende, was zählt, denke ich.«

Sie schweigt eine Zeit lang, den Kopf in den Händen vergraben. Dann schaut sie ihn über ihre Knie hinweg an.

»Die ganze Welt ist aus den Fugen«, sagt sie, »und ich weiß nicht, wie ich sie in Ordnung bringen kann. Aber das ist doch genau das, was du machst, oder? Dinge in Ordnung bringen? Leuten helfen?«

»Ich versuche es.«

Sie nickt eine Weile vor sich hin. Dann räuspert sie sich. »Hilfst du mir?«

»Ich gebe mein Bestes.«

Mariam seufzt und schließt die Augen. Zum ersten Mal, seit sie sich begegnet sind, sieht er, wie sie sich entspannt, wenn auch nur für einen Moment. Als hätte sie etwas an ihn weitergegeben, ein schweres Paket, das ihr eine Last war. Und nachdem sie es jetzt abgegeben hat, kann sie sich ausruhen. Aber in ihren Augen sieht er immer noch ein wenig Misstrauen. Sie unterdrückt ein Gähnen, versucht es zu verbergen, versucht ihm zu zeigen, dass sie nach wie vor das Kommando hat. Die Waffe liegt immer noch neben ihr auf dem Schreibtisch.

Er trägt immer noch seinen Schwertgürtel und sein Kettenhemd. Also tut er, was er in den alten Tagen als Gast getan hätte, um zu zeigen, dass er keine kriegerischen Absichten hat. Er öffnet seinen Schwertgürtel und legt ihn auf eine Arbeitsfläche. Er schnürt die Lederriemen an seinen Handgelenken auf. Dann beugt er sich vor und macht sich daran, sein Kettenhemd abzuschütteln. Das ist kein allzu würdevoller Anblick. Man muss den Arsch in die Luft recken und die Schultern rollen, während man wie ein Schwein grunzt. Aber andererseits, genau dafür macht er es ja. Er entwaffnet sich, er macht sich zum Narren. Das Kettenhemd verknotet sich an seinem Kopf in seinen Haaren und staut sich an seinen Achselhöhlen, er steckt fest. Er hört sie lachen und grinst durch die Kettenglieder.

»Könntest du am Ärmel ziehen?«, fragt er. »Zu zweit ist es einfacher.«

Eine kleine Pause. Dann spürt er, wie sie mit kräftigem Griff den losen Ärmel packt. Fast hätte sie ihn auf das Bett gezogen, doch er schafft es, auf den Beinen zu bleiben. Dann löst sich das Kettenhemd und kommt frei, rutscht mit dem Eigengewicht über seinen Kopf. Danach ist er zwanzig Pfund leichter, mit wund gescheuerten Ohren, und steht nur noch in Kniehosen und Leinenhemd da. Ohne das schwere Eisen fühlt es sich an, als würde er gleich zur Decke hinaufschweben. Er spürt immer noch diesen seltsamen Schmerz mitten in seiner Brust, aber darüber wird er sich später Sorgen machen.

Mariam ist aufs Bett zurückgefallen und hat immer noch den Ärmel des Kettenhemdes in den Händen. Sie blickt mit einem anderen Gesichtsausdruck zu ihm auf. Nicht mehr misstrauisch, sondern beinahe neugierig. Er spürt, wie sie seine uralte Kleidung betrachtet, die für sie eigenartig aussehen muss. Gedanken gehen ihr durch den Kopf. Hier sind sie nun, nur sie zwei, voller Ruß und Dreck. Aber er spürt die Augen Gottes in seinem Nacken, wie er aus dem Himmel auf ihn hinabschaut. Er stellt sich vor, dass auch Hildwyn ihn beobachtet, durch den Rauch und die Erde und die Decke des

Bunkers. Dann räuspert er sich, nimmt Mariam den Ärmel aus der Hand und bückt sich, um den Rest aufzusammeln.

»Danke«, sagt er. »Dafür hatten wir früher Knappen.«

Sie sieht ihn mit gerunzelter Stirn an. »Was ist ein Knappe?«

»Ein Diener«, sagt er. »Nicht dass du …«

»Ich werde auf keinen Fall dein Diener sein«, erklärt sie.

»Es würde mir nicht im Traum einfallen, dich darum zu bitten«, sagt er. »Ich nehme die obere Koje.«

Er hebt das Kettenhemd auf und breitet es auf der Arbeitsfläche aus, damit es sich über Nacht nicht verheddert. Mariam steht hinter ihm auf und nimmt etwas aus einem Schrank. Als er sich zu ihr herumdreht, hat sie sein Schwert in der Hand. Verunsichert streckt sie es ihm mit dem Griff voran entgegen.

»Als du zu Staub zerfallen bist oder was auch immer … ist es einfach auf den Boden gefallen. Als wüsste es, dass du zurückkehrst.«

Gut. Das sagt ihm alles, was er wissen muss.

4

BEIDE EINIGEN SICH, DASS SIE VERSUCHEN SOLLTEN zu schlafen. Kay klettert zur oberen Koje hinauf und lässt dabei das gesamte Bettgestell wackeln, er kommt sich dabei etwas albern vor. Mariam bleibt in der unteren Koje und legt die Pistole unter ihr Kissen. Sie schaltet das Licht aus und taucht alles in tiefste Finsternis.

Er wartet lange genug ab, bis er glaubt, dass sie eingeschlafen ist. Dann schiebt er seinen Kittel bis zur Taille hoch, damit er unter den Stoff fassen kann, um die schmerzende Stelle an seiner Brust zu betasten. Seine Finger finden etwas Hartes. Das Leinen ist dort verkrustet und klebt an seiner Haut.

»Was?«, sagt er lautlos.

Als er den Stoff abzieht, fühlt er sich seltsam klebrig an, nicht wie Blut, sondern etwas anderes. Wie trockener Honig. Er reibt es zwischen den Fingern. Tastet nach einem Loch oder einer Wunde, aber da ist nichts.

Lässt sich besser am Morgen überprüfen, wenn es hell ist, beschließt er. Also liegt er da und starrt an die dunkle Decke, die nur wenige Zentimeter von seinem Gesicht entfernt ist. Und weiß nicht, was er denken soll.

Er hofft, dass er über Nacht nicht stirbt. Aber selbst wenn das passiert, würde er nur wieder unter seinem Hügel landen.

Er würde keinen Schaden erleiden. Man muss der Magie trauen. Sie ist eigenartig und unergründlich, aber auch sehr mächtig. Immerwährend. Sie wird direkt aus der Erde gezogen. Sie hat schon so lange überlebt, alle Kriege und Veränderungen in den Gefilden überdauert. Es gibt keinen Grund, warum sie ausgerechnet jetzt nicht mehr funktionieren sollte. Der Gedanke beruhigt ihn genug, dass er schließlich einschläft.

Er ist sich gar nicht sicher, ob er Schlaf braucht, wenn er auf den Beinen ist. Es ist jedes Mal eine seltsame Erfahrung. Niemals entspannend oder erholsam. Er kann sich nicht mal für vierzig Wimpernschläge hinlegen, ohne dass es grauenhaft prophetisch wird. Dieses Mal findet er sich in einem Wald wieder. Kein moderner, fein ordentlich zurechtgestutzter Wald. Das hier ist uraltes Waldland, wie es sich kaum noch in der Wachwelt finden lässt. Geisterhafte Ulmen und Unheil verkündende Eichen. Äste schlängeln sich durch das Moos. Dichte grüne Teppiche aus Lebermoos und Steinbrech. Die Bäume stehen nah beieinander, das Licht ist seltsam. Die Luft hat etwas Klammes, Fauliges, ein schimmeliger Modergeruch. Pilze sprießen in den feuchten Ritzen zwischen den Wurzeln und kriechen die Baumstämme in die Höhe. Sie scheinen ihm den Weg zu zeigen, führen ihn einen breiten Wildpfad entlang.

Es wäre unziemlich, ihm nicht zu folgen. Töricht, vom Pfad abzuweichen. In diesem Wald könnte es noch Dinge geben, die in der Wachwelt längst verschwunden sind. Bestien und Phantome. Kay betrachtet die Schatten, achtet auf Bewegungen. Dieser wiedererschaffene Körper ist immer noch menschlich. Selbst im Traum hat er Nackenhaare, die sich sträuben können. Das verrät ihm, dass er Dinge fürchten sollte, die in der Dunkelheit lauern.

Als er eine Gestalt zwischen den Bäumen aufragen sieht,

verspürt er einen Stich der Angst. Sein Puls steigert sich zu einem Donnern in seinen Ohren, dann legt er sich wieder. Er weiß, wer das ist. Nicht dass er sich deswegen besser fühlt.

Die Spur der Pilze hat ihn zu einer offenen Lichtung geführt, wo die Bäume dünner und die Moose dichter wachsen. In der Mitte der Lichtung steht eine riesige Eiche, pelzig von Flechten, breiter, als irgendein Baum außerhalb eines Traumes sein kann. Als er aufblickt, kann er durch den dichten Nebel nicht bis zu den Ästen sehen, so hoch liegen sie. Eine fallende Frucht könnte aus dieser Höhe mit ihrer Wucht Burgen zertrümmern.

Die Wurzeln des Baumes recken sich wie greifende Hände in alle Richtungen. Zwischen zwei Gabelungen genau am Fuß des Baumes steht ein großer Thron. Und auf diesem Thron sitzt mit übereinandergeschlagenen Beinen Herne. Er trägt einen langen Kittel aus verrotteten Fellen, in denen ganze Dynastien von Motten und Maden hausen. In dieser Erscheinung hat er einen leeren Hirschschädel als Kopf, aber er kann jede Gestalt annehmen, die er möchte: die eines Jägers mit Bogen oder eines Kriegers mit Hülsenblättern als Haut. Er ist Cernunnos, der Gehörnte Gott der Tiere und Bäume und Wälder und Täler. Der Wächter von Albion, älter als Rom oder Babylon. Niemals ein freudiger Anblick.

Gerade zupft er mit seinen Eichenfingern eine Knochenharfe. Als Kay näher herankommt, spuckt der alte Jäger ein paar Motten aus und beginnt in beschwingten Versen zu sprechen.

Wenn Arthurs Haupt dereinst die Krone trägt
Und Ritter von den Toten wiederkehren,
Dann singen die Bäume, derweil die Erde sich regt,
Die Gefilde werden erneut ihren König ehren!

Kay stöhnt. »Ist das alles, was du den ganzen Tag lang machst? Hier in der Anderwelt herumsitzen und dir beschissene Poesie ausdenken?«

»Heutzutage habe ich sonst kaum etwas im Terminkalender«, sagt Herne und legt die Harfe weg. »Keine Feste, keine Jagden. Keine Könige, die mich besuchen kommen und um Gefallen bitten. Und auch keine Opfergaben! Niemand hat mehr die Zeit, dem alten Herne ein Trankopfer darzubringen. Ich kann mich schon glücklich schätzen, wenn jemand eine Duftkerze für mich entzündet.«

»Ja, mir blutet das Herz«, sagt Kay. »Also, was gibt's? Ich versuche zu schlafen.«

Herne beugt sich vor, hält sich an den Armlehnen seines Throns fest. »Du hast lange genug geschlafen! Die Gefilde sind vor die Hunde gegangen. Oder hast du es etwa nicht bemerkt?«

»O doch.«

»Ich habe eine Vereinbarung getroffen. Mit deinem Bruder. Ich mache ihn zu meinem Helden und gebe auf seine Krieger acht, wenn er verspricht, die Gefilde vor Gefahr zu bewahren.«

»Ich weiß.«

»Ein faires Geschäft, dachte ich. Das würde mir auf Dauer einigen Ärger ersparen. Aber jetzt schau dich mal um! Der Meeresspiegel steigt, Wälder werden abgeholzt, und du machst einen Scheißdreck dagegen.«

»Ich werde diesen Drachen töten, sobald ich herausgefunden habe, woher er gekommen ist«, sagt Kay.

»Ach, du willst also einen Drachen töten, wirklich? Na dann, dann wird ja ganz bestimmt alles wieder gut! Grabe tiefer als die Ackerkrume, Kay. Hier geht es um mehr als nur einen herumfliegenden Drachen.«

»Zum Beispiel?«

Herne zählt die Bedrohungen an seinen merkwürdigen

Eichenfingern ab. »Dürre Felder, verpestete Flüsse. Die Vögel und die Bienen sterben in Scharen. Kaum noch ein Wurm im Boden! Und nun erschüttern Narren die Grundfesten der Erde, zehren die Seele der Gefilde aus. Es geht nicht darum, den richtigen Drachen zu töten.«

»Was soll ich deiner Ansicht nach deswegen unternehmen?«, fragt er.

»Ich denke, es ist höchste Zeit, deinen Bruder zu wecken«, sagt Herne. »Meinst du nicht auch?«

Der Traumwald scheint zu spiegeln, wie Kay sich fühlt. Ein unheilvoller Wind pfeift durch die Bäume und lässt Blätter rascheln. Ihn überläuft ein kalter Schauer, der ihm bis in die Knochen geht.

»Arthur?«, fragt er. »Warum willst du unbedingt Arthur wecken?«

Herne scheint kurz davor, von seinem Thron aufzuspringen. »Hast du mein Gedicht nicht gehört? Die Erde wird sich regen! Die Bäume werden singen. Wenn Arthur König ist, wird Magie in den Gefilden schwingen!«

Kay seufzt. Er würde gutes Eisen gegen einen Gott tauschen, der nicht in Rätseln spricht. Aber er versteht, was Herne sagen will. Der Schleier zwischen der Anderwelt und den sterblichen Gefilden wurde dünner, während Arthur König war. Dann wurde er zugezogen, als er starb, und verschiedene Schrecken dahinter eingeschlossen. Albion auf der einen Seite, Anwyn auf der anderen. Das war die Vereinbarung. Wenn Arthur zurückgeholt wird, könnte das den Schleier wieder dünner machen. Magie könnte in die sterblichen Gefilde zurückkehren. Auch andere Wesen könnten hindurchgelangen – Drachen und Riesen und Schlimmeres. Wäre damit irgendjemandem geholfen? Wäre es das wert?

»Ich kann mir nicht vorstellen, dass dadurch etwas besser wird«, sagt er.

»Nun, schlechter kann er es kaum machen, oder?«, erwidert Herne. »Und ich bin nicht der Einzige, der so denkt. Lass uns das Ganze anstoßen, ja? Das hier möchtest du bestimmt zurückhaben.«

Herne hebt eine Hand, und ein riesiger schwarzer Bär kommt aus dem Wald gestapft, bewegt sich langsam über das Moos. Solche Bären hat es in Britannien nicht mehr gegeben seit der Zeit, bevor die Normannen kamen. Er trägt etwas Schweres zwischen den Zähnen, ein knorriges Stück Holz, bei dessen Anblick Kays Herz einen Schlag aussetzt.

Es ist sein alter Eichenstab, aus der Zeit, als er Arthurs Hofmeister war. Arthur hat ihn nie geadelt, ihn nie zu einem Mitglied seiner brüderlichen Kriegertruppe gemacht, seiner Leibwache aus Reitern. Er stand immer abseits, Kay der Mundschenk, der dafür sorgte, dass der Keller mit Wein gefüllt war, dass die Jagdhunde Futter und die Pferde Wasser bekamen. Ein Ritter war er nur im ältesten Sinne des Wortes. Ein Kämpfer, der ein Pferd reiten konnte. Nicht im neueren Sinne, halbwegs adlig zu sein. Und dieser Stab sollte ihn daran erinnern. Das war Arthurs Art, ihn in seine Schranken zu weisen. Er hatte kein Zauberschwert, keinen Goldhelm und auch keine Harfe, die Engel zum Weinen bringt. Nur einen Holzstab, einen knorrigen Knüppel, der an einem Ende schwerer war. Für nichts zu gebrauchen, außer Leuten die Zähne auszuschlagen. Erst nach Camlann wurde er zu etwas anderem. Zu einem Bestandteil des Zaubers.

Damals wollte er nichts damit zu tun haben. Also brachte er seinen Stock tief in den Wald und vergrub ihn dort. Und jetzt ist er wieder da, in seinem Traum, im Maul eines Bären.

»Wie hast du den gefunden?«, fragt er. Seine Stimme klingt leise in seinen Ohren.

»Ich weiß, wo jedes Eichhörnchen jede einzelne Eichel aufbewahrt!«, erwidert Herne. »Dachtest du wirklich, ich wüsste nicht, wo er die ganze Zeit war? Ich habe ihn für dich sicher verwahrt. Aber du wirst ihn brauchen, wenn du Arthur wecken willst.«

Der Bär lässt den Stab fallen, als würde er einen faulen Lachs ausspucken, dann tappt er davon, ohne auch nur zu knurren. Der Stab liegt an einem moosigen Stein. Kay starrt ihn an, bückt sich nicht, um ihn aufzuheben. Ihm fallen zig Waffen ein, die ihm lieber sind als dieser Stab. Waffen, mit denen er gut umgehen kann. Waffen, die er unter Kontrolle hat. Er erinnert sich, wie Arthur während der letzten paar Jahre seiner Herrschaft war. Er erinnert sich, wie alles endete.

»Selbst wenn ich ihn zurückholen wollte«, sagt er, »brauche ich dazu mehr als nur diesen Stab. Da wären noch die anderen Talismane. Ich brauche das Schwert. Ich brauche Bedwyrs Zauberstein. Oder Galehauts Ring.«

»Du findest das Schwert, wenn du Nimue findest«, sagt Herne. »Und du weißt, wo du sie findest, oder?«

Dies ist sein Traum, und die Erinnerungen sickern hinein, bevor er es verhindern kann. Er erinnert sich an Mamucium, wie er von der Festung zum Flussufer hinunterging und sich zwischen die Schilfhalme setzte, auf dem Wehr, wo die Aalfänger ihre Netze ausgeworfen hatten. Um auf eine silbrige Bewegung im Wasser zu warten. Gelbe Augen, die zu ihm emporstarrten. Sie sprachen über Aale und Ernten und andere Dinge. Dann lief er mit nassen Füßen zurück zu seiner Frau, die ihn schimpfte, weil er Dreck ins Haus brachte. »Hast du schon wieder mit falschen Göttern gesprochen? Du weißt, dass ich es nicht mag, wenn du das tust. Ich werde später für dich beten.«

Jetzt sieht er sich, wie er mit Hildwyn im Bett liegt. Wie sie unter den Fellen reden und lachen. Er schließt die Augen, bevor er noch etwas anderes sehen muss. Brennendes Schilfdach und herabstürzende Balken. Er will nicht nach Mamucium zurückgehen, wenn es sich vermeiden lässt. Nicht wieder über die tote Erde laufen.

»Du wirst das Schwert brauchen, um diesen Drachen zu töten, nicht wahr?«, sagt Herne mit einem Kichern, das wie eine Eiche klingt, wie knarrende Äste oder eine tiefe Baumhöhle, die in sich zusammenbricht. »Und sobald du die Bestie getötet hast, was hält dich davon ab, nach Süden zu ziehen und ihn aus seinem Schlummer zu wecken?«

»Die Leute wollten ihn schon zurückhaben, als die Normannen landeten«, sagt er. »Und wieder, als Maud und Stephen Krieg führten. Und in Cromwells Krieg und in jedem anderen Krieg danach. Wir sind jedes Mal gut ohne ihn zurechtgekommen. Wir haben den Laden am Laufen gehalten. Wir werden es auch diesmal hinkriegen.«

»Ah, aber diesmal sind es die Gefilde selbst, die leiden, nicht nur die Leute«, sagt Herne. »Und die Leute sind mir egal. Mich interessiert es nicht, wer auf dem Thron sitzt oder wie das Land regiert wird. Aber jetzt sterben die Bäume. Und wenn alles so weiterläuft wie bisher, wird es bald keine Gefilde mehr zu verwalten geben. Arthur hat mir einst versprochen, dass er so etwas nicht zulassen wird. Also nehme ich ihn jetzt beim Wort. Du bist sein Bruder. Nimm den Stab. Finde das Schwert. Bring ihn zurück.«

»So weit ist es noch nicht gekommen«, sagt er.

»Und wann wird es so weit gekommen sein? Wenn jeder Baum in Britannien gefällt wurde? Wenn jeder See und jeder Fluss ausgetrocknet ist? Wenn jedes Tier gestorben ist und nicht einmal Fliegen da sind, um über ihre Kadaver herzufallen?«

»In den Gefilden leben Menschen«, sagt Kay. »Menschen, die leiden. Und ich schätze, sie würden noch viel mehr leiden, wenn wir Arthur zurückbringen.«

»Sie haben es selbst so weit kommen lassen«, sagt Herne.

»So wie ich das sehe, hätten die Leute ein wenig Leid verdient. Um sie daran zu erinnern, die Erde zu respektieren, auf der sie leben. Die Erde zu fürchten!«

»Ich gehe jetzt«, sagt Kay. »War nett, mal wieder zu quatschen.«

Er dreht sich um und verlässt die Lichtung, ohne den Stab mitzunehmen. Doch hinter sich hört er unheilvolle Geräusche. Holz verbiegt sich, Knochen klappern. Motten flattern. Ein zorniger Wind weht durch die Bäume. Herne reckt sich zu einer anderen, noch Furcht einflößenderen Erscheinung empor. Als er wieder spricht, hallt seine Stimme von jedem Baumstamm zurück.

»Es wäre unser beider Ende, Kay, wenn du ihn nicht zurückholst! Wenn du die Gefilde nicht wieder in Ordnung bringst!«

Das genügt, um Kay innehalten zu lassen und noch einmal zurückzuschauen. Herne steht vor seinem Thron und hat sich in eine große Abscheulichkeit verwandelt, eine schreckliche Bestie aus der Vorzeit menschlicher Erinnerung, düster und furchtbar und muskulös, mit einem Schwarm Insekten, die ihn umschwirren. Ein neues Geweih sprießt aus seinem Schädel und kringelt sich auf seinem Kopf. Er ist zehn Meter groß und wächst noch weiter. Kay hat noch nie einen Mann oder ein Geschöpf gesehen, mit dem er sich so ungern anlegen würde. Lieber würde er im Alleingang gegen ein ganzes Bataillon Germanen kämpfen. Aber das ist es nicht, was ihm Angst macht. Es ist die Furcht, die er in Hernes Stimme hört. Die Furcht, die er spüren kann, wenn er in die dunklen Löcher in Hernes Schädel blickt. Götter sollten sich vor nichts fürchten. Aber Herne hat vor etwas Angst und ist deswegen wütend. Was ist es, das Cernunnos verängstigen könnte, den Gott der Tiere, den ältesten aller Götter?

Ihm graut immer noch vor der Antwort darauf, als Herne

von oben auf ihn deutet, einen Finger auf seine Brust richtet. Kay senkt den Blick. Sein Kettenhemd und sein Kittel sind verschwunden. Er steht bis zur Taille entkleidet da. Und aus seiner Brust, wo Mariam ihn erschossen hat, wächst etwas. Ein Zweig, der zu einem knorrigen Ast wächst, aus dem Blätter sprießen. Vor seinen Augen verwandelt er sich in eine eichene Hand mit rissiger Borke statt Knochen und Sehnen. Plötzlich greift sie nach seinem Gesicht.

Dann ist er wach und liegt keuchend im dunklen Bunker. Schweißüberströmt. Er setzt sich auf und knallt mit dem Kopf an die Decke. Als er seine Brust betastet, findet er dort nichts, keine Wucherung oder Warzen oder hölzerne Hände. Nur eine leichte Kruste.

5

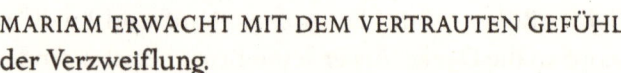

MARIAM ERWACHT MIT DEM VERTRAUTEN GEFÜHL der Verzweiflung.

Inzwischen hat sie sich damit abgefunden. Es ist wie ein Stein, der mitten auf ihrer Brust liegt, schon seit Jahren, und mit der Zeit wird er immer schwerer. Weil sie weiß, dass der Planet immer wärmer wird. Weil sie weiß, dass niemand mit der Macht es aufzuhalten tatsächlich versucht es aufzuhalten. Weil sie weiß, dass halb England unter Wasser steht und die andere Hälfte unnötigerweise hungert. Weil sie sieht, wie alles kontinuierlich schlimmer wird, obwohl sich alle nach besten Kräften bemühen, es zu verhindern. Als sie diese Verzweiflung zum ersten Mal spürte, fühlte es sich wie Trauer an, wie der Tod eines Verwandten. Aber inzwischen ist diese Empfindung Normalzustand geworden. Ein dumpfer Kopfschmerz im Hintergrund, übertönt von Verwirrung, Enttäuschung und Erschöpfung. Es gelingt ihr immer besser, das Gefühl zu ignorieren, auch wenn die Situation immer hoffnungsloser wird. Aber hin und wieder lastet diese Verzweiflung so schwer auf ihr, dass sie es nicht aus dem Bett schafft.

Tageslicht kriecht durch alte Fensterläden und Lüftungsgitter in den Bunker. Staub schwebt in den Sonnenstrahlen. Von ihrer Koje aus kann sie das Barometer an der Wand sehen, das die Qualität der Außenluft misst. Es war für einen

Atomkrieg gedacht, nicht für den Klimakollaps, aber es erfüllt den gleichen Zweck. Gestern stand es auf KONTA-MINIERT. Jetzt ist es zu SCHWER KONTAMINIERT vorgerückt. Was vermutlich ihre Schuld ist.

Sie rührt sich im Bett und reibt sich das Gesicht mit den Händen. An der Fracking-Anlage ist nichts so gelaufen, wie es sollte. Sie sollte nicht entdeckt werden, geschweige denn beschossen. Sie sollte die Sprengsätze nicht so nahe an den Brennstofftanks anbringen. Es hätte kein Feuer und keine Toten und kein brennendes Ölfeld geben sollen. Und keinen Drachen oder einen merkwürdigen Mann mit Schwert.

Vielleicht ist er weg. Vielleicht war er nur ein Dschinn oder ein hilfsbereiter Geist, der in der Stunde ihrer größten Not erschien, dieser ganze Quatsch. Doch als sie durch ihre Finger nach oben lugt, ist die Matratze weiterhin nach unten durchgedrückt. Auf dem Tisch liegen immer noch der Haufen mit seiner Rüstung und sein Schwert in der Scheide.

Sie rümpft die Nase. Es kann nicht wahr sein, was er erzählt hat. Sie dachte nicht, dass König Arthur echt gelebt hat. Aber sie weiß auch nicht allzu viel über diese Art von Geschichte. Die britische Geschichte, mit der sie sich auskennt, ist die Teilung Indiens und Pakistans und das Massaker von Amritsar und die Hungersnot in Bengalen. Für Ritter und Drachen hat sie sich nie besonders interessiert. Das fühlte sich nie nach ihrer eigenen Geschichte an. Das alles fühlt sich alt und vage an und hat etwas mit anderen Leuten zu tun. Weißen Leuten. Und sie wäre viel glücklicher, wenn das so bleiben würde.

Aber vielleicht ist es doch ihre Geschichte, wenn es damals in England auch Schwarze gab. Schwarze Ritter. Letzte Nacht hat Kay ihr das Gefühl gegeben, dass sie ihm vertrauen kann. Als könnte sie ihm den schweren Stein übergeben, statt ihn die ganze Zeit auf ihrer Brust tragen zu müssen. Als könnte sie ihn um Hilfe bitten. Das ergab auf eigenartige Weise Sinn, während sie noch unter Schock und Schlafentzug litt. Jetzt kommt es ihr völlig verrückt vor.

Aber eine der schönen Seiten des Klimakrieges ist, dass man nicht viel Zeit hat, im Bett zu liegen und an sich selbst zu zweifeln. Mariam wälzt sich aus ihrer Koje, überall an ihrem Körper schmerzt oder juckt es. Ihre allgemeine Verzweiflung über den Zustand der Welt fühlt sich nicht mehr so dringlich an, wenn ihr alle Muskeln wehtun. Wenn man sich bewegt und sinnvolle Sachen macht, kann man die Verzweiflung vorübergehend abhängen.

Kay liegt immer noch auf der oberen Koje. Im Schlaf sieht er besorgt aus. Sie nimmt sich einen Moment, um ihn anzuschauen, ohne beobachtet zu werden. Ihr weißer Ritter. Nur dass er natürlich gar nicht weiß ist. Zerfurchtes braunes Gesicht. Starke Wangenknochen. Grau melierter Bart. Ein Gewirr aus Rastalocken in Schwarz und Grau. Wenn sie ihn so im Lager getroffen hätte, mit diesem Look und all dem, was er erzählt hat, hätte sie sicher gedacht, dass er voll auf Meskalin sei. Ihr erster Eindruck wäre auf keinen Fall gewesen, dass er tatsächlich ein Kumpel von König Arthur sein könnte.

Sie zieht die Pistole unter dem Kissen hervor und versucht dann, so leise wie möglich ihre Sachen zusammenzupacken. Sie füllt ihren Rucksack aus dem Vorratsschrank auf. Proteinriegel. Zahnbürste. Rehydrationspulver. Wiederverwendbare Matten. Neun-Millimeter-Patronen. Semtex. Kletterausrüstung. Gegen einen Drachen mag das alles nicht viel ausrichten können, aber es ist immer noch besser als gar nichts.

Sie braucht nicht lange, bis sie fertig ist und die Kordel des Rucksacks und den Reißverschluss zugezogen hat. Sie schnürt ihren einen Stiefel und wünscht sich, sie hätte den anderen nicht verloren. Dann ist sie bereit zum Aufbruch.

Sie könnte ohne ihn abhauen, wenn sie wollte. Sich die

Leiter hinaufschleichen und allein zum Lager zurückkehren. Alles vergessen, was passiert ist. Den Baum und den Drachen und den Anblick, wie seine Leiche zu Staub zerfiel. Wie er dann zurückkehrte. Der Gedanke daran jagt ihr immer noch einen Schauer über den Rücken.

So muss er auch so schnell zum Baum gekommen sein. Wäre er nicht aus dem Nichts aufgetaucht und hätte die Söldnerschweine abgelenkt, hätte sie es nicht aus der Fracking-Anlage geschafft. Sie wäre tot oder, noch viel schlimmer, würde in einem Geheimgefängnis von Saxons gefoltert werden. Und er war bereit zu sterben, um ihr die Flucht zu ermöglichen.

Sie stopft ihre Waffe in die Innentasche des Parkas. Hier im Bunker gibt es einen Gaskocher und ein paar alte Emaillebecher. Teebeutel, die sie aus Notrationspaketen gestohlen hat. Sie bringt den Kessel zum Kochen. Jetzt ist sie absichtlich lauter. Knallt die Becher härter als nötig auf den Tisch.

Es dauert nicht lange, bis Kay aufwacht. Er fährt hoch, als wäre ein Notfall eingetreten, und stößt sich den Kopf an der Decke. Dann grunzt er und beruhigt sich, reibt sich die Stirn.

»Vorsicht«, sagt sie.

»Ja«, sagt er.

»Gut geschlafen?«

»Eher nicht.«

»Siehst auch nicht danach aus.«

»Besten Dank.«

Er steigt von seiner Koje herunter, und sie schenkt ihm Tee ein. Er murmelt dankbar, pustet darauf, schlürft ein wenig. Etwa eine verlegene Minute lang trinken sie beide Tee.

»Gab es damals schon Tee, in der Zeit, aus der du kommst?«, fragt sie, um die Stille auszufüllen.

»Etwas in der Art«, sagt er. »Aber nur Druiden haben das getrunken. Magische Wurzeln und solche Sachen.«

»Verstehe«, sagt sie und nickt, als hätte sie wirklich verstanden, was er da sagt.

»Ich selbst trinke erst seit kurzer Zeit Tee. Das heißt, für mich ist es eine kurze Zeit. Seit dem letzten großen Krieg.«

»Welcher?«, fragt sie.

»Der gegen die Deutschen. Der zweite. Dünkirchen, die französische Résistance, die Landungen in der Normandie ...«

Unwillkürlich muss sie etwas lächeln. »Du warst im Zweiten Weltkrieg?«

Kay verzieht das Gesicht. »Ein bescheuerter Name.«

Plötzlich dringt von oben ein Geräusch durch die Erde und das Metall. Ein Motorengeräusch. Kay lässt seine Teetasse fallen, zieht sein Schwert und geht in Kampfstellung – eine Pose, die nach ein paar ereignislosen Momenten recht albern wirkt.

Mariam widersteht dem Drang, mit den Augen zu rollen. Selbst von hier unten kann sie erkennen, dass es kein Dieselmotor ist – dazu macht er nicht genug Lärm. Es ist ein zittriges Rattern, kein tiefes Brummen, das man bis in die Knochen spürt. Was bedeutet, dass es kein großer Militärtransporter der Saxons ist. Es ist etwas Kleineres. Wahrscheinlich mit Kartoffelalkohol betrieben, um die Kraftstoffrationierung zu umgehen. Wenn sie sich nicht irrt, weiß sie, wer das sein muss. Das Gewicht der allgemeinen Verzweiflung in ihrer Brust hat schon während des Gesprächs mit Kay etwas nachgelassen. Jetzt zieht es sich zu einem vertrauten Knoten zusammen.

Sie legt ein Auge an ein Rohr an der Wand, wo ein Periskop an die Oberfläche führt. Es ist ein Land Rover, der einen Anhänger zieht. Genau das, was sie erwartet hat.

»Sachsen?«, fragt Kay.

»Nein, nur Terroristen.«

»Oh«, sagt Kay. »Dann ist ja alles gut.«

Mariam schnallt sich den Rucksack um, und Kay macht sich daran, sein Kettenhemd anzuziehen. Diesmal hält sie sich nicht bereit, ihm zu helfen. Es wird gleich schon schwierig genug, ohne noch zusätzlich erklären zu müssen, was er hier macht. Vielleicht beschließt er auch, in diesem Moment zu verschwinden. Das wäre hilfreich.

Als sie die Luke aufdrückt, schmeckt die Luft nach Asche und Öl. Der Himmel hat eine kränkliche gelbe Färbung. Sie hustet und klettert ins Freie, blinzelt im Sonnenschein. Dann schaut sie sich schnell am Himmel nach Drachen um, bevor sie weitergeht.

Die Beifahrertür des Land Rovers springt auf, als sie sich nähert. Ein schwarzer Labrador springt raus und rennt über das Gras auf sie zu. Dando. Zwei Sekunden später geht sie in die Knie, um ihn zu kraulen, und er schleckt ihr Gesicht ab. Das macht ihr fast schon gute Laune.

Sie hört, wie beide Türen des Land Rovers zuschlagen, dann Stiefel im Matsch. Sie weiß, wer es ist, bevor sie aufschaut. Teoni läuft auf sie zu, gefolgt von Willow. Willow hat heute ihre hellblaue Perücke aufgesetzt, die gut zu ihrer finsteren Miene passt. Teoni trägt ein orangefarbenes Tanktop, eine Tarnhose und ein sprödes Lächeln. Beide sind wütend auf sie, auch wenn sie es auf unterschiedliche Weise zeigen. Teoni tut es, indem sie sich neben ihr niederkniet und sie kräftig umarmt.

»O mein Gott!«, sagt Teoni. »Ich bin so froh, dass du lebst. Aber ich werde dich umbringen. Sobald wir zurück im Lager sind, werde ich dich umbringen.«

»Was zum Henker hast du dir dabei gedacht, Mar?«, fragt Willow. Sie klingt eher enttäuscht als zornig.

Mariam antwortet nicht sofort. Sie bleibt in der Hocke und krault Dandos Bauch. Lässt sich umarmen. Meidet Blickkontakt. Fast wäre es einfacher, wenn sie sie anbrüllen würden, aber sie stehen nur vor ihr und warten. Das Schweigen ist viel schlimmer. Erdrückender, herzzerreißender. Sie muss schlucken, bevor sie sprechen kann.

»Hört mal«, sagt sie schließlich. »Ich hatte nicht vor, das Öl in Brand zu stecken. Ich habe nur versucht, das Verteilerventil zu sprengen. Es außer Betrieb zu setzen.«

»Ach so«, sagt Willow. »Dann ist ja alles gut. Wenn du das *versucht* hast. Das macht den entscheidenden Unterschied.«

»Sei nicht so!«, sagt Teoni.

»Da waren zu viele Wachen«, sagt sie. »Ich musste die Sprengsätze an der falschen Stelle lassen.«

»Ja«, sagt Teoni und zieht sich aus der Umarmung zurück. »Und genau das passiert, wenn du ganz alleine losrennst und irgendeinen verrückten Scheiß durchziehst, ohne jemanden, der dir hilft.«

»Wir haben in der Versammlung doch dagegen gestimmt!«, schimpft Willow. »Wenn eine Abstimmung nicht so läuft, wie du es gern hättest, kannst du das nicht einfach ignorieren. Das ist nicht der Sinn einer Abstimmung.«

Mariam presst die Augenlider zusammen. »Abstimmungen werden den Planeten nicht retten.«

Willow hebt eine Hand. »Schau dir den verdammten Himmel an, Mariam. Wird das den Planeten retten?«

Mariams Blick folgt der Richtung, in die Willow zeigt. Die Verzweiflung durchbricht ihre letzte Barriere und schießt hervor wie Wasser aus einem Staudamm.

Eine schmutzige Rauchwolke erhebt sich im Nordwesten, wo die Fracking-Anlage und der Sumpf drum herum offenbar immer noch brennen: Noch mehr Kohlenstoff, der in die Atmosphäre strömt, die Erde weiter erhitzt, alles noch schlimmer macht. Eigentlich wollte sie die Menschen daran hindern, ihn als Kraftstoff für Panzer und Kampfflugzeuge und was auch immer zu verbrennen. Doch sie hat lediglich eine

Zwischenstation ausgeschaltet. Keine Flugzeuge nötig. Allein dieses Feuer hat wahrscheinlich alles Gute zunichtegemacht, das sie je für das Klima getan hat, jede beschädigte Pipeline, jede sorgsam vorbereitete Sabotage. Alle Risiken, die sie eingegangen ist, die auch ihre Schwestern eingegangen sind, sind damit in der Gesamtbilanz bedeutungslos geworden.

Der Rauch verschwimmt, weil ihr Tränen in die Augen treten. »Es war ein Unfall«, sagt sie. Ihre Stimme droht zu brechen.

Willow muss kurz ein paar Meter Abstand gewinnen, um die Fassung wiederzuerlangen. Mariam spielt immer noch mit Dando, dankbar, dass Teoni daran gedacht hat, ihn mitzubringen. Hunden ist es egal, ob jemand ein Klimaverräter ist oder nicht. Sie freuen sich einfach nur, einen zu sehen. Sie vergräbt ihr Gesicht in seinem Hals.

Teoni reibt Mariams Arm. »Hey«, sagt sie. »Also hast du versehentlich eine Fracking-Anlage in die Luft gejagt. Na und? Kann passieren. Das ist nicht das Ende der Welt.«

Mariam blickt lange genug auf, um ihr einen skeptischen Blick zuzuwerfen.

»Okay«, sagt Teoni. »Vielleicht ist es das Ende der Welt. Aber das ist nicht *allein* deine Schuld.«

Trotz ihrer Tränen muss Mariam darüber lachen. Sie umarmen sich erneut, quetschen Dando zwischen sich zusammen. Ihm scheint es nichts auszumachen.

»Aber versuch mal, das Roz zu verklickern«, sagt Willow aus der Ferne.

Mariam räuspert sich, um den Klumpen in ihrer Kehle loszuwerden. »Ist sie angepisst?«

Teoni verzieht das Gesicht. »Gelinde gesagt.«

»Und wir sind auch angepisst«, wirft Willow ein. »Wir, deine Freunde. Weil du uns belogen hast, als du uns erzählt hast, warum du dich hier umschauen wolltest. Und weil wir zwei

Idioten sind, die dich mögen und dich für einen netten Menschen halten, haben wir dir geglaubt. Wir haben dich hierhergefahren. Du hast uns zum Narren gehalten. Was glaubst du, wie wir uns damit fühlen?«

Mariam reibt die Zehenballen an Dandos Pfote zwischen Daumen und Zeigefinger. Die Schuldgefühle kommen in kräftigen Wellen.

»Das tut mir leid«, sagt sie matt. »Aber ...«

»Im Moment will ich von dir kein Aber hören«, sagt Willow. »Komm und steig in den Anhänger. Wir bringen dich nach Hause.«

Mariam will gerade tun, was man ihr sagt, als sie hört, wie sich hinter ihr die Bunkerluke öffnet, das Kreischen von rostigem Metall. Das dürfte Kay sein, der aus dem Bunker klettert. Dando rappelt sich auf und rennt los, um auch ihn zu begrüßen.

Willow reißt die Augen auf. »Wer zum Teufel ist das?«

Mariam kämpft gegen den Drang, in ein Loch zu kriechen und zu sterben. Niemand sollte das alles an nur einem Morgen durchmachen müssen. Sie muss ihr schlechtes Gewissen hinunterschlucken, ihre Tränen abwischen und sich räuspern, bevor sie sprechen kann.

»Das ist ... Kay«, sagt sie. »Er ist in Ordnung. Er hat mir gegen die Saxons geholfen.«

Willows Mund steht offen. »Hat er letzte Nacht mit dir da drinnen geschlafen?«

Endlich traut sich Mariam, zu Kay hinüberzuschauen. Er ist vom Bunker heruntergestiegen. Inzwischen trägt er wieder seinen Umhang und das Kettenhemd. Er scheint mehr an Dando interessiert zu sein als an allem anderen. Er begrüßt ihn und krault seine Ohren und gibt alberne Hundelaute von sich. Dando springt um ihn herum, als wäre Kay ein Freund, den er lange nicht gesehen hat.

»Ja, das hat er«, sagt sie.

»Das ist wirklich ein sehr hübscher Hund!«, ruft Kay zu ihnen herüber.

»Danke!«, gibt Teoni leicht amüsiert zurück. »Normalerweise ist er zu Fremden nicht so freundlich.«

»Ich glaube, er weiß sozusagen, wer ich bin!« In seiner Aufregung scheint Kay gar nicht zu bemerken, dass er einen Streit unterbrochen hat. Er findet im Gras einen Stock, wirft ihn weit in den Wald und lacht schallend. In Mariams Bauch schmilzt etwas. Es muss schön sein, mit einem Hund zu spielen, wenn man jahrhundertelang unter einem Baum geschlafen hat.

»Freut mich ja, dass der verdammte Hund ihn mag«, sagt Willow. »Aber ich nicht. Das war dein Plan? Du triffst dich mit irgend so einem Typen, um eine Fracking-Anlage zu sprengen?«

»Nein.«

»So etwas wie ein *Date*?«

»Nein!«

»Das ist irgendwie süß«, sagt Teoni.

»Für wen arbeitet er?«, fragt Willow.

»Für niemanden«, sagt Mariam. »Er ist nur ...«

Sie schaut wieder zu Kay, der im Gras nach seinem Schild sucht. Dando stürmt aus dem Gebüsch zurück, mit einem riesigen Ast zwischen den Zähnen, viel größer als der, den Kay für ihn geworfen hat. Er lässt ihn vor Kays Füße fallen und hockt sich hechelnd hin, ganz stolz. Kay hört auf zu suchen. Er geht in die Knie und hebt den großen Knüppel auf, reibt geistesabwesend Dandos Nacken, als hätte er plötzlich den Spaß an der Sache verloren.

Schließlich sagt Mariam: »Er will helfen.«

»Ich finde ihn nett«, sagt Teoni.

»Te, bist du bescheuert?«, erwidert Willow. »Wir haben keine Ahnung, wer er ist.«

»Ich möchte ihn zu uns mitnehmen«, sagt Mariam. »Ich glaube, wir können ihn gebrauchen.«

Willow greift sich an den Nasenrücken und macht ein paar Atemübungen. Dann stößt sie die Luft aus und wirft die Hand zur Seite.

»So ist es richtig«, sagt Teoni. »Lass es raus.«

»Mariam«, sagt Willow. Sie spricht ganz langsam, als würde sie mit einem Kind reden. »Du steckst bereits *tief genug in der Scheiße*. Ohne im Lager aufzukreuzen. Mit irgendeinem Kerl. Den wir überhaupt nicht kennen.«

Mariam reibt sich mit einer Hand über das Gesicht. Da ist was dran. Normalerweise wäre sie auch dagegen, dass eine der anderen einen Fremden ins Lager mitbringt. Es ist als Zuflucht für Frauen gedacht, die einen Schutzort brauchen, und es könnte sein, dass Kay das nicht versteht. Dass er ihre Regeln nicht versteht. Dass er Willow nicht versteht. Vermutlich gab es keine Transfrauen im dunklen Zeitalter oder woher auch immer er kommt.

Aber sie versuchen schon so lange, andere Leute aus ihrer Bewegung rauszuhalten. Ihr Zelt für Außenseiter zu verschließen. Gründe zu finden, anderen Menschen nicht zu trauen – und sich gegenseitig nicht zu vertrauen. Vielleicht ist es an der Zeit, doch hin und wieder neue Leute in ihre Welt zu lassen.

»Er ist ein Gewinn für uns«, sagt sie. »Wenn du uns zurück zum Lager fährst, kann ich es erklären. Kannst du mir einfach ... vertrauen?«

»Du verlangst gerade sehr viel von mir, Mäuschen«, sagt Willow.

»Ich meine«, sagt Teoni, »du hast gerade buchstäblich hinter unserem Rücken eine Fracking-Anlage in die Luft gejagt. Also ist jetzt vielleicht nicht der beste Zeitpunkt, über Vertrauen zu sprechen.«

Richtig. Hier geht es gerade überhaupt nicht um Kay, sondern um sie. »Hört mal, es tut mir leid«, sagt sie. »Ich habe etwas sehr Dummes getan. Und ich habe mich in Gefahr gebracht, und ich habe es hinter dem Rücken der ganzen Gruppe gemacht, und ich habe vorher nicht mit euch beiden darüber gesprochen. Und ich hätte das alles nicht tun sollen. Ich hätte euch sagen sollen, was ich vorhabe.«

Willow schüttelt den Kopf. »Ja, das hättest du«, sagt sie. »Wir hätten dich davon abgehalten, du dumme Nuss. Wir hätten es dir ausgeredet.«

»Oder wir hätten dir geholfen«, sagt Teoni. »Wenn du uns genügend vertraut hättest, um uns davon zu erzählen.«

»Ich weiß, dass ihr mir vielleicht geholfen hättet«, sagt Mariam. »Deshalb habe ich euch nichts davon erzählt.«

Willow stößt einen kolossalen Seufzer aus und reibt sich das Gesicht. »Geh und spiel eine Weile mit Dando. Wir müssen besprechen, was wir mit dir machen sollen. Na los.«

Sie gehorcht. Erhebt sich verlegen. Kratzt sich im Nacken. Geht zu Kay hinüber, der immer noch im hohen Gras kniet und nachdenklich den großen Stock in seinen Händen betrachtet. Er sieht seltsam aus, nicht wie irgendein Ast oder Zaunpfahl. Eher wie ein Gehstock.

»Alles in Ordnung mit dir?«, murmelt sie.

»Hm«, bestätigt Kay. »Und mit dir?«

»Ähm«, sagt sie und blickt zu ihren Freunden hinüber.

»Ich glaube, ich muss mich auf den Weg nach Mamucium machen«, sagt Kay.

»Wohin?«, fragt sie überrascht.

»Oh«, sagt er. »Verzeihung, Manchester. Oder wie auch immer es jetzt heißt.«

Wieder steigen Zweifel in ihr auf. Sie weicht einen Schritt von ihm zurück, spürt den feuchten Boden durch ihre bloße Socke. »Leck mich am Arsch!«, sagt sie.

»Wie bitte?«

»Da wollen wir auch hin. Ich und meine ... zu so einer Konferenz. Mit den ganzen verschiedenen Rebellengruppen.«

Kay nickt. »Das ist gut. Ich kann euch begleiten.«

»Das kann kein Zufall sein.«

Er seufzt. »Nach einer Weile gewöhnt man sich daran. Dass sich Dinge zusammenfügen.«

»Warum willst du dorthin?«

»Hatte letzte Nacht einen Traum. Hab mit Herne gesprochen.«

»Wer ist das?«

»Der Gott des Waldes? Der mit den Hörnern? Er sagte mir, ich soll mich dort mit einer alten Freundin treffen.«

Sie steht regungslos da und starrt ihn ungläubig an. »Also gehen wir zu einem supergeheimen Rebellentreffen in Manchester, und du willst mitkommen, weil irgendein Typ mit Geweih dir das in einem Traum gesagt hat?«

»So ungefähr.«

»Und du erwartest, dass ich dir glaube?«

Er schaut blinzelnd zu ihr auf. »Wenn ich mit euch nach Manchester gehe, könnte ich es schaffen, diesen Drachen zu töten. Dann kann ich mich vielleicht wieder schlafen legen.«

Sie zögert. Er könnte trotz allem ein Spitzel sein. Es könnte irgendein Trick der Saxons sein. Aber sie hat ihn erschossen. Sie hat gesehen, wie er zu Staub zerfallen ist. Und sie hat gesehen, wie er zurückgekehrt ist.

Würde er so aussehen, wie sie sich einen Ritter vorstellt, wie irgendein weißer Kerl in glänzender Rüstung, wäre es schwieriger, ihm zu vertrauen. Aber so sieht er nicht aus. Er repräsentiert etwas anderes, etwas Uraltes, das sie nicht ganz versteht. Etwas, das aus den Bäumen und der Erde kommt, das geweckt und zu ihrem Zweck genutzt werden kann. Wie eine Waffe gegen das Sterben der Welt. Und der Gedanke daran bewirkt irgendwie, dass ihre Verzweiflung für einen Moment nachlässt. Es ist ein Gefühl der Erleichterung. Die leise Hoffnung auf eine strahlende Zukunft. Nichts, was sie allzu häufig empfindet. Und so ein Geschenk nimmt sie dankend an, egal, woher es kommt.

»Okay«, sagt sie. »Komm mit.«

Kay nickt und richtet sich auf. Er führt den großen Stock durch eine Lederschlaufe an seinem Gürtel, sodass er wie ein Schwert an seiner Hüfte hängt, was ihr seltsam vorkommt. Sieht nicht bequem aus. Dando scharrt mit der Pfote am Stab, Kay krault ihm die Ohren. Dann starrt er zu den Bäumen.

»Also gut«, sagt er. »Du übernimmst die Führung.«

Sie gehen los, gefolgt von Dando, der am Gras schnuppert. Mariam versucht ihr Gefühl des Unbehagens zu überwinden. Es ist so schon schwer genug, den eigenen Freunden eine neue Person vorzustellen, auch wenn die nicht unter einem Hügel lebt.

Willow und Teoni diskutieren immer noch, aber das Thema hat sich geändert. Es ist erstaunlich, wie schnell bei ihnen ein Streit von einer Sache zur nächsten wechseln kann. Das passiert bei Versammlungen. Oder auf langen Autofahrten. Oder im Schatten eines brennenden Ölfelds.

»Das ist einfach nur gesunder Menschenverstand, meine Liebe«, sagt Willow. »Hör doch mal für fünf Sekunden auf, dich von deinen Gefühlen leiten zu lassen.«

»Hör du auf, mir zu sagen, wie ich denken soll!«

Mariam hat heute wirklich keine Geduld für eine von ihren Kabbeleien. Sie räuspert sich. »Kay«, sagt sie. »Das sind Willow und Teoni.«

»Freut mich, euch kennenzulernen«, sagt Kay.

Willow und Teoni sind sofort wieder eine Einheit. Sie mustern ihn von oben bis unten, lassen das Schwert, den Schild und das Kettenhemd auf sich wirken. Sie machen nicht den Eindruck, als seien sie sonderlich beeindruckt, im Gegenteil.

»Warum ist er wie ein Nazi gekleidet?«, fragt Teoni nach einer Weile.

Mariam schließt die Augen.

»Das ist keine ...«, sagt Kay verwirrt. »Ich bin kein ... ich habe Nazis getötet!«

»Oh!«, sagt Teoni. »Also, ich mag ihn!«

»Uff!«, macht Willow. »Na gut. Steig in den verdammten Anhänger.«

Der Anhänger hinter dem Land Rover ist randvoll, erstens mit Kartoffelethanol, zweitens mit Menstruationshygieneartikeln für die Hilfslager. Das ist es, was ihre Bewegung offiziell macht. Der Vorwand, mit dem sie es schaffen, in die Lager gelassen zu werden. Seife und saubere Unterwäsche und wiederverwendbare Binden. Das soll die Söldner davon abhalten, in ihren Sachen rumzuschnüffeln. Das Deprimierende daran ist, dass es funktioniert. Die meisten Schlägertypen der Saxons sind US-Amerikaner, und zwar die Sorte Amerikaner, die lieber mit einer scharfen Granate hantieren als mit Sachen, auf denen etwas von »Menstruation« steht.

Im Anhänger befindet sich unter der oberen Schicht aus Frachtpaletten im Boden ein Hohlraum für heikleres Transportgut. Der Platz reicht kaum für zwei Personen, vor allem, wenn eine davon einen Schild und einen großen Stock dabeihat. Mariam liegt schließlich näher neben Kay, als ihr lieb ist, ihre Knie eng an den Brustkorb gezogen. Willow und Teoni lassen ihnen keine Zeit, es sich bequem zu machen, bevor sie die Paletten über ihnen zurückschieben.

Sie bemühen sich, jeden Blickkontakt zu vermeiden. Die Fahrt zu ihrem Ziel ist nicht lang, aber holprig. Dass sie seitlich über der Achse des Anhängers liegen, macht es noch schlimmer. Sie kann Kay kaum sehen, aber sie hört ihn atmen. Und sie kann ihn riechen. In der Enge des Verstecks müffeln sie beide übler als zuvor. Mariam weiß, wonach sie riecht: nach Achselhöhlen und getrocknetem Schlamm und ihrem verdreckten alten Parka. Kay riecht anders. Nach feuchter Erde und alten Pfundmünzen.

Bald darauf nimmt sie einen anderen Gestank wahr. Abwasser, das in der Sonne gärt. Er wird stärker, als der Rover kurz anhält und dann weiterfährt, tiefer hinein ins Hilfslager. Hier stinkt es nach warmem Müll, ungewaschenen Körpern, überlaufenden Dixi-Klos. Wie ein Musikfestival in der achtzigsten Woche.

Der Gestank wird sogar noch schlimmer, als die Frachtpaletten weggeschoben werden. Mariam blinzelt im Sonnenlicht, das durch die künstlichen Blätter des Armeenetzes nach unten dringt. Dieser Teil des Lagers ist komplett betoniert und voller Büros aus alten Schiffscontainern, daneben ein paar überdachte Verladerampen. Willow und Teoni schauen stirnrunzelnd auf Mariam hinab. Dando versucht sich zu ihnen in den Anhänger zu kuscheln, bis Mariam ihn wegschiebt.

»Ich muss jetzt nicht alles mit einem Wasserschlauch abspritzen, oder?«, fragt Willow.

Teoni schnauft und verdreht die Augen. »Sie waren die ganze Nacht zusammen im Bunker, warum sollten sie es in einem Anhänger treiben?«

»Ich weiß nicht«, sagt Willow. »Sie hat in letzter Zeit eine Menge fragwürdiger Entscheidungen getroffen.«

Mariam will etwas erwidern, aber Willow hat sich bereits eine Kiste mit Hygieneartikeln gegriffen und verschwindet damit im Lager.

Teoni hält Wache, während sie sich aus dem Hohlraum befreien. Als Mariam aussteigt, versinkt ihr Fuß im Schlamm. Hier ist er fast so tief wie an der Fracking-Anlage, und sie hat immer noch nur einen Stiefel an. Kay kommt nach ihr heraus und schleppt seinen Schild mit sich. Mariam verzieht unweigerlich das Gesicht, als sie sich über die Schulter umblickt.

Wegen Wachen macht sie sich keine Sorgen, denn es gibt keine. Das Lager wurde früher von der Armee geleitet, aber die zog sich irgendwann zurück, und keiner kam, um ihren Platz einzunehmen. Keine Söldner, keine Friedenstruppen. Nur eine riesige Menge hungriger Menschen, die sich um Essensreste streiten. Also zogen auch andere Gruppen ein. Banden und Milizen und Rebellen und Sekten und Schlimmeres. Um Lebensmittel zu verteilen, aber nicht unbedingt aus reiner Herzensgüte. Einige von ihnen werden vielleicht nicht allzu erfreut sein, Kay zu sehen, so wie er gerade angezogen ist. Und sich gerade den Schild an den Arm schnallt.

»Vorläufig würde ich das Ding lieber hierlassen, wenn ich du wäre«, sagt sie.

»Das würde ich lieber nicht tun«, sagt Kay.

»Doch, lass ihn hier«, insistiert sie. »Der Wagen bleibt, wo er ist. So musst du den Schild nicht mit dir herumschleppen.«

Kay lässt den Blick über das Lager wandern, dann legt er den Schild zurück in den Anhänger. Er scheint begriffen zu haben, worum es ihr geht. Es geht nicht darum, dass sie in Gefahr wären. Noch nicht. Es geht nur darum, dass er auffällt wie ein bunter Hund.

»Ich denke, wir schauen schnell bei den Kleidercontainern vorbei«, sagt sie zu Teoni. »Bevor wir irgendetwas anderes machen.«

»Ja«, sagt Teoni langsam und mustert Kay erneut von oben bis unten. »Gute Idee. Aber lasst euch nicht zu viel Zeit, sonst glaubt Willow, dass ihr irgendwas im Schilde führt.«

Mariam seufzt. »Sie ist wirklich stinksauer auf mich, oder?«

Teoni schließt sie in die Arme. »Sie wird darüber hinwegkommen. Ehrlich gesagt, finde ich es ziemlich krass, wie du die Anlage ganz allein in die Luft gejagt hast. Du bist krass. Auch wenn dabei das ganze Öl verbrannt ist.«

»Danke«, sagt sie und versinkt in der Umarmung.

Als sie losgehen, lassen sie Dando winselnd bei Teoni zurück, die im Anhänger die übrigen Hygieneartikel sortiert. Kay scheint sich ohne seinen Schild unwohl zu fühlen, doch schon bald ist er abgelenkt von den schrecklichen Zuständen um ihn herum. Dieser Teil des Lagers ist voller Neuankömmlinge, die darauf warten, registriert zu werden. Die Leute sitzen mit blassen Gesichtern und abgenutzter Kleidung auf feuchten Pappkartons, umgeben von Einkaufstaschen mit all dem, was von ihrem vorherigen Leben übrig geblieben ist. Niemand trägt hier Kettenhemden oder Schilde. Dafür haben sie sich Stofffetzen über Mund und Nase gebunden, um sich vor dem neuesten Stamm der Arktischen Mikrobenkrankheit zu schützen.

Die Welt wird wärmer, und uralte Viren werden aus den Permafrostböden freigesetzt. Sie breiten sich unter Menschen aus und wüten an Orten wie diesem. Muss Kay sich deswegen Sorgen machen? Mariam blickt sich zu ihm um. Würde das Universum jemandem wie Kay erlauben, von den Toten zurückzukehren, nur um ihn dann an irgendwelchen Keimen verrecken zu lassen? Das wäre idiotisch. Andererseits ist auch das Universum ziemlich idiotisch, soweit sie beurteilen kann.

»Da drüben gibt es Kleidung«, erklärt sie ihm.

Kay nickt und folgt ihr. »Das hier ist nicht Manchester.«

»Nein«, sagt sie. »Wir machen hier einen Zwischenstopp, für ein oder zwei Tage. Das hier ist Preston. Zumindest war es das einmal. Inzwischen ist das Lager größer als die Stadt.«

»Wo kommen all diese Leute her?«, fragt er.

»Na ja, Blackpool steht unter Wasser«, antwortet sie. »Und Morecambe und Southport. Und der größte Teil von Yorkshire. Und das ging schneller, als irgendjemand erwartet hatte. Also mussten sie dieses Lager errichten. Es wurde von der Armee betrieben, bevor das Militär privatisiert wurde. Und die Regierung sagte, dass sie alle Menschen umquartieren wird, aber dann konnte sie keine Firmen dazu überreden, bezahlbare Wohnungen zu bauen. Also wurde niemand umquartiert. Das war vor Jahren. Dann wurden die Kämpfe schlimmer, weswegen zusätzlich noch Leute aus Manchester und Sheffield hierherkamen. Und jetzt ist alles einfach nur ein riesiges Chaos.«

»Das sieht man«, sagt Kay. »Wie viele Menschen leben hier?«

»Etwa zehntausend«, sagt sie.

Er antwortet nicht, er rümpft nur die Nase.

»Ja, tut mir leid, wegen dem Gestank«, sagt sie.

»Ach, ist gar nicht so schlimm«, sagt er. »London hat früher viel übler gerochen.«

Die Kleidercontainer stehen gleich hinter dem Triagezelt. Jetzt sind sie größtenteils leer oder voller dreckiger Lumpen. Nachdem sie eine Weile gekramt hat, findet Mariam einen khakifarbenen Regenumhang oder Poncho, der in einem recht guten Zustand zu sein scheint. Er riecht etwas komisch, aber er ist lang genug, um Kays Kettenhemd zu verdecken. Sie reicht ihm das Stück.

»Da.«

Er nimmt es entgegen und schaut sie verwirrt an. »Ich habe schon einen Umhang.«

»Damit fällst du nicht so auf«, sagt sie.

Einen Moment lang reibt er den Stoff zwischen Daumen und Zeigefinger, als wollte er so rausfinden, woraus er gewebt ist. Das würde zu ihm passen, er wirkt wie jemand, der weiß, woraus Dinge gemacht sind, woher etwas stammt. Einer von diesen authentischen Leuten, die tatsächlich vom Land leben könnten, wenn es sein müsste. Die sich ein eigenes Haus bauen und sich von der Jagd ernähren könnten. Das macht es seltsamerweise leichter, ihm zu vertrauen.

»Na gut«, sagt er und wirft seinen Umhang ab. Er ist aus dicker Wolle, grün gefärbt, an den Säumen hübsch bestickt und wird von einer schicken Brosche zusammengehalten. Er faltet ihn sorgfältig zusammen und legt ihn in den Container, falls jemand anders ihn gebrauchen kann. Zusammen mit der Brosche.

Als er den Regenumhang angelegt und herausgefunden hat, wie man die Druckknöpfe befestigt, ist unten nur noch ein schmaler Streifen des Kettenhemds zu sehen. Seine Beine sehen immer noch seltsam aus, in diesen engen braunen Strümpfen und den sonderbaren Lederschuhen, aber jetzt ist er nicht mehr ganz so auffällig. Der Umhang verbirgt sein Schwert und den dicken Stock. Wenn man jetzt bei einer Gegenüberstellung aufgefordert würde, den toten arthurischen Ritter rauszupicken, würde man vielleicht nicht sofort auf ihn zeigen. Das muss genügen.

»Was jetzt?«, fragt er.

»Ich muss mich mit den anderen treffen«, sagt sie. »Um sie zu fragen, ob wir dich nach Manchester mitnehmen können.«

»Okay«, sagt er.

Mariam findet einen Stiefel, der ihr passt, und fädelt die losen Schnürsenkel wieder ein. Kay ist sehr fügsam. Sie weiß nicht, was sie davon halten soll.

»Machst du das immer so, dass du ... einfach aufwächst und ... das tust, was andere Leute dir sagen, oder ...?«

Er zuckt mit den Schultern. »Das ist für gewöhnlich die schnellste Methode, um herauszufinden, was los ist.«

»Du nimmst es einfach, wie es kommt?«

»So könnte man es ausdrücken.«

Als sie fertig ist, gehen sie tiefer ins Lager hinein. Die Schiffscontainer und Betonflächen werden seltener. Dafür gibt es Hütten, die aus Frachtpaletten und Wellblech errichtet wurden. Sogar Konstruktionen aus Holz und recyceltem Plastik. Aber überwiegend ist das Lager eine Stadt aus Zelten. Mariam hat schon dreiköpfige Familien gesehen, die zusammen in einem Zelt hausen, das man normalerweise am Strand beim Sonnenbaden als Windschutz nimmt. Leute schlafen auf schimmeligen Matratzen, die sie sich mit den Fliegen teilen. Die meisten wissen, dass sie nicht allzu bald hier herauskommen werden. Aber wohin sollten sie sonst gehen?

Es ist eine seltsame Mischung aus Chaos und Ordnung. Überall liegt Müll herum, der Kreise um die Zelte bildet und in den schwarzen Tümpeln aus Flutwasser schwimmt. Sie kommen an der Bibliothek vorbei, bei deren Aufbau sie mitgeholfen hat. Sie hat ein Rasendach und ein gutes Fundament, die Vorderseite ist mit spielenden Kindern bemalt. Sie winkt Ruth zu, der Bibliothekarin. Dann kommen sie an einem Flecken verkohlter Erde vorbei, wo jemand etwas in Brand gesteckt hat. Kay bleibt stehen, schaut sich die Metallskelette von abgefackelten Zelten an. In der Nähe wurden die Worte *EINWANDERER RAUS* auf eine Plane gesprüht, die langsam in der warmen Brise flattert. Kay lacht leise, als er es sieht. Mariam findet das merkwürdig.

Es ist ihr irgendwie peinlich, ihm das alles zu zeigen. Dass er sieht, wie schlimm alles geworden ist, seit er das letzte Mal wach war. Sie verspürt das Bedürfnis, sich dafür zu entschuldigen. Tut mir leid wegen des Durcheinanders. Tut mir leid wegen der Rassisten. Tut mir leid, dass es in meiner Zeit passiert ist.

Sie führt ihn weiter zu dem Teil des Lagers, den die Leute Parliament Square nennen. Es ist nicht mehr als eine leere

Brachfläche, die als Versammlungsplatz genutzt wird, ein Marktplatz im Müll. Ein Treffpunkt, um Streitigkeiten beizulegen. Oder welche anzuzetteln.

Selbst in der Hitze drängen sich Leute um die Müllfeuer, Rattenfänger rösten Fleisch auf Spießen und bieten es zum Verkauf an. Die meisten von ihnen sind mit Muscimol zugedröhnt, ihre Augen glasig und ihre Kleidung vollgepisst. Auch ein Priester der Church of Noah ist hier, der bizarren Sekte, die auf der Isle of Lincoln eine Arche baut. Er steht auf einem leeren Wasserfass, trägt eine Tauchermaske und predigt über die Zweite Sintflut, während hinter ihm Kirchenlieder aus einem Ghettoblaster dröhnen. Die Leute hören ihm zu, weil sie nichts Besseres zu tun haben. In einer anderen Ecke steht eine Gruppe Kommunisten aus Manchester mit roten Armbinden, die etwas über Selbstverwirklichung brüllen. Ihr Publikum ist noch kleiner. Die meisten ihrer Zuhörer sind Soldiers of Saint George, die sich zu erinnern versuchen, ob sie Kommunisten genauso sehr hassen wie Einwanderer. Die Saint-George-Leute tragen überwiegend keine Hemden, dafür Tücher vor dem Mund und Cricketschläger, die mit Stacheldraht umwickelt sind. Mariam lenkt Kay so weit wie möglich an ihnen vorbei.

Sie spürt, dass Kay noch ein wenig hierbleiben möchte, um mehr über die Situation zu erfahren. Einer der Muscimol-Junkies taumelt vorbei, hält den Kopf in einem schiefen Winkel und murmelt etwas vor sich hin. Kay bleibt stehen, um ihm hinterherzusehen, schaut sich all das Elend an, verzieht einen Mundwinkel.

»Viele Menschen in Gefahr, wie es aussieht.«

»Ja«, sagt sie matt, verspürt wieder diese Scham.

Auf der anderen Seite des Platzes befindet sich die Moon-Aid-Klinik. Ein Lager innerhalb des Lagers. Fünf aneinandergeschraubte Schiffscontainer, umgeben von einer Ansammlung verschieden großer Zelte und Markisen. An den Planen hängen nasse Papptafeln, die in Englisch und Urdu beschriftet sind. FRAUENGESUNDHEITSKLINIK. MENSTRUATIONSHYGIENE. SICHERE TOILETTEN. WASCHT HIER EURE WIEDERVERWENDBAREN BINDEN. Es hängen auch Zeitpläne für Nachhaltigkeitsseminare und Yogakurse aus. Auch das soll die Blicke neugieriger Männer abhalten, und wieder hat es etwas Deprimierendes, dass es funktioniert. Die Saint-George-Leute meiden die Klinik wie die Pest, als ob Menstruation irgendwie ansteckend sein könnte.

Offiziell ist Moon Aid keine ökoterroristische Organisation. So ist es mit vielen Sachen in den großen Flüchtlingslagern. Die Volksversorgungsküche wird nicht offiziell von den Kommunisten betrieben, aber sie rekrutieren dort weiterhin Soldaten und schicken sie nach Manchester. Das English Christian Refuge wird nicht offiziell von der Army of Saint George geleitet, aber es erledigt dennoch ihre Drecksarbeit. Und die freiwilligen Mitarbeiter von Moon Aid sind offiziell keine Ökoterroristen, aber sie alle wurden ausgebildet, Ölpipelines zu sprengen.

Willow steht mit verschränkten Armen allein vor der Klinik unter einer Markise und wartet.

»Er muss draußen bleiben«, sagt sie.

Mariam seufzt. »Hör mal, ich weiß, dass du wütend auf mich bist, aber ...«

»Darum geht es überhaupt nicht«, sagt Willow. »Das Treffen hat schon angefangen.«

Mariam reibt sich den Nasenrücken. Sie wollen Kay nicht hineinlassen, damit er ihre Pläne nicht mitbekommt. Sie sieht ihn an.

»Würde es dir was ausmachen, hier eine Weile zu warten?«

Er zuckt mit den Schultern. »Ich verbringe viel Zeit mit Warten.«

»Also gut«, sagt sie. »Versuch dich nicht in Schwierigkeiten zu bringen.«

»Ich kann nichts versprechen«, sagt er.

Das lässt sie zögern. Darf man einen arthurischen Ritter unbeaufsichtigt lassen? Wenn er den Zweiten Weltkrieg überlebt hat, wird er ja wohl zehn Minuten lang in einem Flüchtlingslager überleben können. Aber sie macht sich weniger seinetwegen Sorgen, sondern wegen der anderen Leute. Sie hat immer mehr das ungute Gefühl, als hätte sie einen Fuchs in einen Hühnerstall gebracht.

Sie überlegt, was sie ihm sonst noch sagen könnte, aber Willow hält ihr bereits die Zeltklappe auf. Also duckt sie sich hindurch und spürt Kays Blick im Rücken, auf eine Art, die sie erschaudern lässt. Steht mit geschlossenen Augen da, während Willow ihr folgt und den Reißverschluss des Zeltes hinter ihnen zuzieht.

6

KAY KRATZT SICH AM NACKEN. ES IST LANGE HER,
seit er vor einem Zelt warten musste. Wahrscheinlich
war es im Krieg gegen Napoleon, irgendwo in Ibe-
rien. Generäle in Goldtressen, die unter dem Zelttuch über Landkarten grübeln. Jetzt sind es Mariam
und ihre Kriegerschwestern, aber die sehen völlig anders aus als die Armeen, die er bisher kannte. Was tun sie hier
in diesen Zelten? Er liest, was auf den Schildern steht, und
muss sofort den Blick abwenden und sich räuspern. Es ist
eine seltsame Welt, in der er erwacht ist.

Irgendetwas scheint an diesem Ort aus dem Gleichgewicht
geraten zu sein, und damit meint er nicht die Worte auf den
Pappschildern. Irgendwas drängt ihn, einen Blick hinter die
Vorhänge zu werfen. Aber es hat auch etwas Sakrosanktes, das
ihm das Gefühl gibt, dass er nicht eindringen sollte. Fast wie
ein Kloster, eins von den richtig alten. Eine eigene Welt nur
für Frauen, ein bewachter Zufluchtsort. Nonnen in Sack-
leinen, die in Hütten an einem Flussufer wohnen. Daran erinnert es ihn. Nur ist dieses Kloster aus Stahl und wasserdich-
tem Zelttuch statt aus Stein und Lehm. Gehören diese Frauen
irgendeinem heiligen Orden an? Sind sie Kriegernonnen? Er
hat noch nie zuvor Nonnen gesehen, die Pistolen tragen.

Er lässt seinen Blick über das gesamte Lager schweifen und
wird den Eindruck nicht los, dass er hier nicht länger als

nötig verweilen sollte. Er hat schließlich einen Drachen zu töten, einen Feuer spuckenden Drachen, der dieses Lager im Vorbeifliegen niederbrennen könnte. Außerdem hat Herne ihm einen Weg vorgegeben, auch wenn er dem nicht wirklich folgen möchte, ein Weg, der ihn nach Manchester führt. Um Nimue zu finden. Um Arthurs Schwert zu finden. Doch sein eigenes Schwert blieb bei seinem letzten Tod bei Mariam, und das könnte ein Zeichen sein, dass er sich an sie halten sollte. Er hat versprochen, ihr nach besten Kräften zu helfen, und ein solches Versprechen sollte man nicht auf die leichte Schulter nehmen.

Es wäre nett gewesen, wenn er an die Oberfläche gekommen wäre und ausnahmsweise festgestellt hätte, dass er seinen Weg frei wählen kann, ohne dass ihm jemand sagt, was er tun soll. So war es früher. Hinaufsteigen, sich einen Überblick verschaffen, sich für eine Seite entscheiden. Sich ein Banner suchen, unter dem er marschieren will. Dann kam Marlowe und nahm ihm die Mühe ab, selbst zu denken. Er schob ihm Akten zu, während er sich noch den Dreck von den Fingern schrubbte. Monster, die erschlagen, Kriege, die gewonnen werden mussten. Und er tat, was auch immer ihm gesagt wurde, mochte es noch so trostlos und widerwärtig sein. Mochte es am Ende noch so sinnlos sein.

Das alles wollte er eigentlich mit Malaya hinter sich lassen. Das hat er sich selbst versprochen. Aber jetzt, wo er keine Anweisungen mehr von Männern in Anzügen bekommt, kriegt er sie stattdessen von alten Göttern. Herne, der tausend Jahre lang geschwiegen hat, fordert plötzlich seine Schulden ein.

Es ist schwer, einem Gott wie Herne zu widersprechen, der in jedem Brombeergestrüpp lebt, in jeder Made in jedem Kadaver in jedem Winkel der Gefilde. Aber er ist sich nicht so sicher, dass diesen Menschen hier in diesem Lager geholfen wäre, wenn Arthur als König zurückkehren würde.

Arthur war kein großer Heiler, er war niemand, der zerbrochene Dinge reparierte. In den meisten Fällen war er derjenige, der Dinge zerstörte. Wenn man jemandem ein magisches Schwert in die Hand drückt, kann man nicht erwarten, dass er damit nichts kaputt macht. Das ist die Bedeutung des Namens – Excalibur, Caliburn, Caledfwlch. Hartspalter. Es verbindet nicht. Es trennt.

Er könnte damit den Drachen töten, aber das würde Mariam nicht mit ihrem Berg aus Problemen helfen. Man kann Caliburn nicht in Richtung Sonne schwenken und hoffen, dass die Welt dann kühler wird. Man kann die Verschmutzung nicht aus der Luft schneiden.

Während er so dasteht und nichts tut, wird Kay sich seiner selbst sehr bewusst. Er spürt, wie schwer das Kettenhemd ist und wie sehr seine Wollstrümpfe jucken. Er spürt sein Fleisch, das längst hätte verwest sein sollen. Seine Knochen, die schon im Boden liegen und morsch werden sollten. Er spürt den dumpfen Schmerz mitten in seiner Brust, über den er nicht nachdenken will. Er hat noch nie zuvor Wunden mit hinübergenommen. Er macht sich Sorgen, ob das jetzt häufiger passieren wird. Beunruhigend. Als könnte er jeden Augenblick zu Asche zerfallen.

Außerdem wird ihm bewusst, dass er hungrig ist. Das ist eine erfreulichere Empfindung. Sowohl sein Herz als auch sein Geist wissen, dass sie schon vor Jahrhunderten hätten sterben sollen, aber sein Magen ist weniger philosophisch veranlagt. Essen ist ein Vergnügen, das er nicht verlieren möchte. Es gibt ihm das Gefühl, ein Mann zu sein, der jedes Recht hat zu leben und zu atmen. Nicht irgendein fauliger Ghul, der aus einem Sumpf hervorgekrochen ist.

Mariam hätte sicher nichts dagegen, wenn er losgeht und sich einen Happen besorgt. Irgendwo unter dem scharfen Gestank eines Armeelagers während einer Ruhrepidemie wittert er den Geruch von bratendem Fleisch und versengter Haut. Er schaut sich kurz zum Zelt um und trottet dann los, folgt seiner Nase.

Zurück auf das gemeinschaftliche Forum, das jetzt voller Menschen ist. Die etwas über Jesus brüllen. Fragwürdiges Essen verkaufen. Arme und Bettler, die hungrig im Dreck kauern. Solche Orte gab es in all den alten römischen Städten, mit Matsch auf dem Boden und ausgeblichenen Mosaiken an den Wänden. Sie waren immer der beste Ort, um etwas über die Stimmung der Menschen zu erfahren. Vielleicht macht er jetzt genau das.

Die hemdlosen Männer mit den Keulen sind irgendwo anders hin, und ohne sie wirkt der Platz deutlich freundlicher. Kay stellt sich in die Schlange vor einer Essensausgabe und lauscht den Predigern, die Erlösung und Revolution versprechen. Das alles hat er schon hundertmal gehört. Wehrt euch gegen eure Unterdrücker. Nehmt Christus an, um die Zeit der Not zu überleben. So etwas möchte er sich nicht länger als unbedingt nötig anhören. Und schon gar nicht in dieser Hitze. Er schwitzt bereits unter dem Gewicht seines Kettenhemds. War es je zuvor so warm in Britannien? Die Luft selbst fühlt sich heiß an, wenn man sie einatmet. Feuchtwarm, ätzend, übel riechend. Wie in Malaya. Während er in der Schlange steht, fängt es an zu regnen. Zuerst fällt ein einzelner Tropfen auf seinen Umhang, dann ein weiterer. Und plötzlich öffnet der Himmel seine Schleusen. Monsunwetter. Kein britisches Wetter.

Er hat kein Geld, um für eine gegrillte Ratte oder eine Dose Bohnen zu bezahlen. Er kehrt nie mit irgendwelchem Geld an die Oberfläche zurück. Seine Leibeigenen sollten ihn damals mit all seinen weltlichen Schätzen begraben, aber sie scheinen sie für sich selbst behalten zu haben. Alles, was er zu Lebzeiten zusammengetragen hat: Gold, Silber, Pechkohle, Ringe, Münzen. Üblicherweise stattet Marlowe ihn mit Geld aus, aber diesmal gibt es keinen Marlowe. Er ist genauso mittellos wie die anderen Leute hier, wie die Habenichtse und Schnorrer.

Eine dieser Personen rempelt ihn an, Schulter gegen Schulter. Sie ist fast nur noch Haut und Knochen. Sie prallt zurück, runzelt die Stirn, flucht, stolpert. Kay ergreift ihren Arm, damit sier nicht stürzt. Die Person riecht furchtbar, ihr individueller Gestank sticht sogar noch aus dem allgemeinen Gestank des Lagers heraus. Als Kay der Person in die Augen blickt, erkennt er, dass sie seinen Blick nicht richtig erwidert. Sie sieht etwas anderes, an ihm vorbei und um ihn herum.

»Entschuldigung, Bruder«, sagt die Person tonlos. Es wirkt, als wäre es anstrengend, als müsste sie sich mit großer Mühe kurz wieder in diese Welt kämpfen, um sprechen zu können.

»Nichts passiert«, sagt Kay.

Die Person wankt davon, geht langsam und unregelmäßig, keine gerade Linie. Als würde etwas an ihr zerren, an ihrem Gehirn. Kay steht im Regen und kneift die Augenlider zusammen. Wo hat er so etwas schon einmal gesehen? Irgendwo vor langer Zeit. Heute ist wohl ein Tag der vagen Erinnerungen.

Der Habenichts schlurft zu einem großen blauen Tuch hinüber, das auf dem Boden liegt und an den Ecken mit Ziegelsteinen beschwert ist. Wasser sammelt sich in der Mitte, wellt sich im Regen. Zehn oder zwanzig weitere entrückte Menschen mit glasigen Augen liegen auf der Plane oder taumeln darauf herum. Alle nur Haut und Knochen, und alle starren in ihre eigenen Traumwelten. Ihre Kleidung ist schmutzig und zerrissen, aber der Regen scheint ihnen nichts auszumachen. Alle anderen im Lager meiden sie wie eine Gruppe Aussätziger. Kay setzt sich zu ihnen auf die Decke, im Schneidersitz. Er rafft seinen Umhang um sich, verschränkt die Arme und blinzelt in den strömenden Regen.

Einer von ihnen wendet ihm den Kopf zu, mit der qualvollen Langsamkeit einer Schnecke oder einer Schildkröte. »Salam, Bruder«, sagt der Habenichts. Er sieht Kay nicht direkt an, sondern an ihm vorbei, über seine Schulter. »Willst du etwas Moschus?«

»Was?«, fragt Kay.

Der Habenichts greift in eine Tasche an seiner zerfetzten Kleidung und zieht einen kleinen durchsichtigen Beutel hervor. Darin befindet sich eine Mischung aus braunen und weißen Flocken.

»Panthermoschus«, sagt der Habenichts. »Das wird deine Welt verändern.«

»Ich glaube, im Moment bin ich ganz zufrieden, danke«, sagt Kay.

»Na ja, das ist deine Entscheidung«, sagt der Habenichts, »und ich respektiere das unbedingt. Weil ich dich liebe, mein Freund. Deshalb ist dieses Zeug so toll.«

Der Habenichts beugt sich vor und legt einen Arm um ihn, rüttelt an seinen Schultern.

Trotz des Gestanks muss Kay grinsen. »Ja?«

»Ja, Bro«, sagt der Habenichts. »Damit erkennst du, dass jede Entscheidung Sinn macht, für die Person, die entscheidet. Sogar für die Leute da. Oder die. Und das ist wunderschön, Mann. Einfach nur wunderschön. Man sollte andere Leute nicht danach beurteilen, was sie denken oder was sie tun. Man sollte einfach nur versuchen, mit ihnen klarzukommen.«

Der Habenichts öffnet den Beutel und nimmt eine Prise Pulver heraus, rollt es zwischen Daumen und Zeigefinger. Dann hält er es sich an ein Nasenloch und schnupft das Zeug. Dabei entsteht ein pfeifendes Geräusch, das kein gesundes Nasenloch machen sollte.

»Das scheinen nicht viele Leute zu tun«, sagt Kay.

»Was, Kumpel?«

»Miteinander klarkommen.«

»O ja, es gibt so viel Hass in der Welt«, sagt der Habenichts. »So viel Hass. Wo wir doch alle nur Teil der Natur sind. Teil der Erde. Jemanden hassen ist wie seine eigene Hand hassen, sein eigenes Fleisch. Und wenn alle es einfach nur etwas langsamer angehen und ihren Geist öffnen würden, könnten sie das erkennen. Weißt du?«

»Ja«, sagt Kay. Er legt einen Arm um den Rücken des Habenichts und klopft ihm auf die Schulter. Seine Kleidung fühlt sich glitschig an und riecht säuerlich, nicht nur nach Urin oder Schweiß, sondern pilzig. Wie der Wald in seinem Traum. Moschus trifft es ganz gut.

»Weißt du, woher dieses Zeug kommt?«, fragt Kay. »Der, äh, der Panthermoschus?«

»Der kommt von Ambrose, Mann«, sagt der Habenichts. »Ambrose liefert. Er hat hier überall seine Leute, die es an die Menschen verteilen. Die Liebe verbreiten. Die Freude verbreiten. Er will die Welt einfach nur besser machen. Weißt du?«

Kay hat etwas Beunruhigendes bemerkt. Der Habenichts ist überwiegend barfuß, seine Schuhe haben sich längst aufgelöst, und seine Socken zerfasern. Zwischen seinen Zehen ist eine große weiße Wucherung zu sehen, ein Pilzklumpen. Daraus wächst tatsächlich ein Pilzhut, dünn und bleich.

»Und wo kann ich diesen Ambrose finden?«, fragt Kay.

»Ah, den findet man nicht«, sagt der Habenichts. »Er findet dich. Oder wenn du etwas Moschus kaufen möchtest, kannst du zu Mr. Whippy da drüben gehen und fragen.«

Der Habenichts zeigt auf einen Kastenwagen, der an einer Seite des Platzes steht. Kay hätte schwören können, der wäre noch nicht da gewesen, als er das letzte Mal hingeschaut hat. Er ist in bunten Farben bemalt und mit eigenartigen Zeichnungen von runden Kugeln in spitz zulaufenden Füllhörnern übersät. Auf der Rückseite stehen die Worte ACHTUNG:

KINDER. Warum sollten sich die Leute vor Kindern in Acht nehmen? An der Seite ist ein Fenster, aus dem sich jemand mit Sonnenbrille und Wollhut lehnt. Wegen der Brille ist es schwer zu sagen, aber sier scheint Kay anzusehen. Sie mustern sich eine ganze Weile gegenseitig über den Platz hinweg, und dann winkt Mr. Whippy ihm freundlich zu.

Kay winkt nicht zurück. Er will dem Habenichts gerade eine weitere Frage stellen, als er Rufe hört und sieht, wie Leute zur anderen Seite des Platzes rennen. Er hört panische Stimmen, sieht panische Gesichter. Wenn es nach Gefahr aussieht und es sich nach Gefahr anhört, dann ist es wahrscheinlich Gefahr. Er klopft dem Habenichts auf die Schulter.

»Tut mir leid«, sagt er. »Ich muss weiter. Vielleicht sollte sich mal jemand um deinen Fuß kümmern.«

»Das passiert bereits«, sagt der Habenichts. »Ambrose kümmert sich um mich. Er kümmert sich um alle. Er sieht meinen Fuß. Er sieht dich, Bruder!«

Auf der anderen Seite des Platzes steht ein Mann, der allem Anschein nach seit Wochen keine ordentliche Mahlzeit mehr gehabt hat. Er schimpft laut vor sich hin, in einer Sprache, die nicht Englisch ist. Die meisten anderen Leute auf dem Platz können ihn nicht verstehen. Kay kann ihn verstehen, wenn er will. Die Gabe der fremden Zungen.

»Was ist das Problem?«, fragt er den Mann. Seine eigenen Worte klingen für Kay fremdartig, aber irgendwie versteht er ihre Bedeutung.

»Haltet sie auf!«, sagt der dünne Mann und packt Kays Arm. »Hilf mir, sie aufzuhalten!«

»Warte«, sagt Kay. »Beruhige dich. Wie ist dein Name?«

»Yusuf. Ich bin Yusuf.«

»Okay, Yusuf. Wer soll aufgehalten werden?«

»Diese Männer«, sagt Yusuf. »Sie brennen unsere Zelte nieder. Meine Familie. Bitte!«

Gut. Das klingt ihm sehr nach Gefahr.

»Zeig es mir«, sagt er.

Yusuf nickt und rennt los, auf das Meer aus Zelten zu. Kay wirft einen Blick zurück, bevor er den Platz verlässt, aber das Fenster des Eiscremewagens ist geschlossen.

Er läuft Yusuf hinterher, über schmale Pfade, die immer matschiger werden, als der Regen heftiger niederprasselt. Yusuf sprintet barfuß, von Verzweiflung angetrieben. Kay spürt das Gewicht seines Kettenhemds. Er würde gern zurückkehren und seinen Schild holen, aber dafür ist keine Zeit. Und vermutlich würde er Yusuf dann niemals wiederfinden, nicht in dieser Zeltstadt. Sie rennen an jemandem vorbei, der große Ähnlichkeit mit Mr. Whippy hat und sie angrinst. Aber er kann unmöglich schneller als sie hierhergelangt sein, nicht ohne durch die Anderwelt zu schlüpfen oder auf geflügelten Sandalen zu fliegen. Kay stürmt an ihm vorbei, versucht verzweifelt, Yusuf nicht aus den Augen zu verlieren.

Es gießt in Strömen, als Yusuf vor einer Menschenmenge anhält. Kay erkennt sehr schnell, was hier geschieht. Es sind diese Fanatiker, die Männer mit den Keulen. Die Soldiers of Saint George. Sie haben beschlossen, ein paar weitere Zelte abzufackeln, und nicht einmal der Regen kann sie daran hindern. Sie haben Kanister mit Benzin mitgebracht. Der Sprit ist sicher inzwischen schwer zu bekommen, aber sie sind bereit, es hierfür zu verschwenden. Sie gießen das Benzin über den Zeltstoff, während Yusufs Familie zitternd im Matsch kniet.

Kay hat im Laufe der Jahre schon bei vielen Gräueln tatenlos zugesehen, aber er wird es nicht zulassen, dass Menschen in ihren Häusern verbrennen. Er erinnert sich, wie er von Caer Moelydd zu seinem Heim zurückritt und schon von Weitem den Turm aus Rauch von seinem Haus aufsteigen sah. Er konnte es damals nicht verhindern. Er kann nicht zulassen, dass es jetzt anderen Menschen geschieht.

Die umstehenden Fanatiker mit den Keulen sind sich nicht ganz sicher, was sie mit sich anfangen sollen, während ihre Kameraden das Benzin ausschütten. Wie ein Hund, der seinen eigenen Schwanz jagt. Wollen sie Yusufs Familie töten oder nicht? Solche Leute erweisen sich häufig als Feiglinge, hat Kay festgestellt. Vorläufig begnügen sie sich damit, Beleidigungen zu brüllen. Ein paar von ihnen zeigen den Nazigruß.

Gut, wie man mit Nazis umgehen muss, weiß er. Damit hatte er während der letzten großen Show genügend Übung.

Jemand aus der Menge tritt vor und hebt einen Arm, damit die Leute still sind. Ein großer, hässlicher, hemdloser Drecksack, der eine Saint-George-Fahne als Umhang trägt. Seine Haut ist wie eine Pastinake, der gleiche gelblich-weiße Farbton, die gleiche runzelige Textur.

»Dieser Abschaum ist hierhergekommen und will Almosen!«, sagt die Pastinake. »Sie haben in ihrem Leben keinen Tag gearbeitet, aber sie sind hier, um uns die Jobs wegzuschnappen und euren Familien das Essen zu stehlen, ohne es sich zu verdienen! Das werden wir nicht dulden, hab ich recht?«

Sofort brüllen die Nazis »Nein!« Einer schreit: »Tötet sie!« Ein kleiner Mann mit Eichhörnchengesicht, der vor Aufregung kichert.

Kay zählt die Köpfe. Es sind alles in allem etwa zwanzig von diesen Idioten. Ohne seinen Schild könnte es etwas schwierig werden, aber es ist machbar. Er hat sein Schwert dabei. Er hat seinen Stab am Gürtel hängen, falls er jemandem damit die Zähne ausschlagen muss. Ein viel besserer Verwendungszweck, als tote Könige wiederaufstehen zu lassen.

»Wir werden ihnen zeigen, dass die Scharia in diesem Land nicht willkommen ist!«, sagt die Pastinake. »Wir werden aus England wieder das machen, was es in den alten Zeiten war. Wir machen Großbritannien wieder weiß!«

»Nee, das ist Blödsinn«, sagt Kay und tritt vor. Er geht um die Menge herum und nähert sich Yusufs Familie von hinten, sodass er schließlich neben der Pastinake steht. Er trägt immer noch seinen Regenumhang, der verbirgt, dass seine Hand an seinem Schwert liegt.

Die Rassisten bemerken ihn und hören auf zu jubeln. Die Pastinake dreht sich mit einem höhnischen Grinsen zu ihm um.

»Tut mir leid, aber das ist einfach nur Blödsinn«, wiederholt Kay.

»Du kannst dich mal verpissen, Brauner«, sagt die Pastinake. »Verpiss dich zurück in dein eigenes Land!«

Die Menge macht Affenlaute. Kay muss lachen. Er wartet, bis es abebbt, bevor er wieder spricht.

»Das ist richtig witzig«, sagt er. »Ich bin mir ziemlich sicher, dass ich schon länger hier bin als du.«

Die Pastinake starrt ihn ein oder zwei Sekunden mit dümmlichem Gesichtsausdruck an. Dann lächelt er, schnauft und lacht laut. »Was zum Henker soll das heißen?«

»Na ja, mein Großvater stammte aus Numidien«, sagt Kay. »Er kam hierher, als Hippo Regius von den Vandalen geplündert wurde. Aber mein Vater wurde in London geboren, genauso wie ich. Und das war vor sehr langer Zeit. Also würde ich alles drauf wetten, dass meine Sippe schon viel länger hier lebt als deine. Wie ist dein Name, wenn ich fragen darf?«

Die Pastinake blickt sich zu seinen Gefährten um und schüttelt den runzligen Kopf. Seine winzigen Augen fragen sie, ob sie diesen Quatsch fassen können. Dann blickt er Kay ins Gesicht und grinst. »Humphreys ist mein Name. Wie ist deiner?«

»Siehst du, das ist ein französischer Name«, sagt Kay. »Für mich klingt er eindeutig französisch. Also denke ich, dass deine Familie, was auch immer das für Leute waren, mit den

Normannen rübergekommen sind. Und das war gute fünfhundert Jahre nach der Ankunft meiner Sippe.«

Humphreys ist damit nicht allzu glücklich. Er kommt näher, verzieht das Gesicht zu einem finsteren Ausdruck. »Jetzt versuchst du also, mir einen Vortrag über britische Geschichte zu halten«, sagt er. »Im Ernst? *Du* versuchst, *mir* zu erzählen, woher *meine* Familie kommt?«

»Völlig richtig«, stimmt Kay ihm zu. »Du hast kein Recht, mir zu sagen, dass ich mich in mein eigenes Land verpissen soll. Weil ich jetzt genau dort stehe. Und wenn ich wollte, könnte ich dir sagen, dass du dich zurück nach Frankreich verpissen solltest. Aber das werde ich nicht tun.«

»Ach, das wirst du nicht tun?«, fragt Humphreys.

»Nein. Weil ich daran glaube, Menschen willkommen zu heißen, in meinem Land, auf meinem Anwesen, in meinem Haus. Ganz gleich, woher sie kommen. Vor allem, wenn sie nicht wissen, wo sie sonst hinsollen.«

»Tja, aber ich will nicht, dass Abschaum wie diese Leute hier in meinem Land leben«, sagt Humphreys. Inzwischen ist sein Gesicht nur noch Zentimeter vor Kays entfernt, er starrt ihn mit wildem Blick an, grinst durch seine Wut. »Oder Abschaum wie du. Also, was willst du jetzt machen? Hm? Was wirst du tun?«

Kay denkt darüber nach. Er kratzt sich am Bart. Es gäbe mehrere Sachen, die er tun könnte. Mariam hat ihm zwar gesagt, dass er sich keinen Ärger einhandeln soll, aber jetzt steckt er ohnehin schon bis zum Bauchnabel in Schwierigkeiten. Also könnte er genauso gut bis zum Hals drinstecken.

»Na ja«, sagt er. »Wenn ich ehrlich bin, würde ich wahrscheinlich damit anfangen, dir die Klinge ins Gesicht zu stoßen.«

»Was?«, sagt Humphreys.

Doch das war nicht ganz ehrlich. Würde er sein Schwert

ziehen und dann die Klinge herumdrehen, um sie Humphreys ins Gesicht zu stoßen, wären das zwei eigenständige Bewegungen. Zu langsam. Genug Zeit, dass die Sachlage in Humphreys Schädel einsickern kann und er ihm ausweicht. So geht das nicht.

Also begnügt er sich mit der zweitbesten Möglichkeit. Er zieht sein Schwert, dann schlägt er Humphreys mit der Schwerthand gegen das Kinn. Das sind nur eineinhalb Bewegungen, die nicht so viel Zeit beanspruchen. Seine Parierstange bricht ihm den Wangenknochen. Als Humphreys benommen zurücktaumelt, hat Kay genügend Zeit, seine Schwertspitze auszurichten. Mit seinem ganzen Gewicht hinter dem Knauf tritt er vor und treibt die Klinge tief in Humphreys' Brust. Er spürt den leichten Widerstand von Fettgewebe, wie die Klinge knirschend über eine Rippe kratzt und sich dann geschmeidig in Herz und Lunge bohrt. Er dreht das Schwert ein wenig, dann zieht er es wieder heraus, die Klinge nun voll Blut.

Humphreys stürzt rückwärts zu Boden und wirft eine Flutwelle aus Schlamm auf.

Die Hälfte der Menge rennt weg, weil es das ist, was Feiglinge tun, wenn man ihnen die Stirn bietet. Die andere Hälfte geht auf ihn los, mit Stangen, Knüppeln und Ketten.

Es ist bei Weitem nicht der härteste Kampf, in den er je verwickelt wurde. Bei Camlann hat er Mordreds zusammengewürfelte Horde abgewehrt, menschliche Soldaten, die als Schildbrüder neben knurrenden Dämonen aus der Anderwelt standen, während es sogar noch heftiger regnete als jetzt. Er hat gegen Sachsen gekämpft, gegen die eigentlichen Sachsen, mit Äxten und Rundschilden, die noch wussten, was sie taten. Er war im Wald von Sars bei Malplaquet und erwürgte schuhlose Franzosen, bis sie ihn mit ihren leeren Musketen totschlugen. Diese Idioten sind nichts im Vergleich dazu. Sie wissen nicht, was sie tun. Sie stürmen los, lassen ihre Waffen wild schwingen und achten nicht auf ihre Füße. Die Fußarbeit ist der halbe Kampf. In Bewegung bleiben, darum geht es.

Er lässt sie ihre Energie aufbrauchen und übermütig werden, und beobachtet dabei ihre Eigenarten. Es ist nicht schwer, ihnen auszuweichen. Sie kontern nicht, setzen nicht nach. Sie schwingen nur wild ihre Waffen und verfehlen ihn, was sie wütend und noch nachlässiger macht. Würden sie in einer Reihe zusammenarbeiten, hätte er mehr Mühe mit ihnen, aber sie tun es nicht, weil ihnen das nötige Handwerk fehlt. Jeder von ihnen will ein Held sein, einer nach dem anderen. Und keiner kommt damit durch.

Doch auch er wird bald ermüden. Er kann nicht ewig ausweichen. Früher oder später muss das Blutvergießen beginnen. Warum nicht lieber früher, solange er noch bei Kräften ist.

Also legt er los. Zuerst kleine Schnitte, ein gespaltener Bizeps, ein gestutzter Finger. Oder er schlitzt in kleinen sauberen Hieben von einer Achselhöhle bis zur anderen. Immer wenn er eine Öffnung sieht, sticht er zu, hier ein kleiner Stoß, da ein Stich unter die Rippen. Es gibt eine Bewegung, die er vom alten Gawain gelernt hat. Man wartet einfach, dass ein Drecksack auf einen zustürmt, dann hüpft man zurück, streckt aber gleichzeitig den Schwertarm aus. In den meisten Fällen rennen sie einfach hinein. Dann kann man das Schwert wieder herausziehen und mit dem nächsten Kerl weitermachen.

Der Schlamm wird immer rötlicher. Doch sein Blut ist nicht dabei, noch nicht.

Ohne einen Schild ist es natürlich schwerer. Und noch schwerer, wenn sie zu zehnt sind und er alleine. Er ist ein wenig zu selbstsicher. Einer von ihnen kommt schließlich auf die geniale Idee, sich hinter ihn zu schleichen und ihm mit einem Metallknüppel so fest in die Kniekehlen zu schlagen, dass er in die Knie geht. Ein anderer setzt nach, kommt tatsächlich an ihn heran. Ein Cricketschläger trifft ihn ins Gesicht. Schmerz blitzt in seinem Kopf auf. Nicht sein bester Moment. Er kniet im Schlamm, blinzelt, die Engel singen in seinen Ohren. Falsche Engel. Hör nicht auf sie.

Warum kehrt er nie mit seinem Helm zurück? Es war ein guter Helm. Er hat ihn einem irischen Kriegshäuptling gestohlen. Aus geprägtem Eisen, mit Lederriemen und einem Eber als Helmzier. Wangenschützer, die sich unter dem Kinn verschnüren lassen. Rechtlich gesehen sollte er ihn anhaben, wenn er aus der Erde emporkriecht. Er hat seinen Leibeigenen gesagt, dass sie ihn damit begraben sollen. Vielleicht haben sie ihn lieber für sich behalten oder an die Iren zurückverkauft. Das würde ihnen ähnlich sehen.

Wie auch immer. Konzentration. Diese Drecksäcke haben ihn in den Matsch geworfen, aber da unten ist er rundum zufrieden. Er kann nach oben stechen, in ihre Bäuche, in ihre Leisten. Er kann seine Klinge hinter ihre Fußknöchel bewegen und Sehnen zerschneiden. Das verschafft ihm genug Zeit, um wieder auf die Beine zu kommen.

Keinen Schild zu haben, hat den Vorteil, dass er eine Hand frei hat. Einer von ihnen schlägt ein weiteres Mal nach ihm, doch er packt ihn am Handgelenk. Hält es fest. Lässt das Schwert kräftig über dem Ellbogen niedersausen. Plötzlich hält er einen abgetrennten Arm, den er in den Schlamm wirft.

Damit scheint das Ganze zu Ende zu sein. Zehn haben mitgekämpft, und nun liegen sechs davon am Boden. Tot oder stöhnend, einige kriechen durch den Dreck davon. Zwei andere sind vernünftig genug, die Flucht zu ergreifen. Nun steht er im Regen dem Letzten gegenüber, einem Mann, der sich bis jetzt aus dem Kampf herausgehalten hat. Er wirkt ein wenig fähiger als seine Kumpane. Seine Augen haben einen etwas intelligenteren Blick. Kahlköpfig, breitschultrig, grauer Leinenpullover, die Kapuze über den Kopf gezogen. Er hält etwas hoch, aber es ist keine Waffe, soweit Kay erkennen kann. Nur ein kleiner Metallkasten, genauso wie der, den Mariam vor einer Weile in der Hand hatte. Davon geht ein schmaler weißer Lichtstrahl aus, der auf ihn gerichtet ist.

Kay blinzelt in den Strahl und keucht ein wenig. Ihm dröhnt immer noch der Kopf. Der Schmerz in seiner Brust ist durch die Anstrengung schlimmer geworden. Er versucht ihn zu ignorieren. Er rollt seine Schultern.

»Na los, trau dich«, sagt er.

»Du hast keine Ahnung, was du gerade getan hast«, sagt Kahlkopf.

Kay blickt sich um. »Deine kleine Bande Schlafmützen niedergemetzelt?«

Kahlkopf grinst. Das ist für gewöhnlich ein schlechtes Zeichen. Er drückt einen Knopf an seinem winzigen Kasten. Dann steckt er ihn in eine Tasche seines Pullovers und geht durch den Regen fort.

Kay blickt ihm verwirrt nach. Dann betrachtet er die Leichen um ihn herum. Die immer blasser werden, während das Blut aus ihnen sickert. Abscheu und Wut auf sich selbst steigen in ihm auf, wie es meistens nach einer Runde Blutvergießen geschieht. Also kniet er im roten Schlamm nieder und drückt die Schwertspitze in den Boden, hält das Heft wie ein Kreuz vor sich. Flüstert ein kurzes Gebet. Herr, vergib mir, dass ich diese Seelen der sehr langen Liste meiner Opfer hinzugefügt habe.

Plötzlich spürt er, wie Yusufs Frau ihm in die Seite tritt.

»Und was, wenn sie zurückkommen?«, will sie von ihm wissen. »Wirst du dann wieder hier sein? Ja? Wirst du jedes Mal für uns hier sein? Um meine Kinder zu beschützen?«

»Ich wollte doch nur helfen«, sagt er. »Ich dachte, ihr seid in Gefahr.«

Sie schreit ihn weiter an. Er steht auf, will etwas sagen, versucht sich zu entschuldigen, aber sie lässt sich auf keine Diskussion ein. Ihre Kinder verstecken sich hinter ihr, blicken mit ängstlichen Augen zu ihm auf.

Schließlich sagt sie ihm, dass er die Schweinerei aufräumen soll, die er angerichtet hat, und fordert Yusuf auf, ihm zu helfen. Dann kehrt sie in ihr Zelt zurück, holt die Kinder herein und zieht den Reißverschluss hinter sich zu.

»Tut mir leid«, sagt Yusuf und deutet auf das Zelt.

»Schon gut«, sagt Kay.

»Vielen Dank.«

»Das war das Mindeste, was ich tun konnte.«

Sie machen sich an die Arbeit, nehmen sich als Ersten Humphreys vor. Yusuf scheint zu wissen, wohin es geht, und geht mit Humphreys Beinen in der Hand rückwärts los. Kay folgt ihm und kämpft dabei mit dem Gewicht von Humphreys Schultern. Schwerer Drecksack.

Niemand, an dem sie vorbeikommen, scheint allzu überrascht zu sein, dass sie eine Leiche tragen. Auf einer höher gelegenen trockenen Fläche am nördlichen Rand des Lagers ist ein behelfsmäßiger Friedhof, ein schlichtes Rechteck aus Matsch, auf dem in langen Reihen Gräber markiert sind. Namen wurden unbeholfen auf Pappe gemalt oder Steinchen zu kleinen Hügeln aufgehäuft. Zwei Männer mit Spaten haben sich unter einer Plane untergestellt, dürre Lancashire-Männer mit langen Pferdeschwänzen und Bärten. Yusuf bezahlt sie mit einer Schachtel Zigaretten, dann machen sie sich daran, ein neues Loch zu graben.

Kay und Yusuf gehen zurück, um die nächste Leiche zu holen. Die Arbeit ist anstrengender, als sie sein sollte, hauptsächlich wegen seiner Wunden. Aber er findet, dass er bei diesem Teil helfen sollte. Die Sauerei beseitigen, die er selbst angerichtet hat.

Yusuf wird gesprächig. Er erzählt, dass er vor drei Jahren mit seiner Familie aus Syrien kam, um vor den Kämpfen zu flüchten. Sie glaubten den Gerüchten über England nicht. Sie glaubten nicht, dass es dort wirklich so schlimm sein könnte. Sie schafften es durch das Chaos in Deutschland und die Unruhen in Frankreich. Sie überquerten den Ärmelkanal in einem Schlauchboot, zusammen mit zwölf anderen Familien. Im Süden steckte man sie in ein Lager und stellte sie vor die Wahl, dort zu verhungern oder nach Essex zu gehen, um für die Chinesen zu arbeiten. Also gingen sie stattdessen nach Norden, weil Yusuf gehört hatte, dass viele Leute nie wieder aus den chinesischen Lagern zurückkehrten. Er hörte, dass Flüchtlinge im Norden besser behandelt werden.

»Ich scheine mich getäuscht zu haben«, sagt Yusuf.

Sie legen die zweite Leiche ab und gehen, um die dritte zu holen. Die drei Verletzten sind davongekrochen, um anderswo zu sterben oder ihre Wunden versorgen zu lassen. Der abgetrennte Arm liegt immer noch im Matsch. Yusuf hebt ihn auf und hält ihn am Handgelenk. Kay schleppt die letzte Leiche allein.

»Ich dachte, die Menschen wären hier freundlicher zueinander«, sagt Yusuf. »Vielleicht waren sie das früher einmal.«

»Nicht nach meiner Erfahrung«, sagt Kay.

Das Traurige daran ist, dass ihn das alles nicht überrascht. Hass ist der Weg des geringsten Widerstands. Das hat er schon vor langer Zeit gelernt. Für die Leute ist es viel einfacher, sich gegenseitig zu hassen, als sich zu lieben, also tun die Leute genau das. So war es schon in den alten Tagen. Leute aus Gwynedd fanden Gründe, die Leute aus Powys zu hassen, und umgekehrt. Sie stehlen unsere Schafe. Sie beten die falschen Götter an. Nur der gemeinsame Hass auf irgendeinen Dritten schweißt die Menschen zusammen – etwa auf die Iren oder die Sachsen.

Daran scheint sich in der Zeit danach nichts geändert zu haben. Die Leute finden immer neue Gründe, sich zu hassen. Sie machen sich groß, indem sie andere Leute kleinmachen. So war es damals, so ist es jetzt, und so wird es vermutlich für alle Ewigkeit ein.

Viele Menschen folgen diesem Weg. Bis es ein ausgetretener Pfad ist und anderen völlig natürlich vorkommt. Aber man muss sich um die Leute kümmern, die dieser Straße nicht folgen. Sie bahnen sich ihren eigenen Weg, durch raues Gelände. Es ist schwerer, querfeldein zu laufen, und es besteht die Gefahr, dass man sich verirrt, und die Leute werden einen deshalb für verrückt erklären. Aber es ist immer noch der bessere und der humanere Weg.

Er hat den Eindruck, dass Mariam vielleicht einer dieser Menschen ist. Die einer weniger befahrenen Straße folgen. Der Straße der Freundlichkeit.

Yusuf muss mit den Totengräbern feilschen, damit sie alle drei Männer bestatten. Kay schaut sich auf dem kleinen Friedhof um und lehnt sich auf seinen alten Eichenstab. Die Leute machen sich die Mühe, Blumen auf die Gräber zu legen, Bänder um die Markierungen zu knüpfen, die Gräber mit rechteckig angeordneten kleinen Steinen zu umgeben. Das erinnert ihn an ein anderes Grab weit im Süden, das er schon sehr lange Zeit nicht mehr besucht hat.

Erneut kniet er sich hin, bekreuzigt sich und betet.

7

DIE HOLISTISCHE AKTIONSGRUPPE DER FETA FÜR DEN Nordosten von England besteht aus sechs müden Frauen und einem schwarzen Labrador. Gerade sitzen sie zusammen im Konferenzzelt im Schneidersitz auf der Bodenplane, wo die Sonne, die durch das Zelttuch dringt, alles viel grüner wirken lässt, als es tatsächlich ist. Die Anspannung in der Luft wird ein wenig durch die Räucherstäbchen verstärkt, die Bronte angezündet hat, um Gelassenheit und Achtsamkeit zu fördern und um den Gestank der Komposttoiletten zu überdecken.

Mariam versucht, nicht zu husten. Zuerst sagen ihre Schwestern nichts, weil es nichts Neues zu sagen gibt. Nach so vielen Monaten, in denen sie immer wieder dasselbe Streitgespräch geführt haben, können sie sich fast schon gegenseitig die Gedanken lesen. Mariam spürt Regans Überdruss, Brontes selbstgerechte Überlegenheit. Willow und Teoni sitzen in trauriger Stille da, während sich Dando zwischen ihnen ausgestreckt hat und hofft, dass ihm jemand den Bauch krault. Sie bemüht sich, Roz nicht anzusehen, mit ihrem kurzen Haar und den Lippenpiercings und ihrem linken Ärmel, der unter dem Ellbogen zugeknotet ist. Roz, die beim letzten großen Überfall auf das Öltanklager von Sheffield ihre Hand verloren hat. Regan hat es irgendwie geschafft, sie am Leben zu halten und zu stabilisieren. In den langen schmerzhaften Wochen, die darauf folgten, konnte sie verhindern, dass die Wunde sich entzündete und faulte. Danach stimmten sie mehrheitlich dafür, eine Weile die Füße stillzuhalten, sich auf den Klinikbetrieb zu konzentrieren, Gemüse anzubauen, Flüchtlingen zu helfen. Nichts Gefährliches.

Mariam hat sich über diese gemeinsame Entscheidung hinweggesetzt. Sie hat ihr Vertrauen verletzt. Sie weiß, was sie jetzt tun muss. Sie räuspert sich.

»Es tut mir leid«, sagt sie.

»Das will ich hoffen«, sagt Bronte. »Klimaverräterin.«

»Wir wollen uns nicht beschimpfen«, sagt Regan. Alt und weise und müde von den internen Streitereien.

»Es geht nicht einmal um das Ölfeuer«, sagt Roz. »Dass das schlecht für den Planeten ist, ist wohl klar, aber ... du hättest dabei sterben können!«

»Ich weiß«, sagt Mariam. »Ich weiß, dass es gefährlich war. Und dumm. Ich dachte nur ... ich hatte das Gefühl, dass wir hier nichts erreichen.«

»Wir haben als Gruppe entschieden«, sagt Teoni, »keine gewalttätigen Aktionen mehr durchzuführen. Wir alle haben dafür gestimmt, uns für ein paar Monate auf humanitäre Sachen zu konzentrieren.«

»Es *waren* schon ein paar Monate«, sagt Mariam. »Und ich weiß, dass es wichtig ist, den Menschen hier im Lager zu helfen, aber während wir Binden verteilen, zerstören die Saxons und die Ölbarone weiter den Planeten und ...«

»Lasst uns das alles nicht noch einmal durchgehen«, sagt Roz und wischt sich mit einer Hand über die Augen. »Wir haben dagegen gestimmt, und du hast die Entscheidung ignoriert. All diese Besprechungen sind sinnlos, wenn du die Ergebnisse missachtest und trotzdem machst, was du willst.«

Bronte richtet sich ein wenig auf. »Im FETA-Handbuch für regionale Holistische Aktionsgruppen wird erklärt, dass wir als Schwesternschaft gemeinsam handeln oder gar nicht handeln.«

»Ach, komm von deinem hohen Ross herunter, Bronte«, sagt Willow. »Dein FETA-Handbuch kannst du dir gern in den Arsch schieben.«

Bronte tut, als wäre sie schockiert, und der aufsteigende Tonfall ihrer Sätze wird noch ausgeprägter. »Ich finde es extrem problematisch und verletzend, so etwas zu sagen? Das hier soll ein Raum für die Ausübung radikaler Empathie und grenzenlosen Mitgefühls sein?«

»Radikale Empathie? Hast du nicht vor einer Minute ›Klimaverräterin‹ gerufen?«

»Na ja, schließlich hat sie *tatsächlich* gerade ihre CO_2-Bilanz um locker fünfzig Billionen Tonnen verschlechtert«, wirft Teoni ein.

»Schwestern«, sagt Regan mit unendlicher Geduld. »Ich glaube nicht, dass es irgendetwas nützt, wenn wir Mariam zusammenstauchen. Lasst uns stattdessen an unsere unmittelbare Zukunft denken. Es könnte vernünftig sein, wenn wir erneut umziehen, in Anbetracht der Umstände. Ich bin mir sicher, dass die Söldner schon bald die Gegend durchkämmen.«

»Sie könnten es sogar als Vorwand nutzen, das gesamte Lager zu schließen«, sagt Roz.

Mariam spürt einen Stich schlechtes Gewissen. Wenn sie die Klinik aufgeben müssen, wären so viele Frauen in diesem Lager ohne Unterkunft, Nahrung und Medikamente. Wäre das dann ihre Schuld? Der ganze Hunger, die Krankheit, die Gewalt? Alles, was danach kommen würde?

»Wir wollten ohnehin nach Manchester fahren«, sagt Teoni. »Zum Treffen.«

»Das können wir jetzt wohl kaum bringen, oder?«, fragt Willow. »Hallo zusammen, wir sind von der FETA, wir haben gerade ein gigantisches Ölfeuer gelegt und für das Aussterben der Eisbären gesorgt, aber die Umwelt liegt uns wirklich sehr am Herzen.«

»Das kommt wirklich nicht gut rüber«, sagt Roz. »Aus PR-Sicht.«

»Okay, aber PR ist ja wohl an sich schon ein bürgerliches und kapitalistisches Konzept?«, sagt Bronte. »Aber ja, ich finde auch, dass wir uns von der Aktion distanzieren und den anderen Rebellengruppen sagen sollten, dass wir die verantwortliche Person bestraft haben.«

»Bestraft?«, fragt Teoni. »Was willst du mit ihr machen, sie zu einem Monat Toilettendienst verdonnern?«

»Nun, ehrlich gesagt«, sagt Bronte. »Ich finde, wir sollten überlegen, ihr wegen Ökozid den Prozess zu machen.«

»Also bitte!«, sagt Regan.

Im Zelt wird es still, was meistens geschieht, wenn Regan die Fassung verliert. FETA-Gruppen sollen eigentlich keine Anführer haben, aber Regan hat schon gegen den Klimakollaps gekämpft, bevor die anderen geboren wurden, weshalb sie manchmal wie die einzige vernünftige Erwachsene im Raum rüberkommt. Mariam spürt, dass so etwas wie Erleichterung die Anspannung in ihren Schultern schmelzen lässt.

»Wenn wir irgendwem wegen Ökozid den Prozess machen«, sagt Regan, »dann den Ölbaronen und Politikern und Chefs der Militärfirmen. Nicht unseren eigenen Schwestern.«

»Tut mir leid«, sagt Bronte. »Aber ich finde, dass es trotzdem irgendwelche Konsequenzen für Mariam haben sollte? Sie kann doch nicht einfach eine ökologische Katastrophe auslösen und sich dann wieder der Bewegung anschließen, als wäre nichts gewesen.«

Mariam schaltet gedanklich ab, starrt ins Leere, horcht auf den Regen, der auf die Plane über ihren Köpfen und auf das

Dach der umfunktionierten Schiffscontainer prasselt. Normalerweise gibt es ihr ein warmes Gefühl der Geborgenheit, wenn sie im Regen unter einer Plane hockt. Aber heute nicht. Die Anspannung, die Regans Worte kurzzeitig gelockert haben, hat sich in ihrem Körper jetzt fester als zuvor verknotet. Sie möchte abhauen. Oder krank werden. Oder schlafen. Oder vielleicht weinen. Das könnte helfen.

Und sie hat noch nicht einmal Kay erwähnt. Fällt das unter den Punkt »Sonstige Angelegenheiten«? Dass sie ihn überhaupt mitgebracht hat, kommt ihr auf einmal völlig idiotisch vor. Vielleicht war er doch nur ein Dschinn oder eine Halluzination, und inzwischen hat er sich wieder in Luft aufgelöst. Die Vorstellung kommt ihr plausibler vor, seit sie wieder hier ist. Zurück in diesem Zelt, wo sie vertraute Argumente hört, während sich die Welt erhitzt und der Wasserspiegel steigt.

An einer Seite des Zelts hängt eine Pinnwand, an der Bilder von potenziellen Zielen angeheftet sind. Laminierte Fotos von Ölbohrplattformen und Pipelines und Fracking-Anlagen. Das größte und hässlichste Objekt ist die Avalon-Plattform, die in der Überflutungszone von Somerset aus dem Schilf ragt. Regan ist über eine Freundin im Süden an die Fotos gelangt. Jede Sekunde, die sie damit verbringen, hier zu sitzen und zu diskutieren, wird ein weiteres Barrel Öl gepumpt, eine weitere Tonne Kohlenstoff in die Luft gepustet, stürzt ein weiterer Gletscher ins Meer.

»Ich habe diesen Typen getroffen«, sagt sie.

Die Debatte im Zelt verstummt schlagartig. Willow presst die Augen zusammen und schüttelt den Kopf. Roz und Bronte starren sie ungläubig an.

»Du hast was?«, fragt Roz mit leicht brechender Stimme.

»Ich habe jemanden getroffen, der uns helfen will. Ich glaube, er könnte uns helfen, die Avalon-Plattform lahmzulegen.«

»Mar, du weißt, dass wir Avalon nicht angreifen können«,

sagt Willow. »Das ist viel zu gefährlich. Die würden uns abschlachten, bevor wir es auch nur in die Nähe schaffen.«

Teoni reibt sich das Gesicht. »Mar, Schätzchen, ich glaube, du brauchst eine Pause von Anschlägen auf Ölförderanlagen. Du solltest nicht eine in die Luft jagen und dann sofort nach der nächsten suchen. Das ist nicht nachhaltig.«

»Ja«, sagt Bronte. »Und Nachhaltigkeit sollte unser Hauptaugenmerk sein? Wir müssen nicht auf Gewalt und Zerstörung zurückgreifen, wenn wir die Welt durch gewaltlosen Aktivismus verbessern können. Vielleicht sollten wir alle morgen losgehen und ein paar Bäume pflanzen, um zu versuchen, etwas von dem Schaden wiedergutzumachen, den Mariam angerichtet hat.«

Mariam sitzt regungslos auf ihrem Platz, fühlt sich müde und starrt auf die Bodenplane. Die Verzweiflung in ihrer Brust ist inzwischen auch in ihre Knochen gesickert, so schwer, dass sie sich wünscht, die Erde würde sich auftun und sie verschlucken. Wie Kay unter seinem Hügel. Aber sie zwingt sich aufzustehen, um das Zelt zu verlassen. Um ins Freie zu gehen und etwas frische Luft einzuatmen, bevor sie von den Räucherstäbchen Kopfschmerzen bekommt.

»Ich gehe nach draußen«, sagt sie. »Ihr könnt mir ja in Abwesenheit wegen Ökozid den Prozess machen, wenn ihr möchtet. Aber das ist genau der Grund, warum ich gestern getan habe, was ich getan habe. Weil wir so viel Zeit in Besprechungen wie dieser vergeuden.«

Sie verlässt das Konferenzzelt, tritt hinaus auf das Klinikgelände. Diese Ansammlung von Markisen und Bannern und Schiffscontainern, die ein Refugium sein soll, ein Ort der Sicherheit. Handgenähte Fahnen baumeln schlaff in der Hitze. Im Moment würde sie am liebsten alles abfackeln.

Sie ist gerade dabei, den Verschluss des Zelts wieder zuzuziehen, als Willow ihren Kopf durch die Tür streckt.

»Alles in Ordnung mit dir, Mäuschen?«, fragt sie.

Mariam zuckt mit den Schultern. »Ich muss mir nur irgendein Loch suchen, in das ich reinschreien kann.«

»Ja, ich kenne das Gefühl«, sagt Willow. »Also, ich gehe wieder rein und werde für dich stimmen. Ich sehe dich später?«

»Vielen Dank«, sagt sie.

Willow zieht den Reißverschluss ganz zu. Und dann ist Mariam zum ersten Mal seit einiger Zeit allein. Ohne Schwestern. Ohne Söldner. Ohne merkwürdige Männer, die unter Bäumen hervorkommen.

Permakultur ist eine von den fünfzehn Sachen, die FETA-Zellen tun sollen, um zu versuchen, die Welt zu retten. Die Klinik soll selbstversorgend sein, also bauen sie Kartoffeln in alten Farbeimern und Plastikwannen und allen anderen Gefäßen an, die sie in die Hände bekommen. Jetzt ist die richtige Jahreszeit, um ein paar der Kartoffeln aus dem vergangenen Jahr an warmen, dunklen Stellen aufzubewahren, damit sie ein paar Keime austreiben können, bevor sie wieder eingepflanzt werden. Mariam zieht eine Plane zurück und rümpft die Nase, als sie die alten Knollen sieht, die jetzt mit ekligen violetten Trieben überzogen sind, die sich wie kleine Bäume oder Hände dem Sonnenlicht entgegenrecken. Es ist definitiv an der Zeit, sie auszupflanzen.

Die Sonne knallt vom Himmel, und ihre Arme und Beine möchten sich eigentlich ausruhen, aber sie hat eine Menge Gefühle, die sie ignorieren möchte, und Kartoffeln pflanzen scheint ihr eine gute Methode zu sein, das zu erreichen. Also schnappt sie sich einen Spaten aus dem Werkzeuglager und öffnet das Kompostfass, um den Inhalt gleichmäßig auf mehrere leere Pflanzgefäße zu verteilen. Dann schleppt sie die alten Kartoffelknollen hinaus ins Sonnenlicht und drückt sie eine nach der anderen in die Erde. Sie dreht jede Knolle davor kurz prüfend in der Hand, und wenn eine Kartoffel zu viele Triebe hat, entfernt sie einige davon mit dem Daumen. Dann streut sie noch etwas Kompost über die eingepflanzten Knollen und versucht, nicht an Roz oder Kay oder an das brennende Moor zwanzig Meilen entfernt zu denken.

Sie sucht die Blumenbeete nach Nacktschnecken ab, pflückt fünf oder sechs heraus und wirft sie über die Zelte. Es scheint viel mehr Nacktschnecken zu geben als früher. Vielleicht, weil es weniger Vögel gibt. Nacktschnecken könnten den Klimakollaps überleben, im Gegensatz zu Menschen. Ist das ein tröstlicher Gedanke? Eigentlich nicht. Aber es ist nett, sich vorzustellen, wie Nacktschnecken unter der Erde ihr kleines Nacktschneckenleben führen, ohne irgendjemandem zu schaden. Nacktschnecken versuchen nicht, den Planeten kaputt zu machen. Sie wissen nicht einmal, dass der Planet kaputt ist. Niemand erwartet von ihnen, dass sie ganz allein irgendetwas in Ordnung bringen. Vielleicht wäre es nett, eine Nacktschnecke zu sein.

Als sie fertig ist, setzt sie sich auf einen Klappstuhl, spielt mit den Gebetsperlen an ihrem rechten Handgelenk und starrt in den Himmel, um ihr Gehirn zu beruhigen. Irgendwer wird sie irgendwann finden. Willow, Teoni oder Kay. Mit Regan hat sie nicht gerechnet, aber sie ist es, die kommt, die mit einem Weidenkorb in den Garten hinaustritt, um ein paar ihrer Kräuter zu ernten. Als sie Mariam sieht, wirkt sie erleichtert.

»Da bist du ja«, sagt Regan. »Wir haben uns Sorgen gemacht, ob du vielleicht abgehauen bist.«

»Nein«, sagt sie. »Ich dachte mir, ich pflanze stattdessen ein paar Kartoffeln.«

»Gute Entscheidung«, sagt Regan, während sie ihre Kräuter mit einer Schere stutzt. Ruhig und systematisch. Sie summt leise vor sich hin. Mariam beobachtet sie eine Weile, lässt sich davon beruhigen. Manchmal fühlt es sich an, als wäre Regan hier die Einzige, die tatsächlich irgendetwas Gutes in der Welt tut, die dafür sorgt, dass es den Menschen besser geht. Vor dem Klimakrieg war sie eine Friedensaktivistin der alten Schule, die sich auf Flugplätze schlich und Kampfjets sabotierte. Jetzt ist sie hier, um Flüchtlingen zu helfen. Sie behandelt Schusswunden und bietet Kräuterrezepturen gegen Menstruationsbeschwerden an. Mariam ist heimlich ihr größter Fan.

»Und bin ich jetzt eine verurteilte Öko-Verbrecherin?«, fragt sie nach einer Weile.

»Noch nicht«, sagt Regan. »Dir wird man erst wegen Ökozid den Prozess machen, wenn wir die Oligarchen gestürzt, eine Volksregierung eingesetzt und einen Gerichtshof für Verbrechen gegen den Planeten eingerichtet haben.«

»Oh, also irgendwann demnächst«, sagt Mariam.

Regans Lächeln bekommt etwas Verschmitztes. »Ja, das kann noch dauern. Bis dahin steht es dir frei, so viele Fracking-Anlagen zu zerstören, wie du möchtest.«

Mariam verzieht das Gesicht. »Bist du hier, um mir zu sagen, was für eine Riesenidiotin ich bin?«

»Nein«, sagt Regan. »Ich bin hier, um etwas Basilikum zu ernten.«

»Hmm.«

»Aber ich bin auch hier, um dir zu sagen, wie stolz ich auf dich bin.«

Mariam spürt, wie ihre Gesichtszüge entgleisen. Normalerweise bringt Lob von Regan ihr Herz zum Strahlen. Heute ist sie zu erschöpft, um etwas anderes als Verwirrung zu empfinden. »Was?«

Regan wirft einen Blick über die Schulter, um sich zu vergewissern, dass sie allein sind. Dann legt sie ihre Schere weg. »Mariam, hör mir zu. Ich bin schon sehr lange dabei. Ich war in mehr Protestbewegungen, als ich mich erinnern kann. Und wenn es eins gibt, das ich gelernt habe, dann die Tatsache, dass man in dieser Welt nie etwas erreicht, wenn man nicht dafür sorgt, dass mächtige Männer panische Angst um ihr Leben haben. Wir sind Ökoterroristen. Wir sollten Terror verbreiten. Und genau das hast du getan. Also ja, deshalb bin ich stolz auf dich.«

»Ich ...«, sagt Mariam. »Danke.«

»Keine Ursache.«

Mariam verspürt den Drang, zu Regan zu gehen und sie zu umarmen, die Flutschleusen zu öffnen und sich an ihrer Brust auszuheulen. Aber sie tut es nicht. Sie sitzt noch einen Moment schweigend da. Dann räuspert sie sich.

»Glaubst du an all den heidnischen Blödsinn, den Bronte verzapft?«

»Nicht an alles. Nur an einiges.«

»Heidnische Göttinnen und Flussgeister, solche Sachen.«

»Ja. Eher solche Sachen.«

»Okay«, sagt Mariam. »Was ist mit König Arthur? Mit Rittern, die unter Bäumen in der Erde schlafen?«

Regan blickt nicht von ihrem Basilikum auf. »Warum fragst du?«

»Ich ... glaube, ich bin einem begegnet«, sagt sie. Einem Teil von ihr ist bewusst, dass sie nicht weiterreden sollte. Dass sie es geheim halten sollte. Sie starrt zum gelblichen Himmel hinauf und sieht Regan nicht an, während sie spricht. Es würde ihr das Herz zerreißen, wenn sie auf Regans Gesicht jetzt Verwirrung oder Skepsis bemerken würde.

»Er hat mir bei der Flucht geholfen. Aus der Fracking-Anlage. Er kommt immer dann aus der Erde, wenn England ihn braucht. Zumindest hat er das gesagt. Vielleicht hat er mich auch verscheißert. Aber er will uns helfen, die Avalon-Plattform in die Luft zu jagen. Ja, also, so ist das.«

»Wie außergewöhnlich«, erwidert Regan. »Und wie war noch gleich sein Name?«

»Kay«, sagt Mariam. »Sein Name ist Kay.«

»Aha«, sagt Regan.

»Du glaubst mir nicht«, sagt Mariam.

Regan macht sich nicht über sie lustig. Sie neigt den Kopf und denkt darüber nach, auf ihre alte und vernünftige Art. »Nun«, sagt sie dann, »in alten Legenden steckt oft ein Körnchen Wahrheit. Also könnte es stimmen. Ich denke, es würde mir leichter fallen, dir zu glauben, wenn ich ihn persönlich treffen könnte.«

»Er wartet draußen«, sagt Mariam. »Oder er hat gewartet.«

»Nun, wenn er all die Jahre unter der Erde gewartet hat, kann er jetzt sicher auch noch ein wenig länger warten«, sagt Regan. »Ich wollte eigentlich diese Kräuter mahlen. Möchtest du mir vielleicht dabei Gesellschaft leisten?«

Warum nicht. So machen es schließlich alle bei der FETA. Sie bauen Kartoffeln an und mahlen Basilikum und halten endlose Besprechungen ab, während um sie herum die Welt brennt. Mariam wird der Welt in den nächsten fünf Minuten nicht mehr Schaden zufügen, wenn sie sich von Regan erklären lässt, wohin sie gehen und was sie tun soll. Es ist eine Erleichterung, ihre Autonomie so aus der Hand zu geben.

Das Herz der Klinik ist eine Reihe aus drei Schiffscontainern, die zu einem Triagezentrum umgebaut wurden. Alte Matratzen in langen Metallkästen, deren Dächer mit roten Kreuzen bemalt und zwischen denen Markisen gespannt sind. Im Sommer sind die Container zu heiß und im Winter zu kalt, aber sie bieten Schutz vor Eindringlingen. Von innen verschließbar. Auf ein oder zwei Betten schlafen Flüchtlinge. Frauen, die Essen und Unterschlupf und Medikamente und Liebe brauchen. Bronte hat überall Amulette aufgehängt, um die Patienten vor bösen Träumen zu bewahren.

Mariam folgt Regan durch einen Container zu einem kleinen Lagerraum am Ende, den Regan abtrennt, indem sie einen Vorhang zuzieht, der über die ganze Breite des Raums geht. Hier fühlt es sich behaglicher und erholsamer an als irgendwo sonst im Lager, trotz der Windspiele und Traumfänger. Oder wegen. Hier riecht es sogar netter. Alte tröstende Düfte. Regan gibt ihr einen Mörser mit Stößel und einen Haufen zarter Blätter. Dann setzen sie sich zusammen an einen Klapptisch und mahlen schweigend Kräuter. Um daraus Pasten und Pulver zu machen, die sie den Patientinnen geben können, um ihren Schmerz zu lindern. Während ihrer Ausbildung als Krankenpflegerin hätte sie so etwas für völlig verrückt gehalten. Holistischer New-Age-Blödsinn. Aber heutzutage ist es schwierig, richtige Medikamente zu bekommen. Die Pakete vom Roten Kreuz schaffen es fast nie bis in die Flüchtlingslager. Und wenn man keine Antibiotika hat, muss man sich mit Oreganoöl oder Basilikum, Baumrinde und Löwenzahnwurzeln behelfen. Mariam weiß nicht, wo Regan das alles gelernt hat, aber sie ist dankbar, dass sie dieses Wissen an sie weitergibt.

»Zum Teil ist das auch deine Schuld, weißt du«, sagt Mariam. »Du hast mir gesagt, ich soll unabhängiger sein.«

»Ich räume in der Tat eine *gewisse* Mitschuld ein«, sagt Regan. »Obwohl ich es sehr begrüßen würde, wenn du darauf verzichtest, es vor Bronte zu erwähnen. Ich möchte nicht ebenfalls wegen Ökozid angeklagt werden.«

»Ich bin keine Petze, mach dir keine Sorgen«, sagt Mariam. »Und fairerweise sollte ich darauf hinweisen, dass du nicht wusstest, dass ich die ganze Anlage sprengen würde.«

»Na ja, ein Teil von mir hat geahnt, dass du es tun würdest«, sagt Regan. Ihr Lächeln ist zurück. Das verschmitzte.

Mariam muss über sie staunen. »Manchmal denke ich, dass du hier die Leitung übernehmen solltest. Wahrscheinlich würden wir dann viel mehr erledigt kriegen.«

Regan runzelt die Stirn und schüttelt den Kopf. »Oh, ich bin zu alt für so etwas. Ich trete lieber einen Schritt zurück und überlasse den jüngeren Leuten die Führung. Dir und Bronte und den anderen. Um zu helfen, wo ich kann. Um euch einen Schubs in die richtige Richtung zu geben, wenn ich es für nötig halte.«

»Wie du es mit mir gemacht hast.«

»Exakt.«

»Aber ärgerst du dich nicht darüber, wie wir die Sachen angehen? Würdest du nicht lieber den Laden übernehmen und es anders machen?«

Regan zieht eine Augenbraue hoch. »Möchtest du das tun?«

Damit hat sie nicht gerechnet. Sie wendet den Blick ab und zuckt mit den Schultern. »Ähm, manchmal schon, denke ich.«

Regan nickt. »Früher wollte ich das Sagen haben … oder zumindest hinter den Kulissen irgendeine Art von Macht ausüben. Die Macht, Gutes zu tun. Aber letztlich ist das für mich nicht so gut ausgegangen. Man muss viele Opfer bringen, wenn man die Führung übernimmt. Und am Ende hat man Blut an den Händen.«

Mariam muss grinsen, entzückt und fasziniert von der Vorstellung, dass jemand wie Regan eine dubiose Vergangenheit haben könnte. Ihre nächste Frage hat noch nicht ganz ihren Mund verlassen, als sie von draußen Lärm hört, aus der Klinik. Rufe und Poltern.

Als sie den Vorhang aufziehen, sehen sie, wie Kay hereinhumpelt und dabei seinen Stab als Gehstock benutzt. Sobald er nahe genug herangekommen ist, lässt er sich auf eine der Matratzen sinken. Doch Roz ist ihm auf den Fersen, schreit ihn an, dass er hier nicht sein darf. Nicht in diesem Raum.

»Ich will niemanden stören«, sagt Kay und hebt die Hände. »Ich habe nur nach Mariam gesucht.«

Roz blickt ungläubig zu ihr auf. »Ist das der Kerl, von dem du erzählt hast?«

»Ähm«, sagt sie, muss zuerst ihre Stimme wiederfinden. »Ja. Das ... er ist in Ordnung.«

Regan übernimmt. »Roz, ich habe hier Patientinnen, die schlafen möchten. Bitte versuch leise zu sprechen.«

»Patientinnen, die wahrscheinlich nicht möchten, dass ein Mann mit einem Schwert hier hereinkommt«, sagt Roz.

Kay schaut die beiden abwechselnd an. Dann öffnet er langsam seinen Schwertgürtel, verzieht dabei das Gesicht. Reicht den Gürtel und das Schwert in der Scheide als Bündel hinauf, damit Roz oder Mariam ihm alles auf einmal abnehmen können. »Wenn meine Anwesenheit für Streit sorgt, kann ich auch gehen.«

»Nein«, sagt Mariam und überrascht sich selbst damit genauso wie Roz. »Nein, bleib hier. Zumindest so lange, dass wir dich untersuchen können.«

Roz wirkt verletzt, verwirrt, zornig. »Wo hast du diesen Kerl überhaupt getroffen?«

»Das erzähle ich dir später, okay?«

Roz bleibt noch einen Moment schweigend stehen, bevor sie den Kopf schüttelt und die Klinik verlässt. Mariam macht einen halben Schritt, um ihr zu folgen, doch dann bleibt sie. Wegen Kay. Er hat bewiesen, dass man ihn nicht länger als zehn Sekunden unbeaufsichtigt lassen kann. Sie fühlt sich auf absurde Weise für ihn verantwortlich, als wäre sie seine Babysitterin. Also nimmt sie ihm das Schwert ab, wobei sie sich unsicher ist, wie sie es halten soll. Schwerter sind so eine toxisch männliche Art, Probleme zu lösen. Noch mehr als Pistolen oder Kampfflugzeuge. Wenn einem etwas nicht passt, macht man einfach mit einem großen scharfen Stock ein großes Loch rein. Sie blickt voller Verachtung auf das Ding in ihren Händen.

Regan versucht, Kays verfilztes Haar zu entwirren, um einen besseren Blick auf seine Kopfhaut zu bekommen. »Du meine Güte«, sagt sie mit einem liebevollen Lächeln. »Du siehst aus, als wärst du im Krieg gewesen.«

»In den meisten, ja«, sagt Kay.

»Ich hole Oreganoöl«, sagt Regan.

Mariam hat zehn oder zwölf Fragen gleichzeitig, aber sie weiß nicht, welche sie zuerst stellen soll. Warum hat er sich entfernt? Was ist mit seinem Kopf passiert? Wie hat er hierher zurückgefunden?

»Was ist mit dir passiert, verdammte Scheiße?«, fragt sie schließlich. Das fasst es am besten zusammen.

»Ich habe mich in Schwierigkeiten gebracht«, sagt Kay. »Also genau das, wovon du mir abgeraten hast. Tut mir leid.«

»Ich verstehe nicht. Hast du gekämpft?«

Er nickt. »Ein paar Männer getötet. Aber niemanden, den du gemocht hättest, denke ich.«

Ihr Magen zieht sich zusammen wie eine geballte Faust. »Du hast *was* getan?«

»Ein paar von diesen Soldiers of Saint George, von denen du gesprochen hast«, sagt Kay. »Sie wollten anderen Leuten wehtun. Also dachte ich mir, dass ich sie aufhalte.«

»Und du hast sie aufgehalten, indem du ... sie getötet hast?«, hakt Mariam nach. »Mit deinem Schwert? Du hast sie alle erstochen?«

»Nein«, sagt er. »Nicht alle. Einige habe ich eher so niedergeknüppelt.«

»Du kannst nicht einfach losziehen und Leute abstechen!«, sagt sie.

»Warum nicht?«

»Weil ...« Ihr fehlen die Worte. »O Gott!«

»Das ist das, was ich mache, hauptsächlich«, sagt Kay. »Losziehen und Leute abstechen. Böse Menschen töten. Ich mache das schon eine ganze Weile. Bisher ist es für mich ganz gut gelaufen.«

»Wir versuchen, Gewalt nach Möglichkeit zu vermeiden.«

Er schaut sie fragend an. »Letzte Nacht hast du mich ohne Weiteres erschossen. Und gestern hast du viele Männer getötet, als du diese Explosion ausgelöst hast.«

»Das ist nicht dasselbe«, sagt sie hastig. Obwohl sie es selbst nicht glaubt. Sie versucht, nicht an die Männer zu denken, die im Ölfeuer verbrannt sind. Böse Männer, Saxons, aber dennoch Männer mit einem Herz und einem Verstand, Männer, die ihre Familien ernähren wollten.

»Nein«, sagt Kay. »Nein, es ist leichter. Männer zu töten, indem du einen Knopf drückst. Damit distanzierst du dich davon. Du musst ihnen nicht in die Augen blicken, wenn du es tust.«

»Ich glaube, er hat eine Gehirnerschütterung«, sagt Regan und schürzt die Lippen.

»Heute ist es einfacher«, sagt Kay. »Bomben abwerfen. Einfach so Tausende von Menschen töten. In den alten Tagen sah man zumindest ihren Gesichtsausdruck, wenn man ihnen das Schwert in die Eingeweide stieß. Während das Leben aus ihnen heraussickerte. Das ließ einen nachts nicht schlafen. Da hat man's sich zweimal überlegt, bevor man es wieder tat. So ist es heute nicht mehr. Wie im letzten Krieg. Man tötet tausend Menschen in weit entfernten Regionen und kann danach immer noch gut schlafen. Daran ist überhaupt nichts besser. Es ist nicht zivilisierter. Es ist schlimmer. Dadurch wird es nur wahrscheinlicher, dass man es noch einmal macht.«

»Er ist im Delirium«, sagt Regan. »Ich kümmere mich um ihn.«

Mariam nickt, entfernt sich, immer noch das Schwert in den Händen. Sie ist froh, dem furchtbaren Blick in Kays

Augen zu entkommen. Sie will sich einen Winkel in der Klinik suchen, wo sie sich verstecken kann, bis ihre Gliedmaßen nicht mehr zittern, aber draußen vor der Krankenabteilung steht Roz und wartet auf sie.

»Wir müssen bald aufbrechen«, sagt Roz. »Wenn die Army of Saint George herausfindet, dass wir ihn hier aufgenommen haben, wird es zu Vergeltungsmaßnahmen kommen.«

»Ich weiß«, sagt sie und presst die Augen fest zusammen. »Ich weiß. Wir nehmen ihn mit.«

Für einen langen Moment herrscht Stille, abgesehen von Roz' leisem Atem. Dann hört Mariam einen Seufzer und spürt eine sanfte Hand auf ihrer Schulter.

»Ich hoffe, du weißt, was du tust«, sagt Roz. Dann lässt sie Mariam allein zurück, die dasselbe hofft.

8

IN CHINGFORD STEHT EIN ALTER GARTENSCHUPPEN voller Spinnweben, wo Lancelot die meisten seiner Sachen aufbewahrt. Gerade ist er dabei, eine gründliche Inventur zu machen und alles zu prüfen, Kettenhemden und quadrierte Waffenröcke und diverses Gerümpel aus den letzten paar Kriegen. Anscheinend wurde nichts beschädigt oder geklaut, während er unter der Erde war. Die Motten haben sich zwar über seine Husarenjacke aus dem Krieg gegen Napoleon hergemacht, aber die dürfte er wohl kaum noch einmal benötigen.

Jetzt, wo er sich diesen Haufen Sachen anschaut, kommt Frustration in ihm auf. Nutzloser Krempel aus mehreren Jahrhunderten. Er wird nie die Zeit finden, die ganzen Truhen und Koffer zu durchsuchen und Sachen auszusortieren. Wenn man ein normales Leben führt und irgendwann stirbt, kann man nur eine begrenzte Menge an Zeug anhäufen. Es wird nicht ständig mehr, wie bei ihm, wo das Alte einfach unter dem Neuen begraben wird. Und Staub ansetzt.

Dieses Mal braucht er nicht viel. Auf dem Abstelltisch liegt ein Apparat, den Marlowe ihm bei seinem letzten Aufenthalt gab. Damals ging er am Ende doch nicht zu den Falklands, aber sie besuchten ein paar Schwulenclubs in Soho. Marlowe stellte für ihn eine Kassette mit all den besten Hits zusammen. Jetzt liegt sie hier in dieser Kiste. Er schließt am Apparat die Kopfhörer an und hängt sie sich um den Hals, steckt den Kassettenspieler in eine Jackentasche.

Unter einer dreckigen Plane steht sein Motorrad, eine Brough Superior. Ein persönliches Vermächtnis von einem alten Freund. Die Satteltaschen sind voll mit anderen kleinen Geschenken. Eine Englandkarte der Landesvermessungsbehörde von circa 1934 mit interessanten Kirchen, die mit Bleistift markiert sind. *Ausgezeichnete Stricher. Netter Ort für ein Picknick.* Der liebe arme Lawrence. Er findet auch ein abgewetztes Exemplar von Malorys *Le Morte d'Arthur*, das Lawrence immer wieder gelesen hat, während sie gemeinsam in der Wüste waren. Lancelot schafft nie mehr als ein paar Seiten, ohne verächtlich den Kopf zu schütteln und es wegzulegen. Größtenteils völliger Unsinn. Es verbreitet lauter Unwahrheiten über ihn und Gwen, die anscheinend jeder für bare Münze nimmt.

Er entdeckt den weißen Seidenschal aus seiner Zeit in der britischen Luftwaffe und wirft ihn sich über die Schulter. Da ist auch die Pistole, die Lawrence gegen die Türken benutzte, von Wüstensand zerkratzt. Er setzt sich für eine Weile hin und säubert sie, ölt den Mechanismus, bläst Dreck aus dem Lauf. Gegen einen Drachen wird sie nicht viel ausrichten, aber er findet es beruhigend, einen Revolver zu zerlegen und zu ölen. Eine dieser kleinen Freuden, an die er vor Kurzem dachte. Er öffnet eine Schachtel mit Patronen und lädt sechs in die Trommel, steckt für alle Fälle etwas Ersatzmunition in den Pistolengürtel. Dann lässt er die Waffe zuschnappen und steckt sie wieder ins Holster. Befestigt es zwischen Hemd und Jacke, sodass es gegenüber seinem Schwert hängt. Zieht die Schnalle fester zu, als nötig wäre. Lawrence hätte es für gut befunden.

Eine Sache fehlt noch, ohne die er unmöglich gehen kann. In einer Walknochenkiste liegt ein schlangenförmiger Ring, in den ein mattroter Stein eingefügt ist. Er ist viel kostbarer für ihn als der Schnickschnack, den Lawrence ihm hinterlassen hat. Sein einziges Andenken an eine sehr angenehme Zeit. Er schiebt ihn auf seinen linken Ringfinger und küsst den Stein.

Jetzt ist er bereit zu gehen. Er betankt das Motorrad aus einem alten Benzinkanister und hofft, dass es nicht explodiert. Benzin kann sich verflüchtigen, wenn man es zu lange stehen lässt. Aber die Unsterblichkeit wäre todlangweilig, würde er niemals irgendwelche Risiken eingehen.

Es ist schwieriger als früher, aus London herauszukommen. Jemand hat neue Mauern darum errichtet – hohe Drahtzäune, eiserne Wälle, Betonmauern. Diese Söldner, von denen Marlowe sprach, versuchen so, die Leute fernzuhalten. Zwischen den Kontrollpunkten gibt es Gehege voller armer Leute in zerlumpter Kleidung, die in der Hitze schmoren. Die Art von Menschen, mit denen alles nur noch dreckiger aussehen würde, wenn man sie in die Stadt ließe. Er rümpft die Nase, als er an ihnen vorbeifährt.

Als er die Stadt hinter sich gelassen hat, lenkt er das Motorrad Richtung Norden, hinauf durch das Herz von England. Er hat das Gefühl, wieder atmen zu können. Der Schal flattert hinter ihm, und Donna Summer dröhnt in seinen Ohren. Er hat den Schild auf dem Rücken und das Schwert an der Hüfte. Den Helm spart er sich. Sollte er über den Lenker fliegen und sein Gehirn zermatschen, würde er nur erneut im Windsor Park aufwachen. Lawrence hatte nicht dieses Glück.

Reisen im modernen Zeitalter ist ihm immer äußerst genehm gewesen. Viel besser als in den alten Tagen, wenn man sich Sorgen um Trolle unter Brücken machen musste oder um sächsische Räuber oder verdächtige alte Frauen in nebligen Burgen am Wegesrand. Wenn man zu weit vom Weg abkam, konnte man aus Versehen in die Anderwelt stolpern, außerhalb der Grenzen des Erlaubten, wo man dann vor irgendeiner Schattenkönigin knien und um die eigene Seele bangen musste. All das liegt zum Glück hinter ihnen. Das Schlimmste, was ihn heutzutage beim Reisen in den Weg kommt, sind Schlaglöcher und die verkohlten Reste verlassener Fahrzeuge.

Ein zartes Gefühl der Aufregung baut sich in seiner Brust auf. Es ist ein langer Weg bis nach Manchester. Auf dem Weg liegen ein oder zwei Orte, an denen er einen Zwischenhalt einlegen möchte. Wenn er Drachen töten soll, könnte er etwas Verstärkung gebrauchen. Die alte Kriegertruppe wieder versammeln.

Er weiß, wo die meisten von ihnen begraben wurden. Caradoc liegt oben in den Marches unter seinem Hügel. Bedwyr im alten Kernland, den Hügeln von Powys. Bors hat es irgendwie fertiggebracht, in Irland zu sterben, typisch Bors eben. Percival ist weit weg im Heiligen Land, unter einem ausgedörrten alten Baum in einer leeren Wüste. Gawain ist gleich unten in Cornwall, aber sie sind nicht unbedingt im Guten auseinandergegangen.

Nein, Galehaut ist am nächsten. Galehaut, dessen Ring er an der linken Hand trägt. Sie sollten zusammen auf der Heiligen Insel begraben werden, doch sie beide sind noch im hohen Alter durch die Gefilde gereist und so schließlich dort gelandet, wo sie jetzt ihre Ruhestätte haben. Galehaut starb nicht in einer Schlacht oder in der Ferne oder auf irgendeiner idiotischen Queste. Er wurde Geistlicher, ging in eine Eremitage. Er verbrachte seine letzten paar Jahre in einer winzigen Schlafzelle, aß schlichte Nahrung, spann seine Kleidung selbst. Er verwehrte sich alle fleischlichen Genüsse. Lancelot vermutet, dass Gally sich vor allem mit Letzterem schwergetan hat. In einem Kloster mit lauter hübschen Novizen? Er selbst hätte nicht an sich halten können.

Es ist kein allzu großer Umweg auf seiner Reise nach Norden. Er verlässt die A5 ein Stück südlich von Luton, dann fährt er ein paar Landstraßen entlang, von warmen Erinnerungen angetrieben. Immer wenn sie sich von Caer Moelydd und Arthur losreißen konnten, kampierten sie unter denselben Fellen. Dann lagen sie nebeneinander unter den Sternen auf irgendeiner Waldlichtung, während das Lagerfeuer neben ihnen brannte. Dann kamen Gwenhwyfar und Arthurs rasende Eifersucht und der erste von mehreren sinnlosen Kriegen. Aber auch danach gab es gute Zeiten. Gemeinsam auf der Heiligen Insel. Immer wenn sie in den folgenden Jahrhunderten an die Oberfläche kamen, schafften sie es, ein paar Momente nur für sich zu haben. Wie sie im letzten großen Krieg in Londoner Pubs gelacht hatten! Aber der arme Galehaut war seitdem nicht mehr auf den Beinen. Er müsste mit allem auf den neuesten Stand gebracht werden. Hubschrauber. Tonbandkassetten. Wie es wohl ist, wenn Galehaut zum ersten Mal ABBA hört? Das bringt Lancelot zum Lachen. Es lohnt sich schon, ihn aufzuwecken, nur um seinen Gesichtsausdruck zu sehen.

Er weiß, dass Gallys Baum hier irgendwo ist, da, wo früher die Eremitage stand. Aber er braucht länger, um ihn zu finden, als ihm lieb ist. Alles hat sich verändert. Alles wurde zugebaut, neue Straßen und neue Häuser, Reihen von armseligen kleinen Schachteln mitten im Nirgendwo. Eine ganze Stadt, die es hier vor zehn Jahren noch nicht gab, ganz zu schweigen von den hundert oder tausend davor. Grässlich. Am Rand der Siedlung gibt es eine weite Gegend mit lauter Läden und Lagerhallen, davor ein Meer aus Asphalt. Er fährt dreimal daran vorbei, bevor er anhält und den Namen liest.

HERMITAGE GEWERBEGEBIET.

»Ah«, sagt er.

Der Ort, den Gally wählte, um Buße für die Sünden eines

Kriegerlebens zu tun und seinen weltlichen Besitz hinter sich zu lassen, ist jetzt ein Ort zum Shoppen, wo faule Menschen Dinge kaufen können, die sie nicht brauchen. Lancelot möchte hier nicht länger als unbedingt nötig verweilen.

Gallys Baum muss irgendwo in der Nähe sein. Auf dem Parkplatz? Sie müssen alles andere drum herum gebaut haben. Es gibt Gesetze für solche Angelegenheiten. Königliche Wälder. Vorschriften zur Erhaltung von Bäumen. Man kann sie nicht einfach fällen, um ein Gewerbegebiet zu bauen. Marlowes Leute haben dafür gesorgt. All die uralten Eichen sind unantastbar.

Er dreht ein paar Runden, hält Ausschau nach verschrumpelten Eichen und lässt nachdenklich das Motorrad aufheulen – bis er ein Gebäude auf der anderen Straßenseite gegenüber vom Parkplatz bemerkt. Ihm läuft ein kalter Schauer über den Rücken.

Es ist irgendein Wirtshaus. Ein großes neues Gebäude, das auf alt getrimmt wurde, mit falschen Holzbalken und sinnlosen Schornsteinen. Das Schild davor zeigt das Bild eines Baums auf einem grünen Feld.

Die Gaststätte heißt *Royal Oak*.

»Nein«, stößt er ungläubig hervor.

Lancelot hält an, starrt auf das Gebäude und hasst es schon jetzt. Die Türen und Fenster sind mit Brettern vernagelt. An der Tür hängt eine laminierte Mitteilung, dass der Laden geschlossen ist und abgerissen werden soll. Jemand hat das Wort »Ambrose« auf die Fensterbretter geschmiert.

Er könnte einfach wegfahren und dieses Rätsel ein Rätsel bleiben lassen.

Aber das tut er nicht. Er stellt den Motor der Superior ab und klappt den Ständer herunter, um die Maschine aufzubocken. Er nimmt den Schild vom Rücken und schnallt ihn sich fest an den linken Unterarm. Sein Schwert hängt griffbereit am Gürtel, er zieht es halb heraus, bevor er es sich doch anders überlegt. An einem solchen Ort könnten alle möglichen Schurken Zuflucht gesucht haben. Stattdessen nimmt er Lawrences Revolver aus dem Holster. Mit der Pistole in der Hand fühlt er sich besser. Als wäre Lawrence bei ihm.

Er beschließt, die Tür aufzutreten, gibt jedoch nach dem fünften oder sechsten Versuch wieder auf. Es gab einmal eine Zeit, als Türen für die Krieger von Caer Moelydd auf magische Weise aufflogen. Er schleicht um das Gebäude herum, murmelt etwas über die heutigen Zustände, um sich abzulenken, bis er eine metallene Falltür findet, die jemand offen gelassen hat. Eine Treppe führt nach unten.

Das Haus hat einen Keller. In seiner Brust breitet sich das Gefühl aus, dass hier etwas nicht stimmt, aber er versucht, es zu ignorieren. Davon wird ihm schwindelig, sogar ein wenig übel. Er steigt mit erhobenem Revolver in die Dunkelheit hinab. Es fühlt sich an, als würde er eine Gruft betreten.

Der Keller ist voller Metallfässer. Es liegen ein paar Schlafsäcke und leere Plastikflaschen herum. Wer auch immer sie benutzt hat, scheint weg zu sein. Auf den Schlafsäcken sprießen Unmengen pelziger Pilze.

Für ein paar Augenblicke bleibt er lautlos im dünnen Strahl aus Sonnenlicht stehen, der durch die offene Falltür fällt. Er starrt auf den Betonboden. Dieser Keller dürfte Galehauts Grab sein. Eigentlich sollten hier uralte Wurzeln durch die Decke ragen und ein Krieger begraben liegen, mit seinem Schwert und Schild und allen Schätzen, die er im Leben zusammengetragen hat. Aber da ist nichts. Nur der kalte Beton und die schimmligen Schlafsäcke.

Vielleicht ist er am falschen Ort. Das ist die einzige Erklärung, die Sinn macht. Der Baum muss irgendwo anders sein. Trotzdem fühlt er sich auf dem Weg durch den Keller, als würde er über ein Grab laufen.

Eine Treppe führt nach oben in die Gaststätte, die Tür am oberen Ende ist nicht abgeschlossen. Als er hindurchtritt, findet er sich in einer Art Speisesaal mit vielen Tischen wieder. Das Licht ist seltsam, weil die Fenster mit Farbfolien beklebt sind, um den Anschein von altmodischem Buntglas vorzutäuschen, nur schmale Streifen aus regenbogenfarbenem Sonnenlicht dringen zwischen den Brettern herein. Alles ist wie eine alte Postkutschenherberge eingerichtet, mit Bildern und Utensilien aus einem früheren Jahrhundert. Nichts davon scheint authentisch zu sein. In einer Ecke steht eine Burg aus buntem Plastik. Wo Kinder spielen konnten. Eine flache Wanne voller hohler Bälle.

Seine Füße gleiten vorsichtig über den hässlichen Teppich. Inzwischen hat er ein Gefühl wie geschmolzenes Eisen in der Brust. Eine kalte, wütende Hitze. Das kann nicht sein, denkt er. Sie können dieses Haus unmöglich da gebaut haben, wo er vermutet. Er geht durch das Zwielicht, ohne genau zu wissen, wonach er sucht, oder ob er überhaupt nach irgendetwas sucht.

Dann findet er es.

Im Halbdunkel neben dem Eingang steht eine Gestalt. Direkt neben der Tür, die er von außen aufzutreten versucht hat. Kurz kommt Panik in ihm auf, und er richtet den Revolver auf den Kopf der Gestalt, aber diese Person ist zu still, zu flach. Substanzlos. Keine wirkliche Person. Eine Art hölzernes Ebenbild.

Es ist ein Ritter. Fett und fröhlich und in einem Plattenharnisch, mindestens aus dem fünfzehnten Jahrhundert. Vorher gab es solche Schulterstücke nicht. Als Arthur König war, mit Sicherheit nicht. Diese Comicversion eines Ritters spricht: Neben ihr ist ein Text abgedruckt, in einer hölzernen Sprechblase. Lancelot tritt näher heran, um die Worte im trüben Licht aufmerksam zu lesen.

Haltet ein, Kinder!, sagt der fette Ritter. *Ich bin Sir Galehaut! Ihr dürft hier nur essen, wenn ihr würdig seid, mit einem Ritter von Camelot zu speisen!*

»Nein, nein, nein, nein, nein«, sagt Lancelot und weicht zurück. Seine eigene Stimme klingt schwächlich in der Dunkelheit. Er nimmt einen Zettel von einem Stapel neben der Tür, als könnte ihm das helfen. Nur eins von mehreren Blättern mit Rätseln für Kinder. Auf jedem Zettel ist der fette Ritter abgedruckt, wie er unter seinem Schnurrbart lächelt. *Kannst du mir helfen, mein Pferd Dobbin wiederzufinden?*

Er lässt den Zettel fallen. Galehaut hatte niemals ein Pferd namens Dobbin. Hier muss doch noch irgendwas sein! Ein Baum, irgendwo? Hat man die Mauern drum herum gebaut? Er schaut sich nach Blättern um, nach Ästen. Irgendetwas.

Das Einzige, was er findet, ist ein Kreis aus Steinen, der mitten im Restaurant in den Boden eingelassen ist. Das Emblem in dem Kreis sieht fast aus wie das auf seinem Schild, die Tafelrunde mit einem Baum in der Mitte. Um den Kreis verläuft eine Inschrift. Er liest sie langsam und fängt an zu zittern.

An dieser Stelle stand einst eine uralte Eiche, von der es hieß, dass sie mindestens neunhundert Jahre alt war, als sie gefällt wurde. Der Legende nach war dies die Begräbnisstätte von Sir Galehaut, einem Ritter der Tafelrunde.

Ein krächzender Laut dringt aus seiner Kehle hervor. Er bekommt nicht ganz mit, was dann mit ihm geschieht, außer dass es schrecklich ist. Er hatte ähnliche Anfälle während des Ersten Weltkriegs, wenn das Geschützfeuer besonders heftig war. Seine Gliedmaßen zittern, und seine Zähne schlagen klappernd aufeinander. Er atmet röchelnd. Etwas stimmt nicht mit seiner Kehle. Er kriegt kein Wort über die Lippen, außer in krächzenden Schreien. Sehr peinlich für alle Beteiligten. In den Schützengräben war es immer Galehaut, der ihn beruhigte. Der versuchte, ihn in etwas zu hüllen und

146

achtzugeben, dass er sich nicht selbst verletzte. Aber Galehaut ist jetzt nicht hier.

Er starrt auf den hölzernen Ritter, bis seine Rage überkocht und er den Revolver darauf richtet. Er schreit so laut, dass es in seiner Lunge schmerzt. Der dunkle Raum wird von sechs Stichflammen erhellt. Splitter fliegen. Er drückt immer wieder den Abzug, bis alle Kammern leer sind und die Trommel wirkungslos rotiert. Der Ritter ist entstellt, zersplittert. Aber er lächelt immer noch, trotz des Lochs, wo sein aufgemaltes Auge war.

Lancelot sinkt zu Boden, schluchzt wie ein wutschäumender Ochse. Seine Kehle ist immer noch wie zugeschnürt. In seinen Nasenhöhlen brennt der Geruch von Kordit. Er klingt jämmerlich. Aber er weint trotzdem, lässt den leeren Revolver fallen und schlägt die Hände vors Gesicht. Er fragt sich, wie Marlowe so etwas zulassen konnte. Wie irgendjemand es zulassen konnte. Er dachte, es gibt Regeln, die genau so etwas verhindern sollen.

Er ballt die Hände zu Fäusten, spürt, wie sich Galehauts Ring in seine Haut drückt. Umarmt seine Knie, bis das Zittern aufhört. Galle tröpfelt aus seinem Mundwinkel auf den Aufschlag seiner Jacke, auf sein Hemd. Darum wird er sich später kümmern müssen. Jetzt kann er erst mal nur dasitzen. Beben. Er presst eine Hand auf den kühlen Stein, wo einst Gallys Baum stand. Stellt der Dunkelheit kleine Fragen und erhält keine Antwort.

Zeit vergeht. Er ist sich nicht sicher, wie viel Zeit. Schließlich rappelt er sich auf und schleppt sich zum Tresen. Wenn Galehaut hier wäre, würde er ihm sagen, dass er nichts trinken sollte. Aber Galehaut ist nicht hier. Also sucht er nach etwas, das seine Nerven beruhigen könnte. Etwas, mit dem er seine Trauer ertränken kann.

Die letzte Person, die diese Bar geplündert hat, war so freundlich, eine Flasche mit grässlichem Scotch hinter der Theke zurückzulassen, für den Fall, dass jemand wie er vorbeikommt, der sie wirklich nötig hat. Oder vielleicht wurde sie einfach nur übersehen. Lancelot zieht es vor, an Ersteres zu glauben. In Zeiten wie diesen muss man sich an der Vorstellung festhalten, dass es noch Anstand gibt. Andernfalls gäbe es gar nichts mehr, woran man sich festhalten könnte.

Nachdem er ein Glas gefunden hat, aus dem man trinken kann, setzt er sich dem zersplitterten Ritter gegenüber an einen kleinen runden Tisch mit vier Stühlen drum herum. Er zieht Galehauts Ring von seinem Finger und legt ihn auf den Tisch, um darauf zu starren. Dann löst er eine der Ersatzpatronen aus seinem Pistolengürtel und steckt sie in die Trommel von Lawrences Revolver. Den Revolver legt er auf den Tisch, neben dem Ring. Nur für den Fall, dass seine Laune ihn dazu drängt, sich den Kopf wegzuschießen. Das hat er schon mal getan. Aber es scheint nie sehr viel zu bringen.

Er wünscht sich, Lawrence wäre hier, um ihn aufzuheitern. Aber Lawrence ist ebenfalls tot. So wenige seiner Leute sind in der Welt noch übrig. Einer der Nachteile des ewigen Lebens ist, dass all die hübschen jungen Männer mit der Zeit alt, fett und hässlich werden und Hämorrhoiden bekommen und irgendwann sterben. Er hat nie damit gerechnet, dass Galehaut einer von ihnen sein könnte. Er dachte, Galehaut wäre für immer da. Bis zum Ende der Zeit. Wie er selbst.

Nachdem er ein paar Schluck schlechten Scotch genommen hat, hebt er die Waffe wieder auf. Er richtet sie unsicher auf seinen eigenen Kopf, presst die kalte, harte Mündung gegen seine rechte Schläfe und versucht, den schweren Abzug durchzudrücken. Er spürt die langsame Anspannung des Hammers, dann den Schock, als er zurückschnellt. Ein leeres Klicken. Kein alles beendender Knall, kein tödliches Aufblitzen von Kordit. Er legt den Revolver zurück und gießt sich einen weiteren Scotch ein.

Bei der letzten großen Balgerei haben sie russisches Roulette gespielt – er und Kay und Galehaut und die anderen Überlebenden. Verrückte, für die dieses mörderische Spiel kaum Konsequenzen hatte. Das war mal ein gutes Team! Sektion Z, Sondereinsatzkommando. »Die Unerwähnbaren.« Churchills geheime Zirkustruppe. Sie hatten viel Spaß miteinander. Zwischen den Einsätzen hatten sie wenig anderes zu tun, als im Pub zu sitzen. Er erinnert sich an eine Runde russisches Roulette, bei dem Galehaut verlor, während er noch mittendrin war, eine Geschichte zu erzählen. Es war Caradocs Geschichte, die mit der Schlange. Gally war gerade dabei, sie zu erzählen, als er die Waffe nahm und sich das Hirn rauspustete, mitten im Satz. Alle anderen lachten sich krank und schlugen auf den Tisch. Das bringt ihn immer wieder zum Kichern, selbst jetzt. Es könnte sogar derselbe Revolver gewesen sein. Daran kann er sich nicht erinnern.

Galehaut war schon am nächsten Tag zurück im Pub, pünktlich zum Abendessen. Er musste genau hier aufgewacht sein, an der Stelle, wo früher sein Baum stand, wo jetzt dieser Pub steht. Dann spazierte er durch die Landschaft zum nächsten Bahnhof. Nahm den nächsten Zug nach London, setzte sich mit seinem Kettenhemd in den Waggon.

Mehr müsste Lancelot auch nicht tun, würde er sich jetzt erschießen. Nur den Weg hierher zurück finden. Also probiert er es ein weiteres Mal. Wieder nur ein enttäuschendes Klicken des Hammers.

Er schenkt sich noch einen Scotch ein, obwohl Gally ihm sagen würde, es nicht zu tun. Aber Gally ist nicht hier. Und er wird nie wieder hier sein.

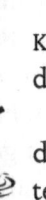

9

KAY HAT ALLMÄHLICH DEN VERDACHT, DASS ES AN diesem Ort Magie geben muss.

Er liegt zusammengesunken auf einer Matratze in dieser Krankenstation und hält sich den bandagierten Kopf, sein Kettenhemd liegt in einem Haufen neben ihm. Seine Beine schmerzen vom Keulenhieb, und in seiner Brust ist ein angespanntes Stechen, über das er lieber nicht nachdenken möchte. Wenn er unter seinem schmutzigen Kittel die Stelle betastet, wo ihn die Kugel getroffen hat, spürt er einen seltsamen harten Schorf.

Jetzt, wo er in einem Innenraum ist, fühlt es sich hier sogar noch mehr wie ein Kloster an. Ein abgeschiedener Raum, wo Frauen Gutes tun, die Kranken heilen und den Bedürftigen helfen. Aber es kann kein Kloster sein, denn Christus ist hier ganz offensichtlich nicht willkommen. Kay sieht Dinge von der Decke hängen, die wie alte heidnische Zauber aussehen, mit Perlen und Federn.

Das andere Anzeichen für die Anwesenheit von Magie ist natürlich die Tatsache, dass sich der Eichenstab warm anfühlt.

Er erinnert sich an Camlann, als er auf einem verwüsteten Schlachtfeld über Arthurs Leiche stand. Die Raben kreisten bereits, stießen herab, pickten. Tote Britannier und tote Sachsen und tote Monster um sie herum verstreut, Riesen und

Hundsköpfe und schlimmere Wesen, die Mordred aus der Anderwelt beschworen hatte, um seine Streitkräfte zu verstärken. Eine Handvoll erschöpfter Britannier, die immer noch neben ihrem toten König stehen. Sie alle waren sich einig, dass Magie fortan verbannt werden sollte. Feste Grenzen zwischen der Anderwelt und den sterblichen Gefilden. Um zu verhindern, dass etwas wie Camlann noch einmal geschieht.

Er erinnert sich, wie Merlin den Zauber wob und den Schleier schloss. Festlegte, wie Arthur in Notfällen zurückgeholt werden könne. Welche Gegenstände nötig wären, um seine Verbannung zu beenden. Sie benutzten nur das, was sie damals gerade zur Hand hatten: gewöhnlicher Krimskrams, Stäbe und Ringe. Merlin nahm sie und machte daraus mehr als gewöhnliche Dinge. Gab ihnen einen besonderen Zweck.

Also hat sein Stab eine eigenartige Polarität, eine Resonanz mit jeder Form von Magie, die in den Gefilden noch übrig ist. Er nimmt sie auf wie ein Blitzableiter. Wenn der Stab in seinen Händen heiß wird, liegt es daran, dass er gerade magische Spannung aufnimmt. Jemand oder etwas hier in der Nähe gibt Wellen ab.

Es könnten Hexen sein. Vielleicht ist dieser Ort ein Hexen-Zirkel, der als Frauenkloster getarnt wurde. Arthur hatte früher große Angst vor jeder Gruppe Frauen, die hinter seinem Rücken Wissen miteinander teilen. Eines Morgens im Frühling ordnete er die Tötung aller Fischweiber an, weil er geträumt hatte, dass sie in Wirklichkeit Selkies waren, die sich in der Nacht in Robben verwandeln und ihn mit Flüchen belegen, die ihn seiner Manneskraft berauben.

Aber das kann es jetzt doch nicht sein, oder? Hexen, die sich unter die Menschen mischen und sich so in aller Öffentlichkeit verstecken?

Vielleicht ist es nur latente Magie in der Erde. Der größte

Teil der Magie ist inzwischen aus den Gefilden entwichen. Aber in den Steinen und Bäumen ist noch genug davon übrig, um tote Krieger wie ihn zu erhalten. Alte Wehre und Wetterzauber, schwache Flüche und Sicherungen, die tief im Boden versunken sind. Ein paar hartnäckige Geister, die weiterhin in ihren Cairns spuken. Vielleicht ist es nur das, und diese Zelte wurden auf einer kleinen magischen Quelle errichtet. Vielleicht liegen irgendwo da unten die Knochen eines Riesen. Oder ein uralter magischer Kreis. Nichts, weswegen man sich Sorgen machen müsste. Aber selbst das wäre für seinen Geschmack etwas viel Zufall.

Er wird mit dem Stab vorsichtig sein müssen. Wenn der zu viel Magie aufsaugt, werden die Dinge für gewöhnlich sehr schnell wunderlich. Wenn er damit versehentlich gegen einen Tisch stößt, könnte er diesen in einen Mantikor verwandeln.

Im Moment wünscht er sich, er wüsste irgendeinen beruhigenden Zauberspruch. Mariam und ihre Kriegerschwestern haben seit seiner Ankunft sehr viel debattiert. Er hat einige Unruhe ausgelöst, indem er diese Männer getötet hat. Jetzt sitzt er still da und horcht auf die wütenden Stimmen draußen vor der Krankenstation. Er hat schon schlimmere Streitereien ausgesessen. Die Schlacht von Tewkesbury – die damit endete, dass jemand eine Axt im Schädel hatte.

Die ältere Frau, Regan, kommt aus ihrem Lagerraum zurück und hat etwas anderes für seinen Kopf dabei. Sie wirft einen suchenden Blick nach draußen, dann sieht sie ihn an und verdreht die Augen.

»Immer dieses Rumgezicke«, sagt sie. »Das ist irgendwann ermüdend.«

»Das kann ich mir vorstellen«, sagt er.

Regan hockt sich neben die Matratze und stellt die Schale ab, die sie mitgebracht hat.

»Also«, sagt sie. »Ich mache mir leichte Sorgen um deinen Kopf. Erinnerst du dich an deinen Namen?«

»Kay.«

»Gut«, sagt sie. »Weißt du, welches Jahr jetzt ist?«

»Ich habe nicht den blassesten Schimmer«, antwortet er.

»Das ist durchaus besorgniserregend«, erwidert sie. »Es sei denn, Mariam hat recht, und du hast wirklich eine ganze Weile unter einem Baum gelegen.«

»Oh, sie hat dir davon erzählt?«

»Ja, das hat sie«, sagt Regan. »Bist du von den Toten zurückgekehrt, um für uns den Planeten zu retten?«

»Ich werde mein Bestes tun«, sagt er. »Aber vielleicht versuchen wir es erst mal nur mit Britannien.«

»Das klingt sehr vernünftig«, sagt sie.

Das ist die Art von Unterhaltung, wie ein Heiler sie mit einem Kind führen würde, um es abzulenken. Aber es spielt eigentlich keine Rolle, ob sie ihm glaubt oder nicht. Er spielt einfach mit. Lässt sie das machen, was Heiler üblicherweise machen, zum Beispiel seine Stirn mit etwas betupfen, das brennt. Es lullt ihn auf eigenartige Weise ein.

»Hast du einen Einfluss darauf, wann du zurückkehrst?«

»Eher nicht«, sagt er. »Es passiert einfach. Immer wenn den Gefilden Gefahr droht.«

»Aha«, sagt sie. »Und welche Gefahr ist es diesmal?«

Er zuckt mit den Schultern. »Ich bin noch dabei, das herauszufinden.«

»Das ist alles ziemlich aufregend«, sagt Regan. »Wird auch König Arthur zurückkehren, oder ...?«

Er stößt ein verbittertes Lachen aus. »Da würde ich eher mal abwarten.«

»Es könnte eine recht gute Idee sein, finde ich«, sagt sie. »Er könnte allen sagen, dass sie aufhören sollen, so garstig zueinander zu sein.«

»Na ja. Du kennst ihn nicht so gut wie ich.«

Sie sieht ihn mit einem dünnen Lächeln an, und für einen winzigen Moment erinnert sie ihn an jemand anders. Kaiserin Maud? Nein. Er überlegt immer noch, wer es sein könnte, als die Kriegerinnen wieder die Krankenstation betreten. Sie sind nur zu fünft, einschließlich Mariam, die immer noch sein Schwert hält. Zwei, denen er noch nicht begegnet ist. Einer Frau fehlt ein Arm, ihr Kopf ist kahl, und sie hat viele Metallringe im Gesicht. Die andere ist blass und mager und hat Holzperlen im gelben Haar. Sie starren ihn für einen langen Moment an, ohne etwas zu sagen, und tauschen unter sich Blicke aus.

»Verzeiht mir, wenn ich nicht aufstehe«, sagt er.

Die Frau mit dem Kahlkopf blickt ihn mit leicht zusammengekniffenen Augen an. »Wir wollen wissen, wer du bist und woher du kommst. Wer hat dich geschickt?«

Ein Blick zu Mariam verrät ihm, dass sie nicht will, dass er jetzt über Bäume und Wiederauferstehung redet. Also räuspert er sich und versucht zu lügen.

»Oh, eigentlich von nirgendwo«, sagt er. »Ich tauche einfach auf und helfe, wenn ich gebraucht werde.«

»Wirklich?«, setzt die Frau mit dem Kahlkopf nach. »Als du losgezogen bist und diese Männer getötet hast, hast du uns damit nicht besonders geholfen. Wir haben schon genug Aufmerksamkeit auf uns gelenkt, mit diesem Ölfeuer. Jetzt haben wir auch noch die Army of Saint George am Hals. Hast du daran gedacht?«

Teoni hebt eine Hand. »Bin ich hier die Einzige, die es verdammt krass findet, dass er einfach so einen Haufen dieser Drecksäcke plattgemacht hat?«

»Doch, das ist ziemlich krass«, sagt Willow. »Da will ich nicht lügen.«

Die Frau mit dem gelben Haar wirkt besorgt. »Schwestern«, sagt sie, »ich finde, wir sollten solche Gewalttaten nicht feiern? Wir sollten doch immer versuchen, nach Möglichkeit jedes Blutvergießen zu vermeiden. Weil, selbst unsere Feinde haben radikales Mitgefühl verdient?«

»Blödsinn«, sagt Teoni. »Willst du uns wirklich verklickern, dass wir Mitgefühl mit buchstäblichen Nazis haben sollten?«

Kay räuspert sich erneut. »Sie machten auf mich den Eindruck, dass sie böse Menschen sind«, sagt er. »Ich wollte sie davon abhalten, böse Dinge zu tun. Sie zu töten war die schnellste Methode, um das zu erreichen.«

»Siehst du, er versteht es«, sagt Teoni. »Deine Argumente ziehen nicht, Bronte.«

»Es spielt keine Rolle, ob er sie hätte töten sollen oder nicht«, meldet sich Mariam erstmals zu Wort. »Fakt ist, dass er es getan hat. Und wenn sie herausfinden, dass er hier ist, werden sie sich neu formieren und sich an uns rächen.«

Mariams Freundinnen schweigen, zum ersten Mal seit einiger Zeit.

Kay spürt, wie die Schlange der Schuld ihre Zähne in seinem Bauch versenkt. Wenn diese bösen Männer diesen Ort zerstören, wäre es seine Schuld. Nach allem, was er gesehen und getan hat, hätte er doch wissen müssen, dass menschliche Grausamkeit wie die Hydra ist. Wenn man ihr übermütig einen Kopf abschlägt, sprießen dort zwei neue Köpfe, jeder mit mehr Zähnen als der erste. Und dann ist man nicht immer das einzige Ziel ihrer Rache. Diese zwei neuen Köpfe wenden sich auch gegen andere Leute. Danach fühlt man sich nicht mehr ganz so mutig oder eifrig.

»Ich hatte nie die Absicht, euch in Gefahr zu bringen«, sagt er. »Ich bin gern bereit zu gehen, wenn ihr das möchtet. Um sie von euch wegzulocken.«

»Gute Idee«, sagt Willow. »Lassen wir ihn einfach gehen, bevor sie seine Spur zu uns zurückverfolgen.«

Roz schüttelt den Kopf. »Er weiß zu viel. Er könnte ein Spitzel sein. Er könnte zu den Saxons zurückrennen und ihnen alles verraten.«

Willow seufzt. »Wenn wir ihn gefangen halten, müssen wir ihm zu essen geben, ihn bewachen ...«

»Ich sage nicht, dass wir ihn gefangen halten sollten«, sagt Roz.

Teoni sieht sie stirnrunzelnd an. »Was willst du tun? Ihn einfach erschießen?«

»In meiner Krankenstation erschießt ihr niemanden«, sagt Regan.

Mariam blickt ihm in die Augen, hebt fragend eine Augenbraue. Er weiß, was sie gerade denkt. Das wäre in der Tat eine Möglichkeit, sie zu überzeugen. Eine Demonstration seiner Nützlichkeit. Nichts, was er nicht schon zuvor getan hätte, in verschiedenen Kriegen. Er hat sich auch vor dem Duke of Wellington totschießen lassen, um etwas zu beweisen. Aber er würde das alles nur sehr ungern noch einmal durchmachen. Und von der letzten Kugel hat er immer noch diesen angespannten Schmerz in der Brust. Er möchte nicht mit einer weiteren seltsamen Wunde aufwachen, die eigentlich gar nicht existieren sollte.

Er schürzt die Lippen, während er sie ansieht, und sie scheint zu verstehen.

»Wir sollten ihn mitnehmen«, sagt Mariam, um ihre Freundinnen zu beruhigen. »Wir sollten ihn nach Manchester mitnehmen, zum Rebellentreffen. Wir könnten von hier abhauen, bevor die Army of Saint George kommt und nach ihm sucht.«

Roz reibt sich mit einer Hand das Gesicht. »Bin ich hier die Einzige, die noch die FETA-Regeln für Geheimoperationen im Kopf hat? Wir wissen nicht, wer er ist. Wir wissen nicht, woher er kommt. Wenn wir ihn zur Manchester-Konferenz mitnehmen, könnte er auch all die anderen Rebellen ausspionieren. Und er hat bereits bewiesen, dass er ein Risiko ist.«

»Wieso ist er ein Risiko?«, fragt Teoni. »Wenn er gut darin ist, Nazis zu töten, wollen wir ihn doch auf unserer Seite haben, oder?«

»Ich finde, das Töten von Nazis gehört nicht zu den Kernzielsetzungen der FETA?«, sagt Bronte. »Wir sollten humanitäre Hilfe leisten und gewaltfrei die Ölindustrie stören? Nicht irgendwelche Auseinandersetzungen mit Faschos anzetteln?«

»Fang jetzt nicht wieder mit den Kernzielsetzungen an«, sagt Teoni. »Wir müssen flexibel bleiben.«

Die Debatte dreht sich weiter im Kreis, und Kay begnügt sich damit, dazusitzen und abzuwarten. Erneut kommt ihm in den Sinn, dass er gehen und sich allein auf den Weg nach Manchester machen könnte, um es diesen Frauen zu ersparen, über sein Schicksal entscheiden zu müssen. Doch nach einer Weile hört er plötzlich eine neue Stimme, irgendwo von draußen. Es hört sich nach einem Mann an. Schließlich wird sie laut genug, dass die Kriegerfrauen verstummen.

»Wo ist er?«, sagt die Stimme. »Ich weiß, dass ihr Feminazis euch um ihn kümmert. Ich werde ihn totprügeln!«

Ein Mann betritt die Krankenstation, er hat einen Cricketschläger dabei, der mit Stacheldraht umwickelt ist. Es ist einer der Soldiers of Saint George von vorhin. Der kleine mit dem Eichhörnchengesicht und den langen Zähnen und der roten Sportkleidung. Er ist sofort weggelaufen, als der Kampf losging, aber jetzt scheint er etwas Mut wiedergefunden zu haben. Er könnte aber auch auf Panthermoschus sein, wenn man danach geht, wie sein Blick hin und her huscht.

Die Schwestern können sich wahrscheinlich selbst wehren, aber er will kein Risiko eingehen. Mariam hat sein Schwert. Er greift stattdessen nach dem Stab.

Sobald er ihn berührt, wird ihm klar, dass er einen Fehler begangen hat. Ein scharfes, schmerzhaftes Knistern fährt durch seine Hand, sein ganzer Arm zuckt. Ein lauter Knall wie von einer Peitsche. Er lässt den Stab fallen und zieht die Hand zurück, aber es ist zu spät. Plötzlich ist der Raum von einer hellen Wärme erfüllt, der Luftdruck verändert sich. Die Metallflächen um sie herum klingeln plötzlich wie eine hohe Glocke. Für eine halbe Sekunde können sie durch die Haut und Kleidung des eichhörnchenartigen Mannes sein Skelett aufleuchten sehen. Dann verschwindet er auf einen Schlag in seiner Kleidung, lässt den Cricketschläger los und fällt in sich zusammen, sodass nur noch ein Haufen Sportkleidung am Boden liegt.

Einen Moment später windet sich ein graues Eichhörnchen aus der Hose. Es starrt sie alle an, winzig und verängstigt. Dann flitzt es durch die Tür der Klinik nach draußen.

Der Stab liegt auf dem Boden und raucht leicht. Die Schwestern stehen schweigend da, starren auf den Kleiderhaufen, dann auf Kay.

»Bin ich irre geworden?«, fragt Roz. »Sind wir alle auf Moschus, oder was?«

»Hört zu«, sagt er. »Vielleicht sollte ich es lieber erklären.«

Also fängt er an zu erklären und redet so lange, bis er ihnen alles gesagt hat.

Normalerweise würde er nicht im Traum daran denken, vor normalen Leuten etwas auch nur halbwegs Magisches zu machen. Aber dieses Mal könnte es ihm geholfen haben. Es beweist die Wahrhaftigkeit seiner Geschichte. Hält diese Frauen davon ab, ihn als Verrückten abzutun. Marlowe hat immer auf Geheimhaltung bestanden. Es war Marlowe, der ihm gesagt hat, dass er im Schatten bleiben und den Mund halten soll. Er erinnert sich an einen Abend draußen vor einem Theater in London, vor ungefähr fünfhundert Jahren. Als er und Marlowe beobachteten, wie ein Bär gequält wurde. Der eine alberne Halskrause und Hose trug. »Du darfst den Menschen nie die Wahrheit über deine Natur verraten«, sagte Marlowe. »Um zu vermeiden, dass ihr ganzes Weltbild auf den Kopf gestellt wird.«

Aber jetzt hat er den Eindruck, dass die Welt ohnehin schon kopfsteht. Wenn er sie noch einmal über den Haufen wirft, steht sie vielleicht wieder richtig rum. Ist einen Gedanken wert.

Die Schwestern verlassen die Krankenstation mit aschfahlen Gesichtern, als hätte er die Mauern der Burg untergraben, in der sie ihre Vernunft verwahrt haben. Ihre Fundamente geschwächt. Dann fangen sie an, ihr Kloster zusammenzupacken, gehen in verblüfftem Schweigen über das Gelände und sammeln alles auf. Er bietet seine Hilfe an, aber sie lehnen ab, also versucht er, ihnen nicht im Weg zu stehen. Er setzt sich auf einen Stapel Holzpaletten am Rand des Klosters und hält nach Soldiers of Saint George Ausschau, falls noch einer von ihnen wild darauf ist, in ein Eichhörnchen verwandelt zu werden. Den Stab hat er neben sich aufgestellt, falls er ihn noch einmal braucht, und das Holz fühlt sich nun ein wenig kühler an als zuvor.

Sogar für seine Verhältnisse war das ein seltsamer Tag. Er lässt den Blick über das Lager schweifen, bis die Sonne ihren höchsten Punkt erreicht hat und schon halb wieder am Horizont angekommen ist. Dando kommt heraus, um ihm Gesellschaft zu leisten, springt auf die Paletten neben ihm. Legt sich an sein Bein und hechelt mit heraushängender Zunge. Kay krault ihm den Nacken.

Wann war das letzte Mal, als er fünf Minuten hatte, um nur dazusitzen und einen Hund zu streicheln? Es ist mindestens ein paar Hundert Jahre her. Hier gibt es irgendwo einen Drachen, den er erlegen soll, und einen Krieg gegen eine Verderbnis im Himmel, die er nicht ganz versteht. Aber in diesem Moment kann er die Kavalkade des Todes kurz pausieren lassen und entspannt den Sonnenuntergang betrachten, während er einen Hund hinter den Ohren krault. Diesen Luxus könnte er sich nicht gönnen, wenn er nach London aufgebrochen wäre. Diese Rebellen sind vielleicht nicht allzu gut organisiert, aber wenigstens schicken sie ihn nicht auf Selbstmordmissionen. Hier ist niemand, der ihm einen Umschlag reicht, ihm idiotische Befehle erteilt und ihm sagt, dass er aus einem Flugzeug springen soll.

Niemand außer Herne, der will, dass er nach Süden geht. Um Nimue zu finden. Und das Schwert. Um Arthur zurückzuholen. Aber jetzt bleibt er erst mal lieber hier und streichelt diesen Hund.

Als die Kriegerfrauen den Großteil ihrer Ausrüstung zusammengepackt haben, setzen sie sich und bereiten ihre Abendmahlzeit zu. Sie verwenden dabei einen unpraktischen Brennstoff, der möglichst wenig Rauch erzeugt. Sie kochen ihr Essen in einem riesigen Plastikkübel, viel mehr, als sie allein je essen könnten. Das ergibt für ihn keinen Sinn, bis er sieht, dass andere Leute aus dem Lager kommen und sich in einer Schlange aufstellen. Hungrige Menschen, die sonst nirgendwohin können.

Er kann sich nicht vorstellen, dass Marlowe sich jemals die Mühe machen würde, mit den eigenen Händen Gemüse zu schälen, um damit die Hungrigen zu ernähren. Aber diese Frauen machen genau das. Sie teilen, was sie haben, statt es für sich selbst zu horten. Sie tun es schlicht aus Menschlichkeit, nicht um Eindruck zu machen. Er würde lieber für solche Menschen kämpfen, egal welches Jahrhundert, egal welcher Wochentag.

Als der Andrang nachgelassen hat, bringt Mariam ihm eine

Schüssel von dem, was auch immer sie gekocht haben. Ein warmer gelber Brei aus gewürzten Kartoffeln mit einer Art Fladenbrot zum Eintunken. Er dankt Gott, dann steckt er den ersten Löffel davon in den Mund. Er reißt die Augen auf. Die Gewürze tanzen fröhlich auf seiner Zunge.

»Mmmh!«, macht er. »Was ist das?«

»Gab es in deiner Zeit noch kein Saag Aloo?«

Er brummt und schüttelt den Kopf. Zu sehr mit dem Essen beschäftigt, um zu antworten.

Sie steht nahe bei ihm und streichelt Dandos Bauch. Er sieht, dass sie etwas sagen möchte, aber er wird nicht versuchen, es aus ihr herauszukitzeln. Lieber essen und abwarten.

»Es muss früher einfacher gewesen sein, wenn du damals aufgewacht bist«, sagt sie schließlich.

Er sieht sie stirnrunzelnd an, das Fladenbrot halb zum Mund geführt. »Einfach wäre die eine Möglichkeit, es zu beschreiben.«

»Ich meine nicht die Kämpfe oder was auch immer. Ich meine ... zu erkennen, was du eigentlich tun solltest. Mit der Welt heute liegt so viel im Argen, dass man kaum weiß, wo man anfangen soll, und die meiste Zeit ist es zu heiß zum Nachdenken, und ... und manchmal ist es, als würde man durch Nebel laufen. Meistens hab ich das Gefühl, als würde ich rückwärts laufen oder im Kreis gehen. Als würde ich überhaupt nichts bewirken.«

»Die meisten Kriege sind so.«

»Ich verstehe, warum du diese Männer getötet hast«, sagt sie. »Das ist es, was ich dir gerade versuche zu erklären. Wenn ich wütend werde und von allem verwirrt bin, dann ... schlage ich manchmal einfach nur um mich und versuche, etwas zu ändern. Das ist nicht immer das Klügste, aber zumindest habe ich das Gefühl, etwas zu tun, um die Welt zu verbessern.«

Er starrt auf den trockenen Boden unter Mariams Füßen,

bis er den Stein in seiner Kehle hinunterschluckt. »Ich habe mal jemanden in einem Feuer verloren«, sagt er. »Ich sehe es gar nicht gern, wenn das anderen Leuten passiert.«

»Oh«, sagt Mariam. »Das tut mir leid.«

»Schon gut«, murmelt er. »Ist lange her.«

Er ist von sich selbst überrascht. Wann hat er das letzte Mal jemandem davon erzählt? Heute ist anscheinend ein Tag, um Leuten Sachen zu erzählen, die er normalerweise für sich behält. Er muss achtgeben, Mariam nicht zu sehr zu vertrauen. Sie nicht mit allen Details aus den alten Tagen zu belasten und aus der Zeit danach. Er räuspert sich und versucht, das Thema zu wechseln.

»Wenn du mich fragst, ist es besser zu handeln, ohne nachzudenken, als nachzudenken, ohne zu handeln. Es ist leicht, herumzusitzen und sich über dies oder das Sorgen zu machen. Es ist viel besser, sich in die Welt hinauszuwagen und etwas zu verändern.«

Mariam starrt für einen langen Moment in die Ferne, während sie geistesabwesend den Hund weiterkrault. Dann gibt sie ihm sein Schwert mitsamt Gürtel und Scheide zurück.

»Komm mit«, sagt sie.

Sie führt ihn zurück ins Kloster, durch die Zelte, die noch nicht eingepackt wurden. Er legt im Gehen seinen Schwertgürtel an und folgt ihr durch ein Labyrinth aus Leinwand und aufgehängten Teppichen bis zu einer Art Allerheiligstem. Es fühlt sich an, als habe er eine wichtige Grenze überschritten. In diesem abgeschiedensten Teil des Klosters sieht er Waffen auf dem Tisch und Fotografien an den Wänden, ein Anschlagbrett mit den Plänen und Projekten dieser Frauen. Gekritzelte Notizen und bedruckte Blätter. Bilder von einem gewaltigen Ding, einer turmhohen Festung, die auf vier Beinen steht, wie ein Monstrum, das sich aus dem Meer erhebt.

»Hier«, sagt Mariam. »Das ist die Plattform, von der ich dir gestern Nacht erzählt habe.«

»Alles, was mit der Welt nicht stimmt«, sagt er, als er sich an ihre Worte erinnert. »Alles an einem Ort.«

»Richtig. Ich will sie außer Betrieb setzen, aber ich weiß nicht, wie.«

»Warum jagst du sie nicht einfach in die Luft, wie du es mit dieser Fracking-Anlage gemacht hast?«

Mariam seufzt. »Erstens, weil sie sehr gut bewacht wird. Aber auch, weil ich nicht noch mehr Öl verbrennen möchte. Wir würden nur scheißviele Tonnen Kohlenstoff freisetzen und wahrscheinlich auch noch alle Pflanzen und Tiere in der Flutzone töten.«

Er sieht sich die Fotos an, die überschwemmte Ebene unter der düsteren Festung. Das Schilf und das feuchte Marschland. An solchen Orten hätten in den alten Tagen Fischreiher genistet. Dort wäre man vielleicht auf Nimue gestoßen, wie sie einem an einer seichten Stelle auflauert. Man hätte ihr schnell ein Opfer für sicheres Geleit dargebracht, bevor man versucht hätte, das Wasser zu überqueren. Das bringt ihn auf eine Idee.

»Erinnerst du dich, wie ich sagte, dass ich unten in Manchester eine Freundin habe?«

»Ja«, antwortet Mariam. »Warum?«

»Hast du jemals von Nimue gehört? Die Herrin vom See?«

Mariam sieht ihn blinzelnd an. »Ähm ... ja?«

»Sie könnte uns vielleicht helfen«, sagt er. »Wenn wir sie finden. Gibt es den Fluss Medlwc noch?«

Mariam taxiert ihn mit einem seltsamen Ausdruck. »Was, den Medlock?«

Er nickt. »Dürfte hinkommen. Wenn wir es da hinschaffen, versuche ich, mit ihr zu reden.«

»Wie soll sie denn bitte helfen?«

»Ich glaube, dieses Avalon-Ding wäre ... in ihrem Element, gewissermaßen.«

Sie musterte ihn für einen Moment von oben bis unten. Immer noch misstrauisch. Aber in ihren Augen ist etwas, das Hoffnung sein könnte.

»Okay«, sagt sie. »Cool. Warte hier. Ich werde es den anderen erklären.«

Sie duckt sich aus dem Zelt hinaus, und er schaut sich das Brett mit den Fotos an, weil er nichts anderes zu tun hat. Diese Frauen haben all ihre Pläne skizziert, sodass jeder sie hier sehen kann. Er erinnert sich an die Rebellen im letzten großen Krieg, die Häuser in Frankreich mit geheimen Kellern. Sie mieden es meist, irgendetwas schriftlich festzuhalten. Aber Mariam und ihre Schwestern haben alles hiergelassen. Fotos und Landkarten, auf denen mit farbigen Stiften Stellen markiert wurden. Es gibt auch eine Liste von Zielen, neben denen Zahlen notiert wurden. Wachen? Potenzielle Opfer? Bei einigen stehen die Worte ZU HOCH.

Im Laufe der Jahre hat er sich vielen Rebellionen angeschlossen, wenn die Gefilde schlecht regiert wurden. Er hat Maud gegen Stephen geholfen, König John an den Verhandlungstisch gebracht und König Charles auf den Richtblock. Das könnte er auch jetzt tun, sich und sein Schwert in den Dienst dieser Frauen stellen und sie zum Sieg führen. Aber das Problem mit einem Sieg ist, dass anschließend die Zeit weiterläuft und Menschen weiterhin Menschen bleiben und sich aus albernen Gründen gegenseitig umbringen. Männer wie Cromwell steigen auf der Flutwelle der Veränderung auf und richten noch mehr Unheil an, noch mehr Blutvergießen. Das Paradies bleibt fern, immer gleich hinter dem Horizont. Wo es darauf wartet, dass die nächste Bande hoffnungsvoller Rebellen ihm hinterherjagt.

Vielleicht ist er zu alt für Politik. Nicht mehr als uralter

Schlamm, der bald wieder Schlamm sein wird. Vielleicht sollte er sich an die bizarren Sachen halten. Den Drachen töten.
Das Schwert seines Bruders finden. Dieses neue Avalon zerstören, diese Festung des Verderbens, bevor ihre Herren die
Welt noch trostloser machen können. Verhindern, dass weitere Drachen durch den Wirbel schlüpfen. Dann wieder
unter seinem Baum schlafen und die Welt sich weiterdrehen
lassen. Soll die Zukunft sich um sich selbst kümmern.

Aber das wäre zu einfach, oder?

Er ist sich nicht sicher, ob er diese Frauen gänzlich versteht, die bösen Dinge, gegen die sie kämpfen, die Träume,
für die sie kämpfen. Aber er weiß, dass sie etwas verändern
wollen, und es wäre dumm zu versuchen, die Welt vor Veränderungen zu bewahren. Es nützt nichts, sich stur zu stellen
und für die alte Welt zu kämpfen, wenn diese alte Welt gar
nicht mehr existiert. Man kann nicht mehr tun, als in der
neuen Welt zu leben, wie seltsam sie auch immer sein mag.
Und versuchen, sie für die Menschen, die darin leben, zu
einem besseren Ort zu machen.

Das ist es, was Mariam tun will. Wenn er ihr dabei helfen
kann, wird er sein Bestes geben.

10

MARLOWE IST HOCH ÜBER LONDON UND TEILT SICH ein Quadpod mit einem Mann, den er nicht mag. Sie sollen Pods so oft wie möglich gemeinsam benutzen, im Rahmen der neuen Umweltinitiative der Regierung. Das ist ein wenig so, als würde man die Stalltür schließen, nachdem das Pferd längst gestorben und zu Staub zerfallen ist. Er hält nicht allzu viel von diesen kleinen surrenden Todesfallen, aber heutzutage sind sie die einzige Möglichkeit, mit trockenen Füßen von A nach B zu kommen. Und sie haben auch noch andere Vorteile. Er blickt durch die Kanzel auf den vorbeirasenden Boden unter ihnen.

Der Mann im Sitz neben ihm heißt Godfrey Scrope. Er hat einen hochrangigen Posten im Büro des Premierministers. In diesem Moment zeigt er Marlowe ein Video auf seinem Tablet, das von einem der Accounts online gestellt wurde, die in Verbindung mit der Army of Saint George stehen. »TERRORISTISCHER IMMIGRANT TÖTET LOYALE ENGLISCHE PATRIOTEN BEI SCHOCKIERENDEM RASSISTISCHEM ANGRIFF.« Das Video scheint Kay zu zeigen, der mir nichts, dir nichts ein Dutzend Höhlenmenschen erledigt.

»Markiger Titel«, sagt Marlowe.

»Sollen wir es blocken lassen?«, fragt Scrope.

»Nein, nein, lassen Sie es stehen«, sagt Marlowe. »Vielleicht nehmen sie uns damit die Arbeit ab.«

»Okay«, sagt Scrope betrübt. »Ich schätze, ich sollte die Social-Media-Leute darauf hinweisen.«

Er klingt fast niedergeschlagen. Marlowe gibt sich Mühe, eine freundliche und vertrauensvolle Miene aufzusetzen. »Sie sind nicht ganz überzeugt, Scrope?«

»Nein«, sagt Scrope hastig. »Doch. Nun ja, eigentlich schon. Irgendwie. Ich habe gewisse Bedenken. Aber ich werde sie in der Sitzung ansprechen.«

»Ich freue mich darauf, sie zu hören«, sagt Marlowe und überlegt im Stillen, dass Scropes Bedenken eher früher als später zur Sprache kommen sollten. Er blickt nach unten, der Pod geht über Marylebone tiefer und wird langsamer, als sie sich ihrem Ziel nähern. Sie sind weit genug nördlich vom Fluss, dass die Überflutung hier nicht so schlimm ist, aber ein Problem ist sie dennoch. Regent's Park ist vernässt, und das Wasser steht. Der See für die Boote ist doppelt so groß wie früher. Ein großes graues edwardianisches Gebäude überblickt den Park, mit Schlusssteinen und Säulengängen und großartigen Bogensteinen. Ihr Pod setzt auf dem feuchten Vorplatz auf, hinter den Sicherheitsbarrieren der Saxons. Als die Rotoren zum Stillstand gekommen sind, schwingt die Kanzel auf, und sie treten hinaus in die Pfützen.

Marlowe hält inne, um sich eine Zigarette anzuzünden, während Scrope seine Sachen zusammensucht. Das Gebäude vor ihm hat sich nicht verändert. Laut dem Schild an der Tür heißt es WESSEX PLACE, ohne dass weitere Informationen preisgegeben werden. An der einen Seite des Eingangs steht ein Betoneinhorn und auf der anderen ein Betondrache. Die ganze Fassade wirkt alt und streng und beruhigend. Aber mehr als das ist es nicht – nur eine Fassade.

Marlowe versucht, sein Gewissen zu beschwichtigen, während er seine Zigarette raucht. Dies war einst das Department, das Schattenbüro, die Behörde für Dinge, die des

Nachts in die Hose gehen. Sehr alt und sehr geheim und unter vielen Namen bekannt. Diese spezielle Inkarnation wurde 1912 gegründet, aber das Ganze gibt es schon wesentlich länger, in unterschiedlichen Erscheinungen. Es durchlief die verrauchten Keller obskurer viktorianischer Dinnerclubs und die Landsitze sonderbarer Viscounts. Während der Zeit von Elizabeth, der ersten Elizabeth, stand es dem Thron nahe. Ehrwürdige Protestanten, die in ihren Stadthäusern an der Themse Dämonen beschworen. Das war ungefähr zu der Zeit, als er in die Sache hineingezogen wurde, jung und begierig auf verbotenes Wissen. Auf geheime Macht. Aber die Organisation war bereits alt, als er ihr beitrat. Ein heiliger Orden mit einer uralten Zielsetzung.

Einige der älteren Mitglieder des Ordens würden ihm heute vielleicht vorwerfen, diese Zielsetzung vergessen zu haben. Ihre altehrwürdigen Prinzipien. Aber diese älteren Mitglieder sind gestorben. Und die traurige Wahrheit in dieser Angelegenheit lautet: Es interessiert ihn nicht. Nicht mehr. Früher bezahlte die Regierung ihn dafür, sich mit Bedrohungen auseinanderzusetzen, von denen man gar nichts wissen wollte. Inzwischen wurde das alles stattdessen ausgelagert. Das Gebäude wurde an den GX5-Konzern verkauft, der keine nennenswerten altehrwürdigen Prinzipien hat. Marlowe verdient als privater Berater viel mehr Geld als in seiner Zeit als Regierungsangestellter.

Er tritt die Zigarette unter seinen Halbschuhen aus, dann steigt er die Treppe hinauf. Die Lobby ist leer, nur ein paar Schusterpalmen verwelken in den Pflanzgefäßen. Vor langer Zeit wäre jetzt der Portier hinter seinem Tresen hervorstolziert und hätte für ihn den Lift gerufen und ihn gefragt, wie es ihm geht. Hätte sich über Immigranten beklagt. Der Mann hatte diesen Posten seit der Schlacht von Salamanca inne. Aber nach dem Ausverkauf wurde das meiste Personal im

Gebäude überflüssig. Die meisten Büros in den oberen Geschossen stehen leer. Die Deckenkacheln sind vergilbt vom Zigarettenrauch der Siebziger. Die Aktenschränke voller Berichte über Feenkönigreiche und fliegende Untertassen setzen Staub an.

Der Lift trifft ein, und sie fahren damit hinunter. Sich unter der Erde aufzuhalten, ist ein Luxus in diesem neuen London, in dem die U-Bahn unter Wasser steht. Es gibt nicht viele wasserdichte Bauten. Aber die Kellergewölbe unter Wessex Place wurden während des Kalten Krieges verstärkt, mit Stahl und Beton befestigt. Es folgt eine Reihe von lästigen Sicherheitsvorkehrungen, bevor sich die Gewölbe öffnen. Sie drehen Schlüssel und ziehen Karten durch und tippen Codes in Tastenfelder. Dann schaltet das Licht mit einem Surren auf Grün. Eine verstärkte Stahltür entriegelt sich und schwingt auf, in einen riesigen Raum, der kalt und größtenteils leer ist.

Von der Decke starrt Nessie finster auf sie herab. Die letzte Drachin, die ihr hässliches Haupt erhob, im Jahre '33 oder '34, er kann sich nicht mehr genau erinnern. Auf der Stelle getötet und zu weiteren Untersuchungen in den Süden verschifft. Dann wurde ihr ausgestopfter Leichnam an den Deckenbögen aufgehängt. Scrope scheint sich davon verunsichern zu lassen. Marlowe blickt kaum auf. Er läuft unter den Kiefern des Monsters hindurch, dem schlangenartigen Körper, den ausgestreckten Klauen.

Hier unten ist es wie in einem Museum. Die Gewölbe von Wessex Place waren früher so etwas wie eine Lagerhalle. Artefakte des Imperiums, aus allen Weltteilen erbeutet, auch aus ganz anderen Welten. Die meisten Stücke wurden inzwischen an private Sammler verkauft. Der Speer des Longinus. Die Schlüssel zu Xanadu und Shambala. Alte Vitrinen stehen leer und verstaubt da. In einem Regal sind noch eine Handvoll legendärer Schwerter übrig. Balmung und Skofnung und

Zulfiqar. Anscheinend hat man den Smaragd-Shamshir verkauft, seit er das letzte Mal hier unten war. Die Abwesenheit von Excalibur ist nach wie vor augenfällig.

Am hinteren Ende des Gewölbes befindet sich eine weitere Sicherheitstür mit einer Art Garderobe davor. Dort hängen bereits mehrere Mäntel, daneben steht ein Schirmständer mit Regenschirmen. Die Besprechung hat ohne sie begonnen.

Marlowe und Scrope ziehen ihre Mäntel aus und schlüpfen in Roben aus schwarzer Seide mit Kapuzen und rotem Besatz. Dann präsentieren sie ihre Daumen einer Nadelapparatur, die ihnen eine Blutprobe entnimmt. Die alte Vorkehrung war viel schlimmer, da man sich selbst in die Hand schneiden und das Blut in eine Feuerschale tropfen lassen musste. So ist es wesentlich angenehmer. Wenn auch weniger hygienisch.

Das Licht wechselt summend zu Grün. Ihr Blut wurde akzeptiert. Die Türflügel schwingen auf.

Das Allerheiligste wurde früher von brennenden Fackeln beleuchtet, die in Halterungen an der Wand steckten. Inzwischen wurden sie durch geschmackvolle elektrische Deckenbeleuchtung ersetzt. Das dominierende Element im Raum ist der Tisch der Tafelrunde, der einst den Saal von Camelot ausfüllte. Es ist kein kleines, rundes Stück, sondern ein großer Ring, sechs Meter Durchmesser, groß genug für ein Bankett mit Arthurs kompletter Kriegertruppe. Aber der Ring schließt nicht vollständig. Es gibt eine Lücke, durch die man hineintreten kann. Dann befindet man sich genau in der Mitte, umgeben von den Ratsmitgliedern. Marlowe kann sich vage vorstellen, wie römische Abgesandte dort standen, während die Ritter von Camelot über sie zu Gericht saßen.

Jetzt haben zehn Männer in schwarzen Roben rund um den Tisch Platz genommen. Gute alte Protestanten. Sie bekleiden nicht näher bezeichnete Ämter in verschiedenen Regierungsbehörden oder im Vorstand privater Unternehmen. Zeitungen, Social-Media-Plattformen, Finanzwirtschaft, Ölförderung, private Verteidigungsfirmen. Marlowe ist von der gegenwärtigen Besetzung nicht allzu angetan. Dieser Orden bestand einst aus den angesehensten Adligen und Gelehrten von ganz England. John Dee und Francis Walsingham. Jetzt sind Australier anwesend. Männer, die in Moskau oder Wisconsin geboren wurden. Ihm sträuben sich davon ein wenig die Nackenhaare. Aber so läuft es heutzutage. Es hat keinen Sinn, sich darüber aufzuregen.

Am Tisch wird es still, als sie eintreten. Scrope murmelt eine Entschuldigung und eilt zu seinem Platz. Marlowe tritt durch die Öffnung in den Kreis und stellt sich vor den Altar.

Die Vorstellung, dass die Tafelrunde keine Hierarchie erkennen lässt, ist hoffnungslos naiv. Gegenüber der Öffnung ist ein großes Segment des Tisches mit Bändern in Gold und Waldgrün bemalt. Der Stuhl dahinter ist prächtiger als die anderen, weil es einst Arthurs Stuhl war. Dort sitzt Bruder Warden in seiner roten Robe. Er ist ausgemergelt und leberfleckig unter seiner roten Kapuze. Er leitet diesen Orden, weil er schon viel länger als alle anderen dem Tod ein Schnippchen geschlagen hat.

»Es freut mich, dass Sie sich endlich zu uns gesellen konnten, Bruder Tamburlaine«, sagt Bruder Warden. »Wir erwarten mit großer Spannung Ihren Bericht.«

»Es wurde einiges in Bewegung gesetzt«, sagt Marlowe. »Kay und Lancelot sind auferstanden. Beide befinden sich mehr oder weniger auf dem richtigen Weg. Jetzt können wir nur noch abwarten.«

»Also spekulieren wir einfach nur darauf, dass sie aufeinanderstoßen?«, fragt Bruder Pursuivant, einer von der alten Garde. »Die Chancen dafür müssen astronomisch gering sein.«

»Ich kann nichts garantieren«, sagt Marlowe, »aber die Magie gehorcht nicht den üblichen Gesetzen der Wahrscheinlichkeit. Es ist keine Frage des Zufalls. Stellen Sie es sich wie ... zwei Bäche vor, die hangabwärts fließen. Irgendwann müssen sie aufeinandertreffen.«

»Verschonen Sie uns mit diesem metaphysischen Pferdemist«, sagt Bruder Pilgrim, einer der US-Amerikaner. Es tut Marlowe richtig weh, in diesem Saal diesen schleppenden Akzent zu hören. »Wird es funktionieren oder nicht?«

Marlowe seufzt. »Alle benötigten Elemente sind im Spiel. Ich denke, wir können sicher zu Phase zwei der Operation übergehen.«

»Und Ihre Undercoveragentin?«, fragt Bruder Pursuivant. »Sind Sie von ihrer Zuverlässigkeit überzeugt?«

»Sie will dasselbe wie wir«, antwortet Marlowe, »wenn auch aus anderen Gründen. Sie wird ihren Teil dazu beitragen.«

Warden scheint zufrieden zu sein. Er schaut sich am Tisch um, zu den anderen Mitgliedern des Komitees. »Nun gut. Bruder Tamburlaine hat vorgeschlagen, dass wir zu Phase zwei übergehen. Irgendwelche Einwände?«

Im Allerheiligsten wird es still, bis Scrope sich räuspert. »Ich möchte hier keine alten Diskussionen wiedereröffnen, aber ... sind wir uns absolut sicher, dass wir damit fortfahren wollen? Sind wir uns sicher, dass es notwendig ist?«

»Ach, meine Fresse!«, sagt Bruder Pilgrim. »Das hatten wir doch schon besprochen.«

»Ich denke, es lohnt sich, es erneut durchzugehen«, sagt Scrope. »Dieser Orden wurde gegründet, um die Gefilde vor Gefahren zu schützen. Was wir jetzt vorhaben ... wäre selbst vor ein paar Jahrzehnten noch unvorstellbar gewesen.«

Marlowe ist davon ermüdet, diese Debatte immer wieder zu führen. »Ich verstehe Ihre Bedenken«, sagt er. »Aber wir alle haben die Zahlen gesehen. An diesem Punkt besteht keine Möglichkeit mehr, den Schaden an unserem Planeten rückgängig zu machen. Nicht ohne erhebliche Umverteilung von Arbeit und Ressourcen. Die Zukunft sieht immer trostloser aus. Wenn wir weiterhin ein angenehmes Leben führen wollen, müssen wir alternative Vorkehrungen treffen. Phase zwei ist die einzige praktikable Option, die uns geblieben ist.«

»Verdammt richtig«, sagt Bruder Pilgrim. »Ich verbringe doch nicht den Rest meiner Unsterblichkeit damit, in irgendeiner Hippiekommune Schweinescheiße zu schaufeln. Ich will nen Abgang mit Stil.«

Marlowe wartet. Die Männer rund um den Tisch verbringen ein paar Augenblicke damit, mit den wenigen Gewissensbissen zu ringen, die sie möglicherweise noch übrig haben. Mit Ausnahme von Bruder Pilgrim, für den derartige Scham ein völlig fremdartiges Konzept zu sein scheint. Aber keiner von ihnen hat noch eine Seele übrig, die gerettet werden könnte. Sie haben ihre Entscheidung vor langer Zeit getroffen, und nun stellen sie sich den Konsequenzen. Und Marlowe bietet ihnen einen Ausweg.

»Ihr Einwand wurde zur Kenntnis genommen, Bruder Trevelyan«, sagt Bruder Warden. »Wenn es keine weiteren Einwände gibt, werden wir zu Phase zwei übergehen. Kehren Sie in Ihre Abteilungen zurück, und beginnen Sie mit dem Umzug auf die Avalon-Plattform.«

Die Teilnehmer verlassen das Allerheiligste und nehmen im Vorraum ihre Aktenkoffer an sich, womit sie mit einem Schlag wieder wie Bankiers und Geschäftsführer aussehen. Männer in der Ölindustrie und den Medien. Sie gehen durch das Gewölbe hinaus, unter den Knochen von Nessie hindurch. Marlowe zieht seinen Regenmantel wieder an und setzt sich den Hut auf. Dann schließt er zu Bruder Trevelyan auf, der ohne seine Robe jetzt einfach nur wieder der olle Godfrey Scrope ist.

»Wollen wir uns wieder ein Pod teilen, Scrope?«, fragt er. »Wir müssen in dieselbe Richtung.«

»Oh«, sagt Scrope. »Ja, gut.«

Als sie nach draußen treten, wartet dort mehr als nur ein Quadpod. Einige der anderen Komiteemitglieder blicken stirnrunzelnd auf ihre Telefone, während sie darauf warten, dass ihre eigenen Pods eintreffen. Marlowe und Scrope steigen wieder in ihren und heben ab.

Die ersten paar Minuten des Flugs verbringen sie schweigend. Scrope hantiert mit Papieren in seiner Aktentasche, damit er etwas zu tun hat. Marlowe wartet, bis sie hoch über Covent Garden sind, bevor er spricht.

»Ich weiß, dass es schwer zu verdauen ist«, sagt er. »Aber denken Sie an die Alternative. Wir wussten nichts vom Klimawandel, als wir uns für die Unsterblichkeit entschieden. Keiner von uns möchte sein Leben bis zum Ende der Zeit auf einem trostlosen, leblosen Planeten fristen. Und wenn wir das vermeiden wollen, ist Phase zwei die einzige Option.«

»Fühlen Sie sich damit nicht absolut erbärmlich?«, fragt Scrope. »Es ist schändlich, was wir tun. Es ist moralisch widerwärtig. Ich ... ich bin mir nicht sicher, ob ich dafür einstehen kann.«

Marlowe seufzt. »Ich hatte befürchtet, dass Sie etwas Derartiges sagen.«

Er müsste es nicht selbst tun, aber es wäre anständiger, wenn er es tut. Weniger lose Enden, die verknüpft werden müssen. Also beugt er sich über die Armaturen vor ihm und tippt seinen Zugangscode als Administrator ein. Damit öffnen sich ihm alle möglichen Optionen, die gewöhnlichen Passagieren nicht zur Verfügung stehen.

»Was tun Sie da?«, fragt Scrope.

»Ich verschaffe uns nur ein wenig frische Luft«, sagt er.

Dann tippt er auf die Taste, die das Kanzeldach öffnet, und der Wind rauscht in den Pod. Scropes ordentlich sortierte Papiere werden zum Teil von der Brise erfasst und über London verstreut. Scrope versucht gerade, einige Schriftstücke zu retten, als Marlowe ihn an seinem Fuß packt und ihn über die Seite des Pods hievt.

Er beugt sich über den Rand, um Scropes Fall zu beobachten, wie er dem Straßenpflaster entgegenstürzt und dabei nutzlos mit den Gliedmaßen rudert, als würde er nach einem Halt greifen, den es nicht gibt. Unsterblichkeit bedeutet nicht Unverwundbarkeit. Ein Fall aus großer Höhe kann einen von ihnen trotzdem töten. Und wenn man stirbt, fordert der Teufel seine Schuld ein. Der Trick besteht darin, dem Tod so lange wie möglich zu entgehen. Was genau das ist, was Marlowe zu tun beabsichtigt.

Er tippt ein weiteres Mal auf die Kanzeldachtaste und rückt seine Krawatte zurecht.

11

ALS SIE ES AUS DEM FLÜCHTLINGSLAGER GESCHAFFT
haben, sind rosafarbene Streifen am Himmel zu sehen.

Sie sind insgesamt sieben. Nicht die kleinste Streitmacht, mit der er jemals losgezogen ist, aber auch
nicht die stärkste. Er weiß, wie viel Mut Frauen haben, nicht nur aus dem letzten Krieg, sondern auch
aus den Kriegen davor. Roz und Willow überraschen ihn
nicht. Er hat schon zuvor an der Seite von einhändigen Kriegern gekämpft, zum Beispiel Bedwyr. Und er hat mit Männern gekämpft, die als Mädchen geboren wurden, zum Beispiel Silentius, und Frauen gekannt, die als Jungen geboren
wurden, wie die alten Jungfern von Kybele in Caer Catraeth.
Doch es könnte das erste Mal sein, dass er ausschließlich mit
Frauen marschiert. Nur er selbst, sechs Frauen und ein Hund,
die über Nacht nach Manchester wandern. Teonis Kraft-
wagen haben sie irgendwo im Lager zurückgelassen und mit
einer Plane bedeckt. Aber Dando ist bei ihnen, rennt voraus
und huscht unter Hecken.

Sie gehen zunächst nach Osten und lassen den Sonnenuntergang hinter sich, bevor sie sich nach Süden wenden. Kay
hat das Gefühl, dass die Küste gefährlich ist. Diese neuen
Sachsen können vom Meer heranjagen wie ihre Vorväter, von
Schiffen und Seefestungen, und nach Belieben angreifen. Es
klingt also vernünftig, ins Binnenland zu gehen, etwas weiter

von Neptuns Zugriff entfernt. Aber das bedeutet, dass sie sich tiefer in Hernes Domäne begeben. Er beäugt jeden verdorrten Busch misstrauischer, als er es sonst vielleicht getan hätte. Es fühlt sich an, als würden die Büsche zurückstarren. Ihm wird bewusst, dass er seine Hand am Ende seines Stabs hat. Das Holz ist immer noch warm.

Es gab Zeiten, da hätte er eine Kolonne wie diese angeführt, da er das Land hier besser kennt als sonst jemand. Dies war schließlich sein Herrschaftsgebiet, für einen kurzen Zeitraum in den alten Tagen. Alles nördlich des Mersey und südlich des Lun. Er kannte jeden Bach, jeden Wildpfad. Jetzt ist ihm alles fremd. Es gibt große, neue Städte im Tal des Blakewater, mit grellen Lichtern, die den Bauch der dunklen Wolken orange färben. Die Schwestern machen einen weiten Bogen darum. Schon bald werden sie nach Süden abbiegen, durch offenes Farmland. Sich schmale Landstraßen entlangschlängeln.

Aber sein Wissen ist veraltet und nutzlos. Das Land hat sich verändert. Er hätte keine Ahnung, wohin er geht, hätte er nicht diese Kriegerfrauen, die ihn führen. Schwierig, sich dadurch nicht entmannt zu fühlen. Aber sie kennen sich besser aus als er, und er wird sich hüten, so zu tun, als wäre es nicht so. Es bringt ja nichts, sie im Kreis herumzuführen und den Weg zu suchen, bloß um eine alberne Vorstellung von Männlichkeit zu befriedigen. Also folgt er ihnen, den Schild an seinen Arm geschnallt. Bildet die Nachhut. Lässt sich führen.

Die Frauen scheinen mit dieser Anordnung durchaus zufrieden zu sein. Wenn er hinter ihnen geht, werden sie nicht ständig daran erinnert, dass er dabei ist oder dass er real ist. Sie können vor ihm bleiben und sich miteinander unterhalten. Mariam ist in der Mitte der Gruppe und redet mit Willow und Regan. Schaut sich hin und wieder nach ihm um.

Auch Teoni wirft ihm seltsame Blicke zu. Sie wird langsamer, lässt ihn aufholen. Als die anderen weit genug voraus sind, drangsaliert sie ihn mit Fragen.

»Also bist du sozusagen ... aus der Vergangenheit?«

»Ja.«

»Ich wette, du hast alle möglichen berühmten Leute getroffen.«

»Ein oder zwei.«

»Kanntest du ... Henry? Den Achten?«

»Nein.«

»Kanntest du ... Shakespeare?«

»Nein, hab ihn nie getroffen. Aber wir hatten einen gemeinsamen Freund.«

»Kanntest du ... Winston Churchill?«

»Hmpf. Bedauerlicherweise.«

Teoni keucht auf. »Ach du Scheiße, wirklich? Du warst ein Kumpel von Churchill?«

Er verzieht das Gesicht. »Wir waren nicht gerade Kumpel, aber ja.«

»Wie war er so?«

Darüber denkt er einen Moment nach. »Ihm gefiel nicht, wie ich aussehe. Ihm ging es eigentlich immer nur um ihn selbst, soweit ich erkennen konnte. Aber ihm gefiel, dass ich aus der Vergangenheit kam. Er hat eine Menge Fragen gestellt.«

»Oh, das tut mir leid, ich mache gerade total das Gleiche!«

»Nein, kein Problem.«

»Okay. Warst du, hm, in der Schlacht von Hastings oder so?«

Er schluckt. »Ja. Ja, da war ich.«

»Und wie war *das* denn so?«

Er erinnert sich. Mit der gemeinen Fyrd hinein ins Getümmel, wie üblich. Den Schildwall zusammenhalten. Er dachte, sie hätten gesiegt, als sie ins Tal marschierten, den fliehenden Normannen hinterher. Doch dann kamen die Normannen zurück. Stürmten auf Pferden hangabwärts, riefen die Namen ihrer Heiligen. Ihre Kettenhemden rasselten, sie hatten die Schwerter hoch erhoben, und hinter ihnen flog ihr Banner. Sie zertraten Männer unter den Hufen. Fluteten das Tal mit Tod. Das erste Mal, dass er zu Tode getrampelt wurde. Das wird er nie vergessen, ganz gleich, wie oft er stirbt oder zurückkommt.

»Es ist das Geschrei, an das man sich erinnert«, sagt er nach einer Weile. »Mehr als alles andere. Die Verwirrung. Niemand hat auch nur die geringste Ahnung, was los ist. Man kämpft einfach weiter, so gut man kann, und man bleibt auf den Beinen, bis man merkt, dass alles vorbei ist. So oder so.«

Teoni scheint bemerkt zu haben, dass das keine so tolle Frage war. »Tut mir leid«, sagt sie.

Er bemüht sich zu lachen. »Nein, alles gut. Natürlich bist du neugierig.«

»Wahrscheinlich ...«, sagt sie. »Ich wusste nur nicht, dass es damals Leute gab, die Ritter und so was waren, die so aussehen wie du und ich. Verstehst du?«

Er nickt. Plötzlich versteht er, warum sie Gefallen an ihm findet.

Komisch, wie sehr sich die Welt verändert hat. Er ist sich sicher, dass die Menschen in den alten Tagen keine besonderen Schwierigkeiten damit hatten, wie andere Leute aussehen. Es gab in Britannien schwarze Soldaten, schwarze Missionare, schwarze Händler. Menschen konnten durch die ganze Welt reisen, bevor Rom fiel. Niemand schien sich daran zu stören. Eine viel größere Rolle spielte es, ob man Heide oder Christ war. Dafür griff man zur Waffe.

Erst seitdem er von den Toten zurückkehrte, fingen die Leute an, seine Haut zur Kenntnis zu nehmen. Erst in den

Schießpulverkriegen mit den Musketen und den gepuderten Perücken bekam er das Gefühl, nach seiner Hautfarbe beurteilt zu werden. Wegen seines Aussehens verabscheut zu werden. Immer neue Gründe, sich gegenseitig zu hassen.

Er hat nie behauptet, das zu verstehen. Er würde das alles gern dieser jungen Frau erklären, aber er findet keine Worte dafür. Also legt sie einen Zahn zu und schließt wieder zu den anderen auf.

Er seufzt und geht weiter. Trottet hinter ihnen her. Der Marsch nach Manchester dürfte etwa dreißig Meilen lang sein, aber keine dieser Frauen beklagt sich. Nicht einmal Regan, die um die siebzig sein muss. Sie tragen ein Arsenal an Ausrüstung auf dem Rücken, er erkennt davon nur die Hälfte wieder. Schusswaffen, Munition, Stricke, Karabiner, Zelte, Medikamente, Schaufeln, Kochgeschirr, Decken, magere Rationen, das kennt er. Das alles hatte er auch in den letzten paar Kriegen. Den Rest kann er nicht einordnen. Maschinen und Geräte, die genauso gut vom Mars stammen könnten.

Sie lassen die Felder hinter sich und gehen hügelaufwärts durch einen toten Wald voller Baumstümpfe, umgestürzter Stämme und schwarzem Unterholz. Der Himmel wird dunkler. Rötliche Wolken und rosafarbene Flecken schimmern durch die kahlen Baumwipfel. Kay bleibt stehen, um den Blick über alles wandern zu lassen, auf der Suche nach irgendetwas Grünem. Etwas, das wächst. Doch er findet nichts. Dando beschließt zu helfen und stürmt mit wilder Zuversicht in das Farndickicht.

Hier wird ihm klar, wogegen diese Frauen kämpfen. Sie wollen es aufhalten, was auch immer es ist. Dieser Krieg gegen die Natur. Vielleicht hat Herne recht. Kaum noch ein Wurm im Boden, sagte er. Was geschieht, wenn es zu heiß für die Pflanzen wird? Wenn all die Tiere sterben? Wie kann man das aufhalten? In den alten Tagen haben sie nie über so etwas nachgedacht. Die Vorstellung, dass Menschen Gottes Schöpfung töten, dass sie mächtiger sind als die Tiere und Bäume: Das wäre Häresie gewesen. Wahnsinn. Nur Merlin hätte so gedacht. Arthur würde es keinen Augenblick glauben, bis man es ihm zeigt, es ihm wirklich klarmacht. Und selbst dann wäre sicher noch eine Menge Überzeugungsarbeit nötig. Um ihn dazu zu bringen, etwas dagegen zu unternehmen.

Er wird aus seinen Gedanken gerissen, als nicht weit von ihm im Dickicht ein Lärm zu hören ist. Dando hat etwas gefunden, ein anderes Lebewesen. Er jagt es, springt durch die Blätter. Wenig später saust ein Eichhörnchen aus dem Unterholz hervor und zwitschert etwas in Eichhörnchensprache. Keine der Schwestern dürfte verstehen, was es sagt, aber Kay schon. Die Gabe der fremden Zungen.

»Helft mir!«, schreit das Eichhörnchen. »Verdammte Scheiße, helft mir!«

Das Eichhörnchen rennt zu ihm herüber und klettert seine Wadenbinden und sein Bein hinauf, krallt sich verzweifelt an sein Kettenhemd. Als es hoch genug an seinem Körper ist, packt Kay es am buschigen Schwanz und hält es in die Höhe, lässt es baumeln und sich winden. Es ist schwierig, ein Eichhörnchen vom anderen zu unterscheiden, aber er ist sich ziemlich sicher, dass er dieses wiedererkennt.

»He!«, sagt das Eichhörnchen. »Fass mich nicht mit deinen Drecksfingern an! Ich mach dich fertig!«

Das Eichhörnchen krallt sich in seinen Arm, der jedoch vom Kettenpanzer geschützt ist. Dando kommt zu Kay gelaufen und hockt sich hin, wartend und hechelnd. Er glaubt, dass es ein Spiel ist. Kay hält das Eichhörnchen etwas höher.

»Dieser Hund ist scheißgefährlich!«, sagt das Eichhörnchen. »Er sollte erschossen werden. Er hätte mich fast gekillt!«

»Da hätte ich kein Problem mit«, sagt Kay.

»Drecksack!«, sagt das Eichhörnchen. »Verwandle mich zurück in einen Menschen, und ich prügle dir das Grinsen aus der Fresse. Los! Verwandle mich zurück, dann sehen wir mal, ob du immer noch lächelst.«

»Mit dem Argument wirst du mich, ehrlich gesagt, eher nicht überzeugen.«

»Fick dich!«

Dando springt auf und schnappt die Zähne knapp unter dem herabhängenden Kopf des Eichhörnchens zusammen.

»Scheiße!«, sagt das Eichhörnchen.

Kay schaut den Weg hinauf zu den Kriegerschwestern, die sich langsam von ihm entfernen. Mariam steht da und wartet, schaut ihn fragend an. Aber sie kann die Sprachen der Tiere nicht verstehen. Für sie zwitschert das Eichhörnchen nur irgendetwas.

»Verwandle mich zurück, du Drecksack!«, ruft das Eichhörnchen. »Verdammter Voodoo-Zauber! Verwandle mich zurück, oder ich beiße dir die Finger ab!«

»Nein«, sagt Kay. »Weil du ein fieses kleines Arschloch bist und es dir ein oder zwei Lektionen erteilen wird. Ich hoffe, du wirst von einem Bussard gefressen.«

»Das kannst du nicht bringen!«, sagt das Eichhörnchen. »Das ist nicht fair! Was ist mit meinen Rechten? Das ist Diskriminierung!«

Kay nimmt eine Speerwurfhaltung ein, einen Fuß weit vor dem anderen, den Schildarm vor sich ausgestreckt. Dann schleudert er das Eichhörnchen mit aller Kraft in die Baumwipfel. Es fliegt kreischend davon, überschlägt sich in der Luft, bis es zwischen den braunen Kiefernnadeln verschwindet. Dando stürmt hinterher, als wäre es ein Stöckchen oder ein Ball.

Kay wischt sich den Dreck von den Händen und geht zu Mariam. Sie wirkt nicht gerade erfreut.

»War das nicht etwas krass?«, fragt sie.

»Na ja«, sagt Kay. »Es war kein sehr nettes Eichhörnchen.«

Dando kehrt zu ihnen zurück, und sie laufen ein oder zwei Stunden lang im schwindenden Licht weiter. Ihr Weg führt sie in die Hügel. Zwischen Preston und Manchester liegt braunes Moorland, auf dem karges Gebüsch wächst. Sie wandern durch Schluchten und über Bergrücken, überqueren Ströme und Bäche, flaches Heideland und steile Täler. Dies war schon immer eine wilde Region. Früher war sie natürlich noch wilder. Wie der Wald in seinem Traum. Aber es gibt immer noch Hügelgräber und Steinkreise aus der Zeit lange vor Arthur, lange vor der Ankunft der Römer. Damals wäre er vorsichtig gewesen, wenn er über ein so altes Heideland geht. Auf der Hut vor Wesen, die aus ihren Gräbern hervorkriechen könnten, um in der Nacht auf ihn zu lauern, hungrig auf seine Seele. Doch heutzutage ist er es, der unter einem Hügel hervorkriecht. Da wäre es ziemlich albern, jetzt Angst zu haben.

Die Dämmerung sammelt sich um sie, die Sonne versinkt hinter den fernen Hügeln. Mariam ist immer noch neben ihm, hält mit ihm Schritt.

»Wir gehen in der Nacht weiter?«, fragt er.

»Ja«, sagt sie. »Das ist die beste Zeit.«

Er runzelt die Stirn. »Nachtmärsche sind gefährlich. Habt ihr gute Kundschafter in der Vorhut? Ich könnte nach vorn gehen und die Führung übernehmen.«

»Nee, Augen zu und durch«, sagt Mariam. »Das Schlimmste, was passieren kann, wäre, dass wir von einer Klippe fallen oder so.«

Er sieht sie blinzelnd an. »Das ist ein Witz, oder?«

Selbst im Zwielicht kann er ihr Lächeln sehen. »Wir machen das nicht zum ersten Mal. Du musst uns nicht mansplainen, wie man wandert. Wir haben GPS.«

Wieder die Gabe der fremden Zungen. *Gib ihm das Wissen über die Worte, die von den Menschen in den Gefilden gesprochen werden, damit er kein Fremder in seinem eigenen Land sein wird.* Es ist verrückt. Saugt die Erde Worte von den Lippen der Menschen auf, und sickert das Wissen dann in sein Gehirn, während er unter seinem Baum liegt? Plötzlich bemerkt er am Himmel Dinge, die blinken und piepen. Die mit unmöglicher Geschwindigkeit dahinrasen. Dann stellt er fest, dass er wie angewurzelt stehen geblieben ist und nach oben in den purpurnen Himmel starrt und versucht, das alles zu begreifen.

Mariam ist stehen geblieben und wartet wieder auf ihn, blickt zu ihm zurück.

»Tut mir leid«, sagt er. »In den alten Tagen hatten wir noch kein GPS.«

Sie laufen weiter über das stille Moor. Leise Schritte im Zwielicht.

»Muss recht viel sein, woran du dich gewöhnen musst«, sagt Mariam. »Das alles hier.«

»Nein«, sagt er. »Nicht wirklich. Inzwischen habe ich mich an Veränderung gewöhnt. Die Welt ändert sich ständig. Es hat keinen Sinn, es verstehen zu wollen. Man muss einfach nur einen Fuß vor den anderen setzen. Heraufkommen und tun, was getan werden muss. Dann wieder hinuntergehen. Und versuchen, sich nicht zu sehr aus dem Konzept bringen zu lassen.«

»Warum bleibst du nicht einfach … wach?«, fragt sie. »Wäre das nicht besser, als die ganze Zeit unter einem Baum zu liegen?«

»So läuft das nicht«, sagt er. Dann überlegt er, wann er die längste Zeit auf den Beinen gewesen ist, ohne getötet zu werden. Es könnte irgendwann im letzten großen Krieg gewesen sein. Andererseits war da noch der ganze Kreuzzug, der lange

Marsch nach Antiochia, bevor er mit griechischem Feuer überschüttet wurde. Das war es vermutlich.

»Meistens lebe ich nicht lange genug, um die Siegesparade mitzubekommen«, sagt er.

Mariam schüttelt den Kopf. »Wie lange machst du das schon? Einfach ... zurückkommen und ... «

»Oh«, sagt er, »schon lange. Ich versuche mir einfach einzureden, dass alles aus gutem Grund geschieht, denke ich. Es war allein Merlins Idee, Krieger in der Erde zu haben, uns als Reserve bereitzuhalten. Er muss gewusst haben, dass wir für irgendwas nützlich sein würden. Irgendeine große Schlacht, irgendwann in der Zukunft.«

»Aber er hat nicht gesagt, für was?«, fragt sie.

Er spürt, wie sich seine Nackenhaare aufstellen. Als sollte er nicht weiterreden. Lieber die Zugbrücke hochklappen, sie nicht in die Burg lassen. Aber er versucht sich zu entspannen. Er sieht, dass die Frage nicht unfreundlich gemeint war. Also sollte er auch nicht unfreundlich antworten.

»Nein«, sagt er. »Hat er nicht. Aber so war er einfach. Hat nie etwas erklärt, wenn es nicht sein musste. Allerdings hat er auch nie etwas ohne guten Grund getan.«

»Also hast du dich freiwillig dafür gemeldet?«, fragt sie.

»So ungefähr.« Er lächelt still. Arthur hätte es nicht geduldet, wenn auch nur einer seiner Krieger sich geweigert hätte. Es ist schwer zu beschreiben, wie es in Caer Moelydd war. Die Spannung zwischen allen. Wie sie in einer rauchigen Methalle um Arthurs Gunst wetteifern, wie ein Rudel Hunde. Keiner von ihnen wollte als Schwächling rüberkommen.

»Ich bin mir nicht sicher, ob ich es getan hätte«, sagt Mariam. »Kommt mir wie ein ziemlich großes Opfer vor.«

Er blickt wieder zum Himmel auf. Dieses Mal hält er nicht nach Sternen oder Satelliten Ausschau, sondern hofft auf einen Hinweis, dass Wyn auf ihn herabschaut.

»Jemand muss es tun«, sagt er. »Ihr bringt ja auch ein Opfer, wenn ihr diesen Krieg führt. Wenn ihr so lebt. Du hast sicher ein Zuhause und eine Familie, zu der du zurückkehren könntest.«

»Eigentlich nicht«, sagt sie mit einem Schulterzucken. »Ich war ... ein Pflegekind. Ich hatte keine richtige Familie, bevor ich zur FETA gestoßen bin. Das sind meine Schwestern.«

Er muss in der Dunkelheit lächeln. Ein Pflegekind. An wen erinnert ihn das noch gleich? An einen rothaarigen Jungen, der unter einem fremden Dach aufwuchs. Der sich dort nie ganz heimisch fühlte. Der wusste, dass er zu etwas Größerem bestimmt war.

»Ich schätze mal, es hat etwas Beruhigendes«, sagt Mariam. »Zu wissen, dass es Menschen wie dich gibt, die alle vor Drachen oder was auch immer beschützen. Dadurch fühle ich mich ein wenig sicherer.«

»Ich hab den Eindruck, dass du und deine Freundinnen ganz gut allein zurechtkommen«, sagt er, und es ist nur halb eine Lüge. »Ihr braucht mich nicht, um euch zu beschützen.«

»Ja, aber wir sind keine ... Helden oder Ritter oder so was. Nicht so wie du. Wir beherrschen keine Magie. Wir sind nur normale Menschen.«

»Wenn ich im Lauf meiner ständigen Wiederauferstehungen etwas gelernt habe, dann ist es die Tatsache, dass normale Menschen erstaunliche Dinge leisten können, wenn sie es sich in den Kopf setzen. Sie können Wunder bewirken, wenn sie an sich selbst glauben. Und das ist genauso gut wie Magie. Oder zumindest fast so gut.«

Sie schnaubt. Sie ist nicht ganz überzeugt, aber sie lächelt in der Dunkelheit.

Als die Nacht schließlich ganz schwarz wird, bleiben die Schwestern kurz stehen, um etwas aus ihren Rucksäcken zu holen. Lichtstäbe, die in sanfter grüner Farbe leuchten, wenn man sie behutsam knickt. Zu schwach, um aus größerer Entfernung sichtbar zu sein, aber hell genug, um den Weg zu erkennen. Man kann die Person vor einem sehen und ihrem Licht folgen. In den alten Tagen wäre das sehr nützlich gewesen, auch noch einige Zeit später. Die Frauen hängen die Stäbe an ihre Rucksäcke und gehen im seltsamen grünen Schein weiter. Dann beginnen sie zu singen. Es fängt irgendwo weiter vorn in der Reihe an. Zuerst eine Stimme, dann mehrere. Es wandert nach hinten. Mariam räuspert sich und stimmt ein, singt leise neben ihm, vielleicht ein wenig verlegen.

Er bekommt die Worte nicht ganz mit, aber ihm gefällt die Melodie. Es ist irgendetwas über einen Kampf, wie dieser Kampf etwas Neues hervorbringen wird. Wie daraus eine neue Welt entstehen wird. Solche Lieder hat er schon oft gehört. Und er hat oft genug gesehen, wie diese neue Welt dann kam und wieder ging, sodass er für dieses Lied eigentlich nur ein müdes Lächeln übrig haben sollte. Aber es hat dennoch etwas Wunderschönes. Von Frauen gesungen, nachts, um sich nicht zu verlieren. Es ist schön, so etwas zu hören. Er fängt an mitzusummen.

Sie haben das erste Lied schon beendet und sind fast mit einem weiteren fertig, als Kay hört, wie eine der Frauen in der Reihe zurückläuft. Ein Leuchtstab tanzt auf sie zu, bis sie Willows Gesicht im matten grünen Licht erkennen können. Sie sieht besorgt aus.

»Wir können Dando nicht finden. Hat jemand von euch ihn gesehen?«

»Oh, verdammt«, sagt Mariam. »Nein, seit einer Weile nicht mehr.«

Kay verspürt einen Stich der Sorge. Er kann sich nicht erinnern, wann er den Hund zuletzt gesehen hat. Irgendwo auf dem Pfad, bevor es völlig dunkel wurde.

»Scheiße«, sagt Willow. Sie schaut sich im Moor um, aber alles ist finster. »Es ist nicht seine Art, einfach abzuhauen.«

»Ich bin mir sicher, dass er wieder aufkreuzt«, sagt Mariam.

Die übrigen Frauen sind stehen geblieben und drängen sich um sie. Teoni ist nicht weit hinter Willow. Sie legt die Hände an den Mund und ruft »Dando!« in die Dunkelheit, aus voller Kehle. Die anderen zischen, um sie zum Schweigen zu bringen.

»Was zum Teufel soll das werden?«, flüstert Roz.

»Was?«, fragt Willow.

»Hier könnten Patrouillen sein. Jemand könnte uns hören.«

»Vorhin haben wir gesungen!«

»Aber *leise*. Wir haben leise gesungen.«

»Was sollen wir sonst machen?«

Brontes Gesicht taucht im grünen Schein auf. Sie tritt zwischen Roz und Teoni. »Schwestern, hier gibt es offensichtlich eine Meinungsverschiedenheit. Vielleicht sollten wir abstimmen, ob wir bleiben und nach Dando suchen sollten oder nicht? Wir könnten ...«

»Verdammt noch mal!«, sagt Mariam. »Schwärmen wir einfach aus und suchen nach ihm. Die fünf Minuten werden wir doch wohl haben. Wenn wir in Gruppen bleiben, müsste das schon okay sein. Achtet darauf, dass ihr alle immer die Leuchtstäbe der anderen noch sehen könnt.«

Damit kehrt Mariam um und läuft los. Willow und Teoni folgen ihrem Beispiel. Kay wartet nicht ab, was die anderen Frauen tun. Er schließt zu Mariam auf, weil er nicht will, dass sie allein loszieht.

Sie laufen über einigermaßen ebenes Moorland, kämpfen sich durch knietiefen Ginster und rufen leise Dandos Namen. Als er sich über die Schulter umblickt, sieht er wippende Leuchtstäbe, die sich in verschiedene Richtungen entfernen. Unwillkürlich schüttelt er den Kopf. Das ist

Wahnsinn. Anhalten, um mitten in der Nacht nach einem schwarzen Hund zu suchen. Jemand könnte sich den Fuß brechen oder einen Abhang hinunterstürzen und sterben. Es gibt Sumpflöcher und Seen und Schlimmeres, in denen jemand versinken kann. Er muss wieder an die Cairns und Hügelgräber und die Geister denken, die nach Sonnenuntergang hervorkommen und über die Erde streifen. Das macht ihm jetzt viel mehr Sorgen als vorher, als es noch heller war.

»Lass uns zurückkehren«, sagt er nach einer Weile.

»Warum?«, fragt Mariam.

»Hör zu«, sagt er. »Er ist ein lieber Hund, aber es ist nicht allzu klug, was wir gerade machen.«

Mariam antwortet, ohne überhaupt nachzudenken. »Es mag nicht das Klügste sein«, sagt sie, »aber es ist das Richtige, also machen wir es.«

Kay bleibt erneut stehen, wie vorher, als er zum Himmel aufgeschaut hat. Nur dass er jetzt Mariam betrachtet, wie sie sich einen Weg durch die Ginsterbüsche sucht. Vielleicht ist das ein Merkmal eines guten Anführers. Jemand, der den Unterschied zwischen klug und richtig versteht und jedes Mal das Richtige tut, ohne darüber nachzudenken. Ist es wirklich so einfach?

Er denkt immer noch über diese Frage nach, als jemand irgendwo im Moor schreit. Eine von Mariams Schwestern brüllt aus voller Lunge. Im Laufe der Jahre hat er schon viele Schreie gehört, ganze Schlachtfelder voller Männer, die halb tot daliegen und vor Schmerz brüllen, aber dieser Schrei lässt ihm das Blut gefrieren. Er klingt nicht nach Furcht oder Schmerz. Er klingt nach purem Horror.

Er zieht sein Schwert. Mariam ist bereits losgerannt, also rennt er ihr hinterher. Der Schrei kam von irgendwo weiter vorn, aus der Richtung, in die sie ohnehin unterwegs waren, aber nur mit den Leuchtstäben können sie nicht allzu viel erkennen. Er sieht in der Ferne schwache Sphären aus grünem Licht – die anderen Frauen, die ebenfalls dem Schrei folgen. Er kann ihre Stimmen hören, wie sie sich gegenseitig etwas zurufen.

Und da ist noch ein anderes Geräusch, als würde etwas Großes durch den Ginster geschleift werden. Größer als ein Mensch. Kay hat keinen Schimmer, was es sein könnte, bis Mariams Leuchtstab von etwas vor ihnen reflektiert wird, keine zwei Meter entfernt. Ein riesiger Schwanz, der durch das Unterholz gleitet.

Irgendwo vor ihnen bellt Dando dreimal. Und dann antwortet der Drache, erhellt die Nacht mit einem Feuerschwall. In der plötzlichen Glut kann er die Kreatur in ihrer vollen Größe erkennen, wie sie auf dem Moor hockt, den langen weißen Körper unter sich zusammengerollt, während ihr Schwanz in seine Richtung schlängelt. Er sieht noch einen viel kleineren Körper, der brennend am Boden liegt, aber aus dieser Entfernung kann er nicht einschätzen, ob es Dando oder eine der Kriegerfrauen ist. Und er kann das Gesicht der Drachin sehen, die dichte Mähne aus Haar rund um den Hals. Die flüssige Flamme, die aus ihrem Maul strömt. Der schreckliche Zorn in ihren Augen.

Der Feuerstrom versiegt, und der Drachenkopf verschwindet wieder in der Dunkelheit. Doch das Moor um sie herum hat Feuer gefangen. Es wird sich weiter ausbreiten, bis dieser ganze Hügel in Flammen steht. Sie müssen von ihm runter und sich irgendwo in Sicherheit bringen, bevor noch jemand bei lebendigem Leib geröstet wird.

Aber dazu muss jemand diese Drachin ablenken, und wahrscheinlich sollte er das übernehmen.

»Kay!«, sagt Mariam. Es klingt nicht nach einer Frage, aber ihm ist klar, was sie von ihm wissen will.

Seine erste Aktion ist sicher nicht sehr klug und wahr-

scheinlich auch nicht richtig: Er stürmt auf den Drachen-
schwanz zu und springt rittlings darauf, wie auf ein Pferd.
Kein bequemer Sitzplatz. Bei Drachen besteht der Trick darin, die Klinge unter eine Schuppe zu bekommen und sie so
lange zu bearbeiten, bis sie herausbricht. Darunter befindet
sich weiche Haut, in die man seine Klinge stoßen kann. Aber
bei großen Drachenköniginnen wie dieser sind die Schuppen vom Kopf bis zum Schwanz steinhart. Es ist, als würde
man versuchen, sich durch Fels zu schneiden. Nur Caliburn
würde hindurchdringen.

Kay arbeitet mit zusammengebissenen Zähnen, sucht nach
Rissen in der Panzerung, um vielleicht trotzdem eine Schuppe lockern zu können, aber diese Drachin lässt ihm keine
Gelegenheit. Er hört, wie sie den Kopf herumdreht und tief
in der Kehle knurrt. Er spürt trotz der Dunkelheit, dass etwas
Großes über ihm aufragt. Er riskiert einen Blick nach oben,
blickt ihr in die wütenden Augen.

Sie vergeudet ihren Atem nicht darauf, ihm die Haut von
den Knochen zu brennen. Sie reißt einfach ihren Schwanz
hoch und lässt Kay durch den nächtlichen Himmel segeln.
Er fliegt mit rudernden Armen durch die warme Luft, dann
landet er mit dem Gesicht voran in einem Ginsterbusch. Er
hört, wie die Schwestern sich rufen. Hört, wie die Drachin
erneut Feuer spuckt und einen orangefarbenen Schein über
alles wirft. Er rappelt sich auf, klettert den Hügel hoch.

Nun befindet sich ein Wall aus brennendem Ginster zwischen ihm und der Drachin. Auf der anderen Seite tanzen
hektisch grüne Lichter. Er hört Schüsse, Teoni oder jemand
verschwendet kostbare Munition. 1934 hat er in Schottland
gelernt, dass Kugeln nichts gegen Drachenschuppen ausrichten können. Teoni wird diese Lektion auch gleich erhalten.

Er stürmt durch das Feuer, mit dem Schild vor dem Körper, rennt so schnell, wie er kann. Der Schild gerät nicht in

Brand, aber sein Regenmantel geht in Flammen auf, als wäre er mit Pech getränkt. Woraus stellen die Leute heutzutage bloß ihre Kleidung her? Er schüttelt den Mantel hastig ab, lässt ihn brennend am Boden zurück. Dann steht er in seinem Kettenhemd da, das im Feuerschein funkelt. Das müsste den Blick des Drachen auf ihn lenken.

Der lodernde Ginster strahlt starke Hitze ab, aber dann spürt Kay an seiner Hüfte etwas noch Heißeres. Er blickt hinunter, erwartet, dass sein Kittel Feuer gefangen hat, aber das Einzige, was er dort sieht, ist sein Eichenstab. Als er danach greift, will er instinktiv die Finger zurückziehen. Der Stab ist schmerzhaft heiß.

Aber natürlich ist er das. Drachen sind magische Geschöpfe. Dieses Exemplar ist riesig und alt und mächtig. Die Drachin muss von einem gewaltigen magischen Feld umgeben sein, und sein Stab saugt die Magie auf, füllt sich erneut mit Potenzial.

Also, das könnte hilfreich sein, wenn er nur wüsste, was er damit anfangen soll. Er steckt sein Schwert in die Scheide. Zieht stattdessen den Stab aus der Gürtelschlaufe. Rückt weiter vor, auf den Drachen zu.

Über das Moor breitet sich langsam ein Ring aus Feuer aus, innerhalb dessen der Ginster bereits tot und verbrannt ist. Mariam und ihre Schwestern sind darin gefangen – alle, mit Ausnahme der älteren Frau, Regan. Ihm bleibt keine Zeit, sich zu fragen, was mit ihr geschehen ist. Das Moor brennt jetzt so hell, dass er den Kopf der Drachin auch sehen kann, wenn sie gerade kein Feuer ausatmet. Und sie starrt ihn direkt an. Ihr ganzer langer Körper windet sich und zieht sich um die Hügelkuppe zusammen, und plötzlich versteht er ihre Strategie. Sie hat ihre Gruppe umzingelt. Jetzt zieht sie die Schlinge zu, treibt sie langsam zusammen, drückt sie gegeneinander, zwingt sie in einen kleinen Kreis, der auf allen Seiten von Wänden aus undurchdringlicher Drachenhaut umgeben ist. Mariam ist auf einmal hinter ihm, greift nach seinem Schildarm, hält sich fest. Wenigstens ist sie noch am Leben.

Als sie kaum noch Platz zum Atmen haben, hält die Drachin plötzlich inne. Zerquetscht sie nicht, sondern betrachtet sie. Schaut mit weit aufgerissenen Augen wütend auf sie herab.

Und dann brüllt die Drachin ihn an. Nicht die anderen, sondern einzig und allein ihn. Es könnte das lauteste Geräusch sein, das er je gehört hat. Es lässt seine Knochen vibrieren. Und weil er die Gabe der fremden Zungen hat, kann er verstehen, was sie sagt.

WARUM HAST DU MICH GERUFEN?

Kay ist verwirrt. Er ringt nach Worten. »Das ... habe ich nicht.«

Der Drachin scheint die Antwort nicht zu gefallen. Sie bewegt den Kopf näher heran, tiefer zum Boden. Bleckt die Zähne. Jeder einzelne davon groß genug, um ihn in zwei Hälften zu zerbeißen.

WAS HABT IHR DER WELT ANGETAN?

»Oh«, sagt Kay. »Richtig. Nun, ich war die meiste Zeit eigentlich gar nicht dabei, also muss ich zu meiner Verteidigung ...«

»Kay, was soll der Scheiß?«, fragt Mariam mit zitternder Stimme.

»Einen Moment«, sagt er. »Wir unterhalten uns.«

Wieder brüllt die Drachin: WAS HAT DEINESGLEICHEN DER WELT ANGETAN? IHR HABT DIE LUFT BESUDELT. SIE SCHMECKT NACH EURER VERDORBENHEIT.

»Wir ... haben Kraftstoff verbrannt«, sagt er. »Und das verdirbt den Himmel, soweit ich es verstanden habe. Und alles wird wärmer. Also steigen die Ozeane an. Aber ich bin viel-

leicht nicht der Beste, um es dir zu erklären, muss ich fairerweise sagen.«

ARTHUR HAT UNS VERSPROCHEN, DASS DIE GEFIL-
DE GESCHÜTZT SEIN WERDEN.

»Das war vor sehr langer Zeit, und ...«

MAN DARF SICH NIE DARAUF VERLASSEN, DASS
MENSCHEN IHRE VERSPRECHEN EINHALTEN. MAN
DARF IHNEN NICHT DIE OBHUT ÜBER DIE WELT AN-
VERTRAUEN. DEINESGLEICHEN MUSS MIT FEUER AUS-
GELÖSCHT WERDEN.

»Einen Moment! Diese Frauen hier sind auf deiner Seite.
Sie wollen dasselbe wie du.«

Doch die Drachin zieht erneut den Kopf zurück, um Luft
zu holen. Sie bläht die Mähne am Hals auf und breitet ihre
Flügel aus. Kay sieht, wie sich tief in ihrer Kehle ein heller
Schein bildet.

Es muss eine mächtige Magie sein, die es Drachen ermög-
licht, Flammen in ihren Lungen entstehen zu lassen. Er stößt
den Stab mit aller Kraft nach oben, ohne zu wissen, was er
damit erreichen will. Er denkt daran, Mariam und ihre
Schwestern zu retten. Er denkt an Merlin und Caer Moelydd.
Die Sachen, die Merlin früher in seiner Höhle sagte, wenn sie
dort Pilze aßen und mit ihm durch die Gefilde reisten, nicht
mit Pferden oder zu Fuß, sondern mit ihrem Geist. Wenn sie
an einem ganz anderen Ort aufwachten, ohne sich zu erinnern, wie sie dorthin gelangt waren.

Ihm wird bewusst, dass er schreit. Und dann kann er die
Drachin plötzlich nicht mehr sehen, und er spürt auch nicht
mehr die Hitze des brennenden Ginsters. Weil sie weg sind.
Sie stehen nicht mehr im Moor. Der Stab hat sie an einen anderen Ort gebracht.

12

MARIAM KANN NICHT GENAU SAGEN, WAS SOEBEN geschehen ist, aber sie weiß, dass es seltsam und schrecklich war und dass ihr davon schlecht ist. Sie weiß, dass Kay sie irgendwie gerettet hat, indem er sie weggebracht hat, aber wohin? Sie sind jetzt an einem dunklen Ort, in irgendeinem Raum. Das grüne Licht der Leuchtstäbe reicht gerade so, um eine tiefe Decke zu erkennen – und die panischen Gesichter der anderen. Wo auch immer sie sind, es ist weit weg vom Drachen und dem brennenden Moor. Sie stehen fluchend da und zittern, nicht vor Kälte, sondern vom Schrecken, der ihnen tief in den Knochen sitzt. Bronte übergibt sich in einer Ecke des Raumes.

»O Gott, o Gott, o Gott!«

»Was war das für ein Ding? Das kann doch nicht real gewesen sein.«

»Doch, das war es. Wir alle haben es gesehen.«

»Geht es allen gut?«

»Es hat Dando erwischt«, sagt Teoni. »Es hat meinen Hund getötet.«

»Ach, Mäuschen«, sagt Willow. »Komm her.«

»Das Scheißding hat meinen Hund getötet!«

»Ich weiß. Es tut mir leid.«

Mariam schluckt den Kloß in ihrer Kehle hinunter. »Sonst alles in Ordnung mit euch?«

»Ich glaube ja«, sagt Willow.

»Wo zum Teufel sind wir?«, fragt Roz. »Was ist überhaupt passiert, gerade eben?«

»Ich will Dando nicht da draußen zurücklassen«, sagt Teoni mit Tränen in der Stimme. »Ich will ihn nicht ganz allein dort zurücklassen.«

»Hör auf mit dem Quatsch«, sagt Willow sanft. »Wir können jetzt nichts mehr für ihn tun, ja? Es hat keinen Sinn, loszustürmen und nach ihm zu suchen und dann selber von dem Drachen getötet zu werden. Wir wissen nicht einmal, wo wir hier sind.«

»An irgendeinem sicheren Ort«, sagt Mariam. »Das ist das Einzige, was zählt. Wir sollten hier unser Lager aufschlagen und etwas schlafen. Das hat uns allen einen ordentlichen Schrecken eingejagt, und wir alle brauchen jetzt etwas Ruhe. Über alles andere können wir uns morgen Gedanken machen.«

Es folgt ein langer Moment der Stille, dann tun alle, was sie ihnen gesagt hat. Sie ziehen ihre Schlafsäcke raus und legen sie auf den harten Boden. Mariam ist sich nicht sicher, warum alle auf sie hören. Vielleicht gehorchen Menschen jeder beliebigen Person, wenn sie nur müde und verängstigt genug sind.

Sie sinkt zu Boden und streift mit großer Anstrengung ihren Rucksack ab, so schwach sind ihre Gliedmaßen nach dem Schock. Während der vergangenen zwei Tage hat sie eine Fracking-Anlage in die Luft gejagt, einen magischen Ritter getroffen, sich mit den meisten ihrer Freundinnen verkracht und gesehen, wie jemand in ein Eichhörnchen verwandelt wurde. Und jetzt wurde sie beinahe von einem Drachen geröstet und gefressen. Sie hat keine Energie mehr übrig, um irgendetwas anderes zu tun, als zu schlafen.

Jemand taucht im smaragdgrünen Zwielicht über ihr auf. Es ist Kay, der auf sie herabstarrt.

»Ich gehe raus und kundschafte die Umgebung aus«, sagt er. »Finde heraus, wo wir sind.«

»Gut«, sagt sie. »Einverstanden.«

Er ist schon weg, bevor sie ihm sagen kann, dass er vorsichtig sein soll. Sie fühlt sich tatsächlich ein wenig sicherer, wenn sie weiß, dass er da draußen ist. Um über sie zu wachen. Andererseits, ist er nicht gleichzeitig mit dem Drachen aufgetaucht? Sie stammen aus derselben Zeit, derselben eigenartigen Vergangenheit. Vielleicht wären sie dem Drachen gar nicht begegnet, wenn Kay nicht bei ihnen gewesen wäre. Dando wäre vielleicht noch am Leben.

Der Schlaf kommt schnell, trotz der Härte des Bodens. Sie hört Weinen und Flüstern in der Dunkelheit. Ein Teil von ihr erwartet, dass Dando gleich herübertappt und sich zu ihr legt, wie er es im Lager manchmal gemacht hat. Im Schlaf denkt sie ein- oder zweimal, dass er neben ihr liegt, sich an sie kuschelt, sie spürt sein Gewicht und seine Wärme auf ihrem Schlafsack. Doch wenn sie die Hand ausstreckt, um ihn zu streicheln, stellt sie fest, dass er nicht da ist.

Schließlich wacht Mariam zum Geruch von Gras und dem Anblick von Tageslicht auf, das durch die zerbrochenen Fenster hereinströmt. Sie fühlt sich genauso müde wie zuvor.

Es ist schwer zu sagen, in was für einem Gebäude sie sich befinden. Die Fenster sehen alt aus, Baumäste wachsen durch die zersplitterten Scheiben herein. Die Wände bestehen aus gestrichenen Betonziegeln, von denen die Farbe abblättert. In einer Ecke des Raums steht eine Art Burg aus Plastik, als wäre dort ein Spielbereich für Kinder. Aber der Boden ist harter Beton und die Decke ein Durcheinander aus Metallstangen und Wellblech. Überall haben Leute ihre Tags gesprüht. Zwanzig verschiedene Namen und Spitznamen. Einer davon ist *AMBROSE*, wie im Bunker.

Der Grasgeruch kommt von Willow und Teoni. Das ist normalerweise die Zeit, zu der sie aufstehen und Dando füttern, Energieriegel in seine kleine Schale drücken und das Ganze für ihn verrühren. Doch heute nicht. Sie sitzen einfach nur in ihrem großen Doppelschlafsack und rauchen gemeinsam einen Joint. Willow winkt ihr mit bedrückter Miene zu. Teoni hat die Arme um sich geschlungen und starrt auf den Boden. Kay scheint noch nicht zurück zu sein, wo auch immer er hin ist. Roz und Bronte schlafen auf der anderen Seite des Raums noch. Und nirgendwo eine Spur von Regan. Nicht einmal von ihren Sachen oder ihrem Schlafsack.

»Hat irgendwer Regan gesehen?«, fragt Mariam.

Willow zuckt mit den Schultern. »Nicht, seit ich aufgewacht bin.«

Mariam spürt, wie sich eine Leere in ihrem Bauch ausbreitet. »Ist sie mit uns hierhergekommen? Haben wir sie da draußen zurückgelassen?«

»Ich weiß es nicht«, sagt Willow. »Es war dunkel. Weiß der Geier, was passiert ist.«

»Ich ...«, sagt Mariam. »Ich suche mal draußen nach ihr.«

»He, keine Panik, Mäuschen. Sie ist vielleicht nur früh aufgestanden und sucht jetzt nach Pilzen oder so. Du weißt doch, wie sie ist.«

Mariam ist nicht überzeugt und sitzt noch einen Moment lang da, bis sie ihre Stiefel wieder anzieht. In diesem Raum sind zu viele grelle Emotionen für so früh am Morgen. Trauer und Panik und Verwirrung. Sie braucht Raum und Luft und irgendeinen Ort, wo sie schreien kann, ohne jemanden aufzuwecken.

Als sie durch den offenen Türrahmen hinaustritt, muss sie sich eine Hand vor die Augen halten, weil die Sonne sie so blendet. Draußen ist alles überwuchert, wie auf einem verlassenen Flugplatz, eine ebene Betonfläche, in der sich Pflanzen durch die Risse geschoben haben. Doch auf der anderen

Seite des Platzes erheben sich vor der grellen Sonne drei weiße Turmspitzen. Die Mauern und Türmchen eines Märchenschlosses. Jemand hat es dort vor langer Zeit mitten ins Nirgendwo gebaut.

Das ergibt keinen Sinn. Andererseits macht in letzter Zeit kaum etwas Sinn. Mariam geht ein paar Schritte auf die Betonfläche hinaus und bleibt stehen, um zu horchen. Es ist die Zeit am frühen Morgen, wenn die Welt stumm sein sollte, wenn nur die Vögel zwitschern sollten. Aber es gibt nicht mehr allzu viele Vögel, die zwitschern könnten. Sie hat das Gefühl, als müsse sie sich in der schweren Stille leise bewegen, um die Welt nicht zu stören. Als könnte sie mit einem lauten Schritt den Drachen aus dem Nichts herbeirufen.

Schließlich kommt Willow nach draußen und legt einen Arm um sie. Sie stehen da und starren gemeinsam auf das weiße Schloss. Verspüren die gleiche tiefe Erschütterung.

Willow zieht nachdenklich an ihrem Joint. »Weißt du«, sagt sie, »ich könnte mich täuschen, aber ich glaube, ich war als Kind hier. Vor langer Zeit.«

»Was ist das?«

»Nur ein blöder Camelot-Themenpark. Hier gab es eine Drachen-Achterbahn.«

»Krass.«

»Das ist nicht weit weg von da, wo wir vorher waren. Gleich neben dem M6, glaube ich. Immer noch in Lancashire.«

Willow bietet Mariam den Spliff an, aber sie schüttelt den Kopf. Vorläufig will sie einen klaren Kopf behalten. Es scheint ihr nicht der richtige Moment zum Relaxen zu sein.

»Das mit Dando tut mir leid«, sagt sie.

Willow seufzt betrübt in Richtung Boden. »Danke. Es ist, wie es ist.«

»Wird Teoni damit klarkommen?«

»Nicht allzu bald. Ich werde ihr etwas Zeit für sich selbst geben.«

»Gut.«

»Sie hat diesen Hund wirklich geliebt.«

»Ich weiß.«

»Scheißdrache.«

»Ja.«

»Ich meine, verdammt«, sagt Willow. »Wie geht es dir mit der Tatsache, dass Drachen existieren? Mir geht es damit nicht besonders gut, wenn ich ehrlich bin.«

Mariam betrachtet ihre Füße. Dann blickt sie über den Asphalt, auf die Bäume. Sie versucht zu sprechen, doch ein Kloß steckt in ihrer Kehle. Sie presst die Augenlider zusammen, um die Tränen zurückzuhalten. Erst als Willow ihren Rücken reibt, bricht sie in Schluchzen aus.

»Das ist alles meine Schuld«, sagt sie.

»Wie in aller Welt kann das deine Schuld sein?«

»Ich wusste es«, sagt sie. Ihre Stimme klingt seltsam und tief vom Weinen. »Das mit dem Drachen. Ich habe ihn freigelassen, als ich die Fracking-Anlage gesprengt habe. Ich habe gesehen, wie er davongeflogen ist. Hätte ich damals nicht so einen Scheiß angestellt, wäre er jetzt immer noch unter der Erde, oder wo auch immer, und Dando wäre noch hier ...«

»Komm her«, sagt Willow und schließt sie in die Arme. »Red' keinen Unsinn. Du hast doch nicht gedacht: ›Oh, ich sollte das hier lieber nicht in die Luft jagen, weil sonst ein Drache aus dem Boden schießen könnte.‹ Oder? Du hättest schon eine verdammt gute Hellseherin sein müssen, um zu wissen, was geschehen würde.«

Mariam schnieft an Willows Schulter. »Wahrscheinlich hast du recht.«

»Aber du hättest uns vielleicht ein wenig früher von diesem Drachen erzählen können.«

»Ihr hättet mir nicht geglaubt.«

»Vielleicht nicht. Aber hör mal. Du solltest dir nicht die Schuld an Sachen geben, die nicht deine Schuld sind. Verstehst du?«

»Ja.«

»Die Welt ist verrückt geworden, und du gibst dein Bestes. Das ist alles, was zählt.«

Sie trocknet ihre Augen und nickt. Dankbar, jemanden zu haben, der sie immer noch umarmt und möchte, dass es ihr trotz allem besser geht.

»Danke«, sagt sie.

»Selbstverständlich«, sagt Willow. »Lust auf einen Spaziergang? Vielleicht finden wir Regan. Ich würde mir gern die Beine vertreten.«

Mariam hat nichts dagegen einzuwenden. Sie gehen langsam über den Beton hinaus. Das Ganze fühlt sich an wie die Kulissen eines Cowboyfilms, ein leerer Platz, der von niedrigen Gebäuden umgeben ist. Hinter der rissigen Fassade von Camelot steht nur ein riesiger leerer Metallkasten, wie eine Baracke oder ein Lagerhaus, das in der Sonne verrostet. Was auch immer mal darin untergebracht war, ist jetzt fort. Die beiden wenden sich in eine andere Richtung, gehen tiefer in die Vegetation. Suchen sich einen Weg durch Schutt und zerbrochene Zäune. Das ganze Gelände wurde schon vor langer Zeit aufgegeben, auf den alten Fahrgeschäften wächst Farn. Falsche Türmchen und niedrige Mauern, die das Gestrüpp nicht zurückhalten können.

»Du hattest recht mit diesem Kay«, sagt Willow, während sie weitergehen. »Das muss ich dir lassen.«

Mariam klemmt sich eine Haarsträhne hinters Ohr. »Wie meinst du das?«

»Er ist ein nützlicher Kerl, wenn man in der Klemme sitzt. Anfangs wusste ich nicht, was ich von ihm halten soll, aber ...

wenn jetzt das verfickte Ende der Welt kommt und Drachen aus dem Nichts auftauchen, denke ich, dass wir jemanden wie ihn an unserer Seite haben sollten, oder?«

»Könnte sein«, sagt sie.

»Und er sieht auch gar nicht so schlecht aus.«

Mariam rümpft die Nase. »Er ist ... mindestens eintausend Jahre alt. Und im Moment habe ich in meinem Gehirn nicht einmal genug Platz, um über so etwas überhaupt nachzudenken. Ich weiß nicht, wie du und Teoni klarkommen.«

»Wir kommen sehr gut klar, danke. Und es hilft, dass ... Ach du Scheiße, schau mal!«

Mariam verspürt einen Stich Panik und erwartet, den Drachen zu sehen. Aber es ist nur ein Hirsch. Er kommt direkt vor ihnen aus dem Unterholz, etwa fünf Meter entfernt, unter einer alten Achterbahn. Er ist kein bisschen verängstigt oder auf der Hut. Wahrscheinlich, weil er nicht damit rechnet, hier auf Menschen zu stoßen. Sie stehen so still wie möglich da und beobachten, wie er an den Stellen grast, wo Pflanzen aus dem Beton wachsen. Dann hebt er den Kopf und sieht sie. Starrt sie panisch an.

»Ach, du Süßer! Keine Sorge, wir tun dir nichts, Schätzchen«, sagt Willow.

Aber der Hirsch will kein Risiko eingehen. Er stürmt davon, zurück ins Gebüsch.

»Na gut, tschüss«, sagt Willow. »Ich hoffe, er wird nicht vom Drachen gefressen.«

Mariam seufzt. »Aber das macht einen irgendwie nachdenklich. Würden wir alle einfach sterben, alle Menschen auf dem Planeten, dann sieht es vielleicht überall so aus wie hier. Grün und überwuchert. Überall Tiere. Und die Welt würde wieder heilen. Wir könnten aufhören, Ölförderanlagen in die Luft zu jagen.«

»Ja«, bestätigt Willow. »Aber dann wären wir tot.«

»Hm«, sagt sie. »Das hat manchmal seinen Reiz.«

»Vielleicht sollten wir diesen Drachen einfach eine Zeit lang herumfliegen lassen, damit er alle ermorden kann.«

»Es gibt schlechtere Ideen.«

Sie entdecken einen Wildpfad, wo der Betonweg von Moos überwachsen ist, und gehen unter einem Abschnitt der Drachen-Achterbahn hindurch, der sich in eine Art Spalier für hängende Reben verwandelt hat. Zwischen den Ruinen entdecken sie immer wieder Beine und Rümpfe aus Plastik, spröde und zerbrochen und von der Sonne ausgeblichen und grau. Willow ist high genug, das alles erkunden zu wollen. Sie nimmt Mariams Hand und führt sie über seltsame Pfade. Sie stoßen auf einen langen Metalltunnel, der früher Teil der Drachen-Achterbahn war und jetzt drinnen mit verblasstem Abfall übersät ist. Einer der kleinen Wagen steht verlassen da, er sieht aus wie ein Plastikdrache aus einem Cartoon. An den Wänden hängen Schilder, die in verschnörkelter Schrift die Geschichte von König Arthur erzählen. *Die Zauberin Morgan le Fay, getarnt als holde Maid, verhexte Arthur und seine Ritter. Die geheime Liebe von Lancelot und Guinevere wurde offenbart, und dies führte den Untergang von Camelot herbei.* Jemand hat das Wort »LÜGEN« darübergesprüht.

Das Ende der Achterbahn ist überwuchert, und sie müssen Brombeersträucher beiseiteschieben, um durchzukommen. Plötzlich bleibt Mariam stehen, weil sie wieder den Hirsch sieht, wie er nicht weit entfernt zwischen ein paar Bäumen steht. Und jemand kniet vor ihm, um mit ihm zu sprechen, ihn zu füttern oder seine Nase zu streicheln. Es ist wie eine Szene von einem Bildteppich, eingerahmt von Baumstämmen, besprenkelt mit Sonnenlicht, das durch die Blätter fällt. Die kniende Frau kommt ihr zunächst nicht bekannt vor. Doch dann verändert sich das Licht, und ihr Gesicht wird vertraut. Mariam traut ihren Augen nicht.

»Ist das Regan?«, fragt Willow leise.

»Ich glaube ja«, sagt Mariam. Sie will diesen Moment nicht stören. Sie verspürt das Bedürfnis, still zu sein, Regan zu beobachten, ohne selbst beobachtet zu werden.

»Na also!«, sagt Willow. »Es geht ihr gut. Kein Grund zur Sorge.«

»Ja ...«, sagt sie. Obwohl sie weiß, dass sie Erleichterung empfinden sollte, hat diese Szene etwas Seltsames. Auf sie hat der Hirsch zuvor so scheu reagiert. Jetzt frisst er Beeren aus Regans Hand.

Irgendwann schleichen sie sich leise davon, lassen Regan und den Hirsch zurück. Machen sich auf den Rückweg zu den anderen, grob in die Richtung, wo die weißen Türme stehen.

»Manchmal frage ich mich, wie sie das durchhält«, sagt Willow.

»Wie meinst du das?«

»Na ja, weiß der Geier, wie lange sie das schon macht. Seit Jahrzehnten. Versucht, die Welt zu retten und Dinge besser zu machen, während alles einfach nur schlimmer wird. Aber irgendwie bleibt sie dran. Findet irgendwo die Kraft.«

»Hm«, macht Mariam.

»Was soll ›hm‹ bedeuten?«

»Ich weiß nicht«, sagt Mariam. »Kriegst du nie ... seltsame Vibes von ihr?«

»Zum Beispiel?«, fragt Willow. »Ich weiß, dass sie ein bisschen oldschool ist, aber ich denke, sie ist ziemlich auf dem Laufenden. Hat mir nie irgendwelche Schwierigkeiten wegen Du-weißt-schon-was gemacht.«

»Nein, das ist es nicht. Es ... ist vielleicht nichts. Vergiss es.«

Sie finden zurück auf den leeren Platz vor dem weißen Schloss. Das Gebäude, in dem sie die Nacht verbracht haben, sieht von außen größer aus. Abbröckelnde weiße Farbe an den Wänden, und überall hängen hölzerne Schilde. Sie wagen sich wieder hinein.

Von Kay ist immer noch nichts zu sehen, aber die anderen sind wach, sitzen im Kreis zusammen und teilen die Rationsriegel auf. Bronte sieht aus, als wäre sie gedanklich tausend Kilometer entfernt. Roz schaut sich Landkarten und GPS-Daten an. Teoni raucht immer noch, mit einer Decke über ihren Beinen.

»Da seid ihr Scheißer ja«, sagt Teoni mit tiefem Grollen. »Hab mir Sorgen um euch gemacht.«

»Wir haben hier nur ein bisschen herumgeschnüffelt«, sagt Willow und kriecht zu ihr unter die Decke.

Sie sitzen eine Weile in betretenem Schweigen da und kauen Sojaproteinriegel. Dandos Abwesenheit fühlt sich immer noch neu und ungewohnt an. Mariam erwartet die ganze Zeit, dass er in den Raum getrottet kommt. Ihre Hände wollen so gerne seinen Rücken streicheln und sein weiches Fell spüren. Sie möchte leise seinen Namen sagen, während sie ihn hinter den Ohren krault und sieht, wie er lächelt.

Einige Zeit später kehrt Regan mit Nüssen, Beeren und Pilzen zurück, was ihr Frühstück etwas weniger deprimierend macht. Mariam hat keinen großen Hunger, aber sie nimmt sich trotzdem ein paar Beeren und zwingt sich zu einem Lächeln. Falls Regan vorhin gesehen hat, wie sie sie heimlich aus den Büschen beobachtet haben, lässt sie es sich jetzt zumindest nicht anmerken.

Roz legt die Karten weg und wischt sich mit einer Hand über das Gesicht. »Gut«, sagt sie. »Ich glaube, ich weiß, wo wir sind. Die Frage ist, ob wir immer noch nach Manchester gehen wollen.«

Willow sieht sie stirnrunzelnd an. »Warum bitte nicht?«

»Weil es sehr viel offenes Gelände zwischen hier und Manchester gibt«, sagt Roz, »wo wir von einem Drachen angegriffen werden könnten. Ich dachte mir, dass wir das vielleicht vermeiden wollen.«

»Macht Sinn«, sagt Willow.

»Wer interessiert sich zu diesem Zeitpunkt überhaupt noch für die anderen Rebellen?«, fragt Teoni. »Hier sind Drachen, hier ist Magie, es ist das Ende der beschissenen Welt. Was zur Hölle sollen wir daran ändern?«

»Hör auf, Baby«, erwidert Willow. »Sag so was nicht.«

Teoni schüttelt den Kopf. »Es ist doch eh schon alles im Arsch. Lasst uns einfach hierbleiben. Oder zum Lager zurückgehen. Oder was auch immer.«

Mariam reibt sich die Augen. »Kay hat einen Plan«, sagt sie. »Wir müssen nach Manchester gehen, um seine Freundin zu finden. Sie kann uns helfen.«

Roz schüttelt den Kopf. »Ich will ja kein Spielverderber sein, aber wir wissen immer noch nicht, wer er ist oder für wen er arbeitet. Nur weil er zaubern kann, heißt das noch lange nicht, dass wir ihm vertrauen können.«

»Er hat uns gerade vor einem Drachen gerettet«, sagt Willow. »Ich glaube, er ist cool.«

»Er ist keiner von uns«, sagt Roz. »Ich vertraue nicht darauf, dass er auf uns achtgibt.«

»Also, ich vertraue ihm«, sagt Mariam. »Ich weiß, dass das seltsam ist. Aber ich vertraue ihm trotzdem.«

»Ja, das ist seltsam«, sagt Roz. »Er wird nicht im Alleingang Abrakadabra die Welt retten.«

»Das weiß ich, aber ...«

»Nein, hör zu«, sagt Roz. »Die Menschen brauchen keine Ritter in strahlender Rüstung, die aus dem Nichts auftauchen und sie retten. Die Menschen müssen anfangen, sich selbst zu retten. Nur so kommen wir raus aus diesem Schlamassel. Nur so bringen wir den Planeten wieder in Ordnung. Indem wir uns alle zusammentun und uns selbst retten. Aber die

Menschen *wollen* das nicht machen, sie wollen jemand anderen, der es für sie macht. Wenn du einen Helden in der Nähe hast, musst du selbst nichts tun. Du kannst dich zurücklehnen und dich entspannen und ihm die ganze schwere Arbeit überlassen. Das befreit dich von der Verantwortung, es selbst in die Hand zu nehmen. Deshalb gefällt den Menschen die Idee eines Helden. Vielleicht hast du Kay deshalb gern in deiner Nähe.«

Etwas zerbröckelt in Mariams Brust, wie eine Sandburg in der Flut. Sie versucht, sie wieder aufzubauen.

»Das ist nicht wahr«, sagt sie.

»Wirklich nicht?«

»Er will helfen. Er möchte den Planeten retten, genau wie wir.«

Ausgerechnet in diesem Moment kommt Kay durch die Tür. Auf der Schulter trägt er einen toten Hirsch, den er mitten in den Raum wirft. Das Tier landet mit einem feuchten Klatschen auf dem Beton. In der Hand hält er eine Metallstange, die früher irgendein Teil des Parks gewesen sein muss. Jetzt ist ein Ende zugespitzt und voll Blut.

Bronte schreit und springt auf, zieht sich in eine Ecke des Raums zurück. Alle anderen bleiben, wo sie sind, zu entsetzt, um sich rühren zu können.

»Ich dachte, etwas Fleisch könnte vielleicht die allgemeine Laune heben«, sagt Kay, während er noch von seinen Strapazen keucht.

»Kay«, sagt Mariam. »Tut mir wirklich leid, dir das sagen zu müssen, aber wir sind alle Vegetarier.«

Kay runzelt die Stirn. »Was?«

»Wir essen kein Fleisch. Das ist schlecht für den Planeten.«

Er schaut verwirrt von ihr zum Hirsch. »Wie?«

»Er hat einen *Hirsch getötet*!«, jammert Bronte. Tränen strömen ihr übers Gesicht. Willow geht zu ihr, um sie zu umarmen und ein wenig zu beruhigen. Teoni starrt schweigend auf den Hirsch. Ein Tierkadaver ist das Letzte, was sie jetzt sehen will. Daran schein Kay nicht gedacht zu haben.

»Aber ...«, sagt Kay, der sich offensichtlich schwertut, die Situation zu begreifen. »Es ist ein Tier. Kein brennender Kraftstoff.«

»Nein«, sagt Mariam. »Aber ... mein Gott! Okay. Menschen fällen Bäume, damit sie Kühe halten können. Und sie benutzen Kunstdünger. Und die Kühe geben Methan ab, was genauso schlecht wie Kohlendioxid ist. Also essen wir kein Fleisch, aus Protest.«

»Aber das hier ist keine Kuh.«

Sie muss kurz die Augen schließen. »Nein, ich weiß, dass es keine Kuh ist.«

»Er hat nicht ganz unrecht«, sagt Regan. »Ein totes Tier an sich fügt dem Ökosystem keinen Schaden zu. Er hat keine Bäume gefällt oder Kunstdünger benutzt. Das Tier wurde nicht verarbeitet oder verpackt. Er hat es auf seinem Rücken hierher getragen. Ich denke, für unseren CO_2-Fußabdruck macht es keinen Unterschied, wenn wir es essen.«

»Das spielt keine Rolle«, sagt Roz. »Wir alle haben einen Eid geleistet, kein Fleisch zu essen, als wir der FETA beigetreten sind.«

»Oh«, sagt Kay. Bis jetzt wirkte er empört, verärgert, verwirrt. Jetzt weicht die Anspannung aus seinen Gliedern. »Also ist es ... wie ein heiliger Schwur?«

»Gewissermaßen«, sagt Mariam. »Wenn du es dir so vorstellen möchtest.«

Er nickt und schaut auf den Hirsch. »Nun gut. Ich will nicht, dass ihr meinethalben euren Schwur brecht. Ich bin mir aber nicht sicher, ob ich das ganze Ding allein essen kann.«

»Ich helfe dir«, sagt Teoni.

Damit haben alle am wenigsten gerechnet. Sie starren Teoni an, sie zuckt mit den Schultern.

»Mein Hund ist gerade gestorben«, sagt sie. »Ich darf ein Stück Hirschfleisch probieren, wenn ich möchte.«

»Okay«, sagt Kay. »Wenn jemand sehen will, wie man einen Hirsch häutet, dürft ihr gern zuschauen.«

Er packt den Kadaver an den Vorderhufen und schleift ihn durch die Tür wieder nach draußen.

Zwei Stunden später ist der Saal von Camelot mit Holzrauch und dem Geruch von gegrilltem Wildbret erfüllt. Kay hat etwas Fleisch für unterwegs eingesalzen und isst nun den Rest, kaut an einem großen Hirschschenkel. Regan hat ihre gesammelten Pilze für die anderen gekocht und mit ein paar Gewürzen verfeinert, die sie in ihrem Kräutervorrat versteckt hatte. Sie essen zwar nicht dasselbe Gericht, aber das Festmahl scheint sie zu beruhigen und lässt sie näher um das Feuer zusammenrücken.

Als Mariam mehr Pilze gegessen hat, als sie verdauen kann, wischt sie sich den Mund am Ärmel ab. Dann wendet sie sich an die Übrigen in der Gruppe.

»Also gut«, sagt sie. »Dieser Drache hat Dando getötet. Und er wird wahrscheinlich auch alle anderen auf dem Planeten töten. Und im Moment könnten wir die einzigen Menschen sein, die davon wissen. Statt das Ökosystem zu retten und Ölbohrplattformen und alles andere zu zerstören, denke ich also, dass wir es zu unserer Kernzielsetzung machen sollten, diesen Drachen zu töten.«

»Wir können ihn doch nicht *töten*!«, sagt Bronte.

Die anderen Schwestern schauen sie an und warten auf eine Erklärung.

Sie erwidert ihre Blicke voller Entsetzen. »Ich meine, es ist wahrscheinlich eine gefährdete Spezies.«

»O Gott!«, sagt Willow. »Bronte, *wir* werden die gefährdete Spezies sein, wenn wir keine Möglichkeit finden, dieses Ding zu töten.«

»Und wie genau sieht unser Plan aus?«, fragt Roz.

»Na ja, ich hoffe, dass Kay uns damit hilft«, sagt Mariam. »Aber ich denke, wir sollten nach Manchester gehen und den anderen Rebellen vom Drachen erzählen.«

»Heilige Scheiße!«, sagt Willow. »Ja, ich bin mir ganz sicher, dass wir damit gut ankommen. ›Hallo, Leute, wir sind die Ökoterroristen, die gerade die Fracking-Anlage in Preston gesprengt haben. Ach, übrigens, hier fliegt irgendwo ein Drache herum. Und das ist Kay, früher ein guter Kumpel von König Arthur, und jetzt sticht er Leute ab.‹ Das verschafft uns sicher eine großartige Verhandlungsposition!«

Roz brummt zustimmend. »Die Kommunisten werden uns für völlig verrückt halten.«

»Den Leuten aus Wales und Cornwall könnte es gefallen«, sagt Regan. »Dort gibt es viele alte Legenden über Drachen und Sachsen.«

»Es könnte schwierig werden, sie zu überzeugen«, sagt Mariam, »aber wir müssen es versuchen. Ich wüsste nicht, wie wir ihn ganz allein töten sollen.«

Sie blickt zu Kay, der nachdenklich am Hirschschenkel kaut. Er schüttelt den Kopf. »Sie wird sich nicht ohne Kampf ergeben.«

»Moment«, sagt Bronte. »Es ist eine Drachin?«

»Ja«, bestätigt Kay. »Die Weibchen sind größer.«

»Na ja … vielleicht können wir sie überzeugen, dass sie uns hilft«, sagt Bronte. »Findet ihr nicht auch, dass das voll das Gefühl von Empowerment wäre? Sie könnte sich unserem Kollektiv anschließen!«

»Bronte, ich schwöre dir bei allem, was mir heilig ist, ich werde dir …«, sagt Teoni.

»Mäuschen, ich glaube, den Zeitpunkt, mit ihr zu verhandeln, haben wir verpasst«, sagt Willow.

»Sie hat meinen Hund getötet«, sagt Teoni. »Dafür soll sie büßen.«

Mariam blickt zu Kay. »Weißt du, wie man sie töten könnte? Wenn du ihr wieder begegnest?«

»Na ja«, sagt Kay. »Mein Schwert würde nicht viel ausrichten, aber es gibt da etwas, womit es klappen könnte.«

»Supi«, sagt Willow. »Verrätst du uns, was das ist, oder ...?«

Kay seufzt. »Es gibt ein anderes Schwert, unten in Manchester. Wenn ich es finde, wäre ich vielleicht in der Lage, damit einen Drachen zu töten.«

Mariam sieht ihn blinzelnd an und fühlt sich auf seltsame Weise verletzt. »Warum erzählst du uns das erst jetzt?«

»Weil es Excalibur ist«, antwortet er. »Es ist das Schwert, mit dem König Arthur zurückgeholt werden kann. Und ich soll ihn wecken.«

Rund um das Feuer ist es für längere Zeit still. Kay wirft einen Hirschknochen über seine Schulter. Er landet klackernd an der Wand. Dando hätte sich sofort darauf gestürzt, wenn er nicht tot wäre.

»Bin ich die Einzige, die sich wundert, warum Excalibur im verfickten Manchester ist?«, fragt Willow schließlich.

»Ich wollte nichts sagen«, sagt Teoni.

»Nicht ganz«, sagt Kay. »Es ist ... na ja, Nimue hütet es. Die Herrin vom See. Und ich kenne einen Ort, wo ich vielleicht mit ihr reden kann. Aber ich möchte das Schwert nur benutzen, wenn es unbedingt notwendig ist.«

Mariam spürt, wie ihr Vertrauen an den Rändern etwas spröde wird. »Warum?«

»Alter!«, sagt Willow. »Willst du erst warten, dass alles noch schlimmer wird?«

»Ja, König Arthur zurückholen«, sagt Teoni. »Warum auch

nicht. Er kann ja kaum beschissener sein als die Leute, die im Moment das Sagen haben.«

»Du wärst überrascht«, sagt Kay.

Mariam mustert ihn skeptisch. »Also fuchtelst du einfach mit dem Schwert herum und rufst ›Abrakadabra‹, und schon springt König Arthur aus dem Boden?«

»Nein«, antwortet er. »Nicht ganz. Dazu braucht man noch ein paar andere Komponenten.«

»Aha«, sagt Regan lächelnd. »Molchaugen? Froschzehen?«

Kay scheint das gar nicht lustig zu finden. »Nein, nur das, was wir zur Hand hatten, als er starb. Stäbe und Ringe. Man braucht nur zwei von diesen Sachen, damit es funktioniert. Aber eben auch Excalibur. Und das Blut eines toten Königs.«

»Oh«, sagt Willow. »Mehr nicht?«

»Das war Merlins Idee«, sagt Kay. »Es sollte nicht zu einfach sein. Nicht jeder sollte imstande sein, ihn zurückzuholen.«

Draußen weht ein seltsamer Wind und pfeift durch die zerbrochenen Fenster. Äste scharren an den verdreckten Scheiben. Kay wirkt angespannt, verletzlich. Als würde er es bereuen, das Gespräch in diese Richtung gelenkt zu haben. Mariam räuspert sich und versucht, ihm zu Hilfe zu kommen.

»Das ist also unser neuer Plan«, sagt sie. »Wir gehen zur Konferenz in Manchester. Und während wir mit den Rebellen reden, schauen wir, ob wir Kays Freundin finden und dieses Schwert kriegen.«

»Klingt gut«, sagt Willow. »Wer stimmt dafür, ›den verfickten Drachen erschlagen‹ als eins unserer Kernziele festzulegen?«

Fast alle Hände gehen hoch, bis auf die von Roz und Bronte. Dann seufzt Roz und hebt ebenfalls die Hand.

Mariam muss grinsen. »Wie lautet unsere neue Kernzielsetzung?«

»Den Drachen erschlagen.«

»Nein! Den *verfickten* Drachen erschlagen!«

»Und wenn das nicht klappt, holen wir König Arthur als Plan B«, sagt Teoni.

Mariam sieht Kay lächelnd an, aber er lächelt nicht zurück. Er starrt mit finsterer Miene ins Feuer.

13

LANCELOT WACHT UNTER DEM TISCH AUF, NICHT
unter seinem Hügel. Er liegt mit der Wange in einer
kleinen kalten Pfütze seiner eigenen Kotze. Seine Ge-
lenke schmerzen von den harten Bodendielen des
Gasthauses. Er ist nicht gestorben. Es fühlt sich nur
so an.

Er braucht einen Moment, um sich zu erinnern, wo er ist
und warum er dort ist. Dann kehrt die Trauer zurück, fällt
schonungslos und mit voller Wucht über ihn her, wie ein an-
greifender Oger.

Er stöhnt. Er bewegt sich vorsichtig, sein Kopf dröhnt wie
eine Trommel, sein Mund schmeckt wie ein Dachsarschloch.
Sein Magen knurrt nach Essen oder Kaffee. Er schafft es, seinen Kadaver in eine kraftlose kniende Haltung hochzuhieven,
fast, als wolle er Gott um Vergebung bitten. Die Buntglasfens-
ter des Pubs strahlen im Morgenlicht.

Vielleicht wäre Beten wirklich eine gute Idee. Zur Reini-
gung. Zur Entgiftung. Aber er weiß ohnehin, dass er in die
Hölle kommt.

Als er sich erinnert hat, wie man steht, geht er zu den Toiletten, um sich ein wenig frisch zu machen, aber es gibt kein
fließendes Wasser. Er findet ein paar übrig gebliebene Papier-
handtücher, mit denen er sich die schlimmsten Reste Erbro-
chenes vom Gesicht und von der Kleidung wischt. Er starrt

sein jämmerliches Spiegelbild an, bis er den Anblick nicht länger ertragen kann.

Es hat keinen Sinn, länger an diesem furchtbaren Ort zu bleiben. Er muss das Schwert finden und den Drachen töten. Dann kann er vielleicht eine Weile wieder tot sein. Er überprüft den Revolver, schnallt sich seinen Schild auf den Rücken und gürtet sein Schwert an die Hüfte. Dann dreht er Galehauts Ring an seinen Finger und küsst den Stein mit fest zusammengedrückten Augenlidern. Macht sich auf den Weg durch das kalte Kellergeschoss und tritt hinaus ins Licht.

Das Motorrad ist noch da. Niemand hat es gestohlen oder die Reifen aufgeschlitzt. Gibt es niemanden mehr in diesem Teil von Britannien? Sind alle irgendwo in einem Lager? Sind alle tot? Lancelot kennt die Antworten auf diese Fragen nicht. Er steigt einfach auf das Motorrad und wirft es an. Lässt das schreckliche Gasthaus hinter sich, ohne noch einmal zurückzuschauen.

Er hört so lange Weather Girls, bis er sich die Kopfhörer herunterreißen muss. Er treibt den Motor bis an seine Grenzen. Fliegt an überfluteten Feldern und toten Wäldern vorbei, durch die verdorbenen Gefilde. Als könnte er irgendwie den Kummer und den Herzschmerz hinter sich lassen, wenn er nur schnell genug fährt.

Es hilft ihm, sich auf die Route zu konzentrieren. Er will den alten römischen Straßen folgen, so gut es geht, bis nach High Cross, wo einst die Festung von Venonis stand, die inzwischen verschwunden ist. Dann nach Westen gen Uriconium, der alten Hauptstadt von Powys. Von dort nach Norden zur Stadt der Legionen und weiter nach Norden bis Mamucium. Kays alte Burg im schäbigen Norden.

Es ist schwer, dem Kummer in einem Land zu entfliehen, das so von seiner Vergangenheit heimgesucht wird. Der Boden ist auf Schritt und Tritt mit Erinnerungen getränkt.

Nach Manchester fahren heißt, auf seine Schuldgefühle zufahren. Schuldgefühle, für die er neben seiner Trauer gerade keinen Platz hat.

Eigentlich ist da nichts, wofür er sich schuldig fühlen sollte. Der Krieg ist, wie er ist. Chaos wird entfesselt, und die Menschen bekommen die Konsequenzen ihrer Entscheidungen zu spüren. Kay hat sich für die falsche Seite entschieden. Er scheint sich immer für die falsche Seite zu entscheiden. Maud und Stephen. Charles und Cromwell. Arthur und Gwenhwyfar. Und auch jetzt steht er wieder auf der falschen Seite. Und dafür wird er sich den Konsequenzen stellen müssen.

Er fährt nach Westen bis Powys, bis er in der Ferne den Uricon sehen kann, wie er einsam und hoch über den neuen Städtchen und alten Feldern steht. Der Hügel, auf dem König Charles seine Reiter für den Krieg gegen das Parlament aufstellte. Der Hügel, den Druiden in den alten Tagen für ihre Kulte benutzten. Jetzt ist der Weg durch klobige Kriegsmaschinen versperrt, die über die Straße in seine Richtung rumpeln. Ihre Auspuffrohre lassen die Luft flimmern. Er hält an, um ihnen den Weg frei zu machen, doch dann kommt der gesamte Konvoi zum Stillstand. Ein einzelner Söldner streckt den Kopf durch eine Luke.

»Nettes Motorrad, Alter!«, sagt der Soldat.

»Danke«, murmelt er.

»An deiner Stelle würde ich hier umdrehen. Ein Stück weiter, und du bist in Wales.«

»Und?«, erwidert Lancelot entrüstet. »Ich war schon mal in Wales.«

»Da sind diese Irren vom New Gwynned«, sagt der Soldat. »Jetzt haben sie Shrewsbury und Chester eingenommen. Sie stehen da hinten an der Straße und schießen auf jeden, der englisch aussieht. Wir ziehen uns zurück!«

Lancelot betrachtet die Kriegsmaschinen, sie sind mit Einschusslöchern übersät. Es wäre eine Schande, wenn das Motorrad Kratzer abbekommt. Und seine Tankanzeige ist bereits recht niedrig. Er würde lieber nicht auf feindlichem Territorium tanken müssen.

»Danke für die Warnung«, sagt er.

Er wendet das Motorrad und fährt eine Weile über schmale Landstraßen nach Norden. Bis er hoffnungslos verloren ist und auf einem Grasstreifen anhalten muss. Um Lawrences alte Karte auszupacken und sich zu orientieren. Um mit einem Bleistiftstummel seine neue Route zu planen.

Anzuhalten war ein Fehler. Sobald er den Motor abgestellt hat, holt ihn die Trauer ein. Er überlegt, ob er es noch einmal mit dem Revolver probieren soll. Aber nein. Er kann genauso gut zuerst diese verdammte Mission hinter sich bringen. Diesen Drachen töten. Kay zu Tode prügeln, wenn ihm dafür Zeit bleibt. Das hätte etwas Therapeutisches. Dann könnte er wieder schlafen. Hundert Jahre lang schlafen. Und das alles vergessen.

Laut Lawrences Karte gibt es eine Tankstelle gleich außerhalb von Nantwich. Dort ist auch eine Kirche mit der Anmerkung »Wunderbare Akustik« eingezeichnet, aber eine Tankstelle wäre im Moment hilfreicher.

Nantwich war früher Nametwych, die heilige Quelle der Druiden. Lancelot hat dort in einer Schlacht während des Krieges zwischen Charles und Cromwell gekämpft. Damals war es nicht mehr als ein armseliges Dorf. Jetzt ist es eine Geisterstadt. Die Tankstelle ist eine verkohlte Ruine aus verbogenem Metall. Jemand hat etwas auf den Asphalt gesprüht, die Worte FETA und KLIMAGERECHTIGKEIT.

Er seufzt. Was für ein Krieg ist das? Im Krieg Charles gegen Cromwell hat er zumindest die Ausgangssituation verstanden, die *raisons de guerre*. Leute, die für ihren König kämpfen, oder schmierige Männer wie Cromwell, die nur für sich selbst kämpfen. Aber die Menschen finden immer wieder neue Gründe, neue Anlässe, sich gegenseitig umzubringen und Chaos zu stiften. Jetzt hat er kein Benzin mehr, und das nur, weil irgendein Idiot versucht hat, die Welt zu verbessern. Er fährt trotzdem los, auf dem letzten Tropfen, um zu schauen, wie weit er kommt. Immer nach Norden. Vorbei an niedrigen Hügeln und braunen Heckenreihen. Vorbei an einer riesigen Metallschüssel, die auf den Himmel gerichtet ist. Er hat keine Ahnung, welchem Zweck sie mal gedient haben mag. Jetzt sieht sie alt, rostig und verlassen aus. Es ist immer wieder schwer zu fassen, wie schnell sich Dinge ändern. Hier steht dieses großartige eiserne Wunderwerk, das er sich in den alten Tagen niemals hätte vorstellen können, und dann wurde es einfach aufgegeben und dem Verfall preisgegeben.

Ein kleines Stück südlich von Manchester findet sich Lancelot in einem netteren Teil der Gefilde wieder, der nicht so hart getroffen zu sein scheint wie anderswo. Zu beiden Seiten der Straße stehen noch grüne Bäume, deren Blätter sich über ihm berühren. Das tröstet ihn ein wenig, aber nur für etwa fünf Sekunden, bis das Motorrad zu stottern beginnt. Er hält an und stellt den Motor ab, bevor das Benzin restlos verbraucht ist, dann klappt er den Ständer aus. Er setzt sich auf das Motorrad, mitten auf der Straße. Die Bäume rascheln leise über seinem Kopf.

»Mist«, sagt er zu sich.

Es fühlt sich unter seiner Würde an, zu Fuß nach Manchester zu gehen. Aber er sieht letztlich keine andere Möglichkeit. Er will das Motorrad nicht zurücklassen, damit jemand es findet und ausschlachtet, also packt er es am Lenker und schiebt es die Straße entlang. Nach Norden, unter den Bäumen durch. Er ist immer noch durstig und verkatert, aber das ist nicht völlig unangenehm. Die Bäume spenden ihm etwas

Schatten. In der Luft liegt ein süßer und erdiger Geruch, nicht nach Dung oder verbranntem Diesel, sondern nach unberührter Natur. All das Chaos scheint auch zu erlauben, dass die Gefilde an einigen Stellen wieder verwildern. Das kann nichts Schlechtes sein.

Es dauert nicht lange, bis ihn das Motorrad nervt. Lawrence würde nicht wollen, dass er es zurücklässt, aber allmählich wird es lästig. Bei Pferden war es zumindest nicht nötig, sie zu schieben, wenn sie müde wurden. Man konnte einfach anhalten und sie grasen lassen, damit sie wieder zu Kräften kommen. Damit hätte man bei einem Motorrad weniger Erfolg.

Die Trauer steigt wieder in ihm auf, während er so vor sich hin läuft. Trauer hinter ihm und Schuld vor ihm. Menschen tot, die nicht tot sein sollten. Menschen am Leben, die nicht mehr am Leben sein sollten. Wie er. Diese endlose Farce. Wie wird sie enden? Jemand könnte kommen und auch seinen Baum fällen, wenn er Glück hat. Um darauf einen Pub zu bauen. Aber was wird dann mit ihm geschehen? Wäre er für immer unter der Erde gefangen? Oder wäre der Bann endlich gebrochen, sodass er zum Himmel emporschweben könnte? Oder in seinem Fall wohl eher in die entgegengesetzte Richtung.

Lancelot würde gern wissen, was mit Galehaut passiert ist. Er würde gern wissen, ob es jemanden gibt, den er fragen könnte. Aber den gibt es natürlich nicht. Es gibt nur die Straße vor ihm, die Sonne, die auf ihn herabbrennt, und den Wind, der in den Bäumen flüstert.

Er hält an einer Tafel mit einem Eichenblatt und der Aufschrift ALDERLEY EDGE an. Dann nimmt er seinen Schild vom Rücken und schnallt ihn an das Motorrad. Er zieht auch die Jacke aus. Sein Hemd klebt vom Schweiß an seinem Rücken und wird am Kragen schon nass. Er rollt die Ärmel hoch und wischt sich die Stirn mit einem Taschentuch ab. Ihm kommt der Gedanke, dass er seine Seele für ein Glas Ale verkaufen würde.

Als er wieder aufblickt, sieht er am Straßenrand einen Pub. Er hätte schwören können, dass der kurz vorher noch nicht da war. Es ist kein hässlicher neuer Pub wie der in Hertfordshire, sondern eher wie einer aus der Zeit des Krieges gegen Napoleon. Alt und überwuchert und weiß gestrichen, mit großen quadratischen Fenstern. Noch bemerkenswerter ist jedoch, dass draußen auf dem Parkplatz ein weißes Pferd angeleint ist. Das Tier starrt ihn an.

»Echt jetzt?«, sagt er höhnisch.

Doch er fällt nicht darauf herein. So was passierte in den alten Tagen öfter. Märchentavernen, die mitten im Wald aus dem Boden schossen, sobald man Durst hatte. Oder wenn das Pferd lahmte und man eine Weile durch die Wildnis streifte und dachte, dass man Christus abschwören wird, wenn irgendein alter Gott einem ein Reitpferd schickt – und plötzlich tauchte eins auf, als wäre es aus einem Loch im Boden heraufgetrottet. Christus, der einen prüfte. Oder die alten Götter, die einen auf ihre Seite locken wollten. Oder irgendeine andere Macht, die einen in der Not ausnutzen wollte.

Dieses Pferd ist vermutlich ein Dämon und wird, sobald er aufgestiegen ist, in den nächsten See galoppieren, um ihn zu ertränken. Das Ale im Pub wird ihn vergiften. Er sollte das Ganze einfach ignorieren und weitergehen. Ein Stück weiter könnte es einen besseren Pub geben. Als Belohnung von Christus, dass er der Versuchung widerstanden hat. Auch das passierte früher manchmal.

Oder vielleicht ist es einfach nur ein Pub, vor dem ein Pferd angebunden wurde, und die Sonne ist ihm zu Kopf gestiegen.

Als er das Motorrad näher heranschiebt, sieht er, dass der Pub den Namen *The Wizard Inn* trägt. Über der Tür ist ein Gemälde einer Gestalt, die Merlin ziemlich ähnlich sieht. Und jemand hat draußen ein Schild aufgestellt. KEINE KOMMUNISTEN ODER ÖKOSPINNER steht da, mit Kreide geschrieben.

Das klingt ganz nach seinem Geschmack. Und schließlich braucht er wirklich ein Pferd. Vielleicht ist es das Risiko wert.

Er rollt das Motorrad auf den Parkplatz, und die Stute kommt ihm näher, so weit die Leine reicht. Früher hätte man sie vielleicht als Zelter bezeichnet, wenn er nach ihrem Körperbau geht. Ein gutes Kurierpferd oder ein sogar noch besseres Reittier für die Jagd. Sie hat ein sehr schönes Fell mit nur ein paar Flecken an den Flanken. Als Lancelot das Motorrad aufgebockt hat, verbringt er ein wenig Zeit damit, sie zu tätscheln. Was macht sie ausgerechnet hier? Früher waren vor Tavernen oft Pferde angebunden, aber er dachte, das hätte irgendwann aufgehört, seit es überall Kraftfahrzeuge gibt. Aber vielleicht ist ein Pferd sogar sinnvoll, wenn so ein Chaos in den Gefilden herrscht und man kaum noch Benzin findet. Seiner Meinung nach wäre es gar keine schlechte Sache, wenn die Leute wieder auf Pferde umsteigen, um von einem Ort zum nächsten zu gelangen.

Er geht zur Vorderseite des Pubs, aber an der Tür zögert er kurz, der gemalte Zauberer starrt auf ihn herab. Das hier könnte eine schlechte Idee sein. Aber er trägt sein Schwert an der Hüfte und Lawrences Revolver an der Seite. Er ist sich zwar nicht sicher, was .455-Patronen gegen Feen ausrichten können, aber mit dem Gewicht der Waffe fühlt er sich besser.

Als er die Tür aufdrückt, sind drinnen überhaupt keine Feen – zumindest sieht er keine. Allerdings ist das genau das Problem mit Feen. Sie sehen nie aus wie Feen. Was er sieht, sind Einheimische mit flachen Mützen, die ihn über ihre

Biergläser hinweg mit finsterem Blick mustern. Wenn sie Feen sind, sind sie gute Schauspieler.

Der Laden ist auf gemütliche Weise altmodisch. Balken und Holzvertäfelung und geschmackvolle Einrichtung. Messingschilder an den Wänden. Viel besser ausgestattet als dieses andere Wirtshaus im Süden. Es ergibt keinen Sinn, dass es hier einen geöffneten Pub gibt, in dem Bier ausgeschenkt wird, während überall sonst in den Gefilden das Chaos ausgebrochen ist. Aber selbst wenn es eine Feentaverne ist: Es ist ihm egal. Und vielleicht ist es einfach nur das, wonach es aussieht. Selbst wenn Krieg und Verderben und Not in den Gefilden herrschen, gibt es immer noch Männer mit Schiebermützen, die in Pubs sitzen und Neuankömmlinge mit finsteren Blicken empfangen. Das ist ein auf seltsame Weise ermutigender Gedanke.

Der Wirt könnte regionale Schielwettbewerbe gewinnen. Lancelot geht mit einem aufgesetzten Lächeln zu ihm.

»Guten Morgen!«, begrüßt er ihn.

»Ich glaube nicht, dass ich Sie hier schon mal gesehen habe«, sagt der Wirt.

»Nein, ganz sicher nicht«, sagt Lancelot. »Meinem Motorrad ist das Benzin ausgegangen. Sie haben nicht zufällig welches, oder?«

»Nein«, sagt der Wirt. »Wir sind ne Kneipe, keine Tanke.«

»Nun gut. Servieren Sie Essen?«

»Manchmal.«

Lancelot vermutet, dass jetzt keine solche Zeit ist. Er versucht, seinen Hunger zu ignorieren und sein Lächeln aufrechtzuerhalten. »Dann nehme ich vielleicht nur einen Drink. Was hätten Sie anzubieten?«

»Wir haben nur Lionheart«, sagt der Wirt. »Heutzutage gibt es nix anderes mehr. Neue Ausschankgesetze.«

Die Zapfanlage auf der Theke ist mit dem weiß-roten

Saint-George-Kreuz dekoriert. Die Standarte der Genuesen, die englische Könige aufschnappten, als sie mit den Kreuzzügen nach Jerusalem zogen. Lancelot wird nie verstehen, wie sie zur Flagge von England werden konnte. Auf dem roten Streifen steht LIONHEART und darunter ENGLISH ALE. Ganz unten heißt es in kleiner Schrift *Gebraut in Massachusetts*.

»Reizend«, sagt er. »Dann nehme ich ein Pint davon.«

»Das wären vierundzwanzig Pfund neunzig.«

Lancelot stutzt. »*Wie* viel?«

Der Wirt zuckt mit den Schultern. »Inflation.«

Er schluckt seine Empörung hinunter und fischt eine Lederbrieftasche aus seiner Jacke. Marlowe stattet ihn für gewöhnlich mit etwas Bargeld aus, wenn er auf den Beinen ist. Er klatscht ein paar Banknoten auf die Theke.

»Nur kontaktlos«, sagt der Wirt.

»Was bedeutet das?«, fragt Lancelot.

»Das bedeutet, dass wir kein Bargeld nehmen. Und wenn Sie mir noch mal in diesem Tonfall kommen, fliegt Ihr Arsch hier hochkant raus.«

Er starrt in seine Brieftasche, als könnte er darin eine Antwort finden. Aber da ist nur ein Stück Plastik und ein paar Hundert Pfund Papiergeld. Er nimmt etwa fünfzig Pfund raus und schiebt sie dem Wirt zu. »Wie wäre es damit? Der Rest ist Trinkgeld.«

Der Wirt grummelt, aber dann steckt er das Geld ein. Er zapft ein Pint von dem Lionheart-Zeug in ein hohes Glas ohne Henkel, keiner dieser Krüge mit Augen, an die er sich aus dem letzten großen Krieg erinnert. Aber sie könnten es ihm auch in einem Schuh servieren, es wäre ihm egal. Er nickt zum Dank und hebt das Glas an die trockenen Lippen. Stillt seinen Durst.

Dann verzieht er das Gesicht. Irgendwas muss beim Brauen

schiefgegangen sein. Oder vielleicht ist es auf dem Weg von Amerika hierher sauer geworden. Er hatte schon besseres Ale in alten Herbergen mit Stroh auf dem Boden, wo man direkt aus dem Gemeinschaftstopf über dem Feuer aß.

»Wie nennt man das hier?«, fragt er.

Wieder ein Schulterzucken. »Fortschritt.«

»Ich bin mir nicht sicher, ob es mir schmeckt.«

»Schmeckt niemandem.«

Lancelot starrt finster auf das Bier. Er kann sich nicht dazu überwinden, es auf den Boden zu schütten, schließlich hat er genug Geld hingelegt, um damit einen gefangenen König freizukaufen. Also setzt er sich an die Theke und trinkt sein furchtbares Bier, während er es mit jedem Schluck mehr bereut. Der Wirt beobachtet ihn.

»Sind Sie ein Zauberer?«, fragt Lancelot schließlich.

»Nein, ich bin Gastwirt.«

»Warum heißt der Pub dann *The Wizard Inn*?«

»Alte Minen in der Gegend«, sagt der Wirt. »Oben an der Edge. Da drin soll irgendwo ein Zauberer leben. Und ein ganzer Trupp Ritter, die in der Erde schlafen. Irgendwann wird die Zeit kommen, dass sie losreiten und England vor Gefahr retten. So heißt es in den Legenden.«

»Nun«, sagt Lancelot und lächelt jetzt. »Wenn das wahr ist, dann können Sie mir vielleicht helfen. Ich habe gesehen, dass Sie draußen ein Pferd haben.«

»Richtig«, sagt der Wirt.

»Ich frage mich, ob Sie es mir vielleicht verkaufen würden.«

Der Wirt reißt die Augen auf. »Passen Sie mal auf«, sagt er. »Was glauben Sie, wer Sie sind, dass Sie hier einfach hereinspazieren, mit Ihrem Bargeld herumwedeln und fragen, ob Sie mir mein Pferd abkaufen können? Das Pferd gehörte meiner Frau, bevor sie starb. Eher verkaufe ich meinen Arm, bevor ich auch nur im Traum dran denke, das Pferd abzugeben.

im Norden zusammenbraut. Aber hier ist dieser Mann, der sein Pferd versorgt, seinen eigenen Cider herstellt und seine Bar betreibt. Der sich um seine eigenen Angelegenheiten kümmert. Er könnte schon seit tausend Jahren hier leben und ungerührt zuschauen, wie sich die Gefilde um ihn herum verändern. Der Gedanke lässt ein ungewohntes Gefühl in Lancelots Herz aufsteigen, ein Gefühl, das er dort vor langer Zeit vergraben hatte.

»Umso mehr ein Grund, mir Ihr Pferd zu überlassen«, sagt er. »Keiner wird sie schlachten, solange ich sie reite.«

Der Wirt denkt darüber nach, schürzt die Lippen. »Sie werden auf sie achtgeben?«

»Selbstverständlich«, sagt Lancelot. »Als Gegenleistung können Sie auf das Motorrad achtgeben.«

Der Wirt nickt. »Ich verstecke es hinter dem Haus unter einer Plane. Dann wissen Sie, wo es ist, wenn Sie wiederkommen. Wie klingt das?«

»Das klingt perfekt«, sagt Lancelot.

Der Wirt beugt sich über den Tisch, und sie schütteln die Hände.

»Was auch immer ich tun kann, um einem Ritter von Camelot zu helfen«, sagt der Wirt. Und zum ersten Mal lächelt er tatsächlich. Sein rotes Gesicht verzieht sich zu einem Grinsen.

Lancelot lächelt höflich zurück. Es ist kein ganz aufrichtiges Lächeln, aber er wünscht sich, es wäre eins. Wann war er das letzte Mal glücklich genug, um zu lächeln? Verdammt, er kann sich nicht erinnern. Er scheint immer nur spöttisch oder höhnisch zu grinsen. Aber das macht die Unsterblichkeit wohl mit einem. Sie höhlt einen aus. Saugt einem alle Freude aus.

Als er sich satt gegessen hat, führt der Wirt ihn nach draußen. Sie bürsten das Fell des Pferdes, machen es bereit für den Ritt. Holen mit einem Hufkratzer Steinchen aus seinen Eisen. Lancelot schiebt die Superior zur Rückseite des Pubs, nimmt sich aus den Satteltaschen, was er braucht. Landkarte, Revolver, Kassettenspieler. Den Malory lässt er zurück. Aber Galehauts Ring behält er am Finger. Den wird er nirgendwo unbewacht liegen lassen.

Er würde sich gern einen Moment nehmen, um sich vom Motorrad zu verabschieden, aber dazu hat er keine Gelegenheit mehr. Der Gastwirt deckt die Maschine schon zu, belastet die Plane mit vier Ziegelsteinen. Dann räuspert er sich. Kratzt sich im Nacken. Wird plötzlich sentimental wegen des Pferdes.

»Sie heißt Rhiannon«, sagt er. »Meine verstorbene Frau hat ihr diesen Namen gegeben. Sie war aus Wales. Sie mochte all die alten Geschichten sehr.«

»Ah«, sagt Lancelot. Er bemüht sich, nicht zu laut zu seufzen. Es wäre auch zu viel verlangt, dass die Stute Beryl oder Schneeglöckchen heißt. Immer wenn er einem Pferd begegnet, muss es anscheinend gleich die Königin der Pferde sein. Immer wenn er aus einem Bach trinkt, muss es das Zuhause einer Wassernymphe sein. So war es schon immer. Seine Strafe, dass er einer von Arthurs Kriegern war. Es ist eher anstrengend als komfortabel.

Er schnallt sich den Schild wieder an den Arm. Der Wirt legt Rhiannons Zaumzeug an, sattelt sie, erklärt ihm, was sie mag und was nicht, wie oft am Tag er sie füttern sollte, wie schnell sie auf Straßen oder auf offenem Land laufen kann. Dann erinnert er sich, dass er im Pub noch ein paar Leckereien hat, also eilt er davon, um sie zu holen, und steckt sie in die Satteltaschen. Lancelot ist klar, dass er es hinauszögern will. Eigentlich möchte er sich nicht von diesem Geschöpf verabschieden. Er hat kalte Füße bekommen. Aber Lancelots Geduld ist begrenzt. Er steigt auf den Sattel, mit seinem Schild am Arm.

»Nun, äh, geben Sie acht, wohin Sie reiten«, sagt der Wirt. »Und verpassen Sie diesen Kerlen von der Free Stoke Army eine ordentliche Tracht Prügel, wenn Sie welche sehen. Und ich hoffe, dass Sie das alles in Ordnung bringen können, Sie wissen schon. Das ganze Chaos. Sie sind jederzeit an meinem Tisch willkommen. Ist zwar keine Tafelrunde, aber gut gedeckt. Und das gilt auch für Arthur, wenn er wieder im Lande ist!«

Lancelot weiß genau, was jemand wie dieser Mann hören möchte. Er setzt sein edelstes Lächeln auf und nickt wie ein Prinz. Hofft, dass die Sonne von hinten durch sein Haar scheint.

»Camelot ist Ihnen zu großem Dank verpflichtet«, sagt er.

Dann galoppiert er vom Parkplatz und die Straße hinunter.

Während er seinen Weg in den Norden fortsetzt, atmet er die Luft tiefer ein, genüsslicher. Genau das macht für ihn einen echten Engländer aus: Pferdehandel, Handschlag, häusliche Gastfreundschaft. Leute wie dieser Gastwirt sollten nicht erleben müssen, wie ihre Tavernen geplündert und ihre Pferde zu Hackfleisch verarbeitet werden.

Die Gefilde müssen repariert werden. So viel ist ihm klar. Wird es helfen, Kay zu töten? Diesen Drachen zu erlegen? Es könnte das Land davor bewahren, noch tiefer in den Ruin zu stürzen. Aber viel mehr wird es wohl nicht bringen, für das gemeine Volk zumindest. Kurz fragt er sich, ob er noch etwas anderes tun könnte, um zu helfen. Galehaut würde es wahrscheinlich von ihm erwarten.

Zwischen hier und Manchester liegt noch ein Stück hübscher Landschaft. Er setzt die Kopfhörer auf und spult die Kassette zurück, dann spornt er Rhiannon zu einem leichten Galopp an. Sie scheint zu wissen, wohin es geht.

14

DIESER FALSCHE CAMELOT-THEMENPARK IST BEI WEItem das Seltsamste, das Kay seit seiner Wiederauferstehung gesehen hat. Seltsamer als der gestiegene Meeresspiegel oder die surrenden Flugmaschinchen am Himmel.

Er hat nie verstanden, warum die Leute so große Stücke auf Arthur und Caer Moelydd halten. Das perfekte Königreich, regiert vom perfekten König. Wer hat die Leute auf diese Idee gebracht? Barden aus Wales und irgendwelche Leute, die viel später Geschichten darüber geschrieben haben. Als er mit den französischen Königen Englands auf Kreuzzug war, mit den Henrys und Richards, wollten sie alle wie Arthur sein. Sie formten ihr Auftreten und ihre Persönlichkeit nach der Vorstellung, die sie von ihm hatten. Churchill sprach mit großen Augen von Arthur, wie ein Schuljunge, der zu viele Märchen gehört hatte. Kay hat es nie übers Herz gebracht, ihnen die Wahrheit zu sagen. Sie hätten sie gar nicht hören wollen.

Einmal, in den sehr alten Tagen, kam er zurück nach Caer Moelydd geritten, und alle schwiegen, es war eine Stimmung wie auf einer Beerdigung. Es war Gawain, der ihm schließlich berichtete, was geschehen war. Arthur war zu einer Wahrsagerin gegangen, irgendeiner Vettel, die in ihrer Hütte Hühnerknochen auf den Boden warf. Sie sagte, in den Gefilden sei ein Kind geboren worden, das ihn eines Tages töten werde, und das Kind sei auf einen Namen getauft worden, der mit M beginnt. Arthur gefiel das gar nicht, und Kay war nicht da gewesen, um ihn wieder zur Vernunft zu bringen. Also schickte Arthur Reiter in seine Länder, damit sie nach christlichen Kindern suchen, deren Namen mit M begannen. Sie wurden den Armen ihrer Mütter entrissen und in Wagen gestapelt und bis nach Mona gebracht, der Insel der Druiden auf dem Meer. Arthur reiste selbst dorthin, um sich zu vergewissern, dass alles nach seinem Willen geschah. Sämtliche Kinder wurden auf ein Schiff verladen, eins der Drachenschiffe aus Arthurs Kriegsflotte. Das Schiff wurde mit Öl überschüttet und aufs Meer hinausgestoßen, dann mit brennenden Pfeilen beschossen. Das Ganze ging wie trockener Zunder in Flammen auf und brannte lichterloh. Und alle Kinder, die nicht verbrennen wollten, mussten ins Wasser springen und stattdessen ertrinken.

Gawain schaffte es, diese ganze Geschichte zu erzählen, ohne in Tränen auszubrechen. Nur ganz am Ende weinte er. Denn das Schlimmste daran war gar nicht das brennende Schiff oder die schreienden Kinder. Es war Arthurs Gesicht. Als Arthur zurück nach Caer Moelydd ritt und sich an den Runden Tisch setzte, genoss er sein Wildbret genauso ruhig und zufrieden, als wäre er soeben von einem erfrischenden Ausritt mit seinen Jagdhunden zurückgekehrt.

Kay kann sich nicht vorstellen, dass Churchill diese Geschichte gefallen hätte. Andererseits vielleicht doch. Vielleicht hätte sie ihm es noch leichter gemacht, seine eigenen schrecklichen Taten zu rechtfertigen. Städte bombardieren und Menschen im fernen Indien verhungern lassen. Wenn Arthur im Namen der Gerechtigkeit Kinder getötet hatte, warum nicht auch er?

Diese Gedanken gehen Kay durch den Kopf, während er

mit den anderen der breiten Straße nach Manchester folgt. Mariam und ihre Schwestern haben beschlossen, das Risiko einzugehen, bei Tageslicht zu reisen. Die Sonne brennt auf sie nieder. Sie würden lieber tagsüber auf Söldner stoßen als nachts auf weitere Drachen. Er neigt zur gleichen Ansicht. Und selbst wenn nicht, wäre es nicht leicht für ihn, sie zu überzeugen. Die Frauen sind inzwischen voll auf einer Linie. Der Kampf mit der Drachin und das anschließende Festmahl haben sie zusammengeschweißt und ihre Entschlossenheit gestärkt.

Mariam führt die Kolonne an, mit Roz an ihrer Seite, und beide planen, was sie tun und sagen wollen, wenn sie in Manchester sind. Kay hat wieder die Nachhut übernommen, hat sich ein Stück zurückfallen lassen, um alle im Auge zu behalten. Aber er wird immer müder. Er hat die ganze Nacht damit verbracht, umherzustreifen, Wache zu halten, Hirsche aufzuspüren. Seit dem Drachenkampf oder der Schlacht mit den wütenden Männern einen Tag zuvor hat er kein Auge mehr zugetan. Das letzte Mal hat er im Bunker geschlafen, bei Mariam, als er von Herne und Arthur und der Hand geträumt hat, die aus seiner Brust hervorbricht. Er möchte keine weitere Audienz bei Herne. Keine weiteren mitternächtlichen Besuche im düsteren Wald der Anderwelt, wenn er es vermeiden kann.

Vielleicht ist es töricht, ganz auf Träume zu verzichten, wenn er Mariam und ihre Schwestern beschützen will. Jetzt ist er träge, und ihm ist schwindelig. Er hat ein unangenehmes Gefühl in den Augen und Gliedmaßen. Schmerzen in der Brust, wo Mariam auf ihn geschossen hat. Schmerzen, wo die Keule ihn am Kopf getroffen hat. Am liebsten würde er sich in seinen Umhang einrollen und schlafen, aber er hat seinen Umhang nicht mehr.

Vielleicht können sie in Manchester schlafen. Seltsam,

nach so langer Zeit zurückzukehren. Wird man sie willkommen heißen? Werden sie zu essen bekommen? Einen Schlafplatz? In den alten Tagen gab es diesbezüglich Regeln, wenn man die Nacht unter einem fremden Dach verbrachte. Man bekam einen Becher Wein und einen Platz am Esstisch und eine Schlafstätte auf dem Stroh. So hieß er Fremde willkommen, als er der Herr von Mamucium war, vor so langer Zeit. Aber Manchester ist nicht Mamucium.

Sie gehen nach Süden weiter, bis sie auf der Straße vor sich eine Barrikade sehen, die von Soldaten bewacht wird. Keine Sachsen, soweit er erkennen kann. Ein bunter Haufen Partisanen mit Armbinden und verrückt gefärbtem Haar. Die Schwestern laufen einfach auf sie zu, ohne sich zu verstecken. Kay ist angespannt, wünscht sich, er wäre ausgeruhter. Er legt die Hand an den Schwertgriff, was auch immer das bringen soll. Diese Kommunisten tragen automatische Gewehre vor der Brust.

»Wir sind von der FETA«, sagt Roz zu einem Wachsoldaten.

»Wie der Käse?«, erwidert der Mann nach einer langen Pause.

»Wir sind eingeladen«, sagt Mariam. »Zur Konferenz.«

»Oh«, sagt der Soldat. »Ich frage mal nach.«

Schließlich werden sie nach Süden gebracht, durch die leeren Vorstädte am Rand von Manchester geführt. Jede dieser Ortschaften ist allein schon größer, als es Mamucium damals war. Aber inzwischen weitgehend verlassen, soweit er sieht. Dann werden sie stundenlang unter Bewachung in einem unbewohnten Haus festgehalten, während sie auf eine neue Eskorte warten. Kay fühlt sich mehr wie ein Gefangener als ein Gast. Willow wirkt ebenfalls angespannt. Ehemalige Soldatin. Das erkennt er aus einer Meile Entfernung. Gut zu wissen, dass es eine weitere Person gibt, die auf sich selbst aufpassen und zupacken kann, sollte es brenzlig werden.

Endlich trifft der Transporter für sie ein, ein Doppeldecker, quasi ein Enkelkind der großen Busse, die er während der letzten paar Kriege in London gesehen hat. Die Kommunisten haben ihn in eine rollende Festung aus Waffen und Wellblechplatten verwandelt. Bronte möchte erst wissen, ob der Bus umweltschädlich ist, bevor sie einsteigt, doch ihre Schwestern sind müde genug, um sie zu überstimmen. Sie nehmen ganz hinten Platz und lassen sich nach Süden fahren. Kay versucht, aus dem Fenster zu schauen. In Kraftfahrzeugen wird ihm immer ein bisschen schlecht. Auf dem Pferd ist ihm das nie passiert.

Es dauert nicht lange, bis sie von Türmen aus Stein und Glas umgeben sind. Riesige Gebäude, die sich in die Höhe strecken, um den Himmel in den Bauch zu stechen. Nicht einmal London hatte während des letzten Krieges solche Bauwerke. Er kann ihre Spitzen nicht ausmachen, nicht einmal, wenn er den Kopf gegen die Fensterscheibe des Busses drückt. Das kann nicht Mamucium sein, die vergessene römische Festung, in der ein paar Schweinekoben windschief an der alten Schutzmauer lehnten. Selbst in den alten Tagen war sie schon eine Ruine gewesen, aber er baute die Mauern wieder ein wenig auf, legte darum einen Schutzwall an. Versah das Hauptgebäude mit einem neuen Strohdach. Machte daraus ein Zuhause. Als dann Wyn bei ihm einzog, legte sie innerhalb der Mauern einen Garten an. Pflanzte Maulbeerbäume und gelbes Schöllkraut. Jetzt liegt das alles wahrscheinlich unter einem Parkhaus.

Die Römer erbauten Mamucium an der Stelle, wo sich die zwei Flüsse trafen, der Medlwc und der Arwl. Früher stand genau dort ein Schrein der Nimue, eine hohe Steinsäule, die sich aus dem Wasser erhob und in die ihr römischer Name graviert war.

Er wüsste gar nicht, wo er in dieser riesigen Stadt nach

dem Fluss suchen sollte oder nach dem Schrein oder nach den Ruinen seines Hauses. Selbst die roten Ziegel aus der Zeit seines letzten Besuchs, die ihm damals so fremd und neu vorkamen, sind jetzt alt. So was lässt ihn sein Alter tief in seinen Knochen spüren. Es ist leichter, sie zu täuschen, wenn er durch Moorland oder einen Wald geht. Dann vergessen sie, dass sie eigentlich als Staub in der kalten Erde liegen sollten. Aber an einem Ort wie diesem fühlt es sich noch frevelhafter an, dass er auf den Beinen ist und atmet und denkt. Als würden seine Knochen dann die Magie infrage stellen. Als müsste er sie durch bloße Willenskraft zusammenhalten.

Während sie durch die Stadt fahren, sind in der Ferne Schüsse zu hören. Mariam nutzt die Busfahrt, um Kay die Unterschiede zwischen den versammelten Gruppen zu erklären. Die Menschen waren hungrig, also gab es Ausschreitungen. Sie waren wütend auf die Leute unten in London, also gab es eine Revolution. Und dann bekämpften sich die Revolutionäre untereinander, was genau das ist, was Revolutionäre immer tun, soweit er das verstanden hat. Nun gibt es überall Straßensperren und Blockaden, besetzt von Leuten aus verschiedenen Gruppen mit unterschiedlichen Armbinden und Prinzipien. Es sind zu viele Abkürzungen und Buchstabenkombinationen, um den Überblick zu behalten. Alle sind Kommunisten, aber manche sind kommunistischer als andere. Und sie kämpfen um Straßen und Gebäude, die zu seiner Zeit noch gar nicht existierten.

Je mehr sich Dinge verändern, desto mehr ist Hass der Weg des geringsten Widerstands. Er erinnert sich an Britannier, die in den Hügeln untereinander um Schafe und Grenzsteine kämpften, als sie eigentlich gemeinsam gegen die Sachsen Krieg führen sollten. Sie fanden Gründe, die Leute zu verachten, mit denen sie am meisten gemeinsam hatten, statt sich gegen den gemeinsamen Feind zusammenzutun.

Der Bus hält unter einem der großen Glastürme an. Davor steht die Statue eines bärtigen Mannes, über der Tür hängt ein breites rotes Banner. Darauf wurden Worte in Englisch gestickt. WILLKOMMEN IN DER VOLKSREPUBLIK ENGELS-GRAD.

Seltsam, wie die Welt sich dreht. Kay erinnert sich an den Winter des Jahres 1918, als man ihn nach Norden in irgendein gefrorenes Land schiffte. Es war Churchill, der ihn losschickte und unheilvoll etwas über die Rote Gefahr raunte. »*Sie müssen den Bolschewismus in der Wiege erdrosseln, Sir Kay! Bevor er sich bis zu unseren Städten ausbreitet und unsere unwissenden Massen infiziert!*« Er kann sich an die Furcht in Churchills Augen erinnern. An die Männer, mit denen er diente, und an die Männer, die er tötete. Auch sie hatten Furcht in den Augen. Blut auf dem Eis. Die meisten kaum alt genug, um sich zu rasieren.

Und jetzt gibt es hier in Britannien junge Leute, die rote Armbinden tragen und sich als Kommunisten bezeichnen. In seiner Stadt, in seinem Mamucium. Warum musste er also losziehen, vor all diesen Jahren, und diese Jungen im eisigen Norden töten? Warum musste er in Malaya gegen sie kämpfen? Sie durch den Dschungel jagen? So viel Feuer und Tod und andere Gräuel, die er gern vergessen würde. Brennende Bäume. Fliehende Menschen. Wozu das alles?

Er ist zu müde und verwirrt, um wütend zu werden. Es ist immer ein Fehler, wenn man versucht, etwas verstehen zu wollen. Es ist besser, man lässt es über sich ergehen, ohne sich dagegen zu wehren.

Die Kommunisten führen sie über mehrere lange Treppen in einen Raum, in dem sie für die nächsten paar Tage wohnen können. Betten zum Schlafen und ein Tisch mit Lebensmitteln. Tassen und Wasserkocher, um Tee zu machen. Aber die Wände bestehen aus Glas. Hier ist er höher, als er es jemals war, ohne in einem Flugzeug zu sitzen. Der Ausblick, als er im Abendlicht über die Dächer einer ganzen Stadt blickt, ist mit nichts vergleichbar, das er je zuvor gesehen hat. Es ist schwindelerregend. Er ist dankbar, einen Platz zu haben, wo er sich ausruhen kann. Aber wie soll er in dieser Stadt Nimue finden?

Der Morgen kommt plötzlich. Seine Wunden fühlen sich schlimmer an. Sein Kopf pocht, wo die Saint-George-Männer ihn mit dem Rohr geschlagen haben. Als er seine Kopfhaut betastet, findet er dort etwas Hartes, das sich wie Holz anfühlt.

Im Morgenlicht wirkt die Stadt freundlicher. Als er sich an das Fenster stellt, kann er meilenweit sehen, bis zum Stadtrand. Bis zu den Hügeln in der Ferne, niedrig und grau, auf denen sich weiße Windmühlen drehen.

Das ist immer noch Mamucium. Sein altes Rittergut. Auch wenn es anders aussieht. Auch wenn die Kommunisten es umbenannt haben. Unter alldem liegt immer noch dasselbe Land. Dieselben Hügel umgeben es. Es lohnt sich, das im Kopf zu behalten.

Sie alle sind zum Frühstück in einem anderen Raum des Turms eingeladen. Dort sind nicht nur sie und die zehn oder zwölf kommunistischen Splittergruppen, die sich gegenseitig mit finsteren Mienen mustern. Es sind auch Rebellen aus anderen Teilen des Landes gekommen, aus Cornwall und Wales und Cumbria. Delegationen und Gesandte. Manche in moderner Kriegsmontur, andere in merkwürdiger Kleidung. Unbändig wirkende Männer mit langem Haar und blau bemalten Gesichtern. Die Waliser sind in großer Zahl gekommen, sie tragen Drachenarmbinden und haben sich Lauch und Narzissen an die Uniformen gesteckt. Sie sehen wie eine richtige Armee aus. Eine, für die er vielleicht kämpfen würde, wenn sie ihre fünf Sinne beisammenhaben.

Es ist eigenartig, wie das alles noch übereinstimmt, wie die launischeren Teile Britanniens immer noch dieselben sind wie vor zweitausend Jahren. Wild und widerspenstig. Die Regionen, die sich von einem nach Honig duftenden Tyrannen aus Londinium nicht sagen lassen wollen, was sie tun sollen. Die Veranstaltung hier ist dasselbe, was sie früher machten, wenn die Sachsen vor der Tür standen. Sie hielten eine große Versammlung der Clans ab. Riefen die Kriegshäuptlinge aus Gwynedd und Powys zusammen, drängten die alten nördlichen Könige von Rheged und Dun Eidyn, sich ihnen anzuschließen. Holten den Herzog von Dumnonia an ihre Seite. Schlossen ein Bündnis. Doch in den alten Tagen trafen sie sich nicht in Glastürmen, sondern in Caer Moelydd oder anderen kleinen Holzfestungen. Sie bewirteten sich gegenseitig in ihren Häusern. Sie versuchten, ihre Streitereien beizulegen und zum Gemeinwohl zusammenzuarbeiten. Zum Gemeinwohl der Gefilde. Kein perfektes Königreich, aber ein besseres.

Diese Leute wollen das Gleiche, und vielleicht können sie sich sogar irgendwie einigen. Schaffen es alleine, die Gefilde zu retten.

Dann müsste er Arthur vielleicht doch nicht wecken.

15

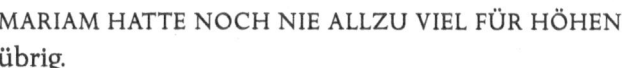

MARIAM HATTE NOCH NIE ALLZU VIEL FÜR HÖHEN übrig.

Jetzt sind sie hier im vierzigmilliardsten Stockwerk dieses Wolkenkratzers, und sie steht in Schockstarre direkt am Fenster. Starrt auf Manchester hinab oder auf Engelsgrad oder wie auch immer die Stadt jetzt heißen mag. Irgendwo im Gitter der Straßen muss Stretford sein, wo sie früher mit ihren Pflegeeltern lebte. Vor Jahren. Das Haus steht vielleicht noch, still und leer, oder die Marxisten haben es in die Luft gesprengt oder die Volksfront, oder irgendwelche anderen Leute, die überzeugt sind, das Recht stehe ganz auf ihrer Seite. Mariam hat ohnehin nicht das Bedürfnis, danach zu suchen. Unter den Trümmern sind nicht viele glückliche Erinnerungen begraben.

Ihre Pflegeeltern gingen in den Süden, als alles den Bach runterging. Um bei Verwandten in London zu wohnen. Sie blieb in Manchester, bekam die Hungeraufstände und die Gründung der Kommune mit. Sie war dabei, als die internen Kämpfe begannen, der ganze kleinliche Hickhack. Verschiedene Splittergruppen, die sich uneinig waren, wie die Stadt verwaltet werden sollte. Es begann mit Konferenzen, aus denen dann Revierkämpfe wurden. Straßenkriege. Das war einer der Gründe, warum sie Manchester schließlich verließ und nach Preston ging. Sie hatte es satt, dass die Klinik alle paar Tage von einer Hand in die andere wechselte. Keine Seite gab ihnen genug Betten, genug Verbandszeug. Nur mehr Patienten. Jetzt überrascht es sie nicht, dass sie alle immer noch aufeinander schießen. Die Marxisten und die Volksfront, die sich nicht einmal einig sind, ob die Stadt Engelsgrad oder immer noch Manchester heißt. Die Manchester People's Front ist nicht hier, soweit sie weiß. Aber wenigstens die Rainbow Liberation Army mit den Pride-Flaggen an den Schultern. Willow und Teoni freunden sich bereits mit deren Leuten an.

Die anderen Delegierten sind sonderbarer, als sie erwartet hat. Die Waliser haben sich Narzissen an ihre Kampfanzüge gesteckt. Die Cumbrianer haben sich die Gesichter blau angemalt. Cornwall hat eine heidnische Priesterin geschickt, die von Moriskentänzern mit Maschinenpistolen bewacht wird. Von der Church of Noah ist eine ganze Schar von Geistlichen gekommen, die ihre übliche Kombination aus Hundehalsbändern und Taucherausrüstung angelegt haben. Und am Rand steht ein Botschafter der Republik Schottland, der einen normalen Anzug mit Krawatte trägt und die anderen Rebellen betrachtet, als wären sie Tiere im Zoo von Chester. Mariam hat unwillkürlich Mitleid mit ihm.

Bronte scheint die Dame aus Cornwall zu kennen. Sie sprechen über Leylinien und Heilkristalle, also entschuldigt sich Mariam und stiehlt sich davon. Sie geht zur anderen Seite des Raums und kehrt dem Fenster den Rücken zu, dann spricht sie ein kurzes Gebet und probiert etwas vom frittierten Gemüse, das die Marxisten zum Frühstück aufgetischt haben.

Hier gibt es sicher Leute, mit denen sie reden sollte. Netzwerken, Kontakte knüpfen. Aber in so was war sie nie besonders gut. Stattdessen beobachtet sie Kay. Er unterhält sich mit den Walisern, erkundigt sich nach ihrer Armee. Es ist beruhigend, ihn hier dabeizuhaben, zu sehen, wie er Verbündete gewinnt, die richtigen Fragen stellt. Aber sie muss auch daran denken, was Roz gestern gesagt hat. Es ist immer eine Erleichterung, einen Helden dabeizuhaben. Jemanden, der die Welt retten kann, damit man selbst es nicht tun muss.

Einer der Waliser kommt zu ihr, ein rothaariger junger Mann mit einem Lauch an der Brust. Er hat ein breites Kinn und die Schultern eines Rugby-Spielers, und er starrt mit einem leichten Lächeln zum Fenster hinaus.

»Schau dir diese Aussicht an«, sagt er. »Ich habe gehört, dass man von hier aus an einem guten Tag den Snowdon sehen kann. Aber das ist wahrscheinlich Schwachsinn, oder?«

Sie nickt und lächelt. Was sagt man zu einem Mann, der Lauch als Abzeichen trägt?

»Warst du jemals in Wales?«, fragt er.

»Äh, nein«, sagt sie.

»Oh, du solltest mal hin«, sagt er. »Ist hübsch dort. Vor allem zu dieser Jahreszeit.«

»Ich werde ... bald mal einen Wohnwagenurlaub buchen«, sagt sie.

Darüber lacht er. »Ich bin übrigens Gethin.«

»Mariam.«

»Mit wem bist du hier?«

»Mit der FETA.«

»Was, wie der Käse?«

Sie seufzt. »Die Feminist Environmentalist Transgressive Alliance.«

»Oh, jetzt fällt es mir ein! Ihr habt diese Fracking-Anlage in die Luft gejagt? Sehr gute Arbeit. Das dürfte ein paar Leute unten in London ziemlich angepisst haben, kann ich mir vorstellen!«

»Na ja, es war ... ich hab sogar selbst die Sprengsätze angebracht«, sagt sie und schiebt sich unbewusst eine Haarsträhne hinters Ohr.

»Wirklich?«, staunt er. »Also, wenn es deine Spezialität ist,

Ölbohrplattformen zu sprengen, gibt es da noch eine andere, die du für uns übernehmen könntest. Gleich vor der Küste von Cardiff. Ein grässliches großes Ding.«

»Avalon?«, fragt sie.

»Genau die.«

Mariam verspürt einen Ansturm von Hoffnung, Aufregung, Optimismus. Keine sehr vertrauten Gefühle. Anders als die Verzweiflung und der ständige Schrecken, an die sie sich inzwischen so gewöhnt hat. »Eigentlich wollen wir die auch sprengen«, sagt sie. »Das heißt ... eigentlich wollen wir sie nicht sprengen. Das wäre schlecht. Aber wir haben noch einen Plan. Einen ganz anderen.«

Gethin sieht sie verwirrt an. »Ach, wirklich? Was habt ihr vor?«

»Also ...«, beginnt sie und schaut zu Kay hinüber. Stellt fest, dass ihr die Worte fehlen und ihr Mund trocken ist. Sie kann diesem netten Waliser nicht von der Herrin vom See erzählen.

Gethin sieht aus, als wolle er gerade etwas sagen, als ein anderer Waliser herüberstapft. Er hat sich eine Art Bärenfell umgehängt, das so ganz und gar nicht vegan aussieht. Er blickt auf Mariam hinab, ohne zu lächeln.

»Ah, Dai, das ist Mariam«, sagt Gethin. »Mariam, das ist Dai ap Llywelyn. Der, äh, der König von Wales.«

Sie wusste nicht einmal, dass Wales einen König hat. »Oh!«, sagt sie. »Hallo. Eure ... Majestät?«

»Mariam gehört zu diesen Öko-Kriegerinnen, Dai«, sagt Gethin. »FETA heißen sie.«

»*Fel y caws?*«, fragt der König von Wales.

»*Ie*«, sagt Gethin.

Der König von Wales mustert sie von oben bis unten und brummt. Dann sagt er noch etwas auf Walisisch zu Gethin und klopft ihm auf die Schulter, bevor er sich wieder entfernt.

Gethin grinst sie verlegen an. »Anscheinend werde ich gebraucht«, sagt er. »Aber nett, dich kennenzulernen! Wir quatschen später, falls sich die Gelegenheit ergibt.«

Die Kommunisten versuchen, alle zusammenzutrommeln, damit die Gespräche beginnen können. Mariam steht noch für einen Moment am Fenster und zieht ihr klobiges Handy raus. Das Gerät ist so alt, dass darauf keine Apps laufen, weshalb es für die Söldner schwerer zu orten ist. Sie sucht die Nummer ihrer Pflegeeltern heraus und tippt eine kurze Textnachricht.

Lebe noch. Hoffe, euch geht's gut xxx

Die Kommunisten treiben sie in einen Konferenzraum, wo sich ein schmaler Tisch über die ganze Breite des Gebäudes zieht. Die Kommunisten setzen sich an das eine Ende, unter einem Porträt von Friedrich Engels mit seinem gewaltigen Bart. Alle anderen beeilen sich, so nahe wie möglich bei ihnen zu sitzen, und streiten sich um die Plätze.

Kay seufzt und mustert den langen Tisch. Offenbar ist er kurz davor, etwas zu sagen.

»Was?«, fragt Mariam.

»Das ist der Grund, warum ...«, sagt Kay und zeichnet mit den Händen einen Kreis. »Ach, egal.«

Sie setzen sich nebeneinander, irgendwo in der Mitte des Tischs. Nur der König von Wales wartet ab, während sich die anderen drängeln. Als sie damit fertig sind, nimmt er allein am anderen Tischende Platz. Die übrigen Waliser stellen sich mit verschränkten Armen hinter ihn. Einige der Delegierten wirken, als würden sie gerne den Platz wechseln.

Die Priester der Church of Noah wollen den Konferenzraum segnen, bevor die Sitzung beginnt. Sie erheben sich und sprechen ein Gebet, bitten Gott, Zeuge ihrer Bemühungen hier und heute zu sein. Er möge allen ihre Sünden vergeben und die Zweite Sintflut zurückweichen lassen. Damit fühlen sich alle von Anfang an leicht unbehaglich. Marxisten und Cumbrianer und alle anderen sind für einen kurzen Moment in ihrer Betretenheit vereinigt.

Am Kopfende des Tischs sitzen zwei kommunistische Anführer. Der Kommandierende der Rainbow Liberation Army heißt Leo und trägt ein pinkfarbenes Barett auf dem Kopf und eine Non-Binary-Pride-Flagge am Kampfanzug. Der Anführer der Marxisten stellt sich als Tarquin vor. Er hat eine Glatze und trägt eine Brille und einen Blazer mit roter Armbinde. Er räuspert sich.

»Kameraden«, sagt er mit Yorkshire-Akzent. »Im Namen des Zentralkomitees der Volksrepublik Engelsgrad freut es mich sehr, euch alle zu diesen historischen Gesprächen in Engelsgrad begrüßen zu können. Als Erstes möchte ich um Entschuldigung für die Abwesenheit der Manchester People's Front bitten, die beschlossen hat, diese Gespräche zu boykottieren, weil sie den Eindruck einer Assoziation mit Nationalisten aus Wales oder gewaltbereiten Ökoterroristen vermeiden will.«

»Verdammte Zentristen«, sagt Leo leise. Stellenweise wird zustimmend gejohlt.

»Wie auch immer«, fährt Tarquin fort, »die Rainbow Liberation Army und die Engelsgrad Revolutionary Guard sind jedenfalls bereit, eine Allianz mit Öko-Kriegerinnen zu schmieden. Und wir wären sehr an Trainingsworkshops interessiert, in denen ihr uns zeigen könntet, wie sich die Maschinerie der kapitalistischen Oligarchie zerstören lässt.«

»Ähm«, sagt Mariam und muss schlucken.

Tarquin redet weiter. »Und ganz besonders freuen wir uns, Repräsentanten der Cornish Independence League willkommen zu heißen, die eine sehr lange Reise auf sich genommen haben, um hierherzukommen ...«

Der König von Wales erhebt sich am anderen Tischende und stößt ein tiefes Brummen aus. Tarquin verstummt. Nachdem der König sich aufgerichtet hat, nimmt er einen langen Atemzug, als wollte er das ganze Haus hinwegpusten. Dann setzt er zu einer Rede in schwülstigem Walisisch an, mit einer Stimme, die so dröhnend und tief ist, dass davon die Fenster vibrieren. Mariam fühlt sich auf seltsame Weise hypnotisiert. Die Worte klingen wunderschön, obwohl sie keine Ahnung hat, was sie bedeuten. Offenkundig ist er geübt darin, vor einer Menge zu sprechen, er hält an den richtigen Stellen inne, betont immer die richtigen Silben, macht zu allem die richtigen Handgesten. Für zwei oder drei Minuten fesselt er die Aufmerksamkeit im Raum. Dann setzt er sich wieder. Die gesamte Delegation aus Wales bricht in donnernden Applaus aus. Kay gluckst leise an Mariams Seite.

»Okay«, sagt Leo. »Wenn sich alle Delegierten darauf einigen könnten, für die Dauer der Konferenz Englisch zu sprechen …?«

Gethin schüttelt den Kopf. »Der König von Wales, Dai ap Llywelyn, weigert sich, die Sprache jener zu benutzen, die einst unsere grandiose Nation kolonisierten. Sie wird seine Zunge nicht besudeln.«

»Gut«, sagt Tarquin. »Wärst du dann so nett, es für uns zu übersetzen?«

»Ich kann nicht für den König von Wales sprechen«, sagt Gethin. »Er spricht für sich selbst.«

»Großartig«, sagt Tarquin. »Spricht hier sonst noch jemand Walisisch?«

»Ich«, sagt Kay. »König Dai sagt, dass wir keine Zeit für all dieses Gerede haben und wir so schnell wie möglich eine Allianz schmieden sollten. Und ich denke, dass ich ihm darin zustimme.«

»Und wer, äh, wer bist du?«, fragt Tarquin.

»Ich bin Kay.«

»Und wen repräsentierst du?«

»Das Volk von Britannien.«

Tarquin sieht ihn unsicher an. »Wie wir alle«, sagt er. »Ich bin mir sicher, dass wir alle endlich loslegen wollen. Also könnten wir vielleicht die restlichen einleitenden Bemerkungen überspringen. Allerdings ...«

»Aye, legen wir los«, sagt einer der Cumbrianer. »Erstens, wir halten nicht allzu viel von diesem kommunistischen Blödsinn. Und wir nehmen auch keine Flüchtlinge auf oder solche Sachen.«

»Aye«, sagt ein anderer. »Cumbria den Cumbrianern!«

»Nun ...«, sagt Tarquin und schluckt. »Die Volksrepublik Engelsgrad erwartet von allen Parteien, die heute hier vertreten sind, dass sie eine *kleine* Anzahl von Geflüchteten aus Engelsgrad und den überfluteten Regionen von Yorkshire übernehmen ...«

Die Delegierten fangen an, wild durcheinanderzuschreien, und hören nicht mehr damit auf. Immer wenn Tarquin sie zur Ordnung ruft, brüllen die Cumbrianer ihn nieder. Dai ap Llywelyn steht auf und setzt zu einer neuen Rede an, bei der er mit der Faust auf den Tisch schlägt. Mariam versucht sich Gehör zu verschaffen, aber sie ist nie schnell genug. Sobald sie den Mund öffnet, reden schon drei andere Personen. Schließlich ergreift Willow das Wort und übertönt all die lauten Männer.

»Bevor die FETA irgendein Bündnis mit irgendwem eingeht«, sagt sie, »brauchen wir eine Zusage von euch allen, dass ihr vollständig CO_2-neutral werdet und alternative Energiequellen nutzt!«

»Davon müsste die walisische Kohle ausgenommen werden«, sagt Gethin. »Wir haben neue Bergwerke eröffnet. Kohleenergie ist das Lebenselixier von New Gwynedd.«

Das genügt endlich, Bronte aus ihrer Schockstarre zu reißen. »O Gott! Das ist doch voll das Verbrechen gegen den Planeten? Mit *euch* arbeiten wir nicht zusammen.«

»Genossen«, sagt Tarquin. Er lächelt nicht mehr. »Genossinnen und Genossen. Wir können uns darauf konzentrieren, den Planeten zu retten, nachdem wir eine freie und gerechte Gesellschaft eingerichtet haben, in der alle gleichgestellt sind. Wir werden grüne Energielösungen einführen, sobald die gesamte britische Insel in unser kommunistisches System integriert wurde.«

»Die gesamte Insel?«, fragt Gethin. »Das Königreich von New Gwynedd ist ein unabhängiger Staat, der von König Dai regiert wird. In absehbarer Zeit wird er sich nicht eurem kleinen Studentenverband anschließen.«

Leo rümpft die Nase. »Nun, die Monarchie ist eine zutiefst antikommunistische und konterrevolutionäre Regierungsform. Also gehe ich nicht davon aus, dass wir die Herrschaft von König Dai oder irgendeinem anderen Monarchen als legitim anerkennen werden.«

»So viel zu Plan B«, sagt Kay leise.

Die Waliser fordern lauthals Anerkennung ein, und die Kommunisten schreien zurück, während die Priester der Church of Noah für Ruhe beten. Verzweiflung wallt in Mariams Brust auf und steigt immer höher, bis sie auf ihren Schultern lastet und ihr Herz fast zerquetscht. Sie haben auf dem Weg hierher Dando verloren. Sie haben im Lager in Preston zahllose schutzlose Frauen zurückgelassen. Weil sie dachten, diese Konferenz würde sie der Rettung des Planeten näher bringen. Nicht weil sie hierherkommen und weitere sinnlose Debatten führen wollten.

Sie steht auf und fängt einfach an zu reden, ihr Mund bewegt sich schneller als ihr Gehirn. »Hört zu!«, ruft sie. »Wir alle wollen unterschiedliche Dinge, aber wir alle kämpfen gegen dieselben Leute. Wir alle wollen die Regierung, die Ölbarone und die privaten Militärfirmen beseitigen. Also sollten wir uns gegenseitig helfen, das zu erreichen. Danach können wir uns Gedanken machen, wie wir alles andere verbessern können. Und es gibt noch etwas anderes, das wir tun müssen ...«

Plötzlich hört man etwas durch die Luft rasen, dann wird das Gebäude erschüttert. Ein Knall hallt von mehreren Stockwerken unter ihnen herauf, dann das Geräusch von zersplitterndem Glas. Kay ist sofort auf den Beinen und greift nach seinem Schwert. Drückt Mariams Schulter mit der freien Hand herunter. Sie lässt sich von ihm unter den Tisch drängen und fragt sich erst danach, warum. Sie hätte sich dagegen wehren sollen. Sich nicht rumkommandieren lassen. Sie wird ihm so etwas nicht noch einmal erlauben.

Auch andere Leute suchen Deckung. Unter dem Tisch hockt sie Tarquin von Angesicht zu Angesicht gegenüber.

»Sind das die Saxons?«, fragt sie.

»Nein«, sagt Tarquin. »Das ist die Manchester People's Front. Sie hat den Waffenstillstand gebrochen.«

»Verdammte Zentristen!«, sagt Leo.

»Genossen«, sagt Tarquin, »macht euch keine Sorgen! Das ist nur ein kurzer Mörserangriff. Kein Grund zur Beunruhigung. Das passiert jeden Tag. Lasst uns alle ins sichere Kellergeschoss gehen, bis es vorbei ist.«

Genau das tun sie dann und schlängeln sich zehn oder zwanzig Treppen nach unten. Kämpfer der Kommunisten stürmen in die entgegengesetzte Richtung, während das ganze Gebäude um sie herum zittert.

Sie sitzen mehrere lange Stunden im Keller und debattieren ergebnislos vor sich hin, während oben die Granaten einschlagen.

Sobald die Mörser das Feuer einstellen, ordnet Tarquin eine Mittagspause an. Mariam verlässt die Konferenz und stürmt nach draußen, vorbei an den Wachen, vorbei an der Statue von Friedrich Engels. Der Glasturm steht neben dem Kanal oder dem Fluss oder was auch immer das ist. Sie kann sich auf die Kante eines Gehwegs setzen und die Beine baumeln lassen. Sie starrt ins Wasser, das eigentlich kaum mehr als ein Bach ist, ein Rinnsal zwischen zwei Ziegelsteinmauern. Am Ufer liegen Flaschen und Einkaufswagen. Dieser Ort ist genauso gut wie jeder andere, um am Zustand der Welt zu verzweifeln.

Nach einer Weile bemerkt sie, dass Kay neben ihr steht. Auf sie herabschaut. Sie spürt, wie sich ihre Schultern anspannen.

»Bitte ... verpiss dich einfach, nur für eine Minute«, sagt sie. »Gib mir etwas Freiraum.«

»Du solltest vorsichtig sein«, sagt er. »Es könnten Heckenschützen in der Nähe sein.«

Sie schnauft. »Und selbst wenn, was willst du dagegen tun? Dein Schwert auf sie werfen?«

Er blickt über das Flüsschen, als würde er die Physik hinter einem solchen Angriff durchrechnen. Sie starrt wieder auf das Wasser unter ihren Füßen und horcht eine Weile, wie es dahinplätschert.

»Ich brauche keinen Schutz«, sagt sie. »Ich brauche Freiraum. Also geh wieder rein und lass mich in Ruhe.«

Tut er nicht. Er bleibt, wo er ist, dreht mit der Spitze seiner Lederstiefel lose Steine um. Schließlich räuspert er sich.

»Willst du mir sagen, warum du so wütend bist?«, fragt er.

Alles bricht auf einmal aus ihr hervor. »Wegen allem! Wegen all dem Blödsinn da drinnen. Die Welt wird jede Sekunde wärmer, aber alle sind viel zu sehr mit Streiten beschäftigt, um etwas dagegen zu tun. Wir werden nichts erreichen, wenn wir uns alle gegenseitig so viele Forderungen stellen. Wir verheddern uns in all diesen winzigen Unterschieden, statt uns zu organisieren und zusammenzuarbeiten und das große Ganze im Blick zu behalten. Also ist diese ganze Veranstaltung eine riesige Zeitverschwendung.«

»Warum gehst du nicht rein und sagst es ihnen?«

»Weil sie mir nicht zuhören würden. Niemand will Geflüchtete aufnehmen, und Wales wird niemals grün werden, und wir werden uns niemals mit einem Kerl verbünden, der sich selbst zum König von Wales ernannt hat.«

»Manchmal ist es ein kluger Schachzug, einen Rebellenkönig zu haben«, sagt Kay. »Oder eine Königin. Jemand, hinter dem sich die Leute sammeln können. Weißt du, als Maud gegen ihren Cousin Stephen kämpfte, hat sie …«

»Und dann du!«, sagt Mariam. Sie dreht sich um und starrt ihn an. »Mit deinem verfickten *Schwert* und deinem verfickten *Drachen*. Eigentlich solltest du gar nicht existieren.«

»Ich weiß«, sagt er leise. Er kratzt sich am Kopf und schaut blinzelnd zu den hohen Gebäuden auf. Dann beugt er sich neben ihr über das Geländer. Sie kann ihn riechen, diesen Geruch nach Erde und Metall und alten vergessenen Dingen. Sie blickt kurz auf die dünnen Lederriemen an seinen Füßen, dann hinauf zu seinem Gesicht. Und bemerkt zum ersten Mal, wie müde er aussieht.

»So etwas ist immer schwer«, sagt Kay. »Es fällt niemandem leicht.«

»Was meinst du?«

»Leute anführen«, sagt Kay.

»Ich will keine Leute anführen.«

»Gut, Leute zusammenbringen. Dafür sorgen, dass sie ihre kleinen Streitereien beilegen und Seite an Seite kämpfen. Den wahren Feind töten, statt sich gegenseitig zu töten.«

»Uff«, sagt Mariam. »Leute töten hilft niemandem. Ich verstehe nicht, warum alle glauben, es würde was bringen, sich gegenseitig umzubringen.«

Kay stößt einen langen und ermatteten Seufzer durch die Nase aus. »Im Krieg sterben Menschen. Manchmal ist Leute töten das Einzige, das etwas bewirkt.«

»Aber tut es das wirklich?«, fragt sie. »Du kommst immer wieder zurück und kämpfst in Kriegen und tötest Menschen und denkst, dass du die Welt gerettet hast ... aber in Wirklichkeit ist dadurch nie etwas besser geworden, oder? Trotzdem gibt es wieder Krieg. Hast du jemals wirklich die Welt verbessert, indem du jemanden getötet hast?«

Er wirkt verletzt, verwirrt. Vielleicht sogar wütend. Aber er hat keine Antwort auf diese Frage. Er starrt schweigend in den Fluss.

Sie bleibt noch eine Weile bei ihm sitzen, falls er doch noch etwas zu sagen hat. Aber sie verspürt zunehmend den Drang, diesen Ort zu verlassen, abzuhauen und etwas Sinnvolles zu tun. Also steht sie auf und klopft sich die Hände ab. Läuft die Straße hinauf in Richtung Stadt.

»Wohin gehst du?«, ruft er ihr nach.

»Ich will nicht mehr diskutieren«, sagt sie. »Ich will irgendwohin gehen, wo ich was bewirken kann.«

Oder wenigstens kurz die Ritter und Drachen und Kommunisten hinter sich lassen. Bis zum Krankenhaus sind es nur zehn Minuten zu Fuß.

16

KAY STEHT ALLEIN AUF DEM GEHWEG AM FLUSS UND
schaut Mariam hinterher, wie sie in die Stadt geht. Es
würde nichts bringen, ihr jetzt nachzujagen. Besser
warten, bis sie selbst beschließt zurückzukommen.
Er erinnert sich, wie er das schon in den sehr alten
Tagen lernen musste. Immer wenn er irgendetwas getan hatte, das Hildwyn betrübte, sattelte sie ihr Pferd und ritt
allein in den Wald. Er wurde dann immer wahnsinnig vor
Sorge, stellte sich vor, dass sie vom Pferd stürzen oder unterwegs von Banditen überfallen werden könnte. Aber irgendwann kehrte sie immer zurück.

Wenigstens hat er jetzt den Fluss gefunden. Hier steht ein
Metallschild, das behauptet, dass dies der River Medlock ist,
und er kann es kaum glauben. Der Medlwc war ein stolzer,
brausender Strom. Inzwischen ist nur noch ein Bach übrig,
der von Gebäuden eingesperrt ist und einem künstlichen
Lauf folgt. Die riesige Stadt lässt ihn alt und seltsam wirken.
Das Wasser ist seicht und schlammig, voller Müll. Ein stran-
guliertes Rinnsal auf einem Bett aus Steinen.

Kay vergewissert sich, dass niemand ihn beobachtet, dann
duckt er sich unter dem Geländer hindurch und steigt vorsichtig das steile Ufer hinab. Er lässt sich von seinen Füßen
hinabtragen, bis er im flachen Wasser steht. Alter Flussschlamm ist besser als Stahl, Glas und Teppich. Er steht dort

ein paar Minuten lang, während die Riemenschuhe an seinen Füßen sich mit Wasser vollsaugen. Er schließt die Augen. Versucht, seine Schmerzen und Sorgen aus sich herausfließen zu lassen. Versucht, Ruhe zu finden und einen klaren Kopf zu bekommen. Konzentriert sich auf das Geräusch des Wassers, das um ihn herum murmelt.

Dann hört er von etwas weiter flussabwärts ein kränkliches Husten. Als er aufschaut, sieht er dort eine Gestalt sitzen, die vorher nicht da war. Sie hockt auf einer Steinkante unter einem Bogen aus roten Ziegeln und trägt eine Kapuzenjacke, die aussieht, als hätte sie schon bessere Tage erlebt.

Er watet hinüber, mit einem mulmigen Gefühl in der Magengegend. Sie sieht nicht gut aus. Er erkennt die gelben Augen, die unter der Kapuze hervorlugen, aber sie blicken trauriger als früher. Ihre silbrige Haut hat ihren Glanz verloren. In ihrem Gesicht fehlen ein paar Schuppen, darunter sind Flecken in ungesundem Gelb zu sehen. Die untere Hälfte ihres Körpers steckt in einem Schlafsack, ihre Füße oder Flossen hängen im Fluss. Auf der Kante neben ihr steht eine Plastikflasche mit billigem Cider oder irgendeinem anderen Gesöff.

»Also, Kay«, sagt Nimue. Selbst in den alten Tagen war ihre Stimme schwach und näselnd, doch inzwischen ist es ein raues Krächzen, das gar nicht gesund klingt. »Siehst gut aus.«

»Verdammt«, sagt er. »Und du siehst scheiße aus.«

Sie schnalzt tadelnd mit der Zunge. »Warst schon immer ein Charmeur.«

»Was machst du hier?«

»Wenn ich das wüsste«, sagt sie und blickt mit verdutzter Miene über den Fluss. »Bin wohl einfach hier gelandet. Kann nicht viel dagegen tun. Ich lasse mich mit dem Strom treiben.«

»Richtig.« Er ist skeptisch, aber er spricht es nicht aus.

Er watet hinüber und setzt sich neben sie. Er nimmt einen ranzigen Geruch wahr. Sie rückt etwas von ihm ab, als wäre es ihr plötzlich peinlich. Der Schlafsack platscht gegen den Stein.

»Waren ein paar harte Jahrhunderte für dich, nicht wahr?«, fragt er.

Sie lacht. Es klingt herzzerreißend, rau und gurgelnd. »Könnte man sagen.«

Nimue hebt mit ihrer schwimmhäutigen Hand die Flasche auf und bietet sie Kay an. Es wäre keine gute Idee, Geschenke von Flussgöttinnen abzulehnen, also nimmt er sie und trinkt. Es schmeckt wie ein saurer, fauler Apfel, den man vom Boden aufgehoben hat. Kay erstickt fast daran, und sie lacht ihn gackernd aus.

»Warum vergiftest du dich mit so einem Zeug?«, fragt er.

»War nicht *meine* Idee«, erwidert sie. »Hat jemand von der Brücke geworfen.«

Er schüttelt den Kopf. »Ich weiß nicht«, sagt er. »Was die Leute alles wegwerfen. Ohne sich zu überlegen, wo das Zeug schließlich landet.«

Sie grinst ihn mit scharfen schwarzen Zähnen an. »Dafür sind Flüsse da. Um die Scheiße wegzuspülen.«

»Aber sicherlich nicht so viel Scheiße.«

»Hm«, macht sie. »Und was führt dich überhaupt hierher? Als wüsste ich es nicht längst.«

»Ich bin bei den Idioten da dabei«, sagt er und zeigt mit dem Daumen zurück auf den Glasturm. »Versuche, die Gefilde wieder in Ordnung zu bringen.«

Sie nickt wissend. »O ja. Und wie läuft's?«

»Ungefähr so gut, wie man erwarten würde.«

Sie bietet ihm noch einmal die Flasche an. Er nimmt noch einen Schluck und bereut es sofort.

Nimue schüttelt den Kopf. »Wozu es überhaupt versuchen,

frage ich mich. Alles in Ordnung zu bringen. Wo sollte man anfangen? Ist wie ... sich gegen die Strömung stemmen. Den Fluss am Fließen hindern. Mit einem rostigen Sieb.«

»Na ja, versuchen müssen wir es doch wohl«, sagt er. »Ich weiß, dass wir nicht über Nacht alles reparieren können, aber einen kleinen Unterschied können wir schon machen. Und auf mehr kann man niemals hoffen. Ob man nun sterblich oder unsterblich oder sonst was ist.«

»Hmpf.«

Er lächelt sie an. »Es wäre erheblich einfacher, wenn wir eine Flussgöttin auf unserer Seite hätten.«

Sie verzieht das Gesicht. »Ach, kennst mich doch. Misch' mich nicht gerne ein. Die Angelegenheiten sterblicher Menschen gehen mich nix an.«

»Blödsinn.«

»Bäh!«

»Und was war das für eine Aktion bei Nantwich? In Cromwells Krieg?«

Nimue sieht ihn mit Unschuldsmiene an. »Keine Ahnung, was du meinst.«

»Doch, das weißt du ganz genau.«

»Manchmal tauen Flüsse einfach auf, ja? Manchmal werden Brücken weggeschwemmt. Liegt nicht immer an mir.«

»Richtig. Und wenn irgendein Prinz-Typ gerade versucht, seine Kavallerie über die Brücke zu bringen, als die fortgerissen wird, dann ist das nur ein Zufall, wie?«

Nimue nimmt einen weiteren Schluck Cider, bevor sie antwortet. »Also gut, in dem Fall war ich's. Aber das war ein echter Wichser, der hatte es verdient.«

»Na also! Du tust so, als würdest du über allem stehen, aber tust du nicht. Du hast dich immer wieder eingemischt.«

»Ja, und jetzt schau, was ich mir damit eingebrockt hab!«

Sie stellt die Flasche lange genug weg, um einen Ärmel

zurückzuziehen. Der Gestank wird noch übler. Was unter dem Stoff zu sehen ist, ist kein angenehmer Anblick. Es sieht nicht wie Haut oder Schuppen aus. Kay will gar nicht wissen, was es ist, und er ist dankbar, als sie den Ärmel wieder herunterzieht.

»Es macht sowieso nie irgendeinen Unterschied«, sagt sie. »Egal was ich mache, gleiche Geschichte. All diese verschiedenen Leute sind gleich schlimm. Niemand schert sich einen Dreck um mich. Wüsste nicht, warum ich mich einen Dreck um sie scheren soll.«

Es fällt schwer, ihr zu widersprechen, nach allem, was er im Glasturm erlebt hat. Er sitzt da und kratzt sich am Hinterkopf. Denkt über die Gefilde nach.

»Herne sagte mir, dass ich dich aufsuchen soll.«

»Tja, Herne kann mich mal. Der muffige alte Dachsficker.«

Kay lacht und schüttelt den Kopf. »Richte ich ihm aus, wenn ich ihn das nächste Mal sehe.«

»Ich sag es ihm selbst.«

Er kratzt sich im Nacken. »Er macht sich Sorgen. Um die Vögel und die Tiere.«

»Wohl eher um sich selbst«, sagt Nimue. »Allerdings hat er recht. Will dir gar nicht erzählen, wie viele Fische in letzter Zeit gestorben sind. Zu deprimierend.«

Sie schweigen eine Zeit lang. Kay starrt auf ein Paketchen aus Alufolie, das sich am anderen Ufer des Flusses an einem Ziegelstein verfangen hat und in der Strömung auf und ab wippt.

»Er meint, die Zeit ist gekommen.«

Nimue spuckt einen fauligen Klumpen ins Wasser, dann wischt sie sich die Hand am Ärmel ab. »So ein Quatsch! Glaubst du echt, irgendjemand wär geholfen, wenn du deinen Bruder zurückholst?«

»Ich bin mir nicht sicher«, sagt er. »Ich dachte, diese

Rebellen wären vielleicht imstande, die Dinge in Ordnung zu bringen, aber wie es aussieht, können sie nicht einmal mit beiden Händen ihren eigenen Arsch finden. Es könnte sein, dass er der Einzige ist, der was richten kann. Ich weiß es nicht.«

»Ausgerechnet du solltest es besser wissen. Wann hat er je was besser gemacht? Meistens hat er nur Sachen kaputt gemacht. Mit diesem verdammten Schwert.«

»Hast du es noch?«, fragt er.

Nimue schnaubt verächtlich. »Was ist das für eine Frage? Klar hab ich's noch. Hab die ganze Zeit darauf aufgepasst. Werd' es wohl kaum plötzlich verschlampen, oder? Oder es einfach so Leuten wie dir geben.«

»Warum nicht?«

»Leck mich. Du willst es nicht wirklich. Willst du wirklich König der Britannier sein?«

Für einen Moment denkt Kay ernsthaft darüber nach. Wie es wäre, diese Art von Macht zu haben. In den alten Tagen wollte er das nie. Er hat nur für einen winzigen Augenblick das Schwert emporgehoben, als alle dachten, er hätte es herausgezogen. Die Menschen knieten vor ihm nieder. Und er war noch so jung, die Vorstellung, über die Gefilde zu herrschen, machte ihm Angst. Also sagte er in diesem Schreckensmoment die Wahrheit. Er sagte, dass Arthur es herausgezogen hatte. Er konnte es gar nicht schnell genug zurückgeben. Arthur den Löwen zum Fraß vorwerfen. Seinen kleinen Bruder.

Wäre es jetzt anders? Wenn er die Macht hätte, Menschen zu helfen, wirklich etwas zu verändern? Könnte einen Versuch wert sein. Das enorme Gewicht der Verantwortung. Vielleicht könnte er es schultern. Vielleicht auch nicht.

»Nein«, sagt Nimue nach einer Weile. »Dachte ich mir.«

Sein Blick wandert nach unten. Sie trägt das Schwert nicht

bei sich, so viel ist sicher. Andererseits ist diese kränkliche Gestalt neben ihm nur ein kleiner Teil von Nimues Wesen. Sie ist jeder Fluss in den Gefilden, jeder Bach und jeder Teich. Das Schwert könnte irgendwo oder überall sein. In einer Unterwasserhöhle verborgen. Fein verteilt im Morgennebel. Im Regen, der im alten Norden auf die Berge fällt. Sie könnte es jederzeit herbeiholen, wenn sie wollte.

»Es gibt da einen Drachen, Nim«, sagt er. »Ich brauche das Schwert, um ihn zu erschlagen. Sobald ich damit fertig bin, werde ich es in den nächsten Teich werfen.«

»Ach, wirklich? Erzähl keinen Scheiß. Du wärst erstaunt, wie oft ich das schon gehört habe. ›Ich brauche es nur für fünf Minuten, ehrlich, dann gebe ich es zurück.‹ Und tun sie es? Einen Scheiß tun sie. Die Verlockung ist einfach zu groß. Sobald keine Drachen mehr da sind, die man erschlagen könnte, sucht man nach anderen Dingen, die man noch so töten könnte. Genauso war es mit Arthur.«

»Mir musst du das nicht erklären«, sagt er. »Ich war schließlich dabei.«

»Ja, und deshalb solltest du es besser wissen. Es bringt nur Ärger, dieses Schwert. Also denke ich, dass ich es behalte, wenn's dir nix ausmacht.«

Er starrt auf den Fluss, der wie Speichel dahinplätschert. Mariam wäre gar nicht glücklich, wenn er ohne das Schwert zurückkommt. Herne erst recht nicht, wenn Kay nicht tut, wie ihm geheißen wurde. Aber er versucht zu überlegen, was ihn selbst glücklich machen würde. Was würde Wyn oben im Himmel glücklich machen? Jemand muss die Gefilde wieder in Ordnung bringen. Wenn nicht er oder Arthur, dann jemand anders. Jemand, dem man vertrauen kann. Jemand, der unbedingt das Richtige tun will.

»Moment«, sagt er. »Ich habe so eine junge Frau kennengelernt.«

Nimue gibt einen ungläubigen Laut von sich. »Ja, habe sie da oben gehört. Will die ganze Welt schultern.«

»Wenn du mir Caliburn nicht anvertrauen willst, könntest du es ihr geben. Sie hat das Herz am rechten Fleck. Sie ist ein kluges Köpfchen.«

»Ach so!«, schnauft Nimue. »Ein kluges Köpfchen. Mehr braucht es heutzutage nicht? Ich gebe es nicht einfach irgendeinem Scheißer, weißt du. Da gibt's Kriterien. Reines Herz und all der Blödsinn.«

Kay blinzelt. »Warum hast du es dann Arthur gegeben?«

»Was glaubst du denn? Weil Merlin es mir befohlen hat. Er sagt: ›Hier ist dieser magere Rotschopf, und es ist seine Bestimmung, alles in Ordnung zu bringen, also gib ihm das Schwert.‹ Also mach ich's. Weil ich damals jung genug war, es zu glauben. Nicht weil ich dachte, dass er reinen Herzens ist.«

»Okay«, sagt Kay. »Macht Sinn.«

»Ich werde es nicht noch mal so überstürzen«, sagt sie. »Also werde ich wohl ewig dieses verdammte Ding hüten müssen, bis alle Fische verreckt und alle Flüsse ausgetrocknet sind. Dann kann jeder Scheißer es haben, der es findet. Ich werde dann nicht mehr da sein, um mich davon stressen zu lassen.«

»Hm.«

»Was ist überhaupt so toll an diesem Mädchen?«

»Ich bin mir nicht sicher«, sagt Kay. »Vielleicht nichts. Vielleicht alles.«

Plötzlich grinst sie ihn an. »Bist du verknallt?«

»Nein«, sagt er. »Das ist es nicht.«

»Mann, wann war das letzte Mal, dass du über jemanden rübergestiegen bist? Na?« Sie rammt ihm einen Ellbogen in die Rippen. »*Irgendjemanden* hast du in den letzten tausend Jahren doch wohl mal gevögelt, oder nicht?«

»Ich wüsste nicht, was dich das angeht.«

»Also ist das ein Nein. Tragisch ist das.«

»Wenn du jetzt unangenehm wirst, gehe ich wieder. Ich muss aufpassen, dass sich diese Rebellen nicht gegenseitig umbringen.«

»Besser du als ich.«

»Hör mal«, sagt er und steht auf. »Wenn du mir das Schwert nicht überlassen willst ... es gibt da etwas, das sie zerstören wollen, unten im Süden. Diese Eisenfestung im Meer. Und das können sie nicht mit Feuer machen, soweit ich es verstanden habe. Also könntest du es vielleicht irgendwie mit Wasser machen.«

Sie sieht ihn stirnrunzelnd an. »Hab dir doch gesagt, mein Lieber, dass ich keinen Finger rühre. Die Sterblichen sind recht gut darin, sich gegenseitig umzubringen, ohne dass ich darin verstrickt werden muss.«

Er überlegt sich, was er noch sagen könnte, ob er ihr irgendeine Abmachung oder einen Handel anbieten kann, mit dem er sie umstimmen könnte. Manchmal konnte man mit den alten Göttern verhandeln. Aber nun hockt sie hier an diesem feuchtkalten Ort und kränkelt. Es gibt nicht viel, was er ihr bieten kann. Er kann weder die Flüsse säubern noch die Gefilde wieder in Ordnung bringen.

»Gut«, sagt er. »Dann behalte sie wenigstens im Auge.«

Sie nickt. »Das werde ich tun.«

»Pass auf dich auf.«

»Du auch, Schätzchen. Nett, mal wieder mit dir zu plaudern. Wir sehen uns dann in tausend Jahren oder so.«

Sie ruckelt ein kleines Stück auf der Steinkante vor, dann macht sie einen Satz nach vorn wie ein Fisch, der stromaufwärts springt, weiter, als ein normalsterblicher Mensch springen könnte. Der Fluss ist nicht tief genug, als dass jemand darin untertauchen könnte, aber das hält Nimue nicht auf. Das Wasser ist so seicht, dass es nicht einmal Kays Füße bedeckt. Doch sie taucht darin unter, als wäre es ein großer See.

Er schüttelt den Kopf und watet zum Turm zurück, hebt unterwegs ein Stück Abfall auf.

17

MARIAM KOMMT SICH KINDISCH VOR, WIE SIE SO vor ihren Problemen davonstürmt. Und sie hat ein schlechtes Gewissen, dass sie es an Kay ausgelassen hat. Es ist nicht seine Schuld, dass die anderen Rebellen unfähig sind.

Ihre Füße tragen sie durch Deansgate und die Oxford Road hinunter, der die Kommunisten inzwischen irgendeinen anderen Namen gegeben haben. Sie bauen hier in dieser Stadt etwas auf, aber gleichzeitig zerstören sie vieles. Es gibt Häuserruinen und Trümmerhaufen, aber auch Suppenküchen. Aus den schicken Hotels sind Unterkünfte für Menschen geworden, die ihr Zuhause verloren haben. Die alten Anwaltskanzleien und Bürogebäude sind in vertikale Farmen verwandelt worden, wo auf jedem Stockwerk ein anderes Gemüse wächst. Es könnte hier sogar ganz nett sein, wenn man die leeren Patronenhülsen ignoriert, die überall auf dem Boden herumrollen.

Sie läuft unter der erhöhten Stadtautobahn Mancunian Way durch, unter der früher Obdachlose saßen. Auf der Autobahn über ihr stehen jetzt Flugabwehrgeschütze. Unter der Brücke hat eine der Splittergruppen einen Bus quer über die Straße geparkt, um ihn als Barrikade zu benutzen. Der Motor läuft. Die Abgase lassen die Luft flimmern. Die Kommunisten stehen mit ihren Gewehren herum und versuchen

sich in der Mittagshitze abzukühlen. Sie machen keine Anstalten, Mariam aufzuhalten, als sie vorbeigeht.

Sie nimmt den Weg quer durch die Universität, wo sie es als Studentin nur eineinhalb Jahre ausgehalten hat. Sie kam mit ihrer Mutter zum Tag der offenen Tür. Hatte im ersten Semester Vorlesungen in dem großen Gebäude, das wie eine Konservendose aussieht. Ging zu den Treffen von Climate Action Now in der Studentenvereinigung. Es kommt ihr länger her vor, als es tatsächlich ist. Damals schien es noch möglich, dass sich all das verhindern lässt. Dass die Welt normal weiterbesteht, dass sie eine normale Person mit einem normalen Leben sein könnte. Sie erinnert sich, dass sie sich schon damals zerrissen fühlte. Als wäre da eine Weggabelung vor ihr, zwei Richtungen, die immer weiter auseinandergehen. Es war schwer zu sagen, welche Zukunft realistischer war – jene, die ihre Pflegeeltern sich für sie wünschten, oder jene, die sie selber für wahrscheinlich hielt.

Schließlich erreicht sie das Krankenhaus, das früher die Royal Infirmary war. Nun trägt es den Namen Thora Silverthorne Volksklinik. Sie hat keine Ahnung, wer Thora Silverthorne ist oder war, aber solange es immer noch ein Krankenhaus ist, spielt es keine Rolle, wie es heißt.

Anscheinend war irgendwann zu wenig Platz in der eigentlichen Klinik, weshalb die Kommunisten eine provisorische Triagestation im mehrstöckigen Parkhaus eingerichtet haben. Es gibt ohnehin keine Autos mehr, die dort parken könnten, also ist es sogar irgendwie sinnvoll. Ein Mann lehnt davor an der Wand und raucht eine Selbstgedrehte. An den Ärmel seines Overalls wurde eine Armbinde mit einem roten Kreuz angenäht.

»Hallo«, sagt sie zu ihm. »Weißt du, ob ich einfach … eine Schicht übernehmen könnte? Ich war in der Ausbildung zur Krankenpflegerin, bevor das alles losging.«

»Aber natürlich, meine Liebe«, antwortet er in einem Burnley-Akzent. Hinter seiner Brille hat er blutunterlaufene Augen mit grauen Tränensäcken.

Also zieht sie sich ihr Halstuch über den Mund und geht hinein, kommt an jemandem vorbei, der im Treppenhaus liegt. Sie tritt zur Seite, damit zwei Leute unbeholfen eine Trage die Treppe hinuntermanövrieren können. Die Frau auf der Trage sieht so bleich aus, dass sie tot sein muss.

Im Erdgeschoss herrscht Chaos. Es ist wie im Preston-Lager, nur schlimmer. Mehr Menschen und weniger Betten. Gegen die Arktische Mikrobenkrankheit wurden keine Vorkehrungen getroffen. Patienten liegen auf Feldbetten oder dazwischen. Oder auf alten Matratzen, wenn sie Glück haben. Ärzte führen hier in der Triagestation Operationen durch, unter Lampen, die von einer Autobatterie betrieben werden. Hier scheinen die verwundeten Kämpfer eingeliefert zu werden. Damit man ihnen ohne Betäubung die Kugeln aus dem Bauch pulen kann.

Mariam läuft wie benommen durch das Chaos und bemüht sich, niemandem in die Quere zu kommen. Schließlich findet sie eine Pflegestation und macht sich an die Arbeit.

Zwei Stunden später ist Mariam ausgelaugt und verschwitzt und schmutzig und kurz davor zusammenzubrechen. Aber sie hat das Gefühl, noch nicht fertig zu sein. Als sie an die Rauchsäule über Preston denkt, findet sie, dass sie immer noch einige Schulden abzuzahlen hat. Vielleicht kann sie sie hier begleichen.

Sie geht eine weitere Bettenreihe entlang, um zu schauen, ob irgendwo Wunden versorgt werden müssen. Einer schlafenden Frau wurde das Bein über dem Knie amputiert. Zwei oder drei weitere Personen mit nur leichten Verletzungen. Dann bleibt sie vor einem Bett stehen und kreischt. Auf der

Pritsche liegt Hassan Aboukir, mit dem sie zur Schule gegangen ist. Sie hat ihn seit Jahren nicht gesehen.

»O Gott«, sagt sie, ohne nachzudenken. »Hassan?«

Hassan hebt den Kopf, und seine Miene hellt sich schlagartig auf. Seine Farbe sieht selbst aus einiger Entfernung ungesund aus. Aber sein Lächeln ist so warm und überrascht, dass sie zurücklächeln muss.

»Yo!«, sagt Hassan. »Mariam? Was geht, Schwester? Lange nicht gesehen!«

»Was machst du hier?«, fragt sie ihn.

»Tja, ich wurde wohl in die Luft gejagt«, sagt er. »Aber egal. Schön, dich wiederzusehen! Wie geht's dir so?«

»Ja ... ja, ganz gut«, lügt sie und hört, wie sich ihr Akzent verändert. Wie sie versucht, wie jemand von der Straße zu sprechen. Sie sträubt sich dagegen, aber es fühlt sich einfach natürlich an. So zu reden wie in ihrer Schulzeit.

»Und du bist jetzt bei diesen Kommunisten, oder wie?«, fragt sie. »Dachte nicht, dass du politisch bist.«

»Nee, eigentlich nicht«, sagt er. »Aber man bekommt mehr zu essen, wenn man für die Sachen erledigt.«

»Ach so«, sagt sie.

»Aber das ist jetzt durch«, sagt er. »Genau das habe ich gemacht, als ich in die Luft gesprengt wurde. Waren in Didsbury oder so, weiß nicht genau, mit meiner Truppe. Weil sie mich in so ein Arbeitskommando gesteckt haben, weißt du? Sauber machen. Und dann haben die Progs das Haus in die Luft gejagt, wo wir waren, und so ist das hier passiert.«

Er deutet auf den Verband an seiner Seite. Er hat eine Verbrennung quer über den Brustkorb, aber auch eine große Wunde rechts am Bauch, über die Mariam erst einmal gar nicht nachdenken möchte. Sie ist nur dankbar, dass er nicht beim Mörserangriff von vorher verletzt wurde. Sonst hätte sie noch einen Grund, ein schlechtes Gewissen zu haben.

»Und du bist jetzt Krankenschwester?«, fragt Hassan. »Kümmerst du dich jetzt um mich?«

Er grinst sie an, und sie muss lachen, weil es genau dasselbe Grinsen ist, das er bei allen Mädchen an ihrer Schule ausgepackt hat, in der Kantine oder auf den Korridoren. Und ihr Lachen lässt ihn umso breiter grinsen. Aber er sieht immer noch krank aus.

»Nein«, sagt sie. »Na ja, vielleicht. Ich bin nur … ich war drüben in Deansgate, bei diesem großen Treffen. Und es war … es war ziemlich öde. Also bin ich stattdessen hierher.«

»Kein Scheiß?«, fragt Hassan. »Du hast Freunde in der Führungsriege?«

»Ich bin mir nicht sicher, ob ich sie als Freunde bezeichnen würde.«

Sie ist abgelenkt, weil ihr die gelbliche Färbung des Verbands an seiner Seite aufgefallen ist. Er kratzt sich dort geistesabwesend, während sie miteinander reden.

»Wann wurde das zum letzten Mal gewechselt?«, fragt sie.

»Hm? Oh, weiß nicht. Ist eine ganze Weile her. Langsam riecht das richtig übel.«

Sie bemüht sich zu lächeln. »Okay«, sagt sie. »Ich wechsle das für dich, aber ich muss erst etwas Zeug holen. Bin in fünf Minuten zurück. Bleib hier.«

»Ja, klar«, sagt er. »Ich geh nirgendwohin.«

Mariam sucht drei ganze Stockwerke des Parkhauses ab, ohne andere Patienten oder Ärzte zu beachten, bis sie sauberen Verbandsmull, Klebeband, Handschuhe und alles andere gefunden hat, das sie benötigt. Dann kehrt sie zu Hassan zurück und setzt sich auf die Kante seiner Pritsche. Sie riecht es schon ein bisschen, sobald sie in seine Nähe kommt. Als sie den alten Verband abzieht, wird der Geruch noch schlimmer. Wahrscheinlich infiziert. Sie hat das Gefühl, als würde sich gerade eine Axt durch ihre Brust hacken.

Sie muss Antibiotika für ihn besorgen. Aber woher? Zunächst einmal sollte die Wunde neu verbunden werden. Und auch wenn sie keine Ahnung hat, wie man den Planeten rettet oder einen Drachen tötet – einen Verbandswechsel kriegt sie hin. Das kann sie. Und das macht alles ein bisschen besser. Sich an ihre Ausbildung zu erinnern. Schon kurz nach Beginn ihres zweiten Uni-Jahres fing sie an, immer mehr Kurse zu schwänzen und stattdessen auf Protestveranstaltungen zu gehen. Die Hälfte der Vorlesungen waren sowieso nur online. Aber das hier, das kann sie.

»Also warst du da oben, ja?«, fragt Hassan. »Hast mit den Leuten geredet, die das Sagen haben?«

»Ja«, antwortet Mariam. »Aber sie hören mir nicht wirklich zu.«

»Waaas? Dann sind sie dumm. Du bist der intelligenteste Mensch, den ich so kenne.«

»Oh«, sagt sie. »Danke.«

»Du warst schon immer intelligent«, sagt Hassan. »Du hast Köpfchen. Du bist gebildet. Wenn sie dir nicht zuhören, dann ... ich weiß nicht. Ich hoffe, sie wissen, was sie da oben tun.«

»Na ja. Alles deutet auf das Gegenteil hin.«

»Was?«

Sie lächelt. »Einen Scheiß wissen die, soweit ich mitbekommen habe.«

Er schüttelt den Kopf. »Das überrascht mich eigentlich gar nicht, weißt du? Die sagen immer nur: ›Ach, wird schon alles besser, wenn wir alle nur noch etwas länger gegeneinander kämpfen.‹ Aber ich glaube, sie sind viel zu sehr mit Kämpfen beschäftigt, um wirklich etwas verbessern zu können. Verstehst du?«

»Ja, das ist auch der Grund, warum ich jetzt hier bin. Ich hatte die Schnauze voll. Ich hatte nicht das Gefühl, dass wir da oben irgendetwas erreichen. Also dachte ich, dass ich herkomme und ... ich weiß nicht ... irgendwas Nützliches mache.«

Hassan starrt sie an, sein Kopf auf dem Kissen. Von der Anstrengung des Sprechens hat er Schweißperlen auf der Stirn. »Hör mir zu, ja?«, sagt er. »Ich werde dir einen weisen Hassan-Rat geben. Also sperr die Lauscher auf.«

»Okay.« Mariam lacht.

»Wenn du ein bisschen Einfluss hast, ja?«, beginnt er. »Wenn du da oben eine Stimme hast und diese Leute dir zuhören. Dann gib das auf keinen Fall auf. Weil ich da oben keine Stimme habe. Und wenn ich da raufgehen und ihnen sagen könnte, was ich denke, dann würde ich das tun. Ich würde ihnen sagen, dass sie mit dem Mist aufhören sollen und den Scheiß in Ordnung bringen müssen. Aber ich kann das nicht. Also musst du es für mich tun, ja?«

»Das werde ich«, hört sie sich sagen. Bevor sie überhaupt darüber nachdenken kann. Aber was soll sie auch sonst sagen? »Ich rede mit ihnen.«

Sie geht los, um Antibiotika für ihn zu finden, aber es scheint im ganzen Krankenhaus keine zu geben. Als sie wieder aufbricht, laufen ihr Tränen über die Wangen. Wie in Trance geht sie die Oxford Road zurück und bekommt fast gar nichts vom Weg mit. Sie zittert vor Wut und Entschlossenheit.

18

LANCELOT HÄLT SÜDLICH DES MERSEY AN UND
starrt die lange und leere Straße an, die vor ihm liegt,
den öden Asphalt und die Ruine der Überführung. Er
erinnert sich an eine andere Reise vor langer Zeit. Als
er mit Galehaut und Gwenhwyfar hierhergeritten ist,
um Arthurs Zorn zu entfliehen. Um Zuflucht zu
suchen. Die Kay ihnen nicht gewähren wollte.

Das wird er Kay niemals verzeihen. Hätte Kay ihnen einfach
sein Haus geöffnet, hätte er das alles verhindern können, was
danach kam. Aber Kay hatte sein Schwert abgelegt. Er wollte
es nie mehr aufheben und gegen seinen Bruder schwingen.
Und das war der Grund für alles, was sich anschließend er-
eignete. Wie die gesamten Gefilde um sie herum zusammen-
stürzten. Alle Unschuldigen erschlagen, alle Häuser verbrannt. Das war alles Kays Schuld. Nicht seine.

Er überquert den Mersey, die Bee Gees dröhnen in seinen
Ohren. Trottet nach Norden durch die Vorstädte von Manchester, vorbei an Reihe für Reihe aus hässlichen, identischen
Reihenhäusern. Fragt sich, wie die ganzen elenden Menschen
in diesem elenden Jahrhundert am Ende ihres elenden Tages
ihren Weg zurück zu ihren elenden Häusern finden. Er fängt
gerade an, die Musik richtig zu genießen, als bewaffnete
Männer hinter einer Reihe Mülltonnen hervorstürmen und
die Straße blockieren. Sie tragen zu viel taktische Ausrüstung

und richten ihre Gewehre auf ihn. Schreien ihn an, dass er vom Pferd absteigen soll.

Sie klingen amerikanisch. Lancelots Hand wandert zu seinem Schwert. Es hätte etwas Therapeutisches, ein wenig Blut zu vergießen. Aber sie könnten auf Rhiannon schießen, und er glaubt, dass er den Tod seiner Stute nicht verkraften würde. Nicht nach allem, was kürzlich geschehen ist. Nicht, nachdem er dem armen Gastwirt versprochen hat, dass er sich um sie kümmern wird.

Also hebt er die Hände, schürzt die Lippen und steigt aus dem Sattel.

Sie packen ihn am Kragen seiner neuen Jacke und zerren ihn die Straße entlang, dann durch ein Tor in eine Art Park. Aber nicht die Art von Park, in dem man früher Hirsche jagen konnte. Sondern die Art, wohin elende moderne Menschen gehen und Fußbälle hin und her treten. Nun wurde das Ganze in eine Art Militärlager umfunktioniert. Hütten und Zelte und riesige Wälle aus Sandsäcken mit Stacheldraht obendrauf. Das Gras wurde von Reifen und Panzerketten zu Matsch verrührt. Eine Legion von Panzern steht mit brummenden Motoren im Leerlauf da, wartet. Flugmaschinen mit ruhenden Rotoren. Die Luft flimmert von der Hitze der Abgase. Soldaten sitzen auf ihren Fahrzeugen oder stehen rum und sehen gelangweilt aus. Fast genauso gelangweilt, wie er sich fühlt.

Es ist eigenartig, dieses Lager. Eine Fahne hängt schlaff an einem Mast, aber es ist nicht die Flagge einer Nation. Nur ein paar Buchstaben auf blauem Hintergrund. Die meisten Soldaten tragen dieses Abzeichen irgendwo an ihrer Rüstung. Unwillkürlich fällt ihm auf, dass ihre Kampfausrüstung etwas leicht Bizarres hat. Nichts passt zusammen. Stückwerk, unterschiedliche Farben, unterschiedliche Größen. Sie tragen Mützen und Sonnenbrillen. Ausgebeulte Hosen. Er hat an genug

Kriegen teilgenommen, um zu wissen, dass gute Soldaten nur leichtes Gepäck haben. Diese Männer tragen viel zu viel mit sich herum, vor allem bei diesem Wetter. Niedergedrückt von nutzlosem Krempel. Seltsame Halstücher und Ringkragen. Das sind keine Soldaten. Nur Männer, die sich als Soldaten verkleidet haben. Das ist kein allzu gutes Zeichen.

Er wird in eine Art Baracke gezerrt und in ein Büro geschubst, das ein wenig nach säuerlichem Fleisch riecht. Auf dem Schild auf dem Schreibtisch steht COLONEL NASHORN. Eine Art US-amerikanische Fahne hängt an der Wand, aber irgendetwas stimmt nicht ganz damit. Daneben gerahmte Fotos von Colonel Nashorn, wie er über toten Tieren steht, mit Sonnenbrille und einem Grinsen im Gesicht. Colonel Nashorn mit einem Gewehr und einem toten Elefanten. Colonel Nashorn mit einem Langbogen und einem toten Zebra. Colonel Nashorn mit einer Angelrute und einem toten Lachs. Der reale Colonel Nashorn liegt auf einem Sofa, roter Kopf und Schweinsaugen. Er trägt eine gefütterte Weste und einen übergroßen Kampfanzug. Er grinst nicht. Er kaut etwas, während er bei einem Videospiel auf einem Breitbildfernseher Aliens mit einer Maschinenkanone ermordet. Als Lancelot und die Soldaten das Büro betreten, wirft er ihnen einen Blick zu, doch seine Daumen drücken weiter auf dem Controller rum.

»Wer ist diese Schwuchtel?«, will Nashorn wissen.

»Keinen blassen Schimmer«, sagt der Söldner links neben Lancelot. »Haben ihn an der Sperrzone geschnappt. Kam mit einem verfickten Pferd angeritten. Sagt, er will mit Ihnen reden.«

»Scheiße, Tyler, Sie hätten ihm einfach eine Kugel in den Kopf jagen sollen«, sagt Nashorn.

»Soll ich das jetzt machen?«, fragt Tyler und zieht eine Pistole aus seiner Cargohose.

»Oh, das würde ich an Ihrer Stelle nicht tun«, sagt Lancelot, der auf dem Boden kniet. »Meine Vorgesetzten in London wären sehr verärgert, wenn sie erfahren, dass Sie einen ihrer Agenten getötet haben.«

»Agenten?«, fragt Nashorn. Er zerknautscht sein Gesicht, wodurch er sogar noch mehr wie ein Walross aussieht als zuvor. »Was für Agenten?«

Lancelot greift sehr langsam in seine Brusttasche, zieht ein Stück Plastik hervor und wirft es auf den Boden. Die Karte ist größtenteils nutzlos, aber sie sieht recht offiziell aus.

Nashorn pausiert das Spiel und erhebt sich leise fluchend. Es scheint ihm schwerzufallen, sich zu bücken, um die Karte aufzuheben, aber er macht daraus eine Vorführung seiner Männlichkeit, wie ein Jäger, der sich hinkniet, um Bärenscheiße zu inspizieren. Er grunzt dabei etwas zu laut. Mustert blinzelnd die Karte, als wäre sie in einer fremden Sprache beschrieben. Lancelot ist nicht besonders beeindruckt.

»Mein Name ist Mister Lake«, sagt er. »Ich bin hier, um die Interessen der Regierung Seiner Majestät zu vertreten.«

»Ach du Scheiße«, sagt Nashorn. Und grinst plötzlich wie auf den Fotos. »Was Sie nicht sagen. Es ist mir ein Vergnügen, Sie kennenzulernen, Mister Lake, einfach nur ein richtig großes Vergnügen. Ich entschuldige mich für den Ärger, den unsere Jungs Ihnen möglicherweise bereitet haben, aber manchmal sind sie ein wenig übereifrig. Es sind wirklich gute Jungs. Sie schützen lediglich Ihre Investitionen. Sorgen für Sicherheit in Ihrem Land. Los, Jungs, lasst ihn aufstehen.«

»Vielen Dank«, sagt Lancelot, während er sich erhebt. »Ja, sie haben mir ein sehr sicheres Gefühl gegeben.«

Nashorn klatscht eine Hand auf seine Schulter und schüttelt ihn energisch. »Sie sind also auf einem Pferd hergeritten? Bin selber nicht so der Reiter, aber wir könnten uns eine Runde Golf gönnen, wenn Sie lange genug hier sind. Die Golfplätze sind so ziemlich das einzig Gute in diesem Scheißland. Wenn Sie mir meine Ausdrucksweise verzeihen. Wir sollten hier einfach alles in einen großen Golfplatz verwandeln.«

Lancelot zwingt sich zu einem Lächeln. »Vielleicht ein andermal.«

»Mein Name ist Augustus Nashorn. Sie dürfen mich Gus nennen. Ich bin der Vizepräsident des Urbanen Konfliktmanagements im Sicherheitslösungsteam von Saxons hier in Nordengland.«

»Angenehm, Ihre Bekanntschaft zu machen, Colonel«, lügt er.

»Na ja, streng genommen bin ich kein Colonel mehr«, erwidert Nashorn. »Zumindest nicht offiziell. Ich kann Ihnen sagen, ein oder zwei Eigenbeschuss-Vorfälle reichen heutzutage schon, eine ganze Karriere zu beenden. Aber im privaten Sektor ist man da natürlich etwas einsichtiger.«

»Eindeutig«, sagt Lancelot.

»Lassen Sie mich Ihnen versichern, Mister Lake, dass die Investitionen Ihrer Regierung einer wirklich guten Verwendung zugeführt wurden. Gehen wir nach draußen, dann kann ich Ihnen etwas von der Hardware zeigen, für die Sie bezahlt haben. Wir haben hier draußen eine gewaltige Menge an Panzern und allem möglichen sonstigen Scheiß.«

Sie verlassen die Baracke. Ein Gefolge aus weiteren Amerikanern taucht scheinbar aus dem Nichts auf. Einige tragen Kampfausrüstung, einige Anzüge und kugelsichere Westen. Nashorn führt sie eine Reihe von rumorenden Fahrzeugen entlang. Er redet ununterbrochen, ohne etwas von Bedeutung zu sagen.

»Wir haben hier eine unglaubliche Operation am Laufen«, fährt er fort. »Ich meine, einiges von diesem Zeug ist völlig verrückt, wie Science-Fiction. Schauen Sie sich dieses Monster an! Ich liebe es einfach. Wyatt, erklären Sie ihm, was es macht.«

Der Soldat namens Wyatt nimmt Haltung an. »Äh, das Hauptgeschütz verfeuert Salven aus Mikroplastik-Fragmenten, die nicht auf Röntgenschirmen auftauchen, was die Möglichkeit einer chirurgischen Entfernung verringert und unter den feindlichen Kämpfern zu mehr Todesfällen durch Infektion führen kann.«

Nashorn schlägt an die Seite des Fahrzeugs. »Ist das nicht einfach nur cool? So etwas haben sie in Europa verboten, aber wir sind nicht mehr in Europa, nicht wahr? Ich sage den Leuten immer wieder, dass die Briten unsere Lieblingskunden sind. Sie lassen sich nie von irgendwelchen Vorschriften den Spaß verderben.«

Lancelot versucht zu schlucken, stellt jedoch fest, dass sein Mund völlig trocken ist. »Ich bin mir sicher, dass das alles sehr beeindruckend ist, Colonel. Aber warum ist nichts davon im Einsatz?«

Nashorn war gerade dabei, zärtlich den Kotflügel dieser Monstrosität zu streicheln, aber nun hält er inne, atmet ein paarmal laut durch den Mund ein und aus. »Äh, im Einsatz?«, sagt er. »Oh, das ist alles einsetzbar. Komplett einsatzbereit. Lässt sich richtig toll einsetzen.«

»Aber warum ist es *jetzt* nicht in Einsatz?«, fragt er. »Sie sollen doch gegen diese Rebellen kämpfen, oder nicht?«

Nashorn fährt sich mit der Zunge über die Lippen, dann kommt er einen halben Schritt näher. Zieht Lancelot ins Vertrauen. »Also, nur zwischen uns beiden, Mister Lake ... all diese woken Schneeflöckchentypen scheinen sich genauso sehr gegenseitig töten zu wollen, wie sie uns töten wollen. Und ich habe keinen blassen Dunst, warum sie das tun. Wenn sie alle aufhören würden, aufeinander zu schießen, und anfangen, auf uns zu schießen, würden wir tief in der Scheiße stecken! Aber so, wie es ist, lehnen wir uns gern zurück und schauen zu, wie sie ihre Munition gegen sich selbst verschwenden. Das wird es für uns einfacher machen, wenn wir schließlich einmarschieren.«

Dem kann Lancelot nicht widersprechen. *Divide et impera.* Aber er will keine Sekunde länger als unbedingt nötig untätig in dieser Belagerungsstellung mit diesen furchtbaren Amerikanern herumsitzen. »Colonel«, sagt er. »in dieser Stadt gibt es etwas, das ich brauche. Es wäre im Interesse der nationalen Sicherheit, wenn Sie mir eine Eskorte zur Verfügung stellen können.«

Nashorn sieht ihn verständnislos an. »Äh, gerade jetzt wollen Sie da lieber nicht reingehen, Mister Lake. Wir observieren ein Treffen von Rebellenführern. Heikle Situation. Aber wir überwachen die Lage sehr genau. Stimmt's, Troy? Wir überwachen die Situation, nicht wahr?«

»Ja, Sir«, sagt ein Soldat mit Sonnenbrille. »Wir haben das Gebäude unter Beobachtung.«

Lancelot ist verwirrt. »Sie wissen, in welchem Gebäude sie sich befinden?«

Nashorn grinst. »Ja, Sir, Mister Lake. Das ist genau die Sorte erstklassiger geheimdienstlicher Information, für die Ihre Regierung bezahlt. Kommen Sie hier entlang, dann zeigen wir es Ihnen.«

Hinter den aufgereihten Panzerfahrzeugen wurde eine Art Beobachtungsplattform errichtet. Sobald er oben steht, kann er in der Ferne Glastürme sehen. Insgesamt vier, die weit hinter den nahen Häusern und Bäumen im Sonnenlicht glänzen. Deutlich höher als jeder Kirchturm. Das kann nicht Mamucium sein, Kays sumpfige kleine Festung im Norden. Warum sollte man dort Wolkenkratzer bauen?

Der Soldat namens Troy reicht ihm ein klobiges Fernglas, er nimmt es und setzt es an. Vergrößert sehen die Türme sogar noch hässlicher aus. An einem hängt ein rotes Banner.

»Die Rebellen sind in diesem Gebäude?«, fragt er.

»Völlig richtig«, sagt Nashorn.

Lancelot spürt, wie sich etwas in seiner Magengegend zusammenzieht. Kay könnte in diesem Gebäude sein.

»Warum feuern Sie nicht einfach eine Rakete darauf ab?«, fragt er.

»Mir gefällt Ihre Denkweise, Mister Lake«, sagt Nashorn. »Ich sehe, dass Sie ein wahrer Kenner in solchen Angelegenheiten sind. Aber die Sache ist die, Mister Lake. Sie müssen wissen, dass die meisten dieser großen Wolkenkratzer da drüben von mächtigen chinesischen Konzernen finanziert wurden.«

»Okay. Und?«

»In diesen Gebäuden hängt quasi jede Menge chinesisches Kapital fest. Ich persönlich würde sie liebend gern wegpusten, nur um die gottverdammten Chinesen zu ärgern. Aber die Sache ist die, Mister Lake. Sie müssen wissen, dass auch viele unserer Anteilseigner in China ansässig sind. Und wir wollen auf keinen Fall unsere Anteilseigner verärgern. Selbst wenn sie Chinesen sind. Also höre ich, was Sie sagen, und die Interessen der britischen Regierung liegen uns wirklich sehr am Herzen – wie ich sagte, sind Sie unsere Lieblingskunden! Aber mir sind die Hände gebunden. Wir haben keinerlei Befugnis zu, äh, Kampfhandlungen in der Nähe dieser Gebäude.«

Lancelot hört mit einem Ohr zu, während er gleichzeitig durch den Sucher blickt. Er hat etwas gesehen, das ihn zum Lächeln bringt. Etwas Großes und Schlangenartiges am Himmel, das sich zum Glasturm voranschlängelt.

»Und was ist mit Drachen, Colonel?«, fragt er.

»Was soll das heißen?«

»Schauen Sie selbst.«

Nashorn schnappt sich das Fernglas wie ein Kind, das ein Spielzeug haben will. Er lugt hindurch, reckt den Hals und krümmt die Schultern, bis er plötzlich erstarrt.

»Heilige Scheiße«, sagt Nashorn. »Ist das echt? Das ist keine CGI?«

»Drachen sind seit über eintausend Jahren in England heimisch«, erklärt Lancelot. »Sie könnten der erste Mann seit Jahrhunderten sein, der einen tötet.«

Nashorn starrt immer noch durch den Sucher, sodass Lancelot seine Augen nicht sehen kann. Aber der Rest seines Körpers verrät seine Aufregung. Er atmet sehr schwer.

»Heilige Scheiße«, wiederholt er. »Haben wir die Befugnis, dieses Ding zu töten? Wo ist dieser verdammte Anwalt?«

Der Anwalt taucht auf, mager und blass, mit einer kugelsicheren Weste über Anzug und Krawatte. Er rückt seine Brille zurecht, bevor er spricht.

»Äh, bedauerlicherweise, Mister Lake, sind ... Drachen, Kryptide oder andere große exotische Tiere von unserem derzeitigen Vertrag zwischen Ihrer Regierung und Saxons PMC nicht abgedeckt. Wenn Ihre Regierung möchte, dass wir unsere Ressourcen gegen Drachen einsetzen, wäre eine Neuverhandlung des Vertrags und eine entsprechende Erhöhung der Entlohnung unserer Dienstleistungen erforderlich.«

Colonel Nashorn stößt ein frustriertes Grollen aus. Lancelot lächelt. Der Trick, um einen Drachen zu töten, besteht darin, eine Ritze in der Panzerung zu finden. Eine lockere Schuppe, unter die man sein Schwert schieben kann, um sie dann aufzuhebeln. Colonel Nashorn hat jede Menge lockere Schuppen.

»Colonel«, sagt er. »Sie gehören doch nicht zu den Leuten, die sich von irgendwelchen Vorschriften den Spaß verderben lassen, oder?«

Nashorn blickt sich zu seinen Offizieren um und kommt näher, sodass Lancelot seinen Atem riechen kann. »Verstehen Sie mich nicht falsch, Mister Lake«, sagt er mit gedämpfter Stimme. »Ich würde liebend gern diesen Drachen für Sie abknallen. Unbedingt. Es wäre mir ein Vergnügen. Aber wenn ich es mir mit unserer Rechtsabteilung verscherze, habe ich eine Menge Ärger an der Backe. Die haben meine Eier fest im Schraubstock.«

»Äh, Sir«, sagt Troy. »Wie es scheint, nähert sich dieses fliegende Wesen derzeit dem Zielgebäude.«

»Sehen Sie?«, sagt Lancelot. »Wenn Sie den Drachen abschießen, würden Sie damit die Investitionen Ihrer chinesischen Anteilseigner schützen. Sie wären ein Held.«

»Nun, ich ...«, sagt Nashorn.

»Sie könnten mit ihm ein Foto machen, wenn er tot ist«, sagt er. »Ich würde sogar die Kamera bedienen. Danach wird man Sie Colonel Drachentöter nennen.«

»Sir«, wirft der Anwalt ein, »ich rate dringend davon ab ...«

»Ach, zur Hölle mit Ihrem Rat«, sagt Nashorn. »Aufsatteln, Jungs! Wir gehen auf Drachenjagd! Wir rollen los! Mister Lake, Sir, möchten Sie bei mir im Wagen mitfahren?«

»Meinen verbindlichsten Dank für dieses Angebot«, sagt Lancelot. »Aber ich bin mit einem Pferd gekommen, und es wäre zu schade, es nicht zu benutzen.«

»Hört euch diesen Kerl an!«, sagt Nashorn grinsend. »Ich mag Ihren Stil, Mister Lake. Also gut, lasst uns ausrücken!«

Das Lager stürzt ins Chaos. Männer rennen in alle Richtungen, Drohnen summen wie Hornissen durch die Luft, alle Kriegsmaschinen versuchen gleichzeitig, aus dem Lager zu rollen. Lancelot sucht sich einen Weg durch den Verkehrsstau zum schmalen Grünstreifen, der am Rand des Lagers vom früheren Park übrig geblieben ist. Dort wartet Rhiannon schon auf ihn, also springt er ohne weitere Umstände auf ihren Rücken.

19

KAY WARTET DRAUSSEN VOR DEM KONFERENZRAUM auf Mariam und überlegt, was er ihr sagen soll. Er würde gern versuchen, die Verbundenheit zwischen ihnen zu flicken, aber so etwas war noch nie seine Stärke. Er würde lieber einen Schild oder ein Strohdach flicken. Eine Entschuldigung könnte in dieser Situation ein guter Anfang sein. Dann ist sie vielleicht nicht mehr so wütend, wenn er zu den schlechten Neuigkeiten übergeht.

Die Lifttür öffnet sich, Mariam tritt heraus. Sie sieht aus, als wäre sie bereit, gegen die Schotten in die Schlacht zu ziehen. Seine Worte bleiben ihm in der Kehle stecken.

»Hast du mit Nimue gesprochen?«, fragt sie.

»Ähm ...«, setzt er an. »Ja, das habe ich, aber ...«

»Gut«, sagt sie. »Komm mit.«

Ihm bleibt kaum eine andere Wahl, als ihr in den Konferenzraum zu folgen.

Es macht nicht den Eindruck, als hätten sie viel verpasst. Gerade drohen die Cumbrianer damit, die Aquädukte zu sperren und Manchester verdursten zu lassen, wenn die Kommunisten nicht tun, was sie von ihnen verlangen. Die Kommunisten hingegen sprechen über die Wichtigkeit der dialektischen Methode. Aber als Mariam in den Raum stürmt, schauen alle auf.

»Eure Krankenhäuser sind eine verfickte Schande«, ruft sie.

Der Kommunist namens Tarquin sieht sie verdutzt an. »Ähm«, sagt er. »Wir werden am Donnerstag eine Sitzung des Unterausschusses abhalten, um über das Gesundheitswesen zu diskutieren, aber im Moment sind wir ...«

»Welchen Sinn hat das alles, wenn ihr den Menschen nicht einmal eine Gesundheitsversorgung bieten könnt?«, fragt Mariam. »Wozu der ganze Terz? Geht es nur darum, dass ihr euch als Lenin verkleiden könnt und euch selbst auf die Schulter klopft?«

»Mar«, sagt Willow leise. »Warum setzt du dich nicht?«

»Nein, ich werde mich nicht setzen«, sagt sie. »Die Menschen leiden im ganzen Land. In den Krankenhäusern und den Flüchtlingslagern, in ihren eigenen Häusern, überall. Wenn sie sehen könnten, wie viel Zeit wir hier vergeuden, wären sie stinksauer. Weil wir ihre einzige Chance auf etwas Besseres sind. Niemand wird aus dem Nichts auftauchen und versuchen, die Welt in Ordnung zu bringen. Das ist unsere Aufgabe. Also lasst uns aufhören zu streiten! Lasst uns lieber gemeinsam darüber nachdenken, wie wir die Saxons und die Ölbarone und all die anderen bösen Menschen in der Welt besiegen können. Wir müssen keine besten Freunde sein. Wir müssen uns nicht einmal mögen. Wir müssen nur zusammenarbeiten und uns gegenseitig helfen und überlegen, was als Nächstes getan werden sollte.«

Kay wird warm ums Herz. Er wünscht sich, er hätte Caliburn dabei, damit er ihr auf der Stelle das Schwert überreichen könnte.

»*Felly beth ddylen ni ei wneud gyntaf?*«, fragt der König von Wales nach einer Weile.

Kay räuspert sich. »Er fragt, was du denkst, was wir als Nächstes tun sollten.«

»Ich finde, wir sollten die Avalon-Plattform zerstören«, sagt sie. »Dieses Ding steht für alles, wogegen wir kämpfen, alles auf einem Haufen. Also lasst uns einen Plan machen und sie sprengen. Um eine Botschaft an die Menschen zu senden. Um ihnen zu zeigen, dass wir es ernst meinen.«

»Ja«, sagt Tarquin, dem die Idee zu gefallen scheint. »Ja! Es ist die physische Manifestation der Korporatokratie! Die Plattform zu vernichten, wäre eine machtvolle Botschaft.«

»Wir könnten warten, bis die Regierung dorthin umgezogen ist«, schlägt Gethin vor. »Um sie alle mit einem Schlag auszuschalten.«

Der schottische Botschafter rückt seine Krawatte zurecht. »Die Republik Schottland würde eine solche Vorgehensweise nicht zwangsläufig ablehnen.«

»Und wie willst du das anstellen?«, fragt Leo von der RLF. »Ich meine, ja, toll, nieder mit den Kapitalisten, Faschos aufs Maul und so. Auf jeden Fall. Aber haben wir dann nicht noch ein Ölfeuer? Wie vor Kurzem in Preston?«

»Nun«, sagt Mariam. »Das wird euch mein Freund Kay erklären.«

Damit hat Kay nicht gerechnet. Sein Magen wird zu Eis, er sucht nach Worten. Wo soll er anfangen? Mit sich selbst? Mit König Arthur? Die ganze lange Geschichte? Oder beschränkt er sich auf das Wesentliche? Nimue. Wasser. Aber selbst dann müsste er lügen. Nimue sagte, dass sie nicht helfen wird. Es gibt keinen Plan, keine Hoffnung, diese Seefestung zu zerstören, ohne sie in die Luft zu jagen. Das kann er ihnen nicht sagen. Aber irgendetwas muss er ihnen sagen.

»Nun ...«, beginnt er, »ihr glaubt es vielleicht nicht, aber ...«

Er wird gerettet, als die Drachin aus Preston an den Fenstern vorbeisaust, ihre gepanzerte Unterseite so nah am Gebäude, dass ihre Flügelschläge die Scheiben scheppern lassen, ihr langer Schwanz rauscht hinter ihr durch die Luft, stachelig und knorrig wie eine Keule. Die Rebellen springen von ihren Stühlen auf und starren fassungslos aus dem Fenster, die Drachin zuckt achtlos mit dem Schwanz und zerschlägt damit die Scheiben, plötzlich regnet es Glassplitter, und kalter Wind rauscht durch das Fenster.

Kay blickt zu Mariam am anderen Ende des Raumes. »Bleib hier!«, brüllt er durch den Wind.

Dann rennt er aus dem Konferenzraum in den Korridor. Er findet ein Treppenhaus mit grauen Wänden und stürmt hinauf, spürt sein Herz in seiner Brust donnern. Eigentlich sollte man keine Erleichterung oder Begeisterung fühlen, wenn ein Drache angreift, aber genau das empfindet er. Es ist die Art Problem, für das er nur sein Schwert braucht.

Auf jedem Stockwerk hält er kurz an, um durch die Türfenster zu blicken und zu schauen, ob er schon hoch genug ist. Nach vier Stockwerken sieht er den Himmel, also drückt er die Tür mit der Schulter auf. Dann steht er im rauschenden Wind auf einer Betonfläche, über ihm sind nur noch Stützpfeiler. Der Turm wurde nicht fertig gebaut. Der Wind rüttelt an einer orangefarbenen Einzäunung rund um die Kante des Gebäudes. Sonst ist nichts zwischen ihm und dem Himmel.

Er kann die gesamte Stadt überblicken, über das Labyrinth aus Glas, Stein und Metall hinaus zu den fernen Hügeln mit den weißen Windmühlen. Er kann noch viel weiter sehen, nach Westen über das Flachland und bis zum Meer. Der Löwenanteil des Nordwestens Britanniens breitet sich vor ihm aus. Das meiste davon war einst sein Rittergut. Zwischen dem Mersey und dem Vale of Lune. Die Leute haben ihn dafür verspottet. Nannten es tiefste Provinz. Das Arschende von Britannien. Er ist anderer Meinung. Seiner Ansicht nach ist es wunderschön. Selbst jetzt nimmt er sich eine halbe Sekunde, es zu bewundern.

Aber nur eine halbe Sekunde. Die Drachin zieht vorbei, umkreist das gesamte Gebäude, bevor sie ihre Flügel anlegt und nach unten verschwindet.

Doch da ist nicht nur die Drachin. Der Himmel ist voller Sachsen und ihren Maschinen. Diese surrenden Windrädchen wirken bei Tageslicht sogar noch tödlicher als in der Dunkelheit. Kräftige Dinger mit vier oder fünf Rotoren und lauter Waffen. Sie beschießen das Gebäude, ihre Waffen feuern nach unten. Von hier aus kann er nicht erkennen, ob sie auf die Drachin oder die Kommunisten zielen. An den größeren Maschinen hängen Männer an Seilen und versuchen, auf dem Gebäude zu landen. Es war ihm lieber, als die Sachsen noch in Booten kamen.

Das Vierte, was Kay auffällt, nach dem Ausblick und der Drachin und den Windrädchen: Er ist nicht die einzige Person hier oben. Nicht weit von der Einzäunung steht Regan, die Arme ausgebreitet, ihre Haare flattern im Wind.

Dann wird ihm alles klar. Er fragt sich, warum er es nicht schon früher gesehen hat. Sie hält zwar keinen Zauberstaub oder skandiert uralte Beschwörungen, aber er erkennt es an ihrer Haltung, an der Tatsache, dass sie keine Angst zeigt. Sie wusste, dass die Drachin kommen würde, weil sie selbst sie herbeigerufen hat. Sie hat sie heraufbeschworen.

Als sie Kay sieht, gibt sie sich keine Mühe, es zu verbergen. Stattdessen lächelt sie ihm zu. Dann verwandelt sie sich. Aus ihrer Kleidung sprießen Stacheln und Federn. Ihre Füße werden zu Krallen. Ihre Augen weiten sich. Aus ihrem Gesicht wird ein Schnabel. Und dann springt sie über die Gebäudekante, stürzt sich hinab.

Kay zieht sein Schwert. Er rennt zur Absperrung, schaut ihr hinterher. Und sieht, wie eine gefiederte Gestalt die Flügel ausbreitet und zum Boden hinabgleitet.

Manchmal verschwindet ein Monster, wenn man den tötet,

der es heraufbeschworen hat. Vielleicht wird die Drachin sich wieder schlafen legen, wenn er Regan ausschaltet. Er würde jederzeit lieber gegen eine Hexe als gegen einen Drachen kämpfen. Aber wie soll er nach unten gelangen? Er kann sich nicht in einen Vogel verwandeln. Aber dann sieht er eine Art Rohr, das schräg hinabführt, eine Rutsche. Er weiß nicht, woraus sie besteht oder ob sie sein Gewicht halten kann. Aber sie führt bis ganz nach unten.

Er ist mindestens zwanzig Stockwerke über dem Boden. Er könnte einfach umkehren und die Treppen hinuntereilen. Aber dann würde er sie verlieren.

Er steckt sein Schwert wieder in die Scheide, dann löst er den Schild von seinem Arm. Kurz zögert er unentschlossen, bevor er den Schild die Rutsche hinunterwirft. Das Tempo, mit dem er in die Tiefe schießt, gefällt ihm nicht. Und auch nicht das Geräusch, das er dabei macht. Aber jetzt hat er ihn hinuntergeworfen. Also muss er ihm folgen.

Kay zieht seinen Stab aus der Schlaufe und wirft ihn ebenfalls in die Rutsche, als Nächstes sein Schwert, mit der Klinge voran, in der Hoffnung, dass er nicht darauf landet und sich verletzt. Schließlich betet er flüsternd, dass Christus ihn beschützen möge, und stürzt sich selbst die Rutsche hinunter.

Im Laufe der Jahre hat er sicher schon verrücktere Dinge getan, aber auf die Schnelle fällt ihm kein Beispiel ein. Schon bald wird ihm klar, dass es keine gute Idee war. Das Rohr führt fast senkrecht hinunter. Es ist keine harte Röhre, die Wände sind weich, sie schmiegen sich um ihn und bremsen seinen Sturz kein bisschen. Er fällt wie ein Stein. Wahrscheinlich wird er bei der Landung seine Beine zerschmettern, dann langsam sterben und unter seinem Baum aufwachen. Es würde ihm recht geschehen, weil er so ein Idiot war. Ihm wird bewusst, dass er schreit, aus voller Lunge brüllt.

Doch dann wird die Röhre plötzlich stabiler. Sie ist mit

Rippen verstärkt und schlängelt sich in regelmäßigen Abschnitten hin und her. Als würde er durch die Gedärme eines Plastikgiganten flutschen. Dafür tut es jetzt mehr weh. Seine Rippen knallen bei jeder Verengung gegen die Streben, dann stürzt er weiter zur nächsten. Aber zumindest wird er dadurch ein wenig abgebremst.

Dann macht die Röhre eine leichte Kurve, und er wird auf den Rücken gedreht. Bewegt sich immer noch schnell. Zu schnell. Plötzlich endet die Röhre und schleudert ihn hinaus ins Tageslicht, auf einen Haufen äußerst schmerzhafter Objekte. Es treibt ihm die Luft aus der Lunge.

Dann liegt er da, starrt zur Sonne hinauf, bis er wieder Luft bekommt und sicher ist, dass er nicht tot ist. Er befindet sich auf einer Art Müllhaufen, in einem Metallkasten voll mit Glasscherben, Abfallbeuteln und anderen Sachen, die durch die Rutsche hinuntergeworfen wurden. Leider war niemand so rücksichtsvoll, auch ein paar Kissen oder Matratzen hinterherzuwerfen.

Regan ist irgendwo hier unten. Er muss sie finden. Das ist das Einzige, das ihm die Kraft gibt, seine schmerzenden Gliedmaßen zu bewegen, sich aufzurappeln. Auf die Beine kommen ist alles andere als ein Spaß. Er hat sich vielleicht die eine oder andere Rippe angeknackst, aber damit kann er leben. Er hat schon Schlimmeres durchgestanden. Seine Arme und Beine scheinen nicht gebrochen zu sein.

Er findet seinen Schild, dann sein Schwert. Es steckt bis zum Heft in irgendeiner bräunlichen Masse, er will gar nicht wissen, was es ist. Er wischt es an seinem Umhang ab. Er braucht länger, als ihm lieb ist, um aus dem Müllhaufen zu klettern und auf den Boden zu gelangen. Er befindet sich auf einer Baustelle. Hier stehen Maschinen, die offenbar dazu genutzt wurden, diesen Glasturm zu errichten. Nichts davon wird ihm irgendwie weiterhelfen.

Der Stab liegt auf der Erde. Als er ihn aufhebt, fühlt er sich heiß an. Er knistert vor Energie.

Das Gelände ist von einer dünnen blauen Wand umgeben, in der ein Tor nach draußen führt. Es schmerzt, wenn er sein rechtes Bein belastet, aber er humpelt zum Tor und blickt auf die Straße.

Draußen herrscht Krieg. Sachsen rücken über die Straße zum Turm vor, mit Gewehren und neuartigen Metallschilden bewaffnet. Er hätte nie gedacht, dass Schilde mal ein Comeback feiern würden, aber da sind sie. Sie scheinen jedoch nicht allzu viel zu bringen. Die Kommunisten halten den Eingang zum Turm und feuern aus den oberen Stockwerken auf sie herab. Kay würde es vermeiden, ein Gebäude so zu stürmen, wenn der Feind Kugeln aus fünf oder zehn Stockwerken Höhe herabregnen lässt. Doch dann kommen gepanzerte Fahrzeuge die Straße herauf. Ihre Kanonen erwidern das Feuer. Plötzlich regnet es Glasscherben statt Kugeln. Dann rennen die Sachsen los und stürmen die Türen mit Rammböcken.

Entweder haben sie ihn nicht bemerkt, oder er ist ihnen egal. Sie haben auch ohne verirrte Ritter genug Sorgen. Er könnte losgehen und ein paar von ihnen ermorden, aber sie sind mit einem halben Bataillon angerückt. Wahrscheinlich würden sie ihn sehr schnell erledigen.

Ein weiterer Moment der unklaren Loyalitäten. Diese Männer mit den Rammböcken sind nur Soldaten, die ihre Arbeit machen. Er war häufiger an ihrer Stelle, als er sich erinnern möchte. Wie sie früher vor den Mauern einer aufständischen Stadt gegen die Tore hämmerten, während Pfeile und Steine und heißes Öl und Eimer voll Scheiße auf sie herabregneten. Wäre die Ausgangssituation jetzt anders, wäre er womöglich auf ihrer Seite. Marlowe hätte ihn wecken können, um ihn nach Manchester zu schicken, damit er sich mit irgendwelchen Rebellen anlegt. Hätte er es getan? Vielleicht. Dann wäre er mit den Sachsen aufmarschiert, hätte mit ihnen darauf gewartet, durch die Türen zu stürmen und ein paar Rebellen abzuschlachten. Vielleicht hätte er ohne lange zu fackeln Mariam und die anderen getötet.

Schon so viele Jahre Kriegserfahrung, und er grübelt immer noch zu viel während eines Kampfes. Das hat ihn mehr als nur einmal umgebracht. Während er noch mit Denken beschäftigt ist, brechen die Sachsen schon durch die Tür und stürmen ins Gebäude. Rücken in großer Zahl in die Lobby vor. Das war's dann wohl. Sie haben das Erdgeschoss besetzt. Jetzt wird es einen harten Kampf geben, während sie versuchen nach oben vorzudringen. Mariam in Sicherheit bringen ist soeben erheblich schwieriger geworden. Außerdem hat er noch eine Drachin zu töten und eine Hexe zu ...

Plötzlich taucht zwischen zwei Panzerfahrzeugen ein weißes Pferd auf, und alle anderen Gedanken verflüchtigen sich aus Kays Kopf. Das Pferd ist von all dem Lärm und dem Chaos verängstigt, aber der Reiter weiß mit dem Tier umzugehen, wie es heutzutage kaum noch jemand kann. Er beruhigt es, lässt es wenden. Lässt es die Straße entlanggaloppieren, damit es seine nervöse Energie abreagieren kann. Es kann nicht sein, dass hier wirklich gerade ein Pferd herumläuft, es muss eine Vision sein, etwas aus der Anderwelt, ein Pferd, das von den alten Göttern geschickt wurde. Aber das ist es nicht. Der Mann auf dem Pferd hebt seinen Schild über den Kopf, um sich vor herabfallenden Trümmern zu schützen, und auf dem Schild ist ein goldener Löwe auf blauem Feld.

Etwas Seltsames passiert im Bauch und in den Knochen, wenn man jemanden sieht, den man seit vierzehnhundert Jahren hasst. Es ist mindestens ein halbes Jahrhundert her, seit sie sich das letzte Mal gesehen haben. Es fühlt sich nicht lange genug an.

Lancelot kommt näher, zügelt das Pferd und starrt zum Turm hinauf. Er trägt einen Anzug. Es kann nur einen Grund geben, warum er hier ist.

Kay wartet und beobachtet ihn. Er könnte mit wirbelndem Stab um die Ecke stürmen und Lancelot in einen Salamander verwandeln, wenn er wirklich wollte. Aber selbst im besten Fall kann man nie wissen, ob der Stab bereit ist, Wünsche zu erfüllen. Er könnte ihn auch in einen Löwen oder einen Drachen verwandeln. Das wäre noch schlimmer als Lancelot in menschlicher Gestalt. Aber nur ein wenig schlimmer.

Statt den Stab zu benutzen, tritt Kay aus der Deckung hervor. Die erste Welle der Sachsen ist inzwischen im Gebäude. Jetzt stehen nur noch sie beide auf der Straße, mit zehn oder zwanzig Schritten Abstand.

»Lance«, sagt er.

Lancelot zuckt leicht auf dem Sattel zusammen. Sein Gesicht zeigt etwas wie Erleichterung, für einen winzigen Moment. Dann wird es von etwas überdeckt, das Verachtung näher kommt.

»Kay«, sagt Lancelot. Sein Blick wandert nach unten. »Ist das dein alter Stab, oder freust du dich nur, mich zu sehen?«

»Ich freue mich nie, dich zu sehen.«

»Nun ja, diese Empfindung beruht auf Gegenseitigkeit«, sagt Lancelot. »Was genau glaubst du, was du hier machst? Ich würde es liebend gern wissen.«

Er zuckt mit den Schultern. »Die Gefilde retten.«

»Aber du bist schon wieder auf der falschen Seite. Warum bist du ständig auf der falschen Seite? Macht dir das auf irgendeine perverse Weise Vergnügen?«

»Sieht für mich nach der richtigen Seite aus«, sagt Kay. »Ich versuche lieber, die Lage in den Gefilden etwas zu verbessern. Statt nur zu tun, was die Männer in London mir sagen.«

Lancelot drückt seinen Nasenrücken zwischen Daumen

und Zeigefinger. »Glaubst du wirklich, hier wird irgendetwas besser, wenn du Arthur zurückholst?«

Kay hat keine Geduld für solche Sachen. Er blinzelt und schüttelt den Kopf. »Ich will ihn nicht zurückholen!«

»Warum bist du dann hier? Warum hast du den Stab?«

»Ich habe nicht vor, ihn zu benutzen«, sagt er. »Ich gebe nur darauf acht. Damit kein anderer ihn in die Hände bekommt.«

»Erwartest du ernsthaft, dass ich das glaube?«

Irgendwo über ihnen brüllt die Drachin, laut genug, um den Boden und ihre Knochen erzittern zu lassen. Sie können die Bestie nicht sehen, aber sie können sie hören. Lancelot blickt zum Turm hinauf, und sein Selbstvertrauen schwankt. Kay versucht, seinen Stolz hinunterzuschlucken. Er denkt an Mariam und die anderen, die im Turm gefangen sind.

»Hör zu«, sagt er. »Wir können das Vieh gemeinsam bekämpfen, wenn du magst. Aber ruf zuerst deine Männer zurück. Ich habe Freunde da drinnen. Ich will nicht, dass sie erschossen werden.«

Lancelot scheint für einen Moment darüber nachzudenken. Doch dann setzt er ein arrogantes Lächeln auf. »Ich glaube nicht, dass ich sie zurückrufen könnte, selbst wenn ich es wollte«, sagt er. »Du weißt, wie das ist. Die Hunde des Krieges.«

Kay spürt, wie Wut in seiner Brust aufwallt. Er erinnert sich, wie er nach Mamucium zurückritt und feststellen musste, dass sein Haus niedergebrannt war. Wie Wyn tot unter den herabgestürzten Dachsparren lag. Es war das Werk irgendwelcher sächsischen Banditen. Nicht diese modernen Nachahmer, die sich Saxons nennen, sondern tatsächliche Sachsen aus Brynaich, die jede Burg brandschatzten, auf der Arthurs Drachenbanner gehisst war. Und in deren Geldbörsen Lancelots Silber klimperte. Es war nicht Lancelot selbst, der die

Türen verbarrikadierte oder die brennenden Fackeln auf das Strohdach warf. Aber für Kay hatte das nie einen Unterschied gemacht.

»Ruf sie zurück«, presst er zwischen den Zähnen hindurch.

»Gib mir deinen Stab, und ich überlegs mir«, erwidert Lancelot.

»Ich werde dir den Stab nicht geben«, sagt Kay. »Und falls du wegen Caliburn hier bist, den kriegst du auch nicht.«

Lancelots Lächeln wird noch breiter. »Ich hatte gehofft, dass du das sagst.«

Sie ziehen ihre Schwerter. In dieser Situation hat jeder von ihnen Vorteile und Nachteile. Lancelot ist zu Pferde, er ist schnell, kann nach unten stoßen und die Masse seines Pferdes nutzen. Er hat Schwerkraft und Wucht auf seiner Seite. Aber er ist nicht gepanzert, genauso wenig wie sein Pferd. Jede Menge weiche Stellen, lebenswichtige Organe, die durchstochen, und Arterien, die aufgeschlitzt werden können. Es ist kein schöner Anblick, wenn das Blut aus einem Pferd strömt. Aber es erfüllt seinen Zweck.

Kay steht in Kampfhaltung hinter seinem Schild. Dieser Kampf ist im Moment nicht die sinnvollste Art, seine spärliche Zeit einzusetzen, aber es wird nicht lange dauern. Er will Lancelot das Grinsen aus dem Gesicht prügeln.

Lancelot hat sein Pferd bereits angespornt. Er kommt im Galopp die Straße entlanggestürmt. Aus seiner Kehle tönt ein rauer Schlachtruf – nicht der Name Arthurs oder Britanniens oder irgendeines Heiligen. Nur seine Verachtung und seine Empörung über die Unannehmlichkeit brechen aus seiner Lunge hervor. Er steht in den Steigbügeln und hebt das Schwert hoch über den Kopf, um mit Schwung zuschlagen zu können.

Ein weiterer Vorteil für Kay ist die Tatsache, dass Lancelot ihn für einen Idioten hält. Das konnte er all die Jahre immer wieder zu seinen Gunsten nutzen. Er hält sich den Schild über den Kopf, als wollte er darunter Schutz suchen. Richtet ihn auf Lancelots Abwärtshieb aus. Was bedeutet, dass Lancelot seinen Plan ändern wird. Er wird nicht von oben, sondern von unten zustoßen. Er wird versuchen, die Klinge unter den Schild zu bringen, um Kay die Brust aufzuschlitzen.

Er kommt näher, schreit noch immer. Und tatsächlich, Lancelot lehnt sich auf dem Sattel zur Seite, bis er fast herunterfällt. Sein Gewicht lastet nicht mehr auf dem Pferderücken, sondern hängt an der rechten Seite. Er hält sich nur noch mit dem Knie auf dem Sattel und klammert sich mit der Schildhand am Zügel fest. Er ist jetzt auf gleicher Höhe mit Kay, der ihn unter dem Schild im Blick hat. Das Schwert weit ausgeholt, um zuzuschlagen und durch Fleisch zu mähen.

Kay zieht plötzlich seinen Schild wieder vor sich, legt sein ganzes Gewicht dahinter und stemmt die Füße in den Boden. Er wünscht sich, er könnte jetzt Lancelots Gesichtsausdruck sehen, aber das massive Eichenholz versperrt ihm den Blick.

Ein lauter Knall. Lancelot wird gestoppt, das Pferd läuft weiter. Kay wird zurückgeschleudert. Der Aufprall von Lancelot gegen seinen Schild treibt ihm alle Luft aus der Lunge, lässt ihn taumeln, bis er auf dem Hintern landet. Das Pferd galoppiert an ihm vorbei, rammt dabei seinen Schwertarm und hätte ihm fast die Schulter gebrochen. Lancelot fliegt in die andere Richtung, kracht mit der Schulter auf die Straße.

Nun liegen beide auf dem Boden. Sie erlauben sich gegenseitig ein paar Momente des Schmerzes und des Ächzens. Schnappen nach Luft. Dann versuchen sie sich beide wieder aufzurappeln. Wer es am schnellsten schafft, wird den anderen vermutlich töten.

Sie sind noch nicht wieder auf den Beinen, als die Kanonen der Sachsen erneut losdonnern. Die Panzerfahrzeuge feuern in die Luft. Nicht auf den Glasturm, sondern auf die

Drachin, die jetzt vom Himmel herabschießt, riesig und schrecklich. Ihre enormen Augen bohren sich in Kays Seele. Feuer strömt aus ihrem Rachen.

Die Straße ist jetzt ein Ort, an dem Kay auf keinen Fall mehr sein möchte. Der Asphalt schmilzt. Die Panzerwagen brennen. Die gesamte Munition kocht und geht auf einen Schlag in die Luft. Lancelots Pferd flüchtet sich wiehernd in Sicherheit. Kay hilft Lancelot auf die Beine, bevor dieser protestieren kann. Führt ihn aus dem Inferno heraus und vom Turm fort, zur Sicherheit des Medlwc. Sie sind sich ohne Worte einig, dass dies nur ein kurzer Waffenstillstand ist, nur während sie verhindern, dass ihre Knochen zu Asche verbrennen. Danach können sie damit weitermachen, sich gegenseitig umzubringen. Kay riskiert einen Blick über die Schulter und sieht, wie der Kopf der Drachin hinter ihnen auftaucht. Sie atmet tief ein und bläst ihnen einen weiteren Feuerstrahl hinterher.

Sie rennen, das Feuer kommt immer näher. Kay erreicht das Geländer und springt einfach drüber, landet drei Meter tiefer auf dem Ufer des Medlwc und lässt sich im Flussschlamm abrollen. Lancelot knallt neben ihm auf den Boden. Das Feuer schießt über sie hinweg.

Sie rappeln sich erneut auf. Stöhnen erneut vor Schmerzen und Empörung. Jetzt stehen sie im Fluss, um ihre Füße plätschert das uralte Wasser. Alte Chipstüten tanzen im Strom. Von Nimue ist nichts zu sehen. Die Drachin scheint ihnen nicht gefolgt zu sein. Sie hat sich wieder dem Turm zugewandt und lässt mit ihrem Feuer Glas und Stahl schmelzen.

Mariam ist immer noch da drinnen, gefangen zwischen der Drachin und den Sachsen. Kay hätte sich nicht in diesen Kampf hineinziehen lassen sollen. Aber Lancelot baut sich schon wieder auf, rollt die Schultern. Bringt sich in Kampfstellung, mit einem Knie hinter seinem Schild.

»Warte«, sagt Kay. »Wir müssen ...«

Aber Lancelot lässt sich nicht aufhalten. Er stürmt voran, und ihre Schwerter treffen sich ein weiteres Mal.

Der Kampf ist um Längen schwieriger als gegen die Nazis im Lager bei Preston. Jahrhunderte sind verflogen, seit er das letzte Mal auf diese Weise fechten musste, und er braucht eine Weile, um sich zu erinnern, wie es geht. Lancelot nutzt das gnadenlos aus. Er war schon immer einer ihrer besten Schwertkämpfer. Er stürmt kraftvoll vor, mit geschickten kleinen Finten und Stößen, die wunderbar locker aus dem Handgelenk kommen. Und wie schon immer ist er gut darin, den anderen zu provozieren, ihn auf die Palme zu bringen. Zwischen einzelnen Schwerthieben schaut er auf seine Armbanduhr. Seine Miene ist so selbstgefällig, dass es einen rasend macht. Aber wenn man sich von der Wut leiten lässt und auf ihn zustürmt, schlägt er zu wie eine Schlange aus dem Gras.

Also muss man ruhig bleiben. In der Deckung des Schildes kämpfen. Kay weicht zurück, watet vorsichtig durchs Wasser, mit unsicherem Stand. Und Lance stürmt mit seinem üblichen Elan auf ihn zu, dem Flair und der Energie, mit denen er früher die Damen beeindruckte. Damen, denen nicht bewusst war, dass Lancelot ihr Interesse nicht erwidern würde.

Aber das hier ist kein Schaukampf. Vielleicht ist es an der Zeit, Lancelot daran zu erinnern. Kay duckt sich unter einem lustlosen Hieb weg, dann kommt er mit seinem Schild in Richtung Sonne hoch. Ein schneller Stoß mit dem Schildarm, und die eiserne Kante trifft Lancelots Oberlippe. Lancelot taumelt zurück, schreit auf, hebt seinen eigenen Schild eilig, um seine empfindlichen Stellen zu schützen, während er sich von diesem Schlag erholt.

Das verschafft Kay für einen kurzen Moment einen Vorteil. Er könnte sofort zum entscheidenden Angriff nachsetzen, seine Schwertspitze hinter Lancelots Schild bringen und ihm in die Eingeweide stechen. Oder in einer ungestümen Umarmung das Schwert in seinen Rücken schwingen und ihm die Wirbelsäule durchtrennen. Doch er stellt fest, dass er gerade Spaß hat. Seit etlichen Jahrhunderten hatte er nicht mehr die Gelegenheit, Lance eine blutige Nase zu verpassen. Nicht mehr seit Naseby. Also nimmt er sich diesen Moment, um wieder zu Atem zu kommen. Um zu grinsen und seinen Schwertarm zu dehnen.

Lancelot sieht die Freude in seinen Augen und knurrt ihn an. Seine tadellosen Zähne sind rot vom Blut. Er stößt mit einer neuen, kalten Rage vor, die Kay so noch nie bei ihm erlebt hat, prügelt aus allen Richtungen auf ihn ein. Probiert alles aus. Sticht unter dem Rand seines Schildes hervor. Versucht, ihm um die Seite herum in die Rippen zu stoßen. Schwingt das Schwert von oben herab, um seinen Hals oder seine Schultern zu spalten. Sticht geradeaus mit der Klinge durch Lücken in der Deckung in Richtung Herz. Kay blockt immer wieder ab, bewegt den Schild hierhin und dorthin, dreht sich, um auszuweichen. Versucht, auf der Ferse herumzuwirbeln und sein Schwert niedersausen zu lassen, während Lancelot an ihm vorbeizieht, doch Lancelot gibt ihm nicht die Gelegenheit. Kay muss immer weiter zurückweichen, sich flussabwärts drängen lassen. Er hat Lancelot noch nie so kämpfen gesehen.

Schließlich kann er nicht weiter zurück. Er ist von beiden Seiten von Ziegelmauern umzingelt. Der Medlwc verschwindet in einem Abzugskanal oder einem Tunnel, mit Gebäuden darüber. Ein schneller Blick über die Schulter, und er kann irgendwo am anderen Ende des Tunnels im Wasser Spiegelungen von Tageslicht sehen. Also duckt er sich in diesen seltsamen Durchgang mit glitschigen Wänden hinein. Aus dem Wasser wachsen Pflanzen, leere Flaschen schwimmen auf der schwarzen Oberfläche. Kay watet hindurch und in die

Dunkelheit, in der Hoffnung, dass Lancelot ihm folgt. Aber dieser hält an der Schwelle inne, um Luft zu schnappen. Er wischt sich das Blut vom Mund, immer noch wütend von diesem Schlag ins Gesicht. Aber es ist mehr als das. In Lancelot lodert ein Feuer mit sehr viel Brennstoff. Kay hat lediglich den Funken geliefert, um es anzuzünden. Er versucht, seinen eigenen Zorn lodern zu lassen, aber seine Neugier wird immer größer, bis sie die Oberhand gewinnt.

»Was hat dir denn so eine miese Laune gemacht?«, ruft er aus dem Zwielicht.

»Du kannst mich mal!«, antwortet Lancelot.

»Nein, wirklich«, sagt Kay. »Was ... ist los mit dir? Willst du darüber reden?«

»Ich will dich töten, den Drachen erlegen und nach London zurück«, sagt Lancelot. »Es sei denn, du möchtest dich ergeben.«

»Eher nicht.«

Lancelot seufzt. »Also gut.«

Er watet weiter. Kay hebt seinen Schild. Im Tunnel tauschen sie ein paar Hiebe aus, aber es ist so dunkel, dass keiner von ihnen genug sehen kann. Ein schlechter Ort für einen Kampf. Und ein noch schlechterer Ort, um zu sterben. Der Lärm von der größeren Schlacht hallt seltsam verzerrt vom Mauerwerk zurück, man kann gerade so das Rattern von Maschinenpistolen und das Getöse der Drachin ausmachen. Doch ihr Kampf hier unten ist lauter, unmittelbarer. Ihr keuchender Atem und das Platschen ihrer Füße im Wasser und ihre Schwerter, die sich in ihre Schilde schneiden. Schwierig, sich auf irgendetwas anderes zu konzentrieren.

Kay weicht immer weiter zurück, dann sind sie am anderen Ende des Tunnels und wieder im Tageslicht. Er hat dort auf etwas gehofft, wo er sich besser verteidigen kann, aber Fehlanzeige. Sie sind jetzt in einem kleinen künstlichen See, seicht und schwarz und voller Müll. Gemauerte Uferwege zu beiden Seiten und darüber eine Fußgängerbrücke aus Metall. Was ist mit dem Medlwc passiert? Strömt er nur in dieses Becken, um sich dann in einen Kanal zu verwandeln, der jede Erinnerung daran verloren hat, dass er einst ein wilder Strom war, der von den Hügeln herabfloss? Kay hasst es, wie die Menschen die Welt behandeln. Früher haben sie Flüsse verehrt. Jetzt mauern sie sie ein und lenken das Wasser nach ihrem Willen. Sie versuchen, Gott zu spielen.

Es ist ein Fehler, sich über den Zustand der Gefilde Sorgen zu machen, wenn man sich mitten in einem Schwertkampf befindet, und erst recht, wenn es ein Schwertkampf gegen Lancelot ist. Kay lässt sich überrumpeln, muss in einem ungünstigen Winkel parieren, und plötzlich steht seine Deckung offen. Lancelot schießt an ihm vorbei und landet hinter ihm. Wirbelt sein Schwert herum und erwischt ihn sauber an der Hand. Der Stahl dringt knirschend durch Knochen, ein unglaublicher Schmerz schießt ihm durch den Arm. Sein Schwert fällt ihm aus der Hand und verschwindet unter der Wasseroberfläche.

Jetzt steht er da, schwertlos und blutend. Umklammert sein verletztes Handgelenk mit der Schildhand. Sie wird verheilt sein, wenn er das nächste Mal unter seinem Baum hervorkommt, aber das hilft ihm jetzt gerade gar nichts. Lancelots Schwertspitze schwebt vor seiner Kehle, nahe genug, um ihn im Nu zu töten. Kay hört Lancelot keuchen. Er scheint zu glauben, dass er gewonnen hat.

»Gut«, sagt Lancelot, nachdem er wieder zu Atem gekommen ist. »Damit wäre das geklärt. Jetzt gib mir den Stab. Ich kann nicht zulassen, dass du damit herumrennst.«

»Nein«, sagt Kay.

Lancelot stöhnt. »Wenn du das noch länger hinauszögerst, werde ich zu erschöpft sein, um den Drachen zu töten.«

Kay hebt das, was noch von seiner Hand übrig ist. »Wir hätten ihn gemeinsam töten können«, sagt er. »Aber dazu ist es jetzt ein wenig zu spät.«

Keine Antwort. Lancelots Schwertspitze legt sich an seine Speiseröhre, aber sie dringt nicht ein. Lancelots Gesichtsausdruck ist nur schwer zu entnehmen, wie er sich fühlt.

»Ich muss dich nicht töten«, sagt Lancelot. »Gib mir einfach den Stab, dann kannst du gehen ... und dein eigenes Müsli zubereiten, oder was auch immer du bei diesen Ökospinnern gemacht hast.«

»Was, damit du Arthur zurückbringen kannst? Auf gar keinen Fall.«

»Warum sollte *ich* ihn zurückbringen wollen? Er glaubt, ich hätte mit seiner Frau geschlafen.«

»Auf mich ist er auch nicht allzu gut zu sprechen.«

Lancelot knurrt ihn an. »Du hast zu ihm gehalten, in den alten Tagen. In der letzten Schlacht.«

»Aber nur wegen der Sachen, die *du* getan hast.«

»Gib mir endlich den Stab!«

Hinter Lancelot taucht am Himmel ein Windrädchen der Sachsen auf. Purzelt auf einem hektischen Kurs hinter einem Gebäude hervor. Der Grund dafür wird offensichtlich, als der Kopf der Drachin ihm mit rauchenden Nüstern hinterherschlängelt. Sie atmet einen Feuerstoß aus, der so hell und heiß ist, dass Kay selbst in dieser Entfernung noch die Wärme spürt. Die Maschine wird vom Feuer verschlungen. Sie fällt vom Himmel, brennend und deformiert, und stürzt irgendwo auf der anderen Seite des Kanals ab, wo die Dächer Feuer gefangen haben und die Pflanzen brennen.

Lancelot dreht sich zur Drachin um, worauf Kay nach seinem Stab greift. Er lupft ihn aus der Gürtelschlaufe und fängt ihn weiter unten am Schaft auf. Umklammert ihn fest mit der verletzten Hand, die vom Blut ganz glitschig ist. Als Lancelot sich wieder ihm zuwendet, schwingt das Stabende schon seitwärts auf ihn zu. Der Stab trifft ihn direkt ins Gesicht und wirbelt seinen Kopf herum.

Ein lautes Knirschen. Kay sieht fliegende Zähne. Lancelot taumelt rückwärts, fällt fast ins Wasser. Mit weit aufgerissenen Augen drückt er den blutigen Mund gegen seinen Schwertarm und schreit hinein. Der Blick in seinen Augen wechselt von Schock und Schmerz zu etwas anderem. Zu ungehemmter Wut.

»Na ja, du wolltest doch den Stab«, sagt Kay.

Lancelot brüllt, zeigt sein blutiges Zahnfleisch. Er stürmt mit hocherhobenem Schwert auf ihn zu. Kay hebt seinen Schild und wehrt den Hieb ab. Dann kämpfen sie weiter, während um sie herum die Stadt brennt.

20

MARIAM WÜNSCHT SICH, SIE HÄTTE EIN SCHWERT.
Dann könnte sie vor ihren Verantwortlichkeiten davonrennen und die Treppen hinaufstürmen, um zu
versuchen, einen Drachen zu töten. Es muss nett
sein, das tun zu können, jedes Mal, wenn ein Drache
sein hässliches Haupt erhebt.

»Wir müssen es irgendwie wieder nach unten in den Bunker schaffen«, sagt sie, während sie Tarquin und den anderen
Kommunisten durch den Korridor folgt.

Aber Leo schüttelt den Kopf. »Nein, die Faschos haben bereits die unteren Stockwerke besetzt. Wir müssen hier oben
bleiben, bis wir sie in die Flucht geschlagen haben.«

Der Drache brüllt so laut, dass die Wände wackeln. Kommunistische Kämpfer stürmen in beide Richtungen durch
den Korridor, mit Maschinengewehren und Raketenwerfern
und Munitionskisten, von denen die meisten mit chinesischen Schriftzeichen gekennzeichnet sind. Tarquin führt die
anderen Rebellendelegierten zurück in den Empfangsraum,
wo immer noch das Frühstücksbüfett steht. Hier sind die
Fenster größer und gehen nach Süden. Sie vibrieren. Der
Himmel ist voller Drohnen und Kampfhubschrauber, sie
kommen immer näher.

Die Drachin schlängelt sich an ihnen vorbei, erschüttert
die Fenster mit jedem Flügelschlag. Fliegt vom Turm fort,

dem Schwarm der Drohnen entgegen. Mit ihrem uralten Drachengehirn kann sie nicht wissen, was Drohnen sind. Und die Drohnen sind nicht darauf programmiert, einen Drachen zu erkennen. Aber das hält beide nicht davon ab, den Entschluss zu fassen, sich gegenseitig zu vernichten. Der Himmel ist plötzlich voller Raketenspuren und Mündungsblitze, gefolgt von einem Schwall aus Drachenfeuer. Die Drachin benutzt ihren ganzen Körper als Waffe, beißt und krallt, zerschmettert Drohnen mit ihrem Schwanzende.

Mariam steht da und beobachtet die Schlacht, genauso wie alle anderen Rebellen, bis eine verirrte Kugel eines der Fenster zertrümmert und sie aus ihrer Trance reißt. Die Regenbogensoldaten kippen Tische um und errichten damit Barrikaden. Mariam geht dahinter in Deckung, zusammen mit den Kommunistenführern.

»Seht ihr das, Genossen?«, sagt Tarquin. »Er greift hauptsächlich die Streitmacht der kapitalistischen Unterdrücker an. Vielleicht ist der Drache ein Verbündeter der Revolution?«

Leo schüttelt den Kopf. »Drachen sind per se bourgeois. Das Drachennarrativ wurde überhaupt nur erfunden, um die Existenz der Land besitzenden Kriegerelite zu rechtfertigen.«

»Ah«, sagt Tarquin. »Ja, Genosse. Dann muss er durch das Volk vernichtet werden, um die Hinfälligkeit des Feudalsystems zu unterstreichen.«

»Drachen sind das Nationaltier von Wales!«, ruft Gethin hinter einem anderen Tisch. »Einen zu töten, wäre ein Aggressionsakt gegen New Gwynedd!«

»Nein«, sagt Dai ap Llywelyn.

Mariam braucht einen Moment, bis ihr klar wird, dass Dai Englisch gesprochen hat. Sie dreht sich zu ihm um, aber er starrt mit hartem Blick zum Fenster hinaus.

»Walisische Drachen sind rot«, sagt Dai. »Dieser hier ist

weiß. Was bedeutet, dass er ein englischer Drache ist. Kein walisischer.«

»Oh«, sagt Gethin. »Also *können* wir ihn töten?«

»Genossen!«, sagt Tarquin. »Genossen und Genossinnen, wir können zu einem späteren Zeitpunkt über den Drachen diskutieren oder auch, was wir diesbezüglich unternehmen wollen. Für den Moment schlage ich vor, dass wir unsere Verhandlungen fortsetzen. Unsere Soldaten werden für unsere Sicherheit sorgen. Wir können uns mit dem Drachen auseinandersetzen, sobald wir zu einer Vereinbarung gelangt sind, die uns der internationalen Befreiung der Arbeiter näher bringt.«

»Nein«, sagt Teoni. »Er hat meinen Hund getötet.«

Teoni hat irgendwo einen Raketenwerfer gefunden. Einer der Regenbogensoldaten hat ihn wohl unbeaufsichtigt zurückgelassen. Nun wuchtet Teoni ihn auf ihre Schulter, geht neben Mariam in die Knie und zielt durch das Fenster. Bevor Mariam etwas sagen oder tun kann, hat Teoni schon den Auslöser betätigt.

Zu spät hält Mariam sich die Ohren zu. Der Knall fühlt sich an wie ein Nagel im Trommelfell. Sie sieht, wie die Rakete als schwarzer Strich durch die Luft davonfliegt und eine Spur aus Rauch hinter sich lässt. Es sieht zuerst nicht danach aus, als würde sie die Drachin tatsächlich treffen, doch dann wendet sich die Drachin ihr zu. Mariam sieht irgendwo in der Nähe des Drachenkopfes einen Feuerball auflodern, neben ihrem Hals. Sie windet sich und zuckt zurück.

Teoni reckt triumphierend eine Faust, und Willow versucht ihr den Raketenwerfer aus der Hand zu reißen, aber Mariam versteht nicht, was die beiden zueinander sagen. Ihr klingeln immer noch die Ohren. Es hört sich an, als wäre sie unter Wasser. Aber sie kann sehen, was die Drachin tut. Sie hat das Interesse an der Drohne verloren, die sie gejagt hat.

Jetzt schaut sie in ihre Richtung. Sie verharrt auf der Stelle, lässt den langen Schwanz baumeln, schlägt schnell mit den Flügeln, um sich in der Luft zu halten. Sie folgt der Rauchspur der Rakete, zurück zum Ursprung.

»Oh, scheiße!«, sagt Mariam. Aber sie ist immer noch taub und kann sich selbst nicht hören.

Die Drachin prescht vor. Die Flügel schlagen, der Kopf wird größer und größer. Feuer strömt aus ihrem Maul. Die Kommunisten verlassen die Deckung und rennen weg, um sich in Sicherheit zu bringen, und sie folgt ihrem Beispiel, flüchtet mit allen anderen zum Korridor. Ihr Gehör kehrt rechtzeitig zurück, um zu hören, wie die Fenster nach innen zerplatzen. Dann spürt sie eine plötzliche Gluthitze am Rücken. Vor ihr ist der Korridor und hinter ihr der Tod, also rennt sie weiter, bis jemand sie am Arm packt und in einen Konferenzraum zieht.

Dann klopft jemand auf ihrer Jacke rum, weil der Ärmel in Flammen steht. Es ist Teoni, die mit einer Rate von vier Obszönitäten pro Sekunde vor sich hin flucht. In dem Raum sind jetzt wieder alle Mitglieder von FETA vereint. Alle bis auf eine.

»Wo ist Regan?«, fragt Mariam.

»Wir haben gerade größere Probleme«, sagt Willow. »Zum Beispiel, wie wir hier rauskommen.«

»Ich dachte, wir hätten uns darauf geeinigt, den Drachen zu töten«, sagt Roz. »Erinnert ihr euch? Unsere Kernzielsetzung? Den verfickten Drachen töten?«

»Mich brauchst du nicht so anzuschauen«, sagt Teoni. »Wenn ein Raketenwerfer nichts ausrichtet, weiß ich auch nicht weiter.«

Mariam schüttelt den Kopf. »Keine Ahnung. Wir ... wir sollten erst einmal aus dem Gebäude rauskommen. Wir können keinen Drachen erschlagen, wenn wir alle tot sind.«

Der Korridor brennt. Sie ziehen sich ihre Halstücher über die Nasen und wagen sich gemeinsam in den Rauch hinaus. Mariam findet sich auf einmal erneut in der Rolle der Anführerin wieder, obwohl sie selber keine Ahnung hat, wohin sie geht. Aber da die anderen ihr trotzdem folgen, hat sie wohl keine Wahl.

Sie stoßen auf die Delegierten aus Wales, die in großer Eile sind, um ihren König in Sicherheit zu bringen. Gethin gibt ihnen mit einer Kopfbewegung zu verstehen, dass sie ihm folgen sollen. »Wir haben Boote unten auf dem Kanal. Wir versuchen durchzubrechen. Ihr dürft uns gern begleiten.«

Das klingt etwa genauso sinnvoll wie alles andere, das gerade geschieht. Sie finden den Weg zu einer Hintertreppe, dann geht es zwanzig Stockwerke zwischen Betonsteinmauern und kalten Metallgeländern in die Tiefe, bis sie endlich draußen auf einer Baustelle ankommen. Aus allen Richtungen sind Schüsse zu hören.

Auf der Straße ist es auch nicht sicherer als im Turm. Kämpfer der Kommunisten halten die Stellung gegen eine Armee der Saxons, die mit Drohnen und Panzerfahrzeugen und allen möglichen anderen Dingen, mit denen Mariam sich lieber nicht anlegen möchte, die Straße herunterkommen. Aber die Waliser rücken weiter vor, durch eine Passage bis zu einer Ufermauer am Kanal. Und unten, im Wasser, wider jede Logik, sieht sie Kay, der gegen irgendjemanden kämpft. Gegen einen Mann mit goldenem Haar, der mit einem Schild auf Kays Schild eindrischt.

»Kay!«, ruft sie ihm zu.

Aber Kay antwortet ihr nicht. Der Mann mit dem goldenen Haar muss irgendein anderer Ritter sein, wird ihr klar. Jemand, den Kay aus den alten Tagen kennt. Aber sie kämpfen nicht wie Ritter. Zumindest nicht so, wie sie sich kämpfende Ritter vorstellt. Es hat nichts Heldenhaftes oder Edles. Sie sehen aus wie zwei Idioten, die in einem Kanal aufeinander einprügeln, und genauso ist es auch.

»Kommt weiter«, sagt Gethin. »Bis zu den Booten ist es nicht mehr weit.«

Eine Brücke aus roten Ziegelsteinen führt über den Kanal. Wenn sie es unter den Brückenbogen durch schaffen, sind sie fast in Sicherheit. Doch als sie näher kommen, füllt sich der Himmel mit Feuer. Dann landet die Drachin vor ihnen, so ungestüm, dass der Boden zittert und sie von den Beinen gerissen werden. Viel zu schnell für eine Kreatur ihrer Größe, eilt sie vor und legt sich über die Kanalbrücke. Ihr schlängelnder Körper versperrt ihnen den Weg. Doch sie versucht nicht, sie zu töten. Noch nicht. Sie schaut zu einer vorbeifliegenden Drohne hinauf. Atmet einen Strahl aus Feuer in den Himmel.

Jetzt stecken sie auf diesem Stück des alten Kais fest und dürfen warten, ob die Drachin irgendwann zufällig Zeit findet, sie umzubringen, oder ob davor die Söldner aufholen und sie erledigen. Die Kommunisten und die Regenbogensoldaten haben hinter ihnen eine Nachhut gebildet. Sie kämpfen und weichen gleichzeitig zurück. Am Ende der Passage sind, gerahmt von einem Quadrat aus Tageslicht, Saxons zu sehen. Tarquin taucht plötzlich neben ihr auf, mit wildem Blick. Sein Blazer ist versengt und verdreckt. Es sind zu viele Leute auf diesem Uferweg, zu viele feuernde Waffen, zu viele Kugeln, die Stücke aus dem Mauerwerk sprengen. Der König von Wales bricht unvermittelt von einem Querschläger in den Bauch zusammen. Blut spritzt auf die Steine unter ihren Füßen.

So will Mariam nicht sterben. Jemand muss etwas tun. Aber Kay und sein Freund ringen immer noch im Becken miteinander. Beide sind pitschnass und mit Schlamm verschmiert und versuchen, sich zwischen Verkehrshütchen und schwimmendem Abfall gegenseitig umzubringen.

»Kay, hier ist ein verfickter Drache!«, ruft sie und lässt mit den Worten ihre ganze Wut heraus. »Tu etwas!«

»Bin grad etwas beschäftigt!«, ruft Kay zurück. Kurz sieht es aus, als würde er gleich gewinnen, doch dann drückt der andere Ritter ihn unter Wasser. Schlägt ihm mit der Faust ins Gesicht, immer wieder.

Keiner der beiden sieht danach aus, als wollten sie helfen. Sie blickt hinunter, um zu schauen, ob sie ins Becken klettern könnte. Wenn das Wasser nicht zu tief ist, könnte sie die Rebellen vielleicht unter der Brücke hindurch in Sicherheit führen. Oder zu Kay hinüberwaten und ihn mit einer Ohrfeige zur Vernunft bringen.

Sie kann den Grund des Kanals nicht sehen. Aber was sie dort sieht, ist noch viel seltsamer.

Sie erkennt unter der Wasseroberfläche das Gesicht einer Frau, bleich und mit großen Augen. Sie blickt grinsend zu ihr auf, mit einem Mund voll scharfer Zähne.

Mariam starrt zu ihr hinunter. Und alles andere scheint stillzustehen.

Für einen kurzen Moment fühlt es sich an, als wäre sie woanders. Am Ufer eines sanft dahinströmenden Flusses, mitten in einem Wald. Blätter auf dem Boden. Nebel, der durch die Bäume treibt. Sie sieht, wie diese Frau sich aus dem Wasser erhebt, sie trägt ein durchnässtes weißes Kleid und wirkt nun weniger fischartig. Sie hält ein Schwert hoch. Irgendwo hinter ihr singen leise Stimmen, Engel oder Sirenen oder etwas in der Art.

Doch dann ist Mariam zurück auf dem Uferweg, und die Frau im Kanal bricht aus dem Wasser hervor. Sie ist mit Schuppen überzogen. Sie verzichtet darauf, sich vorzustellen oder sich das nasse Haar aus den Augen zu wischen. Sie streckt nur die Hand aus und hält das Schwert an der Klinge in die Höhe, das Heft nach oben, damit Mariam es ergreifen kann.

»Hier, Schätzchen«, sagt die Fischfrau. »Nimm!«

Mariam will es nicht nehmen, aber sie weiß nicht, was sie sonst tun soll. Sie beugt sich herab und greift nach dem Heft. Die Frau im Wasser lässt los und sinkt zurück unter die Oberfläche, grinst immer noch ihr breites und Zähne fletschendes Grinsen.

Das Schwert fühlt sich in ihrer Hand überhaupt nicht besonders oder mächtig an. Sie weiß nicht einmal, ob sie es richtig hält. Aber immerhin hat sie jetzt ein scharfes Stück Metall, was mehr ist, als sie vor drei Sekunden hatte.

Tarquin nutzt diesen Moment, um loszurennen und die Regenbogensoldaten hinter ihm im Dienst des Proletariats in den Tod zu führen. Er sprintet über den Uferweg am Kanal entlang und versucht, an der Drachin vorbeizukommen, doch der Drachenkopf folgt seiner Bewegung. Er senkt sich zum Uferweg hinunter und atmet einen zornigen Feuerstrom aus.

Als die Drachin dabei den Kopf dreht, entblößt sie ihren Hals. Und Mariam sieht eine Stelle aus rosafarbenem Fleisch, die nicht von Schuppen geschützt ist. Dort, wo Teoni die Drachin zuvor mit dem Raketenwerfer getroffen hat.

Selbst wenn sie eine Ahnung hätte, was sie tut, wäre nicht genug Zeit, darüber nachzudenken, also rennt sie einfach zum verfickten Drachen und hält dabei das Schwert unbeholfen mit beiden Händen. Dann stößt sie es nach oben in das weiche Fleisch, unmittelbar hinter dem Wangenknochen der Drachin. Erst als sie das Schwert schon bis zum Heft in das Fleisch gebohrt hat, merkt sie, dass sie dabei laut schreit.

Es ist, als würde ein Damm brechen. Blut schießt aus dem aufgerissenen Fleisch und strömt ihr widerlich warm und fest ins Gesicht. Es kommt in Stößen, im Takt des Herzschlags. Es ist in ihren Augen, ihrer Nase, ihrem Mund. Es tränkt ihr Haar, ihre Kleidung. Mariam würgt, zieht vor Schreck das Schwert wieder heraus und versucht, ihr Gesicht mit den Armen zu schützen. Nicht auf dem blutverschmierten Boden auszurutschen.

Die Drachin krümmt und windet sich, wirft den Kopf hin und her. Ihr ganzer Körper verkrampft sich. Sie zuckt mit dem Schwanz und demoliert damit ein Gebäude weiter unten am Kanal. Im Todeskampf atmet sie einen letzten Feuerbogen in den Himmel. Dann stürzt sie von der Brücke und landet mit einem riesigen Knall im Kanal, ein totes Auge auf den Himmel gerichtet.

Jetzt ist der Weg frei.

Mariam wischt sich das Drachenblut aus den Augen und wendet sich den anderen Rebellen zu, deutet mit dem Schwert auf den Uferweg. »Na, kommt schon!«

Niemand widerspricht ihr. Wer würde auch jemandem widersprechen, der ein Schwert in der Hand hält und voll Drachenblut ist? Sie bleibt stehen und wartet, bis alle an ihr vorbeigeeilt sind, die Leute aus Wales und Cornwall und die letzten überlebenden Kommunisten. Ihre Schwestern wollen sie in die Arme schließen und gratulieren, aber sie treibt sie voran. König Dai humpelt an ihr vorbei, gestützt von Gethin, hält nur so lange inne, um ihr kurz auf die Schulter zu klopfen. Er sagt etwas in schleppendem Walisisch. Dann taumelt er weiter, mit Drachenblut an den Händen.

Sie bleibt noch kurz stehen. Hält das Schwert und blickt hinunter zu Kay. Und fragt sich, wozu Ritter überhaupt gut sind.

21

KAY IST KURZ VORM ERTRINKEN, HAT DEN MUND voller Wasser. Den Stab hat er verloren, er liegt irgendwo im Kanal, genauso wie ihre beiden Schwerter. Aber sie kämpfen immer noch miteinander. Lancelot hat ein Knie auf seiner Brust und drückt ihn unter Wasser. Würgt ihn mit einer Hand und prügelt mit der anderen auf ihn ein. Keine besonders angenehme Art zu sterben, aber er hat schon Schlimmeres erlebt.

Er tastet nach etwas, das er Lancelot gegen den Kopf schlagen kann, ein Rohr oder einen Stein oder was auch immer sonst so auf dem Grund des Kanals rumliegt. Seine Hand streift Pflanzen und anderes nutzloses Zeug, bis er das Heft eines Schwerts findet. Es könnte sein eigenes sein oder das von Lance, oder Nimue hat ihm doch Caliburn gegeben. Egal. Er greift danach und führt es herum. Stößt die Klinge hoch in Lancelots Seite.

Blut trübt das Wasser. Lancelot fällt auf ihn drauf und zuckt krampfartig. Die Hand um Kays Hals lockert sich. Also schiebt er Lancelot von sich runter und lässt ihn zur Seite rollen. Setzt sich im Wasser auf und schmeckt wieder Luft, saugt keuchend nach Sauerstoff. Seine Lunge brennt.

Es ist Lancelots Schwert, das Kay in der Hand hält. Er zieht es aus Lancelots Seite und wirft es ins Wasser, außer Reichweite seines Besitzers. Sonst könnte Lancelot gerade noch genug Kraft übrig haben, um damit irgendwelchen Schaden anzurichten. Er ist noch nicht ganz tot, wird es aber bald sein. Schleppt sich durch das Wasser, entfernt sich gebeugt und wankend, hält sich die Seite.

Kay rappelt sich zitternd auf. Schaut sich nach Mariam um.

Doch stattdessen sieht er einen toten Drachen, der in den Kanal blutet und das Wasser rot trübt. Darüber, auf der Brücke, steht Mariam. Voll Drachenblut. Caliburn in der Hand. Sie schaut ihm zu, als er sich erhebt, und er hat das Gefühl, dass sich etwas zusammenfügt.

»Mar...«, sagt er.

Dann hört er einen vertrauten Knall. Etwas trifft ihn von hinten, und der Geruch von Kordit dringt in seine Nase. Er vermisst die Tage, als feuchtes Schießpulver eine Waffe unschädlich machte.

Als er sich umdreht, sieht er Lancelot, der an der Seite des Kanals zusammengesackt ist und mit beiden Händen einen rauchenden Revolver hält. Er scheint ihn die ganze Zeit irgendwo an sich getragen zu haben. Sehr ritterlich von ihm, ihn nicht schon vorher benutzt zu haben. Aber nun hat er es getan. Gegen ein .455-Geschoss kann auch ein Kettenhemd nicht viel ausrichten. Die Kugel ist in seinen Rücken eingedrungen und durch seinen Bauch wieder ausgetreten, wo sie ein faustgroßes Loch hinterlassen hat.

Im Laufe der Jahre wurde er schon vierzig- oder fünfzigmal erschossen, aber das macht es nicht weniger schmerzhaft. Seine Beine versagen, er fällt auf die Knie. Das Wasser reicht ihm bis zur Taille, über die Wunde. Er blickt zu Mariam auf, die über ihm auf dem Kai steht. Sie muss gar nichts sagen.

»Mariam«, sagt er noch einmal.

»Ich habe grad einen Drachen getötet, *ich ganz allein*«, sagt sie. »Weil du zu sehr damit beschäftigt warst ... ich weiß nicht mal, was das war. Raufen mit deinem Märchenprinz da.«

»Hör zu«, sagt er.

Aber sie will nicht zuhören. »Das war verdammt armselig. Von euch beiden. Wenn ihr keine Drachen tötet, wozu seid ihr dann da? Wer braucht euch? Warum seid ihr überhaupt zurückgekommen?«

»Hör zu«, sagt er. »Du brauchst …«

»Ich glaube nicht, dass ich irgendetwas von dir brauche«, sagt sie.

Sie starrt ihn noch für einen Moment an, als wollte sie ganz sichergehen. Dann folgt sie den anderen unter der Brücke hindurch, Caliburn in der Hand.

Er schaut ihr nach. Dann lässt er seine Arme schlaff an seine Seite ins Wasser fallen. Das gesamte Becken ist schon rot vom Drachenblut, das sich jetzt mit seinem und dem von Lance vermischt.

Er blickt zu Lancelot hinüber, der sich immer noch gegen die Wand lehnt und schwer atmet. Und weil er nichts Besseres zu tun hat, macht er sich auf den Weg zu ihm. Lieber in Gesellschaft sterben als allein. Er schleppt sich langsam und unter Schmerzen durch das Wasser, bis er sich ebenfalls gegen die Wand fallen lässt, kaum einen Meter von Lancelot entfernt.

»Was für eine nette junge Frau«, sagt Lancelot.

»Halt die Klappe«, sagt Kay.

Sie liegen am Rand des Beckens und verrecken erbärmlich. Sobald die Rebellen vollständig verschwunden sind, schleichen die Söldner vorsichtig den Kai hinauf. Rufen sich gegenseitig Kommandos zu. Gleichzeitig zu laut und zu zaghaft. Mit erhobenen Gewehren. Überprüfen jeden Winkel. Als hätten sie Angst vor ihren eigenen Schatten.

»Völlig unfähig, dieser Haufen, nicht wahr?«, sagt Kay.

»Ja, das dachte ich auch«, bestätigt Lancelot. »Keine Ahnung vom Kriegshandwerk.«

Das Wort »gesichert« wird gerufen, häufiger, als es eigentlich notwendig wäre. Dann kommt ein Söldnerführer aus der Deckung und schlendert über den Uferweg bis zum toten Drachen. Er lacht und scherzt mit seinen Männern, schlägt ihnen auf den Rücken, blickt grinsend auf den Drachen. Falls er die zwei alten Krieger bemerkt hat, die fünf Meter weiter langsam verbluten, zieht er es vor, sie nicht weiter zu beachten.

»Bäh!«, sagt Lancelot.

»Du kennst ihn?«, fragt Kay.

»Ein Amerikaner«, sagt Lancelot. »Bin ihm vor Kurzem begegnet.«

Der Amerikaner versucht, von der Kaimauer auf den Drachenkopf zu steigen, aber allein schafft er es nicht. Zwei andere Männer müssen ihn stützen, nehmen seinen Hintern auf die Schultern, als würden sie einen Flaggenmast aufstellen, bis ihr Anführer endlich heldenhaft auf dem Drachenkopf steht. Dann ziehen die Söldner Geräte aus ihren Rucksäcken und Taschen und machen Fotos. Ihr Kommandant steht auf dem Drachenkopf und hebt beide Hände zum Victory-Zeichen.

Kay versucht, mit Druck auf seine Wunde die Blutung zu stoppen, aber das hat nicht viel Sinn. Kaum noch Kraft in den Armen. Er hat bereits jedes Gefühl in den Beinen verloren. In seinen Eingeweiden ein pulsierender Schmerz. Man wird sehr müde, während man verblutet. Das wird jetzt nicht mehr lange dauern. Lancelot sieht sehr blass aus.

Nachdem die Söldner ihre Fotos geschossen und ihre Videos gedreht haben, rücken sie ab. Die Drohnen und die Kriegsmaschinen und die Männer ziehen sich in verschiedenen Richtungen in die Stadt zurück. Und lassen die beiden allein. Ein verendeter Drache und zwei verendende Ritter.

»Wenigstens ist die Drachin tot«, sagt Kay nach einer Weile.

Lancelot brummt. »Aber nicht dank uns«, sagt er. »Deine

Freundin hatte recht. Eigentlich haben wir nichts beigetragen. Wir hätten genauso gut im Boden bleiben können.«

»Tja«, sagt er. »Bald sind wir da wieder.«

»Hm.« Sie bleiben nicht lange allein. Als die Söldner weg sind und die Luft rein ist, landet die Hexe im Becken. Sie sieht immer noch mehr wie ein Adler als ein Mensch aus, hat immer noch Federn am Körper, bewegt sich immer noch mit vogelgleicher Anmut. Doch sobald sie im Wasser steht, verwandelt sie sich wieder.

»Bäh«, sagt Kay.

»Du kennst die?«, fragt Lancelot.

»Hexe«, sagt Kay. »Bin ihr vorher begegnet.«

Statt sich in Regan zurückzuverwandeln, nimmt die Hexe eine neue Gestalt an. Das Aussehen einer jüngeren Frau mit Locken aus rabenschwarzem Haar. Kay ist sich nicht sicher, ob das ihre wahre Gestalt ist oder die, die ihr am besten gefällt, aber es ist die, die er und Lancelot aus den alten Tagen wiedererkennen. Sie manifestiert sich mit demselben grünen Kleid, das sie immer getragen hat. Mit demselben goldenen Diadem auf dem Kopf. Damit kein Zweifel aufkommt, wer sie ist.

»Scheiße«, sagt Lancelot leise.

Kay schafft es zu lächeln, beißt die Zähne gegen den Schmerz zusammen. »Hallo, Morgan!«, sagt er.

Morgan le Fay lächelt zurück. »Hallo, Jungs!«, sagt sie. »Ich wusste, dass ich mich darauf verlassen kann, dass ihr beide euch gegenseitig umbringt.«

»Ich hätte wissen müssen, dass du es bist.«

»Ja«, sagt sie. »Selbst für deine Verhältnisse war das ausgesprochen dumm.«

»Danke.«

»Ich will euch gar nicht lang beim Sterben stören«, sagt Morgan. »Aber erst muss ich mir ein paar Sachen von euch ausborgen.«

Sie kommt näher, schleift ihr nasses Kleid hinter sich durch das Wasser. Geht in die Knie, um etwas aus dem Kanalbett aufzuheben. Es ist sein Stab, wird Kay klar. Panik durchflutet ihn. Er versucht sich zu bewegen, zu ihr zu gelangen, um ihn ihr zu entreißen, aber in seinen Gliedmaßen ist keine Kraft mehr. Ihm bleibt nichts anderes übrig, als zuzuschauen.

»Morgan«, sagt er und hört die Schwäche in seiner Stimme. »Komm schon. Den darfst du nicht haben. Es gibt Regeln dafür. Wann er zurückgeholt werden darf.«

»Es gab einmal eine Zeit, in der ich dir möglicherweise zugestimmt hätte«, sagt sie. »Aber ich denke, wir sind recht weit über den Punkt hinaus, an dem die alten Gesetze noch irgendeine Bedeutung haben. Meinst du nicht auch? Ich habe ihn an mich genommen, und du bist nicht imstande, mich daran zu hindern. Also ist es, wie es ist. Und Lancelot, wenn es dir nichts ausmacht …«

Sie streckt die andere Hand aus, und Lancelots schlaffer Arm erhebt sich wie von selbst aus dem Wasser. An einem Finger steckt ein Ring, der sich langsam davon löst.

»Nein!«, sagt Lancelot. »Nein, nicht den. Bitte!«

Es fällt schwer mit anzusehen, wie der stolze Lancelot auf einmal nur noch hilflos betteln kann. Zu schwach ist, sich zu wehren. Der Ring schwebt durch die Luft zu Morgan und landet in ihrer Handfläche.

»Ich weiß, was er dir bedeutet«, sagt sie. »Und es tut mir leid. Aber ich brauche ihn, um Arthur zurückzuholen. Das war der Sinn des Ganzen, falls ihr noch nicht darauf gekommen seid.«

Kay schüttelt den Kopf. »Du glaubst doch nicht, dass es irgendein Problem löst, wenn du ihn zurückholst.«

Morgan seufzt. »Na ja, hier geht eine ganze Menge vor sich, Kay, und das alles ist sehr kompliziert, und ich erwarte gar nicht, dass ihr beiden es versteht. Aber ich habe es jetzt satt.

Ich habe mich schon seit sehr langer Zeit darum bemüht, die Menschen vor ihrer eigenen Dummheit zu retten. Ich habe versucht, sie daran zu hindern, ihren eigenen Planeten zu vergiften. Und es hat nicht funktioniert. Also ist mein Plan, den einen Mann zurückzubringen, der vielleicht tatsächlich auf mich hört.«

»Das wird er nicht«, sagt Kay. »Er wird nicht auf dich hören. Oder auf sonst irgendwen. Er wird genauso sein, wie er gegen Ende war.«

»Er mag aufgehört haben, auf dich zu hören. Aber er hat nie aufgehört, auf mich zu hören. Ich weiß, wie ich ihn in eine ... empfängliche Stimmung bringen kann.«

»Bäh«, sagt Lancelot.

Kay schüttelt den Kopf. »Wenn du ihn zurückholst, wird gar nichts besser. Es wird nur noch schlimmer.«

»Dann wirst du wohl versuchen müssen, mich aufzuhalten, nicht wahr?«, sagt Morgan. »Bin gespannt, wie das läuft. War nett, wieder mal ein wenig mit euch beiden geplaudert zu haben.«

Sie schlägt einmal mit dem Stab auf den Grund des Beckens, schießt in einer wirbelnden Wasserfontäne in die Höhe und löst sich in Dampf auf. Lässt sich vom Wind davontragen, damit sie später irgendwo anders wieder herabregnen kann. Sie reißt dabei den halben Kanal mit, die Oberfläche schwappt noch eine Weile aufgewühlt und wild hin und her, bis sich das Wasser wieder beruhigt.

»Scheiße«, sagt Lancelot noch einmal.

Kay wartet einen Moment, bevor er noch etwas sagt. Fast schläft er ein, ergibt sich dem kalten Kanalwasser. Aber Schlaf würde nur Tod und Wiederauferstehung bedeuten. Und davor will er noch einige Fragen loswerden. Er rafft sich ein weiteres Mal auf.

»War das Galehauts alter Ring?«, fragt er.

»Ja.«

»Hm. Ich wusste nicht, dass er, äh … dass er ihn dir gegeben hat.«

»Ja, das hat er«, sagt Lancelot hastig. »Und jetzt hat Morgan ihn. Danke dafür.«

»Ich wüsste nicht, wie das meine Schuld sein sollte.«

»Wenn du mir einfach den Stab gegeben hättest, wären wir jetzt nicht hier.«

»Ja, aber wenn du mir zugehört hättest, hätten wir vielleicht gemeinsam die Drachin töten können, ohne uns vorher gegenseitig umzubringen.«

»Hm«, sagt Lancelot. »Ist jetzt auch schon egal, oder?«

»Aber da steckt eine Lektion drin«, sagt Kay.

»Verschone mich damit.«

»Nein, wirklich. Wenn wir das nächste Mal zurückkehren, müssen wir zusammenarbeiten. Wenn wir sie aufhalten wollen. Wenn wir verhindern wollen, dass Arthur zurückkehrt.«

Lancelot seufzt. »Was braucht sie sonst noch? Wenn sie ihn zurückholen will?«

»Also«, sagt Kay, »sie hat meinen Stab. Und Gales Ring. Sie braucht nur noch Caliburn. Und das Blut eines toten Königs.«

»Deine Freundin hat Caliburn«, sagt Lancelot. »Und wie will sie an das Blut eines toten Königs kommen?«

»Die Waliser haben einen König«, sagt Kay. »Er sah nicht allzu gesund aus.«

»Arschloch«, sagt Lancelot. Dann hustet er, was gar nicht gut klingt. Als Kay den Kopf dreht, sieht er, dass Blut aus Lancelots Mundwinkel rinnt.

»Kay«, sagt er röchelnd. »Das sollte ich dir noch sagen. Galehaut. Ich wollte ihn wecken, auf dem Weg hierher. Aber … jemand hat seinen Baum gefällt. Er ist weg. Sie haben einen Pub auf ihn draufgebaut.«

Obwohl sein Oberkörper von der Schusswunde schon

ganz taub ist, spürt Kay Wut in seinem Bauch aufsteigen. »Das kann doch nicht wahr sein!«, sagt er. »Ich dachte, wir wären geschützt. Uralte Eichen.«

»Anscheinend nicht.«

»Verdammt. Das tut mir leid. Ich weiß ... ich weiß, dass ihr beide ... nun, dass du ... was ich meine, ist ... ich weiß, dass ihr beiden sehr ...«

»Hmm. Danke. Aber da draußen könnte es Leute geben, die es auch auf *unsere* Bäume abgesehen haben. Also ... pass gut auf dich auf.«

Kay weiß nicht, was er sagen soll. Er fühlt sich seltsam gerührt. So etwas hat Lancelot noch nie zu ihm gesagt.

»Du auch«, sagt er. »Ich weiß, dass du und er schon immer ... Lance?«

Er dreht sich unter Schmerzen zur Seite und reckt den Hals. Aber Lancelot zerfällt bereits, verwandelt sich rasant in Kompost. Kay beobachtet, wie sein Fleisch verwest und seine Knochen zu feinem Sand zerfallen. Alles zerbröckelt, bis nur noch ein widerlicher brauner Film auf der Wasseroberfläche übrig ist.

Nun hat es nicht mehr allzu viel Sinn, dass er noch länger verweilt. Er nimmt die Hände von der Wunde, um das Blut ins Wasser fließen zu lassen. Wartet darauf, dass er bewusstlos wird. Doch Minuten später ist er immer noch da, kalt und leidend. Er will neu erschaffen werden, ohne all die Schrecken der Neuerschaffung durchmachen zu müssen. Schließlich legt er den Kopf zurück und zieht die Beine hoch, sodass er ins seichte Wasser sinkt. Niedergedrückt vom Gewicht seines Kettenhemdes.

ZWEITER
TEIL

22

LANCELOT KRIECHT MIT GRÖSSERER DRINGLICHKEIT aus der Erde hervor als sonst, weil ihm bewusst ist, dass er eine Aufgabe zu erledigen hat, auch wenn er sich nicht genau erinnern kann, worin diese Aufgabe besteht. Sein Gehirn scheint immer noch größtenteils aus Schlamm zu bestehen. Es ist, als würde man aus einem Traum erwachen, in dem man etwas Wichtiges erledigen wollte. Als er schließlich im Freien kniet und keuchend atmet, von oben bis unten voller Dreck, ist ihm die Aufgabe weiterhin unklar. Es dauert eine Weile, bis ihm wieder alles einfällt.

»Scheiße«, murmelt er.

Der Windsor Park ist warm und leer. Die Luft ist trocken und das Gras bräunlich gelb. Er kämpft sich auf die Beine, sein Kettenhemd macht es ihm schwer. Er wird jedes Mal mit seinem Kettenhemd aus der Erde wiedergeboren, auch wenn er es gar nicht trug, als er starb. Doch er kehrt nie mit den Dingen zurück, die er bei sich hatte. Sein Kassettenspieler. Oder sein Revolver. Lawrences Revolver aus dem Krieg. Der liegt nun am Grund eines Kanals in Manchester. Er hat keine Ahnung, wann es ihn wieder dahin verschlagen sollte. Würde er aus reiner Sentimentalität die Reise in den Norden auf sich nehmen und den ganzen Kanal absuchen? Wahrscheinlich nicht. Aber da ist noch etwas, das er verloren hat.

Er kann Marlowe nicht anrufen. Aber Marlowe scheint für gewöhnlich zu wissen, wann er auf den Beinen ist. Marlowe scheint immer alles zu wissen. Das ist eine seiner unangenehmeren Eigenschaften. Sie macht Lancelot wahnsinnig. Vermutlich wird er demnächst vorbeischauen, wenn es ihm grad passt.

Statt irgendetwas Sinnvolles zu tun, setzt er sich also unter seinen Baum, um zu warten und sich Dreck aus dem Haar zu zupfen.

Er braucht ein paar Minuten, bis ihm auffällt, dass keine Vögel singen. Weil es hier keine Vögel gibt. Nur Bronzekönige auf ihren Pferden und gelbes Gras, das rund um ihre Sockel verwelkt. Im Park ist es still. Er ist leer. Nichts bewegt sich oder macht irgendein Geräusch.

Lancelot lehnt sich mit dem Hinterkopf an die Rinde seines Baums und starrt hinauf in den wolkenlosen Himmel. Er wünschte, er hätte etwas zu trinken da. Wenn er zu lange nüchtern bleibt, gehen ihm irgendwann gefährliche Gedanken durch den Kopf. Er drückt eine Faust auf den trockenen Boden und reißt eine Handvoll totes Gras heraus.

Ihm ist schon immer das Herz übergegangen, wenn er an Britannien denkt. Selbst in den alten Tagen, als es zivilisatorisches Hinterland war, von Rom vergessen, von Warlords und sächsischen Häuptlingen in winzige Teile zerrissen. Selbst damals empfand er einen seltsamen Stolz auf das Land. Wenn er eine Hügelkuppe hinaufritt und sah, wie die Sonne über einem besonders herrlichen Winkel der Gefilde unterging, verspürte er etwas Mächtiges. Einen Stolz, ein völlig unbegründetes, jedoch unbeirrbares Gefühl in der Brust, eine Ahnung dessen, was die Gefilde sind und wofür sie stehen. Es mag die einzige Idee sein, der er jemals loyal ergeben war, abgesehen von der Idee der Liebe.

Er spürte dieses Gefühl etwa, wenn sie in den alten Tagen

die Sachsen besiegt hatten. Auch wenn sonst kein anderer seiner Kameraden es zu empfinden schien. Während der letzten paar Jahre von Arthurs Herrschaft fühlte das Gefühl sich erstickt und verzerrt an. Als er das erste Mal von den Toten auferstand, spürte er es wieder aufkeimen, danach jedes Mal immer stärker. Ein Stolz voller Schuldgefühle. Ein schmerzhaftes Gefühl. Eine Sehnsucht nach etwas, das vielleicht existierte, vielleicht auch nicht. Eine Liebe für das Land unter seinen Füßen und die Bäume über seinem Kopf, auch wenn er die Menschen nicht liebte, mit denen er das Land teilen musste. Eine Liebe für die Hügel und die Felder. Eine Liebe, für die er in zehn oder zwanzig Kriegen kämpfte. Für die er an der Seite von Menschen kämpfte, die genauso empfanden. Für die er bereit war, in den Schützengräben von Flandern zu vermodern, weil er es für Britannien tat. Sich von falschen Erinnerungen an das alte Britannien wärmen ließ, wenn Galehaut nicht bei ihm war. Es war ihm immer ein wenig peinlich. Weil es kindisch war. Aber warum sollte es ihm peinlich sein? Das Gefühl hielt ihn warm, es gab ihm die Kraft, mit allem weiterzumachen.

Inzwischen hat er schon so lange den Gefilden oder seiner Idee davon gedient, dass beides ununterscheidbar geworden ist. Das Land durch die Vernichtung seiner Feinde schützen. Zum Wohl des Landes kämpfen. Die Anweisungen von Marlowes Leuten befolgen. Im Wissen, dass die meisten Politiker Idioten sind, aber im Vertrauen darauf, dass die alten Eliten die Dinge im Großen und Ganzen am Laufen halten werden. Dass sie verhindern werden, dass es zu schlimm wird.

Zum ersten Mal fragt er sich, ob dieses Vertrauen vielleicht unangebracht ist.

Die Kommunisten in Manchester sind ihm schnurzegal. Aber wenn im Windsor Park alles braun und tot ist, wenn er keinen einzigen Vogel in den Bäumen singen hört? Läuft in den Gefilden etwas falsch? Etwas, das sich nicht durch die Leute, die das Sagen haben, in Ordnung bringen lässt?

Etwas, das er selbst versuchen sollte in Ordnung zu bringen?

Er sitzt immer noch da und grübelt und schwitzt in sein Kettenhemd, als er ein Summen am Himmel hört. Es ist keine kleine Glaskapsel, die sich ihm nähert, sondern ein größerer Hubschrauber, eine dröhnende Maschine wie eine von denen, die die Söldner in Manchester benutzten. Die Kraft ihrer Rotoren drückt das braune Gras zu Boden, als sie aufsetzt. Wenig später gleitet die Tür auf, und da sitzt Marlowe im Passagierabteil und winkt fröhlich mit seinem Regenschirm.

Er spürt das Fehlen von Galehauts Ring an seinem Finger.

Vielleicht sollte er nicht schon jetzt nach Galehauts Baum fragen, sondern noch etwas damit warten. Bis ein besserer Zeitpunkt kommt, wenn Marlowe gerade unachtsam ist. Nicht dass Marlowe jemals einen unachtsamen Augenblick zu haben scheint.

Er stapft zur Flugmaschine hinüber und steigt ein, setzt sich Marlowe gegenüber auf die Bank. Mit dem Rücken in Flugrichtung. Marlowe trägt immer noch seinen albernen Mantel, selbst in dieser Hitze. Es sieht nicht aus, als sei ihm warm. Vielleicht kann er sich eine Art Wundermantel leisten, der ihn kühlt. Er hat ein Knie über das andere geschlagen, über seinem baumelnden Halbschuh ist ein wenig von seinem Fuß zu sehen. Die Wölbung seines Knöchels. Das schnittige Muster seiner Socken.

»Und? Gut gelaufen?«, fragt Marlowe.

»Eher nicht.«

Marlowe gibt ein mitfühlendes Gurren von sich, zieht einen Flachmann aus seinem Mantel und reicht ihn hinüber. Lancelot nimmt ihn gierig entgegen und schraubt den Deckel ab. Er hebt die Flasche zum Mund, doch dann hält er auf halbem Wege inne. Er verspürt das ungewohnte Bedürfnis, nüchtern zu bleiben.

»Eigentlich lief es sogar sehr schlecht«, sagt er. »Wir müssen Morgan finden. Sie will Arthur zurückbringen.«

»Ah«, sagt Marlowe. »Und wo ist sie jetzt?«

»Sie war bei den Rebellen.«

»Oh, das macht es einfacher. Aber mach dir erst mal deswegen keine Sorgen. Du hast deinen Auftrag erfüllt – der Drache ist tot.«

»Aber ich hab ihn nicht getötet. Und Kay auch nicht. Es war dieses Mädchen. Eine der Rebellen. Sie hat Caliburn. Wir sollten versuchen, sie zu finden.«

»Alles unter Kontrolle«, sagt Marlowe. Er tippt Befehle in einen kleinen Touchscreen in der Armlehne neben ihm ein. Die Türen gleiten wieder zu, und das Surren der Rotoren über der Kabine wird energischer. Lancelot schaut sich um und erkennt, dass auch dieser Apparat keinen Piloten hat. Er ist sich nicht sicher, ob ihm die Vorstellung gefällt, von einem Computer herumgeflogen zu werden, aber er hat wohl keine Wahl.

»Warum sind wir in dieser Höllenmaschine?«

»Ach, wirklich, Lancelot, du weißt doch, wie so was heißt. Das ist ein Hubschrauber. Sei nicht so affektiert.«

»Dann sei du nicht so ausweichend.«

Marlowe schnauft. »Gut. Diesmal fliegen wir nicht nach London. Die gesamte Regierung hat überstürzt die Flucht ergriffen.«

Lancelot zieht eine finstere Miene. »Was?«

»Alle drehen gerade etwas durch. Wie du gesagt hast. Also überlassen wir das Feld eine Weile den Demonstranten. Damit sie ein paar Tage Wandbilder malen und Ukulele spielen können oder was auch immer sie machen. Damit sie sich ein wenig austoben. Dann werden die Chinesen anrücken, um ihre Vermögenswerte zu schützen und etwas aufzuräumen. Die neue Regierung wird sich vor der Küste niederlassen. Da ist es deutlich sicherer.«

Wird das Land wirklich so regiert? In Momenten wie diesem ist Lancelot sich nie ganz sicher, wie ernst Marlowe es meint. Er beschließt zu glauben, dass er zumindest teilweise scherzt. Die andere Antwort wäre zu schwer zu ertragen.

»Wohin geht es also?«

»Nach Avalon«, sagt Marlowe. Er lacht, als er Lancelots Gesichtsausdruck sieht. »Nein, nicht *das* Avalon. Es ist eine Art Festung auf einer Ölbohrinsel. Du wirst es hassen.«

»Aber wenn es dem Pöbel gelingt, London einzunehmen, dann ... hat er doch schon gewonnen, oder?«, fragt Lancelot. »Dann können sie eine Regierung bilden. Oder wie auch immer das funktioniert.«

Marlowe lacht schniefend. »Nun, sie könnten eine Bürgerversammlung abhalten und sich ein paar Tage äußerst selbstgerecht vorkommen. Aber sie können es sich nicht leisten, die Söldner zu bezahlen. Oder die Chinesen auszuzahlen. Wir schon. Also können wir regieren, von wo aus wir wollen. Die Welt funktioniert nicht mehr so wie früher, alter Knabe.«

»War mir gar nicht aufgefallen«, sagt Lancelot.

Marlowe kneift ein wenig die Augenlider zusammen. Es ist keine angenehme Empfindung, wenn Marlowe einen auf diese Weise mustert. Als würde er Lancelots Seele mit einer alten Balkenwaage wiegen.

»Früher hast du dich nie für Politik interessiert«, sagt Marlowe.

»Reine Neugier«, erwidert Lancelot und zuckt mit den Schultern. Er nimmt einen kleinen Schluck Scotch aus dem Flachmann, womit Marlowe einstweilen zufrieden zu sein scheint.

»Wie ich bereits sagte, ist alles unter Kontrolle«, fügt Marlowe hinzu.

Der Flug ist kurz und recht sanft. Lancelot erzählt Marlowe mit knappen Worten, was in Manchester passiert ist. Er erwähnt, was für ein Idiot Colonel Nashorn war. Er erwähnt den Kampf gegen Kay, ohne genauer darauf einzugehen, wie er ausging. Den *Wizard Inn* erwähnt er nicht. Und auch nicht Galehauts Baum. Es fühlt sich noch nicht nach dem richtigen Zeitpunkt an.

Nach etwa einer Stunde kommt ein nerviger Ton aus Marlowes Touchpad, worauf er lächelt. Er tippt mit übertriebenem Schwung auf den Bildschirm, und eine zweiteilige Blende öffnet sich in der Nase des Fluggefährts, wo normalerweise der Pilot sitzen würde. Lancelot dreht sich auf seinem Sitz herum und blickt durch das Fenster.

Im Bristol Channel glitzert etwas Monströses, etwas, das Lancelot instinktiv verabscheut, noch bevor er überhaupt ausmachen kann, was es ist. Wenn man sich in den alten Tagen in die Gefilde der Feen verirrte, sah man gelegentlich ähnliche Dinge, schimmernde Städte und Feenpaläste. Aber das hier wurde nicht von Feen errichtet – das erkennt er sofort. Es wurde von Menschenhand erbaut.

»Du hast recht«, sagt er. »Ich hasse es wirklich.«

Der Hubschrauber landet auf einer windigen Außenplattform, die von Söldnern bewacht wird. Die Türflügel gleiten auf, und Lancelot rümpft instinktiv die Nase, als ihm eine Mischung aus feuchter salziger Meeresluft und Rohöl entgegenweht. Marlowe führt ihn aus dem Wind nach drinnen, und plötzlich ist es, als wären sie ganz woanders. Nicht auf einer Ölbohrinsel, sondern in einem Luxushotel. Einer teuren Ladenpassage. Einer Wellnessoase. Etwas in der Art. Die Korridore sind dezent möbliert, in beruhigenden Farben gestaltet, in Beige- und Orangetönen. Kunst hängt an den

Wänden. Es gibt Topfpflanzen. Lancelot spürt die kühle Brise mechanisch umgewälzter Luft.

»Was ist das hier?«

»Das ist Avalon, wie ich bereits sagte«, antwortet Marlowe. »Unser neuer Regierungssitz. Alles Wichtige wurde hierher verlegt, weit weg von den ganzen Gefechten. Verteidigung, Rundfunk, Finanzen. Alles, was für die Wirtschaft lebenswichtig ist.«

»Warum ist es ... beige?«

»Wir leisten hier sehr bedeutende Arbeit. Da willst du uns doch ein paar Annehmlichkeiten nicht verwehren.«

Marlowe zeigt ihm alles, führt ihn an Massagesalons und Wasserspielen vorbei zu einer Apartmentwohnung. Sie hat eine Minibar und eine private Sauna. Saubere Handtücher und eine Pralinenschachtel auf dem Bett.

»Das ist unsere«, sagt Marlowe. »Fühl dich hier wie zu Hause.«

Also geht Lancelot ins Bad und schließt die Tür hinter sich. Zieht Kettenhemd und Kittel aus. Schrubbt den Dreck und die Erde ab, wie er es auch in London getan hat. Aber dieses Mal ist ihm nicht danach, sein Spiegelbild zu bewundern. Als er geölt und parfümiert und einigermaßen sauber ist, kehrt er ins Wohnzimmer zurück, wo Marlowe auf dem Bett auf ihn wartet. Die Beleuchtung ist gedimmt. Zwei Martinis stehen auf der Anrichte.

Er ist so müde von allem, dass er sich dem Luxus hingibt, dem guten Wermut und den weichen Bettlaken. Marlowe macht es ihm leicht mit seinem entspannten Selbstvertrauen. Mit seinen hochgezogenen Augenbrauen. Es fällt schwer, ihm zu widerstehen. Zwanzig oder dreißig Minuten, in denen er nicht über die Rettung der Gefilde nachdenken muss. Über Kay und Drachen und Morgan und Galehaut.

Anschließend liegen sie in identischen Bademänteln nebeneinander und essen die Pralinen. Schauen sich auf dem Breit-bildfernseher zusammen die Nachrichten an. Gewalttätige terroristische Unruhen, sagt der Sprecher. Ausnahmezustand verlängert. Umzug der Regierung auf die neue Hochsicher-heitsplattform Avalon. Das großzügige Angebot der chinesi-schen Regierung, Soldaten zu stellen, um in der Hauptstadt wieder Recht und Ordnung durchzusetzen.

»Jetzt muss ich noch mal duschen«, sagt Lancelot.

»Hmm«, sagt Marlowe. »Wir könnten zusammen duschen. Um Wasser zu sparen. Ich habe gehört, das ist gut für den Pla-neten.«

»Vielleicht«, sagt Lancelot. Dann wird ihm bewusst, dass er nicht länger schweigen kann, und er räuspert sich. »Ich hatte einen Abstecher gemacht, um Galehaut zu wecken.«

»Ach ja?«, sagt Marlowe unbestimmt. »Wie geht es ihm?«

Lancelot starrt auf den Fernseher, sein Kiefer fühlt sich irgendwie taub an. In der Nachrichtensendung laufen die Leute Amok. Einige reißen Statuen mit einer Kette um.

»Er ist weg«, sagt Lancelot. »Jemand hat seinen Baum ge-fällt. Völlig ausgelöscht. Einen großen hässlichen Pub drauf-gebaut.«

»Oh«, sagt Marlowe, der mehr an den Nachrichten inter-essiert ist. »Oh, das tut mir leid, Lance. Eine wahre Schande. Ich weiß, wie sehr er dir am Herzen lag.«

Sie beide haben zu ihren Lebzeiten viele Leute sterben sehen. Wenn man seit tausend Jahren unterwegs ist, scheint es nur zu natürlich, dass die alten Freunde einer nach dem anderen sterben. Der Tod selbst wird zu einem alten Freund. Aber Galehaut sollte keiner dieser Freunde sein. Er sollte ewig leben.

»Ich verstehe nicht, wie das passieren konnte«, sagt Lance-lot. »Du hast mir doch erklärt, dass es Gesetze gibt, die das verhindern sollen. Geschützte Bäume. Solche Sachen.«

»Es gab so viel Deregulierung ...«, sagt Marlowe. »Die Leute dürfen bauen, was sie wollen, wenn sie das nötige Geld haben. Manchmal wird jemand geschmiert, Absprachen getroffen. Gesetze umgangen. Die alten Schutzvorkehrungen verschleißen.«

In den Nachrichten ist zu sehen, wie Leute über die Absperrungen um den Tower of London klettern. Dann ein Schnitt zu einer Kolonne chinesischer Panzer, die sich irgendwo in Essex formieren. Lancelot liegt eine Weile neben Marlowe und kommt sich plötzlich lächerlich vor. Er in seinem flauschigen Bademantel mit einem Martini, während das alles in den Gefilden geschieht. Ein Knoten aus Wut brennt in seiner Brust.

»Ist es nicht eigentlich eure Aufgabe, genau so etwas zu verhindern?«, fragt er. »Das Land zu verteidigen? Die Gefilde vor Gefahr zu schützen? Verzeih mir, dass ich das so deutlich sage, aber ihr scheint keinen sonderlich guten Job zu machen.«

Marlowe stößt einen langen und rauen Seufzer aus. »Es gab ... eine signifikante Machtverschiebung, seit du das letzte Mal auf den Beinen warst. Vielleicht hatte es damals auch schon angefangen. Ich bin mir nicht ganz sicher. Du musst verstehen, dass Britannien kein eigenständiges Land mehr ist. Nicht wirklich. Es ist ein Markt für amerikanische Fleischexporte. Es ist eine privatisierte Wäscherei für russisches Mafiageld. Es ist ein riesiges mehrstöckiges Parkhaus, in dem Ölprinzen aus Saudi-Arabien ihre Lamborghinis abstellen können. Aber es ist kein Land mehr. Es ist die ausgehöhlte Hülle eines Landes. Wir helfen anderen Ländern mit ihrer Schmutzwäsche, und dann schicken wir ihnen die Rechnung. Alles andere ist nur dazu da, das am Laufen zu halten. Die Leute, für die ich arbeite, sind nicht daran interessiert, die Gefilde zu schützen. Und ich eigentlich auch nicht. Jetzt nicht mehr. Weil nichts mehr übrig ist, das sich zu schützen lohnen würde.«

»Das kann nicht wahr sein«, hört Lancelot sich sagen.

»Komm schon, Lance«, sagt Marlowe. »Wie oft hast du schon gekämpft, ohne genau zu wissen, wofür du eigentlich kämpfst? Das Einzige, was sich noch zu retten lohnt, ist unsere eigene Haut. Deine und meine.«

Lancelot starrt auf die Matratze. Im Laufe der Jahre hat er sehr viele Menschen getötet, um sein Land zu schützen – zumindest hat er sich das immer eingeredet. Manchmal hat es ihm sogar gefallen. Oft auch nicht. Gab es dafür einen grandiosen, noblen Grund? Fiel es ihm leichter, weil er sich selbst sagte, dass es einen gibt?

»Und wie stellen wir das an?«, fragt er langsam. »Unsere Haut retten?«

»Indem wir zulassen, dass Morgan ihre Dummheit begeht. Das wäre Schritt eins.«

»Aber sie will Arthur zurückholen.«

»Genau«, sagt Marlowe. »Das wäre Schritt zwei.«

Das Eis in Lancelots Martini scheint sich in seinem ganzen Körper auszubreiten. Die Fernsehbilder kommen ihm gar nicht mehr so bedeutend vor. Als würde es woanders geschehen, auf einem anderen Kontinent.

»Was?«, fragt er nach.

»Das wollte ich dir eigentlich schon eine Weile sagen.«

»Du glaubst doch nicht allen Ernstes, dass Arthurs Rückkehr irgendwie dazu beitragen würde, etwas in den Gefilden zu verbessern.«

»Mein lieber Junge, ich habe es dir doch gerade schon gesagt«, erwidert Marlowe. »Ich bin gar nicht so sehr daran interessiert, irgendetwas besser zu machen. Und die Leute, für die ich arbeite, sehen das inzwischen genauso. Dafür ist es eigentlich schon viel zu spät.«

»Ich ...«, sagt Lancelot. Er hat einen Eid geleistet. Vor sehr langer Zeit. Die Gefilde vor Gefahr schützen. Aber es würde sich albern anhören, das jetzt zu sagen.

Marlowe legt eine Hand auf sein Bein. »Warum machst du uns nicht noch einen Martini, und dann erkläre ich dir alles?«

»Einen Moment noch«, sagt er. »Erst will ich duschen.«

Lancelot nimmt wahr, wie er aufsteht und ins Bad geht. Wie er die Tür zwischen sich und Marlowe schließt. Sein Spiegelbild im weichen weißen Bademantel ignoriert. Einen Blick auf den Haufen aus schmutzigem Kettenpanzer in der Ecke wirft.

23

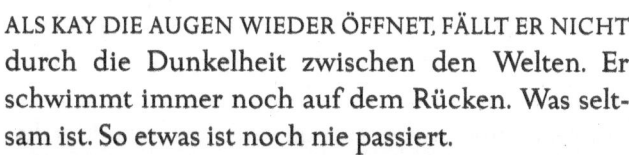

ALS KAY DIE AUGEN WIEDER ÖFFNET, FÄLLT ER NICHT durch die Dunkelheit zwischen den Welten. Er schwimmt immer noch auf dem Rücken. Was seltsam ist. So etwas ist noch nie passiert.

Das Dämmerlicht am Himmel verrät ihm, dass er nicht mehr in Manchester ist. Er ist in der Anderwelt. Zurück im Traumwald, in der Nähe von Hernes Thron.

Er verspürt ein kurzes Gefühl der Hoffnung. Dieses Mal wird er Herne nicht den Rücken zukehren. Er wird bleiben und ihn nach den Gefilden fragen. Herausfinden, wie sich alles in Ordnung bringen lässt. Wie das natürliche Gleichgewicht wiederhergestellt werden kann.

Doch als er sich aufsetzt, sieht er, dass sich der Wald verändert hat. Dies ist kein klarer Feenteich, sondern ein großes Meer aus Flutwasser, das den Wald überschwemmt hat. Die Wasseroberfläche ist mit toten Blättern bedeckt. Der Nebel ist dichter, und das seltsame Licht der Traumwelt dringt kaum noch durch. Und wo es doch durchkommt, fällt es nicht auf starke Eichen oder üppiges Moos, sondern auf tote Bäume. Kahle Stämme, verkohlt und verdreht.

Kay steht auf, watet durch das Flutwasser, so schnell er kann. Rutscht auf Wurzeln im Wasser aus. Als er das letzte Mal hier war, zeigten ihm leuchtende Pilze den Weg. Die verrotten jetzt im Wasser und sondern einen fauligen Geruch ab. Er muss sich seinen Weg selbst suchen und halb blind durch den Nebel taumeln.

Er ist sich nicht sicher, wie viel Zeit vergangen ist, als er endlich die Lichtung findet. Wochen oder Monate oder Stunden. In der Traumzeit scheint es auch gar keine Rolle zu spielen. Als er schließlich zwischen zwei abgestorbenen Ulmen hervorklettert, sieht er, dass Hernes großer Weltenbaum von einer unvorstellbaren Macht gefällt worden sein muss. Nur noch ein hohler Stumpf ist übrig, riesig und vermodert. Der umgestürzte Baum ist nirgendwo zu sehen. Und er entdeckt noch etwas von seinem letzten Besuch auf der Lichtung: den Bär, der nun tot im Wasser liegt. Auf der Erde ist er schon seit tausend Jahren ausgestorben und jetzt auch hier. Es ist nicht mehr genug Magie übrig, um seinen Geist in der Traumwelt am Leben zu erhalten.

Auch Herne ist fort. Der Thron steht leer und kahl zwischen den Knien des riesigen Stumpfes. Kay geht ohne Hast oder Absicht hinüber. Wozu sich beeilen, wenn bereits alles vorüber ist, wenn die Hoffnung verloren ist und die Götter verschwunden sind. Sein Fuß stößt unter Wasser gegen etwas Scharfkantiges, er bückt sich, um es aufzuheben. Es ist ein leerer Hirschschädel, den er in seiner Eichenhand hochhält, während das Wasser herausläuft. In den Augenhöhlen und Nüstern ist nichts, keine schwarze Tiefe der Macht oder des Wissens. Nur Knochen und die Abwesenheit von Knochen.

Jetzt weiß er, wie man einen Gott tötet. Man tut es nicht mit einem magischen Speer oder einem legendären Schwert. Man wartet einfach. Man fällt Bäume, man verbrennt Holz, lässt Rauch in den Himmel steigen. Man vergiftet die Ozeane. Man braucht dafür viel Geduld. Doch irgendwann hat man ihn beseitigt.

Als er damit fertig ist, den Schädel zu inspizieren, setzt er ihn behutsam auf dem leeren Thron ab.

Doch sobald seine Finger den Schädel loslassen, bricht der vermodernde Stumpf vor ihm vollends in sich zusammen. Das Land darunter weicht zurück, zu seinen Füßen öffnet sich ein gähnender Abgrund. Stücke aus morschem Holz wirbeln in die tiefe Dunkelheit davon. Der Thron und der Schädel zerbröckeln und stürzen hinab. Kay zieht sich zurück. Er dreht sich um und will fortrennen. Doch das Flutwasser strömt nun in das Loch, fließt gegen seine Laufrichtung, drückt gegen seine Schenkel. Der gesamte Wald rumort, fällt in sich zusammen. Kay hört die heulende Wehklage uralter Tiere, sieht in der Ferne Geschöpfe flüchten. Das Wasser treibt ihn rückwärts, und der Boden unter ihm gibt nach.

Dann stürzt er wieder. Durch die Finsternis zwischen den Welten.

Normalerweise verweilt er hier nur kurze Zeit. Dieses Mal dauert es länger. Er scheint schneller zu fallen, in tiefere Dunkelheit. Vielleicht rechnet die Zeit nun endlich mit ihm ab, bestraft ihn für seine Hybris, dass er das Schicksal überlistet hat. Er kann verstehen, warum die Zeit womöglich einen Groll gegen ihn hegt und mit ihm eine Rechnung begleichen will.

Vielleicht ist dies das Ende von allem. Vielleicht hat Hernes Tod dem langen Kampf ein Ende gesetzt, der endlosen Auferstehung. Vielleicht hat Morgan oder Marlowe oder jemand anders Leute geschickt, um seinen Baum zu fällen. Vielleicht hat die Magie von ganz allein ihre Wirkung verloren. Und nun ist nur noch kalte Vergessenheit und Hoffnungslosigkeit übrig. Er wird bis zum Ende der Zeit fallen oder bis er das erreicht, was auch immer sich am Boden befinden mag. Dieser Gedanke gefällt ihm nicht.

Ist es das, was ihn am Ende der Tage erwartet? Eintausend Jahre lang hat er die Gefilde geschützt, und dies ist seine

Belohnung. Nicht im Himmel bei Wyn, kein friedlicher Schlummer unter seinem Baum. Nur ein endloser Sturz in den Abgrund. So etwas hat Merlin nie erwähnt, als er sie vor langer Zeit überredete, die Steine zu schlucken. Er hat ihnen nie gesagt, was am Ende mit ihnen geschehen würde. Vielleicht wusste er es selbst nicht. Vielleicht war es ihm egal. Kay kann sich nicht entscheiden, was schlimmer wäre.

Nachdem er fünf Jahrhunderte lang oder auch nur für fünf Minuten gefallen ist, spürt er, wie sich eine kalte Hand um seine Brust schließt. Seinen Sturz verlangsamt. Sie zieht ihn nicht hinunter, sondern hebt ihn wieder hinauf. Irgendeine unergründliche Macht hat in diese Finsternis gegriffen und seine Seele aufgesammelt, um sie zu einem fernen Licht emporzutragen.

Vielleicht hat er Freunde auf höchster Ebene. Wyn ist schon lange genug da oben, um sich bei den richtigen Leuten beliebt gemacht zu haben. Wahrscheinlich hat sie Leckereien für den heiligen Petrus gebacken, der über solche Dinge verfügen kann. Sie geht einmal die Woche mit einem Weidenkorb voller warmer Honigkuchen zum Himmelstor. Erzählt beiläufig von ihrem heidnischen Ehemann und wie nett es wäre, ihn wiederzusehen. Kay hat nie jemanden getroffen, der Wyn keinen Gefallen tun würde, nachdem er von ihren Honigkuchen gekostet hat.

Als er hoch genug aufgestiegen ist, wird die Dunkelheit durch Licht ersetzt, und er spürt einen Glanz, der durch seine Seele strahlt und bis in ihre tiefste Tiefe vordringt. Vielleicht ist dies der Augenblick seiner Erlösung. Der heilige Petrus hat sich erweichen lassen. Er wischt sich die Krümel aus dem Bart und schreibt Kays Namen in die andere Spalte seines Hauptbuchs. Einen einzelnen Häretiker wird Gott schon nicht bemerken. Vielleicht wird er nun endlich zum Himmel hinaufgetragen, damit er seine Frau wiedersehen kann. Für ein paar kurze Momente erlaubt er sich zu hoffen. Doch dann verblasst der Glanz, und er findet sich erneut in der kalten Erde unter seinem Hügel wieder. Petri Möglichkeiten sind wohl beschränkt. Er kann den Himmel keinem Heiden öffnen, erst recht keinem Heiden, dessen Seele immer noch den alten Göttern versprochen ist. Aber vielleicht kann er einen Heiden vor der Vergessenheit bewahren, ihn zurück zu seiner Queste schicken. Ihn wieder in den Boden legen und ihm eine neue Chance geben, sich zu rehabilitieren. Wyns Bemühungen sind doch nicht ganz umsonst gewesen.

Die Erde scheint nicht erfreut zu sein, ihn erneut in ihrem Schoß zu haben. Sie scheint zu fragen: »Du schon wieder?« Schon beim letzten Mal fühlte es sich falsch an. Jetzt ist es noch schlimmer. Schmerzhaft. Wurzeln winden sich um seine Knochen und packen sie, und der Boden wird aufgewühlt, als sein Fleisch neu aufgebaut wird. Es ist, als hätte der Baum vergessen, wie es geht, und würde sich lustlos durch den Vorgang stümpern, als wäre es eine lästige Pflicht, auf die er keine Lust hat. Kays Seele fühlte sich vor wenigen Augenblicken noch heiter und hoffnungsvoll an. Nun ist es, als würde sie an den Füßen durch ein Brombeerdickicht gezerrt. Vor der Finsternis gerettet und in ein strahlendes Licht geworfen, aber zu kurz, und jetzt wird sie im Schlamm wieder in menschliche Form gebracht, durch einen Baum, der sich nicht richtig an seine Anweisungen erinnern kann. Er hat auf jeden Fall schon bessere Tage erlebt.

Normalerweise ist dieser Vorgang feucht und Gezeitenartig, wenn sich der Matsch langsam in geschmeidiges Fleisch verwandelt. Doch jetzt fühlt er sich steif und angespannt und unflexibel. Teile von ihm knarren und ächzen, während sie sich neu ausbilden. Als er sich unter Kontrolle hat und nach oben klettert, fühlen sich seine Gliedmaßen nicht so gelenkig an, wie sie sollten. Als wäre er aus dichterem Material als sonst geformt worden. Einige Teile von ihm fühlen sich falsch an, als er sich der Oberfläche nähert. Er fragt sich, ob er länger im Boden hätte liegen bleiben sollen, um der Erde mehr Zeit zu geben, alles richtig hinzubekommen. Aber dafür ist es jetzt zu spät. Seine Hände greifen ins Tageslicht. Hinauf durch die Höhle unter seinem Baum.

Es ist Morgen in dieser Region der Gefilde. Immer noch unangenehm warm. Der Himmel schimmert in einem verwaschenen Gelb, das Ölfeuer ist erloschen. Als er vor seinem Baum steht, blickt er auf seine Schwerthand und erstarrt. Die Wunde ist verheilt, aber nicht als Fleisch und Knochen. Die Haut wurde durch Holz ersetzt. Kein hartes Holz, sondern geschmeidige Rinde, wie ein junger Schössling. Er kann das Handgelenk immer noch bewegen, stellt er fest, als er es prüfend ein paarmal dreht. Dabei hört er ein Knarren. Steifer als Fleisch und Knochen, aber auch zäher. Weder größer noch kleiner als zuvor.

Er hält die rechte Hand argwöhnisch auf Armeslänge ausgestreckt und tastet sich mit der linken ab, um zu sehen, ob sonst noch was nicht stimmt. Sein Schwert fehlt, aber das hat er erwartet. Er spürt etwas durch das Kettenhemd, dort, wo Mariam auf ihn geschossen hat. Irgendeine Wucherung oder harte Schwellung, die dort nicht sein sollte. Er zieht das Kettenhemd aus, schwer atmend, doch er macht es zu schnell, sodass es sich kurz unterhalb seiner Schultern verknäuelt. Als es endlich in einem Haufen am Boden liegt, zerrt er sich den Kittel über den Kopf und steht mit bloßem Oberkörper in der Morgenhitze.

Mitten in der Brust hat er einen verholzten Knoten, wie der Rest eines Astbruchs am Stamm einer Eiche. Er ragt aus der Haut hervor und sondert Saft ab. Gott weiß, wie tief das Ding in seinem Körper steckt. Hat er nun ein eichenes Brust-

bein? Sind seine Rippen unter der Haut wie die eines Lang-
schiffs? Hat er ein Stück Kernholz anstelle eines schlagenden
Herzens? Rinnt Baumsaft statt Blut durch seine Adern?

Er zieht sich den Kittel wieder über die knotige Brust und
kämpft sich zurück in sein Kettenhemd. Dann macht er sich
hügelabwärts auf den Weg – mit dem Gefühl, dass ihm nicht
viel Zeit bleibt.

Kann er so nach Manchester zurücklaufen? Kann er Mariam
wiederfinden, Morgan aufhalten? Er hat kein Pferd oder
Auto oder Flugzeug, das ihn schneller hinbringen könnte,
also trottet er auf seinen eigenen zwei Füßen weiter. Der
Sumpf ist schwarz und leer, und der Grund ist fester als zuvor,
nachdem das Ölfeuer hier gewütet hat. Von den Sachsen oder
ihren Windrädchen ist nichts zu sehen. Die Fracking-Anlage
liegt verwüstet und verlassen im rauen Tageslicht.

Er läuft mittendurch statt außen herum. Einfach weil es
der direkte Weg ist. Doch als er näher kommt, wird er neugierig. Er sieht die Leichen der Sachsen, die bei der Explosion
starben. Sie sind halb verbrannt, ihre Anführer haben sie zurückgelassen, damit sie im Sumpf verrotten. Aber etwas ist
seltsam an ihren Leichen. Wie bei seiner neuen Baumhand.
Er dreht einen von ihnen mit dem Fuß herum und verzieht
das Gesicht. Der Mann ist schwer verbrannt, aber über der
kugelsicheren Weste kann man noch den Kopf und die Hör-
ner einer Ziege erkennen. Weißes Fell, das vom Feuer an-
gesengt wurde. Gespaltene Hufe ragen aus den Ärmeln hervor. Kay ist sich ziemlich sicher, dass der arme Kerl nicht so
aussah, als er noch lebte. Welche Art von Explosion könnte
so etwas bewirken?

Der Zaun wurde durch die Detonation umgerissen und
stellt nun kein Hindernis mehr dar. Kay geht direkt in die
Ruine der eigentlichen Anlage. Überall liegt verbogenes Metall

herum, auseinandergerissen oder zusammengeschmolzen. Rohre biegen sich in schiefen Winkeln nach oben, als würden sie auf Opfer warten, die sie aufspießen können. Hier sind die Sachsen sogar noch schlimmer zugerichtet, verunstaltet von dem Feuer und der Magie und der Wucht der Explosion. Zerrissene Leichen. Wenn einige von ihnen Schweineohren oder Echsenschuppen haben, kann man es nicht mehr erkennen. Einer von ihnen hat verkohlte Lederflügel, die durch seine Kleidung geplatzt sind, ein verletzter Dornenschwanz liegt hinter ihm im Matsch. Als hätte er sich gerade halb in einen Mantikor verwandelt, als das Feuer ihn verglühte.

Hier ist alles völlig zerstört, die Maschinen stehen still, doch es liegt immer noch eine seltsame Energie in der Luft. Eine elektrische Spannung. Ein summendes Geräusch. Wie ist das möglich? Hier kann nichts mehr in Betrieb sein, Energie erzeugen oder irgendetwas aus dem Boden hervorholen.

Er durchkämmt die Ruinen, hebt einzelne Metallstücke auf, schaut sie sich an, wirft sie wieder fort. Er weiß gar nicht, wonach er sucht, bis er es gefunden hat. Mitten im Herzen der Anlage, wo zuvor der silbrige Turm stand, stößt er auf ein tiefes Loch. Weit und dunkel und unheilvoll. Das ergibt Sinn. Wenn das hier eine Art Mine war, um Öl zu fördern, muss es ein Loch in der Erde geben. Aber für ihn sieht es nicht nach einem gewöhnlichen Loch aus.

Er bekommt eine Ahnung, was hier passiert sein könnte. Wenn eine große Menge Magie schlagartig freigesetzt wird, neigt sie dazu, sich auf eigentümliche Weise zu manifestieren. Sie will nicht nur Magie sein, die in der Luft schwebt, sie will irgendeine Gestalt annehmen. So hat Merlin es ihm einmal erklärt. Deshalb ist also die Drachenkönigin aus dem Nichts aufgetaucht. Sie wurde plötzlich aus der Anderwelt heraufbeschworen, weil ausreichend Magie in der Luft vorhanden war, dass sie den Schleier durchdringen konnte.

Gleichzeitig sind kleinere Feengeister durchgeschlüpft, die sich dieser bedauernswerten Sachsen bemächtigt haben, in der halben Sekunde, bevor das Feuer sie tötete. Gut, dass es so war. Er erinnert sich an Mordreds Armee in Camlann, als Männer in alle möglichen Kreaturen verwandelt wurden. Ihr Anblick war schwer zu ertragen, ohne dabei wahnsinnig zu werden.

Er sieht tanzende Lichter in seinem Sichtfeld. Feen. Feengeister in ihrer reinsten Gestalt, die an dieser Magiequelle in der Luft herumtollen. Hätte er noch den Stab an seiner Seite, würde der wahrscheinlich heiß glühen. Kay geht weiter, lässt diesen Ort schnell hinter sich, bevor auch er in etwas Übles und Absonderliches verwandelt wird. Andererseits ist es dafür doch schon etwas zu spät.

Als er schließlich aus dem Sumpf heraus ist, folgt er dem geborstenen Ufer des Ribble. Er läuft durch das Land, ohne sich darum zu sorgen, wer ihn sieht. Es scheinen keine Sachsen mehr in der Nähe zu sein. Nichts aus dieser Welt oder der Anderwelt, das ihn aufhält. Keine Söldner oder Kommunisten oder Drachen oder Wichte oder Riesen. Die ganzen Gefilde wirken öde und leer.

Nachdem er ein paar Stunden mit ernster Miene dahingetrottet ist, ist er schon fast bei Preston. Er weiß, dass es nicht mehr weit ist, weil er etwas in der Luft riechen kann. Nur dass es nicht mehr nach einem Ruhrausbruch in einem Armeelager riecht, sondern eher so, als wäre die Belagerung vorbei und die Stadt niedergebrannt worden.

Er beschleunigt seine Schritte.

Und tatsächlich, als er ankommt, sieht er, dass das gesamte Lager verwüstet ist. Die Zäune wurden umgerissen oder von der Hitze verbogen, das Feuer hat sich inzwischen gelegt. Der Boden ist ein Teppich aus Asche und Schlacke. Verbrannte

Zeltfetzen flattern träge in der schwachen Brise. Kay wandert durch die Ödnis und fragt sich, wann die Drachin die Zeit gefunden hat, zurückzukehren und dies anzurichten. Aber dann fängt er an zu denken, dass es vielleicht gar nicht die Drachin war. In der Asche sind Reifenspuren zu erkennen. Die verlassenen Schiffscontainer sind mit Einschusslöchern durchsiebt. Und die Leichen, die er nun sieht, sind akkurat angeordnet, als hätte man sie aufgereiht und erschossen. Er tritt auf etwas drauf, schaut nach, was es ist. Ein Mülleimerdeckel aus Plastik, auf den unbeholfen ein Baum gemalt wurde. Jemand scheint seinen Schild gesehen und ihn kopiert zu haben. Jetzt ist er vom Feuer verbogen und zerschmolzen.

Schließlich findet Kay sich an der Stelle wieder, die früher der Zentralplatz war, wo er sich hingesetzt und mit den Armen gesprochen hat. Hier liegt immer noch eine flatternde Zeltplane, an den Rändern geschwärzt und mit Ziegelsteinen beschwert. Darunter sind Formen zu erkennen, ihn packt die Neugier. Er wirft einen Stein zur Seite und hebt diesen Winkel der Plane an.

Er bereut es sofort. Er legt eine Hand vor den Mund und spricht den Namen Christi aus.

Im Laufe der Jahre hat er schon viele Schrecken miterlebt. Er hat tausend grässliche Dinge gesehen und getan. Dies könnte jedoch das Widerwärtigste von allem sein. Nicht das moralisch Verwerflichste oder die sinnloseste Grausamkeit. Aber das Ekelerregendste, was er je gesehen hat, noch nie wurde ihm von einem Anblick derart schlecht.

Es sind nicht wirklich Leichen und nicht wirklich Pilze, sondern irgendeine unmenschliche Verbindung von beidem. Es sind die Armen mit den glasigen Augen. Getötet vom Feuer oder Rauch oder etwas anderem. Vielleicht sind sie auch nur verhungert. Er kann es nicht einschätzen, weil sie jetzt so stark verändert sind. Ihr Fleisch diente den Pilzen als

Nährboden. Sie sind von einem weichen Pelz aus Schimmel überzogen, aus dem hauchdünne Stängel wachsen wie Finger, die sich der Sonne entgegenstrecken. Pilzhüte erblühen aus ihren Leistenbeugen und den Achselhöhlen. Ihre Wangen und Schenkel und Bäuche sind mit flachen Scheiben aus Pilzmasse überwuchert.

Er kann sich nicht einmal dazu überwinden, sie wieder mit der Plane zuzudecken. Er wendet sich einfach nur ab und übergibt sich. Was aus seinem Magen kommt, ist hauptsächlich Erde und schwarzer Schlamm. Zeug aus dem Boden. Eigentlich ist er kaum anders als die Pilzmenschen. Kein bisschen weniger eigenartig oder unmenschlich.

Als sein Würgereiz nachgelassen hat, wischt er sich den Mund an seinem Umhang ab und taumelt davon, schüttelt den Kopf. Nimmt sich nicht die Zeit, sie wieder zuzudecken.

Der Hexenzirkel, wo die Schwestern lebten, wurde ebenfalls zerstört, niedergebrannt und mit besonderer Bosheit auseinandergerissen. Obszöne Worte wurden an die Wände der Schiffscontainer gesprüht. Die Binden wurden aus ihren ordentlich gestapelten Verpackungen gerissen und wehen jetzt in der Brise.

Er stöbert in den Trümmern nach irgendetwas Nützlichem und findet schließlich das Wrack von Teonis Auto. Es ist nur noch eine verkohlte Hülle, die Fenster sind eingeschlagen und die Räder abmontiert. Es sieht aus, als wäre es mit Stangen zerschmettert worden, bevor es in Brand gesetzt wurde. Doch oben auf dem Auto hockt ein Eichhörnchen, das aus einer Bierdose trinkt. Es liegt auf dem Rücken und hält die Dose mit beiden Pfoten schräg auf der Motorhaube, sodass es die Nase ins Loch stecken und das Bier auflecken kann. Es zieht den Kopf heraus, um zu rülpsen, doch dann sieht es Kay, und der Rülpser geht in ein Kreischen über. Die Dose rollt von der Motorhaube und verschüttet ihren Inhalt über den

Boden. Das Eichhörnchen scheint davonrennen zu wollen, doch dann huscht ein Ausdruck über sein kleines Gesicht, als würde es ihn wiedererkennen.

»Ach, du bist's!«, sagt das Eichhörnchen. Es klingt erleichtert.

»Ja«, sagt Kay. »Ich bin's.«

Es folgt ein Moment peinlicher Stille. Das Eichhörnchen schaut sich in der Aschelandschaft um und schüttelt den Kopf. »Scheiße«, sagt es. »Ich fasse es einfach nicht. Es waren meine Leute, die das getan haben. Es war Wahnsinn. Einfach so ... Menschen töten, ohne Grund. Alles in Brand stecken. Nur weil sie auf dich sauer waren. Aber du warst nicht einmal hier.«

Kay schließt die Augen und atmet einen langen Seufzer durch die Nase aus. Also ist auch das hier seine Schuld. All der Tod und die Verwüstung. Die Army of Saint George kam zurück und richtete das an, nur weil er sich mit ihnen angelegt hat. Vergeltung. Wenn er diese Männer nicht getötet hätte, wenn er Yusufs Familie nicht gerettet hätte, wäre das alles vielleicht nicht geschehen.

»Möchtest du, äh ... ein Lager?«, fragt das Eichhörnchen. »Hab eine ganze Palette Dosen gefunden.«

Kay öffnet die Augen und starrt in den Himmel. Dann nickt er. »Ja, gern.«

Er ist müde. Er setzt sich auf die verkohlte Motorhaube des Land Rover. Das Eichhörnchen geht zur Palette Bier, befreit eine Dose und zerrt sie zu ihm herüber. Kay nimmt sie und bedankt sich mit einem Nicken. Tut sich schwer, sie aufzukriegen, bis das Eichhörnchen ihm zeigt, wie es geht. Dann schlürft er aus der Öffnung und schluckt. Danach geht es ihm nicht wesentlich besser. Er hat immer noch den Geschmack von verwesenden Leichen im Mund.

Eine Weile sitzen sie schweigend da. Kay nimmt gelegentlich einen Schluck aus der Dose. Das Eichhörnchen starrt einfach nur ins Leere.

»Ich schätze, du hättest es aufhalten können«, sagt es dann, »wenn du hier gewesen wärst.«

»Vielleicht.«

»Ich habe ihnen immer wieder gesagt, dass sie aufhören sollen«, erklärt das Eichhörnchen. »Aber sie haben immer nur nach mir getreten und mich verjagt. Einer von ihnen hat meinen verdammten Schwanz angezündet. Das rückt so einiges in ein anderes Licht, das sag ich dir.«

»Kann ich mir vorstellen.«

»Ich meine, von so was war nie die Rede, als ich mich denen angeschlossen hab. Ich weiß, dass Immigranten uns das ganze Essen klauen und so, und sie sind der Grund, warum das Land vor die Hunde geht, und wenn die nicht wären, wäre Britannien das beste Land der Welt. Nichts für ungut.«

»Na ja ...«

»Aber das ist doch kein Grund, sie zu *verbrennen*, oder? Ich meine, verdammt! Das geht doch ein bisschen zu weit.«

»Hmm.«

Das Eichhörnchen zerrt eine weitere Dose für sich selbst auf die Motorhaube. Das Bier steigt ihm offensichtlich zu Kopf. Es bewegt sich torkelnd, soweit man bei einem Eichhörnchen von Torkeln sprechen kann. Als es die Dose geöffnet und einen großzügigen Schluck daraus genommen hat, blickt es auf und schüttelt den Kopf. »Die Welt ist verrückt geworden. Völlig verrückt. Ich meine, was kann man da machen?«

»Das ist eine sehr gute Frage«, sagt Kay. »Bin mir nicht sicher, ob ich die Antwort hab.«

»Man kann doch nicht einfach losziehen und alle ermorden, die anderer Meinung sind«, sagt das Eichhörnchen. »Das bringt doch gar nichts. Nur dass am Ende alle tot sind. Aber was soll man stattdessen machen? Ich habe nicht den blassesten Schimmer.«

»Hmm«, wiederholt Kay. Er starrt auf das Ödland hinaus und überlegt sich eine angemessene Antwort. »Weißt du, damals in den alten Tagen, da war es so, dass alle die Sachsen hassten. Sie waren es damals, die hierherkamen, die unser Land und unsere Frauen raubten. Mein Bruder Arthur ... er nahm diesen Hass und machte ihn noch schlimmer. Als würde er Benzin daraufgießen. Ich habe gesehen, was mit den Leuten passierte, wenn sie Arthur reden hörten. All ihre kleinen Sorgen und Streitereien spielten plötzlich keine Rolle mehr. Sie mussten sich nicht mehr damit auseinandersetzen, wer sie waren. Sie mussten sich selbst nicht mehr für dieses oder jenes hassen. Stattdessen konnten sie einfach die Sachsen hassen. Viel einfacher. Und ich frage mich, was geschehen wäre, wenn sie alle sich gefragt hätten, warum. Wenn sie vielleicht ... eine Möglichkeit gefunden hätten, besser mit sich selbst zurechtzukommen. Indem sie ihre inneren Monster besiegen. Indem sie sich den Problemen stellen, die ihnen wirklich Angst machten. Vielleicht hätten sie dann nicht zugehört, als Arthur vorbeikam und nach Soldaten suchte. Vielleicht wären sie zu Hause auf ihren Höfen geblieben und nicht losgezogen, um andere Leute zu töten.«

Das Eichhörnchen starrt eine ganze Weile mit großen Eichhörnchenaugen auf den Boden. Dann nickt es. »Du bist in Ordnung, weißt du? Hab dich falsch eingeschätzt.«

Kay findet die Kraft zu einem Lächeln. »Wie ist dein Name?«, fragt er.

»Barry«, sagt das Eichhörnchen. »Ich heiße Barry.«

»Gut«, sagt Kay, »ich bin Kay. Freut mich, dich richtig kennenzulernen, Barry.«

»Freut mich auch, Kumpel.«

Sie schütteln die Hände, Barrys winzige Pfote zwischen zwei von Kays Fingern.

»Hör mal«, sagt Barry, »besteht zufällig die Möglichkeit, dass du mich wieder in einen Menschen verwandelst?«

»Ich will ehrlich zu dir sein, Barry«, sagt Kay. »Ich würde dich liebend gern zurückverwandeln. Aber ich habe meinen Stab verloren. Und selbst wenn ich ihn noch hätte, bin ich mir nicht sicher, ob ich weiß, wie man so etwas macht.«

Das Eichhörnchen seufzt und sackt in sich zusammen. »Ich hatte befürchtet, dass du etwas in dieser Art sagst.«

»Aber ich werde versuchen, meinen Stab zurückzubekommen«, erwidert er. »Wenn du mich begleitest, werden wir sehen, ob wir das in Ordnung bringen können.«

»Klingt gut für mich, Bro.«

Kay trinkt den Rest Bier aus und wirft die leere Dose dann in die Asche. Bietet Barry einen Arm an, worauf der seinen Ärmel aus Kettenpanzer hinaufklettert und sich auf seine Schulter hockt. Dann setzt er seinen Weg durch das Lager fort, versucht sich in der Verwüstung zu orientieren.

Sofort sieht er den Eiscremewagen, an dem die Armen ihr Moschus gekauft haben. Er steht genau dort, wo er ihn das letzte Mal gesehen hat, als wäre er schon die ganze Zeit dort gewesen. Irgendwie hat er die Flammen völlig unbeschadet überlebt, ohne irgendeine Brandstelle oder Delle in der Plastikkarosserie. Kay seufzt und geht darauf zu, während sich in seinem Kopf Puzzlestücke zusammensetzen. Der Panthermoschus, die Pilze, die ungewöhnlichen Ereignisse. Und der Mann hinten im Wagen – der eben doch nicht wirklich ein Mann ist.

Der Motor läuft. Windspiele klingeln im Fenster, obwohl kein Lüftchen weht. Als Kay näher kommt, ist er sich ganz sicher: Es ist jemand aus dem Feenvolk. Sier sieht gelangweilt aus, blass und schlank, nur Ellbogen und Wangenknochen.

Sier beugt sich aus dem Fenster und grinst höhnisch, als hätte sier schon bessere Ödländer gesehen. Sier trägt immer noch Sonnenbrille und Wollmütze. Nun ist Kay nahe genug, um siere spitzen Ohren zu erkennen, die unter dem Saum verschwinden.

»Du bist Kay der Mundschenk?«, fragt das Feenwesen.

»Ja«, bestätigt Kay. »Wer fragt?«

»Wir haben dich früher erwartet.«

Kay zuckt mit den Schultern. »Ich war beschäftigt.«

Das Feenwesen stößt einen schweren Seufzer aus. Sier ist schon jetzt von diesem Gespräch gelangweilt.

»Hast du gesehen, was hier passiert ist?«, fragt Kay.

Sier zuckt mit den Schultern. »Das haben wir. Es gab ein Feuer.«

»Und du hast nicht mal überlegt, ob du es aufhältst?«

Das Feenwesen lächelt. Seine Zähne sind zu scharf, um menschlich sein zu können. »Warum sollten wir das tun?«

Kay ist nicht in Stimmung für so etwas. Er packt das Feenwesen an der Kapuzenjacke und zieht es halb durch das Fenster heraus. Die Sonnenbrille rutscht siem vom Gesicht und fällt zu Boden, offenbart siere purpurnen Augen. Sier kreischt, doch dann wird daraus ein schrilles Lachen.

»Macht Kay der Mundschenk sich Vorwürfe?«, fragt sier. »Er hätte es verhindern können, wäre er hier gewesen.«

Kays Fäuste schließen sich fester um den zerknüllten Stoff der Kapuzenjacke. Kein Schwert, um das Feenwesen zu erstechen. Er überlegt, es aus dem Wagen zu zerren, es in die Asche zu werfen, ihm in die Rippen zu treten. Doch neben ihm zwitschert Barry in sein Ohr.

»Immer mit der Ruhe, Großer«, sagt Barry. »Was hatten wir gerade besprochen? Keine gute Idee, Leute zu verprügeln.«

Kay lässt nicht sofort los. Er starrt dem Feenwesen in die Augen. Aber es will, dass Kay es tut. Sier will, dass er die

Beherrschung verliert. Wenn er dem Feenwesen in die Rippen tritt, wird er sich danach keineswegs weniger schuldig fühlen, und das Feenwesen hätte wahrscheinlich seinen Spaß daran. Also lässt er es los und weicht ein paar Schritte zurück, um sich zu beruhigen. Er streicht sich mit einer Hand über das Gesicht.

»So ist es richtig«, sagt Barry. »Tief durchatmen und abschütteln. Wer ist dieser Typ überhaupt?«

»Jemand aus dem Feenvolk«, sagt Kay. »Ihr würdet sie vielleicht als Elfen oder so bezeichnen.«

»Na ja, ich wollte es nicht sagen, aber ja, etwas in der Art dachte ich mir.«

»Sie sind keine richtigen Menschen«, erklärt Kay. »Sie sind so etwas wie Geister aus der Feenwelt, die eine Zeit lang menschliche Gestalt annehmen. Wenn man sich damit auskennt, kann man sie in diese Welt holen und an sich binden. Wie Diener.«

»Richtig, richtig«, sagt Barry, als hätte er verstanden. »Und was wollen wir von ihm?«

»Von siem«, sagt Kay.

»O ja, klar«, sagt Barry. »Von siem.«

»Sier kann uns zu siem Meister führen«, gibt Kay zu bedenken. »Und ich glaube, sien Meister könnte uns beiden weiterhelfen. Vielleicht ist er imstande, dich zurückzuverwandeln.«

»Großartig! Dann mach weiter, Großer.«

Kay wappnet sich und kehrt zum Eiscremewagen zurück, wo das Feenwesen immer noch grinst.

»Möchte Kay der Mundschenk ein Calippo?«, fragt sier.

»Eher nicht, danke.«

»Wie du meinst.«

»Also arbeitest du für diesen Ambrose, ja?«, sagt er. »Ist er der, für den ich ihn halte?«

Das Feenwesen nickt. »Emrys hat uns gebunden, damit wir seinen Anweisungen Folge leisten.«

»Und wie lauten seine Anweisungen?«, fragt Kay. »Warum bist du hier?«

Sier reckt sich und kramt auf einem Regal hinter einer Kiste mit Eiswaffeln. Dann streckt sier Kay die Hand hin und öffnet sie. Darauf liegt ein kleiner Plastikbeutel.

Kay greift danach, hält ihn zwischen Daumen und Zeigefinger hoch, um ihn genauer betrachten zu können. Er enthält einen einzelnen roten Pilz mit weißen Punkten. Auf dem Etikett steht etwas.

Kay.
Iss das.
Merlin.

Was soll er sonst tun? Mit diesem Feenwesen in der Wildnis herumstehen? Den weiten Weg nach Manchester auf sich nehmen und nach Mariam suchen? Durch die Gefilde wanken und Morgan suchen? Ein Eis essen? Keine guten Optionen. Keine davon erscheint ihm mehr oder weniger irre, als einen Pilz zu essen, den irgendein grinsendes Feenwesen ihm in die Hand gedrückt hat.

Die Vorstellung, ihn zu essen, hat etwas Tröstliches. Sich dem Schicksal ergeben. Der Vergessenheit, den Strömungen der Anderwelt. Er bekam nicht viel Gutes hin, als er die letzten zwei Mal an der Oberfläche war. Planlos eine Queste suchte, ziellos Leute retten wollte. Beim Versuch, sich alles selber zusammenzupuzzeln, kamen am Ende nur lauter Leute ums Leben, und er war schuld. Ein Blick auf die ganze Verwüstung hier reicht, um sich das klarzumachen. Es könnte sich lohnen, jemand anderem die Denkarbeit zu überlassen. Darin war Merlin schon immer gut.

»Was meinst du?«, fragt er Barry.

»Ich vertraue dir, Kumpel«, sagt Barry. »Tu, was du tun musst.«

Er nickt. Dann reißt er den Beutel auf und schüttet den Pilz in seine Handfläche. Er spürt, wie die purpurnen Augen des Feenwesens in seine Seele starren.

»Was wird das Zeug bewirken?«, fragt er.

»Es wird dich an die wichtigen Dinge erinnern«, sagt sier.

»Richtig«, sagt Kay. Er atmet tief ein. Rollt die Schultern. Sieht Barry an.

»Wird schon schiefgehen.«

Dann steckt er sich den Pilz in den Mund und zerkaut ihn.

Er schmeckt widerlich. Während der nächsten Minute passiert nichts. Dann nimmt er vage wahr, dass sein Gehirn in seine Beine hinuntersickert. Er kann hören, wie Barry zu ihm spricht, aber zwischen den einzelnen Worten scheinen Stunden zu vergehen. Das Grinsen des Feenwesens wird breiter, und siere Augen scheinen tiefer zu werden, als würden sie ganze Multiversen enthalten. Es ist kein angenehmer Anblick. Kay ist beinahe froh, als der Boden ihm entgegenrast und ihn vollständig verschluckt.

24

DIE BOOTE TRAGEN SIE AUFS MEER HINAUS UND DIE Nordküste von Wales entlang, seltsamerweise, ohne von Saxons oder sonst wem behelligt zu werden. Mariam sitzt da und balanciert das Schwert ungelenk auf ihren Knien. Sie wünscht sich, sie hätte irgendwas Sinnvolles, wo sie es aufbewahren kann, oder jemanden, dem sie es geben kann. Es fühlt sich nicht richtig an, es einfach in den Bootsrumpf zu legen, zwischen ihren Füßen, wo es im Wellengang hin und her rutscht. Es ist immer noch voll Drachenblut. Genauso wie sie selbst – ihr Haar, die Kleidung und ihre Haut. Es stinkt nach Eisen und Fleisch und nach etwas anderem, was sie nicht einordnen kann. Sie würde gern duschen. Ins Meer tauchen und es abschrubben. Sich irgendwie waschen, egal wie. Aber die Chancen darauf stehen in absehbarer Zeit schlecht.

Sie legen an einem Ort an, den Mariam nicht erkennt, eine Küstenstadt, die nun mit Sandsäcken und Stacheldraht gesichert ist. Als Dai ap Llywelyn aus dem Boot steigt, fällt er in den Sand und bleibt blutend liegen.

Mariams Instinkte als Krankenpflegerin übernehmen. Sie versucht durchzukommen, um ihm zu helfen, doch das Gedränge der Waliser ist zu dicht. Sie heben ihn zwischen sich auf und tragen ihn über den Strand aufs Festland, wo Lastwagen mit laufenden Motoren warten. Gethin sorgt dafür, dass alle Platz finden, nicht nur die Waliser, sondern auch die anderen Rebellen.

»Mariam, du bleibst jetzt bei deiner Gruppe«, sagt er.

»Lass mich helfen«, sagt sie. »Ich bin ausgebildete Krankenpflegerin.«

Gethin mustert sie von oben bis unten, dann das Schwert. Schließlich nickt er und geht aus dem Weg. »Aye«, sagt er. »Komm mit.«

Sie klettern gemeinsam auf den Laster, der sich sofort in Bewegung setzt. Dai ap Llywelyn liegt auf der Ladefläche auf einer Leinentrage und blutet schwer, während die Waliser über seinen Körper hinweg streiten, was sie tun sollen. Mariam geht neben ihm in die Knie und legt das Schwert ab, übt mit beiden Händen Druck auf die Wunde aus. Sie ruft nach einem Verbandskasten, aber niemand scheint einen dabeizuhaben. Ihre Hände sind immer noch voller Drachenblut, und jetzt sind sie in Kontakt mit einer offenen Wunde, zitternd, rot und glitschig. Das kann nicht hygienisch sein. Drachenblut und Königsblut, die sich vermischen.

Die Wunde sieht tief aus. Dai ist schon ganz blass und schweißnass. Als sie in seine Augen blickt, stellt sie fest, dass er sie anstarrt.

»Blut des Drachen«, krächzt er auf Englisch. »Du hast ihn getötet.«

»Ja«, antwortet sie leise.

»Die ... Lady im Wasser«, sagt Dai. »Sie hat dir das Schwert gegeben.«

Er streckt eine zittrige Hand aus und findet die Kraft, ihr Handgelenk zu packen. Sie sagt ihm, dass er sich hinlegen soll, drückt seine Schulter zurück auf die Ladefläche des Lasters. Es ist einfacher, sich darauf zu konzentrieren, ihn am Leben zu halten, als darüber nachzudenken, was er sagen will. Dann findet doch jemand einen Verbandskasten, und sie macht sich an die Arbeit, spritzt Dai mit einem Autoinjektor eine Dosis Morphin in den Arm. Das wird ihn zum Schweigen bringen. Gegen Verletzungen von Tiefengewebe oder Eingeweiden kann sie nichts machen. Sie ist keine Unfallchirurgin. Erst mal kann sie die Wunde nur reinigen und verbinden. Doch auch das ist in einem fahrenden Lastwagen auf holprigen Straßen gar nicht so leicht. Aber sie bekommt es gerade so hin. Als sie fertig ist, ist Dai kaum noch bei Bewusstsein. Er greift erneut nach ihrem Handgelenk, aber seine Hand ist schwächer als zuvor. Seine Augen suchen in einem Nebel aus Morphin nach ihr.

»Königin von Wales«, sagt er. »Königin von Wales.«

Ihr Rückgrat gefriert. Gethin sagt etwas auf Walisisch, und Dai antwortet röchelnd. Selbst wenn sie Englisch sprechen würden, würde Mariam nicht zuhören. Plötzlich rast ihr Herz.

»Nein«, sagt sie mit schwacher Stimme. »Nein, nein, nein. Ich bin nur … ich bin nicht …«

»Du hast das Schwert«, sagt Dai, wieder auf Englisch. »Hast einen Drachen getötet. Mehr brauchst du nicht.«

»Dai«, sagt Gethin, »hör mal, sie ist ein reizendes Mädchen, aber du kannst nicht mehr klar denken. Du hast eine Menge Blut verloren. Ruh dich jetzt aus.«

»Das ist meine Entscheidung«, sagt Dai. »Blut des Drachen.«

Seine Augen drehen sich nach oben, als er in die Bewusstlosigkeit gleitet. Mariam macht instinktiv einen Schritt zurück. Versehentlich tritt sie auf das Schwert und fällt deswegen fast auf ihren Rücken. Alle Waliser starren sie an.

»Sie kann nicht unsere Königin sein«, sagt jemand im nächsten Moment. »Sie ist nicht einmal Waliserin!«

»Ich will von nirgendwo die Königin sein«, erwidert sie schnell. »Das ist verrückt. Ich kann keine Königin sein.«

Aber die Waliser diskutieren weiter, auf Englisch.

»Dai hat sie soeben zu seiner Nachfolgerin ernannt. Wenn er stirbt, müssen wir seine Wünsche respektieren.«

»Blödsinn. Wir sind doch nie dazu gekommen, die verdammten Nachfolgeregelungen aufzuschreiben! Wir dachten nicht, dass es nötig ist.«

»Sie hat doch gerade selbst gesagt, dass sie es gar nicht will! Wenn ihm irgendjemand nachfolgen soll, dann du, Gethin.«

»Also gut, es reicht jetzt«, übertönt Gethin die anderen. »Er ist noch nicht tot. Darüber machen wir uns erst Sorgen, wenn es so weit ist.«

Die Waliser verstummen. Mariam hockt schweigend neben der Liege und starrt auf Dai, bis Gethin zur Seite rückt und ihr einen Platz auf der Bank anbietet. Sie steht auf und setzt sich neben ihn. Ihre Augen bohren ein Loch in die Plane auf der anderen Seite des Lastwagens. Nach ein paar Minuten bemerkt sie, dass ihre Hand schmerzt, und ihr wird bewusst, dass das Schwert auf ihrem Schoß liegt. Sie erinnert sich nicht, es aufgehoben zu haben. Sie hat den Griff so fest umklammert, dass ihre Fingerknöchel ganz weiß sind.

Sie können nicht länger als eine Stunde gefahren sein. Die Lastwagen bewegen sich zügig über ebene Straßen, dann langsamer über unwegsamen Boden. Es scheint aufwärts zu gehen. Gegen Ende der Reise müssen sie sich an den Bänken festhalten, um nicht hinunterzufallen. Als der Lastwagen zum Stillstand gekommen ist, werden sie von der Ladefläche gescheucht und stehen in einer kalten Wildnis, die Mariam so schnell wie möglich wieder verlassen möchte. Es ist leeres Moorland, irgendwie noch leerer und öder als das Moorland in den Pennines. Eine feuchte Wüste, von zerklüfteten Hügeln umgeben, in dichte Nebelschleier gehüllt. Berge lauern in den Wolken wie schlafende Riesen. Die Waliser haben hier oben ein Lager, Zelte und Schutzdächer und Ausrüstung, die chinesischer Herkunft zu sein scheint, soweit sie beurteilen kann. Raketenwerfer, um Drohnen abzuschießen. Alles ist klamm.

Der Boden unter ihren Füßen fühlt sich hart und kalt und abweisend an. Nicht wie Land, über das zu herrschen sie berechtigt sein könnte.

Die Waliser tragen ihren König in eins der Zelte, wo anscheinend richtige Ärzte auf ihn warten. Sie versucht ihnen zu folgen, aber Gethin hält sie auf.

»Die haben alles im Griff, glaube ich«, sagt er. »Du ... passt einfach auf dieses Schwert auf.«

»Wo sind wir?«, fragt sie hastig.

»Tief in Snowdonia«, sagt Gethin. »Es gibt keinen sichereren Ort. Wenn du mich jetzt entschuldigen würdest ...«

Er streckt den Kopf ins Zelt und geht zu seinem König. Sie bleibt im Nebel zurück, hält das Schwert in der Hand und weiß nicht, was sie damit anfangen soll.

Ein Durcheinander aus Rebellen schart sich um die Lastwagen. Überlebende aus Manchester. Die Leute aus Cornwall und Cumbria und ein oder zwei der eigenartigen Priester aus Lincolnshire. Der schottische Botschafter hat es den weiten Weg bis hierher geschafft, in seinem zerknitterten Anzug mit Krawatte sieht er noch verwirrter aus. Mariams Schwestern sind auch da, steigen aus verschiedenen Lastwagen und versammeln sich. Alle bis auf Regan. Anscheinend wurde sie zurückgelassen. Irgendwo im Kreuzfeuer oder im brennenden Glasturm. Erschossen oder verbrannt oder von den Söldnern gefangen genommen. Keine dieser Möglichkeiten ist eine angenehme Vorstellung. Und keine davon ist ein Schicksal, das Regan verdient hätte.

Sie finden eine Stelle, wo sie sich zusammen hinsetzen können, zwischen den Lastern und den Munitionskisten, und dort bleiben sie eine ganze Weile, ohne zu reden oder sich zu rühren. Mariam starrt auf das Schwert in ihren Händen.

»Wir haben den verfickten Drachen getötet«, sagt Teoni, als der schlimmste Teil des Schocks verblasst ist.

»Ja«, bestätigt Mariam. »Ja, das haben wir.«

Sie findet nicht die Kraft zu lächeln, genauso wenig wie die anderen. So ist es inzwischen meistens. Selbst Siege werden von allem anderen überschattet, was in der Welt vor sich geht. Sie sitzen schweigend da, blinzeln im Wind, bis Willow einen Beutel mit Weed auspackt und anfängt, einen Joint zu drehen.

»Tja«, sagt Willow. »Ich finde, wir sollten verdammt stolz auf uns sein. Weil wir gerade eine unserer Kernzielsetzungen erreicht haben.«

»Hm«, macht Roz. »Das erste Mal, dass wir das geschafft haben.«

»Ja, das können wir von der Liste streichen«, sagt Willow. »Jetzt müssen wir nur noch den Klimakollaps verhindern, den Kapitalismus vernichten und die fossile Energieindustrie abrüsten. Kann ja nicht so schwer sein!«

»Schon, oder?«, sagt Teoni. »Wenn wir einen Drachen töten können, können wir alles erreichen.«

»Aber können wir das?«, fragt Roz. »Ich sehe nicht, wie wir von hier aus irgendwas erreichen sollen. Wo zum Henker sind wir überhaupt?«

»Snowdonia«, sagt Mariam.

Roz schüttelt den Kopf. »Großartig.«

Willow nimmt einen Zug von ihrem Joint und gestikuliert dann damit. »Es ist nicht das Ende der Welt«, sagt sie. »Ich meine, ja schon. Aber vielleicht können wir mit den Walisern zusammenarbeiten. Sie davon abhalten, dem Himmel zu schaden. Solche Sachen.«

Teoni zieht eine skeptische Miene. »Warum sollten sie auf uns hören?«

»Na ja«, sagt Mariam und schluckt. »Sie haben vorhin darüber gesprochen, mich zur neuen Königin von Wales zu machen. Das könnte vielleicht hilfreich sein.«

»Scheiße«, sagt Willow.

»Was bedeutet das überhaupt?«, fragt Roz.

»Ich dachte, wir wären, ich weiß nicht, für die Abschaffung der Monarchie?«, sagt Bronte.

»Kann ich deine Premierministerin sein?«, fragt Teoni.

Mariam schließt die Augen. »Hört mal, es ist ... das war nur was, das König Dai im Delirium gesagt hat. War sicher das Morphium. Wenn er wieder klar ist, wird er alles zurücknehmen.«

»Ich finde, du wärst eine tolle Königin«, sagt Willow. Sie bietet Mariam einen Zug von ihrem Joint an, und Mariam nimmt an, vielleicht hilft es ja. Sie hält das Schwert mit der einen Hand und raucht mit der anderen. Sie hustet und verzieht das Gesicht, als sie ihn zurückgibt.

»Danke«, keucht sie.

Sie reichen den Joint herum, bis Mariam immer unruhiger wird. Das Blut auf ihrem Gesicht und den Händen juckt. Sie kratzt daran, aber das macht es auch nicht besser, jetzt hat sie es auch noch unter den Fingernägeln. Also steht sie auf, nimmt das Schwert mit und macht sich auf die Suche nach einer Möglichkeit, das Blut abzuwaschen.

Ein Stück vom Lager der Waliser entfernt und etwas weiter den kahlen Berggipfel entlang findet sie einen Teich mit stehendem Wasser, wie ein kleiner See. Sie geht ans Ufer und geht im roten Heidekraut in die Knie. Legt sich das Schwert in den Schoß. Dreht die Gebetsperlen um ihr Handgelenk. Sie verspürt den Drang, das Schwert wegzuwerfen, tief ins Wasser, damit es nicht mehr ihr Problem ist. Vielleicht erhebt sich die seltsame Fischfrau und nimmt es wieder an sich.

Zum ersten Mal sieht sie sich das Schwert genauer an, sie

hält es am Heft hoch und lässt ihren Blick an der Klinge entlangwandern. Es ist nicht besonders groß oder prächtig. In ihrem Kopf sehen Ritterschwerter ganz anders aus, dieses hier scheint kleiner zu sein. Kaum einen Meter lang. Sollte es nicht eine Art Handschutz haben? Hat es nicht, nicht wirklich. Nur ein Oval, wo die Klinge endet und das Heft anfängt. Der Griff ist aus einem glatten schwarzen Material, das sich in ihrer Hand kühl anfühlt. Und über dem Griff ist ein Keilstück eingesetzt, aus Gold oder Bronze oder etwas anderem Glänzendem, und darin sind Schlangen und Drachen eingraviert. Und dann endlich etwas Hübsches, ein kleines Haus aus Edelsteinen ganz am Ende des Schwertes. Wie die Fenster einer Kathedrale, kreuz und quer von Streifen aus Gold durchzogen, über roten und grünen Flächen, die aus Edelstein oder Glas sein müssen.

Sie wünscht sich immer noch, sie hätte irgendwas, in dem sie das Schwert aufbewahren kann. Kay hatte eine Lederscheide am Gürtel, in die er sein Schwert stecken konnte. So etwas wäre gut. Aber da sie nichts dergleichen hat, rammt sie es neben sich in den Boden, tief genug, dass es aufrecht mit dem Heft nach oben stehen bleibt.

Ist das schlecht? Es in den Boden zu bohren? Das Erste, was sie damit abgestochen hat, war ein Drache. Das Zweite jetzt die Erde selbst. Sie fragt sich, was sie damit als Nächstes abstechen wird.

Als Mariam damit fertig ist, sich das Blut von der Haut zu kratzen, zieht sie das Schwert wieder aus der Erde und geht zurück, um den anderen beim Zeltaufbauen zu helfen. Die Waliser sitzen in Kreisen, unterhalten sich leise und nervös, essen Fladenbrot und chinesische Rationen. Mariam hämmert gerade einen Zeltpflock mit einem Stein in den Boden, als sie ihren Namen hört und aufblickt.

»Ich glaube, du solltest lieber mitkommen«, sagt Gethin.

Sie schaut wieder auf den Zeltpflock und bindet die Zeltleine daran fest, vergewissert sich, dass sie sitzt und straff ist. Will erst diese eine normale Aufgabe zu Ende bringen. Erst als sie damit zufrieden ist, nimmt sie das Schwert und richtet sich auf. Sie blickt Gethin in die Augen und ist von seinem Gesichtsausdruck überrascht. Er sieht fast etwas ängstlich aus.

Er führt sie durch das Lager zu einem großen Zelt voller Metallkisten, Raketen und Raketenwerfern und Munition. Dann zieht er den Reißverschluss des Zeltes hinter ihnen zu, sperrt die Außenwelt aus.

»Ich wünschte, du hättest nicht das ganze Drachenblut abgewaschen«, sagt Gethin. »Es hätte helfen können, die Leute zu überzeugen.«

»Wovon überzeugen?«, fragt sie.

Er seufzt. »Ich glaube, du weißt wovon. Die ganze Königin-Sache.«

»Hör zu, das macht nichts«, sagt sie. »Ich bin mir sowieso nicht sicher, ob ich die beste Königin wäre. Jemand anders soll das machen. Ich bin nicht ... Ich weiß, dass ich nicht ...«

»Dai ist tot«, sagt Gethin.

Das lässt sie verstummen. Sie blickt auf das Schwert in ihrer Hand. Ballt die Faust um das Heft. Denkt zurück an den Lastwagen, als sie seine Wunde versorgt hat, als sie versucht hat, die Blutung zu stoppen. Hätte sie wirklich gewusst, was sie da tut, hätte sie ihn vielleicht retten können.

»Das tut mir leid«, sagt Mariam. »Das tut mir unendlich leid. Aber ich bin nicht ...«

»Nein, hör zu«, sagt Gethin. Er atmet tief ein und streckt eine Hand aus, als wollte er ein Tier beruhigen. »Wenn ich ehrlich bin, gefällt mir das genauso wenig wie dir. Du scheinst eine sehr nette junge Frau zu sein, aber ich habe dich erst vor wenigen Tagen kennengelernt. Ich habe keinen blassen Schimmer, ob du eine gute Königin abgibst oder nicht.«

»Genau. Also, warum willst du ...?«

»Er wollte, dass du ihm nachfolgst. Und hier gibt es eine ganze Menge anderer Leute, die liebend gerne König wären, aber ich weiß ganz sicher, dass sie nicht dazu in der Lage wären. Zu viel Missgunst und Machtkämpfe untereinander, genau wie überall. Es wird nicht lange dauern, bis sie alle um seine Nachfolge kämpfen, und das ganze Königreich von New Gwynedd wird in sich zusammenstürzen. Außer wir finden jemand anderes.«

»Aber das ist völlig verrückt«, sagt sie. »Ich bin überhaupt nicht aus Wales. Ich spreche kein Walisisch. Ich mag nicht einmal Lauch!«

»Aber du hast einen Drachen getötet«, sagt Gethin. »Hör mal, diese ganze Aktion, die Monarchie von Wales wiedereinzuführen, das war alles Dais Idee. Vor zwanzig Jahren hätten die Leute darüber gelacht, hätte man ihnen gesagt, es sollte einen König von Wales geben. Aber dann kam Dai, und er nahm sich selbst sehr ernst. Und wir haben daran geglaubt, weil *er* daran geglaubt hat. Er war der Eine, der alles zusammengehalten hat. Durch bloße Sturheit und Willenskraft. Er brachte uns dazu, daran glauben zu wollen. Weil er selbst daran glaubte. Und das ist das Einzige, was zählt.«

Mariam legt die Hand, mit der sie nicht das Schwert hält, auf ihr Gesicht. Sie will, dass diese Unterhaltung aufhört.

»Aber warum ich?«, fragt sie.

»Weil er dich auserwählt hat«, sagt er. »Du hast eine gute Story, und das ist wichtiger als alles andere. Königin Mariam die Drachentöterin. Vielleicht schaffen wir es damit, das alles zusammenzuhalten. Wenn du bereit bist, es zu versuchen.«

Sie lugt durch die Finger auf das Schwert. Die Klinge schimmert leicht, selbst im schwachen Licht im Zelt. Sie starrt eine ganze Weile darauf, und Gethin scheint keine Eile zu haben, sie aus ihren Gedanken zu reißen. Sie wünscht sich kurz, Kay wäre hier, doch dann schimpft sie sich dafür. Deswegen gibt es Helden, wie Roz sagte. Sie befreien einen von der Verantwortung. Sie beruhigen einen, weil es dann jemand anderes gibt, der die Welt rettet und die schweren Entscheidungen trifft.

Aber jetzt ist sie diejenige, die die schweren Entscheidungen treffen muss.

Was würde Hassan von ihr erwarten?

»Okay«, sagt sie. »Aber ich habe Bedingungen.«

»Klar.«

»Wales muss grün werden. Ihr müsst aufhören, fossile Energieträger zu nutzen.«

Gethin schaut gequält. Er kratzt sich am Hinterkopf. »Ich bin mir nicht sicher, wie machbar das ist. Ohne Lastwagen oder Boote kommen wir nirgendwohin.«

»Ihr könnt Kartoffelkraftstoff benutzen. Wir zeigen euch, wie man den macht.«

»Okay«, sagt Gethin und breitet die Hände aus.

»Und Krankenhäuser. Ihr müsst die Leute fachgerecht versorgen. Selbst wenn wir ... ich weiß nicht. Selbst wenn wir London übernehmen, brauchen wir Pfleger und Ärzte und geeignete Einrichtungen.«

»Gut«, sagt er und blickt hinunter auf das Schwert. Mariam wird bewusst, dass sie damit gestikuliert hat, es auf ihn gerichtet hat, damit ihre Worte unterstrichen hat. Sie lässt es ein wenig sinken.

Sie denkt krampfhaft über weitere Forderungen nach, aber ihr fällt nichts mehr ein. Sie wünscht sich, ihre Schwestern wären hier, um Vorschläge zu machen, aber dann überlegt sie es sich anders. Sie alle hätten viel zu viel zu sagen. Irgendwann würde es albern werden. Manchmal ist es besser, wenn jemand einfach das Kommando übernimmt und etwas tut. Also sollte sie vielleicht genau das tun.

»Und wie läuft das jetzt ab?«, fragt sie.

»Na ja, zuerst müssen wir Dai beerdigen«, sagt er und starrt dabei auf den Boden. »Das wäre am Morgen, sobald es hell ist. Dann werden wir uns daranmachen, dich zu krönen. So, hm. Du kannst dir also über Nacht überlegen, was du dann sagen willst.«

Er dreht sich um und zieht den Zeltreißverschluss wieder auf, doch dann hält er im letzten Moment inne und blickt noch einmal zu ihr zurück. »Du wirst einen tollen Job machen«, sagt er.

Sie bleibt im dunklen Zelt voll seltsamer Kisten zurück, das Schwert in der Hand.

25

KAY DRIFTET DURCH GEDANKEN UND ERINNERUN-
gen, wird wie ein Schiff auf stürmischer See hin und
her geweht. Dieser Pilz bringt ihn an eigentümliche
Orte. Dunkle Wälder und gähnende Höhlen und
schimmernde Feensäle. Er erinnert sich an sonderbare Taten, die er vor langer Zeit begangen hat, in seinem ersten Leben. Traumartige Taten, die ihm jetzt unmöglich erscheinen. Wie er auf der Insel Mona gegen eine
Riesenkatze kämpfte, die Schuppen und Kiemen und Flossen
wie ein Fisch hatte. Wie er eine Armee aus Froschmenschen
tötete, während er bis zum Bauch im Wasser einer überfluteten Höhle watete. Wie er mit Adlern sprach und das
Meer auf dem Rücken eines gigantischen Lachses überquerte.
Sind diese Sachen tatsächlich passiert, oder ist es nur der Pilz,
der sein Hirn gerinnen lässt? In den alten Tagen aßen sie oft
genug Pilze, beide Erklärungen könnten also stimmen.

In den Kriegen, die später folgten, gab es keine gigantischen Lachse oder zornige Riesen. Aber das machte es kein
bisschen einfacher zu verstehen, worum es bei den Kriegen
ging. Er will sich jetzt nicht an diese Kriege erinnern müssen
und all seine Tode noch einmal erleben. Nicht mal im Traum.

Also versucht er aufzuwachen. Aber der Pilz will sein Gehirn nicht loslassen. Als er dann doch aufwacht, befindet er
sich in den Stallungen seines Vaters in Londinium. Er hat wie-

der draußen bei den Hunden geschlafen. Trajans Stall ist leer, und er braucht einen Moment, um sich zu erinnern, warum. Sein Vater ist in den Krieg geritten, hat seine Lanze verkauft.

Das war vor langer Zeit. Kay kann nicht älter als fünf gewesen sein, als das geschah. Aber der Pilz hat seine Erinnerungen angezapft und sie an die Oberfläche geholt, klar wie der helle Tag. Er weiß, was los ist. Er weiß, welcher Tag es ist.

Seine Mutter ist im Haus und singt, während sie einen Korb flicht. Ein altes mauretanisches Lied, dessen Worte er nicht kennt. Immer wenn sein Vater zum Kämpfen fort war, musste sie den Haushalt alleine führen. Sie flocht Körbe und verkaufte sie oder bezahlte damit ihr Essen. Manchmal half er ihr. Lernte das Handwerk. Es machte ihm immer Spaß, einen dünnen Rattanstrang mit dem anderen zu verflechten. Um dem Ganzen langsam, aber sicher Form zu geben. Dann ging er mit ihr zum Markt. Hörte all die verschiedenen Sprachen, die dort gesprochen wurden, sah all die farbenfrohen Textilien, roch an den Gewürzen und den Farbstoffen und den unterschiedlichen Fleischsorten, die in den Pfannen brutzelten. Ein Teil von ihm möchte ihr jetzt helfen, aber das war es nicht, was er an jenem Tag tat, also kann er es auch jetzt nicht tun. Statt der warmen und freundlichen Geräusche des Marktes hört er einen Tumult draußen auf der Straße. Menschen brüllen. Pferdehufe klappern auf der kaputten römischen Straße.

Er wischt ein paar Strohhalme von seinem zerknitterten Kittel und tapst aus dem Stall, um zu sehen, woher der Lärm kommt. Auf die Straße, wo er von einem vorbeikommenden Ochsenkarren zertrampelt werden könnte.

Reiter kommen langsam die Straße heruntergeritten, Stadtbewohner laufen vor ihnen her. Sein Vater ritt früher mit einem Trupp Speerkämpfer, die im römischen Stil kämpften, im Dienst eines Magistrats namens Aurelianus, ein altmodischer Lanzenreiter mit altmodischem Pflichtbewusstsein. Bei ihrem Anblick ging einem das Herz auf, wenn sie auf ihren verstaubten Pferden aus dem Krieg zurückkehrten. In ihren rasselnden Kettenhemden, mit frischen Wunden an ihren Schilden.

»Das war ein Riese«, sagte sein Vater dann, und Kay glaubte ihm. Wenn sie gesiegt hatten, warfen sie manchmal Kostbarkeiten in die Menge, Raubgut von ihren bezwungenen Feinden. Doch an diesem Tag tun sie es nicht. Und es sind weniger Männer, als aufgebrochen waren. Aurelianus selbst kehrte nicht von dieser Schlacht zurück, und Kay fragte sich, warum. Damals verstand er noch nicht, was mit den fehlenden Männern geschehen war.

Die anderen Britannier auf der Straße rennen hektisch umher, wollen die schrecklichen Neuigkeiten mit allen anderen teilen. Uther der Drache ist tot, seine Streitkräfte zerschlagen. Ihr Held, der sie vor der drohenden Gefahr hätte befreien können, der die Sachsen zurück ins Meer hätte treiben können. Für seinen Tod waren mordlustige Pikten verantwortlich, oder Verrat, oder die Sachsen selbst. Dutzend verschiedene Geschichten verschwinden in Dutzenden verschiedenen Gassen und Nebenstraßen, wo sie aufgeschnappt und verändert und in der Stadt verbreitet werden, bis die Kunde zu den Sachsen auf ihrer Inselfestung flussabwärts gelangt. Und niemand weiß, was danach geschehen wird.

Kay steht auf der Straße zwischen den anderen panischen Britanniern und wartet darauf, dass sein Vater zu ihm geritten kommt. Er erinnert sich gut an diesen Tag. Nie hat er seinen Vater müder oder verbitterter oder abgeschlagener gesehen als an diesem Tag. Gekrümmt unter seinem roten Umhang, ein Bündel in den Armen, auf einem fremden Pferd. Am Bein verwundet, mit einem tiefen Schnitt, der unterwegs nicht gut verheilt ist. Rotes Blut lässt seine schwarze Haut glänzen.

Der Name seines Vaters war Hector – zumindest nannten die Römer ihn so. Sie konnten seinen numidischen Namen nicht aussprechen, doch er erinnerte sie an einen Prinzen aus ihren alten Geschichten, also wurde er zu Hector. Als er nahe genug ist, sieht Hector seinen Sohn auf der Straße stehen. Er lässt sein neues Pferd anhalten und fällt beinahe vom Sattel. Reicht das seltsame Bündel in Kays Arme hinab.

An diesen Teil des Tages erinnert er sich viel deutlicher. Feinerer Stoff, als er je zuvor berührt hat. Dann spürte er, wie sich das Bündel in seinen Armen bewegte, erkannte, dass ein Kind darin eingewickelt war. Unter der Seide sah er ein blasses weißes Baby mit kupferroten Locken. Er selbst war kaum groß genug, um ein Baby halten zu können, ohne es fallen zu lassen, doch sein Vater sagte ihm, dass er das Baby nach drinnen bringen sollte, und genau das tat er. Er rannte ins Haus, um seine Mutter zu suchen, während sein Vater das erschöpfte Pferd in die Stallungen führte, zusammen mit den Letzten der römischen Reiter.

Danach gab es viel Streit. Kay saß schweigend am Esstisch, während seine Eltern sich gegenseitig anschrien und das Baby heulte.

»Es spielt keine Rolle, wie er heißt oder woher ich ihn habe«, sagte sein Vater mit einem schweren Seufzer. »Du meintest, wir könnten einen Jungen im Haus gebrauchen. Um Wasser für dich zu holen. Um den Hof zu fegen. Solche Sachen. Nun hast du einen. Ich dachte, du wärst dankbar. Wir müssen ihn ein bisschen aufpäppeln, aber sie werden groß, diese Jungen aus dem Westen. Mit breiten Schultern.«

»Seine verdammten Schultern sind mir egal. Wenn das hier dein Sohn ist, den du in der Heide mit irgendeinem käsigen walisischen Flittchen gezeugt hast, werde ich ihn nicht in meinem Haus dulden. Ich werde ihn auf der Straße aussetzen.«

»Beim Blut Christi, Weib, dafür war ich doch gar nicht lange genug fort!«

»Keine Gotteslästerung!«

»Und er würde wohl auch kaum so aussehen, wenn er mein Junge wäre! Blass wie der Mond! Selbst wenn ich ihn mit der weißesten Frau von ganz Britannien gezeugt hätte.«

»Dann sag mir, wo du ihn gefunden hast!«

»Das musst du nicht wissen.«

»Ich denke, wir werden ihn auch noch taufen müssen, wenn er aus dem Teil des Landes stammt. Alles Heiden da drüben. Und wenn du glaubst, dass ich es sein werde, die den Priester besticht, dann kannst du dich auf was gefasst machen.«

»Ist doch egal, ob er getauft wurde oder nicht!«

»Ich werde ihn nicht als Heiden großziehen!«

Und so ging es noch eine Zeit lang weiter. Seine Mutter war zunächst gar nicht glücklich. Sie ließ den Jungen immer in einer Ecke der Küche liegen, und wenn er schrie, schnalzte sie mit der Zunge und sagte ihm, dass er still sein sollte. Doch dann erwärmte sie sich langsam für ihn. Es dauerte nicht lange, bis sie ihn mit Ziegenmilch fütterte, aus einem besonderen Weinschlauch, den sie bei den Gerbern auf dem Markt hatte anfertigen lassen. Dann setzte sie sich mit ihm an den Esstisch, ließ ihn auf ihrem Knie reiten, lächelte und gab Babylaute von sich.

Kay kann sich erinnern, dass er anfangs eifersüchtig war. Er war nur ein kleiner Junge. Hätte er vorher gewusst, dass er bald einen Bruder bekommen würde, hätte er vielleicht anders empfunden. Aber dass einer aus dem Nichts auftauchte, ohne jede Vorwarnung, das kam ihm ungerecht vor. Doch er sagte nie etwas dazu. Er erledigte einfach schweigend alles, was sein Vater von ihm erwartete, polierte Speerspitzen und mistete die Stallungen aus und ölte das Kettenhemd seines Vaters. Doch seine Mutter nahm ihn nicht mehr so oft zum

Markt mit wie zuvor. Stattdessen zog sie mit dem Baby los, das in eine Schlinge an ihrer Brust gehüllt war. Also blieb er häufiger zu Hause, arbeitete mehr mit seinem Vater zusammen. Lernte, wie man Kettenpanzer verschnürt oder wie man einen neuen Lederrand an einem Rundschild anbringt. Wie man einen Speer heftet und ein Pferd beschlägt. Und schließlich bedachte sein Vater ihn mit einem langen, prüfenden Blick und drückte ihm dann ein Holzschwert in die Hand. »Schlag mich damit. So fest du kannst. Nein, fester. Gut. Mach es noch einmal.«

Wenn seine Mutter mit dem neuen Baby auf dem Markt war, lernte Kay, wie man ein Schwert benutzt.

Als sein kleiner Bruder alt genug war, um sprechen und laufen zu können, hatte Kay bereits zu kämpfen gelernt. Er trieb sich mit den anderen christlichen Jungen auf den Straßen herum und suchte Streit. Sie kämpften gegen sächsische Jungen und bewarfen Soldaten mit Steinen. Arthur begleitete sie gelegentlich, er wollte bei den größeren Jungs mitspielen. Addy nannten sie ihn damals. Manchmal schickten sie ihn auf eine Queste durch die Stadt, damit er Dinge suchte, die es gar nicht gab. Nur um ihn eine Weile los zu sein.

Aber damals empfand Kay Arthur gegenüber einen Beschützerinstinkt. Er verspürte das starke Bedürfnis, ihn vor den schlimmsten Grausamkeiten der Welt zu bewahren. Ihn widerstandsfähig zu machen. Ihm die harten Lektionen des Lebens früher beizubringen, als nötig war. Er stellte ihm ein Bein, stieß ihn zu Boden. Hielt sein Gesicht in einen Trog, bis er fast ertrunken wäre. Sagte sich selbst, dass er es aus Liebe tat. Was vielleicht nicht stimmte. Vielleicht war schon damals Zorn dabei.

Schließlich entschied ihr Vater, dass sie beide besser kämpfen lernen mussten, wenn sie unbedingt vorhatten, sich ständig mit sächsischen Jungen zu raufen. Vielleicht hatte es auch damit etwas zu tun, wie es zu der Zeit in den Gefilden zuging. Londinium wurde drei- oder viermal fast gänzlich niedergebrannt. Immer mehr Plünderer kamen den Fluss herauf. Iren aus dem Westen. Pikten aus dem Norden. Kein Anzeichen, dass Rom ihnen Hilfe schicken würde. Jeder Mann oder Junge musste mit dem Schwert umgehen können.

Also gab ihr Vater auch Arthur ein Schwert. Er fing an, sie ordentlich zu trainieren. Wie man gegen einfache Reiter kämpft. Wohin man stechen sollte, wenn man einen Sachsen schnell lähmen wollte, und wohin, wenn man genug Zeit hatte, ihn vollends zu erledigen. Wie man Knochen bricht oder in Ohren beißt, wenn man mit der Schwertspitze keine lebenswichtigen Organe erreichen kann. Als sie das alles wussten, ließ ihr Vater sie gegeneinander antreten, forderte sie auf, mit alten, stumpfen Schwertern aufeinander einzuprügeln.

Meistens gewann Kay, zumindest zu Anfang. Er hatte früher mit der Ausbildung begonnen, sodass Arthur einiges nachzuholen hatte. Er warf Arthur einfach mit einem Schlag seines Schildes auf den Hintern oder rammte ihm überraschend den Speer in die Brust, sodass ihm die Puste wegblieb. Dann bot er Addy seine Hand an, um ihm aufzuhelfen. Lächelte ihn an. Versuchte ihm einen guten Rat zu geben. Er erinnert sich, wie Addy auf den mit Stroh bedeckten Kopfsteinen saß, immer noch ein bartloser Jüngling, blass wie Milch. Wie er sich das lange rote Haar aus dem Gesicht strich. Mit gezügelter Verachtung in den Augen zu ihm aufblickte.

»Sag mir nicht, was ich falsch mache«, sagte Arthur.

»Wie willst du sonst etwas lernen?«, erwiderte er. »Wie willst du sonst besser werden?«

»Von *dir* brauch ich keine Ratschläge«, sagte Arthur.

In diesem Moment dämmerte Kay langsam, dass er mit seinen harten Lektionen einen Fehler gemacht hatte. Addy schaute nicht zu ihm auf, er verehrte ihn nicht. Addy hasste ihn. Addy würde für immer und ewig das Gegenteil von dem tun, was er ihm sagte.

Dieser Blick in Arthurs Augen ging nie wieder weg, selbst Jahre später beim Kampf gegen die Sachsen nicht. Gezügelte Verachtung. Er wollte seinen Bruder besiegen. Er wollte alle besiegen. Nachts verbrachte er Stunden damit, in den dunklen Stallungen zu tanzen, um seine Fußarbeit zu trainieren. Kay hatte zwar früher angefangen, aber Arthur hatte jünger angefangen. Er lernte schnell. Er wurde gut. Dann war der Punkt erreicht, als er genauso oft gewann, wie er verlor.

Und das war zu der Zeit, als Merlin auf einem weißen Pferd angeritten kam. Er tauchte aus dem Nirgendwo auf, zurück von seinen Reisen in ferne Länder, schwer beladen mit Dingen, die er mitgebracht hatte. Er war immer noch so jung, dass sein Haar und sein Bart rabenschwarz waren, doch seine Augen leuchteten bereits mit diesem verrückten Regenbogenlicht und starrten gleichzeitig in zwei leicht unterschiedliche Richtungen, ein Blick, der erwachsene Männer zittern ließ.

Er stieg von seinem Pferd ab und klopfte sich den Staub von den Gewändern und fragte Hector, ihren Vater, was er mit dem Jungen gemacht hatte. Dem Jungen, den er Hector vor langer Zeit im fernen Norden übergeben hatte. Dem Sohn von Uther dem Drachen. Dem Jungen, der König werden sollte.

Kay wacht schlagartig auf und stößt sich den Ellbogen an etwas. In einem kurzen Moment der Panik schaut er sich um, während er überlegt, wo er wohl ist. Ein dunkler und enger Raum, der sich um ihn herum zu bewegen scheint. Er kann Musik hören, falsche Musik aus einem Lautsprecher, immer wieder dieselben paar Noten. Barry huscht in der Dunkelheit zu ihm herüber.

»Hallöchen!«, sagt Barry. »Na da schau her, wer aufgewacht ist.«

»Wo sind wir?«, fragt Kay verwirrt.

»Ähm«, sagt Barry. »Wir sind im Bus, mit diesem Feenwesen. Sier fährt uns irgendwohin. Keine Ahnung, wo.«

Kay setzt sich unsicher auf. Barry hat recht. Das ist der Laderaum des Eiscremewagens. Er hockt zwischen den Schränken und den Pappkisten auf dem Boden. Er muss sich kurz am Kühlschrank abstützen, weil der Wagen über holprigen Untergrund fährt. Barry hat es sogar noch schwerer, er wird hin und her geworfen und sucht verzweifelt nach Halt.

»Wie bin ich in den Bus gekommen?«, fragt er.

Barry schaut sich zum Feenwesen um und zuckt mit einer winzigen Eichhörnchenschulter. »Sier ist kräftiger, als sier aussieht.«

Kay folgt Barrys Blick nach vorn, wo das Feenwesen sich über das Lenkrad beugt. Die klimpernde Musik kommt von irgendwo über ihnen. Eine Kindermelodie, in Dauerschleife.

»Du warst voll ausgeknipst, Alter«, sagt Barry. »Bei dem würde ich nix mehr kaufen, weißte. Kein vertrauenswürdiger Dealer.«

Barry hat nicht ganz unrecht. Jetzt, wo er weiß, wo er ist, lässt seine Panik nach und ihm wird klar, wie übel er sich fühlt. Sein Gehirn ist wie Matsch. Seine Gliedmaßen zittern. Er versucht immer noch, die Einzelteile zusammenzusetzen, sich zu erinnern, was er in seinem Traum erlebt hat. Er reibt sich die Augen. »Ich habe Arthur gesehen«, sagt er, eher zu sich selbst. »Ich habe von Arthur geträumt.«

»Von wem?«

Er will es gerade erklären, als die klingelnde Melodie langsam leiser wird und verstummt. Das Feenwesen bringt den Eiscremewagen zum Stehen und dreht sich mit einem Grinsen im Gesicht um.

»Da wären wir!«, singt sier.

Es ist schwierig, aus dem Wagen zu kommen. Kay muss über Kisten mit Eiswaffeln und Beuteln mit Pilzen und anderem Krempel klettern, um sich dann in den Fahrgastraum zu zwängen. Dann zur Beifahrertür raus, die das Feenwesen ihm aufhält. Dann steht er auf feuchter Erde und hat sofort den Eindruck, an irgendeinem wilden und abgelegenen Ort zu sein.

Im Scheinwerferlicht des Vans sieht er sein Schwert, in den Boden getrieben, und gleich daneben liegt sein Schild. Der Wagen hat am Ende einer schmalen, kurvenreichen Straße angehalten, dichter Wald zu beiden Seiten. Ein seltsamer Wind heult durch die Bäume, und vor ihnen ragt eine massive Felswand auf. Auf einem Schild mit einem Eichenblatt steht ALDERLEY EDGE.

Das Feenwesen geht voraus und macht mit der Hand eine kreisförmige Bewegung. Plötzlich wirkt die Felswand gar nicht mehr so karg. Vor ihnen taucht eine Höhle auf, vor der zwei rostige Torflügel hängen.

»Ist Merlin da drinnen?«, fragt Kay.

»Du musst eintreten«, sagt das Feenwesen. »Lass das Eichhörnchen zurück.«

Kay seufzt. Er schaut sich zu Barry um, der auf dem Beifahrersitz hockt. »Bleib lieber hier. Ich geh rein und rede mit ihm über dich. Frage ihn, ob er dich zurückverwandeln kann.«

»Ganz, wie du meinst, Kumpel«, sagt Barry. »Dann ... bleib ich einfach mit siem hier draußen.«

Kay wirft dem Feenwesen einen strengen Blick zu. Sier grinst mit scharfen Zähnen zurück. Dann geht er los, um Schwert und Schild zu holen.

Als das Schwert wieder in der Scheide steckt und der Schild an seinen Arm geschnallt ist, läuft er auf die Höhle zu.

Das alte Tor hängt nur noch schief in den Angeln, die Flügel kippen nach einem einzigen Tritt nach innen. Eine rostige Kette fällt zu Boden.

Drinnen herrscht Dunkelheit. Schwer zu sagen, was an einem Ort wie diesem lauert. In den alten Tagen hätte es alles Mögliche sein können, irgendein Wesen aus der Anderwelt, das auf der Suche nach einer finsteren Zuflucht durch den Schleier geschlüpft ist. Ein junger Drachling, der hier einen Hort anlegen will, oder eine Riesenspinne, die ihre Eier ablegt, ein Riese aus uralter Zeit, der irgendwie die Auslöschung überlebt hat.

Kay versucht seinen Kopf zu leeren. Man muss vorsichtig damit sein, an solche Monster zu denken, wenn eine Menge Magie in der Nähe ist. Wenn man nicht achtgibt, können solche Gedanken Gestalt annehmen. Es wäre gut, wenn er seinen Stab bei sich hätte. Aber den hat jetzt Morgan, und das ist seine eigene Schuld.

Er tritt hinein. Er hat keine elektrische Taschenlampe, also schaut er sich nach etwas um, woraus er eine altmodische Fackel machen könnte. Irgendein Stück Holz, ein trockener Lappen oder Steine, mit denen er ein Feuer anzünden kann. Aber er muss nicht lange suchen, weil er stattdessen an der Wand einen Schalter entdeckt. Er könnte für alles Mögliche sein. Ein Kabel führt davon nach oben. Kay flüstert ein kurzes Gebet an Gott und dann ein noch leiseres an einen alten Gott, der sich vielleicht diese Höhle ausgesucht hat, um darin ein Nickerchen zu halten. Dann streckt er die Hand aus und legt mit seinem grünen Finger den Schalter um.

Die Götter erhören ihn. Ein matter Lichtstreifen flackert an der Decke auf. Warum wird ein Ort wie dieser weiterhin mit Elektrizität versorgt? Falls es darauf irgendwelche Antworten gibt, wird er sie vermutlich weiter drinnen finden. Er atmet einmal tief durch, dann geht er los.

Die Höhle weitet sich, führt tiefer in die Schatten. Dort steht ein weiterer Eiscremewagen, die Räder wurden entfernt und das Fahrzeug auf gestapelte Ziegelsteine aufgebockt. Pappkartons liegen herum, beschriftet mit MISTER FRUITY. Die Luft hier ist nasskalt und stickig, mit einem Geruch, der ihm irgendwie bekannt vorkommt. Es riecht wie die Leichen im Lager, die mit Pilzen überwuchert waren. Keine angenehme Erinnerung.

Er beschließt, dass es an der Zeit ist, sein Schwert zu ziehen. Es fühlt sich eigenartig an, das Heft mit seiner Eichenhand zu packen. Harte Rinde an altem Leder.

Ein Geräusch hallt durch die Höhle. Er braucht eine Weile, um zu erkennen, was es ist. Jemand summt. Er glaubt, die Melodie schon einmal gehört zu haben, vor sehr langer Zeit. Vielleicht auch nur in einem Traum. Vielleicht hat er sie auch nie zuvor gehört, aber er erinnert sich daran, weil seine Gedanken sich rückwärts bewegen. Magie kann einem solche Streiche spielen.

Kabel schlängeln sich über den Boden. Sie scheinen in die Richtung zu führen, aus der das Summen kommt. Er folgt ihrem Verlauf bis zu einem Vorhang, der über die ganze Breite der Höhle geht, ein Schleier aus Plastikstreifen oder irgendeinem anderen synthetischen Material. Die Kabel verschwinden darunter. Das Summen kommt von der anderen Seite.

Er holt tief Luft. Er drückt die Schulter gegen den Vorhang, teilt zwei der herabhängenden Streifen und geht los. Mit der Schwerthand voran. Durch den Schleier.

Auf der anderen Seite sieht es genauso aus, aber es macht noch weniger Sinn. Kay ist immer noch in der Höhle, immer noch leuchtet elektrisches Licht, aber auf dieser Seite stehen reihenweise Pflanzgefäße, in denen irgendetwas wächst. Schläuche und Röhren schlängeln in unordentlichen Bündeln über den Boden. Computer surren, Lichterreihen blinken im Halbdunkel.

Und mitten in diesem Durcheinander sitzt Merlin. An einem Arbeitstisch aus Metall starrt er durch das Okular eines Mikroskops. Er trägt nicht wie früher den blauen Mantel voller Straßenschmutz. Sondern Shorts, Socken und Sandalen. Ein quietschbuntes, kurzärmeliges Hemd mit Blumenmuster. Aber es ist immer noch derselbe Merlin. Mit seinem hageren Gesicht und dem gestreiften Bart, das weiße Haar im Nacken zusammengebunden.

»Spät!«, ruft Merlin, ohne aufzuschauen. »Du hättest schon vor Tagen hier sein sollen. Was in aller Welt hast du gemacht?«

Kay lässt sein Schwert zurück in die Scheide gleiten. Er stellt fest, dass er lachen muss. Glücklich, dass Merlin ihm wieder einmal einen Vortrag hält. Seit dem letzten sind mehr als eintausend Jahre vergangen. Er möchte zu ihm laufen und ihn umarmen, aber Merlin würde nicht verstehen, was er da tut oder warum. Kay weiß nicht, was er jetzt zu ihm sagen soll.

»Was habe *ich* gemacht?«, wiederholt Kay die Frage. »Was zum Teufel hast *du* gemacht, verdammte Scheiße!«

Merlin schnalzt mit der Zunge. Er hebt immer noch nicht den Blick, aber eine Hand, um den Fokus seines Instruments zu justieren. »Du hast wohl deine Manieren vergessen«, sagt er. »So eine versaute Sprache hat noch niemandem was gebracht.«

»Aber im Ernst, was hast du gemacht? All die Jahre?«

»Du sagst das so, als hätte ich gar nichts getan«, grummelt Merlin, »dabei war ich eigentlich sehr beschäftigt.«

»Womit?«

Endlich blickt Merlin von seiner Arbeit auf und sieht ihn finster an. Seine Regenbogenaugen starren in zwei leicht unterschiedliche Richtungen.

»Ich habe die Gefilde mit mächtiger Magie bearbeitet«, sagt Merlin, »wenn du es unbedingt wissen willst. Und ausgefeilte langfristige Pläne in die Bewegung gesetzt, die du jetzt in Gefahr bringst, weil du wie immer ahnungslos durchs Land stümperst und deinen üblichen Quatsch abziehst und deswegen später hier antanzt als geplant!«

»Das ist unfair, du hättest es mir auch ein wenig einfacher machen können, dich zu finden.«

»Bist du inzwischen nicht nur dumm, sondern auch noch blind? Hast du übersehen, dass überall auf den Wänden mein Name stand? Bist du wirklich erst so spät auf die Idee gekommen, mal zu fragen, wo du Ambrose findest?«

»Wen?«

Merlin kneift sich in den Nasenrücken. Kay erinnert sich, wie er das schon in den alten Tagen getan hat, wenn er gereizt war. »Ich hätte gedacht, es sei völlig offensichtlich«, sagt er. »Vielleicht ist es mein Fehler, weil ich es versäumt habe, deine Dummheit einzukalkulieren. Ambrosius war mein lateinischer Name. Ich konnte ja schlecht überall ›Merlin‹ hinschreiben! Es gibt Leute, die nach mir suchen! Leute, die mich aufhalten wollen. Ölbarone und Moriskentänzer und andere Diener des Bösen ... sogar Zeitreisende! Ich habe sie gesehen, wie sie zurückkamen und versuchen wollten, mich aufzuhalten!«

»Aufhalten? Bei was?«

»Die Gefilde zu retten und das Böse zu verbannen. Der Baum der Zeit spaltet sich vor uns, wie schon immer.«

»Nicht schon wieder dieser verdammte Baum der Zeit«, sagt Kay.

Merlin blickt noch finsterer drein. »Doch, der Baum der Zeit! Vor uns liegen zwei Äste. Der erste ist ein verkohlter Zweig, schwarz und vergiftet, dem wir nicht folgen dürfen, weil die Gefilde sonst absterben und alles ins Verderben gestürzt wird. Und auf der anderen Seite ein zarter grüner Trieb. Hoffnung, Kay! Die Hoffnung auf eine strahlende Zukunft! Aber wir müssen uns beeilen. Komm mit!«

Und schon ist Merlin auf den Füßen, mit größerer Beweglichkeit, als jemand im Alter von eintausendsechshundert Jahren haben sollte. Er führt Kay tiefer in die Höhle, seine Sandalen klatschen auf dem Steinboden. An Pflanzen und Computern, Experimenten und Pappkartons voller Eiswaffeln vorbei. Kay folgt ihm kopfschüttelnd. Er hat sich stets alle Mühe gegeben, den Baum der Zeit zu verstehen, und Merlin hat sich genauso bemüht, es ihm zu erklären, aber Merlins Gehirn funktioniert einfach anders als das von gewöhnlichen Menschen. Merlin sieht Zeit als Ganzes. Das passiert, wenn man auf dem Schlachtfeld wahnsinnig wird und den Rest seines Lebens damit verbringt, seltsame Pilze zu essen. Am Rücken von Kröten zu lecken. Andere Leute erinnern sich an die Vergangenheit und stellen sich die Zukunft vor. Merlin sieht die Zeit als Ganzes vor sich, in Form eines riesigen Baums. Er kann bis zu den frühesten Wurzeln zurückschauen und ganz oben die höchsten Blätter erkennen. Zweige, die noch gar nicht gewachsen sind. Er sieht, wie sich der Baum krümmt und windet, wie er sich teilt und verzweigt. Tausend mögliche Zukünfte. Zumindest hat er es immer so beschrieben. Kay gibt sein Bestes, es zu begreifen.

»Ich dachte, wir wären schon auf dem falschen Ast unterwegs oder was auch immer es war«, sagt er. »Das hast du gesagt, als Arthur starb.«

Merlin schnaubt. »Ja, wir sind auf einem schwarzen Zweig, nachdem wir früher einen viel grüneren hätten nehmen können. Diese Chance haben wir vor langer Zeit verpasst. Aber selbst schwarze Zweige haben grüne Sprossen. Es gibt immer noch gute und starke Zweige, die vor uns wachsen könnten, wenn wir sie hegen.«

»Und wie stellen wir das an?«

»Wenn du aufhörst, mich ständig zu unterbrechen, erklär ich's dir. Gütiger Himmel! Nun, als Erstes müssen wir bestimmen, welche Version der Geschehnisse bereits eingetreten ist. Hast du Mariam gefunden?«

»Ja ...«

»Ausgezeichnet! Sie ist wichtig. Sie muss beschützt werden. Wo ist sie?«

Kay kratzt sich im Nacken. »Na ja, ich hatte sie gefunden, aber dann bin ich Lancelot begegnet, und am Ende haben wir uns gegenseitig umgebracht. Also weiß ich gar nicht, wo sie im Moment ist. Aber ...«

Merlin bleibt stehen, wirbelt herum und starrt zu ihm hinauf. Man vergisst, wie klein Merlin ist, bis man direkt vor ihm steht. Was ihn keineswegs weniger imposant macht.

»Welchen Sinn hatte es, sie einmal zu finden, um sie dann wieder zu verlieren?«, fragt Merlin. »Hast du wenigstens den Stab? Die Rute des Amaethon? Wo ist er?«

»Ich hatte ihn. Aber jetzt ... hat Morgan ihn.«

Merlin starrt ihn für einen langen, unangenehmen Moment an. Kay sieht, wie Merlins Verstand hinter seinen Augen arbeitet und zu erkennen versucht, an welchem Ast des Baumes sie sich entlangbewegt haben. Welche Äste noch vor ihnen liegen. Nachdem er lange genug darüber nachgedacht hat, schüttelt er den Kopf und geht weiter.

»Ich weiß nicht, warum ich die ganzen Auferstehungssteine an euch vergeudet habe«, sagt Merlin. »Unsterbliche Krieger ... ziemlich nutzlos. Vielleicht wäre es besser gewesen, einen Schwarm Möwen zu dressieren. Vielleicht wären die nützlicher gewesen.«

Sie erreichen einen weiteren Plastikvorhang, der sich quer durch die Höhle zieht. Statt hindurchzutreten, fängt Merlin an, Möbel zu verschieben. Überall steht Gerümpel herum, gestapelte Stahltische und Dinge, die unter Laken verborgen sind. Merlin war schon immer wie das Auge eines Sturms, umgeben von Chaos und Verwirrung. Schließlich findet er, wonach er gesucht hat: eine Art mechanischen Stuhl mit Arm- und Beinfesseln. Daran könnte man jemanden festschnallen und fixieren, um ihn an der Flucht zu hindern. Merlin zerrt ihn in die Mitte der Höhle und nimmt sich einen Moment, sich von der Anstrengung zu erholen. Dann dreht er sich zu Kay um.

»Komm schon«, sagt Merlin. »Sachen ausziehen, hinsetzen. Ich will es mir anschauen.«

»Ich ... was?«

»Deine verholzte Haut. Bist du nicht deswegen hergekommen? Möchtest du, dass ich es mir anschaue oder nicht?«

Er hat schon vor langer Zeit gelernt, dass Merlin längst alles weiß. Es hat keinen Sinn, sich dagegen zu wehren. Er seufzt, legt seinen Schwertgürtel ab und macht sich daran, das Kettenhemd auszuziehen. Eine Minute später nimmt er mit freiem Oberkörper auf dem seltsamen Stuhl Platz. Er erkennt auch ohne Merlins Expertise, dass die Verholzung immer schlimmer wird. Um sein Handgelenk ist inzwischen eine feste Kruste aus Rinde gewachsen, die knackt, wenn er die Hand bewegt. Sie scheint sich weiter zu seinen Fingern und zu seinem Unterarm auszubreiten. In seiner Haut bilden sich Flecken aus Borke. Und der dicke Knoten mitten in seiner Brust scheint größer geworden zu sein, fühlt sich fester an.

Merlin wuselt um ihn herum, murmelt vor sich hin, drückt ihn mit etwas, das vielleicht ein ärztliches Instrument ist, aber genauso gut ein Speiseeisstiel sein könnte. Es ist auf merkwürdige Weise entspannend, sich ihm einfach zu überlassen. Sich seiner Weisheit anzuvertrauen, während Merlin um ihn herum schnalzt und grummelt. Es besteht nur die

Gefahr, dass er vergessen könnte, warum er eigentlich hier ist. Wenn er zulässt, dass Merlin ihm immer wieder ins Wort fällt und ihm sagt, was er tun soll, wird er nichts Brauchbares aus ihm herausbekommen.

»Da draußen ist ein Freund von mir, der in ein Eichhörnchen verwandelt wurde«, sagt er, »und er möchte gern zurückverwandelt werden.«

»Warum in aller Welt sollte er das wollen?«, fragt Merlin. »Es ist wesentlich unkomplizierter, ein Eichhörnchen zu sein. Keine größeren Sorgen als Nahrung und Unterschlupf. Als Eichhörnchen ist es viel einfacher, im Einklang mit der Natur zu leben. Längst nicht so destruktiv wie eine Existenz als Mensch.«

»Könntest du das trotzdem in Ordnung bringen?«

»Alles zu seiner Zeit, mein guter Junge. Es ist sehr eigentümlich, diese Eichenholzsache. Ich habe nichts dergleichen in den Zauberspruch geschrieben. Es kann nur durch irgendeine natürliche Veränderung ausgelöst worden sein. Die Magie, die dich in all den Jahren zurückgebracht hat, speist sich aus der Erde, aus den Felsen, aus den Bäumen. Ich habe keine Ahnung, was das verursacht.«

Natürliche Veränderung. Wie das wärmere Wetter, die steigenden Ozeane. »Na ja, die ganze Welt verändert sich doch«, sagt Kay. »Sie wird wärmer. Das Wetter ist kaputt. Gibt es nichts, was du dagegen tun kannst? Hast du das nicht alles kommen sehen?«

Merlin schnaubt erneut und gluckst in sich hinein. »Kay, mein lieber Junge. Natürlich wusste ich davon. Ich habe das alles schon *vor zweitausend Jahren* vorhergesehen. Es war mein Lebenswerk, das zu verhindern! Alle vor der Vernichtung zu bewahren. Damals konnte ich es euch nicht sagen. Ihr hättet mich für verrückt gehalten.«

»Na ja, das haben wir sowieso.«

»Aber ich wusste, dass ich etwas tun musste. Am Baum der Zeit gibt es alle möglichen Katastrophen, mit denen die Welt zu Ende geht. Es gibt schwarze Zweige, die mit Seuchen oder Hungersnöten oder verheerenden Kriegen enden. Steine, die durch den Raum rasen und so weiter. Den meisten davon sind wir entgangen. Weil wir uns über andere Verzweigungen weiterbewegten. Aber wesentlich zahlreicher sind die Äste, auf denen wir uns zu Tode kochen. Fast jeder Ast, jeder Trieb und jedes Blatt endet damit, dass die Erde zu warm geworden ist. Der halbe Baum brennt, stirbt ab. Nur sehr wenige Äste zweigen sich in eine andere Richtung ab, einer langen, strahlenden Zukunft entgegen. Die meisten dieser Gelegenheiten haben wir bereits verpasst. Aber vor uns liegen noch ein paar kostbare Schösslinge. Und ich habe uns seit Jahrhunderten in diese Richtung gelenkt – oder es zumindest versucht. Hätten wir es geschafft, das Druidentum in der Welt zu verbreiten, wäre vieles erheblich einfacher gewesen ...«

»Und was tust du jetzt, um es aufzuhalten?«

Merlin hört nicht zu. Er greift nach einer medizinischen Pinzette und versinkt wieder in seiner Arbeit, betastet die Eichenhaut, murmelt vor sich hin. »Wenn ich einen Fehler gemacht habe, dann den, Arthur deinem Vater zu überlassen. Der seinen Kopf mit Unsinn füllte. Das hat uns auf den falschen Ast geführt. Beim nächsten Mal werde ich mich selbst um ihn kümmern. Ich werde ihn in den Wald bringen, ihn erziehen, die Natur zu lieben ... aber nein, das würde auch nicht funktionieren. Wenn er es nicht einmal verstanden hat, nachdem ich ihn in einen Fisch verwandelt hatte, dann weiß ich auch nicht, was ... bah! Wie auch immer. Ich hab genug von Königen. *Dieser* Plan. Der wird funktionieren.«

Kay seufzt und spürt, wie er sich entspannt. Merlin hat einen Plan. Allein diese Tatsache ist Grund zur Erleichterung. Das gibt ihm einen kleinen Schub Hoffnung, noch bevor er weiß, wie der Plan aussieht. Wenn Merlin einen Plan hat, könnte es einen Ausweg geben. Eine Möglichkeit, die Gefilde tatsächlich zu retten. Das ist der eigentliche Grund, warum er hierhergekommen ist. Nicht wegen Barry, nicht einmal wegen der Eichenhaut. Sondern weil er Merlins Plan erfahren wollte. Weil er wollte, dass Merlin ihm sagt, was zu tun ist.

»Und wie sieht der Plan aus?«, fragt er.

Statt zu antworten, reißt Merlin ein recht großes Stück Rinde von Kays Finger. Es knirscht und zieht einen feuchten Faden Pflanzensaft hinter sich her. Es brennt wie Höllenfeuer und lässt ihn durch zusammengebissene Zähne aufschreien. Er hebt die zitternde Hand, um auf die Wunde zu starren. Nach Entfernung der obersten Schicht ist ein heller Fleck aus Rinde zurückgeblieben, jünger, glatter und grüner. Merlin entfernt sich, legt das Stück Rinde in ein Glasgefäß und schraubt einen Deckel drauf.

»In der Tat recht außergewöhnlich«, sagt Merlin. »Gut, du wolltest mehr über den Plan wissen, nicht wahr? Komm hier entlang, dann zeige ich es dir.«

Ihm bleibt keine Zeit, zu seinen Sachen zu gehen und sich anzuziehen oder Merlin zu fragen, wie sich die Verholzung heilen lässt. Merlin schiebt sich schon durch den nächsten Vorhang, verschwindet im Raum dahinter.

26

HIER OBEN IN DEN BERGEN GIBT ES NICHT VIEL
Holz, also können die Waliser keinen ordentlichen
Scheiterhaufen für Dai errichten. Sie suchen ein paar
Frachtpaletten zusammen und legen seine Leiche darauf, schmücken sie mit Narzissen. Sie sprechen ein
paar Abschiedsworte, übergießen ihn mit Benzin
und treten zurück, um das Feuer zu betrachten.

Mariam steht bei den anderen, der Rauch steigt ihr in die
Nase, und sie muss sich zusammenreißen, nicht zu würgen.
Das Benzin scheint ihr kein guter Start in eine grünere Zukunft von Wales. Und die Bestattung fühlt sich nicht sonderlich königlich an. Doch dann singen die Waliser ihre Hymne,
erst eine Stimme, dann drei, und schon bald stimmen auch
alle anderen ein. Sie ist wunderschön. Mariam wünscht sich,
sie könnte mitsingen, aber sie kennt den Text nicht. Sie starrt
in die Flammen und wünscht sich, König Dai hätte lange genug gelebt, um ihr ein paar Ratschläge zu geben. Wünscht
sich seltsamerweise, Kay wäre hier, an ihrer Seite.

Sie ist dankbar, dass sie Teoni und die anderen bei sich hat.
Willow hat ihr einen Riemen von ihrer Campingausrüstung
gegeben, den sie an ihrem Gürtel befestigt hat, damit sie das
Schwert reinstecken kann und es nicht die ganze Zeit halten
muss. Bronte ist letzte Nacht lange aufgeblieben, um für sie
alle Narzissenkronen zu flechten. Es wäre gemein, sie nicht

zu tragen. Aber nichts davon hilft, dass sie sich mehr wie eine Königin fühlt.

Während das Feuer noch lodert, führt Gethin sie über das Moor zu einem uralten Ort, einem niedrigen Haufen aus kantigen grauen Steinen. Sie sind mit Moos besprenkelt, zwischen ihnen wächst Gras. Mariam weiß nicht, was für eine Stätte das ist oder wie alt sie ist, aber Gethin hat ihr erklärt, wie bedeutend dieser Ort ist. Der Name lässt sich mit »Der Hügel des Throns« übersetzen. Die äußeren Steine sehen wie die Zacken einer Krone aus, die sich dem Himmel entgegenrecken.

Die Waliser stehen um den Steinkreis herum und warten, dass Gethin spricht. Mariam schaut vorsichtig zwischen ihnen durch, vermeidet jeden Blickkontakt. Keiner von ihnen macht den Eindruck, gern hier zu sein. Keiner von ihnen schenkt ihr einen freundlichen Blick.

»Söhne von Wales!«, beginnt Gethin.

Er spricht Englisch. Sofort kommen Protestrufe auf Walisisch. Gethin hebt eine Hand und wartet, bis es wieder still geworden ist. »Wir haben Gäste bei uns, die unsere Sprache nicht beherrschen«, fährt er fort, »und sie müssen verstehen, was gesagt wird. Also bitte ich euch alle, hier vorläufig Englisch zu sprechen.«

Sofort drehen sich einige Waliser um und gehen kopfschüttelnd davon. Mariam hätte Lust, sich ihnen anzuschließen. Sie ist fast froh, dass sie nicht versteht, was gesagt wird. Dennoch wechseln ein oder zwei ihretwegen ins Englische.

»Das ist eine verdammte Schande!«

»Jungs«, sagt Gethin. »Inzwischen dürftet ihr gehört haben, dass Dai diese Frau, Mariam Alisham, vor seinem Tod zu seiner Nachfolgerin ernannt hat.«

»Wer ist sie?«

»Er ist noch nicht einmal ganz verbrannt, und du willst ihn durch irgendeine Fremde ersetzen?«

»Woher wissen wir, dass Dai sie zur Königin ernannt hat? Nur weil sie es sagt?«

Gethin versucht sie zu beruhigen. »Jeder, der während der Fahrt hierher bei Dai war, hat es selbst gehört«, sagt er. »Ihr könnt sie fragen. Rhys war dabei.«

Mariam erkennt Rhys aus dem Lastwagen wieder, ein Kerl mit hagerem Gesicht und zotteligem Schnurrbart. Es scheint ihm unangenehm zu sein, angesprochen zu werden.

»Ich weiß nicht, was ich gehört habe«, sagt er. »Es klang ziemlich wirr, was Dai von sich gegeben hat.«

Die Waliser rufen durcheinander. Mariam steht schweigend da und beißt die Zähne zusammen. Möchte sich die Blumenkrone vom Kopf reißen und auf den Boden werfen. Jetzt steht sie schon wieder bei einem Meeting rum, schon wieder ein verdammtes Meeting, und muss zuschauen, wie Leute sich aus idiotischen Gründen anbrüllen. Rauch steigt von der anderen Seite des Moors auf, von der Stelle, wo Dais Leiche immer noch brennt. Noch mehr Kohlenstoff, der in die Atmosphäre gelangt. Sie starrt so lange auf den Rauch, bis ihre Wut ihre Nervosität übersteigt. Die Worte steigen ungebeten aus ihrer Kehle auf.

»Es tut mir leid, dass ich nicht auf Walisisch zu euch spreche«, sagt sie. »Es tut mir leid, dass euer König gestorben ist. Er schien ein ziemlich guter König zu sein. Mir ist klar, dass ihr alle euch in diesem Moment ohne ihn verloren und verwirrt fühlt. Ich selbst fühle mich ziemlich verloren und verwirrt.«

»Dann verpiss dich zurück nach London«, ruft jemand, »oder von wo auch immer du kommst.«

»Eigentlich stamme ich aus Manchester«, sagt sie. »Aber König Dai hat offenbar gedacht, dass es keine Rolle spielt, von wo ich bin. Er dachte, ich würde eine annehmbare Königin von Wales abgeben. Ich weiß nicht, wie er darauf gekommen ist. Aber ich bin bereit, es zu probieren, wenn ihr bereit seid, mich zu akzeptieren.«

»Ich will nicht, dass irgendeine verdammte Feministin Königin von Wales wird!«

Wieder Chaos. Gethin schreit die Waliser an, dass sie etwas mehr Respekt zeigen sollen. Hinter ihr brüllen ihre Schwestern durcheinander, sie klingen aufgebracht und empört. Bronte sieht geradezu begeistert aus. Es ist leichter, sich mit Leuten zu streiten, wenn sie ihr wahres Wesen offenbaren. Das Zelt wird wieder kleiner, und die Waliser müssen draußen bleiben, und alle machen damit weiter, sich gegenseitig zu hassen. Mariam starrt nur auf den Steinhaufen. Eigentlich sieht er gar nicht wie eine Krone aus, wenn man ihn lange genug anglotzt. Er sieht einfach nur wie ein Steinhaufen aus.

»Hört mal, wir haben keine Zeit für so was!«, ruft sie über dem Lärm. »Wir haben schon genug diskutiert und gestritten und rumgebrüllt. Es wird Zeit, aktiv zu werden. Wir können es uns nicht leisten, noch mehr Zeit mit diesem Blödsinn zu verschwenden.«

Ein weiterer Tumult, aber sie überschreit ihn. »Nein, tut mir leid, das ist Bullshit. Es ist mir egal, wer König von Wales ist. Es ist mir egal, ob ich es bin oder Gethin oder König Arthur oder wer auch immer. Aber der Planet ist mir nicht egal. Ich will die Leute aufhalten, die den Planeten zerstören. Und das sind dieselben Leute, die auch Wales zerstören. Dieselben Leute, gegen die ihr kämpft. Jede Minute, die wir mit Streitereien vergeuden, nutzen sie dazu, noch mehr Öl zu verbrennen und noch mehr Geld zu scheffeln und noch mehr Bäume zu fällen und die Welt noch elender zu machen. Es gefällt ihnen, wenn wir streiten. Also finde ich, wir sollten mit dem Streit aufhören und uns stattdessen gegen diese Leute stellen. Denn das ist die einzige Möglichkeit, wie wir sie aufhalten können. Und wenn ich die Königin von Wales sein muss, um das zu erreichen, dann meinetwegen. Dann bin ich halt die Königin von Wales.«

Teoni jauchzt und jubelt hinter ihr. Die Waliser scheinen damit nicht so glücklich zu sein.

»Jungs«, sagt Gethin, »als ich gestern in Manchester war, habe ich gesehen, wie diese Frau einen Drachen getötet hat. Die, die nicht dabei waren, tun sich vielleicht schwer, das zu begreifen, aber ich sage die Wahrheit. Ich schwöre es bei den Knochen von Saint David oder bei was auch immer ihr wollt. Ihr könnt Rhys oder Ieuan oder alle anderen fragen – sie haben es auch gesehen. Und vor allem hat Dai es gesehen. Und er dachte, dass das genügt, um Mariam zu seiner Nachfolgerin zu ernennen. Also, wenn ihr mich fragt, sollten wir tun, was er gesagt hat.«

Einer der anderen walisischen Anführer schüttelt den Kopf. »Tut mir leid, Gethin«, sagt er. »Aber ich bin hierhergekommen, um für Dai zu kämpfen. Wenn du jetzt von uns verlangst, stattdessen für sie zu kämpfen, dann gehen meine Jungs und ich nach Hause.«

Waliser aus anderen Orten stimmen ihm zu. Immer mehr Gruppen spalten sich ab. Ziehen sich in verschiedene Teile des Lagers zurück. Bis nur noch Mariam, ihre Freundinnen und Gethin vor dem Steinhaufen stehen.

»Das hätte besser laufen können«, sagt Gethin. »Ich werde zu ihnen gehen und sie zur Vernunft bringen. Vielleicht können wir es heute Abend noch einmal versuchen, wenn alle Zeit hatten, sich zu beruhigen.«

»Nein«, sagt Mariam. »Mach dir keine Mühe.«

Gethin sieht sie stirnrunzelnd an und geht zurück zum Lager. Mariam nimmt die Krone aus Narzissen vom Kopf und wirft sie auf die Steine.

Willow legt eine Hand auf ihren Arm. »Es ist nicht deine Schuld, Mar. Ich finde, du hast das richtig gut gemacht.«

»Aber nicht gut genug.«

»Mach dich deswegen nicht fertig.«

»Sie hätten sich doch ohnehin nie von dir überzeugen lassen«, sagt Roz. »Das hier ist alles zu verrückt. Ich finde, wir sollten einfach einen Rückzieher machen und uns verpissen.«

»Aber wir haben hier eine ganze Armee!«, sagt Teoni. »Wenn wir sie dazu bringen können, auf uns zu hören, könnten wir losziehen und alle auf der Avalon-Plattform ermorden.«

»Ähm«, sagt Bronte, »ich finde, Mord sollte hier nicht unser Endziel sein?«

»Nein«, sagt Mariam. »Roz hat recht. Ich kann doch nicht ernsthaft die Königin von Wales geben. Das ist völliger Schwachsinn.«

»Warum nicht?«, fragt Teoni. »Durch Schein zum Sein. Sei einfach so, ›Ey, ich bin jetzt die Königin, kommt damit klar!‹«

»Genau so hat es wahrscheinlich Arthur gemacht«, sagt Willow. »Oder William der Eroberer oder wer auch immer. So fängt es immer an. Irgendjemand entscheidet einfach, dass er jetzt das Sagen hat. Warum also nicht du?«

Der Nebel ist inzwischen dichter geworden, weht vom Berg herab und bringt Kälte mit sich. Feuchtigkeit hängt in der Luft. Mariam zieht eine finstere Miene. »Weil keiner von diesen Leuten mich respektiert. Sie werden nicht auf mich hören. Vielleicht würden sie auf König Arthur hören, wenn er hier wäre, aber ...«

»Nanu!«, sagt eine neue Stimme. »Das ist doch mal eine interessante Idee, nicht wahr?«

Mariam blickt auf. Regan steht mitten im Steinkreis, wo sie zuvor noch nicht gestanden hat. Da ist sie, sie wurde nicht bei lebendigem Leib verbrannt oder von einem Drachen gefressen, sondern sie steht einfach vor ihnen und stützt sich auf einen Stab. Aber es ist nicht irgendein Stab. Es ist der von Kay.

Dieses Mal rennt niemand los, um Regan zu umarmen. Sie stehen schweigend da und lassen ihre Verwirrung für sich sprechen. Schließlich schluckt Mariam, um ihre Kehle freizubekommen.

»Wie hast du's hierher geschafft?«, fragt sie.

»Wenn ich es euch sage, würdet ihr mir nicht glauben.«

»Nein«, sagt Mariam, »würden wir nicht. Das ist schon das zweite Mal, dass du so etwas gemacht hast.«

»Was gemacht, meine Liebe?«

»Während eines Drachenangriffs verschwinden. Dann wieder auftauchen, aus dem Nichts.«

»Allmählich kommt das ziemlich dubios rüber«, sagt Willow. »Um ehrlich zu sein.«

Regan wirkt kurz überrascht. Dann breitet sich ein Lächeln auf ihrem Gesicht aus. »Ihr lasst euch nicht für dumm verkaufen, hm?«, sagt sie. »Ihr seid viel zu intelligent, als dass ich euch weiter hinters Licht führen könnte. Nicht wie Kay und sein Freund.«

»Wovon zum Teufel redest du?«, fragt Roz.

»Setzen wir uns«, sagt Regan, »dann erklär ich's euch.«

Genau das tun sie, langsam und vorsichtig. Die Mitglieder der FETA nehmen in Abständen rund um den Steinkreis Platz. Regan legt sich den Eichenstab über die Beine und dreht sich eine Zigarette. Mariam hält das Schwert fest in einer Hand.

»Es gibt ein paar Geheimnisse, die ich euch allen vorenthalten habe«, sagt Regan. »Geheimnisse, die ich schon seit sehr langer Zeit wahre. Es tut mir leid, dass ich euch getäuscht habe, und ich werde versuchen, alles zu erklären. Aber der Reihe nach. Das Wichtigste ist jetzt, dass du dieses Schwert hast, Mariam, und ich diesen Stab. Und mit diesen beiden Dingen besteht eine Chance, dass wir alldem ein Ende bereiten können. All der Gier und Korruption und Grausamkeit. Wenn ihr bereit seid, mir zu vertrauen.«

Mariam wendet den Blick ab, schaut zu Boden. Sie ist sich bewusst, dass Regan vor allem sie meint, mehr als die anderen. Aber es sind die anderen, die jetzt Fragen stellen.

»Du bist also, was, bei dem ganzen Zeug dabei?«, will Roz wissen. »Bei diesem magischen Blödsinn? König Arthur und so?«

»Ich bin sehr dabei, fürchte ich«, sagt Regan. »Vor langer Zeit habe ich mich davon abgewendet. Habe versucht, ein ruhiges Leben zu führen, zu helfen und zu heilen. Aber jetzt befürchte ich, dass ich mich wieder einmischen muss. Meine Kräfte nutzen, um die Welt zu verändern.«

»Kräfte?«, fragt Teoni. »Wie übernatürliche Kräfte?«

Regan lächelt zurückhaltend. »So könnte man es nennen.«

Ein kleiner Stein erhebt sich von selbst vom Haufen, nur von Regans Blick gelenkt. Er schwebt auf Teoni zu, die ihn zaghaft in die Hand nimmt.

»Das ist so cool!«, sagt Bronte leise.

»Das ist nicht cool«, entgegnet Roz, die sich ein wenig aus dem Kreis zurückzieht. »Das ist völlig krank.«

»Warum erzählst du uns das erst jetzt?«, fragt Willow blinzelnd.

»Ich bin mir nicht sicher, ob ihr mir bis vor Kurzem geglaubt hättet«, sagt Regan. »Und uns bleibt nur noch sehr wenig Zeit, um die Welt zu retten. Früher dachte ich, wir könnten es ohne Magie schaffen. Durch Proteste, Aktionen, Schläge gegen die Ölindustrie ... aber allmählich denke ich, dass die Magie unsere einzige Hoffnung ist.«

Hoffnung. Es ist fast peinlich, wie schnell sie zurückflutet. Gibt es eine magische Lösung für all das? Man schwenkt einen Zauberstab, und der Klimawandel verschwindet? So einfach kann es nicht sein. Mariam erinnert sich, was Roz gesagt hat: dass Helden einem die Verantwortung abnehmen, selbst handeln zu müssen. Aber in diesem Moment möchte sie, dass jemand ihr die Verantwortung abnimmt. Sie will diese Narzissenkrone im Steinkreis nicht noch einmal aufsetzen.

»Also«, fragt sie, »kannst du einfach ... den Kohlenstoff aus der Atmosphäre verschwinden lassen oder ...?«

Regan lacht traurig. »Nein, meine Liebe. Ich fürchte, für so etwas ist nicht mehr genug Magie in der Welt übrig. Und meine Kräfte sind nicht mehr so stark wie früher. Aber es gibt etwas anderes, das wir tun können. Wenn du bereit bist, dieses Schwert abzugeben, können wir es jemandem überreichen, dem es schon einmal gehörte. Wir können Arthur Pendragon zurückholen.«

Mariam fühlt einen Schub Erleichterung. Sie würde das Schwert liebend gern loswerden und es jemandem geben, der es haben will, es ist ihr egal wem. Ihretwegen auch gerne König Arthur. Er weiß vermutlich, was man damit anstellt. Sie stellt ihn sich wie einen griechischen Gott vor, groß und muskulös und leicht schimmernd. Stellt sich vor, wie er wiederaufersteht. Wie er genau das Richtige sagt, um alle hinter sich zu vereinen. Wie er ihre Zuversicht mit irgendeiner legendären Macht beherrscht. Sie stellt sich vor, wie sie selbst in der Menge steht, ohne dass jemand sie anschaut oder sie fragt, was zu tun ist. Erleichtert, im Schatten verschwinden zu können.

Es fühlt sich an, als würde Regan ihre Gedanken lesen. »Mariam, ich glaube, du wärst eine ausgezeichnete Anführerin, wenn du die Zeit gehabt hättest zu lernen, wie man das macht. Aber Zeit ist ein Luxus, den wir nicht haben. Wenn wir den Planeten retten wollen, dann brauchen wir *jetzt* einen starken Anführer, der das Land hinter sich vereint. Der die Menschen daran erinnert, wofür sie kämpfen sollten und gegen wen sie kämpfen sollten.«

»Und wie stellen wir das an?«, fragt sie. »Ihn zurückholen?«

Regan lächelt. »Wir haben alles, was wir dazu brauchen. Wir haben Excalibur. Wir haben den Stab. Wir haben eine Königin, die bereit ist, auf ihren Thron zu verzichten. Und es muss auf Glastonbury Tor geschehen, morgen früh.«

Bronte schnappt überrascht nach Luft. »Das Frühlings-äquinoktium!«

Regan nickt. »Der Beginn des Frühlings. Der passende Tag, um tote Könige zu wecken.«

»Einen Moment«, sagt Roz. »Dein Plan zur Rettung des Planeten besteht also darin, irgendeinen modrigen alten König von den Toten zurückzuholen und ihn zum König von England zu machen? Ich meine, ist nicht so wirklich feministisch, oder?«

»Ich weiß«, sagt Regan. »Aber ich habe einen gewissen Einfluss auf ihn. Ich glaube, wir können ihn von unserer Denkweise überzeugen.«

Das klingt zu gut, um wahr zu sein. Mariam erinnert sich, was Kay über Arthur gesagt hat. Es war nie etwas Bestimmtes. Aber die Art, wie er über ihn gesprochen hat. Sein Gesichtsausdruck, wenn sein Name fiel. Sie hat den Eindruck, dass die Legenden vielleicht nicht die ganze Wahrheit über Arthur erzählen, den strahlenden, goldenen König.

»Bist du dir sicher?«, fragt sie. »Kay sagte, es wäre schlecht, wenn wir ihn zurückholen ...«

Regan verzieht das Gesicht. »Kay ist Arthurs Bruder. Er war schon immer eifersüchtig auf ihn, seit ihrer Kindheit. Und du hast in Manchester gesehen, was Kay zu bieten hat. Du musst nicht auf den Rat uralter Männer wie Kay hören. Du kannst selbst über dein Schicksal entscheiden.«

Mariam nickt unwillkürlich. Sie starrt eine Weile zu Boden,

bevor sie Regan wieder ins Gesicht schaut. »Weiß König Arthur über den Klimawandel Bescheid?«

»Vermutlich nicht«, sagt Regan. »Aber ich werde versuchen, es ihm zu erklären.«

Sie findet Gethin im walisischen Kommandozelt, wo er an einem überladenen Tisch sitzt und den Kopf in den Händen hält. Als sie eintritt, bemüht er sich, nicht verzweifelt zu wirken.

»Alles in Ordnung mit dir?«, fragt er. »Das alles tut mir leid. Die Jungs steigern sich manchmal etwas rein.«

»Kein Ding.«

»Das war eine tolle Rede«, sagt Gethin. »Tut mir leid, dass es nicht geklappt hat. Aber wir können uns jetzt überlegen, was du bei der nächsten Zusammenkunft sagen wirst. Wie du sie für dich gewinnen kannst.«

»Dafür haben wir keine Zeit«, sagt sie. »Die Welt steht schon in Flammen. Die Meere steigen. Aber ich glaube, ich habe eine bessere Idee.«

»Nur zu.«

»Was wäre, wenn ich dir sage, dass ich König Arthur zurückholen könnte?«

Gethin blinzelt sie mindestens zehnmal an. Während er schweigt, schlüpft Regan ins Zelt. Sie wirkt größer als sonst, scheint mehr Raum einzunehmen. Sie hält Kays Stab in der Hand.

»Na ja«, sagt Gethin schließlich, »den Jungs würde es gefallen. Ich schätze, Arthur wäre der Einzige, mit dem sie zufrieden wären, wenn sie Dai nicht mehr haben können. Aber du kannst doch nicht ernsthaft ...«

»Es gibt eine Möglichkeit, es hinzubekommen«, sagt Regan. »Aber dazu müssen wir morgen früh pünktlich zum Sonnenaufgang in Glastonbury sein.«

Gethin schüttelt den Kopf und starrt auf den Tisch. Darauf liegt eine Landkarte von Wales. Als er lange genug daraufgestarrt hat, seufzt er und zuckt mit den Schultern. »Na ja, das ist wohl auch nicht bescheuerter als alles andere in den letzten Tagen. Wenn hier Drachen herumfliegen, dann ist Arthur vermutlich der richtige Mann für den Job. Wir können es heute Abend den Jungs sagen.«

Mariam spürt, wie ein Gewicht von ihren Schultern gehoben wird, als Gethin aufsteht, um zu gehen. Sie dankt ihm auf dem Weg nach draußen, und er klopft ihr unsicher mit einer Hand auf die Schulter. Er schaut ihr nicht in die Augen, als er an ihr vorbeigeht.

27

LANCELOT HAT SICH AUF EINER SONNENLIEGE AUS-
gestreckt, mit einem Handtuch über dem Schoß und
Gurkenscheiben auf den Augenlidern. Spürt die Leere
an seinem Finger, wo vorher Galehauts Ring war.

Das Spa auf Avalon ist zugegebenermaßen recht
nett. Die Sonne scheint durch die Glasdecke auf ihn
herab. Die Luft ist angenehm warm und feucht auf seiner
Haut. Marlowe hat ihm eine neue Musikbox gegeben, ein viel
moderneres Gerät als der alte Kassettenspieler, und er hat
beruhigende Panflötenmusik in den Ohren. Sie haben den
Masseuren und dem Servicepersonal die Anweisung gegeben,
dafür zu sorgen, dass jederzeit ein kaltes Glas Gin in Griff-
weite steht.

Also versucht er sich zu entspannen, spült sein ungutes
Gefühl mit Gin hinunter. Die Alternative scheint die Mühe
nicht wert zu sein. Auf sein hohes Ross steigen, sein recht-
schaffenes Schwert ziehen, sein Urteil vollstrecken. Als müsste er noch einmal Gwenhwyfar retten. Was schon damals
nicht gut ausging. Und es gibt keinen Grund, warum es diesmal besser laufen sollte. Außerdem hat er das alles satt. Den
Helden spielen. Opfer bringen. In letzter Zeit hat er schon
genug verloren, da hat er keinen Bedarf, sich alles noch
schwerer zu machen, nur um irgendein Ideal von Ritterlichkeit zu beweisen. Galehaut ist nicht mehr. Es ist niemand

mehr da, dem er was vorspielen müsste – mit Ausnahme von Marlowe, der sich ohnehin nichts vorspielen lässt.

Das Spa ist heute recht leer, abgesehen von ihm und Marlowe. In einer Ecke des Schwimmbeckens hält sich eine kleine Gruppe alter Männer auf, die vielleicht Firmenchefs oder Medienbarone oder Söldnerführer sind. Einige erkennt er aus den alten Tagen wieder. Gute Protestanten wie Marlowe aus der Zeit von Elizabeth. Ungewöhnlich, sie in Badehose zu sehen.

»Wie viel wissen sie von deinem kleinen Plan?«, fragt Lancelot, zieht einen Ohrstöpsel heraus.

Marlowe stöhnt auf der Liege neben ihm. »Können wir nicht eine Weile einfach entspannen?«

»Wissen sie mehr als ich?«

»Sie wissen alles«, sagt Marlowe. »Hier ist jeder vollständig eingeweiht.«

Lancelot runzelt die Stirn. »Dass wir Arthur zurückholen?«

»Absolut«, bestätigt Marlowe. »Er ist der Mann, den sie brauchen, um den Job zu erledigen. Der einstige und künftige König. In dieser Prophezeiung geht es um sehr viel Macht.«

Lancelot nimmt eine Gurkenscheibe von einem Auge. »Macht der temporären Art oder ...?«

Marlowe liegt ruhig und gelassen auf dem Rücken, die Hände auf dem Bauch verschränkt. »Die Macht, ihnen den Arsch zu retten«, sagt er. »Sie wissen, wie es funktioniert, dieser ganze Magie-Quatsch. Sie wissen, dass Merlin die Barriere zwischen den Welten versiegelt hat, und so weiter. Sie wissen, dass alles von Arthurs Rückkehr abhängt. Also holen sie ihn zurück, stecken ihn in Hermelin, setzen ihm eine Krone auf den Kopf und Simsalabim! Die Magie kehrt in die Gefilde zurück. Das eröffnet einige Optionen.«

»Was für Optionen?«

Marlowe seufzt. »Hör mal«, sagt er. »Diese Leute wissen,

dass die Welt stirbt. Sie wissen, dass sie einen Ausweg brauchen. Also haben sie versucht, Lösungen zu finden. Sie haben unterirdische Bunker und Luxuskolonien auf dem Mars und diesen ganzen Mist geprüft. Aber das war alles zu unpraktisch. Und da war immer noch das Problem mit der Ernährung. Wenn die Welt heiß genug wird und alles auf der Oberfläche abstirbt, kann man nichts mehr anbauen. Darauf läuft es letztlich hinaus. Deshalb haben sie nach etwas gesucht, das all ihre Probleme auf magische Weise löst.«

»Und du hast ihnen geholfen?«

Marlowe zuckt mit den Schultern. »Sie waren bereit, sich alles anzuschauen, jede Möglichkeit in Erwägung zu ziehen, wie fantastisch sie auch immer klingen mag. Und so kamen sie auf das Department. Das war der eigentliche Grund, warum GX5 uns aufkaufen wollte. Damit sie meine Akten in die Finger bekommen.«

Lancelot spürt einen Funken Empörung in sich aufsteigen, aber dann erlischt er wie ein feuchter Knallfrosch. Wenn man fünfzig Könige miterlebt und gesehen hat, wie sich die Welt auf unbegreifliche Weise verändert hat, fällt es schwer, über irgendwas sehr lange empört zu sein. Sonst wäre man ständig empört. Aber das fühlt sich jetzt trotzdem wie ein Übergriff an. Er erinnert sich, wie erbittert Marlowe sein Schattenbüro früher behütet hat, seine Bibliothek der Geheimnisse. Uralte Manuskripte und Pergamente und Steintafeln, ordentlich katalogisiert und weggeschlossen. Die sicherste Bibliothek der Welt. Bis jetzt. Jetzt haben Marlowes Freunde überall ihre schmutzigen Finger drin. Colonel Nashorn und Co. blättern sich durch die Akten und kennen plötzlich all die unbegreiflichen Geheimnisse des Landes. Schlafende Riesen. Portale zu vergessenen Gefilden. All die Orte, wo alte Krieger unter Bäumen schlummern.

Er schluckt seine Wut hinunter. »Ich dachte, du und deine

Freunde sollten genau das verhindern. Ich dachte, ihr solltet diese alten Geheimnisse bewahren.«

»Es tut mir leid, dich desillusionieren zu müssen«, sagt Marlowe. »Aber meine Vorgesetzten waren schon immer vor allem damit beschäftigt, ihre eigenen Interessen zu verfolgen. Manchmal standen diese Interessen im Einklang mit denen der Krone oder denen der Gefilde. Aber nicht in diesem Fall.«

»Früher hast du gesagt, würde das Büro in die falschen Hände geraten, könnte das das Ende der Zivilisation bedeuten.«

»Nun ja«, räumt Marlowe ein, »vielleicht habe ich das früher gesagt. Aber wir stehen ohnehin bereits kurz vor dem Ende der Zivilisation, alter Knabe. Wir starren genau in die Mündung. Und ich suche nach Möglichkeiten, den Lauf zur Seite zu drücken.«

Von sich selbst weg, damit jemand anders getroffen wird. Lancelot nimmt einen Schluck Gin, um sich davon abzuhalten, den Gedanken laut auszusprechen, aber der Gin schmeckt falsch. Jetzt hat er eine bittere, chemische Note. Mit dem Eis stimmt etwas nicht. Es verdirbt den Drink, während es schmilzt.

»Wessen Schuld ist es eigentlich, dass die Welt stirbt?«

Marlowe nimmt endlich die Gurkenscheiben von den Augen und legt sie auf den Tisch neben sich, damit sich später jemand anders um ihre Entsorgung kümmert. »Es hat keinen Sinn mehr, mit dem Finger aufeinander zu zeigen«, sagt er. »Das Spiel ist vorbei. Jetzt heißt es nur noch untergehen oder schwimmen. Und ich persönlich würde lieber schwimmen.«

Lancelot schüttelt den Kopf. »Es ist wie dieses Restaurant in Mayfair, zu dem du mich einmal geschleppt hast. Ich glaube, das war 1922. Du und deine Freunde haben den Laden demoliert, aber die Rechnung überlasst ihr gerne anderen.«

»Genau. Rechne das einfach auf einen planetaren Maßstab hoch. Es freut mich, dass du das verstehst.«

»Ich bin mir nicht sicher, ob ich das tue. Du hast mir immer noch nicht erklärt, was diese magische Lösung genau sein soll.«

»Alles zu seiner Zeit, alter Knabe«, sagt Marlowe.

Lancelot ballt die Hände zu Fäusten. Wie oft er diese Worte schon von Marlowe gehört hat, in einem Vierspänner oder einem Eisenbahnwaggon oder auf dem Rücksitz eines Chrysler C47. Es fühlt sich immer noch wie Fingernägel auf einer Kreidetafel an. Aber er weiß, dass es genauso schwer ist, Antworten aus Marlowe herauszubekommen wie ein Schwert aus einem Stein. Es hat keinen Sinn, den ganzen Tag daran rumzuzerren.

»Was auch immer du planst, es kann nicht den Ärger wert sein, Arthur zurückzubringen«, sagt er. »Du warst nicht dabei, du weißt nicht, wie er ist.«

»Ach was«, sagt Marlowe abschätzig, »so schlimm kann er nicht sein.«

Lancelot weiß nicht, wie er es erklären soll. Einmal musste er zusehen, wie Arthur einen Mann tötete, indem er ihm in den Unterleib stach und seine Gedärme wie ein Seil herauszog, aber das war noch nicht mal das Schrecklichste. Er war nicht nur Arthur, der große Bärenkrieger. Er war auch Arthur, der Drache, die Schlange. Es war sein Talent, Menschen zu überzeugen, ihm zu folgen, daran zu glauben, dass er sie zum Ruhm führen würde. Er machte Versprechungen, die gut klangen, aber nie erfüllt wurden. Zog in den Krieg, um die Wut der Leute zu entfachen, damit sie nicht mehr an ihre eigenen Probleme denken. Stachelte ihren Hass an, ohne Rücksicht auf Blutvergießen, auf verlorene Menschenleben. Er war außerstande, Scham zu empfinden oder Barmherzigkeit zu verstehen. Er scharte grausame Männer um sich und schürte ihre übelsten Instinkte, bis ihr Zorn überkochte. Er würde keine fünf Minuten brauchen, um sich an diese neue Welt anzupassen, selbst mit ihrer fremdartigen Technologie. Die Kämpfe, die Spaltung, der Hass. Er würde neue Anhänger finden, neue Feinde, gegen die er seine Leute aufhetzen kann. Wenn nicht gegen die Sachsen, dann gegen jemand anderes. Ausländer. Immigranten. Er würde auf der Welle des Hasses reiten, wie er es schon immer getan hat.

»Verdammt«, sagt er. »Ich glaube, ich brauche noch einen Gin.«

»Aber nur noch einen«, sagt Marlowe. »Wir müssen morgen früh pünktlich zum Sonnenaufgang auf den Beinen sein.«

»Darf ich fragen, warum?«

Marlowe lächelt. »Der frühe Vogel fängt den Wurm. Wir wollen doch nicht zu spät zur Rückkehr des Königs kommen.«

28

MERLINS HÖHLE ERSTRECKT SICH TIEF IN DIE FINS-
TERNIS. Endlose Reihen aus Metallregalen, auf denen
seltsame Gewächse sprießen, sich über den Boden
ergießen. Pilze. Tausende davon. Sie wachsen an allen
Seiten die Wände hinauf, bis sie oben an der Decke
aufeinandertreffen.

Kay steht verständnislos da. »Was ist das hier?«

Merlin gluckst. »Das Nervenzentrum meines kleinen Pilz-
imperiums. Wir liefern nach Amerika, Osteuropa, Afrika,
Amsterdam – das heißt, in die Teile von Amsterdam, die
noch nicht unter Wasser stehen.«

Auf dem Boden stehen Kisten voller kleiner Plastikbeutel,
die Kay schon einmal gesehen hat. Bei den Armen im Preston-Lager, die ihren Stoff aus solchen Tütchen pickten und
sich auf die Zunge legten.

»Also bist du das, der dieses Zeug verkauft?«, fragt er.

»Ja. Wir müssen es an so viele Leute wie möglich verteilen.«

Kay denkt nach und schüttelt den Kopf. »Ich kapier's nicht.
Der ganze Planet stirbt, und du hast schon seit Jahrhunderten
davon gewusst, und jetzt … tust du was? Pilze verticken? Damit die Leute sich zuballern und alles vergessen können?
Wie soll ihnen das helfen?«

Merlin seufzt schwer. »Vielleicht sollte ich es für dich auf-
dröseln. Bist du mit der Pilzart *Cordyceps* vertraut? Zombie-

Ameisen? Nein. Wahrscheinlich bekommst du nicht allzu viele Dokus von David Attenborough zu sehen, wenn du unter deinem Hügel liegst. Komm und schau dir das an.«

Auf einer Seite der Höhle stehen gläserne Tanks. Merlin führt Kay zu ihnen und reicht ihm eine Lupe. Kay tut das, was er schon immer getan hat, wenn Merlin ihm etwas erklären wollte. Er schluckt seine Fragen hinunter, seufzt still und tut, was ihm gesagt wird. Durch die Lupe erkennt er Insekten im Tank. Sie sehen wie Ameisen aus. Aber sie bewegen sich seltsam, winden sich und zucken unregelmäßig.

»Ein sehr fieser Pilz«, sagt Merlin. »Er übernimmt die Muskelkontrolle und drängt die Ameise dazu, an eine schöne Stelle weit oben zu krabbeln, wo sie viel Sonnenlicht bekommt. Dann wächst er und durchdringt das Exoskelett der Ameise. Frisst ihren Körper auf, von innen nach außen. Sehr fies. Aber auch sehr genial.«

Kay schaut sich den oberen Teil des Tanks an, wo Ameisen an Blättern hängen. Ihre Körper sind von einem Pelz überzogen, aus dem winzige Pilze wachsen. Genau wie bei den Armen, die er im Lager gesehen hat. Bei der Erinnerung dreht sich ihm der Magen um, er muss die Lupe weglegen.

»Schön und gut«, sagt er. »Aber was hat das mit ...«

»Und hier«, sagt Merlin, »sind meine Pilze. Der gewöhnliche Pantherpilz, gekreuzt mit *Cordyceps* und auf der Rinde eines eurer Auferstehungsbäume kultiviert. Ich habe ein wenig Rinde von deinem Baum genommen, von Lancelots und so weiter ...«

Kay strengt sich an, mitzukommen. Findet nichts, woran er sich festhalten könnte. Es übersteigt sein Verständnis. »Du hast was getan?«

Merlin beugt sich über eins seiner Regale, schließt eine Hand um die Pilze, schnuppert daran, lugt unter die Hüte. Dabei redet er weiter.

»Es hat mich zweihundert Jahre *sehr* sorgfältiger Auslese gekostet, um die richtigen Enzyme zu isolieren und die richtigen Eigenschaften zu züchten. Anfangs musste ich mich dabei mit Zaubersprüchen und Beschwörungsformeln begnügen. Aber mit moderner Technologie ist es viel einfacher. Ein bisschen Hightech-Genom-Splicing, ein bisschen altmodisches Abrakadabra, und ich habe meinen eigenen speziellen Pilzcocktail erschaffen! Wie findest du das? Ich bin recht stolz darauf.«

Kay steht schweigend da, die Augen leicht zusammengekniffen. Er kapiert es immer noch nicht, aber fühlt, wie sich eine Wut in seinem Brustkorb und den Schultern aufbaut. Schließlich fällt Merlin die Begeisterung aus dem Gesicht.

»Um Himmels willen, Kay. Muss ich es dir buchstabieren? Ich habe einen Gedankenkontrollpilz gezüchtet!«

»Warum solltest du so etwas tun wollen?«

Merlin schüttelt den Kopf. »Du hast einen bemerkenswerten Mangel an Vorstellungskraft, mein Junge.«

»Wirklich? Das hast du die letzten zweihundert Jahre gemacht? Pilze gezüchtet? Warum hast du nichts Nützliches getan? Was tust du, um den Anstieg des Meeresspiegels aufzuhalten? Kannst du nicht mit einem Zauberspruch die ganze Verschmutzung aus der Luft holen?«

Merlin lacht. »Was, ich wedle mit der Hand und reduziere den Kohlendioxidgehalt der Atmosphäre um zweihundert Teile pro Million? Wenn ich das tun könnte, meinst du nicht, dass ich es schon längst versucht hätte?«

»Aber du bist ein Zauberer. Du bist Merlin. Du kannst alles.«

»Ich bin ein Druide, Kay. Mein Hauptmedium sind Pflanzen. Lebewesen, grüne Dinge. Nein, es gab schon immer eine magische Lösung für den ganzen Ärger. Wir hatten sie genau vor der Nase. Etwas, das die Luft reinigt, Sauerstoff produziert, sich selbst fortpflanzt. Es ist auf so brillante Weise simpel.«

»Was ist es?«

»Bäume, Kay!« Merlin explodiert fast vor Aufregung. »Gewöhnliche Bäume. Wir müssen den großen alten Wäldern Zeit geben, sich zu erholen. Dann werden die Wälder für uns die Luft reinigen. Aber Menschen fällen sie und verbrennen sie und machen damit alles noch schlimmer.«

»Richtig«, sagt Kay. »Also gut. Wir müssen nur die richtigen Leute an die Macht bringen. Wie in den alten Tagen. Wir müssen Menschen finden, die die Gefilde retten und ein paar Bäume pflanzen wollen.«

Jetzt sieht Merlin wütend aus. »Nein, nein, nein. Habe ich alles schon probiert. Die Menschen sind das Problem, Kay. Ich habe genug von Menschen. Ich hab es satt zu versuchen, sie zur Vernunft zu bringen und über ihre eigene Gier hinausschauen zu lassen. Das ist so gut wie unmöglich. Ich habe seit zweitausend Jahren immer wieder versucht, die *Menschen* zu überzeugen. Und ich habe auch alles andere ausprobiert. Alle denkbaren Vorrichtungen. Zauberei. Ich habe versucht, hinter den Kulissen zu wirken. Ich habe mich auf Dächer gestellt und es laut in die Welt gerufen. Ich habe versucht, einen halbwegs anständigen König zu finden, der etwas unternehmen würde, und wir beide wissen, wie gut das gelaufen ist. Das ist alles ziemlich unmöglich geworden. Nein. Ich habe eine viel elegantere Lösung gefunden.«

Merlin reicht ihm etwas, das er sofort wiedererkennt. Kalt, glatt und bohnenförmig, wie ein Stein, den man aus dem Boden ausgebuddelt hat. Schwerer, als ein natürlicher Gegenstand sein sollte. Von einem seltsamen Gewicht erfüllt. Genau so einen Stein schluckte Kay einst, vor langer Zeit. Damit fing die ganze Geschichte erst an.

»Du benutzt die Auferstehungssteine?«, fragt er. »Dieselben, die du uns gegeben hast?«

»Natürlich!« Merlin lächelt. »Das hier ist der Grund, warum ich damals überhaupt mit diesen Steinen experimentieren wollte. Ich wollte wissen, ob sie sich so verzaubern lassen, dass sie eine *bedingte* Auferstehung bewirken. Also: Wenn dieser oder jener Fall gegeben ist, dann Simsalabim! Die Auferstehung dieser Person. In deinem Fall lautete die Bedingung ›Britannien ist in Gefahr‹, aber letztlich hätte es sonst was sein können.«

Merlin hantiert weiter, schnuppert an seinen Pilzen, doch er blickt nie auf, während er spricht. Kay spürt eine Kälte, die von seinen Füßen heraufkriecht, bis zum Bauch, dann die Wirbelsäule hinauf. Langsam sickert sie in seine Schultern. Er schluckt ein paarmal, um den Kloß loszuwerden, den er plötzlich in der Kehle hat.

»Wir waren ein Experiment?«, fragt er.

»Hmm?«, macht Merlin. »Oh! Ja, eins meiner erfolgreicheren, würde ich sagen. Die Resultate waren gemischt. Ich glaube, der Begriff ›Gefahr‹ muss noch etwas genauer gefasst werden, was mich lehrte, dass ich in Zukunft präziser sein sollte. Nützliche Daten. Aber das Entscheidende ist, dass es mir den Beweis lieferte, dass das Prinzip funktioniert. Und nachdem ich das wusste, sah ich, dass es eine Überlebenschance gibt. Ihr wart ein Beleg für meine Theorie.«

»Okay«, sagt Kay langsam. Die Kälte hat die Mitte seines Brustkorbs erreicht, wo sie sich zu etwas Festem sammelt. Er hört sein Herz in den Ohren donnern.

»Und jetzt kann ich diese Theorie in die Praxis umsetzen!«, fährt Merlin fort. »Ich habe diese Pilze mit einer anderen Bedingung verzaubert: Sie werden ihre Wirte wiederbeleben, *wenn der Himmel wieder klar ist.* Wenn der Kohlendioxidgehalt auf einen annehmbaren Wert gesunken ist. Verstehst du jetzt?

Die Hälfte der Weltbevölkerung wird in friedlichen Schlummer fallen! Und wenn diese Menschen schlafen, können sie kein Öl mehr verbrennen und keine Bäume mehr fällen. Sie bleiben sicher unter der Erde, bis die Wälder nachgewachsen sind und der Planet abgekühlt und der Himmel wieder klar ist. Das wird nur ein paar Jahrhunderte oder so dauern. Und dann werden sie wiedergeboren! Sie werden sich den Schlaf aus den Augen blinzeln und in einer neuen grünen Welt erwachen. Was sie danach tun, ist ihre Sache. Aber ich kann den Pilz jederzeit wieder verbreiten, wenn es sein muss. Doch viel wichtiger ist, dass es mir Zeit verschafft, weiter an der Sache zu arbeiten! Um eine dauerhafte Lösung zu finden!«

Kay wird sich bewusst, dass die Kälte in seiner Brust nackte Wut ist. Schließlich findet sie den Weg in seine Arme. Er packt Merlin, nimmt sein Blumenhemd in die Fäuste und hebt ihn aus den Sandalen. Knallt ihn gegen einen Tank voller Ameisen und hält ihn dort fest. Er ist ihm so nahe, dass kein Zentimeter Platz zwischen ihnen ist. Merlin wiegt kaum etwas, und er stinkt. Vermutlich hat er sich seit fünfzig Jahren nicht mehr gewaschen. Eins von Merlins Augen ist hauptsächlich blau und das andere hauptsächlich gelb. Doch beide sind marmoriert und geringelt, mit bernsteinfarbenen Streifen, goldenen Halos und kreisenden grünen Flecken. Sie können in vier Dimensionen schauen. Sie enthalten Galaxien. In diesem Moment sind beide voller Panik.

»Das alles«, sagt Kay mit zitterndem Unterkiefer. »Zweitausend Jahre. Unter einem verfickten Baum schlafen. Von den Toten wieder heraufkriechen. Nie meine Frau im Himmel wiedersehen. Ich musste an der verfickten Somme kämpfen. Ich musste in Malaya kämpfen. Ich kann mich nicht mehr erinnern, wie viele Male ich schon gestorben bin. Oder wie viele Menschen ich getötet habe. Und das alles nur, weil du eine *Theorie* überprüfen wolltest? Wegen dieser Pilze?«

Merlin wirkt verdutzt. »Nun ... es gibt keinen Grund, wütend zu werden, mein Junge. Es war eine sehr bedeutende Theorie! Sie ... sie könnte sich als Rettung aller Bewohner des Planeten erweisen!«

Kay schüttelt ihn am Glas. »Das ist nicht gut genug. Du hast uns gesagt, dass es zum Schutz der Menschen ist. Um Britannien vor Gefahr zu retten. Das hast du gesagt. Deshalb waren wir alle damit einverstanden.«

»Nun ja!«, sagt Merlin. »Es war unabdingbar, dass ihr einverstanden seid. Arthur musste einverstanden sein! Hätte ich gesagt, dass es nur um Bäume und Kohlendioxid geht, hättet ihr nicht freiwillig mitgemacht!«

»Natürlich hätte ich nicht freiwillig mitgemacht, verfickte Scheiße!«

»Genau!«, sagt Merlin. Er blinzelt verwirrt. Er versteht wirklich nicht, was das Problem ist. So war es schon immer mit Merlin. Der klügste Mann von Britannien, Merlin der Weise, Merlin der Zauberer. Er konnte in die Zukunft schauen. Er konnte sehen, dass die Welt in zweitausend Jahren enden würde. Aber er konnte nicht in die Köpfe oder Gedanken der Menschen blicken. Nicht wirklich. Kay starrt ihn an, atmet unregelmäßig durch die Nase. Dann nickt er langsam.

»Du wusstest, dass Arthur diese Vorstellung gefallen würde«, sagt er. »Unsterbliche Krieger. Die Britannien schützen. Sein Vermächtnis bewahren.«

Merlin wagt ein sanftes Lächeln. »Ja«, sagt er. »Es war die einzige Möglichkeit, es ihm schmackhaft zu machen, verstehst du?«

Kay blickt auf die endlosen Reihen aus Regalen voller Pilze, die sich in der Ferne verlieren. Er deutet mit einem Nicken darauf. »Deshalb bin ich hier? Deshalb sind ich und Lance und Galehaut von den Toten zurückgekehrt. Nicht zu irgendeinem höheren Zweck. Nicht weil du wolltest, dass wir Kriege gewinnen oder etwas halbwegs Nobles tun. Wir waren ... ein Testlauf. Für diese Pilze.«

»Ja!«, bestätigt Merlin. »Genau das ist es. Ich bin froh, dass du es allmählich verstehst.«

Kay erinnert sich an die Feuer in Malaya. Er erinnert sich, wie es sich anfühlt, an Senfgas zu ersticken. Er erinnert sich, wie er sich durch den Leichenhaufen bei Malplaquet ge-wühlt hat. All die Kriege, in denen er schon längst hätte tot sein können. Er schaut wieder die Pilze an. Dann lässt er Merlin fallen und wischt sich mit seiner Eichenhand über das Gesicht.

»Hast du was zu trinken?«, fragt er.

Merlin hat noch eine uralte Flasche mit verdorbenem Met vorrätig, aus Gründen, die Kay gar nicht erst wissen will. Er setzt sich auf einen Klappstuhl und trinkt ihn direkt aus der Flasche. Merlin bewegt sich verunsichert durch den Raum, geht auf und ab, murmelt und kratzt sich den Bart.

»Ich begreife nicht, warum du so verärgert bist«, sagt Mer-lin. »Ihr habt wirklich die Gefilde gerettet, auf eine gewisse Weise! Ihr wart ein unerlässlicher Teil meiner Experimente.«

»Halt einfach nur für eine Minute die Klappe«, sagt Kay.

»Also wirklich!«, sagt Merlin. »So etwas habe ich noch nie gehört ... Ich verstehe nicht, warum ich auf einmal ... Du ver-stehst doch sicher, dass ...«

»Der weise alte Merlin, der intelligenteste Zauberer, der jemals lebte, und der beste Plan, der dir einfällt, ist: alle Leute zu Pilzen zu machen, für hundert Jahre oder so, damit sie keine Kohle mehr verbrennen können.«

»Richtig, ja.«

»Ich halte das für einen ziemlich beschissenen Plan.«

Merlin richtet sich auf und schaut wieder finster drein. »Hast du etwa eine bessere Idee, Kay der Mundschenk? Kay der Narr? Hmm? Ich jedenfalls nicht. Weil ich schon alles andere versucht habe. Inzwischen sind mir die Ideen ausgegangen. Jetzt bleiben nur noch Pilze oder Armageddon.«

»Warum nicht die Menschen? Es gibt gute Menschen in den Gefilden.«

»Weil man sich nicht darauf verlassen kann, dass Menschen vernünftige Entscheidungen treffen! Also müssen wir für sie entscheiden. Sie schlafen legen. Das ist die einzige Möglichkeit.«

»Was ist mit Mariam? Du hast gesagt, dass sie von Bedeutung ist.«

»Ja«, sagt Merlin. »Ja. Es gibt einige Zweige des Baums, auf denen sie tatsächlich von großer Bedeutung sein wird. Sie könnte der Anfang von etwas Neuem sein. Ein paar Menschen müssen am Leben bleiben, um die Dinge in die richtige Richtung zu lenken. Um die alte Welt zu demontieren und eine neue aufzubauen. Um das Gleichgewicht der Natur wiederherzustellen.«

»Also gut«, sagt Kay und trinkt noch etwas Met. »Wie viele Zweige gibt es, auf denen Mariam Erfolg hat? Was müssen wir tun, damit das geschieht?«

»Nun, ich ... hmm«, sagt Merlin. »Einen Moment.« Er greift nach einem Gestell mit Glasphiolen auf dem nächsten Tisch und hätte es fast umgeworfen. Die Fläschchen enthalten eine bräunliche Flüssigkeit, vermutlich irgendein Pilzextrakt. Merlin lässt sich mehrere Tropfen davon auf die ausgestreckte Zunge fallen. Dann stellt er die Phiole vorsichtig zurück. Er setzt sich auf den Stuhl gegenüber von Kay und legt die Hände auf die Knie, wartet darauf, dass die Wirkung einsetzt. Kay trinkt schweigend. Es dauert nicht lange, bis Merlin irgendwo anders ist, ganz andere Sachen sieht. Den Baum der Zeit. Sein goldenes Auge hat sich verdreht, um in seinen Kopf zu starren, während das gelblich-weiße weiterhin sichtbar ist. Er murmelt leise in alten Sprachen vor sich hin. Dann richtet er sich kerzengerade auf.

»Wir sollten zurückgehen und verhindern, dass Konstantin Kaiser wird! Warum habe ich da nicht vorher daran gedacht?«

»Nein, nein, lass das«, sagt Kay. »Geh näher ran. Schau nach vorn.«

»Ach ja, natürlich«, sagt Merlin. Er hebt eine Hand, um sich das blaue Auge zuzuhalten, damit er sich besser auf das andere konzentrieren kann. »Näher. Ja. Schauen wir mal ... die Plünderung Roms ... nein, noch später ... Dschingis Khan ... die spanische Armada ... David Bowie ... hier ungefähr. Oh, über diesen Teil ärgere ich mich jedes Mal ...«

»Konzentriere dich.«

»Es gab so viele Warnungen«, sagt er. »So viele grüne Triebe, die sich in bessere Zukünfte verzweigen. All das ... hätte vermieden werden können. All das Leid und die Verwüstung.«

»Such weiter.«

Tränen strömen über Merlins Gesicht. Er schüttelt den Kopf. »Wir befinden uns auf einem schwarzen Zweig«, sagt er. »Einem sehr schwarzen Zweig. Wir rasen einer trostlosen Zukunft entgegen. Tod und Elend für alle. Ich kann es sehen, Kay. Ich sehe eine unfruchtbare Erde ... eine leblose Hülle mit brennendem Himmel. Das zeichnet sich vor uns ab. Inzwischen ist es nahezu unvermeidlich. So wenige grüne Triebe. Wir haben so viele ignoriert. So viele Chancen vergeudet. Jetzt bleiben uns nur noch sehr wenige.«

»Merl«, sagt er. »Was ist mit Mariam?«

»... Mariam«, sagt Merlin. »Ja, Mariam. Nach ihr wollte ich suchen, nicht wahr? Sie ... sie kann etwas verändern. Es gibt immer noch grüne Triebe. Zarte Triebe, die zu mächtigen Ästen werden könnten. Ich kann sie sehen. Sie liegen ausgebreitet vor uns. Sie steht auf einem Podium. Sie spricht. Die Menschen ... hören ihr zu. Sie hören ihr tatsächlich zu.«

Kay spürt Stolz in seiner Brust aufblühen. Er kann sich ein Lächeln nicht verkneifen. »Großartig«, sagt er. »Wie können wir das geschehen lassen?«

Merlin verstummt und zuckt. Er kehrt aus seiner Trance zurück. Kay stellt die Flasche auf den Boden. Er geht zu Merlin hinüber und rüttelt an seinen Schultern. Schlägt ihm behutsam auf eine Wange, bis sich sein Auge zurückdreht und er wieder ganz auf diesem Zweig der Zeit ankommt. Er blickt verärgert auf.

»Es besteht kein Grund, so grob zu sein, mein Junge. Ich habe meine Fähigkeiten durchaus unter Kontrolle.«

»Hast du gesehen, was wir tun müssen?«

»Ja«, antwortet Merlin. Er steht auf und klopft sein Hemd ab. »Es gibt fünf oder zehn Zweige, auf denen Mariam recht erfolgreich ist und die Welt verbessert, aber nur, wenn wir verhindern, dass sie am Tor getötet wird.«

»Wann wird das geschehen?«

»In etwa fünf Minuten. Also sollten wir uns vielleicht beeilen.«

Kays Bauch fühlt sich auf einmal an, als hätte sich ein tiefer Graben voller Sorge darin aufgetan. »Was?«

Merlin macht sich auf den Weg durch die Höhle, zurück zum Eingang, und sucht im Durcheinander nach etwas. »Wir sind auf dem Zweig, wo Morgan den Stab hat und versucht, Arthur zurückzuholen. Wir sollten nach Möglichkeit versuchen, das zu verhindern. Das ist ein sehr schwarzer Ast, dem wir nicht folgen möchten.«

Kay hat das Bedürfnis, Merlin noch einmal zu packen und durchzuschütteln, aber er reißt sich zusammen. »Vergiss das, wir müssen Mariam helfen. Wir müssen gehen und sie retten.«

»Das ist ein und dasselbe, mein Junge. Wir dürfen keine Zeit mehr verlieren.«

Merlin findet in einer Ecke, wonach er gesucht hat, ein Bündel. Es ist sein alter blauer Mantel, sein Druidenumhang, derselbe, den er schon vor Jahrhunderten trug. Er schüttelt ihn aus, schlüpft mit dem Kopf durch, drapiert ihn über seinem Hemd und den Shorts. Dann verlässt er die Höhle, so schnell seine alten Beine ihn tragen können. Kay folgt ihm, wünscht sich, er würde schneller gehen.

Der Lieferwagen parkt immer noch an derselben Stelle, die Scheinwerfer an. Das Feenwesen steht davor und schleckt fröhlich ein Eis.

»Du!«, ruft Merlin und richtet einen Finger auf sien. »Flieg nach Hause und sag deinem Feenkönig, dass sich der Schleier öffnet. Sag ihm, dass er Arthur unter gar keinen Umständen in die Welt zurückkehren lassen darf.«

Das Feenwesen runzelt die Stirn. »Können wir zuerst unser Eis aufessen?«

»Auf gar keinen Fall! Du musst dich beeilen!«

Das Feenwesen wirkt geknickt. Dann explodiert sier zu Staub, mit einem Knall wie von einer Peitsche. Ein heller Lichtfunke schwebt in den Nachthimmel. Das Eis fällt zu Boden und wäre fast auf Barry gelandet.

»Oh, äh«, sagt Kay. »Merlin, das ist Barry. Ich hatte ihn erwähnt. Er hofft, dass du ihn wieder in einen Menschen verwandeln kannst.«

»Keine Zeit!«, sagt Merlin. Er schlurft eilig an Barry vorbei zur anderen Wagenseite, öffnet die Tür des Eiscremewagens und steigt auf den Fahrersitz.

Kay kennt Merlin gut genug, um zu wissen, dass er durchaus ohne sie davonfahren könnte, wenn sie sich nicht beeilen. Er hebt Barry auf, wirft sich auf den Beifahrersitz und schließt die Tür hinter sich. Merlin kratzt sich den Bart, betrachtet das Lenkrad und die Pedale, als wären sie ein Manuskript in einer Sprache, an die er sich nicht erinnern kann.

»Soll ich fahren?«, fragt Kay.

»Nein, nein«, sagt Merlin. »Dafür bleibt keine Zeit. Schnall dich an.«

Es gibt Momente, in denen man Merlin nicht gehorchen sollte, aber ihm ist klar, dass das kein solcher Moment ist. Er tastet nach dem Sitzgurt und lässt ihn einschnappen, während Barry auf seine Schulter klettert. Merlin wedelt mit den Händen vor dem Lenkrad herum und murmelt etwas in einer uralten, grässlichen Sprache.

Kay spürt, wie sich im Eiscremewagen das Gewicht und die Spannung verlagern. Das ganze Fahrzeug knarrt und ächzt um ihn herum. Ein unangenehmer Druck baut sich in seinem Bauch auf. Und als er aus dem Fenster schaut, erkennt er den Grund: Die Höhle und die Bäume scheinen langsam zu sinken. Der Eiscremewagen erhebt sich sanft in die Luft.

»Äh, nein, Merlin ...«, sagt er.

»Viel besser!«, sagt Merlin. Er lacht und dreht das Lenkrad. Der Wagen schwenkt langsam herum, bis er in eine andere Richtung zeigt. Sobald sie über den Bäumen sind und mitten in der Luft hängen, greift Merlin nach unten und legt einen anderen Gang ein. »Festhalten, mein Junge!«

Kay gehorcht. Der Lieferwagen zittert und ächzt, vibriert mit einem heulenden Geräusch, das immer lauter und beunruhigender wird. Ihm bleibt kaum die Zeit, sich am Armaturenbrett abzustützen, bevor Merlin mit seiner Sandale das Gaspedal durchdrückt.

Der Himmel verzerrt und verwirbelt sich, wie Wasser, das durch ein Loch abfließt. Und dann schießt der Wagen nach vorne, jagt durch die Abenddämmerung wie eine Kugel durch ein Stück Mullstoff. Kay wird so fest gegen die Rückenlehne seines Sitzes gepresst, dass er spüren kann, wie jede einzelne Rippe versucht, durch seine Haut zu platzen. Barry fliegt schreiend nach hinten, und Kay hört, wie er gegen die Rückscheibe klatscht. Was draußen zu sehen ist, ergibt überhaupt keinen Sinn, alle Farben gleichzeitig, auch solche, die er nicht versteht, ein flüchtiger Blick in die Anderwelt, die er gar nicht sehen will. Er drückt die Augenlider fest zusammen, versucht sein Gehirn daran zu hindern, durch die Ohren auszulaufen.

»Merlin!«, schreit er.

Aber Merlin starrt geradeaus in den aufgewühlten Regenbogen, mit einer wilden und furchtbaren Entschlossenheit in den Augen.

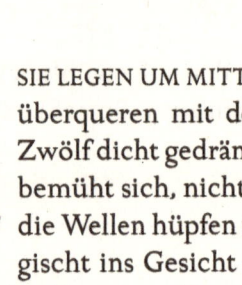

29

SIE LEGEN UM MITTERNACHT VON SWANSEA AB UND überqueren mit den Booten den Bristol Channel. Zwölf dicht gedrängte Silhouetten pro Boot. Mariam bemüht sich, nicht seekrank zu werden, als sie über die Wellen hüpfen und ihnen in der Dunkelheit Salzgischt ins Gesicht schlägt. Sie hat das Schwert zwischen den Knien, umklammert das Heft mit beiden Händen, die Spitze zwischen ihren Schuhen. Sie macht sich etwas Sorgen, dass sie den Bootsrumpf aufschlitzen könnte, wenn sie nicht achtgibt. Sie hat nicht den Eindruck, dass das Schwert von irgendeiner großen Macht durchströmt wird. Es fühlt sich nur etwas schwerer an, als sie es von einem Schwert erwarten würde. Es wird eine Erleichterung sein, wenn sie das Gewicht nicht mehr mit sich herumtragen muss.

Sie halten so viel Abstand von der Avalon-Plattform wie möglich. Trotzdem können sie sie immer noch am Horizont erkennen, von Scheinwerfern erhellt. Riesig und hässlich. Rote Lichter an den Krantürmen, wie böse Augen in der Finsternis. Unwillkürlich starrt sie zurück. Gethin sitzt mit einem Gewehr neben ihr. Er sorgt für die Sicherheit seiner neuen Königin, bis sie keine Königin mehr ist. Ihr fällt auf, dass er zu viel redet, wenn er nervös ist.

»Sie haben sie genau hier auf der Schwemmebene errichtet«, sagt er. »Früher war das Somerset, aber der größte Teil von Somerset steht jetzt unter Wasser. Ein riesiger scheiß Sumpf. So was lässt sich leichter bauen, wenn niemand mehr da ist, der sich beschweren könnte. Wir haben keine Hoffnung, Cardiff zurückzugewinnen, solange dieses Ding hier steht. Wie ein Flugzeugträger, von dem aus Drohnen und was weiß ich noch auf uns angesetzt werden. Aber wir würden die Hälfte unserer Leute verlieren, wenn wir versuchen, es mit Gewalt zu erobern. Weshalb sich du und deine Mädchen als nützlich erweisen könntet.«

Sie ärgert sich über die Bezeichnung »Mädchen«, aber sie sagt nichts. Sie haben ein Durchschnittsalter von etwa fünfundzwanzig. Es könnte höher liegen, wenn Regan wirklich so alt ist, wie sie behauptet. Mariam blickt zur dunklen Silhouette hinüber, die Regan ist, die im Bug des Boots sitzt und Kays Stab in einer Hand hält. Sie strahlt eine beängstigende Entschlossenheit aus. Wie konnte es ihnen entgehen, dass sie eine Hexe ist? Jetzt scheint es so offensichtlich zu sein. Weder bizarr noch schwer zu begreifen.

Während der Überfahrt gibt es Momente, in denen ihr kurz klar wird, wie verrückt das alles ist. Es kommt ihr noch schräger vor als Kay oder der Drache, noch falscher, es fällt ihr noch schwerer, es ernst zu nehmen. Ein Teil von ihr würde König Arthur lieber im Reich der Mythen lassen. Statt ihn in die Realität zu holen, als lebenden, atmenden Menschen.

Aber der größere Teil von ihr empfindet Erleichterung. Sobald sie mit dieser Sache durch sind, muss sie nicht mehr Königin sein. Das ist für sie Grund genug, es zu tun.

Es ist schwer zu sagen, wo der Channel endet und wo Somerset beginnt. Vor zwanzig Jahren war der Unterschied zwischen Meer und Land noch klarer, aber inzwischen ist das Wasser gestiegen, und über dem größten Teil der Grafschaft hat sich ein seichtes Meer ausgebreitet. Sie haben die Motoren abgeschaltet und bewegen sich nur noch langsam weiter, dringen durch Schilf vor, versuchen in der Dunkelheit, versunkenen Hecken oder halb ertrunkenen Bäumen auszuweichen. Die Waliser holen Stangen hervor, um die Boote damit anzutreiben, suchen im Wasser nach festem Boden, von dem sie sich abstoßen können. Mariam kann nicht erkennen, in welche Richtung sie sich bewegen, aber sie vertraut darauf, dass die Waliser sich besser in diesen Gewässern auskennen als sie – bis sich einer von ihnen umdreht und etwas in der Dunkelheit flüstert.

»In welche verdammte Richtung fahren wir eigentlich, Gethin?«

»Woher soll ich das wissen?«, zischt Gethin zurück.

»Geradeaus«, sagt Regan in normaler Lautstärke.

Ihre Stimme ist klar und ruhig und duldet keinen Widerspruch. Die Waliser verstummen und staken das Boot durch das Schilf. Vertrauen einfach auf die Zauberei oder die alten Götter oder was auch immer Regan so zuversichtlich macht.

Sie treiben an dunklen Formen vorbei, die seltsam rechtwinklig sind. Avalon liegt weit genug hinter ihnen, dass einer der Waliser es riskiert, eine Taschenlampe einzuschalten. Er lässt das Licht schnell über Mauerwerk und Dachziegel schweifen. Es sind Häuser, die bis über die Erdgeschossfenster überflutet sind. In einem höher gelegenen Fenster erkennt Mariam eine Kinderzeichnung, die mit Klebeband an der Scheibe befestigt wurde. Buntstiftmenschen auf einer grünen Wiese und darüber ein Regenbogen.

Der Waliser schaltet die Taschenlampe aus, und Mariam blickt auf ihre Füße.

Als sie ihr Ziel erreichen, ist der Himmel nicht mehr pechschwarz, sondern hat die tiefblaue Färbung eines Hämatoms angenommen. Vor ihnen erhebt sich ein großer purpurner Hügel aus den Feuchtgebieten. Sobald das Boot gegen den Hang stößt, geht Regan an Land und läuft den Hügel hinauf, schneller, als sie eigentlich sein sollte, wobei sie Kays Stab als Gehstock benutzt. Mariam bleibt zurück, um den anderen zu helfen, die Boote ans Ufer zu ziehen, ihre Beine nass vom kalten Flutwasser. Erst als sie fertig sind, fragt sie sich, ob es standesgemäß ist, dass Königinnen bei solchen Sachen mithelfen.

Sie hebt das Schwert auf und atmet tief ein. Sie steht am Fuß des Hügels und blickt Regan hinterher, während sich ihre Schwestern hinter ihr sammeln.

»Wir haben immer noch Zeit, das abzubrechen, das weißt du, oder?«, sagt Roz.

»Ich weiß«, sagt Mariam. »Aber jetzt sind wir hier. Also können wir es auch hinter uns bringen.«

»Du musst das nicht durchziehen«, sagt Willow, »wenn du dir nicht sicher bist.«

»Ich bin mir sicher.«

»Okay, dann hoffe ich, dass du recht hast.«

Sie findet keine Worte, um es ihnen zu erklären. Sie weiß nicht, wie man dieses Schwert schwingt und macht, dass der Meeresspiegel sinkt. Vielleicht weiß Arthur es. Das genügt ihr als Argument. Das Schwert fühlt sich in ihrer Hand fast heiß an. Sie möchte es so schnell wie möglich abgeben.

Sie steigen im blauen Zwielicht den Hang hinauf. Der Hügel ist lang und schmal, ein Trampelpfad führt zur Kuppe hinauf, und ganz oben steht eine Art Turm. Kein moderner Metallturm, sondern etwas viel Älteres, der kantige Umriss ein wenig dunkler als der Himmel dahinter. Regan ist in der Dunkelheit schon damit beschäftigt, mit dem Ende von Kays Stab Markierungen in den Boden zu ritzen. Zieht einen Kreis rund um den Turm.

Als Mariam oben ankommt und die Aussicht in sich aufnimmt, leert sich ihr Geist für einen Moment. Ein Meer aus Nebel breitet sich in alle Richtungen über dem Marschland aus. Dort, wo das Land hoch genug ist, ragen schwarze Baumschatten darin auf. Die Sonne ist noch irgendwo im Osten verborgen, aber am Horizont zeichnet sich bereits ein schmaler Streifen in Orange ab. Der Himmel darüber hat ein dunkles Indigoblau, wie die Tiefsee oder der Rand des Weltraums.

Es könnte der schönste Anblick sein, den sie je gesehen hat.

Als sie sich in die Richtung umdreht, aus der sie gekommen sind, kann sie immer noch die roten Lichter von Avalon sehen, näher, als sie für möglich gehalten hätte. Sogar im Dunkeln hässlich. Was auch immer sie vor wenigen Augenblicken empfunden hat, wird nun durch etwas anderes ersetzt, etwas Schlechteres: den Drang zu zerstören. Sie schließt die Hand fester um das Schwert.

Doch dann steht Regan neben ihr und streckt die Hand aus, um das Schwert von ihr entgegenzunehmen. Mariam stellt fest, dass sie zögert. Regan wartet mit dem Geist eines Lächelns auf den Lippen.

»Bist du dir sicher, dass das eine gute Idee ist?«, fragt Mariam.

Regan seufzt. »Ich glaube, der letzte König hat was ziemlich Grausames gemacht, einfach so eine junge Frau zu seiner Nachfolgerin zu ernennen, die noch ihr ganzes Leben vor sich hat. Er hat dir die ganze Verantwortung aufgebürdet. Dazu warst du nie bestimmt. Du hast es nie gewollt oder danach gesucht. Du bist eine Heilerin. Eine sehr gute Heilerin. Und du kämpfst für das, woran du glaubst.«

Mariam öffnet den Mund, um etwas zu erwidern, aber sie weiß nicht, was sie sagen soll. Für einen kurzen Moment wünscht sie sich wieder, Kay wäre hier.

»Du kannst jemand anderem die Führung überlassen«, sagt Regan. »Warum nicht Arthur? Er ist dafür gemacht.«

Mariam starrt auf das Schwert hinab, das immer noch mit Drachenblut befleckt ist. Sie weiß nicht einmal, wie man ein Schwert putzt. Arthur dürfte es wissen.

Also hält sie es Regan hin, versucht ungeschickt, es ihr in die Hand zu drücken. Regan schafft es, es ihr abzunehmen, ohne sich dabei zu verletzen. Sie legt es mit der flachen Seite über beide Hände, voller Ehrfurcht, als hätte sie so etwas schon einmal gemacht. Dann trägt sie es langsam zum Turm hinüber.

Mariam bleibt, wo sie ist, ballt ihre leere Hand zu einer Faust. Ihr rechter Arm fühlt sich leichter an, als würde er emporschweben und den Rest von ihr zurücklassen. Wann hört sie auf, Königin zu sein? Jetzt, oder erst, wenn Arthur tatsächlich zurückgekehrt ist?

Die Waliser bleiben unten bei den Booten und wollen nicht auf den Hügel kommen, um dem Spektakel nicht zu viel Gewicht zu geben. Willow, Teoni, Roz und Bronte sind auf die östliche Seite des Hügels gegangen, wo sie im Gras sitzen und auf den Sonnenaufgang warten. Mariam gesellt sich zu ihnen und genießt das Gefühl von feuchtem Gras unter ihren Händen. Es fühlt sich schon jetzt so an, als könnte sie freier atmen.

»Ich glaube immer noch, dass du eine tolle Königin abgeben würdest, nur fürs Protokoll«, sagt Willow.

»Danke«, sagt sie und bringt ein Lächeln zustande.

Roz sitzt mit verschränkten Armen da und starrt auf den Boden. »Ich kann es nicht glauben, dass wir gerade ... auf so viel Macht verzichten.«

»Ich will keine Macht«, sagt Mariam. »Ich wüsste gar nicht, was ich mit Macht anfangen sollte.«

Roz starrt sie eine ganze Weile unnachgiebig mit ihren blassblauen Augen an. »Du hast wirklich keine Ahnung, wie unglaublich du bist, oder?«

Mariam zieht unwillkürlich eine finstere Miene. »Was?«

»Du bist die freundlichste und mutigste und resoluteste Person, die ich kenne«, sagt Roz. »Immer denkst du zuerst an andere, bevor du an dich selbst denkst. Du gehst viel zu hart mit dir selbst ins Gericht, aber nur, weil du die Welt verbessern willst. Ich finde, Willow hat recht. Du wärst eine tolle Königin.«

»Nein«, sagt Mariam verlegen. »Du wärst viel besser. Du bist viel zäher als ich.«

»Ich hätte diesen Drachen nicht töten können«, erwidert Roz. »Ich hätte diese verdammte Fracking-Anlage nicht in die Luft jagen können oder so zu den Walisern sprechen können, wie du es versucht hast.«

Mariam drückt die Hände auf die Augen. »Ich ... ich sollte keine Königin sein. Okay? Ich bin zu jung. Ich weiß nicht, was ich tue. Ich würde alles falsch machen. Es sollte jemand anders sein, der älter ist, der weiß, was er tut. Regan hat recht. Warum nicht Arthur. Egal wer, solange ich es nicht bin.«

Als sie wieder von ihren Händen aufblickt, sieht sie, dass die anderen verstummt sind.

Regan steht über ihnen.

»Es wird Zeit«, sagt sie. »Mariam, könntest du mich begleiten?«

Sie nickt und steht auf, klopft sich den Schmutz von der Hose. Ihre Schwestern starren zu ihr hinauf. Ihr wird bewusst, dass sie lieber bei ihnen im Gras sitzen bleiben würde.

»Ich liebe euch alle«, sagt sie. »Es wird nicht lange dauern.«

Der Turm ist alt und wurde aus Stein errichtet. Er hat zwei Torbögen, der eine zeigt ungefähr nach Osten, der andere ungefähr nach Westen. Mariam überlegt, warum er wohl hier steht und wann er erbaut wurde. Es ist einfacher, darüber nachzudenken als über alles andere. Als sie im Turm ist, blickt sie auf und sieht über sich ein perfektes Quadrat aus dunkelblauem Himmel. Der Turm hat kein Dach.

Regan hat etwas auf den Boden gezeichnet. Ein Symbol,

das Mariam nichts sagt, mit Kreide auf die groben Steinplatten gekritzelt. Ein Rad aus drei Spiralen, die sich in verschiedene Richtungen winden. Regan führt sie ins Zentrum des Turms, sodass sie auf den Kreidespiralen steht.

»Was muss ich tun?«, fragt sie.

»Es ist ganz einfach«, sagt Regan. »Mach dir keine Sorgen.«

Das Schwert steht in einer Ecke des Turms. Regan nimmt es wieder an sich und hält es in einer Hand, als hätte sie die Absicht, es zu schwingen.

Mariam runzelt die Stirn und zuckt leicht zurück. »Ähm«, sagt sie, »du willst mich doch nicht erstechen, oder?«

Regan lächelt, als würde es sie amüsieren, dass sie so etwas denkt. »Königliches Blut ist etwas sehr Mächtiges. Wir brauchen nicht viel davon. Streck deine Hand aus, und schließ die Augen.«

Mariam spürt plötzlich große Zweifel. Aber es ist immer noch Regan, die da vor ihr steht. Weise und freundlich und mit einem harmlosen Lächeln. Also streckt sie die rechte Hand aus und dreht die Innenfläche langsam dem Himmel entgegen. Sie lässt ihre Augenlider zufallen.

Sie fühlt, wie Regan die Hand auf ihre Schulter legt und sie fest an Ort und Stelle hält. Dann spürt sie, wie das Schwert in ihren Bauch eindringt, bis zum Heft hineingestoßen wird. Die Kälte der Klinge und dann ein schrecklicher, krampfartiger Schmerz.

Sie ist sich nicht sicher, was sie erwartet hatte. Vielleicht dachte sie, Regan würde das Schwert behutsam über ihre Handfläche ziehen, um eine schmale Wunde zu schneiden. Etwas, das schnell vorbei wäre und mühelos verheilen würde. Ein paar Blutstropfen, die auf den Boden fallen. Und genau deswegen hat Regan das wohl gesagt. Um sie zu beruhigen. Damit sie das eine erwartet und nicht mit etwas ganz anderem rechnet.

Der erste Laut, den sie von sich gibt, ist ein Wimmern, das in ihrer Kehle erstirbt. Als sie die Augen öffnet, sieht sie, dass Regan sie anstarrt. Jede Spur von Freundlichkeit in ihrem Blick ist verschwunden, ihre Augen wirken wie Stahl.

Mariams Beine geben nach, und sie muss sich an Regan festhalten, um nicht zu stürzen. Regan nimmt sie kurz in den Arm, aber nur lange genug, um das Schwert wieder herauszuziehen. Dann tut es noch viel mehr weh.

Sie verliert immer wieder ein paar Momente das Bewusstsein. Sie kniet auf dem Boden, kann sich aber nicht erinnern, wie sie dort hingekommen ist. Warmes Blut tränkt ihre Kleidung und sammelt sich auf den Kreidespiralen unter ihr. Der östliche Torbogen des Turms liegt vor ihr, und sie kann sehen, wie der Rand der Sonne über den Horizont lugt. Wie der Himmel rot wird.

Dann rennen Willow und Teoni und die anderen den Hügel hinauf. Schrecken steht in ihren Gesichtern, als sie versuchen, in den Turm zu gelangen. Roz wirkt verstörter als die anderen, was Mariam überrascht. Aber etwas hindert sie daran, es in den Turm zu schaffen. Sie hämmern mit den Fäusten gegen eine gläserne Wand. Mariam versteht nicht, was los ist, bis sie sich erinnert, dass Regan einen Kreis um den Fuß des Turms gezeichnet hat. Ein Zauber, der sie fernhalten soll. Sie kommen nicht hinein und können ihr nicht helfen. Sie können die Sonne nicht daran hindern aufzugehen. Mariam kann ihre Rufe nicht hören – aber sie kann auch nichts anderes hören, nicht einmal ihre eigenen Schreie. Es klingt, als wäre sie tief unter Wasser, so wie in dem Moment, als Teoni mit dem Raketenwerfer auf den Drachen feuerte.

Als genug von ihrem Blut auf den Boden geflossen ist, setzt Regan sie behutsam in eine Ecke des Turms, nimmt ihr Gesicht in die Hände und sieht sie lächelnd an. Es ist ein stolzes Lächeln, als würde Regan sich für sie freuen.

Statt in Panik zu geraten, lehnt sich Mariam an die Wand und drückt beide Hände fest auf den Bauch, um weiteren Blutverlust zu verhindern. Aber sie hat schon so viel verloren. Es sickert in die Steine, füllt die Ritzen zwischen ihnen aus. Von den Zeichnungen auf dem Boden steigt jetzt Rauch auf. Dann tritt Regan ins Zentrum der Spiralen, hält das Schwert in einer Hand und Kays Stab in der anderen. Ihre Lippen bewegen sich, und sie starrt mit großen Augen nach Westen. Als die Sonne hinter ihr hoch genug ist, schlägt sie Kays Stab fest auf die Steinplatten.

Das Universum scheint zu blinzeln. Mariam sieht eine Veränderung in der Luft. Staub rieselt vom alten Mauerwerk. Etwas wie Elektrizität jagt durch ihre Knochen, wirft sie zurück an die Wand. Dann strömen Sonnenstrahlen durch den Turm, zum einen Torbogen herein und zum anderen hinaus. Regans Augen sind groß, ihr Gesicht ist blass, während sie ihr Werk betrachtet, was auch immer hier passiert. Langsam verändert sie sich, ihr Haar wird dunkler, ihr Gesicht jünger.

Als Nächstes sieht Mariam ein Königreich aus Licht, das am Himmel schwebt. Eine Insel in den Wolken, höher und heller, als eine Insel sein sollte. Sie kann in der Ferne immer noch die roten Lichter von Avalon sehen, doch davor schwebt die geisterhafte Insel. Beide nehmen denselben Raum ein. Sind gleichzeitig da und nicht da. Sie braucht einen Moment, bis sie bemerkt, dass sich zwischen der Insel und dem Tor etwas bewegt. Etwas gleitet über das Nebelmeer. Ein weißes Segel auf einem Schiff. Es kommt langsam näher.

Doch langsam verlässt das letzte Blut ihr Gehirn. Die Dunkelheit wallt wieder auf, und sie lässt sich hineinfallen, sieht nichts mehr, nichts Gewöhnliches, nichts Außergewöhnliches. Nichts.

30

KAY IST SICH ZIEMLICH SICHER, DASS DIESER EIS-
cremewagen nicht dafür geschaffen ist, sich mit
Lichtgeschwindigkeit zu bewegen. Als der Wagen
wieder in den Grenzen von Raum und Zeit ankommt, befindet er sich grob gesagt am richtigen
Ort, aber er stürzt gerade aus großer Höhe hinunter
und verliert dabei immer mehr Einzelteile. Kay stützt sich am
Wagendach ab, als ob das was bringen könnte. Unter ihnen
breitet sich ein Meer aus silbrig glänzendem Feuchtland aus,
aus dem sich ein purpurner Hügel erhebt, und am Horizont
schwebt ein seltsames Königreich aus Nebel. Es wäre wunderschön, wenn sie nicht so schnell darauf zu rasen würden.

Es geschehen noch andere Dinge am Himmel, aber Kay
bleibt zu wenig Zeit, irgendetwas zu begreifen, bevor sich die
Windschutzscheibe mit grünem Hügel füllt.

Im letzten großen Krieg war er einmal in einem Flugzeug,
das irgendwo über Burgund abstürzte. Das hier ist viel
schlimmer. Die Maschine damals prallte nicht zurück, kippte
nicht kopfüber um und landete nicht auf dem Dach. Er
schlug nicht mit der Stirn gegen das Armaturenbrett. Das
Flugzeug wurde nicht zerschmettert und zerquetscht. Es roll-
te nicht anschließend langsam einen Hügel hinab und
plumpste in überflutetes Marschland, wo es sich allmählich
mit Wasser füllte. Und es war auch kein verängstigtes Eich-

hörnchen dabei, das im Innenraum hin und her geschleudert wurde.

Als der Van endlich zum Stillstand kommt, spürt Kay, wie kühles Wasser an seiner Brust aufsteigt. Ihm ist klar, dass er sich beeilen muss, dass er sich und Merlin und Barry auf trockenes Land bringen muss, bevor das Fahrzeug vollständig geflutet wird. Aber alles dreht sich. Er hat schwarze Punkte vor den Augen. Als er die Hand an die Stirn legt, ist sie glitschig von gelbem Baumsaft.

Er sackt nach vorne, gegen seinen Sitzgurt, spürt, wie ihm das Wasser bis zum Hals steigt. Dann wird er von starken Händen unter den Achseln gepackt. Sie ziehen ihn aus dem Wasser auf trockenen Boden.

Das Nächste, das er bewusst wahrnimmt, ist ein gelber Himmel voller Flugmaschinen. Sie lassen die Luft summen, umkreisen das Tor wie Geier. Das ist ein weiterer Grund aufzustehen, Mariam zu suchen, seine Knochen und die Rinde so schnell wie möglich zu bewegen. Aber er stellt fest, dass er das nicht kann. Jemand hat seine Füße gefesselt. Und ihm die Hände hinter dem Rücken zusammengebunden.

Wenn er sich nicht befreien kann, kann er auch nicht nach Mariam suchen. Er stemmt sich gegen die Fesseln, windet sich am Boden wie ein Wurm und versucht zu verstehen, wo er ist. Irgendwo unten am Hügel, auf den Feldern, die noch nicht ganz überflutet sind. Er kann Söldner sehen, die zu Fuß die Umgebung sichern. Sie geben sich dabei große Mühe, möglichst beschäftigt zu wirken, wie Soldaten es seit Jahrtausenden schon tun. Aber die meisten stehen eigentlich nur herum, bewachen ihn in dichten Reihen. Aber etwas anderes hat seine Aufmerksamkeit erregt, hinter den Soldaten, in der Ferne, etwas viel Schlimmeres.

Zwei Festungen sind am Horizont zu erkennen. Die eine ist dunkel und weltlich, eine hässliche Maschine, die von

Saxons-Drohnen umschwirrt wird wie ein Hornissennest. Doch die zweite macht ihm mehr Angst. Eine gläserne Festung, die funkelnd am Himmel schwebt.

Er schließt die Augen. Das ist die Anderwelt. Sie stellt sich als Schloss dar, um begreifbarer zu sein. Aber in Wirklichkeit ist es ein Reich der Träume und Albträume, ein dunkles Spiegelbild der Wachwelt, das sich unangenehm mit Gottes Schöpfung überlappt. In den alten Tagen schlüpften oft Dinge durch, Monster und Drachen und Schlimmeres.

Als Arthur starb, verfrachteten sie ihn ins Feenland und versiegelten den Eingang, sodass er hinter dem Schleier gefangen war. Nun wurde der Schleier wieder aufgerissen, lange genug, dass Arthur zurückkehren kann.

Die Verlockung ist groß, jetzt aufzugeben. Der Schaden ist angerichtet. Der Schleier ist offen. Arthur wird mit all seiner über tausend Jahre aufgestauten Wut zurückkommen. Um sich für uralte Kränkungen zu rächen, an den Gefilden und den darin lebenden Menschen. Kay kann jetzt nur noch herzlich wenig tun, um das zu verhindern. Und selbst wenn er es könnte, ist es immer noch so, wie Merlin gesagt hat. Da steckt kein großes Ziel dahinter. Da ist keine Macht des Bösen, die überwunden werden muss. Kein Zeitenende, für das sein Schwert und seine Stärke benötigt werden.

Aber er kann immer noch versuchen, Mariam wiederzufinden. Sie zu retten, sie vor allem in Sicherheit zu bringen. Vor diesem Chaos, in das sie nur seinetwegen geraten ist. Wenigstens das kann er tun. Also zerrt er noch einmal an seinen Fesseln. Versucht, auf dem glitschigen Boden aufzustehen. Er muss einfach nur Mariam suchen. Und Merlin. Sie beide hier rausbringen, irgendwo in Sicherheit. Wenn er das schafft, bleibt noch ein bisschen Hoffnung in dieser Welt übrig.

Er versucht immer noch aufzustehen, als jemand in Lederhalbschuhen neben ihn tritt. Die Person lässt eine brennende Kippe fallen und drückt sie mit der Ferse in den Matsch.

»Hallo, alter Knabe«, sagt Marlowe. »Das war ja keine allzu gelungene Rettungsaktion, hm?«

Verachtung ballt sich in seinem Bauch zu einer Faust. Langsam dämmert ihm, dass das alles geplant war. Als es ihm gelingt, den Kopf herumzudrehen, sieht er, dass Marlowe und Morgan über ihm stehen. Marlowe wirkt unerträglich selbstgefällig. Morgan sieht wieder jung und majestätisch aus, wie die Königin der Raben. Sie hält den Stab in einer Hand und Caliburn in der anderen. Die Klinge ist voll Blut.

Die Hoffnung in Kays Herz stirbt. »Was hast du getan?«

»Nur das, was notwendig war«, sagt Morgan.

»Wo ist Mariam?«

Für einen Moment macht sie den Eindruck, als wolle sie ihm antworten. Doch dann wendet sie sich ab und geht zum Ufer, lässt ihn einfach zurück.

»Nur fürs Protokoll«, sagt Marlowe, »genau das passiert, wenn du dich für die falsche Seite entscheidest.«

Kay würde sehr gern aufstehen und Marlowe mit seinen eigenen Gedärmen strangulieren. Aber Marlowe entfernt sich, und ihm bleibt nichts anderes übrig, als ihm wütend hinterherzuschauen. Er versucht aufzustehen, doch es gelingt ihm nicht. Er fällt mit dem Gesicht zurück in den Schlamm.

Wo ist Merlin? Wo ist Barry? Hat man auch sie aus dem Fahrzeugwrack gezerrt? Oder sind sie mit dem Eiscremewagen untergegangen und ertrunken? Ein solcher Tod wäre eines Merlin Ambrosius unwürdig. So kann der Letzte der Druiden unmöglich seinen Geist aufgeben. Er muss noch am Leben sein. Aber wenn er am Leben ist, warum ist er nicht hier? Warum unternimmt er nichts?

Die Sachsen, die ihn bewachen, werden gerade abgelöst.

Weitere kommen vom Tor herunter und schleifen Gefangene hinter sich her. Reihen sie auf, um sie abzufertigen. Die meisten erkennt er als die Waliser aus Manchester wieder, aber es sind auch einige von Mariams Freundinnen darunter. Sie wehren sich mit Händen und Füßen gegen die Söldner.

Und plötzlich entdeckt er Mariam, die mit geschlossenen Augen auf dem Boden liegt. Willow beugt sich über sie, um ihr zu helfen, aber die Sachsen zerren sie fort. Auf dem Gras stehen Flugmaschinen, die darauf warten, die Gefangenen abzutransportieren.

Aber bei Mariam sparen sich die Sachsen die Mühe. Sie lassen sie einfach liegen, wo sie ist, würdelos, unbeaufsichtigt. Bleich und leblos.

Er kann sie nicht retten, wenn er gefesselt ist. Er kann ihre Freundinnen nicht retten. Er kommt nicht näher an sie heran, um zu schauen, ob es ihr gut geht. Er ruft ihren Namen, bis seine Kehle rau ist, aber sie antwortet nicht. Er schleppt sich über das Gras zu ihr hinüber, bis die Sachsen ihn aufhalten. Sie treten ihm in die Brust und den Bauch. Treten auf seine Hände. Schlagen ihm Gewehrkolben ins Gesicht.

Er lässt sich von ihnen prügeln. Es hat kaum noch Sinn, sich zu wehren. Er kann nichts mehr erreichen. Er kann genauso gut einfach sterben, bevor er sich wieder mit Arthur auseinandersetzen muss. In der Vergessenheit versinken. Sollen diese Sachsen ihn ruhig mit ihren Stiefeln und stumpfen Waffen erledigen.

Aber sie töten ihn nicht. Nach einer Weile heben sie ihn an den Achselhöhlen auf und schleifen seine Knie durch den Matsch. Werfen ihn wieder zu Boden, nicht weit vom Ufer. Dann steht ein weiteres Paar hübscher Schuhe neben ihm.

»Beim Leib Christi!«, sagt Lancelot. »Das tut mir leid, Kay.«

Kay rollt sich herum und grinst ihn verächtlich an. Von hier unten ist schwer zu erkennen, ob er es ehrlich meint oder nicht. Wie er da in Lederschuhen und cremefarbenem Anzug steht. Das Schwert an der Hüfte.

»Wusstest du darüber Bescheid?«, fragt er.

»Nein. Nicht bis vor etwa fünf Minuten. Ich … ich konnte nicht viel machen.«

»Wenn du davon gewusst hast, werde ich dich töten«, sagt er wutschäumend. »Ich werde dich bei lebendigem Leib häuten. Ich werde dir die Haut in Streifen abziehen.«

»Wir wurden reingelegt, Kay«, sagt Lancelot. »Wir beide. Bauern in einem viel größeren Spiel. Ich wusste nicht mehr darüber als du.«

»Hilf mir, es aufzuhalten.« Er hört die Verzweiflung in seiner Stimme, aber das ist ihm egal.

Lancelot seufzt. »Dafür ist es schon etwas zu spät, meinst du nicht? Er ist bereits unterwegs. Wollen wir hoffen, dass er in versöhnlicher Stimmung ist.«

Am Horizont verblasst die Albtraumfestung wieder zu nichts. Wie Nebel, der sich in der Sonne verflüchtigt. Man könnte sich fast einreden, dass es nur eine Illusion war. Aber das weiße Schiff ist immer noch da, und es driftet näher und näher. Inzwischen gleitet es durch das Wasser, als wäre es ein gewöhnliches Schiff. Die Sachsen haben sich am Ufer zu einer Ehrengarde aufgereiht, bereit für Arthurs Ankunft. Marlowe und Morgan stehen ganz vorne, direkt am Wasser, und unterhalten sich wie alte Freunde.

»Ich habe meinen Teil der Abmachung eingehalten«, sagt Morgan. »Ich verlasse mich darauf, dass du deinen einhältst.«

»Ein Wunder nach dem anderen«, sagt Marlowe. »Wir schaffen ihn nach Avalon, sobald wir hier fertig sind. Dann bearbeitest du ihn mit deinem Zauber. Um ihn auf unsere Seite zu bringen. Und wenn er zum König gekrönt wurde, kümmern wir uns darum, den Planeten zu retten.«

Kay spuckt Erde aus. Keine Möglichkeit, es aufzuhalten. Zumindest keine, die ihm einfällt. Er zerrt noch mal an seinen Fesseln. Hoffnungslos. Selbst wenn er sich befreien könnte, was dann? Sich erschießen lassen und erneut durch die Erde fallen? Würde er ein zweites Mal vor der Dunkelheit gerettet werden? Würde er dann zurückkommen und sich noch mehr in Eichenholz verwandelt haben? Dies könnte das letzte Mal sein, dass er auf Erden wandelt und Luft atmet, bevor er für immer in die Finsternis stürzt. Würde ihm noch eine Chance bleiben, würde er sie Mariam geben. Er richtet den Blick in den Himmel und fragt sich, ob Wyn irgendetwas tun kann. Aber vielleicht hat er ihre Gunst auch schon vollständig aufgebraucht.

Das Schiff kommt näher. Kay wartet und spürt, wie sich sein Herz zusammenzieht. Und dann sieht er seinen Bruder auf dem Bug stehen.

Er hat zwölf Dutzend Gefühle für Arthur, die wie ein Haufen Aale in seinem Bauch miteinander ringen. Er hasste das Baby Arthur, das sein Vater aus dem Krieg mitbrachte. Aber seine Zuneigung für den jüngeren Bruder wuchs. Und den rothaarigen Jüngling, der zum König wurde, liebte er.

Der Arthur, den er jetzt herantreiben sieht, ist weder das Baby noch der Jüngling noch der junge König Arthur. Es ist Arthur, der Kriegsherr, wie er in seinen letzten Jahren war. Arthur, der die Gefilde in zwei Hälften zerriss, weil er glaubte, seine Frau hätte bei anderen Männern gelegen. Und hier ist er nun, genauso gekleidet wie bei seinem Tod. Den Umhang aus Bärenfell auf den Schultern. Der Schuppenpanzer glänzt wie Drachenhaut. Die Goldkrone auf dem Haupt hält die Wellen seines kupferfarbenen Haars aus seinem Gesicht. Der geflochtene Bart. Der grimmige Ausdruck. Die leere Scheide an seiner Hüfte.

Das Schiff nähert sich dem Ufer und geht auf Grund.

Arthur steigt über die Seite, taucht bis zu den Schenkeln ins Flutwasser ein. Watet hungrig an Land. Dort fällt er sofort auf die Knie, greift sich eine Handvoll englischer Erde und schmiert sie sich ins Gesicht. Dann breitet er die Arme aus und sendet ein stummes Gebet an Gott.

Kay wartet darauf, dass Arthur ihn bemerkt. Lancelot kniet neben ihm nieder, genauso wie die Sachsen. Marlowe tut es ihnen gleich, gibt jedoch acht, dass er seine Hose nicht dreckig macht. Nur Morgan bleibt stehen. Sie treibt den Eichenstab in den Boden, sodass er aufrecht im Gras stecken bleibt. Dann geht sie los, trägt dabei Caliburn mit beiden Händen vor sich her. Sie balanciert die Klinge auf ihren offenen Handflächen.

Arthur bekreuzigt sich, bevor er aufsteht. Er greift nach dem Heft des Schwertes und nimmt es wieder an sich. Prüft sein Gewicht in der Hand. Blickt die Schneide entlang, um sich von seiner Schärfe zu überzeugen. Er führt ein paar Hiebe aus, als würde er langes Gras mähen. Als er zufrieden ist, steckt er es in seine alte Scheide zurück. Dann tritt er vor.

Kay blickt finster zu ihm auf, und Arthur starrt zurück. Sechzehn Jahrhunderte unausgesprochener Unterhaltungen, die jetzt innerhalb weniger Sekunden schweigend übermittelt werden. Alte Zuneigung, die bitter wurde und von Groll überlagert ist. Verachtung. Gegenseitige Enttäuschung. Als Arthur keine Lust mehr auf dieses stumme Gespräch hat, zuckt sein Blick zu Lancelot. Dann schnaubt er, zieht uralten Schleim in seinen Nasenhöhlen hoch.

»Also gut, Jungs«, sagt er. Diese tiefe, raue Stimme. »Was macht die Kunst?«

»Sire«, sagt Lancelot.

»Addy«, sagt Kay. »Lange nicht gesehen.«

Wieder die Gabe der fremden Zungen. Sie sprechen in tadellosem Altbritannisch miteinander, rau wie die Unterhose eines Eremiten, aber ihre Worte klingen in der Brise seltsam. All die alte Magie verzerrt und verwebt sie zu etwas anderem. Gott weiß, wie es für die Umstehenden klingen mag. Doch Arthur war nie ein Freund hochtrabender Worte, von römischer Redekunst, nicht einmal in den alten Tagen. Nun schnuppert er die Luft seines Königreichs, wie ein Bauer, der den Geruch von Schweinekot prüft. Blickt zu Avalon hinüber, dann wieder auf die Leute. Wirkt gar nicht begeistert.

»Kann nicht sagen, dass mir gefällt, was ihr mit dem Land angestellt habt«, sagt er.

»Das ist noch längst nicht alles«, sagt Kay.

Arthur sieht ihn mit gerunzelter Stirn an. »Warum bist du wie eine Sau gefesselt?«

»Na ja, ich …«

»Euer Majestät«, fällt Marlowe ihm ins Wort. »Dürfte ich der Erste sein, der Euch willkommen heißt, zurück in …«

Kay und Lancelot verziehen beide das Gesicht. Marlowe kennt die Regeln nicht. Arthur konnte es noch nie ausstehen, wenn jemand unaufgefordert das Wort ergriff. Er mochte es, wenn die Leute vor ihm knieten, weil es dann einfacher war, ihnen einen Anschiss zu verpassen. Genau das tut er jetzt scharf und plötzlich und staucht Marlowe so zusammen, dass nur noch ein röchelndes Bündel Gliedmaßen übrig bleibt.

»Verzeihung, habe ich dich gefragt?«, sagt Arthur. »Nein, verdammt, das habe ich nicht. Ein weiteres Wort, und ich reiße dir die Zunge aus dem Kopf und mache mir daraus einen Gürtel. Und wer sind all diese anderen Leute, verdammte Scheiße? Wo sind meine besten Ritter? Wo ist Gawain? Wo ist Bedwyr?«

Morgan tritt an Arthurs Seite. Schmiegt sich unter seinen Bärenumhang, eine Hand auf seinem Rücken, die andere flach auf seine Brust gedrückt. Kay hat fast vergessen, wie gut

sie in so etwas war. Ihr könnte es gelingen, seine Wut zu kühlen, bevor jemand einen Arm verliert.

»Mein Geliebter«, sagt sie, »es ist viel Zeit vergangen. Die
Gefilde sind nicht mehr, wie sie einst waren. Hab Geduld,
dann werde ich es dir erklären.«

Arthur blickt verächtlich auf sie herab, doch dann legt er
einen Arm um ihre Taille. »Sag mir nicht, ich soll geduldig
sein«, sagt er. »Ich war lange genug geduldig. Schließlich war
es deine kluge Idee, mich ins Feenland zu schicken. Hab ich
nicht vergessen.«

»Marlowe leistet uns gute Dienste«, sagt Morgan. »Du solltest seinen Rat beherzigen.«

»Euer Majestät«, sagt Marlowe ein wenig atemlos. »Britannien ist in ernster Gefahr. Ihr hättet zu keinem besseren Zeitpunkt zurückkehren können. Wir brauchen Euch, um in den
Gefilden wieder Ordnung herzustellen.«

Arthur nickt, als hätte er genau das erwartet. Es interessiert
ihn nicht, was das Problem ist. Er weiß bereits, dass er die
Lösung ist. Er hebt die Hand mit der Innenfläche nach oben.
Marlowe steht auf. Die Sachsen folgen seinem Beispiel. Nur
Kay und Lancelot knien weiter vor ihm, Lancelot aus uralter
Gewohnheit, Kay, weil seine Füße immer noch gefesselt sind.

»Ich brauche Männer, denen ich vertrauen kann«, sagt
Arthur und schaut auf sie herab. »Ihr beide habt mich in der
Vergangenheit verraten. Ihr hab mich gekränkt und Dinge ge-
tan, die ich euch nicht verzeihen sollte. Aber ich kenne eure
Gesichter. Ich kenne eure Herzen. Anders als bei diesem
Haufen Schwächlinge. Also möchte ich euch beide an meiner
Seite haben, wenn ihr mir Treue schwört. Werdet ihr wieder
an meiner Seite kämpfen? Mir helfen, dieses Land zu bän-
digen?«

Kay stellt sich vor, Arthur erneut zu dienen. Eine weitere
Schreckensherrschaft zu durchleben. Ganz Britannien mit

Krieg zu überziehen und ihn dann an fremde Küsten zu tragen. Arthurs Banner über brennenden Schlachtfeldern zu hissen. Noch mehr Chaos und Vernichtung, nach allem, was er schon durchgemacht hat. Während die Welt brennt und die Meere steigen und die Wälder sterben. Wyn würde voller Verachtung auf ihn herabschauen, würde er dem zustimmen. Aber vielleicht ist es besser als die Alternative, bis zum Ende der Zeit durch die Vergessenheit zu stürzen.

»Nun?«, fragt Arthur. »Gelobt ihr mir Treue?«

Schon wieder dieses Wort. Arthur hat stets Treue erwartet, aber er hat sie sich nie verdient, und er hat sie nie belohnt. Bei dem Gedanken stellen sich Kays Nackenhaare auf. Er muss mit den Zähnen knirschen. Und es reicht, dass ihm etwas Unverschämtes rausrutscht.

»Ich folge dir«, sagt Kay, »wenn du anfängst, auf mich zu hören. Meinen Rat zu beherzigen.«

Arthur wendet den Blick ab und schüttelt den Kopf. Er atmet tief ein und wieder aus. Zügelt seine Verärgerung. »Ich brauche deinen Rat nicht«, sagt er. »Ich habe ihn noch nie gebraucht. Ich brauche Männer, die tun, was ich ihnen sage.«

»Alles hat sich verändert, Addy«, sagt Kay. »Die Gefilde sterben. Wenn du König sein willst, musst du etwas dagegen tun.«

»Wenn die Gefilde sterben, liegt es daran, dass ich nicht hier war!«, erwidert Arthur. »Nach meiner Rückkehr wird das Land wieder gedeihen. Lancelot, gelobst du mir Treue?«

»Selbstverständlich, Sire«, sagt Lancelot.

Kay sträubt sich gegen seine Fesseln. Lancelots Loyalität ist weniger wert als Pech. Er hat seine Götter häufiger gewechselt als sein Unterhemd. Das kann Arthur doch nicht vergessen haben. Aber die Worte reichen ihm. Arthur nickt. Er schaut wieder Kay an.

»Schwöre mir Treue«, sagt Arthur. »Tust du es nicht, bist

du mein Feind, und ich werde dich nicht am Leben lassen. Diesen Fehler habe ich schon einmal begangen.«

Kay schluckt. Er starrt auf Arthurs Stiefel mit den halbmondförmigen Schnallen. Er kann sich nicht dazu überwinden, etwas zu sagen, ganz zu schweigen von einem Treueschwur.

Es war gut, als Arthur starb. Es klingt vielleicht schrecklich, so über den eigenen Bruder zu denken, aber es ist wahr. Damit hörte das Chaos auf – zumindest eine Weile. Es beendete den endlosen Krieg. Und so hätte es bleiben sollen. Arthur hätte in der Anderwelt bleiben sollen, hinter dem Schleier, weggesperrt bis zum Ende der Zeit. Kay sollte jetzt vor Mariam knien, die vielleicht wirklich etwas hätte verändern können. Nicht vor Arthur. Nicht schon wieder.

»Hier gibt es eine junge Frau«, sagt er. »Mariam, die sterben musste, um dich zurückzubringen. Sie hätte diese Aufgabe besser erfüllt als du. Sie hatte meine Loyalität. Aber nun ist sie tot.«

Arthur ist fassungslos. »Ein Mädchen? Britannien würde niemals die Schande ertragen, von einer Frau regiert zu werden.«

Kay lacht verächtlich und schüttelt den Kopf. Arthur auszulachen, war schon immer der schnellste Weg, ihn wütend zu machen. Daran hat sich wohl nichts geändert, wie es scheint.

»Wenn das deine Antwort ist«, sagt Arthur, »Lancelot: Beweise mir deine Treue, indem du meinem Bruder den Kopf von den Schultern schlägst.«

Lancelot steht auf. Kay verschafft Arthur nicht die Genugtuung, zu ihm aufzublicken. Er starrt auf den Boden, damit Lancelot eine größere Fläche Hals hat, um ihm den Kopf abzutrennen. Das alles macht irgendwie Sinn. Hätte irgendein Wahrsager ihm vor tausend Jahren erklärt, dass es Lancelot sein würde, der ihn zu guter Letzt vernichtet, hätte es ihn nicht im Geringsten überrascht.

Er hört, wie Lancelots Schwert aus der Scheide gleitet. Lancelots Stiefel bewegen sich auf der feuchten Erde, um einen besseren Stand zu haben. Man braucht die richtige Haltung für einen solchen Hieb, damit man genug Kraft hat, die Wirbelsäule zu durchtrennen. Kurz fragt er sich, was Lancelot wohl gerade durch den Kopf geht, aber er selbst hat schon genug Menschen getötet, um zu wissen, dass man in solchen Momenten kaum an etwas anderes denkt als an die praktische Durchführbarkeit. Das Gewissen schaltet sich erst viel später ein. Und bei Lancelot vielleicht gar nicht.

Besser die letzten paar Sekunden an etwas anderes denken. Es könnte ein guter Zeitpunkt sein, Gott um Vergebung zu bitten. Oder ein noch besserer Zeitpunkt, um den alten Göttern einen Schwur zu leisen – Herne oder Brigid oder sonst wem. Aber man kann nicht beides machen. Das war schon in den alten Tagen immer das Problem. Sich nach allen Seiten abzusichern.

Stattdessen denkt er an Hildwyn. Wie er sie zum ersten Mal sah, mit ihrem goldenen Haar. Die angespannte Hochzeit. Alles, was danach kam. Sie sagte, sie wäre lieber Nonne geworden, als einen Heiden zu heiraten. Dann sagte sie, es wäre ihre Christenpflicht, bei ihrem Mann zu bleiben und seine Seele zu retten. Sie fing an, bei seinen Witzen in den Himmel zu blicken, und konnte sich ihr Lächeln nicht verkneifen. Er erinnert sich, wie sie zum allerersten Mal in seiner Anwesenheit lachte. Wie sie sich den Mund mit einer blassen Hand zuhielt. Ein netter Gedanke, während Lancelots Klinge singend nach unten rauscht.

Doch dann ertönt eine Stimme, sie ruft Arthurs Namen. Merlin. In seinem nassen Mantel steht er über Mariam, mit einem Eichhörnchen auf der Schulter.

Einige Sachsen nehmen ihn ins Visier, doch Arthur hebt eine Hand, um sie aufzuhalten. Er ist noch keine Stunde wieder da, und schon erfüllen diese Männer ihm jeden Wunsch. So war es schon immer. Aber er wirkt unsicher. Er hat Soldaten, die bereitwillig seinen Befehlen folgen. Er hat seinen Bruder, der gefesselt vor ihm liegt. Er hat Morgan, die ihm ins Ohr flüstert.

»Arthur!«, ruft Merlin noch einmal. »Wenn du wieder König sein willst, musst du deinen Bruder am Leben lassen und auf seinen Rat hören. Du musst auf meinen Rat hören. Du musst dem Beispiel der jungen Mariam hier folgen. Die Gefilde haben sich verändert. Sie sterben an Gier und Bequemlichkeit und starrsinniger Ignoranz. Du musst dein Schwert gegen diese Dinge erheben, wenn du das Land vor der Vernichtung bewahren willst.«

Arthur schüttelt bereits den Kopf. »Ich brauche keine Ratschläge von irgendeinem mürrischen alten Pisse trinkenden Baumanbeter. Ich habe sie in den alten Tagen nicht gebraucht, und ich brauche sie auch jetzt nicht. Verzieh dich wieder unter den Stein, unter dem du dich versteckt hast.«

Merlin richtet sich auf und blickt ihn wütend an. »Wenn du keinen Finger rühren willst, um die Gefilde vor Gefahr zu retten, dann solltest du beiseite treten – und Platz für jemanden machen, der es tun will!«

Für einen ganz kurzen Moment scheint sich Mariam zu bewegen. Kays Herz schlägt schneller. Er ruft ihren Namen. Sie hat nur gezuckt, den Kopf ein wenig auf dem Boden gedreht. Aber das war genug. Ein Lebenszeichen.

Arthur blinzelt. Dann sieht er den nächsten sächsischen Söldner an und deutet auf das Gewehr in seiner Hand. »Ist das eine Waffe?«

»Ja, Sir«, antwortet der Sachse.

Arthur nickt. Er zeigt auf Merlin. »Zeig mir, wie sie funktioniert.«

Der Sachse zielt und feuert drei Kugeln ab.

Aber noch etwas anderes saust durch die Luft. Der alte Eichenstab hat sich aus dem Boden gelöst. Er fliegt in Merlins ausgestreckte Hand. Und dann setzt die Magie ein. Die Kugeln werden langsamer, bis sie nur noch dahinkriechen. Kay kann die einzelnen Patronenhülsen sehen, die aus dem Gewehr des Sachsen ausgeworfen wurden, wie sie nun im Schneckentempo zu Boden fallen. Er sieht, wie langsam die Erkenntnis auf Arthurs Gesicht dämmert. Wie sich seine Miene von kalter Gleichgültigkeit zu noch kälterer Wut ändert.

Merlins Bart knistert mit kosmischer Energie, er treibt den Stab in den Boden. Die Zeit verzweigt sich um ihn, wie ein gespaltener Regenbogen oder ein Fluss, der sich um einen Felsen teilt. Alle anderen werden von diesem Sog erfasst.

Was als Nächstes geschieht, bereitet Kay eine Art zeitliches Schwindelgefühl. Der Zeitstrom wird sichtlich aufgewühlt, auf Übelkeit erregende Weise, ist irgendwie gleichzeitig grün und orange und purpurn. Kay kann den Baum der Zeit sehen, wie er ihn noch nie zuvor gesehen hat. Es ist kein angenehmer Anblick. Er spürt, wie sich die Vergangenheit hinter ihm ausdehnt, durch einhundert Schlachten und halb so viele Auferstehungen, über seinen Tod und sein sterbliches Leben hinaus, bis zurück nach Caer Moelydd und Londinium und zum Moment seiner Geburt. Und er sieht, wie sich die Zukunft vor ihm erstreckt, durch seinen nächsten Tod und darüber hinaus. Er spürt, wie Lancelots Schwert herabfährt, um seinen Kopf abzutrennen. Doch das ist nur ein einzelner Tod, ein Zweig, der sich selbst beendet. Und es gibt noch Tausende von anderen Zweigen. Millionen. In den meisten sieht er die Welt brennen, bis die Luft unatembar und der Boden eine öde Wüste ist. Knochen, die zu Staub verglühen und keine Spur zurücklassen, dass hier jemals Menschen liefen und lebten und liebten. Doch auf einigen Zweigen gibt es noch

Hoffnung. Es gibt noch grüne Triebe. Dort leben immer noch Menschen, in Frieden.

Auf diesem Zeitstrang wird Merlin von einem Kugelhagel niedergemäht. Doch Merlin führt sie einen anderen Zweig entlang, fort vom Tod. Hin zu etwas anderem.

31

UND DANN SIND SIE ZURÜCK IM MATTEN LICHT von Merlins Höhle, wo die Luft nach Pilzen schmeckt. Für die Rückreise war kein verzauberter Eiscremewagen nötig. Nicht wenn Merlin den Stab in der Hand hält. Seine Augen leuchten noch vor Macht, sein Bart knistert mit magischer Energie. Staub umwirbelt ihn.

»O Mann, verdammte Scheiße«, sagt Barry. Das Eichhörnchen hängt immer noch an Merlins Schulter. Ihm scheint übel zu sein. »Ich habe jetzt genug von all diesem magischen Blödsinn.«

Kays Fesseln verwandeln sich in kleine Schlangen, die in die dunklen Winkel der Höhle davongleiten. Er ist frei. Er rappelt sich auf, greift nach seinem Schwert. Aber er sieht hier keine Feinde. Merlin hat keine Sachsen mitgenommen. Auch nicht Arthur oder Morgan oder Lancelot. Nur Mariam, die auf dem Boden der Höhle liegt, immer noch bleich wie der Tod. Sie atmet noch, ihre Augen sind geschlossen. Auf ihrem Bauch ist ein Verband, von Blut rot getränkt.

Kay geht in die Knie, um Mariam aufzuheben. Er legt sie auf die Polster eines schimmeligen alten Sofas, das zwischen Merlins anderem Krempel herumsteht. Dann blickt er auf sie herab, kratzt sich im Nacken, weiß nicht, was er sonst noch tun könnte. Er war nie ein Heiler. Nicht wie seine Frau.

»Wird sie wieder gesund?«, fragt er.

»Das spielt jetzt wohl kaum noch eine Rolle, oder?«, erwidert Merlin.

Er ist eifrig damit beschäftigt, seine Krempelhaufen in der Höhle zu durchwühlen. Manche Dinge wirft er achtlos beiseite, andere packt er in einen Pappkarton. Kay blickt ihn wütend an. Es ist erstaunlich, dass ihn Merlins Mangel an Mitgefühl nach so langer Zeit immer noch überraschen kann. Aber Merlin war schon damals voller Überraschungen.

»Warum nicht?«, fragt er. »Warum spielt es keine Rolle?«

»Weil dieser Zweig der Zeit ohnehin nicht mehr zu retten ist!«, sagt Merlin. »Verrottet und verdorben. Ohne jede Hoffnung.«

»Das kann nicht wahr sein«, sagt Kay. »Es muss doch etwas geben, das wir tun können.«

»Ich fürchte nein«, sagt Merlin. »Nachdem Arthur jetzt zurückgekehrt ist, wird es unmöglich sein, ihn zu überzeugen. Das solltest du besser als jeder andere wissen. Alles wird in Verderben und Vernichtung enden.«

»Also sollten wir Arthur unschädlich machen«, sagt Kay. »Wir ... können ihn noch einmal töten, wenn es sein muss. Ihn nach Avalon zurückschicken.«

Merlin schüttelt den Kopf. »Das wäre eine Vergeudung meiner Kräfte«, sagt er. »Ich muss meine Bemühungen hier aufgeben und zu einem anderen Zweig reisen. Vielleicht kann ich anderswo etwas Gutes bewirken. Vielleicht gehe ich tatsächlich weiter zurück und halte Konstantin auf ...«

»Aber was ist mit deinen Pilzen? Mit deinem Plan?«

»Macht jetzt alles keinen Unterschied mehr, fürchte ich«, sagt Merlin. »Zumindest nicht hier. Ich werde ein paar Proben mitnehmen. Es auf einem anderen Zweig des Baumes ausprobieren, wo noch etwas Hoffnung übrig ist.«

Kay spürt, wie ein heißer Zorn in ihm aufglüht, der gleiche

Zorn, den er empfunden hat, als er das letzte Mal hier war. »Also verschwindest du einfach? Du gibst die Welt einfach auf?«

»Nur diese spezielle *Version* der Welt. Mir ist klar, dass die Vorstellung von parallelen Quantenrealitäten deinen Horizont etwas übersteigt, aber bitte versuche Schritt zu halten.«

»Was ist mit uns? Mit all den Menschen, die hier leben?«

Merlin schnaubt verächtlich, als wäre das eine alberne Frage. »Versuch mal, den größeren Zusammenhang zu sehen, mein Junge! Auf diesem Ast des Baumes magst du verloren sein, aber auf einigen anderen bist du wahrscheinlich sehr glücklich. Tröstet dich das nicht ein wenig?«

»Nein, eigentlich nicht.«

»Wie du meinst.«

Merlin hebt einen kleinen, uralten und komplizierten Mechanismus aus Bronze auf. Er hält ihn sich ans Ohr und schüttelt ihn, um zu überprüfen, ob er noch funktioniert, bevor er ihn in den Karton wirft. Dann watet er tiefer in seinen Hort hinein, kramt in den Sachen und murmelt vor sich hin. Entscheidet sich, was er in jenem Zweig der Zeit brauchen wird, zu dem er reisen will. Kay wirft einen Blick auf Mariam auf dem Sofa, bevor er Merlin folgt. Er ist sich nicht sicher, ob er ihn zur Vernunft bringen oder erwürgen will.

»Du hast gesagt, dass es noch grüne Triebe gibt«, sagt er. »Dass Mariam etwas verändern könnte. Wenn wir dafür sorgen, dass sie am Leben bleibt.«

»Damals war es so«, sagt Merlin. »Da gab es noch grüne Triebe vor uns, aber dann haben wir einen anderen Weg eingeschlagen. Ins Verderben!«

»Trotzdem muss es doch noch eine Möglichkeit geben«, sagt Kay. »Wenn wir Mariam retten, kann sie vielleicht noch das Ruder rumreißen.«

»Nein!«, sagt Merlin. »Hoffnungslos. Völlig hoffnungslos.«

Kay kann es nicht mehr ertragen, Merlin zu folgen und zuzuschauen, wie er für seine Reise packt. Er greift nach seinem Arm, seine raue Eichenhand packt Merlins morsche alte Knochen. Er zwingt Merlin, sich umzudrehen und ihn anzusehen.

»Heile sie«, sagt er, »bevor du gehst, wo auch immer du hinwillst. Das ist das Mindeste, was du tun kannst. Mach zuerst, dass es ihr besser geht. Dann kannst du verschwinden.«

Merlin seufzt. Er wirkt genervt. Er will sich nicht aufhalten lassen. »Nun gut«, sagt er, »wenn du darauf bestehst. Wenn du so freundlich wärst, mich loszulassen ...«

Kay lässt ihn los, wider bessere Einsicht. Merlin stellt den Karton ab. Macht sich wieder auf den Weg durch das Lager zurück, zu Mariam.

An der Seite der Höhle befindet sich eine Art Zisterne, ein Fass, nicht aus Holz oder Eisen oder Stein, aus Plastik. Merlin scheint es dort platziert zu haben, um Wasser zu sammeln, das von irgendwo weiter oben an der Höhlenwand herabtröpfelt. Schwaches Licht scheint durch eine Lücke in den Steinen, im Lichtstrahl glitzert Staub. Das Wasser in der Zisterne ist seltsam klar, viel durchsichtiger und heller, als es sein sollte.

Merlin öffnet einen alten Koffer und holt einen Stoffbeutel raus. Als er ihn öffnet, zieht er etwas hervor, das Kay aus den alten Tagen wiedererkennt. Einen Kelch aus angelaufener Bronze. Zugleich gewöhnlich und außergewöhnlich. Viele Männer machten sich auf die Suche nach diesem Kelch, aus verschiedenen irregeleiteten Gründen. Die meisten von ihnen kehrten nicht zurück. Gut zu wissen, dass Merlin ihn in einem alten Koffer auf dem Boden seiner Höhle aufbewahrt.

»Nun denn«, sagt Merlin. Er taucht den Kelch in die Zisterne und holt ihn halb voll und tropfend wieder hervor. »Damit müsste es klappen.«

Kay nimmt ihn behutsam in beide Hände, als wäre der Kelch eine scharfe Bombe. Er trägt ihn vorsichtig zum Sofa, auf dem Mariam liegt, er will ihn nicht länger halten als unbedingt nötig. Er spürt Wassertröpfchen an seinen Fingern und versucht, nicht weiter darüber nachzudenken.

Soll er es über die Wunde gießen oder sie davon trinken lassen? Er entscheidet sich für Letzteres, geht vor dem Sofa in die Knie und setzt ihr den Rand des Kelchs an die Lippen. Leert langsam den Inhalt. Er hört keinen Engelschor singen, sieht kein himmlisches Leuchten einer göttlichen Intervention, aber er spürt, wie sich seine Nackenhaare aufstellen. Eine seltsame Energie durchströmt ihn. Dünne Rauchfäden steigen vom Verband an Mariams Bauch auf. Sie scheint sich leicht im Schlaf zu rühren. Ihr Gesicht sieht verwirrt aus, dann gelassen.

Kay blickt auf den Kelch in seiner Hand. Seine Gedanken bewegen sich in Richtungen, die nicht hilfreich sind. Hätte er diesen Kelch in den alten Tagen gehabt, als sein Haus niederbrannte, wäre vielleicht einiges anders abgelaufen. Hätte er damit einen Feuertod ungeschehen machen können?

Das Wunder dieses Augenblicks endet, als Merlin irgendwo in der Höhle etwas Schweres fallen lässt, das auf dem Boden zerschmettert. Kay seufzt und kehrt zur Zisterne zurück, wo er den Kelch auf einem kleinen Tisch neben dem Wasserfass abstellt. Es kostet ihn Überwindung, ihn dort stehen zu lassen. Es fühlt sich seltsam an, ihm einfach den Rücken zuzuwenden. Aber genau das tut er. Und folgt Merlin.

Tiefer in der Höhle wachsen auf einem weiteren Regal Pflanzen unter einem Streifen aus purpurnem Licht. Kleine Bäume in Säcken mit Erde. Merlin kniet daneben und schneidet Stecklinge. Ableger, die er woanders einpflanzen kann. Kay steht über ihm und wartet ab, bis er damit fertig ist. Doch es dauert nicht lange, bis er etwas Eigenartiges bemerkt. Eigenartig und erschreckend. Es sind zwölf Bäume. Vor jedem klebt am Regal ein Etikett, auf dem Merlin mit seiner krakeligen Handschrift einen Namen geschrieben hat. Gawain. Bedwyr. Tristan. Bors. Percival. Safir und Palamedes. Agravain und Caradoc. Lancelot. Galehaut.

Und Kay. Sein eigener Name.

»Was ist das?«, fragt er leise. Und fürchtet sich vor der Antwort.

»Hm?«, macht Merlin. »Habe ich dir nicht gesagt, dass ich Ableger von all euren Bäumen geschnitten habe? Jedenfalls habe ich sie hier herangezogen. Stell sie dir als Back-up-Kopien vor. Ein guter Zauberer hat immer einen Notfallplan.«

Back-up-Kopien. Kay schluckt langsam. »Wenn ich den irgendwo einpflanzen würde, würde ich ... würde es dann einen anderen ...?«

»Nun, das habe ich nie ausprobiert«, sagt Merlin. »Aber ja, das ist die Theorie! Schlau, oder?«

»Und du dachtest, es wäre in Ordnung, einfach so Back-up-Kopien von uns allen zu machen? Ohne uns vorher zu fragen?«

»Ich wüsste nicht, was ihr einzuwenden hättet. Schließlich bist du selbst schon eine Art Klon.«

Kay muss die Augen schließen. Langsam muss es doch gut sein? Es kann doch nicht noch mehr kommen, noch etwas anderes, das ihn noch näher an einen Nervenzusammenbruch bringt, von dem er sich noch schlechter fühlt. Aber die Frage liegt bereits auf seinen Lippen. Nicht dass er die Antwort wissen möchte.

»Ich bin was?«

Merlin lacht. »Du bist nicht der *Original*-Kay. Du bist ein Faksimile! Eine grobe Kopie. Jedes Mal, wenn der Zauber eine hinreichende Menge an Gefahr in den Gefilden bemerkt, spuckt er eine neue Version von dir aus. Er rührt dich aus allen Stoffen zusammen, die er finden kann. Jedes Mal eine neue Kopie. Ich hätte gedacht, das sei völlig offensichtlich.«

»Aber«, sagt er, »ich erinnere mich. Ich erinnere mich an den letzten Krieg. An den davor. An all die anderen Kriege. An die alten Tage. An Caer Moelydd.«

Merlin richtet sich auf und klopft sich den Staub von den Shorts. »Ja, sicher. Alles Teil des Zaubers. Andernfalls wärst nicht von allzu großem Nutzen, nicht wahr?«

»Wir sind …«, setzt er an. »Wir sind ersetzbar für dich. Richtig? Das waren wir die ganze Zeit. Und jetzt verpisst du dich einfach, um deine eigene Haut zu retten. Du wirst mich hier zurücklassen, in dieser Version der Welt, die zum Untergang verdammt ist. Mich und Lance. Nach allem, was wir für dich getan haben. Nach allem, was wir durchgemacht haben.«

»Ist grad kein guter Moment, um emotional zu werden.«

Kay kann sich nicht zurückhalten. »Du hast einfach … du hast nicht mal darüber nachgedacht, nicht wahr? Damals, vor so langer Zeit. Wie es für uns sein würde. Für mich und Lance und all die anderen. Du hast keinen Augenblick darüber nachgedacht, wie das für uns sein würde. Immer wieder zurückkommen und kämpfen. Immer wieder sterben, immer aufs Neue. Und wir alle haben mitgemacht, weil wir dachten, du hättest einen Plan für uns. Wir dachten, wir würden die Gefilde schützen. Menschen helfen. Die Welt verbessern.«

Merlin starrt ihn für eine ganze Weile verständnislos an. Dann hebt er eine schwache Hand und klopft ihm vorsichtig auf die Schulter.

»Ihr habt sehr wohl Menschen geholfen, mein Junge. Aber vielleicht nicht ganz so, wie ihr es euch vorgestellt habt. Es ist eine Schande, dass ihr all diese Unannehmlichkeiten auf euch nehmen musstet, aber … na ja, letzten Endes hat es sich gelohnt. Ich habe wichtige Daten daraus gewonnen! Vergiss das nicht.«

Kay starrt auf den Boden der Höhle, er kann Merlin plötzlich nicht mehr in die Augen schauen. Dann fällt ihm wieder ein, dass dies das letzte Mal sein könnte, dass er ihn sieht. Merlin, der ihn vom Haus seines Vaters fortbrachte und ihn etwas über die Welt lehrte, vor all den Jahren. Also zwingt er sich dazu, noch einmal in diese seltsamen Augen zu blicken. Da ist nicht viel Zärtlichkeit zu sehen. Nur Zögern. Verwirrung. Der Wunsch, schnell hier wegzukommen.

»Du kannst dich jetzt beruhigt zurücklehnen«, sagt Merlin. »Du hast deinen Beitrag geleistet. Du kannst hier nichts mehr tun. Ich werde deine Grüße an die Version von dir weitergeben, der ich als Nächstes über den Weg laufe!«

»Und was geschieht jetzt mit mir?«, fragt Kay. »Und mit allen anderen in dieser Welt? Wie wird es für uns enden?«

Merlin hat sich bereits abgewendet und schaut sich nicht mehr um. »Ich weiß es wirklich nicht«, sagt er. »Lebe wohl, Kay.«

Die Zeit verbiegt sich erneut. Sie verzweigt sich um Merlin herum. Eigentümliche Farben wirbeln in der Luft. Und dann ist Merlin fort. Der Staub senkt sich in ungewöhnlichen Spiralmustern herab. Nur der Eichenstab bleibt zurück und fällt klappernd auf den Boden.

Kay steht in der dunklen Höhle. Er blickt zu Mariam hinüber, die auf dem Sofa schläft. Dann lässt er sich auf die Knie fallen.

32

MORGAN SPÜRT, WIE SICH BEI IHR EINE MIGRÄNE ankündigt.

Es liegt nicht nur an Arthur, sondern auch an dieser Monstrosität, auf der sie sich befindet. Auf diesem profanen, klackernden Ding, das den Himmel und das Wasser und die Erde vergiftet. Ihre Seele sehnt sich nach Bäumen und Flüssen, nicht nach Bodenfliesen aus Silikon und Laken aus Polyester und elektrischem Licht. Es ist, als würde dieser Ort ihr die Magie aussaugen.

Sie starrt an die Decke, streicht geistesabwesend mit den Fingern über Arthurs Rücken. Er liegt halb auf ihr und schnauft wie ein Bär. Die Bettlaken sind von seinem Schweiß getränkt. Er riecht nach Kupfer und etwas Pilzigem. Nach etwas Ätzendem.

Sie möchte in Eselsmilch baden oder im Blut eines Basilisken, oder etwas ähnlich Extravagantem. Eine Tiefenreinigung. Wieder mit Arthur zu schlafen, erweckt einige sehr alte Bedürfnisse in ihr. Heutzutage müsste es Mandelmilch sein. Aber selbst Mandeln sind schlecht für den Planeten. Das hat sie im *New Yorker* gelesen.

In Ermangelung von Eselsmilch würde sie sich mit einer kalten Dusche begnügen. Doch dann erhebt sich Arthur und stapft zum Bad, kratzt sich dabei am Arsch. Er hustet und spuckt etwas ins Waschbecken, etwas Schwarzes und Übles, das seit tausend Jahren in seiner Kehle steckt. Dann pisst er bei offen stehender Tür.

Sie steht auf und zieht einen Bademantel an, der mit statischer Elektrizität knistert. Irgendeine Chemiefaser, die sie nicht auf der Haut haben möchte. Dann fängt sie an, auf dem Nachttisch einen Joint zu drehen.

»Hast du darüber nachgedacht, was ich dir gesagt habe?«, ruft sie ins Bad.

»Bei Christi nässenden Wunden, Weib«, grummelt Arthur. »Lass mich in Ruhe pissen.«

Morgan schließt die Augen und leckt am Blättchen. Sie könnte sich ins Bad schleichen, die Arme um ihn schlingen und seine Schulterblätter küssen. Er hat Schultern wie ein Ochse. Das würde ihn vielleicht in eine aufgeschlossenere Stimmung versetzen. Aber sie hat schon genug für ihn getan, seit sie an Bord der Avalon-Plattform gegangen sind. Sie hat keine Energie zum Schleichen übrig.

»Dir missfallen meine neuen Berater?«, fragt er aus dem Bad.

»Ja«, sagt sie. »Marlowe und seine Freunde handeln nicht in deinem Interesse. Du umgibst dich mit Feinden und Idioten.«

»Sie sind die reichsten Männer in den Gefilden«, sagt er. »Sie befehligen große Armeen. Sie haben mächtige Freunde in fremden Ländern, in Übersee.«

»Das sind nicht die Eigenschaften, nach denen ich einen Berater aussuchen würde«, sagt sie.

»Nein?«, schnauft er. »Und nach welchen Eigenschaften würdest du sie aussuchen?«

»Treue«, sagt sie und dreht sich zum Bad herum. »Und Tapferkeit. Lass Kay noch einmal kommen. Hör auf seinen Rat. Er ist tapfer genug, dir die Wahrheit zu sagen.«

Arthur lacht. Es klingt verbittert und unfreundlich. Er

blickt sich nach einem Krug oder einer Schale um, aus der er sich Wasser über die Hände gießen kann, aber er findet nichts. Er weiß nicht, wie man die Wasserhähne bedient und wozu das Waschbecken da ist. Stattdessen wischt er sich die Hände an einem Handtuch ab, während er nackt im Durchgang steht.

»Treue?«, fragt er. »Ich habe ihm die Chance gegeben, seine verdammte Treue zu beweisen. Er hat sie mir vor die Füße geworfen. Und ich habe auch nicht vergessen, dass er mich einst verraten hat. Er kam nicht, als ich ihn brauchte. Er ist der wahre Feind der Gefilde. Nicht diese neuen Männer.«

Morgan bittet die alten Götter um die Kraft, jetzt nicht die Augen zu verdrehen. Sie lächelt, stützt sich auf dem Ellbogen ab und bemüht sich, noch betörender auszusehen. Was sie alles für Britannien tut. In den alten Tagen versuchte sie, dabei an das Wohl der Menschen im Gefilde zu denken. An all die einfachen Frauen, die sie vor den Gefahren des Krieges und der Hungersnot retten konnte, wenn sie den König bei Laune hielt. Wenn sie auf dem richtigen Kopfkissen das Richtige sagte. Jetzt denkt sie dabei an wildes Gras und die Flüsse und die Bäume. Die alle bald verschwunden sein werden, wenn sie Arthur nicht davon überzeugen kann, sie zu retten.

»Dann Merlin«, sagt sie. »Lass ihn kommen. Ruf ihn zu dir.«

Arthur schüttelt den Kopf. »Der alte Narr. Er wollte mich in die Falle locken. Er hat mich in die Anderwelt verbannt. Er dachte, er könnte Britannien ohne mich beschützen. Jetzt schau dir an, in welchem Zustand es ist. Das ganze verdammte Land ist vor die Hunde gegangen. Wäre ich früher zurückgekommen, hätte ich es gar nicht erst so weit kommen lassen. Das ist alles seine Schuld. So viel zur Weisheit der Druiden.«

Sie erkennt, wie peinlich ihm der Zustand der Gefilde ist. Wie wütend es ihn macht, wie sehr es sein Selbstbewusstsein untergräbt. Die Vorstellung eines mächtigen Albions hat ihm immer gute Laune bereitet. Britannien, Eroberer Irlands, Feind der Sachsen, in Gallien und Rom gefürchtet. Alles nur Fiktion, aber eine reizende Fiktion. Er sprach darüber, Byzanz zu plündern. Der schnellste Weg, ihm gute Laune zu machen, war es, ihn Arturus Rex oder Arthur Augustus zu nennen. Aber die Vorstellung eines bedeutungslosen Britanniens hat die gegenteilige Wirkung. Ein kleines, geschrumpftes Land. Über das man in anderen Ländern lacht. Die Schlange, die ihren eigenen Schwanz frisst. Das bringt ihn in Rage.

»Sie sagen mir, Britannien ist erheblich geschwächt«, fährt Arthur fort. Er gießt sich mehr Wein nach. »Eine Zeit lang hatten wir wohl ein Imperium, das sich über die ganze Welt erstreckte. Bis nach Indien! Das haben diese Männer mir erzählt. Doch dann ist es in Trümmer zerfallen. Sie wollen, dass ich es wiederaufbaue. Dass ich die Glorie dieser Inseln erneuere. Diese Idee gefällt mir.«

»Du kennst sie nicht«, sagt sie. »Du warst lange nicht hier. Sie wollen sich nur bereichern. Sie wollen dich benutzen, um die Herzen des Volkes zu gewinnen. Sie werden dich umschmeicheln und betören und dir ein Imperium geben, aber du wirst ihnen die ganze Welt geben. Und sie werden sie zerstören.«

Arthur steht am Fußende des Betts, trinkt Wein und schüttelt den Kopf. »Ich habe sie danach gefragt. Nach den Sachen, die du mir erzählt hast. Sie sagen, das ist alles Unsinn. Im Winter gibt es immer noch Schnee. Und wir müssen diese Kraftstoffe verbrennen, um unsere Kriegsmaschinen in Gang zu halten. Das haben sie gesagt. Warum hat Gott dieses Zeug in den Boden getan, wenn er nicht wollte, dass wir es nutzen?«

Sie blinzelt zweimal, während sie sich eine Antwort überlegt. »Vielleicht, um uns auf die Probe zu stellen?«, sagt sie. »Um uns in Versuchung zu führen. Und wenn wir ihr nachgeben, haben wir seine Prüfung nicht bestanden. Wenn wir die Schöpfung zerstören.«

Arthurs Gesicht wird ernst und mürrisch. Dass er jetzt auf ihre Brüste starrt, ist nicht so wichtig. Sie hat es geschafft, ihm diesen Gedanken in den Kopf zu setzen. Das Geschwür des Zweifels. Arthurs Furcht vor dem christlichen Gott war schon immer eine gutes Mittel, ihn zur Vernunft zu bringen und seine wilden Leidenschaften zu zügeln.

Sie kriecht auf den Knien über das Bett und legt die Arme um seinen Hals. Küsst seinen übel riechenden Bart, starrt hinauf in seine dunkelgrünen Augen. Das Grün eines Waldes, tief und einladend, voller Hirsche, die gejagt, und Bestien, die getötet werden müssen.

»Dein Land ist überflutet und stirbt«, sagt sie. »Und diese Männer sind der Grund dafür. Lügner und Heuchler, die die Luft vergiften. Du solltest sie ins Meer werfen. Wie Saint Patrick, als er Irland von Schlangen säuberte.«

Er erwidert ihren Blick nicht, sondern starrt auf den Boden. Nachdenklich. Empfänglich. »Und was sollte ich stattdessen tun?«, fragt er.

Sie beißt ihm sanft ins Ohr und flüstert: »Herrsche mit mir an deiner Seite. Sei der Retter von Britannien. Der Retter aller Schöpfung. Verdiene dir Gottes Gunst auf ewig. Ich werde dir zeigen, wie.«

Sein Blick wird härter. Sie spürt, wie sich seine Schultern anspannen. Sie hat etwas gesagt, das ihm missfällt.

»Die einzige Schlange hier bist du«, erwidert er, packt ihr Handgelenk und schubst sie weg, zurück aufs Bett. Dann starrt er bedrohlich auf sie hinab. »Eine Schlange an meinem Ohr, die Gift flüstert. Wie immer. Und ich habe dich in mein

Schlafgemach gelassen. An meine Brust. Du hast mich verhext, Verführerin! Ich werde mir kein weiteres Wort von dir anhören.«

Er kippt den Wein hinunter und kämpft sich in seinen Kittel, den er am Vorabend achtlos auf den Boden geworfen hat. Dann brüllt er das Computersystem in der Decke an, wie man es ihm gezeigt hat. »Oberon! Ruf meine Berater zusammen!«

»Okay«, sagt Oberon durch die Deckenlautsprecher. »Ich rufe deine Berater.«

Morgan bleibt liegen, krallt sich an den Bettlaken fest, so fest, dass ihre Knöchel ganz weiß werden. Sie könnte sich all ihren Zorn zunutze machen und ihn für etwas zutiefst Profanes verwenden, Arthurs Gedärme in Aale verwandeln oder Fliegen beschwören, ihre Eier in seinen Augen abzulegen. Stattdessen zieht sie ihren Bademantel zu und sammelt ihre Rauchutensilien ein. Sie will nicht halb nackt hier rumhängen und sich von Marlowes Freunden schon wieder herablassend behandeln lassen.

Er hat ihr nicht gesagt, dass sie gehen soll, aber sie geht trotzdem. Diese Monstrosität hat acht Stockwerke voller Luxusapartments. Arthurs neue Privatsuite nimmt das gesamte achte Stockwerk ein, er hat sogar einen eigenen Balkon. Die ganze Westwand besteht aus Schiebetüren aus Glas. Als Morgan eine aufdrückt, strömt Wind und der Geruch von Erdöl herein. Sie zieht eine finstere Miene und schließt die Tür hinter sich. Dann ist sie allein, in der brütenden Hitze, und starrt hinaus auf das überflutete Marschland.

Aber auch hier draußen findet sie keine Ruhe. Sie hört, wie die Erde aufgebohrt und besudelt wird. Wie Kraftstoff verbrannt wird und die Generatoren sich drehen. Diese Plattform ist genau das, was sie in der Welt zerstört sehen möchte. Und sie besitzen die Dreistigkeit, sie Avalon zu nennen.

Sie tritt ans Geländer, schließt die Hände um ihr Feuerzeug und versucht im kalten Wind krampfhaft, ihren Joint anzuzünden, bis sie sich daran erinnert, dass der Schleier offen ist. Sie kann es sich wieder leisten, Magie für kleine Annehmlichkeiten zu verschwenden, wie sie es in den alten Tagen getan hätte. Sie wirft das Feuerzeug in die Tiefe. Dann schnippt sie mit den Fingern, und eine gekräuselte Flamme tanzt schmerzlos auf der Kuppe ihres Daumens. Damit zündet sie den Joint an und zieht den Rauch tief in ihre Lunge, während sie die Hand schüttelt, bis die Flamme verschwunden ist.

Ein Funke an der richtigen Stelle würde diese ganze Monstrosität in die Luft jagen. Es wäre schön, sie zu zerstören, sie in Flammen aufgehen zu lassen. Sie könnte nach Anwyn fliehen und Zuflucht beanspruchen. Soweit sie weiß, ist ihr Onkel Gwyn immer noch König des Feenvolks. Sie könnte die Welt der Menschen dem Feuer und dem Gemetzel überlassen.

Aber das würde ihrer Sache nicht dienen. Damit würde sie weder die Bäume noch die Felder retten, noch die Frauen in den Gefilden.

Nachdem sie ein paar Züge genommen hat, wirft sie den Joint über das Geländer. Dann öffnet sie ihren Bademantel und schüttelt ihn ab. Sie lässt ihn vom Wind fortwehen, und es ist ihr ziemlich egal, ob Arthur oder seine Berater sie durch die Fenster sehen können.

Sie wartet, bis der Wind aus dem Osten weht, in ihren Rücken. Dann steigt sie über das Geländer und lässt sich wie ein Stein fallen.

Im Sturz wachsen ihr sofort Federn auf dem Rücken. Und bevor sie den Marschboden erreicht hat, sind ihr Flügel gesprossen. Ihre Augen werden schärfer, ihre Nase wird zu einem spitzen Schnabel. Und dann ist sie ein Rotmilan, der auf dem Wind reitet, über das Wasser segelt.

Sie könnte einfach noch eine Weile kreisen, bis sich ihre Stimmung gebessert hat. Sie könnte durch den Schleier schlüpfen und nach Anwyn fliegen. Dort müsste sie sich keine Gedanken um ihre Gestalt oder Erscheinung machen. Sie könnte einfach ein Feengeist sein, fünfdimensional, unbegreiflich für den menschlichen Verstand. Aber dann müsste sie mit den anderen Feen reden, ihnen ihre lange Abwesenheit erklären, und darauf hat sie keine Lust. Noch nicht.

Sie neigt ihren Schwanz und macht einen Bogen, gleitet auf Land zu. Erde. Britannien. Sie kreist über dem Marsch. Segelt dahin, nähert sich der Wasseroberfläche. Dort könnte es etwas zu essen geben, einen Fisch, auf den sie sich stürzen könnte, um ihn mit den Greifern aus dem Wasser zu schnappen. Sie könnte ihn ans Ufer bringen und seine Innereien mit dem Schnabel zerfleischen. Das hätte etwas Therapeutisches.

Doch die Marsch wirkt eigenartig leer, selbst als sie immer tiefer geht. Keine Fische oder Aale oder sonst etwas. Keine Reiher, die im Schilf nisten. Das Wasser wirkt einladend. Vielleicht möchte sie schwimmen, sich von Arthur und der Ölbohrplattform und der Korruption reinigen. Vielleicht ist es im Wasser leichter, Beute zu finden. Ihre Federn werden zu einem dichten Fell, glänzend und geschmeidig. Ihr Schnabel wird zu einer Schnauze mit Schnurrhaar. Sie taucht als etwas Otterartiges ins Wasser, nicht ganz feenhaft oder menschlich oder tierisch, sondern eine Verbindung aus allen dreien.

Das Wasser fühlt sich sofort falsch an. Rau und säuerlich auf ihrem Pelz. Glatt. Ätzend. Es brennt in ihren Augen und ihrer empfindlichen Nase. Sie will nicht länger als nötig durch diese ölige Brühe schwimmen. Sie schwimmt mit voller Kraft zum Ufer, muss dafür mit ihrem ganzen Körper wild zappeln, von der Nase bis zum Schwanz. Kämpft sich durch Schilf und eine dümpelnde Ansammlung von Plastikflaschen, bis sie Schlamm unter den Klauen spürt. Sie kriecht an Land und schüttelt sich, um trocken zu werden und die Verschmutzung loszuwerden. Aber sie bleibt, klebt an ihrem Fell.

Sie nimmt wieder Menschenform an und wirft ihr Otterfell ab, als wäre es ein Pelzmantel, auf den sie keine Lust mehr hat. Steht mit menschlichen Füßen auf einem durchweichten Landstreifen mitten in der Marsch. Die Sonne brennt auf ihrer nassen Haut.

Sie kann immer noch die Monstrosität sehen, die in der Ferne in den Himmel ragt und die Erde vergiftet. Es ist hier draußen niemand, der sie gesehen haben könnte, als sie wie eine halb ertrunkene Katze aus dem Wasser kroch, aber trotzdem ist es ihr peinlich, und sie fühlt sich irgendwie dämlich. Sie stellt sich ein Kleid vor und zaubert es herbei, lässt es sich über ihre Haut ausbreiten und bindet es um die Taille zu.

Auf diesem Landstreifen steht ein verwitterter Baumstumpf, sie setzt sich drauf und versucht, das ölige Wasser aus ihrem Haar zu quetschen. Während sie so dahockt und nachdenkt und wringt, sieht sie eine Gestalt, die sich aus dem Wasser erhebt. Ein vertrautes Gesicht, scharfe Zähne, gelbe Augen, silbrige Haut.

Ein paar Minuten später sitzen sie zusammen da und rauchen. Nimue ist halb im Wasser und halb auf dem Ufer, planscht mit dem Schwanz, macht sich nicht die Mühe, ihre Flossen zu verbergen. Morgan fällt auf, dass sie nicht allzu gesund aussieht. Ein weißlicher Belag hat ihre Schuppen überzogen.

»Du hast es wieder mit ihm getrieben, oder?«, fragt Nimue.

Morgan zuckt mit den Schultern. »Ist mir nicht peinlich.«

»Du hast mir gesagt, du wärst mit ihm fertig. ›Ich gehe nicht mal mehr in seine Nähe‹, hast du gesagt.«

Morgan runzelt die Stirn. »Ja, vielleicht habe ich das gesagt. Anno Domini 521. Aber das war damals, und jetzt ist jetzt.«

»Es ist mir egal, wie lange es her ist, meine Liebe. Er hat dich gar nicht verdient. Die Sterblichen haben eine Redensart für so etwas.«

»Kann ich mir vorstellen«, sagt Morgan. »Aber für Sterbliche ist es einfach. Wenn sie schwören, nie wieder mit jemandem schlafen zu wollen, dann müssen sie sich nur achtzig Jahre oder so daran halten. Dann sind sie tot. Es ist viel schwieriger, sich von jemandem fernzuhalten, wenn beide ewig leben.«

»Das ist eine beschissene Ausrede«, sagt Nimue. »Außerdem ist er immer noch dein Cousin. Ich weiß, dass ich das schon eine Billion Mal gesagt habe, aber es bleibt grenzwertig.«

»Es ist notwendig«, sagt sie und hebt das Kinn. »Zum Wohl der Gefilde.«

»Ja, meine Liebe, rede dir das nur weiter ein. Ich dachte, du hast einen Plan? War es dein Plan, bis zum Weltuntergang Arthur zu vögeln?«

Morgan pustet ihren Frust mit einem rauen Seufzer raus. Mit der Hand, die nicht ihre Zigarette hält, drückt sie sich den Nasenrücken. Ihr Plan war, ihn wieder auf den Thron zu bringen und ihn dann zu benutzen, um den Planeten zu retten. Wenn sie ihn überzeugen könnte, würde er vielleicht was Nützliches machen. Ein paar Bäume pflanzen. Ein paar Ölbarone ins Meer werfen. Solche Sachen. Aber diese Barone haben ihn fest im Griff. Es gibt keinen klaren Weg zur Rettung der Menschheit. Kein hoffnungsvolles Licht, das durch die Dornen scheint. »Aber wegen dieser jungen Frau habe ich wirklich ein schlechtes Gewissen«, sagt sie. »Die arme Mariam. Es wäre das Blutvergießen wert gewesen, wenn Arthur tatsächlich auf mich gehört hätte, aber jetzt ...«

Nimue raucht eine Weile schweigend, bläst den Rauch durch ihre schleimigen Kiemen aus. Dann schüttelt sie den Kopf. »Von dir hatte ich Besseres erwartet, weißt du.«

Morgan sieht sie stirnrunzelnd an. »Warum?«

»Ich meine nicht, dass du ihn gevögelt hast. Das ist eher typisch für dich, wenn ich das so sagen darf. Aber ich meine ... du willst den Planeten retten, und deine beste Idee ist, dir *irgendeinen Macker* zu holen, der alles in Ordnung bringen soll?«

»Er ist Arthur Pendragon, nicht ›irgendein Macker‹.«

»Jetzt hör mir mal zu«, sagt Nimue. »Arthur Pendragon ist die Personifizierung von *nur irgendein Macker*. Er glaubt, dass er die Krönung der Schöpfung ist, aber das ist er nicht. Er ist ein übler Drecksack. Du kannst ihn so lange um deinen kleinen Finger wickeln, wie du willst, aber du kannst nicht ändern, was er ist.«

Morgan versucht gar nicht erst, ihre Verwirrung zu verbergen. »Aber du hast ihm doch damals das Schwert gegeben!«, sagt sie. »Du hast in seine Seele geblickt und ihm Caliburn gegeben. Wenn du das nicht gemacht hättest, wäre er nie König geworden.«

»Ich habe ihm das Schwert gegeben, weil Merlin es mir gesagt hat«, widerspricht Nimue. »Er meinte, das wäre die einzige Möglichkeit, die Gefilde vor Gefahr zu retten. Und damals habe ich Merlin noch vertraut. Aber es stellt sich raus: Merlin war auch nur irgendein Macker.«

Ein Wind weht von irgendwo im Westen über die Marsch heran. Er bringt einen fauligen Staub mit sich, den er von der Wasseroberfläche aufgenommen hat. Morgan schließt die Augen gegen die Schmutzteilchen und fragt sich, wie sie so etwas zulassen konnte, diese vollständige Verheerung der Welt. Sie hat es schon vor langer Zeit in Visionen gesehen. Sie hat alles versucht, um es aufzuhalten. Man sollte meinen, eine

Zauberin mit ihren Fähigkeiten hätte etwas Konkreteres unternehmen können, um die Welt zu retten. Aus Magie geboren. Enkeltochter der Feenkönigin. Nicht dass sie es nicht probiert hätte. Sie hat in unterschiedlichsten Erscheinungen verführt und verzaubert und Magie eingesetzt. Aber es schien nie eine nennenswerte Wirkung zu haben. Ihre Mühen haben nicht die geringste Spur hinterlassen, hier an diesem widerlichen Ort. Fünfzehnhundert Jahre verschwendete Mühe. Sie hätte ihre Unsterblichkeit genauso gut schon vor langer Zeit aufgeben können. Die Farce beenden. Damit ihre Knochen zu Staub zerbröckeln können. Auf lange Sicht hätte es keinen Unterschied gemacht.

»Ich bin müde«, sagt sie und nimmt einen weiteren langen Zug von der Zigarette.

»Ich bin völlig im Arsch«, sagt Nimue. »Aber jetzt müssen wir das durchziehen, schätze ich. Schließlich hängen wir schon so lange mit drin. Wäre eine Schande, das Ende zu verpassen.«

Morgan zieht die Knie näher an die Brust. »Was glaubst du, wie es enden wird?«

Nimue schnauft. »Menschen sind Menschen. Sie sind gierig. Sie werden alles verbrennen, und wenn ihnen die Nahrung ausgeht, werden sie sich gegenseitig die Schuld geben. Und das wird das Ende sein. Und wir können nichts dagegen tun.«

Morgan stellt sich vor, wie es sein wird, das mitzuerleben. Es zu überleben. Durch eine ruinierte Welt zu wandeln. Wozu? Ohne irgendetwas, das sich noch retten ließe. Selbst wenn sie über die Asche herrschen würde, wäre sie die Königin von gar nichts.

»Ich dachte, das hier würde klappen«, sagt sie. »Das mit Arthur. Aber jetzt bin ich mir nicht mehr so sicher.«

»Hättest du mich mal gefragt. Hätte dir gleich sagen können, dass es nicht klappt.«

Nimue bekommt einen Hustenanfall und kann nicht mehr aufhören. Feuchte Geräusche, krächzend und furchtbar. Ihre Kiemen blähen sich. Morgan schaut besorgt zu. Können Götter an solchen Gebrechen sterben? Nimue ist nur eine niedrige Gottheit, wenn man das große Ganze anschaut. Die Göttin der britischen Flüsse, Seen, Süßwasserbäche und Wattflächen. Wenn das Wasser vergiftet ist, ist es Nimue vielleicht auch.

Morgan starrt auf die Monstrosität am Horizont und findet immer neue Gründe, sie zu verabscheuen. Ein widerliches Durcheinander aus Kränen und Türmen und Schornsteinen, die in der Hitze ihrer Abgase flimmert. Nicht nur eine Quelle der Umweltverpestung, sondern eine schwarze Festung für die schuldigsten Männer der Welt, die, deren Gier diese ganze Schweinerei überhaupt am Laufen hält. Sie dachte, Arthur würde sie nach seiner Rückkehr wegfegen. Vielleicht war es dumm von ihr, so etwas zu erwarten. Sie hätte wissen müssen, dass die Reichen Marlowe in ihrer Tasche haben. Nicht ganz der standhafte Staatsdiener, als der er sich immer ausgegeben hat. Nicht so sehr auf das Wohl der Gefilde bedacht, wie er ihr weisgemacht hat. Dafür sollte er büßen.

Und vielleicht gibt es eine Möglichkeit, dafür zu sorgen, dass er büßt. Die Situation hat einen Vorteil, den sie bislang übersehen hat. All diese schuldigen Männer befinden sich am selben Ort.

»Vielleicht«, sagt sie, »könnten wir beide uns zusammentun und unsere Magie kombinieren ...«

Nimue brummt skeptisch. »Und was dann?«

»Dann könnten wir der Sache eine neue Richtung geben.«

»O nein«, sagt Nimue. »Kay hat das auch schon bei mir probiert. Ich lasse mich da nicht reinziehen.«

Morgan runzelt die Stirn. »Was wollte er von dir?«

»Dass ich dieses Ding kaputt mache«, sagt Nimue und deutet über das Wasser. »Ich habe ihm erklärt, sogar wenn ich's tue, würde es nicht den geringsten Unterschied machen.«

»Aber du könntest es?«, fragt Morgan.

Nimue wendet den Blick ab und zuckt mit den Schultern. Starrt aufs Wasser. In den Himmel. Und dann auf die Monstrosität in der Ferne. »Vielleicht«, sagt sie. »Warum? Was schwebt dir vor?«

Morgan erlaubt sich ein Lächeln. Sie müsste für eine Weile zurück auf die Anlage, wenn dieser Plan eine Aussicht auf Erfolg haben soll. Noch ein paar Tage lang Arthurs Ego bauchpinseln und sich unter den Schlangen aufhalten. Aber wenn es gelingt, wäre es den Preis wert.

»Ich hätte da ein paar Ideen ...«

33

MARIAM WACHT AUF EINEM SCHIMMELIGEN SOFA auf, an einem Ort, der sich kalt anfühlt und übel riecht. Als sie die Augenlider öffnet, sieht sie über sich eine gewölbte Decke, die seltsam beleuchtet und mit Schleim überzogen ist.

Sie stöhnt leise. Nur ein einziges Mal würde sie gern in einem schicken Hotelzimmer oder so aufwachen. Irgendwo, wo es sauber ist.

Das Sofa ist feucht von Schweiß oder Luftfeuchtigkeit. Ihr Mund fühlt sich trocken wie Leder an. Vielleicht findet sie was zu trinken, wenn sie aufsteht und sich umschaut. Aber sobald sie versucht sich zu bewegen, spürt sie einen schmerzhaften Stich im Bauch. Sie presst die Augen zusammen und lässt den Kopf auf das Sofa zurückfallen, versucht, nicht ohnmächtig zu werden. Mit zusammengebissenen Zähnen reitet sie auf den Wellen des Schmerzes, bis ihre Ohren aufhören zu klingeln und ihr Herz aufhört zu hämmern.

Sie führt eine Hand unter ihr Hemd und erwartet, dort einen Verband zu finden. Aber da ist nichts, keine Bandage, keine offene Wunde. Nur Narbengewebe, als wäre alles schon vor Monaten verheilt.

Vielleicht ist das so. Vielleicht lag sie im Koma oder was auch immer, und die letzten paar Tage mit der ganzen kranken Scheiße sind gar nicht wirklich passiert. Das würde eine

Menge Sinn ergeben. Sie wurde an der Fracking-Anlage bei Preston von einem Söldner angeschossen, und Regan hat ihr die Kugel aus dem Bauch geholt. Jetzt ist sie in irgendeinem Unterschlupf der FETA, um sich zu erholen. Alles andere war nur ein Fiebertraum. Sonst müsste sie glauben, dass Regan sie erstochen hat, um König Arthur zurückzuholen. Sie müsste glauben, dass Dando von einem Drachen getötet wurde. Das sind genau die Art Sachen, die man halluzinieren würde. Sie lässt die Hand von der Seite des Sofas baumeln, falls Dando herübertrotten und ihre Finger lecken möchte. Aber er kommt nicht, weil er gar nicht hier ist.

Als sie sich erneut bewegt, ist sie vorsichtiger und versucht, ihren Unterleib nicht mehr als nötig zu belasten. Es tut zwar trotzdem weh, aber sie schafft es, sich aufzurichten. Sie sitzt auf dem Sofa, eine alte Decke um sie gewickelt. Sie schnuppert daran und verzieht das Gesicht.

Jemand schnarcht im Zwielicht. Sie greift nach einer Waffe an ihrer Hüfte, die nicht da ist. Doch dann sieht sie, dass es Kay ist. Er schläft in einem schweren Polstersessel mit dem Kopf auf der Schulter, auf seinem Schoß döst ein Eichhörnchen. Er trägt nur seinen Kittel und hat seinen alten Umhang wie eine Decke über sich gelegt. Derselbe Umhang, den er im Kleidercontainer im Preston-Lager zurückgelassen hat. Hat er ihn von dort zurückgeholt?

Kurz ist sie erleichtert, Kay zu sehen. Doch dann kehrt die altbekannte Furcht zurück. Wenn Kay hier ist, sind die ganzen irren Sachen doch passiert. Der Drache und alles andere. Regan hat sie erstochen, und Kay hat sie nicht daran gehindert. Die Erleichterung verwandelt sich in Wut. Warum hat er nichts unternommen?

Vielleicht hat er es. Sie kann sich kaum an die Ereignisse erinnern. Sie lag auf dem Steinboden im Turm, in Glastonbury. Starrte zum quadratischen Stück Himmel hinauf. Sie erinnert sich an einen alten Mann, der über ihr stand. Der Himmel hinter ihm sah seltsam aus. Er war die Art von altem Mann, die man manchmal in Klimaprotestlagern sieht, der Drogen verkauft und ständig was von spiritueller Energie faselt. Runzlig, bärtig und harmlos, aber völlig irre. Sie kann sich an seine Augen erinnern. Sie waren hypnotisierend, strahlend und merkwürdig und mehrfarbig.

Sie muss etwas trinken, also steht sie mit zittrigen Beinen auf. Sie schließt die Augen, bis die Schwindelgefühl-Welle wieder nachlässt. Dann lässt sie die muffige Decke auf dem Sofa zurück und macht sich auf die Suche nach Wasser.

Als sie den Raum erkundet, wird sie davon kein bisschen schlauer, was das für ein Ort ist. Es ist wie eine Mischung aus einem wissenschaftlichen Labor und einem Geschäft für Antikmöbel – die Art Laden, die immer wirkt, als wäre es eine Tarnung für etwas anderes. Hier gibt es Glastanks voll seltsamer Pflanzen, die sie sich lieber nicht genauer ansehen möchte. Wasser rinnt durch Rohre und unter Regalen entlang, wie in einer Weltraumkolonie, aber nirgendwo Wasserhähne, aus denen man trinken könnte. Schließlich findet sie eine randvolle Regentonne, die Wasser von irgendwo weiter oben sammelt. Auf dem Tisch daneben steht ein schmutziger alter Kelch, den sie nimmt und ein paarmal ausspült. Dann füllt sie ihn und trinkt. Das Wasser schmeckt besser, als sie erwartet hat, kühl und klar und metallisch. Es lässt sie an Mondlicht denken.

Sie füllt den Kelch noch mal und geht zu Kay hinüber, um ihm etwas davon anzubieten. Aber er schläft und schnarcht immer noch. Ihre Stiefel stoßen klirrend gegen etwas, das neben seinem Sessel am Boden liegt: eine leere Schnapsflasche. Sie rümpft die Nase. Und beschließt, Kay das Wasser stattdessen über den Kopf zu schütten.

Das Eichhörnchen zwitschert und flüchtet in einen fernen

Winkel der Höhle. Kay wird schlagartig wach, ein panischer Ausdruck in den Augen, und greift nach einem Schwert, das nicht da ist. Der Umhang rutscht ihm hinunter, und Mariam hört sich selbst erschrocken Luft holen.

»O Gott!«, sagt sie. »Was ist mit deiner Hand passiert?«

Kay blinzelt den Schlaf aus seinen Augen. Er starrt Mariam an, dann auf seine rechte Hand. Sie sieht falsch aus, hat eine harte Kruste. Grün und stellenweise büschelig. Grüne Triebe wachsen daraus hervor, wie frische Baumzweige. Er spannt die Finger an und verzieht das Gesicht, dann versteckt er die Hand wieder unter seinem Umhang.

»Wo sind wir?«, fragt sie. »Wo sind meine Freundinnen?«

Kay stöhnt. Wahrscheinlich holt ihn die Flasche ein, die er geleert hat. Er senkt den Kopf und reibt sich die Augen. Seine linke Hand sieht einigermaßen normal aus. Nichts wächst, das dort nicht wachsen sollte.

»Wir sind in Merlins Höhle«, sagt Kay. »Er hat uns hierhergebracht.«

Mariam presst die Lippen zusammen und atmet tief durch die Nase ein. Sie hat soeben die Grenze ihrer Aufnahmefähigkeit für legendäre Gestalten erreicht.

»Ach so«, sagt sie. »Super. Schaut als Nächstes Robin Hood vorbei, oder ...?«

Kay reagiert genervt, als wäre das eine alberne Frage. »Nein, der ist schon seit Jahrhunderten tot.«

»Ach ja, richtig, *Entschuldigung*«, sagt sie. »Wie dumm von mir! Hilft uns Merlin, den Planeten zu retten?«

»Nein, er ist ... weg«, sagt Kay. »Er hat uns hier zurückgelassen.«

»Großartig! Wo sind meine Freundinnen?«

Kay brummt. »Die Sachsen haben sie mitgenommen.«

Das tut fast mehr weh, als erstochen zu werden. Fast, aber nicht ganz. Sie muss kurz still dastehen, bevor sie weitersprechen kann. Sie wünscht sich inständig, dass ihre Schwestern zumindest noch am Leben sind. Nichts von alldem wäre ohne sie auch nur ansatzweise erträglich.

»Und was ist der Plan? Wie holen wir sie zurück? Was machen wir?«

Kay stemmt sich aus dem Polstersessel hoch und schiebt sich an ihr vorbei, versucht, die Fragen mit seiner eigenartigen Hand abzuwinken. Sie bleibt verständnislos stehen. Beobachtet, wie er angeschlagen durch die Höhle taumelt. Als er die Regentonne erreicht, legt er die Hände auf den Rand und taucht den Kopf unter Wasser, um wach zu werden. Er bleibt so lange unten, dass sie sich ein bisschen Sorgen macht, ob er ertrinken könnte. Erst als sie einen halben Schritt auf ihn zugeht, kommt er prustend hoch, schüttelt den Kopf. Dann steht er eine Weile schnaufend da, während das Wasser an seinen Rastalocken hinunterrinnt und zurück in die Tonne tropft.

»Im Augenblick ist der Plan«, sagt er, »dass wir hierbleiben. Und warten, bis deine Wunde ganz verheilt ist. Du brauchst Ruhe. Zeit, dich zu erholen.«

»Also gut«, sagt sie. »Und was dann? Was machen wir, wenn ich wieder gesund bin? Wie retten wir meine Freundinnen?«

»Urks«, sagt Kay, als würde sie ihn anwidern. Als wäre er von ihr genervt.

Sie geht zu ihm hinüber, zögerlich und verwirrt. »Du musst doch einen Plan haben«, sagt sie. »Wir müssen Arthur und Regan aufhalten, oder?«

»Das spielt jetzt keine Rolle mehr«, sagt Kay. »Nichts spielt mehr eine Rolle.«

Er steht da und reibt sich die Augen. Sie kann nicht fassen, dass er so etwas sagt. Er ist verkatert, aber es muss noch mehr dahinterstecken. Als sie ihn genauer betrachtet, bemerkt sie andere Anzeichen, dass mit ihm etwas nicht stimmt. Blätter im Haar. Merkwürdige harte Flecken im Gesicht.

»Für mich spielt es immer noch eine Rolle«, sagt sie.

»Wir können nichts tun. Merlin sagt, es gibt keine grünen Zweige mehr. Nichts, was wir tun können, um die Welt zu verbessern. Es ist zu spät.«

»Ich fass es nicht!«, sagt sie. »Du gibst einfach auf? Wegen irgendeinem Glückskeksquatsch, den dein Freund dir verzapft hat?«

»Er ist Merlin. Allsehend, allwissend, all der Blödsinn. Wenn er sagt, dass es hoffnungslos ist, dann ist es hoffnungslos.«

Er kramt in einem alten Schrank und sucht etwas. Schließlich zieht er eine Glasflasche hervor, die aussieht, als hätte sie dort seit einer Million Jahre Staub angesetzt. Nachdem er die Spinnweben abgewischt und den Korken mit den Zähnen herausgezogen hat, schnuppert er daran und verzieht das Gesicht. Aber er trinkt trotzdem davon und schneidet eine Grimasse. Kehrt zu seinem schimmeligen Sessel zurück und setzt sich wieder rein. Das Eichhörnchen kommt aus der Deckung und klettert an der Rückenlehne hinauf. Kay bietet ihm einen Schluck an.

»Aber du bist du«, sagt sie. »Du bist Kay. Das ist doch dein Ding: Du kommst zurück, wenn England dich braucht? Du kommst zurück und rettest die Welt, wenn sie wieder einmal gerettet werden muss. Wenn du die Welt nicht rettest, wer soll es dann tun?«

»Weiß der Himmel«, sagt Kay. »Ich nicht. Ich habe die letzten tausend Jahre damit verbracht, England vor Gefahr zu retten. Da habe ich mir doch wohl ein bisschen Urlaub verdient.«

Mariam merkt, dass sie zittert, vor Schock oder Wut oder etwas dazwischen. Ihr Bauch schmerzt, aber sie ist zu sauer, um sich jetzt Gedanken darüber zu machen. Sie würde ihm gern die Flasche aus der Hand reißen und sie ihm über den Kopf ziehen.

»Weißt du, wer keinen Urlaub machen kann?«, fragt sie ihn. »Meine Freundinnen, die von den Söldnern eingesperrt wurden und vermutlich in diesem Moment gefoltert werden. Oder die Leute in Manchester, die ihr Leben aufs Spiel setzen, weil sie an ihre Sache glauben. Oder all die Kinder in Flüchtlingslagern überall im Land, die nicht wissen, wo sie ihre nächste Mahlzeit herkriegen. Die haben keine Chance, Urlaub zu machen. Sie alle warten darauf, dass sich die Welt ändert. Sie warten auf jemanden, der aufsteht und diese Regierung stürzt, damit danach etwas anderes kommen kann. Sie warten auf eine neue Welt. Sie sterben, während sie darauf warten. Und du willst ihnen nicht helfen? Du willst hier einfach nur auf deinem Arsch sitzen und Bier trinken?«

Kay hat die Augen geschlossen. Er sieht gebrochen aus, wie er so mit hängenden Schultern dasitzt und die Flasche locker in der seltsamen Holzhand hält. Dann schüttelt er langsam den Kopf.

»Es tut mir leid, Mariam«, sagt er. »Wirklich. Ich weiß nicht, was du von mir erwartet hast, als wir uns das erste Mal begegnet sind, aber was auch immer es war ... ich werde nicht auf magische Weise den Planeten retten. Ich bin nur irgendein modriger alter Sack, der nicht weiß, was er tut. Ich hätte schon lange tot sein sollen. Mir sind die Ideen ausgegangen. Ich bin zu nichts mehr zu gebrauchen. Also kann ich genauso gut einfach hier sitzen und es geschehen lassen, was auch immer mit mir passiert. Und zu einem Baum werden.«

»Ist dir klar, wie erbärmlich das ist?«, fragt sie. »Wie erbärmlich du gerade klingst? Aufgeben hat überhaupt nichts Nobles.«

Kay legt die Hand vor die Augen. »Ich bin müde«, sagt er.

»Ich bin fertig. In mir ist nichts mehr übrig. Wenn du trotzdem losziehen und deine Freundinnen retten willst, nur zu. Ich wünsche dir viel Glück. Aber es gibt nichts, womit ich dir helfen könnte.«

Mariam starrt ihn an, die Hände an den Seiten zu Fäusten geballt. Das Blut kocht in ihren Wangen. Ein Teil von ihr möchte ihn anschreien, mit den Fäusten auf ihn einprügeln, etwas suchen, womit sie ihn niederknüppeln kann. Stattdessen dreht sie sich um und geht weg, durch diese Höhle, wohin auch immer sie führen mag. Sie will all den Krempel hinter sich lassen. Irgendwo etwas frische Luft schnappen.

Im Höhleneingang steht ein alter Eiswagen, dahinter ein Metalltor, das jemand eingetreten hat. Dann ist sie im Freien, mitten in einem Wald, an einem Abend, der wärmer ist, als er zu dieser Jahreszeit sein sollte. An der frischen Luft fühlt sie sich kein Stück besser, weil sie nicht frisch ist. Sie schmeckt nach Asche und Verschmutzung. Sie muss sich ihr Halstuch über die Nase ziehen.

Sie könnte einfach in den Wald laufen. All diesen Wahnsinn endgültig hinter sich lassen. Um zu versuchen, irgendwo ihr eigenes Leben zu führen. Sie weiß von anderen Lagern, die Hilfe brauchen, von anderen Kommunen, denen sie sich anschließen könnte, falls sie nicht abgebrannt, geplündert und zerstört wurden. Um irgendwo den Boden zu bestellen und nicht an die größere Welt zu denken. Um Kay zu vergessen. Um zu vergessen, dass sie dieses Schwert genommen und diesen Drachen getötet hat und fast die Königin von Wales geworden wäre.

Doch dann denkt sie an ihre Freundinnen, die irgendwo eingesperrt sind. Die Saxons halten sich an keine Gesetze. Müssen sie nicht. Sie foltern Gefangene, sie exekutieren Terroristen, und sie genießen es. Mariam kann nicht zulassen, dass so etwas mit Willow und Teoni und den anderen geschieht. Sie könnte nicht damit leben, sie im Stich zu lassen. Zu wissen, dass sie nicht mal versucht hat, sie zu retten.

Also bleibt sie vorerst. Sie geht eine Seite des Tals zwischen den Bäumen hinauf und sucht eine Stelle, wo sie sich hinsetzen kann. Weiter oben liegt ein vermodernder Baum, der ein großes Loch in den Hang gerissen hat, als er umgestürzt ist. Dort setzt sie sich in die Mulde und lehnt sich mit dem Rücken an die kalte Erde. Starrt hangabwärts und denkt nach.

Ganz allein die Avalon-Plattform zu stürmen, würde vermutlich nicht viel bringen. Sie ist sich nicht einmal sicher, wie sie das anstellen sollte. Diese riesigen Standbeine, die keinen Halt bieten, um daran hochzuklettern. Die Anlage bei Preston hat sie zuvor mehrere Wochen lang ausgekundschaftet. Sie kannte den Aufbau, den Zeitplan der Wachen und die richtige Stelle für die Sprengsätze. Und sie hat es trotzdem geschafft, alles zu verpatzen. Über die Avalon-Plattform weiß sie gar nichts. Sie würde blind hineingehen. Ein großartiger Plan, wenn sie vorhat, sich erschießen zu lassen. Und ihre Freundinnen sind vielleicht gar nicht dort. Vielleicht wurden sie zu irgendeinem Geheimstützpunkt der Saxons gebracht. Oder sogar zu ihrem Hauptquartier in Amerika, um sie dort zu exekutieren. Vielleicht wurden sie längst getötet und im Meer entsorgt ...

Das ist alles nur ihre Schuld. Sie hätten einfach in Wales bleiben können, mit dem Schwert. Sie hätte versuchen können, eine Anführerin zu sein. Aber Regan bot ihr einen Ausweg an, der zu verlockend war, um ihn abzulehnen. Hätte sie sich mehr Mühe gegeben, sich der Herausforderung gestellt und sie durchgestanden, dann wären ihre Freundinnen vielleicht immer noch in Sicherheit. Vielleicht wären sie dann noch am Leben.

Von hinter ihr kommt ein Geräusch, als würde jemand durch die Nase ausatmen. Ihr erster Gedanke ist, dass die

Söldner sie aufgespürt haben. Sie dreht sich so, dass sie in der Mulde kauert, und versucht, den stechenden Schmerz im Bauch von ihrer plötzlichen Bewegung zu ignorieren. Sie lugt über die Kante, hangaufwärts, von wo das Geräusch kam.

Ein riesiger Hirsch mit enormem Geweih steht zwischen den Bäumen. Er scheint sie bemerkt zu haben, steht wie erstarrt da und schaut zu ihr herunter, genau in ihre Augen. Er ist wirklich gewaltig, größer als sie, würde sie sich zu ganzer Größe aufrichten. Sogar größer als Kay, selbst ohne das Geweih. Er hat struppiges braunes Fell um den Hals, bestimmt zu warm für dieses heiße Wetter.

»Hallo«, sagt Mariam.

Der Hirsch rührt sich nicht. Er blinzelt nur einmal.

»Willst du ... mit mir reden?«, fragt sie.

Das würde passen. Nach dem Drachen und König Arthur und allem anderen. Ein sprechender Hirsch. Vielleicht ist er so etwas wie ein Hirschgott. Allein der Gedanke ist vermutlich haram, aber sie ist längst über den Punkt hinaus, sich deswegen Sorgen zu machen. Was würde ihre Pflegemutter dazu sagen, wenn sie es wüsste? Über ihre Tochter, die im Wald mit einem Hirschgott spricht.

»Hör mal«, sagt sie, »wenn du hier bist, um mir zu erklären, was ich tun soll, oder um mir die Weisheit des Waldes oder so zu geben, dann bringen wir es einfach hinter uns.«

Der Hirsch sagt nichts. Er steht da und starrt auf sie herab, als könnte er sie nicht leiden. Als hätte er jemand anderes erwartet. Oder vielleicht bildet sie sich das alles nur ein.

Sie seufzt. Dann steht sie auf. Streckt den Rücken und ballt die Hände zu Fäusten. Sie nimmt einen tiefen Atemzug und versucht, ernst zu wirken, während sie dem Hirsch genau in die Augen starrt.

»Ich bin Königin Mariam«, sagt sie mit voller Stimme. »Die Königin von Wales. Die Königin des Waldes! Und ich fordere dich auf, zu mir zu sprechen und mir zu sagen, wie ich die Welt retten kann!«

Die Augen des Hirsches weiten sich ängstlich. Er senkt nicht den Kopf und fängt auch nicht an zu sprechen. Er weicht einfach ein paar Schritte vor ihr zurück.

»Nein, tut mir leid!«, sagt sie. »Alles gut. Geh nicht. Sag mir einfach nur, wie ich meine Freundinnen retten kann!«

Doch der Hirsch dreht sich um und geht durch den Wald davon, steigt ohne besondere Eile über die Wurzeln hinweg. Er zeigt weder Furcht vor ihr noch Interesse, bei ihr zu bleiben.

Mariam lässt sich zurück in die Mulde sinken und schlägt die Hände vors Gesicht. Wenn sie lange genug wartet, wird vielleicht ein anderes Tier kommen, ein sprechender Fuchs oder Bär oder was auch immer. Aber ihr ist klar, wie idiotisch der Gedanke ist. Warum erwartet sie Hilfe von Tieren? Warum bittet sie einen zufällig aufgetauchten Hirsch, ihre Probleme zu lösen? Warum wartet sie darauf, dass Kay oder Merlin oder irgendein anderer alter Wichser mit seinem Zauberstab herumwedelt und alles in Ordnung bringt? Roz hatte recht mit dem, was sie über Helden gesagt hat. Darüber, sich auf andere Leute zu verlassen. Es wäre nett, wenn sie sich einfach zurücklehnen und sich von einem sprechenden Hirsch erklären lassen könnte, was zu tun ist. Es wäre so viel einfacher, als sich selbst etwas zu überlegen. Aber das wird nicht geschehen.

Es ist genauso wie mit dem Drachen, den sie getötet hat. Wenn sie die Welt retten will, muss sie es selbst machen.

34

LANCELOT KANN SICH NICHT ENTSCHEIDEN, WAS er anziehen soll. Die Krönungsfeier soll zwei Abende dauern und findet auf der Avalon-Plattform statt. Übermorgen wird man Arthur auf Glastonbury Tor die Krone aufsetzen. Wenn es nur ansatzweise so ist wie die Gelage in den alten Tagen, dürften sie die Zeit zwischen jetzt und dann mit Fressen, Ficken und Kotzen verbringen.

Es spielt eigentlich keine Rolle, wie man sich zu einem solchen Anlass kleidet. Aber das Kettenhemd und die dicke Kriegsjacke möchte er nicht tragen. Nicht zu einem Festmahl. Er erinnert sich an einen Bliaut, den er vor tausend Jahren besaß, hellrot, mit weiten Ärmeln, mit gestickten und verflochtenen Bändern verbrämt. Dazu hätte er lange Strümpfe und einen Mantel aus Marderfell angelegt, der an der Schulter befestigt wird. Aber diesen Bliaut hat er nicht mehr. Er hat nicht einmal seine Offiziersjacken aus den letzten paar Kriegen. Und er kann schlecht nur dafür nach Chingford zurückflitzen.

Also gibt er sich mit einem moderneren Look zufrieden. Weißer Smoking, roter Kummerbund, Hemd mit offenem Kragen, Schwert am Gürtel. Sollte irgendwer ihm vorwerfen, er hätte gegen die Kleiderordnung verstoßen, kann er ihn so wenigstens abstechen.

Marlowe trägt einen klassischen schwarzen Smoking mit Fliege, hat sich ganz für den Spion-Look entschieden. Lancelot kann nicht behaupten, es würde ihm nicht stehen. Bevor sie gemeinsam zur Feier aufbrechen, bewundern sie sich gegenseitig in Marlowes Suite. Marlowe rückt ihm die Aufschläge zurecht.

»Ich bin mir nicht sicher, ob ich immer noch das Durchhaltevermögen für Krönungsfeiern habe«, räumt Lancelot ein.

Marlowe legt ihm eine Hand auf die Schulter und drückt sie leicht. »Wir können früher gehen, wenn du möchtest. Für einen Schlummertrunk hierher zurückkommen ...«

»Die Idee gefällt mir«, lügt er.

»Ich bin froh, dass du bei uns bist«, sagt Marlowe. »Eine Zeit lang hatte ich mir Sorgen gemacht, du könntest ein Gewissen entwickelt haben.«

Lancelot zwingt sich zu einem Lächeln. »Wohl kaum.«

Dann gehen sie gemeinsam los. Raus in die klimatisierten Korridore, in denen bereits einige Leute unterwegs sind, die ein seltsames Sammelsurium an Garderoben tragen. Niemand weiß so richtig, wie man sich für die Rückkehr von König Arthur kleiden soll. Die Saxons haben bizarre Ausgehuniformen an, azurblaue Jacken mit goldenen Aufschlägen und zu vielen Borten. Alle anderen nehmen vorlieb mit schwarzem Smoking und langem Talar und Cocktailkleid mit Pailletten, aber auch mit muffigen, alten Sachen. Alle Arten von Wämsern und Bliauts und Spitzhauben, wie Kostüme in einem Theaterstück. Immer wieder blockieren Gruppen den Korridor, die Arm in Arm dastehen und Fotos von sich machen.

Sie alle haben dasselbe Ziel, eine große Konferenzhalle, die für diesen Anlass in einen Bankettsaal verwandelt wurde. Von Feuerschalen erhellt und mit dem Pendragon-Banner behangen. Bei diesem Anblick wird Lancelot angst und bange. Das letzte Mal, dass er dieses Banner sah, war an der Spitze einer Armee, die gegen ihn marschierte. Der schlichte Drachenkopf im Profil, der einen mit einem hungrigen Auge anstarrt. Mit offenem Maul und gebleckten Zähnen, bereit, einen in zwei Stücke zu zerbeißen.

Man hat den Runden Tisch hergeschafft, von wo auch immer er bis jetzt gelagert wurde. Er kann geviertelt und auseinandergenommen und dann wieder aufgebaut werden. In den alten Tagen trugen sie ihn auf Arthurs Reisen von einer Methalle zur nächsten. Sie schleppten ihn auf Ochsenkarren durch Gwynedd und Powys und Dumnonia. Und jetzt ist er hier. Es gibt noch andere Tische, lang und mit grünem Tuch, für Leute, die der Aufmerksamkeit des Königs nicht würdig sind. Der Runde Tisch ist für Ehrengäste reserviert.

Arthur sitzt auf seinem alten Platz, die Beine gespreizt, einen Ellbogen auf die Rückenlehne gestützt. Vorläufig noch ungekrönt. Rote Locken fallen ihm auf die Schultern. Jemand hat ihn überzeugt, seine Rüstung gegen eine Militärjacke mit einer Schärpe um die Hüfte auszutauschen, aber er trägt Caliburn am Gürtel. Er sieht aus, als sei ihm langweilig. Die anderen Plätze sind von Marlowes Freunden belegt, Vertreter der Ölindustrie, der Medien und der Söldnerarmeen. Die guten alten protestantischen Männer. Der Chef von Saxons ist da, mit bewaffneten Schlägern, die sich hinter ihm und in jeder Ecke der Halle postiert haben. Mit den Söldnern auf seiner Seite steht Arthurs Legitimität außer Frage. Gerade gibt es eine Art Gerangel um seine Gunst. Demütige Bittsteller. Die Regierung des Landes besteht jetzt aus König Arthur und allen, die seine Aufmerksamkeit länger als eine halbe Minute halten können. Ganz wie in den alten Tagen.

Lancelot wird ein bisschen schlecht, und dabei hat er noch gar nichts getrunken.

Arthur scheint sich zu freuen, ihn zu sehen, und winkt ihn mit einem kräftigen Arm herüber. »Lancelot! Ich möchte dich zu meiner Rechten haben, nicht diese kinnlosen Saesnegs. Steh auf, du fette Sau! Mach Platz für einen wahren britannischen Krieger.«

Arthur stößt dem Mann die Faust in Oberarm und Rippen, bis dieser den Stuhl räumt und Lancelot den Platz übernehmen kann. Es folgt eine allgemeines Umsetzen. Irgendwie gelingt es Marlowe, sich geschmeidig an übernächster Stelle zu platzieren. Morgan sitzt zu Arthurs Linken und wirkt in ihrem wunderschönen Kleid etwas verloren. Sie begrüßt Lancelot mit einem dünnen Lächeln.

Lancelot überlegt immer noch, ob er zurücklächeln soll oder nicht, als Arthur ihm einen Humpen hinstellt und ihn dann bis zum Rand mit Wein füllt. Er schlägt eine Hand auf Lancelots Schulter und starrt ihm ins Gesicht. Er hat schon eine ziemliche Fahne. Lancelot hat vergessen, wie unglaublich groß er ist, wie breit seine Schultern sind, wie dick sein Hals ist. Ein Bart wie ein Herbstwald. Arme wie Stahlseile.

»Sie sagen, Britannien hätte ein Imperium aufgebaut, während ich schlief«, sagt Arthur. »Größer als Rom. Wir herrschten über Indien. Wir herrschten über Länder auf der anderen Seite der Welt. Ist das wahr?«

»Für eine Zeit lang, ja«, antwortet Lancelot. »Aber dann ... haben wir sie zurückgegeben.«

Arthur schnauft. »Na, das war aber verdammt dumm von uns, nicht wahr? Sobald diese Rebellen besiegt sind, schicken wir Schiffe los, um unser Imperium neu zu errichten. Ich werde dich zum König von Indien machen.«

Lancelot schluckt. »Ich bin mir sicher, dass ich diese Ehre nicht verdient habe, Sire.«

»Blödsinn«, sagt Arthur. »Sei nicht so eine Schwuchtel. Ich habe dir vergeben. Du wirst mit einer Armee nach Indien gehen. Du wirst König sein. Du wirst reich sein. Dann zahlst du mir Tribut. Zuerst diese Rebellen, dann Indien.«

Einige der Ölbarone schlagen mit den Händen auf den Runden Tisch. Lancelot starrt auf die Platte. Das uralte Holz, auf dem jetzt billige Papierservietten liegen. Er war schon einmal in Indien, während des Raj. Er erinnert sich, wie wunderschön das Land war. Wie er im kühlen Schatten Gin getrunken hat. Doch er weiß, dass es sich verändert hat. Er hat in einer von Marlowes Zeitungen darüber gelesen. Man leidet dort schwerer als anderswo unter den steigenden Temperaturen. Er wird König eines Indiens sein, wo die Flüsse ausgetrocknet sind und die Städte geröstet werden und die Menschen um sauberes Wasser kämpfen.

»Beabsichtigst du ...«, beginnt er. »Beabsichtigst du, etwas für die Umwelt zu tun, mein Lehnsherr?«

Damit hat er sich selbst überrascht. Morgan wirkt ebenfalls erstaunt, aber positiv. Marlowe räuspert sich vorsichtig. Arthur blinzelt ihn an wie ein Jäger, der in der Ferne einen Elch entdeckt hat.

»Für was?«, fragt Arthur.

»Er meint den Planeten, mein Liebster«, wirft Morgan ein. »Was ich dir vorher schon erzählt habe.«

Arthur stöhnt aus tiefster Kehle. »Gott bewahre mich! Ich dachte, ein vollblütiger Britannier wie du würde das als die Scheiße erkennen, die es ist. Erzbischof, erklär es ihm.«

Am Tisch sitzt ein Priester in einer Mischung aus Taucherausrüstung und liturgischem Gewand. Stola und Chorhemd, Schnorchel und Schwimmbrille. Es ist nicht das Verrückteste, das Lancelot gesehen hat, seit er wieder auf den Beinen ist, aber es landet definitiv auf den oberen Plätzen.

»Diese zweite große Flut ist wie die erste«, sagt der Erzbischof durch den Schnorchel. »Gott hat sie gesandt, um die Erde zu erneuern, als Strafe für unsere Sünden. Nur durch

Gebete und christliche Tugenden können wir Erlösung finden.«

»Siehst du?«, sagt Arthur. Er streckt die Hand zum Erzbischof aus und schaut Lancelot an, als wäre die Sache damit erledigt.

»Ganz Eurer Meinung, Euer Gnaden«, sagt der Chef von Saxons und wischt sich den Mund mit einer Serviette ab. Sein Akzent klingt amerikanisch. »All dieser ökoterroristische Schwachsinn ist einfach nur Sozialismus durch die Hintertür.«

Lancelot spürt, wie sich sehr alte Instinkte in ihm regen. Lehn dich nicht zu weit aus dem Fenster. Setz dich nicht zu sehr für irgendwen oder irgendwas ein. Kümmere dich um dich selbst. Behalte deine Interessen im Blick. Das sind die Instinkte, an die er sich in den alten Tagen stets gehalten hat. Um Arthurs Gunst werben. Arthurs Missfallen meiden. Doch dann sieht er Morgan, die ihm gegenüber am Tisch sitzt, und die Hoffnung in ihren Augen. Und er hört, wie weitere Worte aus seinem Mund kommen.

»Davon abgesehen, mein Lehnsherr«, beginnt er, »wird Indien kein nennenswertes Königreich sein, wenn die Welt immer wärmer wird. Es muss etwas geben, das wir tun können, um …«

Arthur schlägt mit der Faust auf den Tisch und lässt das Geschirr klappern. Die Welt erzittert leicht. Alte Ängste steigen in Lancelot auf, er versucht, sie wieder nach unten zu drängen.

»Kein nennenswertes Königreich?«, fragt Arthur wutschäumend. »Verdammte Undankbarkeit! Ganz Indien ist nicht gut genug für dich? Ich habe dir erneut mein Vertrauen geschenkt. Ich habe dir angeboten, über die *halbe Welt* zu herrschen. Und jetzt rümpfst du darüber die Nase?«

Morgan versucht ihn zu beruhigen. »Lancelot meint es nur gut, mein Lehnsherr.«

Arthur grinst sie höhnisch an. »Halt deine Zähne zusammen, Weib. Ich will nichts mehr darüber hören, dass die Welt zu warm ist. Sie ist so warm, wie Gott sie haben möchte. Warum sollte ich seinem Willen trotzen? Bringt jetzt das Schwein herein. Ich verhungere!«

Als das Essen eintrifft, schmeckt es nach Chemikalien. Arthur starrt verächtlich auf seinen Teller. Statt einer Wildschweinkeule, die er am Knochen halten und abnagen könnte, hat er Schweinesteaks bekommen, die in einer glitschigen Weißweinsoße ertränkt wurden. Lancelot macht sich kurz Sorgen, dass er nicht weiß, wie man so etwas isst, aber anscheinend hat Morgan ihm nach seiner Auferstehung gezeigt, wie man Messer und Gabel benutzt. Außer ihr wird niemand so viel Voraussicht gehabt haben. Arthur scheint sich bei der Verwendung dieser weibischen Essutensilien unbehaglich zu fühlen. Er sägt ungeschickt am Fleisch herum. Wie jemand, der erst das zweite Mal mit Stäbchen isst. Trotzdem schafft er es, einen Fleischbrocken in den Mund zu befördern. Während er darauf kaut, runzelt er die Stirn und spuckt es dann auf den Boden. Er spült den Geschmack mit einem Schluck Wein hinunter. »Wer hat diesen Eber getötet? Schmeckt wie geschmorte Scheiße. Bringt mir etwas anderes!«

»Mit dem Fleisch ist alles bestens, Euer Majestät«, sagt der Chef von Saxons. »Feinstes amerikanisches Steak, kann nur gut sein. Extra aus Tennessee eingeflogen.«

Arthur verzieht das Gesicht. »Was, Schweine können heutzutage fliegen?«, fragt er. »Das hier ist ranzig. Bringt mir ein anderes. Oder ich reite los und erlege selbst eins. Wäre schön, wieder einmal auf Wildschweinjagd zu gehen.«

Lancelot räuspert sich. »In Britannien leben keine Wildschweine mehr, Mylord.«

»Blödsinn«, sagt Arthur. »In den Wäldern wimmelt es davon.«

»Die meisten alten Wälder sind verschwunden«, sagt Morgan. »Würdest du jetzt durch dein Land reiten, würdest du feststellen, wie karg und fruchtlos es geworden ist. Du könntest die Verwüstung mit eigenen Augen sehen.«

Marlowe meldet sich zu Wort. »Der König kann unmöglich irgendwohin reiten, bevor die Gefilde von unerwünschten Elementen gesäubert wurden. Er würde seine erlauchte Person in zu große Gefahr bringen.«

»Ich möchte meine erlauchte Person an die Spitze einer Armee setzen«, sagt Arthur. »Und auf einer dieser neuen Kriegsmaschinen in die Schlacht fahren.«

»Alle Hoffnungen Britanniens ruhen auf Euren Schultern, Euer Majestät«, sagt Marlowe. »Es wäre eine Tragödie, würdet Ihr erneut in der Schlacht getötet werden, so kurz nach der Rückkehr aus Eurem Exil. Warum schickt Ihr nicht Lancelot, um die Rebellen zur Strecke zu bringen?«

Lancelot dreht sich mit wütendem Blick um. Marlowe lächelt ihn an, glatt und falsch wie eine Schlange.

Arthur grunzt. »Nun, ich traue es keinem dieser verdammten Schwächlinge zu, meine Armee anzuführen. Dir schon. Finde das Loch, in dem sich diese Rebellen verstecken, und räuchere sie aus. Ich werde auf dem Schlachtfeld zu dir stoßen, nachdem ich zum König gekrönt wurde.«

»Wie du meinst, mein Lehnsherr«, sagt Lancelot und starrt in seinen Wein.

Weitere Mahlzeiten werden aufgetragen, doch die schmecken auch nicht besser. Arthur isst es trotzdem, was bedeutet, dass alle anderen es ebenfalls essen müssen. Es zu verschmähen, wäre eine Beleidigung der königlichen Geschmacksnerven, was durchaus zur Folge haben kann, dass einem die Zunge herausgerissen wird. Also isst Lancelot und spült alles mit schlechtem Wein hinunter. Es ist deprimierend einfach, in alte Gewohnheiten zurückzufallen.

Zwischen den Gängen dürfen sie ihre Plätze verlassen und frei im Saal herumspazieren, wo sie ihre Becher in große Kübel mit starkem Wein tauchen können. Die Hälfte der Gäste ist schon besoffen. Colonel Nashorn ist ebenfalls hier, hat den weiten Weg aus Manchester auf sich genommen, mit etlichen Orden auf der Brust. Erzählt Umstehenden Heldengeschichten von seiner Drachenjagd.

Lancelot beschließt, so betrunken wie möglich zu werden und das so schnell wie möglich. Er taucht gerade seinen Becher in einen der Weinkübel, als er einen vertrauten kühlen Hauch an der Schulter spürt. Morgan steht am Büfetttisch, wo sie eine halbe Sekunde zuvor noch nicht stand.

»Verdammt«, sagt er. »Musst du die ganze Zeit so erbarmungslos gruselig sein?«

»Nur wenn ich möchte«, erwidert sie.

Er trinkt aus seinem Becher und starrt sie über den Rand hinweg wütend an, während er sich überlegt, was er sagen soll. Dies ist dieselbe Morgan, die ihn mal drei Monate lang im Keller ihrer Burg eingesperrt hat, damals, in den alten Tagen. Von deren Lippen vermutlich die ersten Gerüchte über ihn und Gwenhwyfar als Flüstern an Arthurs Ohren drangen, um damit Zwietracht in Caer Moelydd zu säen. Er hätte eine Menge Gründe, sie zu hassen. Aber sie hatte schon immer etwas, das er ein klein wenig bewunderte. Sie lehnte die christlichen Vorstellungen ab, wie sich eine Frau benehmen sollte. Was eine Frau wollen darf und wie sie es erreichen kann. Jetzt ist er irgendwie froh, sie hier zu sehen. Noch jemand aus den alten Tagen. Selbst Morgan ist angenehmer als diese schrecklichen modernen Menschen.

»Ich wollte dir den zurückgeben«, sagt sie. »Ich brauche ihn nicht mehr.«

Auf ihrer ausgestreckten blassen Hand liegt Galehauts Ring. Er starrt ihn in stummer Überraschung an, bevor er ihn mit seiner freien Hand nimmt. Er dreht ihn herum, um zu schauen, ob er beschädigt ist. Der uralte Stein ist immer noch dort, wo er sein sollte, in poliertem, warmem Orange. Die gewundenen silbernen Bänder sind makellos. Er stellt seinen Becher Wein kurz ab, um sich den Ring auf den linken Zeigefinger zu schieben, reibt den Daumen über den Stein. Ein Teil von ihm hat sich ohne den Ring leer angefühlt. Jetzt fühlt er sich wieder ganz. Er atmet tief aus. Seltsam, Dankbarkeit zu empfinden, wo es doch Morgan selbst war, die ihm den Ring weggenommen hat. Aber plötzlich fühlt er ihr gegenüber Wohlwollen.

»Danke«, sagt er.

Morgan lächelt. Sein Gesicht scheint seine Gedanken zu verraten. »Es tut mir leid, dass ich ihn dir wegnehmen musste. Aber es war notwendig, um all das hier zu erreichen.«

»Hm«, macht er und blickt sich im Saal um. »Mir war nicht bewusst, dass wir auf derselben Seite stehen. Wie lange hast du schon mit Marlowe zusammengearbeitet?«

»Lange genug«, sagt Morgan. »Er hat vor einiger Zeit einen Deal mit mir gemacht. Wenn ich Arthurs Rückkehr hinbekomme, verjagt er diese Geier und beendet die Verwüstung der Erde.«

Lancelot schnaubt verächtlich. »Und du hast geglaubt, er hält sich dran? Ich dachte nicht, dass du so naiv bist.«

»Ich habe ihn gewarnt, dass ich meine unheilvolle Rache auf ihn niederfahren lasse, wenn er mich betrügt. Aber ich habe den Eindruck, dass heutzutage die unheilvolle Rache einer Zauberin deutlich weniger Furcht auslöst als in den alten Tagen.«

Lancelot legt eine Hand auf die Brust. »Ich würde mich immer noch fürchten, wenn du mir deine unheilvolle Rache androhen würdest.«

Sie lächelt zufrieden. »Vielen Dank. Wie lieb von dir, so etwas zu sagen.«

»Trotzdem ist es eine Schande, dass ich es nicht früher wusste«, sagt er. »Wir hätten schon in Manchester zusammenarbeiten können, wenn Marlowe es mir gegenüber erwähnt hätte.«

»Das dürfte nicht die einzige Sache sein, die Marlowe dir gegenüber nicht erwähnt hat«, sagt Morgan.

Lancelot verzieht das Gesicht. Jetzt kommt's. Morgan, die Täuscherin, die dunkle Herrin des verderblichen Geflüsters, die Gift träufelt und Zweifel sät. Er weiß, dass er sich nicht in ihre Intrigen reinziehen lassen sollte.

»Vielleicht wirst du nicht auf mich hören«, sagt sie, »aber irgendetwas stimmt hier nicht. Warum wollte Marlowe Arthur zurückholen? Welchen Nutzen haben diese Leute davon? Das ist mir immer noch unklar.«

»Er hat sich auch mir nicht vollständig erklärt«, sagt Lancelot. »Aber das ist typisch Marlowe. Er lässt sich nicht in die Karten schauen.«

»Du bist ihm viel näher als ich«, sagt Morgan. »Ich hatte gehofft, er hätte dir mehr verraten. Aber vielleicht traut er dir auch nicht. Vertraust du ihm?«

Sie macht das sehr gut. Ein Teil von ihm möchte ihr sagen, dass sie Schwachsinn redet. Aber die Wahrheit lautet, dass sie recht hat. Er hat nicht mehr das Gefühl, dass er Marlowe vertrauen kann. Es ist, als würde ihm der Teppich unter den Füßen weggezogen.

»Ich vertraue darauf, dass er im Interesse des Landes handelt«, sagt er. Aber er glaubt es selbst nicht.

Morgan sieht ihn an, als wäre das eine armselige Antwort. »Ich vertraue darauf, dass er in seinem eigenen Interesse handelt«, sagt sie. »Und vielleicht im Interesse der Leute, die ihm nahestehen. Nicht im Interesse des Landes.«

»Na ja, ich stehe ihm nahe«, sagt Lancelot. »Also muss ich mir keine Sorgen machen.«

»Hm«, sagt Morgan. »Ich frage mich, ob Galehaut es auch so gesehen hat.«

Lancelot ballt eine Faust, spürt den Ring zwischen seinen Fingern. Er will Galehauts Namen nicht aus ihrem Mund hören. Nicht so, wie etwas Verrottetes, das aus dem Gebüsch gezerrt wird, um Zwietracht zu säen.

»Was willst du damit sagen?«, fragt er.

»Findest du es nicht seltsam, dass keiner der anderen hier ist? Galehaut und Gawain und der Rest? Ich weiß nicht genau, was mit ihnen passiert ist. Aber ich vermute, Marlowe weiß es. Warum fragst du ihn nicht?«

»Er würde mir kleine klare Antwort geben.«

»Hm. Vielleicht kann ich dabei behilflich sein.«

Sie zieht etwas aus ihrem Kleid hervor oder zaubert es aus der Anderwelt herbei, oder lässt es auf irgendeine andere Weise materialisieren. Ein Glasfläschchen, uralt und undurchsichtig, mit einem kleinen Knochen oder Zahn zugestöpselt. Er kann nicht sehen, was für eine Substanz es enthält, auch nicht, als sie es ihm hinhält.

»Was ist das?«, fragt er.

»Meine unheilvolle Rache.« Sie lächelt. »Es wird seine Zunge lockern und die Lippen lösen. Damit ihm die Wahrheit rausrutscht. Bist du kein bisschen neugierig? Rauszufinden, welche Geheimnisse er vor dir hat ...«

Lancelot schluckt. Er kann nicht leugnen, dass es verlockend ist. Doch Versuchung war schon immer Morgans Spezialgebiet. Sie hielt einem etwas Verlockendes unter die Nase, und um es zu bekommen, musste man nur seine Prinzipien verraten. Arthur sagte ihnen damals immer wieder, um die Gefilde zu schützen, muss man nur Versuchungen widerstehen. Wenn auch nur einer von ihnen der Tugend entsagte, würde das gesamte Königreich in sich zusammenstürzen.

Lancelot blickt zum Podium, wo Arthur am Runden Tisch

sitzt. Er blickt zu Marlowe, der hinter ihm steht und ihm etwas ins Ohr flüstert. Dann nimmt er das Fläschchen aus Morgans Hand und steckt es in die Brusttasche seines Jacketts.

Sie bleiben noch etwa eine Stunde. Nach drei Gläsern ziehen sie Lines in der Toilette. Nach fünf Gläsern gehen sie zurück zu Marlowes Suite.

Marlowe wirft seine Jacke auf die Couch und geht ins Bad. Lancelot öffnet den Barschrank in der Ecke und sieht eine verstaubte Flasche Terrantez, auf der mit Kreide die Jahreszahl 1704 geschrieben wurde. Kurz vor dem Frieden von Utrecht haben sie ein paar Dutzend Flaschen eingelagert, das hier dürfte die letzte sein.

Lancelot entfernt das Wachs mit dem Fingernagel, zieht den Korken heraus und schenkt zwei Gläser ein, ohne den Wein zuerst atmen zu lassen. Er wird von der vertrauten, tiefen rotbraunen Farbe begrüßt, dem Geruch von getrockneten Pfirsichen, Bananenblättern und lackiertem Holz. Aber er hat keine Zeit, das Bouquet zu genießen. Er nimmt Morgans Rache aus der Tasche, zieht den Stöpsel heraus und kippt den Inhalt in Marlowes Glas. Eine schwarze Flüssigkeit, die klar wird, als sie sich mit dem Madeira vermischt. Hoffentlich geschmacklos.

»Ich hoffe, es ärgert dich nicht zu sehr, dass du schon wieder Kay hinterhergeschickt wirst«, sagt Marlowe, als er wieder auftaucht. Sich mit einem Finger unter der Nase reibt. »Ich hatte vor, es dir zu sagen. Du weißt vermutlich besser als sonst jemand, wo er sich verkrochen haben könnte.«

»Hm«, sagt Lancelot. »Ich hätte da ein paar Ideen.«

»Auf dem Schrank liegt eine Pistole für dich. Neunzehn Millimeter. Ich weiß, dass dir Revolver lieber sind, aber wir alle müssen mit der Zeit gehen.«

Er hebt sie unwillig auf. Ein klobiges Ding mit der Aufschrift MADE IN CHINA an der Seite. Kein kühles Metall, sondern irgendein raues synthetisches Polymer. Er schiebt ein neues Magazin in den Griff und zieht den Schlitten zurück, doch der Mechanismus klemmt, und er muss es noch einmal versuchen. Keine Waffe, zu der er irgendeine Verbundenheit empfindet oder auf die er sich mitten in einer Schlacht verlassen möchte. Aber er legt sie neben dem Terrantez auf ein silbernes Cocktailtablett. Trägt alles zum Tisch und stellt es vorsichtig ab, setzt sich so lässig wie möglich Marlowe gegenüber auf die Couch.

»Ah«, sagt Marlowe, als er den Madeira sieht. Er sieht nicht erfreut aus. »Nun, ich hatte es dir versprochen. Worauf wollen wir trinken?«

Lancelot zuckt mit den Schultern. »Einen Neuanfang?«

Marlowe nickt mit einem dünnen Lächeln. »Nun denn.«

Sie schnuppern am Wein, schwenken ihn im Glas, genießen den Geruch. Versuchen den Moment so lange wie möglich hinauszuzögern. Dann das erste Schlückchen: erlaucht, kultiviert, eine unglaubliche Vielfalt an Süße. Alles Gute der alten Welt in einem einzigen Glas destilliert. Die geschmeidige Wärme des Alkohols, der trockene Nachgeschmack. Ein Anflug von Bitternis. Beide sitzen eine ganze Weile da und sind nicht zu mehr imstande, als kleine anerkennende Laute von sich zu geben. Doch dann legt sich Marlowes Stirn in tiefe Falten. »Weißt du, ich glaube, er könnte seine beste Zeit schon hinter sich haben.«

»Hm«, sagt Lancelot. »Nicht alles wird mit dem Alter besser.«

Marlowe gluckst und starrt auf die bernsteinfarbene Flüssigkeit in seinem Glas. »Francis Bacon sagte, Alter sei bei vier Dingen gut: altes Holz verbrennen, alten Wein trinken, alten Freunden vertrauen ... und die vierte Sache habe ich vergessen.«

»Dein Gedächtnis ist auch nicht mehr, was es mal war«, sagt Lancelot. Er stellt sein Glas neben der Waffe auf den Tisch.

Marlowe nimmt einen weiteren langen Schluck Madeira, bewegt ihn im Mund, während sein Gesicht einen nachdenklicheren Ausdruck annimmt. Dann schluckt er und blickt Lancelot in die Augen.

»Ich erinnere mich, dass ich dich und Morgan bei einem Tête-à-Tête am Weintisch gesehen habe«, sagt Marlowe. »Worüber habt ihr gesprochen?«

»Das ist unser kleines Geheimnis.«

Marlowe hebt eine Augenbraue. »Du hast Geheimnisse vor mir?«

»Du hast Tausende Geheimnisse.«

»Berufsbedingt.«

»Wenn du mir ein Geheimnis verrätst, erzähle ich dir vielleicht, worüber Morgan und ich gesprochen haben.«

»Gefährliches Terrain.«

»Komm schon, ein einziges Geheimnis.«

»Was für eins? Ich kann dir alles über die Aliens erzählen, wenn du magst.«

»Ich möchte nichts über Aliens hören.«

Marlowe wirkt mit einem Mal schläfrig. Er unterdrückt ein Gähnen hinter seiner Faust. Blinzelt, um wach zu bleiben. »Es wäre mir ehrlich gesagt ein Vergnügen, jemandem von den Aliens zu erzählen«, sagt er. »Ich habe es jetzt schon seit Jahrzehnten für mich behalten. Früher gab es eine ganze Behörde, die sich mit Aliens beschäftigte. Und ein Stockwerk darunter saßen die Jungs, die sich um deinesgleichen kümmerten. Magische Ritter und Feenkönige und was weiß ich. Und keine Abteilung wusste von der Existenz der anderen. Es war ein Albtraum, dafür zu sorgen, dass sie nichts voneinander mitbekommen – auf Weihnachtsfeiern und so.«

Marlowe redet weiter, und Lancelot starrt ihn weiter an. Er

weiß nicht, wie schnell dieses Zeug wirkt, was auch immer er da in Marlowes Wein getan hat. Er weiß nicht, wie lange die Wirkung anhält. Er sollte Fragen nach Arthur stellen, nach diesem Bauwerk. Alles, was Morgan wissen möchte. Aber das sind nicht die Fragen, die ihn interessieren. Er reibt Galehauts Ring mit seinem Daumen.

»Hast du Galehaut getötet?«, fragt er plump. »Hast du seinen Baum gefällt?«

»Hm?«, macht Marlowe. »Oh ... na ja, nicht ich persönlich. Ich bin kein Holzfäller.«

»Aber du hast es zugelassen«, sagt er. »Du hast es veranlasst.«

»Ja«, antwortet Marlowe benommen. Als wäre es das unwichtigste Thema der ganzen Welt. »Sie haben mir gesagt, dass ich es tun soll, also habe ich es getan. Genauso mit den anderen.«

Lancelot verspürt den überwältigenden Drang, sein Schwert zu ziehen. Seine Arme wollen es tun. Aufstehen und Marlowe die Klinge in die Kehle stoßen. Aber er tut es noch nicht. Vorher muss er noch weitere Fragen stellen. Also bleibt er ruhig sitzen, während sich in seinem Bauch die Anspannung steigert.

»Welche anderen?«, fragt er.

»Ach, Gawain, Tristan, Bors. Der ganze verdammte Haufen.«

Etwas zwickt in Lancelots Brust, wie ein eisernes Band um sein Herz. Sein Unterkiefer fühlt sich plötzlich taub an und zittert. Er muss die Kontrolle über seine Stimme zurückerringen, bevor er weitersprechen kann.

»Warum nicht Kay?«

Marlowe blickt stirnrunzelnd auf den Boden. Fast, als wäre er in Trance. Er scheint sich nicht ganz sicher zu sein, warum er sagt, was er dann sagt. Aber er sagt es trotzdem. »Der Stab«, stößt er hervor. »Wir brauchten den Stab. Morgan sagte uns, dass Kay ihn besorgen kann.«

»Und warum mich nicht?«

Marlowe lacht tatsächlich. »Wir wussten, dass du auf unserer Seite stehen würdest. Du hast dich noch nie von deinem Gewissen daran hindern lassen, das zu tun, was notwendig ist.«

»Ich verstehe nicht«, sagt Lancelot. Er hört einen hohen Ton in seiner Stimme, der ihm nicht gefällt. Eine Mischung aus verschiedenen Gefühlen. Wut und Trauer und Verachtung. »Ihr habt uns ... ein paar Tausend Jahre hier behalten. Und dann beschließt ihr einfach, dass wir nicht mehr gebraucht werden? Ihr habt unsere Bäume gefällt? Warum habt ihr das ausgerechnet jetzt gemacht?«

»Weil ihr die letzten Überbleibsel seid«, sagt Marlowe. »Du und deine Kumpels. Die alte Garde, der letzte Rest von ... was auch immer. Die Sache, die wir loswerden wollen. All die alten Gesetze und Schutzeinrichtungen und Traditionen. Die Bürokratie. Die Leute, für die ich arbeite, versuchen schon seit Jahrhunderten, das alles abzuschaffen.«

»Warum?«

»Äh«, sagt Marlowe, als wäre das alles Allgemeinwissen. »Weil es dem Fortschritt im Weg steht? Es hält sie davon ab, ihre Ziele zu erreichen. Sie wollen das alles einreißen und aus dem Weg räumen, damit es für sie einfacher wird. Und wenn sie etwas erledigt haben wollen, bin ich derjenige, der es letztlich tut.«

»Ihr habt ihre Bäume gefällt«, wiederholt er. Nur um ganz sicherzugehen. »Ihr habt sie einfach ausgelöscht.«

Doch Marlowe plappert weiter, unbedacht und unbesorgt. »Wir wussten nicht, wie es enden würde, als wir das alles in die Wege geleitet haben. Geschäftemacherei und Sklaverei und das Imperium. Wir wussten nicht, dass es damit enden würde, dass die Welt untergeht. Aber wir werden wohl kaum ausgerechnet jetzt damit aufhören, oder? Dann müssten wir das ganze Spiel aufgeben. Den gesamten Fortschritt der letzten fünfhundert Jahre zunichtemachen. Mit allen anderen anpacken, Radieschen züchten oder weiß Gott was. Nicht mein Ding. Ich würde lieber hier mit etwas Luxus leben. Alle in dieser Anlage sehen das genauso. Wir können jetzt nicht mehr zurück. Also muss alles weiterlaufen. Kontinuierlicher, unaufhaltsamer Fortschritt. Der alles zerstört, was ihm in die Quere kommt. Deshalb haben wir diese Einrichtung gebaut.«

Lancelots Herz hämmert in seinen Ohren. »Und was ist diese Einrichtung?«, fragt er. »Welchem Zweck dient sie?«

Doch Marlowe scheint sehr müde zu sein. Er lehnt sich mit geschlossenen Augen zurück und runzelt die Stirn. »Es ist alles auf meinem Computer«, sagt er. »Da drüben.«

Lancelot spannt jeden Muskel seines Körpers an, um noch ein wenig länger die Ruhe zu bewahren. Bringt sein letztes bisschen Geduld auf, um eine weitere Frage zu stellen. »Hat er ein Kennwort?«

»1592«, sagt Marlowe. »Das Jahr, in dem wir uns das erste Mal begegnet sind.«

»Ah«, sagt Lancelot. »Faustus.«

Er schwelgt kurz in Erinnerung an den alten Marlowe, den Dramatiker, den Unruhestifter, den verwegenen Gauner. Wie es in den alten Tagen war, bevor Marlowe seine Seele verkaufte. Dann nimmt er die Pistole vom Tisch und schießt Marlowe dreimal in die Brust. Beim vierten Schuss klemmt die Waffe. Er wirft sie weg und hat nicht die Absicht, sie noch einmal an sich zu nehmen.

Marlowe starrt verwirrt auf die Löcher in seiner Brust. Erkennt das Ausmaß seiner Fehlkalkulation. Er schaut blinzelnd zu Lancelot auf, als könnte er seine Strategie noch ändern, als könnte er sich noch irgendwie aus der Affäre ziehen. Aber das kann er nicht. Die Blutflecken auf seinem Hemd breiten sich aus und werden schwarz. Unsterblichkeit und Unverwundbarkeit sind zwei sehr unterschiedliche Dinge.

»Du hättest dein eigenes Stück lesen sollen, alter Knabe«, sagt Lancelot. Er leert sein Glas Madeira, und der Geschmack explodiert auf seiner Zunge, es fühlt sich pietätlos an, ihn so hinunterzukippen. Dann steht er auf und geht zum Seitentisch, auf dem der Tablet-Computer steht.

Er hört Marlowe hinter sich krächzen, doch er blickt sich nicht um. Er ist jetzt ganz auf seine Mission konzentriert. Seine eigene Mission. Mit der er sich selbst beauftragt hat.

Er braucht eine Weile, um herausfinden, wie das verdammte Gerät funktioniert. Das Kennwort wird akzeptiert. Schließlich stößt er in einem gesicherten Ordner auf einen Unterordner namens AVALON. Uralte Geheimnisse, digitalisiert und hochgeladen. Eine Datei heißt PROJEKT PRÄSENTATION. Er öffnet sie, blättert sie mit leichter Verachtung durch.

Bei der Hälfte der Sachen hat er nicht den blassesten Schimmer, was sie sind. Hauptsächlich Diagramme und Tabellen. Karten von Britannien, in denen Teile des Landes in hellem Orange eingefärbt sind. Einige sind unten oder an der Seite beschriftet. Zusammenbruch der Lebensmittelversorgung. Todesspirale. Aussterben der Gesamtpopulation bis 2100. Nichts davon klingt allzu ermutigend.

Er hört, wie hinter ihm etwas in Flammen aufgeht. Er dreht sich kurz um und sieht, wie Höllenfeuer an Marlowes Smoking züngelt. Im Raum riecht es schon nach Schwefel. Marlowe und seine Freunde müssen gewusst haben, worauf sie sich einlassen. Vernünftige Geschäftsmänner, die ihre Seelen mit einer Unterschrift verkauft haben. Sie müssen gewusst haben, dass die Dividende es in sich haben wird. Sie müssen versucht haben, das Unvermeidliche so lange wie möglich hinauszuzögern. Vielleicht ist das der Schlüssel, um ihren ganzen Plan zu verstehen. Reiche alte Männer, die Angst vor dem Tod haben und ihn noch etwas länger aufschieben wollen. Die dafür bereit sind, das Undenkbare zu tun.

Die nächsten paar Bilder in der Präsentation sind Zeichnungen von Avalon aus alten Manuskripten. Der Hof der Feen, wo Gäste wie Könige empfangen werden und das süßeste Ambrosia serviert bekommen. Wo sie für immer jung und schön bleiben, bis zum Ende der Zeit. Doch all das wurde hinter den Schleier verbannt, als Merlin über Arthurs Leiche seinen Zauber wirkte. Eine Zeichnung von Merlin, ein Ölgemälde von Arthurs Tod. Schiffe, die kommen, um ihn fortzutragen.

»... das ist also euer Spiel, wie?«, sagt Lancelot leise. Er spürt Hitze im Nacken. Im Bildschirm und den Bilderrahmen an den Wänden spiegeln sich Flammen.

Eigentlich gar keine schlechte Idee. Diese gesamte Anlage versetzen, durch den Schleier, für einen langen Urlaub im Feenreich, wo sie nicht mit den Konsequenzen ihrer Taten konfrontiert sind. Deshalb mussten sie Arthur zurückholen. Sein Haupt krönen. Die Magie in die Gefilde zurückkehren lassen.

Aber sie würden eine enorme Menge an Magie benötigen, um so etwas durchzuziehen. Um ein Loch in den Schleier zu reißen und die Grenze zwischen den Welten zu überwinden. Aber anscheinend wissen sie das. Die nächsten paar Folien zeigen Karten von Britannien, die mit seltsamen Mustern und Einfärbungen überlagert sind. Berichte über unausgebeutete Rohstoffquellen. Ölfelder vor der Küste und unterirdische Gasvorkommen. Leylinien, magnetische Anomalien, geothermische Energie. Lancelot überfliegt das meiste, doch dann runzelt er die Stirn und wischt sich zur vorigen Folie zurück.

Nicht geothermisch. Geothaumisch. Er flüstert das Wort

und rümpft die Nase. Was in aller Welt ist geothaumische Energie? Und wie soll man so was messen? Aber genau das wurde in dieser Folie gemacht: eine Karte von Britannien, in der die unterschiedlichen Konzentrationen eingezeichnet sind. Einige der hellsten Vorkommen sind beschriftet. LANCASHIRE-SUMPF, 500 Megathaum. Es gibt einen Wert von 900 Megathaum irgendwo mitten in Wales. Aber die höchste Konzentration hat bei Weitem Somerset. Ein großer heller Fleck im überfluteten Marschland. Drei Gigathaum. Lancelot weiß nicht, was ein Thaum ist, aber das klingt nach einer ganzen Menge.

Er ahnt, was die nächste Folie zeigen wird. Pläne und Skizzen der Avalon-Plattform. Sie haben dieses Ding genau in der Mitte des hellen Flecks gebaut. Irgendwo unter seinen Füßen sind drei Gigathaum magische Energie im Boden gespeichert. Und Marlowes Leute zapfen sie an, ernten sie. Pumpen die ganze Magie aus den Gefilden. Sammeln sie für ihre eigenen Zwecke.

Die Präsentation endet mit einer Darstellung der Hölle, in der lauter Dämonen die Verdammten foltern, und einem Foto von Menschen, die am Strand in der Sonne liegen. Diese Leute wissen, was geschehen wird, wenn sie ein Loch in den Schleier reißen und unbeschreibliche Schrecken in die Welt entlassen. Doch anscheinend ist es ihnen egal. Sie werden dann auf Avalon in Sicherheit sein und den Nektar der Götter trinken.

»Ratten, die das sinkende Schiff verlassen«, sagt er.

Als er sich zu Marlowe umschaut, verzieht er das Gesicht. Das Feuer breitet sich langsam über das Sofa und den Teppich aus. Vermutlich ist es an der Zeit zu gehen, bevor der Feueralarm losgeht. Lancelot nimmt den Tablet-Computer an sich, mit dem vagen Plan, ihn jemand anderem zu geben. Jemandem, der weiß, wie man Ölbohrplattformen sprengt.

Einer von Kays Freundinnen, falls er sie findet. Das klingt nach einem guten Plan. Galehaut würde es gefallen.

Er zieht seine Jacke und das Kettenhemd an, so schnell er kann. Als er sich dann im Spiegel betrachtet, stellt er fest, dass er sich wieder in die Augen schauen kann. Ausnahmsweise angemessen gekleidet.

Als er fertig ist, ist die Suite bereits voller Rauch. Die Sprinkler gehen an. Marlowe ist schon verkohlt, die Kleidung nur noch Asche, Fleisch und Sehnen verbrannt. Es fällt ihm schwer, bei einem verkohlten Skelett sentimental zu werden. Er geht zur Tür hinaus, nimmt die Flasche Terrantez mit. Lässt Marlowe hinter sich zurück.

Inzwischen hat sich die Feier über den Rest der Plattform ausgebreitet. Ganz Avalon ist vollgemüllt. Lancelot macht sich auf den Weg zurück zum Festsaal, kommt an einem Stück Spitzenunterwäsche und einer Fliege vorbei, die jemand achtlos auf den Boden geworfen hat. Tritt fast in eine Pfütze Kotze. Horcht misstrauisch auf, als fernes Gelächter durch die Korridore hallt. Er kommt sich ein wenig lächerlich vor in seinem Kettenhemd mit einem Computer und einer dreihundert Jahre alten Flasche Madeira in den Händen. Aber wenigstens ist es für eine gerechte Sache. Den Luxus eines reinen Gewissens hat er schon seit sehr langer Zeit nicht mehr genossen.

Wenn Arthur bereits mit Morgan ins Bett gegangen ist, kann er seinen Fluchtplan vergessen. Doch als er sich dem Epizentrum der Feierlichkeiten nähert, sieht er eine Gruppe von Feiernden, die lautstark durch den Korridor ziehen. Einer von ihnen ist Arthur, er wankt wie ein betrunkener Bär, während er von drei oder vier Frauen in kurzen Kleidern an der Hand geführt wird. Der Rest der Gruppe besteht aus Marlowes Leuten, Medienvertretern und privaten Sicherheitsleuten von Saxons und GX5, die lachen und Zigarren rauchen. Arthur ist sternhagelvoll. Er grölt, dass er Jerusalem erobern und dort einen neuen Tempel errichten will. Aber erst mal scheint er nichts dagegen zu haben, sich von den anderen irgendwohin führen zu lassen, bis er sieht, dass Lancelot ihnen entgegenkommt. Seine Miene hellt sich auf.

»Lancelot!«, sagt er. »Komm her, du verfickter Hengst.«

Arthur packt ihn an den Schultern und drückt ihn an die Wand, knurrend, grinsend, lachend. Sein Atem riecht nach verwesender Leiche, seine Augen sind groß wie Untertassen. Sie haben ihm etwas gegeben. Arthur auf Koks ist eine erschreckende Vorstellung.

»Ich bin froh, dass du wieder bei mir bist, Lancel!«, sagt er. »Du bist nicht so wie Kay und die anderen. Die kriegen nichts von dem Ruhm ab. Wir werden die Welt gemeinsam beherrschen. Du und ich!«

Er hämmert mit der Faust gegen Lancelots Herz, als wollte er ein Burgtor zerschmettern. Erst als er sich dabei den Knöchel aufschürft, bemerkt er das Kettenhemd. Er schaut es an, dann wieder in Lancelots Gesicht. Plötzlich misstrauisch. »Du bist zum Kampf gerüstet«, sagt er. »Vorher warst du das nicht.«

»Sire«, sagt Lancelot. »Ich dachte, ich reite früher aus. Ich breche noch heute Nacht auf, um meine Suche nach Kay zu beginnen.«

Das Misstrauen in Arthurs Gesicht wird von Freude abgelöst. Er dreht sich zu seinem Gefolge um. »Seht ihr?«, sagt er. »Verdammt noch mal, seht ihr? Er bringt euch in Schande. Euch feige Weichlinge. Ihr nennt euch Männer, aber ihr seid wie Feldmäuse. Ihr habt alle Schlitze zwischen den Beinen. Nicht wie Lancelot!«

Lancelot spürt, wie Arthur mit eisernem Griff seine Hoden packt. Dann schlägt ihm Arthur noch mal in die Brust und

reißt ihm die Flasche Madeira aus der Hand. Lancelot musste schon oft hilflos zuschauen, wie Arthur Schreckliches tut,
und nun muss er zusehen, wie er eine Flasche Terrantez des
Jahrgangs 1704 hinunterkippt, wie er in langen, durstigen
Schlucken am Flaschenhals nuckelt und dabei einen Großteil
auf seinen Bart und seine Kleidung schüttet. Als er die Hälfte
ausgetrunken hat, hört er auf, schaut stirnrunzelnd die Flasche an und reicht sie zurück.

»Fremdländisches Gesöff«, sagt er. »Nun geh mit meinem
Segen, Lance. Bring mir Kay in Ketten. Oder bring mir seinen
Kopf. Was auch immer.«

Dann zieht Arthur weiter, lässt sich von den Männern in
Anzügen und den Frauen in kurzen Kleidern mitschleifen.
Lancelot lehnt sich an die Wand, bis der Schmerz in seinen
Eiern nachlässt und sein Herz nicht mehr in seinen Ohren
hämmert. Dann zwingt er sich, seine Queste fortzusetzen. In
Richtung Festsaal.

Als er dort eintrifft, ist niemand mehr da. Tische wurden
umgekippt und Essen über den Boden verstreut. Die Musik
ist aus. Er stellt die Flasche auf ein feuchtes Tischtuch und
blickt sich um, ohne sich ganz sicher zu sein, wonach er
eigentlich sucht, bis er einen kühlen Hauch im Nacken spürt.
Er weht durch den Saal, bläht die Banner kurz wie Segel auf
und lässt sie dann wieder schlaff herabhängen. Eine der Glastüren steht offen, dahinter der Balkon und die offene See.

Als er in die Dunkelheit hinaustritt, sieht er Morgan dort
stehen. Mit ihren bloßen Schultern müsste sie frieren, doch
sie scheint die Kälte gar nicht zu bemerken. Sie raucht eine
Selbstgedrehte und starrt aufs Meer hinaus. Ihr Haar ist
dunkler als die Nacht.

»War er gesprächig?«, fragt sie.

»Sehr«, sagt Lancelot. »Wir hatten eine lebhafte Diskussion.«

Sie dreht ein wenig den Kopf herum. »Ich hoffe, du hast herausgefunden, was du wissen musst.«

»Ja«, sagt er. »Ich weiß jetzt, was sie vorhaben.«

»Und wirst du versuchen, sie davon abzuhalten?«

Er schluckt, denkt einen Moment lang nach. Seine linke Hand ist zu einer Faust geballt. Galehauts Ring schneidet in seine Haut.

»Ja«, sagt er.

Morgan wirft die Zigarette über das Geländer. »Gut. Folge mir.«

Sie schwenkt eine Hand in einem langsamem Bogen, die Finger ausgestreckt, die Innenfläche zum Meer gerichtet. Lancelot spürt, wie die Luft knistert. Es fühlt sich an, als hätte sich die Luft vor ihnen verändert. Sie hat einen neuen Schimmer. Sie ist zu einer durchsichtigen Membran geworden, die an einen anderen Ort führt. Morgan hat ein Portal geschaffen. Nun nimmt sie seine Hand und führt ihn hindurch, ohne dass er weiß, wohin.

35

KAY SCHLÄFT IN SEINEM SESSEL UND VERWANDELT sich allmählich in Rinde, während er seltsame Dinge träumt.

Aber es muss doch eine Zeit kommen, in der seltsame Dinge normal werden, oder? Seine Normalität war schon so lange seltsam. Und was heute für andere Leute normal ist, ist seltsam für ihn: Irgendwo zwischen vier Wänden leben und normale Sorgen haben, normale Ängste. Haben wir diesen Monat genug zu essen? Das wäre fast noch seltsamer. Seltsamer, als sich in einen Baum zu verwandeln.

Sein Traum führt ihn durch die Jahrhunderte. Von Hufen zertrampelt. Mit der Keule erschlagen. Bei lebendigem Leib verbrannt oder gekocht. Wie er in einem sumpfigen Schützengraben steht und genauso viel Angst spürt wie der Junge neben ihm, bevor eine helle Pfeife ertönt und sie alle über die Kante klettern. Nur dass er jetzt weiß, dass diese Dinge eigentlich gar nicht ihm passiert sind, sondern anderen Versionen von ihm, anderen Kopien. Oger, die nach seinem Bild aus Schlamm erschaffen wurden. Sie starben, und er wurde wiedergeboren. Also ist es letztlich unfair, dass er ihre Erinnerungen in seinem Schlammgehirn behalten muss. Dass er in seinen Träumen von Sachen verfolgt wird, die sie erlebten, die sie tun mussten.

Diese Träume enden immer in Malaya, wo er Zeuge wird,

wie britische Soldaten ein Dorf niederbrennen. Schlaksige junge Kerle, die nie zuvor einen Einsatz miterlebt haben. Sie scheinen es zu genießen. Mit breitem Grinsen schwitzen sie in der Hitze, die Ärmel hochgerollt, während die Flammen von Bambusdächern auf die vertrockneten Blätter überhängender Bäume springen. Menschen fliehen. Gewöhnliche, verängstigte Menschen. Jemand feuert ein Bren-Maschinengewehr in den Dschungel ab, jagt ihnen Kugeln hinterher. Im Traum stürmt er auf ihn zu, versucht ihn davon abzuhalten. Versucht ihm die Waffe aus den Händen zu reißen und ihn zur Vernunft zu bringen. Dann erkennt er, dass er es ist. Eine andere Version von ihm. Einer seiner Klone, aber immer noch Kay. Dieser Kay starrt ihn an, ohne eine Spur Erbarmen in den Augen.

Kay wacht auf, in Dschungelschweiß gebadet. Es riecht nach Pilzen. Er ist immer noch im alten Sessel in der dunklen Höhle.

Es war ein lautes Krachen, das ihn geweckt hat. Mariam ist immer noch hier, durchwühlt Merlins Sammlung, räumt große Haufen zur Seite. Sie macht sich keine Mühe, dabei besonders leise oder behutsam zu sein.

Er fährt sich mit den Händen übers Gesicht und spürt die kratzende Rinde auf der Haut. Spürt die eigenartigen Knoten in den Wangen. Gütiger Himmel, er fühlt sich wie der Tod persönlich. Was auch immer er letzte Nacht getrunken hat, es war Gift. Er hätte wissen müssen, dass er es nicht anrühren sollte. Jetzt bestraft ihn sein Körper für die Dummheit. In den alten Tagen hätte Wyn ihm die Flasche weggenommen. Ihn daran gehindert, sich selbst zu verderben. Aber dafür ist es jetzt ein wenig spät.

Sein Traum beschäftigt ihn immer noch. Es war einfacher, mit den Erinnerungen zurechtzukommen, als er dachte, dass er einem höheren Zweck dient. Früher sagte er sich, dass er aus guten Gründen zurückkehrt. Das machte alles einen Tick erträglicher. Er redete sich ein, dass er ein Teil von Merlins Plan war. Das war er zwar, aber nicht so, wie er dachte. Nichts, was er getan hat, war Teil des Plans. Keiner der Kriege. Weder das Töten noch das Leiden noch der Tod. Es machte so oder so nicht den winzigsten Unterschied. Er hätte genauso gut unter seinem Baum bleiben können.

Vielleicht sollte er lieber gleich zurückgehen, er hat es lange genug aufgeschoben. Eine alte Stimme meldet sich in seinem Kopf zu Wort und sagt ihm, dass er eine Pflicht gegenüber Mariam hat. Die Pflicht, Arthur aufzuhalten. Doch er schüttet seine ganze Verachtung über die Stimme aus. Er ist zu gar nichts verpflichtet. Das hat Merlin ihm gesagt. Er hat seinen Part erledigt. Er könnte sein Schwert nehmen und sich die Adern aufschlitzen. Dann Vergessenheit, in dem finsteren Raum zwischen den Welten. Oder im Himmel bei Wyn. Oder eine neue Wiedergeburt, nur schlimmer. Vielleicht wird die Erde ihn als Baumgolem ausspucken. Oder sie lässt ihn für eine Weile ausruhen. Im kühlen Schoß der Erde schlafen, bis sie nicht mehr kühl ist.

Diese düsteren Gedanken gehen ihm durch den Kopf, als Barry auf die Armlehne seines Sessels klettert. Er räuspert sich auf eichhörnchenmäßige Weise.

»Was?«, fragt Kay mit trockener, krächzender Stimme.

»Ich dachte mir ... ob wir mal kurz reden könnten.«

Kay brummt. »Warum nicht.«

»Na ja, es sind mehrere Sachen, glaube ich. Erstens ist mir aufgefallen, dass du wieder deinen großen Stab hast. Und ich weiß, dass dieser Merlin abgezischt ist, aber ich dachte mir, dass du mich vielleicht zurückverwandeln könntest.«

»Vielleicht«, sagt er. Der Stab lehnt gegen den Sessel, und er ist damit zufrieden, ihn vorläufig dort stehen zu lassen. Es sei denn, er kann damit auf magische Weise seinen Kater heilen.

»Und die andere Sache ...« Barry ringt mit seinen Eichhörnchenhänden. »Ich habe das kleine Hickhack mitgehört, das du gestern mit deiner Freundin hattest. Und was sie gesagt hat, klang für mich ziemlich vernünftig.«

Er verzieht das Gesicht. »Welchen Teil meinst du?«

»Das mit dem Aufgeben. Oder Nichtaufgeben. Vielleicht solltest du auf sie hören.«

»Ich brauche keine Lebensratschläge von einem Eichhörnchen, das früher ein Rassist war.«

»Hart, aber fair. Hör mal, ich will nur sagen, vielleicht sieht es aus, als wäre alles dem Untergang geweiht, aber ich glaube, du unterschätzt dich, Kumpel. Ich glaube, dir ist gar nicht klar, wie viel du bewirken kannst, wenn du nur willst.«

»Wie das?«

»Na ja, mich hast du zum Beispiel überzeugt, oder? Ich bin ein geläutertes Eichhörnchen. Vielleicht kannst du auch andere Leute überzeugen, wenn du es dir in den Kopf setzt. Nur so ein Gedanke.«

In Kays Bauch geschieht etwas, das nichts mit der Zecherei des Vorabends zu tun hat. Es fühlt sich an, als würde sich eine kleine Tür öffnen und kühles Wasser hindurchfließen. Er ist zu müde und zu matschig im Kopf, um zu verstehen, was das bedeuten könnte. Seine ganze Haut fühlt sich eitrig und schorfig an, sie juckt schrecklich. Als wollte er sie abstreifen. Aber gleichzeitig verspürt er Zärtlichkeit für Barry. Ihm wird bewusst, dass er nickt.

»Also gut«, sagt er. »Ich denke mal drüber nach. Jetzt schauen wir mal, was wir wegen des Zaubers machen können, ja?«

Er muss sich vom Sessel abschälen. Teile von ihm sind durch den Stoffbezug gewachsen. Sein ganzer Körper ist steif. Davon, dass er im Kettenhemd geschlafen hat, und von der seltsamen Veränderung, die sein Körper gerade durchmacht.

Die Rinde an seinen Armen wächst schon zwischen den Kettengliedern durch und drum herum, sodass das eiserne Hemd Teil seiner neuen Eichenhaut geworden ist und er es gar nicht mehr ausziehen könnte, wenn er wollte. Beunruhigend. Wie lange dauert es noch, bis seine Füße Wurzeln treiben und ihn im Boden verankern?

Aber solche Gedanken kann er erst mal in den Hinterkopf verdrängen, bis er diese gute Tat hinter sich hat. Also nimmt er den Stab und wendet sich wieder Barry zu, der geduldig auf der Armlehne des Sessels wartet.

»Also, ich bin mir nicht sicher, ob es klappt«, sagt er.

»Gib einfach dein Bestes«, sagt Barry. Er schließt die Eichhörnchenaugen und spannt jeden Muskel seines Eichhörnchenkörpers an, als ob das was bringen könnte.

Kay streicht mit der Hand über den Stab. Rinde auf Holz. Vielleicht ist das hilfreich. Ein besserer Kontakt. Er packt ihn fest, als wollte er mit einem Speer Fische erlegen. Er hebt das keulenförmige Ende über die Schulter, richtet das schmale Gehstockende auf den Sessel und Barry.

Und dann versucht er, das Universum zu verbiegen. Nur ein kleines Wunder, verglichen mit dem großen Ganzen. Nur etwas ungeschehen machen, was er bereits getan hat. Aber damals war es einfacher. Ein Moment der Anspannung, als er versuchte, Mariam und ihre Freundinnen zu retten. Ein paar lose zusammenhängende Gedanken. Damals war die Magie dringend notwendig. Jetzt nicht. Er muss etwas anderes finden, was der Magie als Kraftstoff dienen kann.

Mit Barmherzigkeit könnte es klappen. Ganz normale Freundlichkeit. Auch wenn er davon weiß Gott kaum noch was übrig hat. Es fühlt sich an, als wäre die Quelle in ihm versiegt. Seine harten Eichenteile laufen nicht gerade über mit Wohlwollen für Menschen wie Barry. Trotzdem findet er ein Fünkchen Mitgefühl für dieses Menscheneichhörnchen.

Vielleicht war er als Kind gut und liebevoll. Vielleicht hat die Welt ihn so grausam gemacht. Menschen tun grausame Dinge, um sich selbst vor Grausamkeit zu schützen, und von da an geht alles den Bach runter. Man gerät an die falschen Freunde. Man übernimmt die falschen Gewohnheiten. Es ist einfach, Leute zu hassen, wenn alle anderen es auch tun. Hass ist der Weg des geringsten Widerstands. Vielleicht ist Barry wirklich ein geläutertes Eichhörnchen. Vielleicht möchte er ab jetzt einen anderen Weg einschlagen. Einen mühevolleren, aber besseren Weg. Das genügt als Grund, ihn zurückzuverwandeln.

Also nimmt Kay das Fünkchen Mitleid und nutzt es als Kraftstoff. Schickt es durch seine Arme, durch seine Hände. Lässt es durch die alte Maserung und die Wirbel des Stabs strömen, bis es aus dem Ende schießt und wie ein schwacher Blitz Barry trifft.

Dann großes Geschrei, das Geräusch von reißendem Fell, während Barry aus seiner Eichhörnchenhaut herauswächst und plötzlich als blasser und nackter Mensch aus ihr rausplatzt. Kurz balanciert er wacklig auf der Armlehne und plumpst dann rückwärts in den Sessel. Er tastet seinen Körper ab, um sich zu vergewissern, ob alles da ist, wo es sein soll. Dann grinst er und reckt beide Fäuste in die Luft.

»JUHU!«, ruft Barry. »Du verdammter Engel!«

Kay lächelt für einen kurzen Moment. Er hat nicht mal Zeit, den Stab zu senken, bevor Barry vom Sessel aufspringt, zu ihm herüberrast, ihn an beiden Wangen packt und auf den Mund küsst.

Er zieht den Kopf zurück und räuspert sich. Sie waren sich recht nahe, als Barry noch ein Eichhörnchen war. Auf seinem Kettenhemd rumkletterte, auf seiner Schulter saß, in seinem Schoß schlief. Aber jetzt, wo sie beide Menschen sind, fühlt sich diese Nähe seltsam an. Es ist leichter, einem sprechenden Eichhörnchen gegenüber wohlwollend zu sein als bei einem blassen und schlaksigen nackten Mann.

»Ach, Kumpel«, sagt Barry mit Tränen in den Augen. Plötzlich voller Reue. Er geht in die Knie, legt unbeholfen die Hände zusammen. »Wie kann ich mich dafür revanchieren? Ich tu alles! Sag es einfach, und ich mache es.«

Kay steht über ihm und blickt auf ihn herab. Für einen Moment hält er das Schicksal dieses Mannes in den Händen. Er schaut auf und sieht, dass Mariam mit dem Herumkramen aufgehört hat. Sie steht da und beobachtet sie mit einer Miene, die schwer zu deuten ist.

In den alten Tagen gab es Zeiten, wenn Hildwyn etwas Liebevolles tat und er von Dankbarkeit überwältigt war. Honig in seinen Haferbrei rührte, obwohl er sie nicht darum gebeten hatte. Ihn in ihren Gebeten an Gott bedachte. Und nach solchen Momenten fragte er sie immer, wie er sich dafür revanchieren könnte. Doch sie schüttelte jedes Mal den Kopf. Das ist nicht der Sinn von Freundlichkeit, sagte sie dann. Freundlichkeit sollte wie ein Fluss sein, der hangabwärts fließt.

»Gib es an jemand anderen weiter«, sagt er jetzt zu Barry. »Tu jemand was Gutes. Wie ich es für dich getan habe. So kannst du dich revanchieren.«

Barry nickt und grinst erleichtert. Als wäre er gerade so noch einmal davongekommen. Drei Tage als Eichhörnchen und eine gute Tat für jemand anderes. Ist das genug Buße für ein halbes Leben voller Hass? Barry scheint davon auszugehen. Doch Kay ist sich auf einmal nicht mehr so sicher. Er spürt, wie Verachtung in seine Brust kriecht und die schwache Barmherzigkeit durchbricht, die noch vor wenigen Augenblicken dort war. Vielleicht hat Barry ihn verarscht.

»Jetzt geh«, sagt er und benutzt den Stab, um nach draußen zu zeigen.

»Was?«, fragt Barry, dem das Grinsen aus dem Gesicht fällt.

»Verschwinde von hier. Na los. Geh und such deine Kumpels.«

»Oh«, sagt Barry. »Richtig. Ja, das, äh ... Das mache ich. Ich gehe und suche mir auch was zum Anziehen, denke ich.«

»Wäre keine schlechte Idee.«

»Richtig. Ja. Also, noch mal danke. Ganz ehrlich. Hierfür und für ... nun, auch für alles andere. Ein ganz neues Leben.«

»Gern geschehen.«

»Dann gehe ich mal. Wir sehen uns. Und, äh, viel Glück bei der Rettung der Welt und so.«

Barry zieht sich durch die Höhle zurück und winkt unbeholfen, während er sich die andere Hand vors Gemächt hält. Bis er den Plastikvorhang hinter sich fallen lässt.

Dann ist es still, abgesehen vom Summen der Erde und den feucht tröpfelnden Höhlengeräuschen. Kay wendet sich wieder Mariam zu und hat das Gefühl, ihre Bestätigung zu brauchen. Sie scheint nicht geneigt, sie ihm zu gewähren.

»Was machst du da drüben?«, fragt er.

»Hatte Merlin einen Fernseher?«, fragt sie zurück. »Oder ein Telefon? Einen Laptop?«

»Was?«

»Irgendwo in all diesem Krempel. Gibt es hier einen Fernseher?«

»Warum?«

Sie wirft ihm einem vernichtenden Blick zu. »Vielleicht, weil ich es satthabe, hier nutzlos herumzusitzen? Mir ist langweilig. Ich möchte sehen, was passiert, da draußen in der Welt.«

Er schnauft. Das ergibt tatsächlich Sinn. »Also gut«, sagt er. »Ich helfe dir suchen.«

Mariam steckt bereits tief im Gerümpelhaufen, also macht er sich ebenfalls an die Arbeit. Seine Knochen knarren wie junge Äste. Er will nicht darüber nachdenken, wie sein Skelett in diesem Moment aussehen würde, wenn man alles Fleisch abziehen würde. Er versucht, nicht zu lang darüber nachzudenken. Er sollte sich zur Ablenkung lieber dieser kleinen Queste widmen: der Suche nach dem Kasten der Bewegten Bilder. Mit dem wir sehen können, was sich in fernen Winkeln der Gefilde zuträgt. Kay wagt sich in einen Teil der Höhle, den Mariam noch nicht durchsucht hat, und macht sich auf die Suche, hebt prüfend Gegenstände auf und versucht dabei nicht auf seine Hände zu starren. Sie sind von dicken Scheiben aus Rinde überzogen, die knacken und sich verschieben, wenn er mit den Fingern nach etwas greift.

Merlin hat unter einer Plane ein Cembalo. Er hat ein riesiges Messingmodell der Planeten mit bemalten Kugeln an sich drehenden Armen. Er hat uralte Tonkrüge, die alles Mögliche enthalten könnten – Wein oder Dämonen oder versteinerten Joghurt. Wozu braucht ein einziger Zauberer so viel Kram? Wie hat er das alles hierher geschafft? Und wenn es ihm so wichtig war, warum hat er bei seiner Abreise so bereitwillig darauf verzichtet? Er wird keine Antwort auf diese Fragen bekommen, jetzt, wo Merlin weg ist. Kay macht einen großen Bogen um das Regal in der Ecke mit den kleinen Bäumen. Seine Back-up-Kopie. Er möchte nicht daran denken, was in der Erde darunter auskeimt.

Schließlich findet er, wonach er sucht, unter einem alten Teppich. Ein großer Holzkasten mit eingesetzter Mattscheibe aus Glas. Er erinnert sich, wie erstaunt er war, als er zum ersten Mal so ein Gerät sah. Ein Kasten voller bewegter Bilder. Viel beeindruckender als Merlins Zaubereien, weil er von Menschen erfunden wurde, die mühsam austüfteln mussten, wie so etwas funktionieren könnte. Selbst jetzt muss er darüber lächeln. Doch als er ihn zu Mariam hinüberträgt, verzieht sie das Gesicht.

»Uh«, macht sie.

»Was? Ich habe einen gefunden.«

»Er sieht aus wie, ich weiß nicht, eine Million Jahre alt.«

Er begreift nicht, was sie meint. Dieses Wunder der Technik. Er schüttelt den Kopf. »Und was bin ich dann?«

»Schon gut«, sagt sie. »Es wird schon gehen. Bring ihn hier rüber.«

Sie stellen den Kasten auf einen Stuhl vor dem Sofa. Kay wischt den größten Teil des Staubs ab. Mariam sucht eine Steckdose, an die sie das Gerät anschließen kann, aber er spekuliert darauf, dass Merlin sich nicht mit solchen Sachen aufgehalten hat. Er drückt einen Knopf an der Vorderseite, und das Gerät schaltet sich trotzdem ein. Mariam starrt auf den Fernseher, als wäre er verhext. Dann scheint sie sich zu erinnern, wo sie ist. Sie zuckt mit den Schultern und lässt das Kabel zu Boden fallen.

Sobald sie den Nachrichtenkanal gefunden haben, setzen sie sich zusammen aufs Sofa. Leute sitzen an einem sauberen Ort um einen Tisch herum und reden. Der Fernseher stellt sie grau und stumm dar. Der Kasten gibt keinen Ton von sich, bis Mariam davor in die Knie geht und einen Knopf dreht.

»... ungewöhnlich, aber die Position ist frei, seit König Charles abgedankt hat.«

»Machen Sie sich keine Sorgen, dass so etwas verfassungswidrig sein könnte?«

»Nein, Julia. Das halte ich für Unsinn. Ich glaube, das britische Volk hat genug von seichter Politik streng nach Verfassung. Die Bürger wünschen sich einen richtigen altmodischen König, der das Land aus dieser Krise und zu neuer Größe führt. Und das ist genau das, was Arthur tun wird.«

»Ich glaube, damit könnten Sie recht haben. Wir schalten jetzt live nach Glastonbury, wo morgen früh die Krönung von König Arthur statt-

finden wird. Wie es aussieht, sind die Vorbereitungen schon in vollem Gange ...«

»Hör nicht drauf«, sagt Mariam. »Das ist alles nur Blödsinn. Propaganda.«

Kay brummt. Natürlich ist es das. Die Verkünder von Nachrichten sagen immer nur das, für was mächtige Leute sie bezahlen. So war es schon vor dem Untergang Roms. Er will glauben, dass normale Bürger schlau genug sind, das zu wissen. Aber vielleicht täuscht er sich.

Der Fernseher zeigt eine bewegte Aufnahme der feuchten Ebene rund um das Tor. Dort wird eine Bühne aufgebaut, auf der Arthur stehen und bewundert werden kann, wenn ihm die Krone wieder aufs Haupt gesetzt wird.

So sollte es eigentlich nicht ablaufen, Arthurs Rückkehr. Aber andererseits hatten sie sich auch nie darauf geeinigt, wie es denn ablaufen sollte. Sie standen damals auf dem Schlachtfeld bei Camlann um Arthurs Leiche herum, als sie die Entscheidung trafen. Dass es gut wäre, einen König in Reserve zu haben, sollte es irgendwann richtig brenzlig werden. Sollten die Gefilde jemals überrannt werden. Aber vielleicht haben sie sich das nur selbst eingeredet. Es gab ihnen ein besseres Gefühl, als sie seine Leiche nach Avalon verschifften. Aber ihn wirklich zurückholen wollten sie dann doch nie, nicht als die Dänen kamen oder nach ihnen die Normannen. Kay dachte immer, dass Arthur zurückkehren würde, wenn die Welt selbst endet. Wenn die Gefilde in Feuer und Schatten versinken, verwüstet von Teufeln aus der Hölle oder üblen Wesen aus der Anderwelt. Wenn das Ende der Tage naht. Dann hätte Arthur schließlich zurückkehren sollen. Dann und nicht vorher.

Aber vielleicht ist das hier tatsächlich das Ende der Tage. Kay hat es sich nur immer anders vorgestellt, nicht so. Hier ist keine Dämonenhorde, die geifernd durch die Hügel zieht, damit Arthur sein Schwert gegen sie erheben kann. Keine Kriegerhorde, die hinter ihrem König reitet. Nur verdreckte Luft und eine Bühne, die von Männern in grellen Westen zusammengezimmert wird.

»Warum machen sie das nicht auf der Ölbohrplattform?«, fragt Mariam. »Oder in der Westminster Abbey?«

Kay sieht nicht allzu viel Sinn darin, jetzt solche Fragen zu stellen. Er zuckt mit den Schultern. Dabei knarren seine Knochen auf eine Weise, die ihm nicht gefällt. Die Leute im Kasten reden weiter.

»... die Sicherheitsvorkehrungen werden bestimmt sehr streng sein, Ian.«
»Nun, natürlich haben wir gestern gehört, dass die linken Extremisten in Manchester endlich überwältigt wurden. Die Terroristen, die für die Explosion der Fracking-Anlage in Lancashire verantwortlich sind, wurden ebenfalls verhaftet, und man hält sie nun auf der Avalon-Plattform gefangen, was zeigt, wie vielseitig diese Einrichtung ist.«
»Absolut. Eine äußerst kluge Investition der Regierung ...«

Mariam steht viel zu schnell auf und muss sich gleich wieder setzen, die Hand auf der Stelle, wo sie erstochen wurde. Aber ihre Augen sind weit aufgerissen.

»Sie sind auf der Avalon-Plattform«, sagt sie. »Wir wissen, wo sie sind.«

»Das ändert gar nichts«, sagt Kay.

»Warum nicht? Wenn wir wissen, wo sie sind, können wir losgehen und sie suchen. Wir können sie retten!«

»Und was dann?«, fragt er unwillkürlich. »Was soll das bringen? Selbst wenn wir deine Freundinnen retten, wird das Land sterben. Arthur wird immer noch König sein.«

Er schaut zu Mariam auf und sieht den Blick in ihren Augen. Kalte Scham steigt in seiner Brust auf.

»Es ist mir egal, was das bringt«, sagt Mariam. »Sie sind meine Freundinnen. Wenn ich eine Möglichkeit finde, sie zu retten, dann rette ich sie. Und du wirst mir dabei helfen, oder willst du hier faul auf deinem Arsch rumsitzen wie ein armseliger Wichser?«

Er brummt, weil er nicht weiß, was er dazu sagen soll. Warum sollte er versuchen, irgendwelche Leute zu retten? Damit hat er schon zu viel Zeit verschwendet. Dadurch wird die Welt letzten Endes kein Stück besser. Er schaut wieder auf den Fernseher, der die Avalon-Plattform zeigt, diese riesige Monstrosität, die sich über dem flachen Marschland erhebt.

»Ich wüsste nicht einmal, wie man da reinkommt«, sagt er. Doch dann beginnt er, darüber nachzudenken. Wie man es machen könnte. Während des letzten Krieges hat er an ein paar Missionen in kleinen Booten teilgenommen. Lautlos übers Wasser schleichen. Die Seite eines deutschen Kriegsschiffs hochklettern, auch so ein stählernes Monstrum. Aber anders. Dieses Ding ist viel größer, viel höher über dem Wasser, schwerer zu erklimmen.

»Ich weiß nicht, was mit den Walisern passiert ist«, sagt Mariam. »Ich glaube, man hat Gethin in Glastonbury festgenommen. Aber vielleicht würden sie uns helfen. Wenn sie immer noch ihre Boote haben ...«

Plötzlich ändert sich das Fernsehbild. Die Mattscheibe zeigt eine Flagge, die mit den sich überschneidenden Kreuzen. Er weiß noch, wie er sie zum ersten Mal sah und sie völlig bescheuert fand. Wann war das? Vielleicht in Marlboroughs Krieg. Die Unionsflagge. Die Flagge eines vereinten Landes. In diesem Moment wirkt sie nicht besonders passend.

»*Nun folgt eine Ansprache Seiner Majestät, König Arthur*«, sagt jemand im Fernseher.

»Ach du Scheiße«, sagt Mariam.

Und dann ist Arthur höchstpersönlich zu sehen, wie er an einem Schreibtisch sitzt. Er trägt sein Kettenhemd und den Bärenfellumhang und seine kleine goldene Krone. Man hat ihn ein bisschen rausgeputzt. Das Blut weggewischt. Hat man ihm erklärt, wie Fernsehen funktioniert? Er wirkt etwas unsicher, wie er da vor der Kamera sitzt. Kay verspürt ein wenig Mitgefühl. Es muss sehr seltsam für ihn sein. Wie ein Fisch auf dem Trockenen.

Doch dann starrt Arthur in die Kamera. Er räuspert sich und beginnt mit seiner Ansprache.

> *»Britannier! Lange habe ich geschlummert. Und während ich schlief, wurde Britannien schwach. Nun erhebe ich mich und sehe, dass dieses Land nur noch ein Schatten seiner einstigen Größe ist. Von Gewalt zerrissen und von Ausländern heimgesucht. Aber damit ist es vorbei. Jetzt, da ich zurückgekehrt bin, werde ich mein Schwert heben und Britannien wieder groß machen.«*

Sie sitzen da und verfolgen die Rede noch eine Weile. Arthur spricht davon, Revolten niederzuschlagen. Drachen zu töten. Fremde ins Meer zu treiben. Britannien den Briten. Das Land mit Blut zu säubern. Kay fragt sich, ob er das alles selbst geschrieben hat, oder ob sie ihn genötigt haben, es vorzutragen. Aber eigentlich macht es keinen Unterschied. Arthur war schon immer so.

»Verdammte Hölle«, sagt Mariam.

»Was?«, fragt Kay.

»Ich meine, hör ihn dir an. Er ist König Arthur. Ich dachte, er soll der beste König aller Zeiten sein. Richtig? Aber ist er nicht. Er ist genauso beschissen wie alle anderen.«

»Und?«

»Also ist das alles scheißegal! All die Geschichte und die Privilegien und der uralte Schwachsinn. Wenn König Arthur genauso beschissen ist wie alle anderen, hat das alles nichts zu bedeuten. Jeder könnte das Land regieren und einen besseren Job machen. Du könntest es machen. Bronte könnte es machen. Ich könnte es machen.«

Er sieht sie eine ganze Weile an. Mustert sie, während sie Arthur betrachtet. Wie sie mit erhobenem Kopf und gerunzelter Stirn auf den Fernseher starrt. Eine tiefe Überzeugung steht ihr ins Gesicht geschrieben, nicht Zynismus oder Verzweiflung. Sie hat noch nicht aufgegeben, anders als er.

»Ja«, sagt er. »Ja, ich glaube, du könntest es, wenn du es willst. Ich glaube, du würdest einen fantastischen Job machen. Also solltest du vielleicht losgehen und genau das tun. Geh los und führe. Geh los und verbessere die Welt. Ich glaube, du kriegst es hin, wenn du es dir in den Kopf setzt.«

Sie sieht ihn von der Seite an. Zuerst überrascht. Dann nachdenklich.

»Heißt das, du hilfst mir?«, fragt sie.

Er denkt nach. Er könnte sein Schwert ziehen und vor dem Sofa niederknien und sich ihrer Sache verschreiben, wie er es bei Kaiserin Maud getan hat. Der Beginn eines langen Kampfes. In dem er Menschen für eine gute Sache töten musste. Es hat Maud nicht allzu viel genützt. Und er ist sich auch nicht sicher, ob es jetzt allzu viel bringen würde.

»Hör zu, Mariam«, sagt er. »Ich habe ... schlimme Dinge getan. Im Laufe der Jahre. Dinge, die mir bis heute Albträume bereiten. Und ich dachte immer, ich würde das alles aus einem guten Grund machen. Ich habe immer gedacht, ich würde es tun, um die Welt zu verbessern. Aber wie sich herausstellte, war es nicht so. Ich glaube, am Ende hat es keinen großen Unterschied gemacht. Und ich will so was nicht mehr tun, wenn es sich vermeiden lässt.«

Mariam ist still. Im Hintergrund spricht Arthur von Feuer und Blut, sie hören ihm beide nicht mehr zu. Schließlich schüttelt sie den Kopf. »Ich habe dir vertraut«, sagt sie. »Als du zurückgekommen bist. Ich habe dir vertraut, dass du alles in Ordnung bringst. Ich dachte, du wärst gekommen, um die Welt zu retten, und dann wäre alles gut.«

»Mariam ...«

»Nein, hör zu. Ich habe dir vertraut, weil es einfacher war. Und ich habe Regan vertraut, weil es einfacher war. Ich habe ihr das Schwert gegeben, weil es einfacher war. Weil das bedeutete, dass ich nichts tun musste. Ich konnte einfach darauf vertrauen, dass jemand anders das Problem in Ordnung bringt. Aber ich glaube, ich habe jetzt verstanden, dass ich nicht so weitermachen kann. Ich kann nicht darauf hoffen, dass jemand anders vorbeikommt und auf magische Weise alles besser macht. Ich selbst muss es tun.«

»Und wofür brauchst du dann mich?«, fragt er.

»Weil du auch nicht so weitermachen kannst. Du kannst hier nicht herumsitzen und hoffen, dass *ich* auf magische Weise die Welt rette. Das gilt für uns alle. Wir alle müssen aufstehen und es gemeinsam tun.«

Kay hört etwas vom Höhleneingang. Nur ganz leise, doch dann kommt es wieder, lauter. Das Scharren von Schritten. Jemand nähert sich.

Er steht auf und zieht sein Schwert aus der Scheide, wirft den leeren Gürtel neben das Sofa. Zuckt zusammen, als er einen steifen, hölzernen Schmerz in der Schulter spürt.

»Was machst du?«, fragt Mariam.

»Leise«, flüstert er. »Geh irgendwo in Deckung.«

Dieser Teil der Höhle liegt hinter dem Plastikvorhang. Die Eindringlinge sind auf der anderen Seite, wer auch immer sie sind. Wenn er näher an den Vorhang herangeht, kann er ihnen auflauern, sie überraschen, sobald sie hindurchtreten. Doch dazu ist es zu spät. Der Vorhang wird zur Seite geschoben.

Zwei Personen tauchen auf, die ihn töten wollten, als er sie das letzte Mal sah. Morgan und Lancelot. Lancelot sieht ihn und lächelt dünn.

»Ich dachte mir, dass ich dich hier finde«, sagt Lancelot.

Kay bleibt vorsichtig, schluckt seine Verachtung hinunter. Er versucht an Lancelot vorbei hinter den Vorhang zu schauen, ob in der Höhle ein Trupp Söldner lauert. Aber er kann nichts erkennen.

»Wir sind nicht gekommen, um dich zu töten«, sagt Morgan und tritt vor. »Wir sind gekommen, um zu helfen.«

»Wobei?«, fragt er.

»Bei der Überwindung des Bösen und der Beseitigung von Gefahren für die Gefilde.«

»Tut mir leid, wenn es mir schwerfällt, das zu glauben.«

»Vielleicht solltest du uns erlauben, es zu erklären«, sagt Lancelot. Er nimmt eine Schultertasche ab, die er über seinem Kettenhemd trägt, und stellt sie behutsam an der Wand ab. Dann geht er ein paar Schritte tiefer in die Höhle. Auf Mariam zu.

Kay geht sofort auf ihn los, lässt sein Schwert von oben herunterfahren. Dieses Mal wird er sich nicht auf dem falschen Fuß erwischen lassen. Lancelot zieht sein Schwert gerade noch rechtzeitig, um Kays Hieb abzublocken. Er sieht kurz panisch aus, dann wieder herablassend. Und dann kämpfen sie wieder, schlagen im eigenartigen purpurnen Licht aufeinander ein. Mariam und Morgan schreien sie beide an, aber Kay hört nicht hin. Er bemüht sich, mit Lance mitzuhalten. Seine knarrenden Knochen bewegen sich nicht mehr so schnell wie sonst, und er fühlt sich immer noch elend von Merlins üblem Gebräu am Vorabend. Sein Herz hämmert in seinen Ohren. Zumindest weiß er so, dass er noch ein Herz hat und nicht einen Klumpen aus Holz.

Nachdem sie ein paar Hiebe ausgetauscht haben, bringt Lancelot ihn aus dem Gleichgewicht, legt sein ganzes Gewicht in sein Schwert und drängt ihn rückwärts in den Haufen aus Möbeln und altem Krempel. Kay stürzt und reißt dabei eine Art antiken Obelisken um, landet daneben auf dem Boden. Lancelot steht über ihm.

Mariam geht zwischen die Männer und breitet die Arme aus.

»Hört auf«, sagt sie. »Alle beide. Wenn ihr euch unbedingt noch mal umbringen wollt, geht dafür woanders hin. Das ist keine große Hilfe. Wenn ihr helfen wollt, die Gefilde zu retten oder was auch immer, dann legt eure Schwerter weg. Genauer gesagt, gebt sie her.«

Kay verzieht das Gesicht. »Was?«

»Neue Regel«, sagt Mariam. »Keine Schwerter in der Höhle. Wenn ich mich nicht darauf verlassen kann, dass ihr nicht überall damit herumfuchtelt, dann muss ich sie euch beiden wegnehmen.«

»Das ist doch absurd«, sagt Lancelot.

Kay kommt wieder auf die Beine. »Tut mir leid, Mariam«, sagt er. »Ich werde dir mein Schwert nicht geben, solange er hier ist.«

»Wir sind britannische Schwertkämpfer«, sagt Lancelot. »Ritter der Tafelrunde. Du kannst uns nicht einfach auffordern, auf unsere Schwerter zu verzichten.«

»Doch, kann ich«, erwidert Mariam. »Habe ich gerade gemacht. Also hört auf zu jammern und rückt sie raus. Beide.«

Mariam streckt die Hände aus. Kay sieht Lancelot an, Lancelot blickt zurück. Beide sind immer noch angespannt. Die Schwerter gezückt für eine neue Runde. Keiner ist willens, sich als Erster zu entwaffnen.

Dann überrascht Kay sich selbst. Er schwenkt langsam den Arm und hält Mariam sein Schwert hin. Doch er starrt Lancelot dabei weiterhin genau in die Augen. Fordert ihn heraus, dasselbe zu tun.

Er sieht, wie Lancelot zögert. Wie ihm offensichtlich der Gedanke durch den Kopf geht: Soll er jetzt zuschlagen? Den Feind erledigen, während er unbewaffnet ist? Kay würde an seiner Stelle dasselbe denken, und das nicht einmal aus Bosheit. Es ist einfach nur Instinkt.

Aber nein. Auch Lancelot händigt sein Schwert aus. Mariam steht da und hält beide Waffen wie Spielzeug, das sie Kindern abgenommen hat, die zu grob damit umgegangen sind.

»Gut«, sagt sie. »Und jetzt, egal, was ihr für ein Problem miteinander habt, ihr geht jetzt raus und redet drüber. Benutzt Worte. Kommt zurück, wenn ihr das geklärt habt, was auch immer es ist, und ihr bereit seid, euch wieder wie erwachsene Menschen zu benehmen.«

»Das kann nicht dein Ernst sein«, sagt Lancelot.

»Willst du hier wirklich allein mit ...?«, fragt Kay und deutet auf Morgan.

Mariam richtet beide Schwerter auf ihre vorherigen Besitzer. Sie hat offensichtlich keine Ahnung, wie man zwei Schwerter gleichzeitig hält, ganz zu schweigen, wie man damit kämpft. Aber sie macht nicht den Eindruck, als würde es sie stören. Sie würde es auf jeden Fall probieren.

Also gehen Lancelot und Kay grummelnd und schnaufend durch die Höhle davon. Durch den Vorhang. Sie räuspern sich und kratzen sich im Nacken. Sie treten ins Tageslicht und in den Wald. Blicken irgendwohin und meiden den Augenkontakt.

Kay ballt eine Faust. Er spürt den Drang, sie Lancelot in die Fresse zu hauen. Aber was würden sie damit erreichen, wenn sie hier im Matsch miteinander ringen? Sie beide haben schon genug Zeit im Matsch verbracht.

»Hör mal«, sagt Lancelot. »Lust auf ein Bier?«

Kay kann sein Erstaunen nicht verbergen. »Was?«

»Nicht weit von hier gibt es einen anständigen Pub. Wir könnten ein schnelles Pint runterkippen, dann wieder herkommen und ihr sagen, dass wir das Kriegsbeil begraben haben.«

Kay denkt darüber nach. »Einverstanden«, sagt er dann. »Das klingt sogar richtig gut.«

Dann gehen sie gemeinsam durch den Wald davon.

36

 MARIAM STEHT DA, MIT EINEM SCHWERT IN JEDER Hand, immer noch überrascht, dass Kay und sein Freund getan haben, was sie ihnen gesagt hat. Sie hofft, dass sie irgendwann zurückkommen. Sie wüsste nicht, was sie als Nächstes tun soll, wenn sie sie einfach im Stich lassen.

Jetzt richtet sie ihre Wut gegen Regan, die immer noch so aussieht wie in Glastonbury. Eine jüngere Version von ihr, mit blasser Haut und pechschwarzem Haar, in einem samtartigen grünen Kleid, das sich eng an ihre Kurven schmiegt. Es ist seltsam, eine heiße Regan zu sehen. Regan, die in den letzten paar Jahren wie eine Großmutter für sie war. Regan, die ihr ein Schwert in den Leib gestoßen hat.

»Du hast mich erstochen«, sagt sie.

»Ja.«

»Du hast gesagt, dass du mich nicht erstechen wirst, und dann hast du es doch getan.«

»Manchmal ist es notwendig, Opfer zu bringen, Mariam.«

»Ja, aber kein *buchstäbliches Menschenopfer*, Regan. Oder wie auch immer du wirklich heißt.«

»Mein wahrer Name ist Morganna, auch wenn viele Leute mich Morgan nennen. Also, ich bin mir sicher, dass du viele Fragen hast, aber ...«

»Ja, die habe ich. Und ich werde sie jetzt alle stellen, wenn es dir nichts ausmacht. Weil ich es verdient habe, die Antworten zu erfahren.«

Diese Person – Regan, Morgan – macht kurz den Eindruck, dass sie dagegen protestieren will. Doch dann scheint sie es sich anders zu überlegen. Sie nickt. »Also gut. Leg los.«

Mariam steht kurz auf dem Schlauch. Nachdem ihr jetzt erlaubt wurde, Fragen zu stellen, weiß sie nicht mehr, was sie zuerst fragen soll. Schließlich drängelt sich ihre Neugier einfach vor. »Siehst du wirklich so aus wie jetzt?«

Regan lächelt milde. »Nein. Aber so auch nicht.«

Sie altert, während sie spricht. Das Haar wird silbrig, das Gesicht runzelt sich, aus dem grünen Kleid werden eine Cargohose und eine Wollweste. Praktische Laufschuhe erscheinen an ihren Füßen. Mariam spürt eine seltsame Erleichterung in sich aufsteigen, als sie die alte Regan sieht. Aber es ergibt keinen Sinn, deswegen erleichtert zu sein.

»Du wärst nicht in der Lage zu begreifen, wie ich wirklich aussehe«, sagt Morgan.

»Es gibt viele Dinge, die ich nicht begreife«, sagt Mariam. »Warum hast du dich der FETA angeschlossen? Hast du ein paar junge Frauen gebraucht, deren Vertrauen du gewinnen wolltest, damit du unser Blut für ein bizarres Ritual benutzen kannst? Weil das echt verdammt creepy ist, ehrlich gesagt.«

Regan schließt die Augen und seufzt, nimmt sich einen Moment, das Ganze zu durchdenken, bevor sie wieder aufblickt und spricht. »Stört es dich, wenn ich rauche?«

Schließlich sitzen beide vor dem Fernseher. Regan raucht eine Selbstgedrehte in Kays Sessel. Mariam hockt auf dem Sofa und hält immer noch die Schwerter. Die Leute in den Nachrichten reden immer noch Unsinn, als Regan wieder das Wort ergreift.

»Es mag dir schwerfallen, das zu glauben«, sagt sie, »aber meine Motive waren aufrichtig. Nachdem die ganze Geschichte mit Arthur vorbei war, habe ich sehr viel Zeit damit verbracht ... mich aus den Angelegenheiten anderer Leute rauszuhalten. Ich hatte ein kleines Haus im Wald. Aber Männer geben immer ihr Bestes, Unheil zu stiften, also fing ich an, sie davon abzuhalten. Nicht durch Zauberei oder Beschwörungen oder solche Sachen. Ich habe nur ... versucht, eine gewöhnliche Frau zu sein. Vielleicht habe ich hin und wieder mal jemand mit einem Fluch bedacht, aber hauptsächlich habe ich das getan, was auch andere Frauen tun. Es gab Hungersnöte und Aufstände. Verzweifelte Menschen, die versuchten, die Welt zu verbessern. Ich habe geholfen, wo ich konnte. Ich habe für das Frauenwahlrecht demonstriert. Für nukleare Abrüstung. Für die Women for Life on Earth. Alles, womit sich der Planet retten lässt. Aber dann wurde mir allmählich klar, dass es keinen großen Unterschied macht. Friedliche Proteste. Gewaltfreie Aktionen. Also bin ich zur FETA. Nicht weil ich jemanden verhexen oder opfern wollte. Sondern weil ich wütend war und dachte, die FETA könnte etwas bewirken.«

Mariam starrt sie an, ohne zu blinzeln. Sie will die Schwerter nicht weglegen. Sie versucht alles zu verarbeiten. Ein Teil von ihr findet es ziemlich cool, dass Regan eine Suffragette war. Aber sie hält sich davon ab, da weiter nachzufragen. Sie wird vernünftige, ernsthafte Fragen stellen.

»Und was dann?«

»Dann war ich von der FETA frustriert. Du weißt, warum. Aus denselben Gründen, die dich frustriert haben. Tatenlosigkeit, Streitereien, falsche Schwerpunkte. Sich in Zelten verstecken, sich machtlos fühlen. In den alten Tagen hatte ich Einfluss. Ich hatte immer das Ohr von König Arthur. Also dachte ich mir, na ja, warum holen wir ihn nicht zurück? Und den Rest kennst du, glaube ich.«

»Nein. Erzähl es mir. Geh es Schritt für Schritt mit mir durch.«

Regan seufzt erneut. »Ich suchte mir ... die richtigen Leute aus. Marlowe, diesen furchtbaren Mann. Ich hatte ein- oder zweimal mit ihm zu tun, im Laufe der Jahre. Personen wie mich behält er im Auge. Und ich habe mit ihm einen Deal gemacht. Dass wir gemeinsam daran arbeiten, Arthur zurückzubringen. Ich dachte, es wäre eine gute Vereinbarung. Mir war nicht klar, was er vorhatte.«

Mariam spürt, wie sich ihr Gesicht vor Wut anspannt. Sie muss schlucken, bevor sie sprechen kann. »Also ist das alles deine Schuld«, sagt sie. »Es ist deine Schuld, dass die anderen wegen dieser Sache festgenommen wurden. Du hast uns verkauft. Du hast uns verpfiffen.«

Regan runzelt die Stirn, als hätte sie Einwände gegen diese Formulierung. »Er wusste bereits von der FETA. Natürlich wusste er davon. Schließlich waren wir nicht allzu unauffällig. Er hat uns als eine Art Buhmann benutzt. Ökoterroristen im Untergrund. Das gab seinen Leuten einen Vorwand, alles noch schlimmer zu machen. Stromausfälle und solche Sachen. Er hätte jederzeit Preston stürmen und uns alle verhaften können. Aber das wollte er nicht.«

»Und du hast das die ganze Zeit gewusst. Wolltest du deshalb, dass ich die Fracking-Anlage in die Luft jage? Wollte ... wollte *er*, dass wir das tun?«

»Ja, ich fürchte, genau das wollte er.«

Mariam steht unwillkürlich auf, ihre Gliedmaßen werden eher von Wut als von Vernunft gelenkt. Sie tritt näher an Regan ran, weiterhin mit beiden Schwertern in den Händen.

Regan blickt auf die Schwerter. Dann nimmt sie einen weiteren Zug von ihrer Zigarette. »Du kannst mich abstechen, wenn du dich dann besser fühlst. Ich schätze, damit wären wir dann quitt.«

»Sie haben sie gefangen genommen«, sagt Mariam. »Alle anderen. Willow und Teoni und Roz und Bronte. Wahrscheinlich werden sie in diesem Moment gefoltert, weil du uns verraten hast. Das ist deine Schuld.«

»Ich weiß«, sagt Morgan. »Und sie tun mir wirklich leid. Aber ich dachte, sie zu opfern wäre ein lohnenswerter Preis, um den Planeten vor der Vernichtung zu retten.«

»Es steht dir nicht zu, diese Entscheidung zu treffen!«

Das scheint Regan zu faszinieren. »Nein? Wem dann? Möchtest *du* vielleicht anfangen, schwierige Entscheidungen zu treffen? Wer geopfert werden muss und wer es verdient hat, am Leben zu bleiben? Ist ihr Leben wirklich bedeutender als das Leben von allen anderen? Bedeutender als die Rettung des gesamten Planeten?«

»Für mich ja«, sagt Mariam. Sie hört ein Schluchzen in ihrer Stimme und versucht es hinunterzuschlucken. Es gab eine Zeit, als sie bei Regan Trost suchen konnte, wenn sie Tränen in den Augen spürte, aber jetzt kann sie es nicht mehr. Sie wünscht sich, die alte Regan wäre hier.

»Ah«, sagt Regan. »Tja, das ist schade. Es könnten weitere Opfer notwendig sein, wenn wir das Böse besiegen wollen.«

Eine Träne löst sich und rinnt an Mariams Gesicht hinab. Sie widersteht dem Drang sie wegzuwischen. Gut möglich, dass sie sich dabei selbst ersticht. Stattdessen bewegt sie die Schwertspitzen näher an Regans Kehle heran. Regan sieht für einen halben Augenblick besorgt aus.

»Ich werde sie nicht opfern«, sagt Mariam. »Sie sind meine Freundinnen. Ich werde sie retten. Und du wirst mir dabei helfen.«

Diese Entscheidung trifft sie, noch während die Worte ihren Mund verlassen. Sie wird sie retten. Sie muss sich nur noch überlegen, wie.

Nun lächelt Regan schwach. Erholt sich von ihrem kurzen Schock. »Okay«, sagt sie. »Könntest du die jetzt weglegen? Ich würde dir gern etwas zeigen.«

Mariam legt sie nicht weg, sondern lässt sie lediglich sinken und tritt zur Seite, damit Regan aufstehen kann. Kays blonder Freund hat eine Schultertasche mitgebracht und an der Höhlenwand stehen lassen. Regan geht hinüber und nimmt einen Tablet-Computer aus der Tasche.

Sie setzen sich nebeneinander auf das Sofa. Regan braucht quälend lange, um das Passwort einzutippen, dann noch einmal quälend lange, um zu finden, wonach sie sucht. Es scheint gar nicht so leicht zu sein, ein iPad zu benutzen, wenn man achtzig Millionen Jahre alt ist.

»Hier«, sagt Regan schließlich. »Die Pläne der Avalon-Plattform.«

»O Gott!«, sagt Mariam. Sie reißt Regan das Tablet aus der Hand, als sie es ihr hinhält. Es sind detaillierte Grundrisse, genau das, wovon sie immer träumten, wenn sie direkte Aktionen planten. Mariam hat bereits ähnliche Pläne studiert, gelernt, wie eine Ölbohrplattform funktioniert, wie eine Fracking-Anlage aufgebaut ist, wie man sie außer Betrieb setzen kann, ohne die Umwelt zu schädigen. Das alles sind sie vor Jahren in Manchester durchgegangen, in den kalten Kellern, in denen sie ihre Studententreffen abgehalten haben. Lange bevor sie zum Preston-Lager ging. Aber ihre damaligen Pläne waren nie so gut wie diese. Sie zeigen den Aufbau Deck für Deck, nichts ist geschwärzt oder versteckt. Sie scrollt sich durch alle Seiten, ohne zu blinzeln, über das Tablet gebeugt.

»Woher hast du die?«, fragt sie.

»Lancelot hat sie für uns besorgt.«

Ihre Konzentration setzt für einen Moment aus. »Moment, der Typ ist *Lancelot*?«

»Ja.«

»Der Typ, der ... hat er nicht ... hat er es nicht mit Arthurs Frau getrieben? In den Geschichten?«

Regan atmet tief ein, als wollte sie alles erklären. Doch dann überlegt sie es sich anders und sagt nur: »Nicht ganz.«

»Ist Kay deshalb auf ihn sauer?«

»Etwas in der Art. Ich fürchte, diese Geschichte sollten wir für einen anderen Zeitpunkt aufheben.«

»Okay, na gut, wie auch immer«, sagt Mariam und richtet ihre Aufmerksamkeit wieder auf den Bildschirm.

Zuerst sucht sie nach dem Bohrlochkopf, die Stelle, wo das Öl zur eigentlichen Plattform hinaufgepumpt wird. Avalon ist riesig, aber der Bohrlochkopf ist genau da, wo er sein sollte: in der Mitte des untersten Decks. Dort gibt es auch ein manuell bedienbares Bohrlochabsperrventil, das man dicht machen kann, um zu verhindern, dass weiteres Öl durch das Bohrloch heraufkommt. Das müsste sie als Erstes schließen, wenn sie den Rest der Plattform zerstören will, ohne dass Öl in die Umwelt gelangt.

Aber das ist ja gar nicht ihre Absicht. Sie will ihre Freundinnen befreien. Sie durchkämmt die höher gelegenen Ebenen, Stockwerke voller Sachen, die es auf einer Ölbohrplattform nicht geben sollte. Luxussuiten. Schönheitsfarmen. Läden. Indoor-Golfplatz. Und technische Vorrichtungen, die sie nicht versteht. Ein riesiges Rohr verläuft durch alle Decks der Plattform und ist als GEOTHAUMISCHER SUPERKONDENSATOR gekennzeichnet. Sieht wichtig aus.

»Was ist das alles?«

»Soweit wir es einschätzen können«, sagt Morgan, »ist Avalon nicht nur eine Ölbohrplattform. Es ist eine Art Ernteanlage für Magie. Sie zieht die latente Magie aus der Erde und sammelt sie an einer Stelle.«

»Wozu?«

»Um den Schleier zwischen den Welten zu durchbrechen. Um die irdischen Gefilde hinter sich zu lassen und sich anderswohin zu befördern.«

Mariam sieht Regan blinzelnd an. »Also wollen die schlimmsten Leute der Welt alle ... verschwinden?«

»Ja.«

»Und das ist schlecht? Wir könnten sie einfach ... gehen lassen. Wenn wir vorher die anderen retten.«

Regan schüttelt den Kopf. »Wenn der Schleier auf diese Weise aufgerissen wird, setzt das eine große Menge an latenter Magie in den Gefilden frei. Dunkle Geister aus der Anderwelt würden diese Magie nutzen, um durch den Schleier zu gehen und sich in unserer Welt zu manifestieren. Drachen, Riesen, Trolle. Schrecken ohne Ende. Alle möglichen üblen Wesen, die wir vor langer Zeit ins Reich der Albträume verbannt haben. Unsere Wachwelt wird von Monstern überrannt werden.«

»Oh«, sagt Mariam. »Scheiße.«

»In der Tat scheiße«, bestätigt Regan.

Mariam starrt auf den Fernseher. Arthur hat seine Ansprache beendet, aber die Nachrichtenleute reden immer noch und nicken. Geben sich gegenseitig recht, wie majestätisch er ist. In der Sicherheit ihres Studios auf der Plattform. Werden sie ausgenutzt? Oder gar als Geiseln gehalten? Oder sind sie eingeweiht? Vielleicht kennen sie die Pläne und sind damit einverstanden, solange sie in Sicherheit sind. Sie sind drinnen. Ganz gleich, wie schlimm es kommt, für sie wird es nicht schlimm.

»Wie verhindern wir das?«, fragt Mariam.

»Am einfachsten wäre es, wenn wir die Avalon-Plattform zerstören, bevor sie ihr Ritual zu Ende bringen können«, sagt Regan.

Das kann doch nicht wirklich die einfachste Möglichkeit sein, oder? Sich in eine Hochsicherheitseinrichtung einschleichen und sie in die Luft jagen?

»Ich müsste zuerst die anderen retten«, sagt Mariam. »Ich

kann die Anlage nicht sprengen, solange sie noch dort eingesperrt sind.«

»Hm«, macht Regan. »Wie ich sagte, es könnten weitere Opfer notwendig sein.«

»Nein.«

Regan seufzt durch die Nase. »Mariam, ich verstehe, dass dir sehr viel an ihnen liegt. Aber du musst an das große Ganze denken.«

Mariam lacht, weil der Satz so dämlich ist. »Welches große Ganze meinst du?«

»Das Allgemeinwohl«, sagt Regan. »Was für alle auf dem Planeten gut ist. Wenn du die Welt retten willst, sollte das für dich die höchste Priorität haben. Das steht über allem anderen. Auch über der Rettung deiner Freundinnen.«

»Warum?«

»Es ist schon schwierig genug, in diese Einrichtung einzubrechen und sie zu zerstören. Wenn du auch noch versuchst, deine Freundinnen zu retten, wirst du höchstwahrscheinlich festgenommen. Und dann haben diese Leute gewonnen. Sie werden Arthur zum König machen, sie werden ihr Ritual durchführen, und die Welt wird ins Chaos stürzen. Selbst noch ein Ölfeuer wäre besser als das, was diese Leute planen.«

»Aber wäre es das? Wirklich?«

Regan hält ihrem Blick stand, ohne zu blinzeln. »Sag du's mir. Entweder ein langsamer Niedergang ins Chaos, während das Ökosystem immer weiter in sich zusammenbricht. Oder Teufel und Drachen und Pandämonium.«

»Das können nicht die einzigen beiden Möglichkeiten sein.«

»Ich fürchte, das ist die Situation, in der wir uns befinden.«

»Warum hältst du sie nicht auf? Du kannst doch Magie. Warum rettest du nicht die Welt? Und während du das erledigst, kann ich die anderen retten.«

Regan steht auf, und plötzlich sieht sie Furcht einflößend aus, wie eine Königin des Bösen. Der Raum wird kalt, weißes Feuer brennt in ihren Augen. Ihr Haar windet sich wie ein Schlangennest. Ihre Haut glüht in dunklem Licht. Mariam erhascht einen flüchtigen Blick auf ihre wahre Gestalt, und es ist ihr zu viel. Sie schließt die Augen, beißt die Zähne zusammen.

»Das kann ich tun, wenn du es wünschst«, sagt Regan. Sie scheint mit drei oder vier Stimmen gleichzeitig zu sprechen. »Aber dann werde ich so viel Feuer und Vernichtung auf diese Ölbohrplattform niederfahren lassen, dass man noch in tausend Jahren darüber sprechen wird. Und deine Freundinnen werden auf jeden Fall sterben.«

Mariam verspürt den Drang, von ihr wegzurücken, sich in die Armlehne des Sofas zu drücken. Sie starrt dieses Wesen vor ihr an, dieses Wesen, das sie so lange zum Narren gehalten hat, das vorgetäuscht hat, ihre Freundin zu sein. Dieses Wesen, das sie erstochen hat. Ist das ihre wahre Erscheinung?

Und dann wird ihr bewusst, dass sie lacht. Gegen die Armlehne gepresst, lacht sie Regan ins Gesicht. Selbst in dieser furchtbar bösen Gestalt wirkt sie verwirrt.

»Blödsinn«, sagt Mariam. »Wenn du das könntest, warum hast du es dann nicht schon vor Jahren getan? Warum gehst du nicht los und tust es jetzt? Warum bist du hier und redest mit mir?«

Regan bemüht sich erneut, ihr Angst zu machen. Sie versucht, doppelt so entsetzlich auszusehen. Aber es klappt nicht. Das Licht kehrt in den Raum zurück, flackernd, wie eine Neonröhre. Regans Haut verliert den eigenartigen Schimmer. Sie sieht wieder menschlich aus, aber älter. Verwelkt und weißhaarig. Gebrechlich und erschöpft. Sie lässt sich schwer auf das Sofa fallen und verbirgt ihr Gesicht unter einer Hand.

»Ich bin alt, Mariam«, sagt sie. »Ich bin alt und schwach. Ich habe nicht mehr die Kraft für solche Sachen. Deshalb brauche ich dich. Deshalb habe ich euch alle gebraucht, dich und deine Schwestern. Ich wusste, dass ich es allein nicht schaffe. Ich war einfach so erschöpft. Jahrhunderte harter Kampf, ohne irgendetwas zu erreichen. Ich fühlte mich so hilflos, weil ich nichts dagegen tun konnte.«

Mariam starrt sie an, diese alte Frau neben ihr auf dem Sofa, die sich eine Hand vors Gesicht hält. Sie sollte Mitleid oder Erbarmen empfinden, aber es ist dieselbe Frau – dieselbe Kreatur –, die sie vor ein paar Tagen mit dem Schwert abgestochen hat. Wahrscheinlich täuscht sie auch jetzt alles vor.

Mariam schluckt. »Deshalb bist du zu Marlowe gegangen«, sagt sie. »Du warst müde. Du warst bereit, alles aufzugeben. Du warst bereit, Arthur zurückzuholen, damit er alles in Ordnung bringt.«

Regan nickt langsam. »Ja. Ja, wahrscheinlich.«

»Tja, ich bin auch müde«, sagt Mariam. »Ich wache jeden Tag auf und bin müde. Weil ich eigentlich ein normales Leben führen sollte. Es sollten ältere Leute sein, Leute wie du und Kay, die für eine sichere Welt sorgen. Aber du und Kay und alle anderen, ihr schlagt nur die Hände über dem Kopf zusammen und zieht euch zurück, als wäre es nicht euer Problem. Und deshalb muss ich ständig in Zelten und Höhlen oder wo auch immer schlafen. Deshalb muss ich losziehen und Ölförderanlagen sprengen. Aber das ist nicht das, was ich *will*. Trotzdem muss ich es tun, weil keiner von euch es tut. Also laber mich nicht voll, dass du müde bist. Ich bin nämlich mehr als müde, ich bin komplett erschöpft, verfickt noch mal!«

»Ich ...«, sagt Regan.

Mariam schüttelt den Kopf und fällt ihr ins Wort. »Ich verrate meine Schwestern nicht, nur weil ich erschöpft bin. Ich gebe sie nicht einfach auf. Vielleicht hattest du das Gefühl, du musst das, aber ich nicht. Ich überlege mir einen Plan, wie ich sie retten kann. Und ich will nichts mehr über Opfer hören. Weder von dir noch von sonst wem.«

»Dann bist du ein Dummkopf«, sagt Regan leise.

Es klingt kleinlich. Kindisch. Mariam stellt fest, dass sie keine Geduld mehr übrig hat.

»Weißt du was?«, sagt sie. »Wenn du mir nicht helfen willst, solltest du vielleicht einfach gehen. Geh und ruh dich schön aus, irgendwo. Ich kriege das schon allein hin.«

Jetzt ist sie es, die aufsteht. Dieses Mal ohne Schwerter. Sie steht nur da und wartet, starrt auf Regan herab. Ohne etwas zu sagen.

Und schließlich rappelt Regan sich auf. Sie scheint hundert Jahre zu brauchen, sich vom Sofa zu erheben. Mariam bleibt stehen, mit verschränkten Armen, und schaut zu, wie diese alte Frau in Richtung Höhleneingang humpelt. Erst als sie den Plastikvorhang erreicht hat, dreht sie sich um.

»Ob ich vielleicht ...«, setzt sie an. »Ob ich vielleicht Kays Stab haben kann? Nur um ihn als Gehstock zu benutzen?«

»Geh einfach.«

Regan zögert, ihr Gesicht im Schatten. Dann nickt sie. Es ist schwer zu erkennen, wie sie jetzt aussieht. Wie die alte und die junge Version von ihr gleichzeitig.

»Ich bin stolz auf dich, Mariam«, sagt sie. »Ich möchte, dass du das weißt.«

Und dann geht sie. Schiebt den Vorhang zur Seite und geht durch. Lässt Mariam allein zurück.

37

KAY VERSTEHT NICHT, WARUM DER PUB HIER IST, aber er versucht, nicht weiter darüber nachzudenken. Wenn er darüber nachdenkt, verschwindet der ganze Pub vielleicht wieder ins Feenreich, und dann kann er kein Bier trinken.

Vor dem Haus ist ein Parkplatz, wo ein Pferd angebunden ist. Dasselbe, auf dem Lancelot in Manchester geritten ist. Es muss irgendwie gewusst haben, wie es allein hierherkommt. Lancelot nimmt sich einen Moment, um ihm die Nase zu reiben und es hinter den Ohren zu kraulen. Auf der Rückseite des Pubs wurde ein Motorrad mit einer Plane abgedeckt. Jemand hat zwei oder drei Benzinkanister daneben abgestellt. Lancelot scheint sich darüber zu freuen.

»Ich habe hier einen Zwischenstopp eingelegt, als ich zu dir unterwegs war«, erklärt Lancelot. »Und mit dem Wirt gesprochen. Ein anständiger Kerl.«

Als sie zur Vorderseite des Pubs herumgehen, stellen sie fest, dass die Tür nicht abgesperrt ist. Aber drinnen ist niemand, es herrscht Totenstille. Einige der Tische sind umgekippt. Kay braucht nicht lange, um die Einschusslöcher in den Möbeln zu bemerken. Die Schrotmunition in den Wänden. Leichen sind keine da, aber rote Flecken auf den Bodenfliesen. Blutstreifen, wo Menschen nach draußen geschleift wurden.

Lancelot seufzt. Mit einem Mal sieht er ermüdet aus. Er geht hinter die Theke und nimmt zwei Pintgläser vom Regal. Dann füllt er sie mit Bier.

»Was ist hier passiert?«, fragt Kay.

Lance zuckt mit den Schultern. »Ich weiß es nicht. Vielleicht Freunde von dir. Oder Söldner. Aber das spielt kaum noch eine Rolle, oder? So läuft es, wenn die Gefilde ins Chaos stürzen.«

Kay bemüht sich, nicht an die Decke zu gehen. Sie gehen mit ihrem Bier zu einem Tisch, wo sie sitzen und trinken können. Er ist klein und rund, mit drei weichen Hockern darunter. Lancelot blickt auf den leeren Platz und dann zurück zur Theke.

»Hätte eins für Galehaut einschenken sollen«, bemerkt er.

»Oder Galahad«, sagt Kay. »Er wäre vielleicht aufgekreuzt, wenn wir lange genug gewartet hätten.«

Lancelot schnieft leicht amüsiert. Aber er scheint nicht gegen das anzukommen, was er fühlt, während er die Blutflecken auf dem Boden betrachtet.

Sie sitzen schweigend da. Ein angespannter Waffenstillstand. Kay merkt, dass Lancelot ihn mustert, den Blick über ihn wandern lässt. Die Eichenhand und das moosige Haar, das Zeug, das durch seinen Kettenpanzer wächst. Kay versucht sich nichts anmerken zu lassen. Er nimmt den ersten Schluck von dem sprudelnden Zeug, das zwischen ihnen auf dem Tisch steht. Dann verzieht er das Gesicht.

»Schmeckt wie Pisse«, sagt Kay.

»Du siehst furchtbar aus«, sagt Lance. »Ich hoffe, das ist nicht ansteckend.«

Kay zuckt mit den Schultern. »Merlin sagt, dass die Gefilde sterben. Und mit ihnen auch die Magie. Könnte also bei dir auch passieren.«

»Verdammt!«, flucht Lance. »Hat er sonst noch was gesagt?«

»Ja. Ja, er hat tatsächlich ein paar Sachen gesagt.«

Also erzählt er es ihm. Er erzählt Lancelot alles, woran er sich erinnern kann. Über die sterbenden Gefilde. Über den Baum der Zeit und die schwarzen Zweige und die grünen Triebe. Er erzählt ihm von Herne und Nimue und Merlin und Mariam. Und schließlich kommt er zu den wichtigen Sachen, alles über die Pilze und die Auferstehungssteine und die absolute Sinnlosigkeit von allem, was sie während der letzten tausend Jahre getan haben. Als er damit fertig ist, haben sie beide ihr Bier fast leer getrunken.

»Wir alle waren nur Teil dieses ... Experiments«, sagt Kay. »Es gab keinen Zweck, für den wir immer wieder zurückkamen und versuchten, die Gefilde vor Gefahr zu retten, der ganze Blödsinn. Kein höheres Ziel. Keine heilige Pflicht. Merlin wollte nur sehen, ob es funktioniert. Die Magie. Damit er dasselbe mit seinen Pilzen machen kann.«

Lancelot starrt eine Weile auf den Boden. Er wirkt ungefähr genauso entsetzt wie Kay, als Merlin es ihm erklärte. Kay leert den letzten Rest in seinem Glas und gibt Lance so viel Zeit, wie er braucht, um alles einzuordnen. Und irgendwann nickt Lance.

»Tut mir leid«, sagt Kay. »Aber du hast gefragt.«

»Ja«, sagt Lancelot. »Ich glaube, ich brauche noch ein Bier.«

»Gute Idee.«

Sie schenken sich eine neue Runde ein. Etwas daran erinnert Kay an den letzten großen Krieg, als sie zwischen den Luftangriffen in Londoner Pubs tranken, wenn sie nicht gerade im Dienst waren. So taten, als wären sie normale Menschen. Nur dass das Ale damals besser schmeckte und die Pubs voller freundlicher Gesichter waren. Es kam einem gar nicht so schlimm vor. Vielleicht lag es nur daran, wo sie saßen. Aber die Lage war nicht hoffnungslos. Trotz des Bombenhagels. Anders als jetzt.

»Verdammt!«, sagt Lance noch einmal. »Warum haben wir uns die Mühe gemacht? Bosworth und Naseby und … das alles. Wir hätten einfach unter unseren Bäumen bleiben können.«

»Scheint so«, sagt Kay.

»Da fragt man sich, warum wir uns jetzt die Mühe machen.«

Kay sieht Lancelot stirnrunzelnd über den Rand seines Glases an. Nimmt einen weiteren Schluck vom grässlichen Bier und wischt sich den Schaum vom Schnurrbart. »Ja, warum machst du dir eigentlich die Mühe?«, fragt er. »Warum bist du hier? Hat Arthur schon wieder die Schnauze voll von dir?«

Lancelot kneift die Augen zusammen. »Vermutlich würdest du mir nicht glauben, wenn ich sage, dass ich hier bin, um meine Prinzipien zu verteidigen.«

»Keine Sekunde«, sagt Kay. »Ich glaube nicht, dass du seit dem Tag deiner Geburt auch nur eine selbstlose Tat vollbracht hast.«

»Wollen wir das alles wirklich noch mal durchkauen?«

»Anscheinend.«

Lancelot seufzt. Er presst die Augenlider zusammen. Denkt zurück an die alten Tage. Sieht müder aus, als Kay ihn je zuvor erlebt hat.

»Hör zu«, sagt Lancelot, »ich habe Gwen aus dem Feuer gerettet, weil sie ein verängstigtes junges Mädchen war und Arthur sie bei lebendigem Leib verbrennen wollte. Ich habe es nicht getan, um einen Krieg anzuzetteln. Ich konnte nicht einfach tatenlos zusehen.«

»Und was ist mit all den Menschen, die anschließend verbrannt sind, in deinem Krieg gegen Arthur? Da konntest du tatenlos zuschauen oder wie?«

Lancelot schnauft. »Das fängt ja toll an.«

»Du hast meine *Frau* getötet, Lance.«

Das hat er zu laut gesagt. Er spürt fast, wie die Leute an den anderen Tischen sie anstarren und die Gespräche verstummen. Nur dass hier natürlich niemand ist. Die Tische sind leer. Vielleicht hat er ihre Geister aufgeschreckt. Vielleicht lauschen sie ihnen aus dem Jenseits.

Sie sitzen eine ganze Weile schweigend da, während sie von ihrem Bier und ihrem uralten Groll kosten. Dann schließt Lancelot die Augen und ergreift das Wort.

»Das mit Hildwyn tut mir aufrichtig leid. Ich bin ihr nur einmal begegnet, aber sie schien eine bezaubernde junge Frau zu sein. Und als ich die Sachsen um Hilfe bat, habe ich keinen Augenblick im Traum daran gedacht, dass sie es so weit auf die Spitze treiben würden. Es war nie meine Absicht, dass sie dein Haus niederbrennen oder jemandem, der dir lieb ist, Schaden zufügen. Es tut mir leid, dass sie es getan haben. Es tut mir leid, dass ich dafür bis jetzt nie um Verzeihung gebeten habe.«

Kay ärgert sich immer mehr. Er erinnert sich an Wyn. Wie sie lebte und lachte. Und wie sie tot unter den herabgestürzten Balken lag. Er gibt sich wieder einmal diesen Erinnerungen hin und fühlt sich dann schlecht damit. Sie würde das nicht wollen, dass er sich ihren Tod ins Gedächtnis ruft und damit seinen Zorn befeuert.

Das Schlimmste ist, dass ein Teil von ihm Lancelot versteht. Er möchte es sich selbst nicht gern eingestehen, aber er kann sich vorstellen, wie so etwas passiert. Krieg ist Chaos. Zum Beispiel das Massaker hier in diesem Pub. Man gibt Befehle, die ganze Sache nimmt immer mehr Schwung auf, und Menschen sterben. Obwohl man es so gar nicht gewollt hat. Das weiß er. Das wusste er auch damals. Aber er war so wütend, dass Wyn gestorben war, bevor sie zusammen alt werden konnten. Er spürte die Sachsen auf, die das getan hatten, und schlachtete sie ab, aber danach war er kein bisschen weniger wütend. Also richtete er seine Wut stattdessen auf Lancelot. Das war damals nicht schwer, weil Lancelot sich weigerte, um Verzeihung zu bitten. Aber jetzt hat er das. Der Brennstoff ist aufgezehrt. Das Feuer lässt nach und kühlt ab.

»Also gut«, sagt er.

»Aber wenn wir schon bei diesem Thema sind ...«, sagt Lancelot.

Kay stöhnt. »Lance!«

»Wenn du nur zu mir gehalten hättest, wäre das nicht geschehen. Wenn du dich mit mir verbündet hättest, wären wir gemeinsam gegen ihn in die Schlacht gezogen. Wir hätten dem Wahnsinn ein Ende setzen können.«

»Ich hatte einen Eid geschworen, mein Schwert nicht gegen ihn zu erheben. An diesen Schwur habe ich mich gehalten. Und er war mein Bruder, Lance. Er ist es immer noch.«

»Was bedeutet, dass du besser als jeder andere weißt, wie furchtbar er ist.«

»Er ist einfach nur ... krank«, sagt Kay. »Glaube ich. Er ist nicht richtig im Kopf. Das war er noch nie. Deshalb fällt es den Leuten leicht, ihn zu manipulieren.«

Lancelot fegt fast sein Bier vom Tisch. »Dann lass uns losziehen und alle Leute töten, die ihn manipulieren! Das hättest du schon damals tun können, mir helfen, Mordred und Agryfan und all die anderen zu töten. Kannst du immer noch. Und wenn du es jetzt tust, dann will ich dabei sein und mitmachen. Weil mir scheint, dass die Leute, die das Land führen, es verdient haben.«

»Einschließlich Marlowe?«

Darauf war Lancelot offenbar nicht gefasst. Er schluckt, bevor er spricht. »Der hat bereits bekommen, was er verdient hat. Ich habe ihn getötet.«

535

Kay fühlt sich schlagartig schrecklich nüchtern. »Was?«, fragt er.

»Er hat Galehaut auf dem Gewissen«, sagt Lancelot. »Er hat seinen Baum fällen lassen. Also habe ich ihn getötet. Ich wollte das Richtige tun.«

Kay ist schockiert, dann zornig. Seine Eichenfaust ballt sich. Seit sehr langer Zeit haben sie alles getan, was Marlowe ihnen aufgetragen hat. Mochte es noch so scheußlich sein. Sie haben darauf vertraut, dass er ihre Geheimnisse wahrt. Was anscheinend ein Fehler war.

»Okay«, sagt er. »Also. Es ... es tut mir leid wegen Galehaut, Lance. Ich weiß, dass ihr, äh ... dass ihr euch sehr ... Ich weiß, dass du ...«

Lancelot versucht ihm zu helfen. »Dass wir schwul waren und eine Menge Sex hatten?«

»Ja«, sagt Kay und räuspert sich. »Ja. Tut mir leid.«

»Das ist noch längst nicht alles«, sagt Lancelot. »Ich hole uns noch eine Runde, dann erzähle ich dir den Rest.«

Noch mehr grässliches Bier. Lancelot erklärt ihm, was sie planen, diese falschen Berater. Die Magie aus der Erde saugen und damit Böses tun. Den Schleier aufreißen und ins Feenreich verschwinden. Jetzt versteht Kay auch, was in Lancashire passiert ist. Die Drachin, die aus der Tiefe kam. Die sonderbare Magie rund um die Fracking-Anlage. Er muss höhnisch grinsen. Wenn sie Marlowes sämtliche Akten gelesen haben, müsste ihnen klar sein, dass das eine schlechte Idee ist. Sie müssen wissen, was mit der Welt geschehen wird, wenn es keine Barriere mehr zwischen den wachen Gefilden und dem Reich der Albträume gibt. Aber vielleicht ist es ihnen egal. Sie wollen nur vor der Sauerei flüchten, die sie selbst angerichtet haben. Scheiß auf alle anderen.

Als sein viertes Pint fast schon leer ist, überkommt Kay kurz ein bisschen Mitgefühl, der Gedanke, dass sie etwas tun sollten – dass sie ihre Schwerter aufnehmen sollten. Aber dieser Moment hält nicht lange an.

»Ich habe die Pläne Morgan und deiner Freundin überlassen«, sagt Lancelot. »Falls sie daraus schlau werden, können wir vielleicht etwas tun. Ich weiß nicht, die Anlage sprengen oder irgendwie sabotieren. Dürfte auch nicht viel schwieriger sein als der Luftangriff auf Paderborn fünfundvierzig, würde ich meinen.«

Gedanken an Nazis und schlimmere Sachen drohen seinen Kopf zu übernehmen, also ertränkt er sie in Bier und schüttelt den Kopf. »Selbst wenn wir sie sprengen könnten, würde es nicht den winzigsten Unterschied machen. Ich habe es dir doch erklärt. Merlin sagt, es gibt keine Hoffnung. Keine Möglichkeit, dass das alles hier gut endet.«

Lancelot sieht ihn blinzelnd an. »Mit der Einstellung wohl kaum. Komm schon, ich bin nicht den weiten Weg hierhergefahren, damit wir wie zwei deprimierte Arschlöcher herumsitzen.«

»Hör zu. Merlin kann die Zukunft sehen. Alle möglichen Zukünfte. Und er sagt, auf diesem Zweig des … des Baums der Zeit … besteht keine Hoffnung, dass irgendetwas Gutes herauskommt. Wir haben unsere Chance verpasst. Von hier an wird es immer beschissener. Keine grünen Triebe mehr. Welchen Sinn hätte es also, es trotzdem zu versuchen?«

»Ach, scheiß auf den Baum der Zeit«, sagt Lancelot. »Ich glaube nicht daran, dass alles vorherbestimmt ist und dass die Lage hoffnungslos ist, nur weil Merlin sagt, dass es so ist. Ich glaube, dass wir selbst über unsere Zukunft bestimmen können. Vielleicht hat nur die Tatsache, dass du aufgegeben hast, dazu geführt, dass er keine grünen Triebe mehr gesehen hat. Schon mal daran gedacht?«

»So läuft das nicht.«

»Hat deine Freundin Mariam auch aufgegeben?«

»Nein«, antwortet er. »Nein, sie will immer noch etwas tun. Sie hat noch Hoffnung.«

»Siehst du?«, sagt Lancelot. »Wenn sie noch Hoffnung hat, habe auch ich noch Hoffnung. Das reicht mir.«

Kay starrt auf einen Fleck auf dem Tisch, wo Lancelot etwas Bier verschüttet hat, und beobachtet, wie es sich langsam über die Oberfläche bis zum Tischrand ausbreitet. Wartet darauf, dass es über die Kante fließt und auf den Boden tropft. Aber irgendwas hält das Bier auf.

»Aber wie lang geht es danach weiter?«, fragt Kay. »Gehen wir mal davon aus, dass wir es irgendwie schaffen. Noch einmal die Welt retten. Die Gefahr für die Gefilde abwenden und uns wieder schlafen legen. Wie lange ziehen wir das noch durch, wo wir jetzt wissen, dass wir nichts damit erreichen? Dass alles früher oder später noch einmal passieren wird. Noch ein Krieg oder was anderes, fünfzig Jahre später. Und dann müssen wir uns wieder erheben und etwas dagegen tun.«

Lancelot zuckt mit den Schultern. »Ich weiß es nicht. Vermutlich bis zum Jüngsten Gericht. Bis die Erde von der Sonne verzehrt wird. Bin auch nicht übermäßig begeistert, muss ich sagen, aber so ist es nun mal.«

Kay wischt sich mit einer Hand übers Gesicht. »Wahrscheinlich dachte ich, Merlin hätte einen Plan für uns. Das machte es leichter. Aber jetzt, wo ich weiß, dass das nicht der Fall ist, da ... bin ich mir nicht sicher, ob ich damit weitermachen möchte.«

Lancelot sieht ihn mitfühlend an. »Ich schätze, für dich ist es anders«, sagt er. »Du wirst vielleicht Hildwyn wiedersehen, wenn das alles vorbei ist. Ich weiß nicht, ob ich Galehaut jemals wiedersehen werde.«

Kay denkt über die eigenartigen Bäume in Merlins Höhle nach. Dann steht er vom Tisch auf und merkt plötzlich, wie viel er getrunken hat. Das Blut – oder in seinem Fall vielleicht der Saft – sackt ihm in die Füße.

»Komm mit«, sagt er. »Ich muss dir was zeigen.«

»Einen Moment«, sagt Lancelot und hebt eine Hand. »Lass uns erst noch eine Runde trinken.«

38

MARIAM STUDIERT DIE PLÄNE.

Auf diesem Tablet sind nicht nur Grundrisse, sondern auch Klimatabellen, Temperaturverteilungen, Prognosen zu Opferzahlen. Beweise für Verbrechen gegen den Planeten. Sie stellt sich einen Gerichtsprozess vor, in der Welt nach dieser, einer sicheren Welt, wo der Krieg vorbei ist und das Ökosystem gerettet wurde. Im Moment kommt ihr das nicht sehr wahrscheinlich vor. Das war es wohl nie, aber früher hatte sie immer das Gefühl, dass es noch andere Leute gibt, andere FETA-Zellen, andere Klimakrieger, die tun würden, was getan werden muss. Den Krieg gewinnen. Die Verantwortlichen zur Rechenschaft ziehen. Gerichtsverfahren gegen Klimasünder, in einer besseren Welt. Doch jetzt weiß sie, dass es sonst niemanden gibt. Nur sie, in dieser Höhle, mit diesem Tablet.

Aber darüber sollte sie in diesem Moment nicht nachdenken. Sie muss sich auf das konzentrieren, was genau vor ihr liegt. Wie sich dieses Ding zerstören lässt, ohne weitere Umweltschäden anzurichten. Wie sie ihre Schwestern retten kann, ohne selbst umgebracht zu werden.

In den Grundrissen findet sich ein Bereich, der mit ARRESTZENTRUM gekennzeichnet ist. Das klingt vielversprechend. Die Plattform hat zwölf Decks, soweit sie erkennen kann. Das Arrestzentrum befindet sich auf Deck zwei, sehr weit oben auf der Plattform. Der Bohrlochkopf ist ganz unten auf Deck zwölf.

Regans Abwesenheit ist sehr laut. Im Kopf hört Mariam ihre Stimme, die ihr sagt, dass sie vernünftig sein soll. Dass es viel sicherer ist, so schnell wie möglich vorzugehen, rein und sofort wieder raus. Die Plattform sabotieren. Sie in die Luft jagen. Sich nicht ablenken lassen. Keine Umwege riskieren, um ihre Freundinnen zu retten. Aber sie hört nicht auf diese Stimme.

Da ist noch eine zweite, beharrliche Stimme, die ihr sagt, dass dieser ganze Plan verrückt ist. Sie ist allein. Sie kann unmöglich wirklich denken, dass das funktioniert. Alles wird schiefgehen, genauso wie in Preston. Kay wird sie wieder retten müssen.

Vielleicht sollte sie warten, bis er und Lancelot zurückkommen, bevor sie irgendwelche Pläne schmiedet. Kay hat so etwas wahrscheinlich schon einmal gemacht. In der Zwischenzeit tut sie alles, was sie kann, um sich vorzubereiten. Sie packt ihre Tasche, dann packt sie noch mal um. Das Tablet mit den Plänen wird sie mitnehmen. Sie hat immer noch das Semtex und die Kletterausrüstung. Beides braucht man, um eine Ölförderanlage zu sprengen, aber für die Avalon-Plattform kommt es ihr zu wenig vor. Die Seile sind vermutlich nicht lang genug, die Sprengsätze zu schwach.

Mariam packt alles aus und zum dritten Mal ein und hat das Gefühl, jetzt muss es gut sein. Kay und Lancelot sind noch nicht zurück. Haben sie sich gegenseitig umgebracht? Haben sie sich einfach verpisst und sie hier ganz allein zurückgelassen?

Sie setzt sich und schaut wieder Fernsehnachrichten, bis sie es nicht mehr erträgt. Dann schaltet sie das Gerät aus. Die Höhle fühlt sich jetzt doppelt so still an. Doppelt so leer. Die Verzweiflung steigt in ihr auf und nistet sich kalt in ihrem Bauch ein, schließt ihre Faust um ihr Herz.

Sie tippt geistesabwesend mit dem rechten Fuß auf den Boden und dreht ihre Gebetsperlen, bis die Haut an ihrem Handgelenk wund wird. Kann man die Welt mit guten Absichten retten? Kann man sie mit einem Rucksack voller Klettersachen und Plastiksprengstoff retten? Man kann sich zumindest nicht auf friedliche Proteste und die richtigen Kreuzchen auf einem Wahlzettel verlassen. Man kann sich auch nicht auf die Waliser und die Kommunisten verlassen, die mehr Optimismus als Munition haben. Man kann sich nicht einmal auf den ganzen schrägen alten Scheiß verlassen, auf Leute wie Kay und Regan und König Arthur, dass sie aus der Erde hervorkriechen und auf magische Weise alles besser machen.

Also bleibt es wahrscheinlich doch an ihr hängen. Nach Glastonbury zurückkehren, auf eine riesige Ölbohrplattform klettern, sie in die Luft jagen und die Welt retten. Sieht nicht so aus, als hätte jemand anders Bock drauf.

Mariam sucht in Merlins Krempel nach Stift und Papier und schreibt Kay eine Notiz. Dann fällt ihr nichts mehr ein, womit sie noch mehr Zeit vergeuden könnte. Ihr bleibt nur noch, in den Wald hinauszugehen. Irgendwie muss sie es bis Mittag nach Glastonbury schaffen, um das alles zu verhindern. Das hat Regan gesagt.

Doch dann stellt sie fest, dass sie immer noch dasteht und nichts tut. Ihre Füße wie festgeklebt. Den Rucksack über der Schulter. Sie fühlt sich wie betäubt. Sie weiß nicht einmal, in welcher Region sie sich befindet. Sie hat kein Auto. Sie hat keine Landkarte. Selbst wenn sie sich jetzt sofort auf den Weg macht, könnte es schon zu spät sein. Selbst wenn sie die Welt retten will, könnte es unmöglich sein. Kein magischer Zauber, der sie über Nacht hinbringt.

Oder vielleicht doch.

Kays Stab lehnt immer noch gegen seinen Sessel. Mariam betrachtet ihn eine halbe Sekunde lang nachdenklich und sagt sich dann, dass sie verrückt ist. Vermutlich muss man ein uralter Drecksack wie Kay oder Regan sein, um einen magischen Stab benutzen zu können. Oder? Wär ja Quatsch, wenn jeder es könnte. Wozu bräuchte man dann Zauberer oder Hexen oder Helden, wenn jeder die Macht hätte, so was einzusetzen? Wenn jede normale Person den Stab aufheben könnte und damit die Welt retten?

Sie starrt den Stab für einen langen, stummen Moment an. Dann geht sie hinüber und hebt ihn auf. Er fühlt sich wärmer an, als er sollte, wie ein Telefon, das man in der Sonne aufgeladen hat. Das Holz ist irgendwie gleichzeitig rau und glatt. Sie probiert aus, wie sie ihn am besten halten kann. In beiden Händen gleichzeitig fühlt er sich wie ein Knüppel an, mit dem man jemandem den Schädel einschlagen könnte. Wenn sie das Ende auf den Boden stellt und ihn fast ganz oben anpackt, reicht er ihr bis über die Taille, fast wie ein Gehstock. Das kommt ihr etwas natürlicher vor. Aber sie hat immer noch keine Ahnung, was sie damit anstellen soll.

Sie fängt an zu experimentieren. Richtet den Stab auf die Wand, um zu sehen, ob irgendwas Nützliches aus seiner Spitze schießt. Stampft mit dem Ende auf den Boden. Zuerst sanft, dann fester. Schwingt ihn in wilden Bögen durch die Luft. Aber nichts passiert, außer dass sie Staub aufwirbelt.

Tja, schade. Wirklich daran geglaubt hat sie eh nicht.

Aber vielleicht ist das das Problem. Vielleicht muss sie wirklich daran glauben. Sie hält den Stab mit beiden Händen vor ihrem Körper und drückt das Ende auf den Boden. Sie schließt die Augen. Sie reguliert ihren Atem, als würde sie eine von Brontes Meditationssitzungen mitmachen. Es fühlt sich lächerlich an, aber sie zwingt sich dazu, es trotzdem zu machen. Dann spricht sie leise vor sich hin.

»Ich schaffe das«, sagt sie. »Ich schaffe das. Ich krieg das hin.«

Mariam denkt an Magie. An alte Wesen. Wälder und Ritter

und Burgen. Zauberer. Sie denkt an den Hirsch, dem sie gestern im Wald begegnet ist. Das ist die Welt, aus der die Magie kommt. Nicht aus ihrer Welt. Vielleicht muss sie sie von irgendwo heraufbeschwören. Vielleicht muss sie jemanden oder etwas überzeugen. Sich als würdig erweisen.

»Ich will die Welt retten«, flüstert sie. »Ich will die Wälder und die Tiere und alles Leben in der Welt retten.«

Nichts tut sich. Also denkt sie stattdessen an ihre Freundinnen. Sie denkt daran, wohin sie gehen will. Sie stellt sich vor, sie wiederzusehen, sie zu retten. Wenn sie die Augen schließt und es sich intensiv genug wünscht, wird der Stab sie vielleicht zu ihnen bringen. Sie will sie retten. Sie konzentriert sich auf diesen Gedanken. Spannt jeden Muskel im Gesicht und in den Armen an, bis sie das Gefühl hat, gleich in Ohnmacht zu fallen.

Vielleicht gibt es keine magische Lösung für all diese Sachen. Sie kann nicht einfach mit einem Zauberstab wedeln und sich quer durch das Land zappen. Sie kann ihre Freundinnen nicht retten oder die Welt vor dem Untergang bewahren. Wie konnte sie auch nur eine Sekunde denken, dass sie das kann? Sie ist nur ein normaler Mensch. Das sind keine Sachen, die normale Menschen tun können.

Doch dann erinnert sich Mariam, was Kay ihr gesagt hat, als sie durch das dunkle Moor in Manchester gewandert sind. Auch normale Menschen können Wunder bewirken, wenn sie es sich in den Kopf setzen. Wenn sie es schaffen, an sich selbst zu glauben.

Das macht sie zu ihrem Mantra. Sie schließt wieder die Augen.

Normale Menschen können Wunder bewirken, wenn sie an sich selbst glauben. Normale Menschen können Wunder bewirken, wenn sie an sich selbst glauben. *Normale Menschen können Wunder bewirken, wenn sie an sich selbst glauben.*

Der Stab wird wärmer in ihrer Hand. Sie hört einen klagenden Ton, der immer lauter wird. Sie spürt eine Veränderung in der Luft um sich herum, wie der Druckabfall vor einem Gewitter. Ihre Haare sträuben sich. Als sie dann die Augen öffnet, sieht alles ganz anders aus, als könnten ihre Augen ganz andere Farben wahrnehmen als zuvor. Ein Regenbogen umwirbelt sie, bewegt den Staub in Spiralen. Er hebt sie hoch und bringt sie an einen anderen Ort.

39

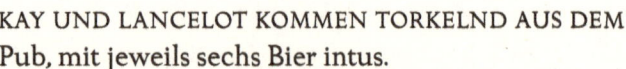

KAY UND LANCELOT KOMMEN TORKELND AUS DEM
Pub, mit jeweils sechs Bier intus.

Die Straße ist dunkel. Der Himmel ist dunkel. Kay
starrt überrascht zum Mond hinauf, um zu schauen,
wie spät es ist. Er dachte nicht, dass sie so lange da
drinnen waren. Arthurs Krönung ist morgen. Dann
wird der Schleier aufgerissen, und alle möglichen Schrecken
werden auf die Welt losgelassen. Und sie besaufen sich hier
in diesem Kaff, wo auch immer sie sind. Tolle Beschützer der
Gefilde, wirklich.

Sie wanken durch den Wald zur Höhle zurück und singen
ein altes Lied über jemanden, der versucht, mit der Tochter
eines Riesen zu schlafen. Lancelot bleibt stehen, um gegen
einen Baum zu pissen, Kettenhemd und Jacke bis zur Taille
hochgezogen. Kay wartet, wühlt mit einem Fuß in einem
Haufen Blätter rum. Er hört Lancelot hinter sich kichern.

»Was ist?«, fragt er.

»Dieses Mädchen«, sagt Lancelot. »Mariam. Hast du mit
ihr, äh … intime Bekanntschaft gemacht?«

»Nein.«

»Nicht mal ein klein bisschen?«

»So ist das nicht.«

»Warum nicht?«

»Weil es einfach nicht so ist.«

»Es ist völlig in Ordnung, hin und wieder ein klein wenig Spaß zu haben, weißt du.«

»Hm.«

Lancelot räuspert sich. »Kay, du wirst doch wohl seit dem sechsten Jahrhundert mal körperliche Beziehungen gehabt haben? Bitte sag mir, dass du das hast.«

Kay richtet den Blick für einen kurzen Moment gen Himmel.

»O nein«, sagt Lancelot. »Das ist tragisch. Du armer Kerl.«

»Manche von uns nehmen ihren Schwur ernst.«

»Es heißt, ›bis der Tod uns scheidet‹, nicht wahr? Du bist tot, sie ist tot. Ihr beide seid tot. Ich bin mir sicher, dass sie nicht will, dass du ... Und fang jetzt nicht schon wieder mit den Schwüren an.«

»Nur weil sie als Erste da oben war, bedeutet das nicht, dass ich hier unten machen kann, was ich will.«

»Uff, mein Gott«, sagt Lancelot. »Das ist höchst ... Du weißt schon, dass alle es wie die Kaninchen getrieben haben, in den alten Tagen, oder? Vor Arthurs Nase? Das musst du doch mitbekommen haben. Diese ganze Ritterlichkeit war ... na ja, du musst das nicht mehr so streng nehmen. Erst recht nicht tausend Jahre später.«

»Weiß nicht, ob ich das auch so sehe.«

»Dann«, sagt Lancelot und drapiert sein Kettenhemd wieder um die Hüften, »bist du ein besserer Mann als ich.«

»Das war mir bereits bewusst.«

»Kein Grund, unhöflich zu werden.«

Es ist stockfinster, als sie es wieder zur Lichtung schaffen. Sie helfen sich gegenseitig den Abhang hinunter, konzentrieren sich darauf, nicht auszurutschen. Sie gehen leise durch die Höhle, um Mariam und Morgan nicht zu wecken. Inzwischen sind sie sicher schon ins Bett, wenn sie sich nicht gegenseitig umgebracht haben. Statt direkt in die Haupthöhle weiterzugehen, führt Kay Lancelot in die feuchte Kammer, in der Merlin seine Pilze züchtet.

»Schau mal«, sagt er. »Hier drinnen. Das solltest du dir ansehen.«

Hinter den Regalreihen voller Pilze wachsen aus Säcken mit Erde die zierlichen Sprösslinge, alle mit ihren Etiketten. Kay. Lancelot. Bors. Agravain. Galehaut. Kein angenehmer Anblick, kein angenehmer Gedanke. Lancelot wirkt genauso erschrocken wie Kay, als er sie zum ersten Mal sah.

»Was um Himmels willen ist das?«, stößt Lancelot hervor.

»Er zog durchs Land und schnitt Triebe von unseren Bäumen ab«, sagt Kay. »Und ... na ja, ich bin mir nicht ganz sicher, was er damit gemacht hat. Aber jetzt sind sie hier. Vielleicht hat er vorhergesehen, dass man unsere Bäume umreißen würde. Ich denke, er hat sie als Reserve angepflanzt.«

»Glaubst du ...«, setzt Lancelot an. Er streckt langsam und unsicher die linke Hand aus und berührt Galehauts Schössling. Reibt die Blätter sanft zwischen Daumen und Zeigefinger.

»Ich weiß es nicht«, sagt Kay. »Vielleicht. Wenn du ihn irgendwo in der Wildnis auspflanzt. Und lange genug wartest.«

Lancelot atmet einen schwermütigen Seufzer aus. »Lange genug, dass er zu einer erwachsenen Eiche wächst. Wie lange wäre das? Achtzig Jahre? Einhundert?«

»Na ja, schon, aber ... für uns ist das nichts, oder?«

»Wahrscheinlich hast du recht. Ich habe schon so lange gewartet.«

Sie stehen schweigend da und betrachten die jungen Bäume vor ihnen auf dem Regal. Dann legt Lancelot seine rechte Hand auf Kays Schulter.

»Danke, dass du mir das gezeigt hast«, sagt er.

»Keine Ursache.«

»Was machen wir mit den anderen?«

»Oh, meinen werde ich verbrennen«, sagt Kay. »Keine Frage. Ich will nicht, dass zwei von mir herumlaufen.«

»Gute Idee«, sagt Lancelot. »Einer von dir ist schon schlimm genug.«

Vorläufig lassen sie die Schösslinge in den Pflanzgefäßen zurück und hoffen, dass Merlins Magie sie so lange am Leben erhält, zusammen mit den Wasserschläuchen und den purpurnen Lampen.

Als sie zur Hauptkammer der Höhle zurückkehren, ist sie leer. Keine Spur von Morgan oder Mariam, kein Hinweis, wohin sie gegangen sein könnten. Der Fernseher ist aus. Dann findet Kay auf dem Apparat einen zusammengefalteten Zettel.

Kay,
bin losgegangen, um die Welt zu retten.
Mariam.

»Lance«, sagt er. »Sie ist weg.«

»Wohin?«

Er reicht die Notiz an Lancelot weiter und macht sich auf die Suche nach seinen Sachen, sein Schwert und seinen Schild. Er macht sich kurz Sorgen, dass sie das Schwert mitgenommen haben könnte, aber nein, dort liegt es, auf dem Sessel. Allerdings fehlt der Stab, was ihm zu denken gibt. Hat Mariam ihn mitgenommen, oder war es Morgan? Er ist sich nicht sicher, was schlimmer wäre.

»Ah«, sagt Lancelot. »Zum Tor, vielleicht?«

»Also los«, sagt er. »Wenn wir uns beeilen, schaffen wir es noch rechtzeitig hin.«

»Um was zu tun?«, fragt Lancelot. »Du hast selbst gesagt, dass wir obsolet sind. Wir haben unsere beste Zeit hinter uns. Selbst wenn wir zu Hilfe eilen, wüsste ich nicht, wie wir irgendetwas ausrichten könnten. Im Kettenhemd zu dem Scheißding rüberschwimmen und raufklettern?«

»Nein«, sagt Kay. Er versucht auszunüchtern, seine Gedanken zu ordnen. »Aber wir könnten ... für Ablenkung sorgen. Die Aufmerksamkeit auf uns lenken, damit sie tun kann, was auch immer sie vorhat.«

»Und wie wollen wir das anstellen?«

»Ich werde Arthur herausfordern«, sagt Kay und hebt sein Schwert auf. »Was ich schon vor sehr langer Zeit hätte tun sollen, wie du richtig angemerkt hast. Aber jetzt mach ich's. Ich werde ihm den Rang streitig machen. Wir müssen nur an ihn rankommen, bevor es zu spät ist.«

»Einen Moment«, sagt Lancelot und blinzelt betrunken. »Wahrscheinlich haben wir nur einen Versuch. Ich bin absolut dafür, gegen Arthur zu kämpfen, aber ... ist das wirklich die klügste Vorgehensweise?«

Kay schnallt sich den Schild an den Arm und erinnert sich an etwas, das Mariam vor ein paar Tagen gesagt hat. »Es mag nicht das Klügste sein, aber es ist das Richtige. Wenn wir selber die Welt schon nicht retten können, können wir es Leuten wie Mariam zumindest etwas leichter machen, sie zu retten.«

Lancelot scheint einen Moment lang darüber nachzudenken. Dann nickt er. »Also gut«, sagt er. »Aber ich nehm das Motorrad.«

40

MARIAM FLIEGT DURCH EIN REGENBOGENFARBENES Kaleidoskop, klammert sich dabei mit beiden Händen am Stab fest. In den wirbelnden Farben kann sie Dinge erkennen, Ereignisse, die sich im Prisma der Zeit brechen. Sie sieht einen Himmel voller Drachen über einer brennenden Stadt. Seltsame Wesen stapfen durch die Trümmer, Kreaturen, die ihr Gehirn gar nicht verarbeiten kann. Sie sieht eine Welt ohne Menschen, ohne Wasser, mit Luft, die zu dicht zum Atmen ist. Staub weht über die Ruinen.

Und dann sieht sie sich selbst, in einer besseren Welt. Sie spricht vor einem Publikum, sieht älter aus und scheint sich wohler in ihrer eigenen Haut zu fühlen, mit langem grauem Haar und goldenen Armreifen an den Handgelenken. Die Luft scheint sauberer zu schmecken. Sie sieht niedrige, grasbewachsene Wohnhäuser, Gewächshäuser voller Obst und Gemüse, Felder mit jungen und neu gepflanzten Bäumen. Sonnenkollektoren glitzern in der Ferne, Windräder drehen sich. Und mittendrin sitzen Menschen und lauschen ihr. Warum sollten sie das tun? Warum sind sie gekommen, um sich anzuhören, was sie zu sagen hat? Sie ist es nicht wert, dass man ihr zuhört, dass man ihr folgt. Das hat sie hinreichend bewiesen, auf den Hügeln in Wales. Aber hier sind sie dennoch gekommen. Diese Menschen in dieser besseren Welt.

Sie steht auf dem Gras und beobachtet ihr älteres Ich in dieser grünen Zukunft, als sie plötzlich spürt, dass jemand oder etwas neben ihr steht, als wäre sie von einer wachsamen Macht ertappt worden. Langsam senkt sie den Blick, argwöhnisch, was sie wohl sehen wird.

Neben ihr steht ein kleines Kind, nicht älter als zwölf Jahre. Dünne Arme und verstrubbeltes Haar und eine Haut, die Mariam an Eicheln denken lässt. Es ist nackt, abgesehen von einer Art Lendenschurz aus Tierfell. Eigenartige Stummel sprießen aus seinen Schläfen, wie die Ansätze eines Geweihs, die sich durchs Haar drängen. Aber das Verstörendste an diesem Kind ist sein Lächeln. Und dass es Mariam an die Hand genommen hat.

Die grüne Zukunft verschwindet. Nun sieht sie eine dunkelgrüne Vergangenheit. Dichte Wälder mit Moos und einem Gewirr aus Wurzeln. Menschen haben in der Wildnis Unterschlupf gesucht, tragen Felle, hoffen, dass die Dornen und Äste sie vor dem schützen, was auf der Jagd nach ihnen ist. Wölfe und Bestien und Reiter – und schlimmere Albtraumwesen.

Alles zieht so schnell vorbei, dass ihr kaum Zeit bleibt, etwas zu verstehen. Doch das Kind hält immer noch ihre Hand, und sie stellt fest, dass sie nicht loslassen kann. Das seltsame Kind will, dass sie das alles sieht.

Sie sieht eine Familie, die sich hinter einem Baum versteckt, in der Höhlung zwischen den verwachsenen Wurzeln. Eine Frau und ihre zwei Töchter, die Zuflucht vor einem Monster suchen. Etwas hat sich aus einem Sumpf geschlängelt, kriecht nun über Wurzeln, schnuppert mit seinen Nasenschlitzen die Luft. Nähert sich seiner Beute. Legt drei lange Klauen an den Baum über ihnen.

Doch dann kommt etwas anderes aus dem Unterholz herangestürmt. Ein riesiger Bär, größer, als ein Bär sein dürfte, rammt das Sumpfgeschöpf mit einer Schulter zur Seite. Bäumt sich auf den Hinterbeinen auf, um das Monster mit beiden Tatzen zu zerfetzen. Reißt ihm mit den Zähnen den dürren grünen Arm ab.

Das Monster flüchtet sich in die Dunkelheit zurück, hinterlässt dabei eine Blutspur. Der Bär bleibt, beschnuppert die Frau und ihre Töchter, als wäre er nur darauf aus, dem Monster die Beute zu stehlen. Doch dann dreht er sich um und trampelt davon, lässt sie in Frieden.

Mariam sieht noch andere Dinge, schnell aufblitzende Bilder. Frauen, die an Schnüren um den Hals winzige Bärentotems tragen, aus Holz oder Knochen geschnitzt. Menschen, die einen Schrein bauen und eine Bärenstatue anbeten. Männer, die Bärenfelle und Bärenschädel tragen und um ein Feuer tanzen. Ein Krieger, der mit Blut bemalt ist und dem ein Schwert in die eine Hand und ein Schild in die andere gegeben wird.

Dann hören die Bilder auf. Und Mariam findet sich auf einer grünen Lichtung unter blauem Himmel wieder. Eine sanfte Brise kühlt ihre Haut. Hier klingt es friedlich, sie braucht einen Moment, um den Grund dafür zu erkennen.

Vogelgesang. Sie hat schon seit langer Zeit keinen Vogelgesang mehr gehört.

Mitten auf der Lichtung steht ein hohler Baum mit genügend Platz im Stamm, dass jemand darin sein Haus bauen könnte. Das Kind sitzt dort auf der weichen Erde. Vor ihm brennt ein Feuer mit einem kochenden Kessel darüber.

Mariam wird sich bewusst, dass sie näher herangeht. An der Schwelle des Baums bleibt sie stehen und legt eine Hand auf die Rinde, wartet, dass das Kind sie zum Eintreten auffordert.

»Wer bewacht das Tor?«, fragt das Kind und rührt im Kessel.

»Ähm«, sagt sie. »Hallo! Wer bist du?«

»Nenn mich, wie du magst«, sagt das Kind. Es klingt gleichzeitig walisisch und irisch. »Manche Leute nennen mich Herne. Damit liegen sie nicht falscher als die meisten.«

»Hör mal«, sagt Mariam. »Ich versuche, an einen bestimmten Ort zu gelangen, und anscheinend habe ich wohl irgendetwas falsch gemacht, also ...«

»Nein, nein«, sagt das Kind, »du bist auf dem richtigen Weg. Ich habe dich nur für einen Moment hierhergeholt. Ich bin gut mit solchen Dazwischen-Sachen. Träume, Trips auf Pilzen, Planarreisen und so weiter.«

»Aha«, sagt sie, ohne überzeugt zu sein.

»Ich will dich nicht lange aufhalten. Willst du dich setzen? Magst du etwas Brühe?«

Also hockt sie sich im Schneidersitz vor das Feuer. Im Kessel schwimmt ein Hirschschädel in einer dünnen blubbernden Flüssigkeit. Das Kind schöpft etwas Brühe mit einem Becher heraus, der aus einem Tierhorn gemacht wurde, und reicht ihn ihr. Er fühlt sich warm in ihren Händen an. Sie trinkt noch nicht daraus.

»Was waren das für Sachen, die du mir gezeigt hast?«

»So hat alles angefangen«, sagt das Kind. »Mit Arthur. Er hat einen Job, den er eigentlich machen sollte. Das Tor bewachen. Und in letzter Zeit hat er nur Mist gebaut, wenn ich das so sagen darf.«

Mariam blinzelt. »Das Tor bewachen?«

»Den Wald beschützen. Die Erde beschützen. Albträume davon abhalten, in die Welt zu sickern. Der Wächter des Laubwalds und des Felsengrunds. Das war seit sehr langer Zeit sein Job. Länger, als er selbst sich erinnern kann, würde ich wetten. Das war der Grund, warum wir ihn überhaupt erschaffen haben. Aber nun scheint er vom Weg abgekommen zu sein. Hat seine Verantwortung vernachlässigt, könnte man sagen.«

»Was hat das mit mir zu tun?«

»Nun«, sagt das Kind, »da er das Tor nicht mehr bewacht, habe ich mich gefragt, ob dir der Job gefallen würde. Wie es scheint, will kein Arsch die Aufgabe übernehmen.«

Mariam schüttelt den Kopf. »Ich will nicht der beschissene Wächter des Laubwalds sein, oder wie auch immer das heißt. Ich versuche nur, meine Freundinnen zu retten. Und vielleicht den Planeten.«

Wieder lächelt das Kind, diesmal noch breiter. »Das ist das Schöne daran. Du machst den Job jetzt schon super.«

»Ich bin kein Held. Ich bin nicht wie Kay.«

»Ich schätze, das könnte beim ersten Mal unser Fehler gewesen sein«, sagt das Kind, »dass wir Helden erschaffen haben. Wir hätten uns wohl darauf verlassen sollen, dass normale Leute das Tor bewachen. Und ich schätze, genau das sollten wir jetzt tun.«

Mariam trinkt aus dem Becher mit Brühe, fast geistesabwesend, und spürt, wie sich die Wärme in ihr ausbreitet. Spürt, wie sich hinter ihren Augen etwas tut. Als sie den Becher sinken lässt, stößt er gegen etwas. Eine Art Talisman ist an ihrem Hals erschienen. Ein Bärentotem, aus weißem Knochen geschnitzt.

»Hilfst du mir?«, fragt sie. »Wenn ich zustimme, diese ... diese Sache zu übernehmen? Hilfst du mir, meine Freundinnen zu retten?«

»Ach, du brauchst meine Hilfe gar nicht«, erwidert das Kind. »Wie gesagt, du machst bereits einen tollen Job. Ich wollte dir nur sagen, dass du auf dem richtigen Weg bist.«

»Aber ich ... ich hab keine Ahnung, was ich da tue. Ich weiß nicht einmal, wie man den Stab richtig benutzt. Kannst du es mir verraten?«

»Dort, wohin du gehst, sollte er bestens funktionieren«, sagt das Kind. »Jede Menge Magie, die er anzapfen kann. Du kriegst es raus, da bin ich mir ganz sicher.«

Unwillkürlich zieht Mariam eine finstere Miene. Starrt auf dieses Gott-Kind-Feen-Wesen, das sie wahrscheinlich in einen Molch verwandeln könnte, wenn sier wollte. Aber sie ist so wütend, dass ihr das egal ist.

»Wozu bist du dann überhaupt gut?«, fragt sie. »Wenn du nicht helfen willst. Welchen Sinn hat es, dass ich hier bin?«

Das Kind lacht nur. Es klingt zugleich unschuldig und erschreckend. »Mein Zweck?«, fragt es zurück. »Ich bin jedes Blatt an jedem Baum. Ich bin jeder Wurm im Boden. Jede Wurzel und jede Eichel. Das ist mein Sinn und Zweck. Ich halte die Welt am Laufen. Ich halte die Luft rein.«

Während sier spricht, verfällt sier vor ihren Augen. Das Geweih wächst. Es hat Fliegen an den Wangen und Motten im Haar. Mariam versucht, vor siem zurückzuweichen, doch sier wächst innerhalb des Baumstamms empor, bis sier sie überragt.

»Wozu bist *du* überhaupt da?«, fragt das Kind, das kein Kind mehr ist. »Das ist eher die Frage. Welchen Sinn haben Menschen? Ihr macht mir nichts als Ärger. Ihr macht die Gefilde unbewohnbar, wenn ihr so weiterwirtschaftet wie bisher. Und ich hätte fast Lust, euch machen zu lassen. Das ist also die Wahl, vor der ihr steht. Bewacht das Tor ordentlich und macht die Welt wieder grün. Oder lasst sie veröden und vernichtet euch selbst. Das ist die Entscheidung, mehr habe ich euch nicht anzubieten.«

Mariam kriecht rückwärts aus dem Baumstamm. Stolpert über eine Wurzel. Fällt zu Boden. Und landet in der Realität. Sie stürzt auf etwas Flaches und Warmes, spürt Sandkörnchen unter den Händen.

Sie hatte nur eine vage Idee, wo sie hinwollte, als sie sich aus Merlins Höhle auf den Weg machte. Zur Avalon-Plattform. Irgendwo draußen an den Aufbauten. Sie wusste nicht, ob der Stab tun würde, was sie wollte. Er hätte sie sonst wohin auf der

Welt befördern können. Aber er hat sie auf einem der Landeplätze abgesetzt. Auf den Plänen gibt es acht davon. Dieser ist mit einer großen gelben »9« beschriftet. Das ist nicht so gut.

Hier steht sie jetzt, die Sonne knallt auf sie herunter, Staub weht gegen ihre Haut. Der Himmel ist orange und wolkenlos. Unter ihr glitzert die Überschwemmungsebene. Kein Weg nach unten, außer sich aus dieser lebensgefährlichen Höhe ins seichte Wasser fallen zu lassen. Aber es gibt einen Laufsteg aus Metall mit einer Tür am Ende, die ins Innere von Avalon führt. Mariam atmet tief ein, bevor sie losgeht, den Stab in beiden Händen.

Die Tür ist unbewacht. Kein Sicherheitssystem, das ihr den Eintritt verwehrt. Anscheinend dachte man, dass niemand es je bis hier oben schaffen würde, an all den Schutzeinrichtungen vorbei. Wozu sich also die Mühe machen, die Tür zu verriegeln. Sie gleitet einfach auf, als Mariam nahe genug ist, und dann ist sie drinnen.

Beigefarbene Korridore. Elegante Lampen. Topfpflanzen und stumpfsinnige Gemälde. Hier ist es eigenartig still. Die Klimaanlage pustet durch die leeren Korridore. Mariam hat mehr Menschen erwartet, mehr Ölarbeiter, mehr Söldnerwachen. Wahrscheinlich wird sie von Kameras beobachtet, von jemandem, der in einem Raum voller Bildschirme sitzt und ihr jetzt Saxons auf den Hals hetzt. Aber sie hört weder einen Alarm noch irgendeine Durchsage.

Von den Plänen weiß sie, dass es hier zwölf Stockwerke gibt und die Landeplätze sich auf Deck vier befinden. Die Sicherheitszentrale ist oben auf Deck eins. Der Bohrlochkopf ist ganz unten auf Deck zwölf. Doch wenn es neun Landeplätze statt acht gibt, sind die Pläne vielleicht nicht aktuell. Alles könnte sich geändert haben, als die Plattform ausgebaut wurde. Sie versucht, nicht darüber nachzudenken. Als Erstes muss sie einen Lift oder ein Treppenhaus finden.

Ihr wird schmerzhaft klar, dass es einen großen Unterschied macht, ob man sich den Grundriss einer Ölbohrplattform anschaut, oder ob man versucht, sich zu Fuß durch diese Ölbohrplattform zu bewegen. Mariam muss sich leise fluchend in eine kleine Nische neben dem Korridor zurückziehen, wo sich wohl Leute hinsetzen und die miserablen Kunstwerke an den Wänden bewundern sollen. Sie legt den Stab für einen Moment ab und hockt sich hinter eine große Topfpflanze. Zieht das Tablet aus dem Rucksack, scrollt sich durch die Pläne.

Wenn der Grundriss stimmt, ist nicht weit von ihr ein Lift. Links, rechts und noch einmal rechts. Sie ist dabei aufzustehen, als sie schwere Schritte auf dem Teppich hört.

»Hier entlang«, sagt jemand mit amerikanischem Akzent.

Mariam geht wieder hinter der Pflanze in die Hocke und drückt eine Hand auf ihren Mund. Mit dem Rücken zur Wand und dem Stab vor der Brust. Die Söldner stapfen in ihren Khakihosen und Kampfstiefeln an ihr vorbei, durch den Korridor, in die Richtung, aus der sie gekommen ist.

Sie wartet mindestens eine Minute, bevor sie sich traut, wieder zu atmen. Dann steht sie auf und macht sich auf den Weg zum Lift. Erst als sie wieder auf den Beinen ist, bemerkt sie, wie schnell ihr Herz schlägt.

Links, dann rechts, dann wieder rechts. Der Lift ist innen mit Holz getäfelt und verspiegelt. Zum ersten Mal seit Tagen steht sie ihrem Spiegelbild gegenüber. Und einer Reihe von Knöpfen für die verschiedenen Stockwerke.

Am klügsten wäre es, direkt zum Bohrlochkopf zu gehen und das Absperrventil zu schließen, damit sie gefahrlos die ganze Anlage zerstören kann. Und das möglichst schnell, bevor sie von den Söldnern erwischt wird. Sie hört Regans Stimme im Kopf, wie sie ihr sagt, dass sie das Klügste tun soll. Dass sie Opfer bringen soll. Aber sie hört nicht auf diese

Stimme. Sie drückt den Knopf für Deck eins. Nach oben, wo ihre Schwestern sind.

Ihr Spiegelbild sieht aus wie eine Person, die weiß, was sie tut. Die es tatsächlich hinbekommen könnte, ihre Freundinnen zu retten und gleichzeitig eine Ölbohrplattform zu sabotieren. Innerlich fühlt sie sich gar nicht so, aber vielleicht sollte sie sich mehr Mühe geben. Aufrechter stehen. Sie erlaubt sich einen Moment der Hoffnung, dass sie es wirklich schaffen kann.

Doch dann hält der Lift auf Deck zwei an, früher als geplant. Anscheinend hat man die Lifte abgeschaltet. Die Türen gleiten auf und offenbaren einen Trupp Söldner, insgesamt acht oder neun, die mit erhobenen Waffen warten. Sobald sie Mariam sehen, brüllen sie los. »Auf den Boden! Die Waffe weglegen! Die Hände an die Wand!«

Mariams erster Instinkt ist, zu tun, was sie sagen – weil sie so laut schreien, weil sie Waffen haben, weil sie in Kampfmontur sind. Es war idiotisch zu glauben, sie könnte hier ganz allein eindringen, ohne dass so etwas passiert, dass sie irgendwie gegen diese Leute kämpfen und gewinnen könnte. Jetzt werden sie wahrscheinlich ihre Hände mit Kabelbindern fesseln und sie in eine Zelle schleifen und sie foltern oder Schlimmeres. Das, was sie schon mit Willow und Teoni und Roz und Bronte machen. Das, was sie immer wieder tun werden, wenn Mariam sie nicht aufhält.

Warum hat sie nicht gewartet, bis Kay und Lancelot zurück sind? Warum hat sie nicht daran gedacht, eins ihrer Schwerter mitzunehmen? Sie hat nur diesen Stab. Dieses Stück Holz. Aber die Söldner brüllen immer wieder: »Die Waffe weglegen!« Ist es eine Waffe? Sie hat gesehen, wie Kay damit diesen Kerl in ein Eichhörnchen verwandelt hat. Wieder erinnert sie sich daran, was er gesagt hat: Normale Menschen können Wunder bewirken, wenn sie an sich selbst glauben. Also packt sie den Stab fester. Dann richtet sie ihn auf die Söldner und springt nach vorne. Stellt sich vor, was sie mit ihnen anstellen möchte.

Die Luft wird dichter. Die Wände des Lifts knarren und ächzen. Gewehre fallen klappernd zu Boden. Kampfausrüstungen und Khakihosen sacken in sich zusammen. Sie sieht Federn und Schnäbel und Fell. Nicht nur Eichhörnchen, sondern Tauben, Erdferkel und Pelikane. Die sich aus Ärmeln und Hosenbünden und kugelsicheren Westen freikämpfen. Mariam starrt einen Moment das Chaos an, das sie angerichtet hat. Dann rennt sie durch die Menagerie, vorbei an flatternden Flügeln und zuckenden Schwänzen. Der Pelikan jagt sie kurz, versucht ihr Bein mit dem Schnabel zu packen, aber er gibt schnell auf. Metamorphosen dieser Art sind vermutlich nicht von seinen Gefahrenzulagen abgedeckt.

Erst jetzt gehen die Alarmsirenen los. Als sie auf das zweite Deck tritt, sieht sie eine Art Einkaufspassage für reiche Leute, ähnlich wie in Flughäfen. Handtaschen und Whisky und Diamantenhalsketten. Noch mehr Söldner stürmen herbei, der Korridor wird immer voller. Eine ganze Reihe geht in die Knie und eröffnet das Feuer, die Schüsse donnern und füllen die Luft mit schrecklichem Lärm. Mariam hebt mit einer Hand den Stab und richtet die andere mit der Innenfläche voran auf die Söldner. Instinktiv, schützend. Weicht hinter dem Stab zurück und wendet den Blick ab.

Sie stirbt nicht. Als sie wieder zu den Söldnern schaut, schimmert die Luft vor ihr. Die Kugeln wurden gestoppt, kleine tödliche Klumpen aus Metall, die bewegungslos in der Luft hängen. Die nur durch ihre verzweifelte Willenskraft aufgehalten werden. Doch die Söldner feuern weiter. Immer mehr Kugeln knallen gegen die harte Luft, sammeln sich dort wie Fliegen auf einer Windschutzscheibe. Es sind so viele, dass ihr kurz das Herz in die Hose sackt und sie sich fragt, was zum Teufel sie sich eigentlich einbildet. Das sind Männer, die dafür bezahlt werden, Leute wie sie zu töten. Männer, die alles verachten, wofür sie steht. Männer, die jetzt Angst vor ihr haben, weil sie gesehen haben, was sie mit ihren Kumpels angestellt hat. Männer, die noch jede Menge Munition haben, die sie verballern können. Wie lange kann sie das hier noch durchhalten, wie lange kann sie sie abwehren?

Zweifel steigen in ihr auf. Die Barriere wird dünner. Ein oder zwei Kugeln brechen durch, zertrümmern das Fenster eines Parfümgeschäfts hinter ihr. Sie begreift, dass Zweifel ein Problem sind. Je mehr sie an sich zweifelt, desto eher bewahrheiten sich ihre Ängste.

Also beschließt sie, daran zu glauben, dass sie gewinnen kann. Sie stößt den Stab mit beiden Händen vorwärts, und die Kugeln fliegen dorthin zurück, von wo sie gekommen sind, zerfetzen ihre vorigen Gebieter. Die Söldner fallen tot zu Boden.

Hatte sie schon immer die Macht, so etwas zu tun? Als sie Kay und Regan bei so was beobachtete, dachte sie, dass sie etwas Besonderes sind. Jetzt fragt sie sich, warum sie auf so eine Idee gekommen ist. Vielleicht kann das jeder. Vielleicht muss man gar nicht einem exklusiven Club angehören, wenn man diese Art Macht ausüben will. Man muss nicht uralt und mächtig und weise sein. Man muss nur bereit sein, es zu versuchen.

Immer mehr Söldner, aus allen Richtungen. Mariam wird kreativer, testet aus, was der Stab kann. Sie nutzt ihn, um Söldner aus der Ferne schweben zu lassen und sie durch Schaufenster zu werfen, Kleiderpuppen oder scharfe Diamanten auf sie zu schleudern, ihnen die Waffen aus den Händen zu reißen. Es wird zu einem Kleinkrieg, Kugeln auf der einen Seite, auf der anderen Seite alles, was ihr auf die Schnelle einfällt. Sie verwandelt die Saxons in Hamster, Flamingos, Riesenschnecken. Die Söldner treiben sie an einem Wellnesszentrum vorbei, also holt sie das Wasser aus dem Swimmingpool und lässt es als Flutwelle auf sie zu rauschen. Mäht sie mit Sonnenliegen und Sportgeräten nieder. Ganz am Ende der Passage steht eine große Metallstatue eines Mannes, der die Weltkugel auf den Schultern trägt, Mariam reißt sie um und lässt den eisernen Globus über das Deck rollen, kegelt damit die letzten Söldner um, die noch auf den Beinen sind. Als sie das Stockwerk verlässt, ist alles verwüstet und überflutet, überall liegen Glasscherben und tote Söldner und verstreute Juwelen herum. Die Riesenschnecke kriecht langsam durch das Chaos, auf der Suche nach essbaren Pflanzen.

Mariam verspürt kurz Gewissensbisse. Es bringt ihr keine Freude, auf diese Weise Gerechtigkeit walten zu lassen. Hinter ihrer Kriegsausrüstung sind die Saxons alle Menschen. Aber es sind Menschen, die kein Problem damit hatten, Söldner zu werden und auf sie zu schießen. Übergroße Jungen mit tödlichem Spielzeug. Wahrscheinlich fällt es leicht, unmenschliche Dinge zu tun, wenn man seine Menschlichkeit hinter Masken und Helmen verstecken kann. Sollte sie am Ende tatsächlich die Königin von irgendetwas sein, wenn das alles vorbei ist, wird sie als Allererstes Uniformen abschaffen.

Doch im Moment will sie erst mal ihre Freundinnen retten. Sie macht sich auf den Weg zur Treppe und denkt an die Zukunft. An grüne Bäume, die im Wind rascheln.

41

EIN STÜCK NÖRDLICH VON SHEPTON MALLET STE-
hen an einem Kontrollposten ein paar gelangweilte
Saxons und beobachten, wie von Süden ein Monsun
auf sie zurollt. Sie haben Sonnenbrillen und Straßensperren aus Beton und ein schweres Maschinen-
gewehr, das bei hohen Temperaturen nicht funktioniert, aber sie werden dafür bezahlt, diesen Straßenabschnitt
zu bewachen, also tun sie genau das. Sie stehen schwitzend in
der feuchten Hitze, Gewehre vor der Brust, in schwere Ausrüstung eingepackt, die sie nicht brauchen, sehnen sich nach
einer Kiste mit kaltem Bier, um ihren Durst zu löschen. Warten darauf, dass der Regen kommt.

Wahrscheinlich fühlen sie sich gut vorbereitet, sollten irgendwelche walisischen Rebellen die Straße herunterkommen. Auf Ritter der Tafelrunde sind sie jedoch nicht vorbereitet. Aber genau die sehen sie auf sich zukommen. Zwei
Männer in Kettenhemden, einer fährt eine Brough Superior,
der andere reitet auf einem weißen Pferd neben ihm her. Es
ist so ein seltsames Bild, dass die Söldner erst die Waffen
heben, als die Ritter schon fast bei ihnen sind. Sie feuern aus
der Hüfte los, die Gewehre rattern. Doch die Kugeln fliegen
auf seltsamen Bahnen, werden von irgendeiner magnetischen
Kraft kreuz und quer abgelenkt. Dann klemmt das Maschinen-
gewehr, wie gewohnt. Die Ritter rasen durch sie hindurch,

die Hufe donnern, das Motorrad knattert. Ihre Schwerter blitzen im Sonnenlicht. Drei tote Saxons bleiben zurück.

Kay mag die Stute. Sie scheint genau zu wissen, wo er hin-will. Irgendwie kann sie mit Lancelots zweirädriger Maschine mithalten, ohne zu ermüden, obwohl sie seit dem *Wizard Inn* bestimmt einhundert Meilen ohne Pause galoppiert ist. Er hinterfragt nicht, was das für ein Zauber ist, der sie so schnell und so lange rennen lässt. Er versucht sich einfach nur im Sattel zu halten.

Dies war einst ihr altes Revier, das Herzland von Britannien, die Grenzen von Arthurs Königreich. Doch menschliche Grenzen werden oft zu Grenzen zwischen den Welten, Orte, wo die Landkarten Selbstzweifel bekommen und sich das Territorium ständig verschiebt. Es sind Orte wie dieser, wo man früher leicht ins Feenreich stolpern konnte, wenn man nicht aufpasste. Wo die Magie etwas großzügiger aus der Erde strömt. Und so jetzt ihre Reise beschleunigt, ihren Weg verkürzt. Die Straßen der Gefilde biegen sich hilfsbereit, passen sich ihrem Ziel an, so wie in den alten Tagen.

»Wie weit noch?«, ruft er.

Aber Lancelot kann ihn nicht hören. Er hört auf seiner kleinen Musikbox ein Stück namens »The Final Countdown«. Galehauts Baum ist sehr vorsichtig hinten auf seinem Motorrad verschnürt, immer noch im Sack mit Erde.

Sie finden nur eine Straße, die zum Tor führt. Glastonbury ist wieder zu einer Insel geworden, mit einer schmalen Landbrücke, die es mit dem Rest von Britannien verbindet, wie in den alten Tagen. Dieser Straße folgen sie, zu beiden Seiten von Wasser umgeben, und lassen unterwegs ein paar zertrampelte und verblutende Sachsen zurück. Eine hilfsbereite Kraft verleiht ihren Klingen zusätzliche Wucht, wofür Kay sehr dankbar ist, woher auch immer sie kommen mag. Vielleicht ist Gott am Werk oder der alte Herne, der ihnen den Rest seiner Macht gewährt, sofern er noch welche übrig hat.

Dann ragt das Tor hoch vor ihnen auf, dahinter die Sonne. Selbst aus der Ferne können sie die Menschenmenge sehen, die sich dicht gedrängt auf den Feldern darunter versammelt hat. Es sind Tausende. Sie machen Lärm und skandieren etwas. Skandieren Arthurs Namen.

Kay spürt, wie kalte Furcht sein Herz packt. Er hat gegen Drachen und Schlimmeres gekämpft. Hat sich Wikingerhorden in den Weg gestellt. Hat die Scharen der französischen und deutschen Armeen überstanden. Furcht war dabei sein ständiger Begleiter, aber er kann sich nicht erinnern, sich jemals so sehr gefürchtet zu haben, wie jetzt. Zumindest seit langer Zeit nicht mehr. Nicht seit seiner Kindheit.

Er weiß, dass er dieses Mal vielleicht nicht zurückkehren wird. Das könnte der Grund sein. Es ist schwieriger, ein Held zu sein, wenn man genauso sterblich ist wie jeder andere Volltrottel. Es ist nicht besonders tapfer zu sterben, wenn das keine Konsequenzen hat, aber es ist äußerst tapfer, wenn man stirbt und weiß, dass man vielleicht nicht zurückkehrt. Es ist das erste Mal seit etwa tausend Jahren, dass er tapfer sein muss.

Tja, dann ist es wohl Zeit, tapfer zu sein.

Sie halten in sicherer Entfernung von der Menge an, auf einem leeren Feld, das größtenteils trocken ist, und stellen Fahrzeug und Reittier unter einer Baumreihe ab. Voller Dankbarkeit streichelt Kay das Pferd am Hals.

»Du kannst dich verdrücken, wenn du möchtest«, sagt er zum Pferd. »Wir kommen vielleicht nicht zurück.«

Das Pferd scheint zu verstehen, was er sagt, aber es bleibt stehen. Um abzuwarten, ob er überlebt und doch zurückkommt. Dafür ist Kay sogar noch dankbarer.

Lancelot hat Galehauts Baum vom Motorrad genommen.

Nun hält er ihn unbeholfen in den Händen und sucht nach einer guten Stelle, wo er ihn einpflanzen könnte. Dieser Plan klang besser, als sie noch in der Höhle waren. Jetzt stehen sie hier auf einem netten grünen Feld, aber ohne Spaten oder Hacke, um ein Loch zu buddeln.

Also gehen sie auf die Knie und benutzen ihre Schwerter, rammen sie mit beiden Händen immer wieder tief in die Erde. Dann wühlen sie mit den Händen im Dreck, um die lose Erde wegzuräumen. Wahrscheinlich ist dafür eigentlich keine Zeit. Aber wenn sie getötet werden, was wahrscheinlich ist, würde Galehauts Baum sonst einfach im Plastiksack verdorren und sterben. Und das will Kay auf keinen Fall zulassen.

Sie setzen den Baum ein und drücken die Erde um die Wurzeln fest. Dann erheben sie sich und bewundern ihr Werk.

»Danke dafür«, sagt Lancelot.

»Schon gut«, sagt Kay und schnieft. »Nettes Plätzchen.«

»Hm. Ich glaube, hier würde es ihm gefallen.«

Es fühlt sich an, als sollten sie noch etwas sagen. Als sollten sie vielleicht niederknien und beten. Aber Galehaut war nie ein besonders christlicher Mensch, nicht einmal in den alten Tagen. Und Kay kann im Lärm der Menge kaum einen klaren Gedanken formulieren, geschweige denn ein Gebet. Zwischen ihnen und den Menschen liegen immer noch ein oder zwei Felder, aber das scheint die Lautstärke kaum zu dämpfen.

»Aber das ganze Getöse würde ihm nicht gefallen«, sagt er.

»Nein«, stimmt Lancelot ihm zu.

»Wollen wir mal schauen, ob wir sie dazu bringen können, die Klappe zu halten?«

»Famose Idee!«

Dann schlendern sie zu Fuß über das feuchte Feld zur

Menge hinüber. Verstecken sich hinter einer Hecke, als sie etwas näher dran sind. Kay lugt durch die Blätter und erkennt, dass er eine Armee vor sich hat. Sogar mehrere Armeen. Die Waliser und die Kornen und die Army of Saint George, die sich in schiefen und ungeordneten Reihen aufstellen. Die Rassisten stehen in billigen Kreuzfahrerkostümen rum und bekommen einen Sonnenbrand, während sie in die Hände klatschen und skandieren. *Wir lieben dich, Arthur, ja. Wir lieben dich, Arthur, ja.* Dabei trinken sie Bier aus Plastikbechern.

Niemand hält Wache. Hätte Kay eine respektable Truppe dabei, vielleicht auch nur ein paar Bogenschützen, könnte er den ganzen Haufen überrumpeln. Aus der Deckung der Hecke angreifen und ein gutes Viertel von ihnen erledigen, bevor sie überhaupt wissen, wie ihnen geschieht. Aber er hat keine Bogenschützen. Er hat nur sich selbst und Lancelot und ihre Schwerter. Das muss genügen.

Vor der Menge am Fuß des Tors steht die Bühne, die er im Fernsehen gesehen hat. Die für Arthurs Krönung errichtet wurde. Gerade ist sie leer, aber wohl nicht mehr lange.

»Was ist der Plan?«, fragt Lancelot.

»Ich denke, wir spazieren einfach hindurch.«

»Aha«, sagt Lancelot. »Die Sich-so-schnell-wie-möglich-er-schießen-lassen-Strategie. Ja, sehr raffiniert. Sehr schlau.«

»Na komm«, sagt Kay und setzt sich in Bewegung.

Lancelot packt ihn am Schwertgürtel und versucht, ihn zurückzuhalten. »Bist du wahnsinnig? Das sind Tausende!«

»Genau«, sagt Kay. »Da werden sie kaum zwei weitere bemerken, oder?«

Lancelot scheint kurz darüber nachzudenken. Dann nickt er und lässt Kay los.

Also zwängen sie sich gemeinsam durch die Hecke und laufen dann durch die Menge. Mit den Schwertern an den Hüften und den Schilden an den Armen.

Hier ist es wie auf einem Festival. Riesige Fernsehbildschirme geben einen besseren Blick auf die Bühne, und oben schwirren Windrädchen, die anscheinend alles filmen. Die Menge steht dicht an dicht, Waliser und Kornen neben Cumbrianern und Soldiers of Saint George. Es ist nicht einfach durchzukommen. Einige Saint-George-Leute sehen Kay und machen Affenlaute. Er beachtet sie nicht, geht einfach vorbei.

»Selbst wenn wir es schaffen, Arthur zu töten«, sagt Lancelot neben ihm, »werden sie uns damit nicht ungestraft davonkommen lassen.«

»Ich weiß«, sagt Kay.

»Und wie sieht unser Rückzugsplan aus?«

»Es gibt keinen.«

Lancelot seufzt. »Ich hatte befürchtet, dass du das sagst.«

So haben sie es im letzten Krieg immer gemacht. Und genau so will Kay diese Aktion angehen. Als wäre es nur eine weitere Mission. Von Nazis umzingelt, einfach direkt in die Gefahr hineinlaufen. Nichts, was er nicht schon zwölfmal gemacht hätte. Der einzige Unterschied ist, dass er dieses Mal vielleicht nicht zurückkehrt, wenn er stirbt.

Etwas daran fühlt sich allmählich immer richtiger an. Wenn er schon gehen muss, dann vielleicht so wie jetzt. Er und Arthur und Lancelot, irgendwo im Schatten irgendeines feuchten Hügels. So hat alles angefangen. Vielleicht wird alles genauso enden.

Sie schlängeln sich langsam durch die Menschenmasse, näher an die Bühne heran. Weiter oben auf dem Tor stehen hinter einer Reihe Söldner Männer in Anzügen und mit Sonnenbrillen. Kay sieht sie auf den großen Bildschirmen, wie sie Champagner trinken, als wäre das irgendeine Gartenparty. Das sind wahrscheinlich die Leute, die Mariam so auf dem Kieker hat. Die wahren Feinde in diesem Krieg. Hinter ihnen sind das Wasser und die Avalon-Plattform zu erkennen, die hässlich im Hitzedunst aufragt. Eine große Flugmaschine steht neben ihnen auf dem Tor, falls sie einen schnellen Rückzug antreten müssen. Kay könnte den Hügel hinaufstürmen und einige von ihnen niedermetzeln, bevor sie mit der Flugmaschine entkommen könnten, aber damit würde er nicht viel erreichen. Er weiß, warum er hier ist.

Eine Leibwache aus Nazi-Schlägern mit kurzen Ärmeln hat sich mit dem Rücken zur Bühne aufgestellt. Sie haben die Arme verschränkt, ihre Gesichter sind mit dem Saint-George-Kreuz bemalt. Sie halten die Menge mit finsteren Blicken zurück. Auf der leeren Bühne hinter ihnen steht ein Holzthron. Arthur ist noch nicht zu sehen.

»Was machen wir, wenn er auftaucht?«, brüllt Lancelot ihm ins Ohr, um sich in der Menge verständlich zu machen. »Greifen wir ihn zusammen an?«

Kay schüttelt den Kopf. »Ich fange an und ermüde ihn. Und sobald ich ausgeschaltet bin, kommst du und bringst es zu Ende.«

Lancelot scheint von dieser Idee nicht sehr angetan. Aber er nickt.

Sie arbeiten sich an der Reihe der Saint-George-Leute entlang, um eine Lücke zu finden. Die Menge quetscht sie gegen die Nazis. Der Lärm dröhnt in ihren Ohren. Plötzlich sieht Kay einen Leibwächter, der kleiner als die anderen ist. Dünner und schlaksiger, mit leicht eichhörnchenartigen Zähnen.

»Na, alles klar, Barry?«, fragt er sarkastisch. »Das ist ja mal eine Überraschung.«

Barry schluckt und mustert ihn von oben bis unten. Wirft einen Blick zu den Schlägern links und rechts von ihm. Sie wirken nicht begeistert.

»Du kennst diesen Typen, Baz?«, fragt der Schläger rechts von ihm, es klingt, als hätte er Kies in der Kehle.

»Äh ... ja«, sagt Barry. »Ja, er ist in Ordnung. Ein Kumpel von mir.«

Der Schläger grinst spöttisch. »Sieht aber nicht wie ein Kumpel von dir aus.«

Lancelot taucht mit einem breiten Lächeln neben ihm auf. Mit solchen Situationen konnte er schon immer gut umgehen. »Wir sind Teil der Zeremonie«, sagt er. »Kurz vor der Hälfte sind wir dran.«

»Stimmt doch, Barry, oder?«, fragt Kay.

Barry wirkt unsicher. Er leckt sich die Lippen. Wägt seine Optionen ab. Dann nickt er langsam. »Ja«, sagt er. »Ja! So ist es. Wir sollen sie durchlassen, kurz vor der Hälfte. Zumindest haben das die Saxons gesagt.«

Der andere Schläger starrt die beiden an, als würde er kein Wort glauben. Doch dann schaut er sich noch einmal an, was sie tragen. Schwerter und Kettenhemden. Altes Zeug. Krönungszeug vielleicht. Er zuckt mit den Schultern und schaut wieder auf die Menge. Lässt die beiden einfach dort stehen. Kay zwinkert Barry zu, Barry grinst zurück.

Also warten sie direkt vor der Leibwache. Taub von der skandierenden Menge hinter ihnen. Und schließlich tauchen Gestalten auf, die vom Tor herunterkommen. Ihr Bild wird auf die Bildschirme projiziert, damit auch die sie sehen können, die zu weit entfernt sind. Lauter Jubel setzt ein.

Arthur geht vor den anderen, langsam und zielstrebig, in einem Umhang aus Hermelin und mit einem mürrischen Gesichtsausdruck, den er schon damals bei offiziellen Anlässen immer aufgesetzt hat. Hinter ihm ein Gefolge aus Priestern – die Priester der Church of Noah, die Kay in Manchester gesehen hat, die zusätzlich zu ihren Schnorcheln und Schwimmflossen und Tauchermasken jetzt goldene Roben tragen. Einer von ihnen trägt eine Krone in den Händen.

Kay erinnert sich an das erste Mal, als ein goldener Reif auf

Arthurs Haupt gesetzt wurde. Umgeben von unwirschen Häuptlingen in der altehrwürdigen Wildnis von Gwynedd, inmitten von hohen Bäumen. Zu jener Zeit, als jeder sich zum König ernennen konnte. Den ganzen Vormittag über fragte er sich, ob er es hätte sein sollen, nicht Arthur. Nicht weil er unbedingt König sein wollte, sondern weil er Arthur die Last dieser Krone auf seinem Haupt ersparen wollte. Der immer noch ein recht junges Kerlchen war. Der junge König mit Furcht in den Augen.

Heute ist nichts von dieser Furcht zu erkennen. Arthur glaubt vermutlich, dass es inzwischen sein gutes Recht ist. Als er die Bühne erreicht hat, kniet er auf einem roten Kissen vor dem Thron nieder und hält Caliburn wie ein Kreuz vor sich. Mit geschlossenen Augen flüstert er ein Gebet in den Griff. Einer der Priester nähert sich von hinten, langsam und würdevoll, und spricht durch seinen Schnorchel. Hebt die Krone, um sie Arthur aufzusetzen.

Kay nickt Barry zu, der zur Seite tritt und eine Lücke in der Reihe öffnet.

Die erste Krönung vor all den Jahren hat er nicht aufgehalten. Aber diese kann er noch stoppen. Er steigt auf die Bühne und zieht sein Schwert.

»Ich fordere dich heraus!«, ruft er. Seine Stimme hallt aus den Lautsprechern rund um das Tor zurück. Windrädchen schwirren um ihn rum, Kameras filmen. Das ganze Land schaut wohl gerade zu. Er spürt, wie plötzlich tausend Augen aus der Menge auf ihn gerichtet sind. Aber ihn interessieren nur Arthurs Augen. Sie starren ihn an, scharf und grün und voll wütender Emotionen. Kay erkennt darin Verachtung, aber auch noch einiges mehr.

»Du tust was?«, fragt Arthur.

»Ich glaube nicht, dass du würdig bist, König zu sein«, sagt Kay. »Also fordere ich dich heraus. Wie in den alten Tagen.

Mann gegen Mann. Du kannst dich als würdig erweisen, indem du mich besiegst.«

Arthur bleibt auf den Knien. Kay kennt die ausgetretenen Pfade von Arthurs Gedanken gut genug, um zu erraten, was er gerade denkt. Er könnte einfach den Söldnern befehlen, ihn zu erschießen, aber würde er das vor dieser Menge wagen? Vor den Augen des ganzen Landes? Nicht nachdem soeben seine Würde infrage gestellt wurde. Es gibt nur eine Möglichkeit, wie er seine Ehre retten kann. Er kommt langsam auf die Beine, hält Caliburn gesenkt an der Seite.

»Also gut«, sagt Arthur. »Dann los. Ich nehme deine Herausforderung an!«

Die letzten Worte brüllt er, und die Menge grölt jubelnd und donnernd zurück. Die Leute halten es für Teil der Show. Wie beim Wrestling. Wann hatten sie zum letzten Mal einen König, der tatsächlich gegen jemanden gekämpft hat?

Arthur lässt seinen Umhang zu Boden fallen. Darunter glänzt sein Schuppenpanzer. Die Unterarme spannen sich, als er Caliburn mit beiden Händen aufhebt. Kein Schild, was ein Nachteil sein könnte, wäre er jemand anders. Aber Arthur ist Arthur. Er hat nie einen Schild gebraucht, um jemanden zu überwältigen. Zwei Hände am Schwert bedeuten eine stärkere Parade. Und sie geben ihm mehr Kraft bei Stößen.

Kay packt das Heft seines Schwerts fester mit seiner Eichenhand. Er hebt den Schild, um sich zu decken, und empfindet eine seltsame Ruhe. Wenn er dazu bestimmt ist, auf diese Weise zu sterben, dann soll es so sein. Sein Tod ist schon lange überfällig.

Sie umkreisen sich auf der Bühne. Schätzen sich ab. Ihr letzter Kampf ist schon eine ganze Weile her. Normalerweise würde Arthur darauf warten, dass Kay zuerst angreift, aber die Menge skandiert bereits seinen Namen, feuert ihn an. Vor ihnen möchte er nicht schwach erscheinen.

Also holt Arthur ein urtümliches Bärengebrüll von irgendwo tief in seiner Seele herauf und stürmt los, lässt Caliburn
mächtig von oben herabfahren.

Kay hat nicht viel Platz, um auszuweichen. Die Bühne ist
eine kleine Arena umringt von Söldnern, die versuchen, die
tosende Menge zurückzuhalten. Also muss Kay kreisen und
Ausfallschritte machen. Es hat nicht viel Sinn, Arthur an-
zugreifen, zu versuchen, ihn in Kraft zu übertreffen. Lieber
abwarten, bis er sich verausgabt. Er soll seinen Zorn verbrau-
chen, sich selbst ermüden. Kay konzentriert sich auf Verteidigung, setzt dabei überwiegend seinen Schild ein. Tänzelt
auf der Bühne herum, so gut er kann. Fußarbeit ist alles. Er
lässt Arthur immer wieder zuschlagen, ihn Stücke aus dem
Schild hacken.

Mit einem Schildstoß im richtigen Moment bringt er
Arthur aus dem Gleichgewicht und sieht eine flüchtige Gelegenheit, ihm sein Schwert in den Bauch zu stoßen. Aber er
nutzt sie nicht. Arthur kommt wieder auf die Beine und geht
erneut in die Offensive. Kay muss wieder zurückweichen
und kreisen.

Dumm, sich so eine Möglichkeit entgehen zu lassen. Er
zieht es in die Länge, damit Arthur müde wird, aber das ist
nicht der einzige Grund. Das sollte er sich einfach eingestehen. Selbst jetzt, nach allem, was passiert ist, will er Arthur
eigentlich gar nicht töten. Genauso war es in den alten Tagen,
als Arthur anfing, Heiden zu verbrennen, als er überall Feinde sah und langsam wahnsinnig wurde. Paranoid und durch-
gedreht. Selbst damals brachte Kay es nicht übers Herz, das
Schwert gegen seinen eigenen Bruder zu erheben. Derselbe
Bruder, mit dem er aufgewachsen war, mit dem er im Stall
trainiert hatte, den er kniend und mit Furcht in den Augen
bei der Krönung in der Wildnis von Gwynedd gesehen hatte.

Vielleicht ist es jetzt anders. Wenn Arthur diese Krone

wieder trägt, wird die Welt voller Albträume sein. Aber war es so nicht auch schon in den alten Tagen? Nur mit anderen Albträumen? Vielleicht hätte er ihn schon vor Jahrhunderten töten sollen. Den Wahnsinn beenden, bevor das alles geschehen konnte. Vielleicht ist es seine Schuld, dass die Welt in Feuer und Chaos versinkt. Seine Schuld, weil er nicht früher was dagegen unternommen hat.

Also fängt er an, mehr Risiken einzugehen. Schlägt häufiger zu. Sucht nach Lücken in der Deckung. Er wartet auf einen neuen Hieb von oben, dann springt er vor, um ihm in den Bauch zu stechen.

Aber Arthur ist Arthur. Er wird es dir nicht leicht machen und einfach in die ausgestreckte Schwertspitze rennen. Der Hieb war nur eine Finte, die es aussehen lassen sollte, als wäre seine Brust ungeschützt. Nun kracht Caliburn mit dem Heft voran herunter, mit dem Gewicht von Arthurs beiden Fäusten. Schlägt Kays Klinge nach unten, reißt ihm die Waffe fast aus der Hand. Und dann rauscht Arthurs rechte Faust durch seine Deckung und erwischt ihn am Kinn.

So geht es eine Zeit lang weiter, während Arthur immer wieder den Stil wechselt. Von der tiefen und hungrigen Haltung eines Straßenschlägers geht er zwischen zwei Angriffen zu einer unvermittelt majestätischen Pose über. Nähert sich anmutig und diszipliniert im römischen Stil und versucht ihm plötzlich das Knie in die Eier zu rammen. So hat er auch in den alten Tagen immer wieder gewonnen. Jeden besiegt, der es wagte, sich mit ihm zu messen. Von plumper Muskelkraft zu Eleganz und zurück, so schnell, dass keiner mithalten konnte.

Aber das war vor über eintausend Jahren. Kay war seitdem gelegentlich auf den Beinen. Er hat sich einiges von den Sachsen abgeschaut, dann von den Normannen und allen, die danach kamen. Er hat Dinge gelernt, die Arthur nicht kennt.

Wie man mit einem Bajonett oder einem Schlagstock tötet. Wie man jemanden mit bloßen Händen umbringt. Während des letzten großen Krieges hat er gelernt, wie man unanständig kämpft. Kehle, Schienbein, Augen und Ohren. Jetzt versucht er, einige dieser Techniken anzuwenden. Er versucht, Arthur ein Bein zu stellen.

Es klappt nicht.

Arthur attackiert sein rückwärts ausgestrecktes Bein, stößt ihm Caliburn von hinten durch den Oberschenkel. Die Klinge fährt knirschend durch Rinde und Knochen. Sein Bein wird unter ihm schlaff, er verlagert sein Gewicht auf die andere Seite, schafft es gerade so, nicht zu stürzen. Hüpft zurück. Zieht seinen linken Fuß nach.

Die Menge grölt. Arthur lässt ihn ein paar Schritte zurückweichen, während er mit gerunzelter Stirn auf Caliburn blickt, die Klinge auf und ab, die mit gelbem Saft statt Blut überzogen ist. Arthur sieht ihn angewidert an. Keine Spur von brüderlicher Liebe, nur Verachtung. Wahrscheinlich fällt es leichter, einen Bruder zu töten, wenn der Baumsaft blutet. Wenn man ihn als Monster sieht, als etwas aus der Anderwelt. Nicht als den menschlichen Bruder.

Arthur tritt erneut vor, Kay hebt seinen Schild.

42

MARIAM STEHT IN DER SICHERHEITSZENTRALE VON Avalon, einem dunklen Raum voll heller Fernsehbildschirme. Der Boden ist von Kaninchen übersät, die zuvor Menschen waren und jetzt zwischen den Haufen aus Kleidung und Kriegsausrüstung herumhüpfen.

Sie schaut sich die Monitore an, scannt einen Raum nach dem anderen ab. Sie sucht nach Hinweisen, wo ihre Freundinnen sein könnten. Dieses Ding hat so viele Ebenen, so viele Winkel. Sie findet die Arrestzellen, aber sie sind leer. Söldner rennen durch die Korridore, aber sie kommen nicht hierher, um sie zu töten. Sie laufen zu den Landeplätzen, steigen in die großen Kampfhubschrauber und fliegen davon. Wohin wollen sie? Wo könnte es wichtiger sein als hier? Ein Bildschirm zeigt Arthurs Krönungsfeier, und da entdeckt sie Kay auf dem Bildschirm, wie er auf der Bühne gegen Arthur kämpft.

Sie streckt die Hand nach dem Bildschirm aus, dann reißt sie sie zurück. Es gibt Menschen, die Hilfe brauchen, aber Kay hilft ihnen nicht. Er hat entschieden, jemanden abzustechen sei die beste Lösung für das Problem. Wie der Kampf in Manchester, alles noch einmal von vorn. Als er sich im Schlamm prügelte, statt den Drachen zu töten. Wenigstens kämpft er jetzt gegen die richtige Person. Er lenkt die Söldner ab. Immerhin, dafür ist sie kurz dankbar. Alle anderen Gefühle verdrängt sie, dafür hat sie jetzt keine Zeit.

Sie entdeckt noch etwas, auf einem anderen Bildschirm. Unten auf den tiefsten Decks von Avalon sieht sie eine Prozession von Menschen in eigenartigen Gewändern. Söldner folgen ihnen. Und zwischen ihn gehen vier Gestalten, denen man die Hände hinter dem Rücken gefesselt hat. Sie tragen Kapuzen über den Köpfen. Mariam kann ihre Gesichter nicht sehen, aber ihr ist klar, wer das sein muss.

Fünf Minuten später tritt sie eine Tür auf und ist plötzlich draußen, ungeschützt dem Wind ausgesetzt. Hier im untersten Bereich von Avalon gibt es keine Wellnessoasen und keine Tennisplätze. Das muss der Teil sein, wo der Ökozid stattfindet. Sie sieht gebündelte Rohre, die neben schmutzigen Metalltreppen verlaufen. Maschinen surren. Öl wird aus dem Boden heraufgepumpt. Laufstege hängen über dem Abgrund, weit unter ihnen das Wasser.

Sie hatte schon immer etwas Höhenangst. Aber das scheint der einzige Weg zu sein, der da hinführt, wo sie hinmuss. Alle Rohre und Laufstege führen zu einer ringförmigen Konstruktion, die unter der Ölbohrplattform hängt. Der Bohrlochkopf. Dort befindet sich das Ventil, mit dem sich der Ölfluss abstellen lässt. Dort wird sie ihre Schwestern finden.

Kann sie sich einfach mit dem Stab rüberzappen? Sie hat das Gefühl, dass man eine solche Macht nicht aus reiner Bequemlichkeit benutzen sollte. Man sollte sie nur anwenden, wenn es wirklich sein muss. Also zappt sie sich nicht rüber. Sie beißt die Zähne zusammen und stellt einen Fuß auf das dünne Gitter des Laufstegs. Es fühlt sich wacklig an, aber es bricht nicht und verbiegt sich auch nicht. Es trägt ihr Gewicht. Also tritt sie mit dem anderen Fuß auf und läuft los.

Plötzlich tauchen hinter ihr weitere Söldner auf, die Treppen hinunterstürmen und Befehle rufen. Stiefel scheppern auf den Laufstegen. Wie viele Söldner gibt es auf diesem Ding? Sie stößt mit dem Stab in ihre Richtung, inzwischen fast beiläufig. Verwandelt sie in Lemuren, Gürteltiere und Stachelschweine. Einer von ihnen wird zu einem Oktopus, der seine Tentakel um das Gitter schlingt und verzweifelt versucht, nicht durch die Lücken zu rutschen.

Jetzt ist nichts mehr zwischen ihr und dem Bohrlochkopf. Sie spürt plötzlich Euphorie, dass sie es tatsächlich schaffen könnte. Doch dann hört sie ein tödliches Brummen in der Luft. Eine große Kampfdrohne senkt sich von oben herab, neben der Ölbohrplattform, bis sie auf gleicher Höhe mit ihr ist. Und fährt bereits ihre Geschütze aus.

Keine Zeit, um den Stab zu heben oder an Magie zu denken. Mariam springt hinter einen Knotenpunkt aus Rohren und Ventilen, irgendeine Unterstation, und knallt mit den Knien auf den Laufsteg. Gerade noch rechtzeitig. Die Drohne eröffnet das Feuer, der Lärm ist schrecklich, hart und surrend und elektronisch. Ein dichter Strom aus Kugeln prasselt auf sie ein, sie zersieben den Laufsteg, schlagen Funken. Mariam macht sich so klein wie möglich, schlingt die Arme um die Knie, fühlt sich weich und verletzlich und leicht zu töten. Eine Kugel durchschlägt ein Rohr über ihr, sie hört ein Zischen. Riecht Öl. Blickt auf und sieht einen Gasstrahl, der die Luft verfärbt.

Die alte Verzweiflung kehrt zurück. Wie lange wird das so weitergehen? Wie kann es aufgehalten werden? Genau das passiert, wenn man einfach immer weiterbaut und hofft, dass die Technologie alles lösen wird, ohne sich Gedanken über den Planeten zu machen. Ohne kurz innezuhalten und sich zu überlegen, wie die Technologie mit der Welt interagieren wird. Der ganze Prozess läuft automatisch weiter. Er reproduziert sich selbst, ohne dass menschlicher Input nötig ist. Die

Welt wird wegen Öl ausgebeutet. Sie wird zerstört, obwohl sie geschützt werden sollte. Alles gerät außer Kontrolle, wie ein Tanz mit dem Tod.

Nun gut, sie kann vielleicht nicht den ganzen Totentanz stoppen, aber sie kann versuchen, diese eine Manifestation auszuschalten, diesen einen Avatar, der für all das steht, was mit der Welt nicht stimmt.

Sie betrachtet den Stab. Sie kann nicht aus der Deckung springen und die Drohne in einen Wal oder was auch immer verwandeln, dafür ist zu viel Tod in der Luft. Sie würde niedergemäht, bevor sie aufstehen könnte. Aber vielleicht gibt es noch etwas, was sie tun kann. Sie hat etwa acht Pfund Plastiksprengstoff in ihrem Rucksack. Wenn sie ihn jetzt benutzt, hat sie keinen mehr übrig, um Avalon zu sprengen. Aber wenn sie es nicht tut, wird sie nie an diesem Ding vorbeikommen. Ihre Freundinnen werden sterben. Man wird dieses schräge Ritual durchziehen. Alles wird im Arsch sein.

Es mag nicht das Klügste sein, was sie tun kann, aber es ist das Richtige.

Sie kramt in ihrem Rucksack und zieht das mit Klebeband umwickelte C4 hervor. Drückt den Sprengzünder hinein und stellt den Timer ein. Diesen Teil des Plans kann sie blind, darin wurde sie ausgebildet. Sie haben vor Jahren in geheimen Workshops gelernt, mit Sprengstoffen umzugehen, und sie haben es im Lager geübt. Man braucht nicht viel C4, um etwas in die Luft zu jagen, auch wenn es so groß wie diese Maschine ist. Es geht nur darum, es an der richtigen Stelle anzubringen.

Die Kampfdrohne feuert weiter. Noch mehr Kugeln, noch mehr Dellen und Funken und Querschläger. Noch mehr Todesgefahr. Mit dem anderen Teil des Plans, dem magischen Teil, ist sie sich nicht so sicher, aber ihr fällt keine andere Möglichkeit ein. Also beißt sie die Zähne zusammen und macht den Zünder scharf. Der Timer zählt die Zeit herunter. Zehn Sekunden. Sie schließt die Augen, hält den Stab so fest, dass sie spürt, wie er in ihrer Faust zittert. Und denkt daran, wo sie jetzt sein möchte.

Es fühlt sich an, als würde sie durch ein Schlüsselloch gesogen oder zusammengefaltet und durch die Öse einer Nadel gefädelt. Dann spürt sie plötzlich den Wind um sich, sie hängt anderthalb Meter über der Drohne in der Luft und fällt nun darauf zu, voller Angst, von den Rotorblättern gehäckselt zu werden. Aber dann landet sie genau dazwischen auf dem breiten Rücken. Das Surren ist viel zu laut in ihren Ohren. Die Oberfläche besteht aus glattem Polymer und bietet kaum Halt. Sie stemmt sich mit ihren Knien und Ellbogen gegen den Untergrund, um nicht hinunterzufallen. Auf dem Timer sind noch fünf Sekunden übrig, also drückt sie den Sprengsatz fest und hebt wieder den Stab, um sich wegzuzappen. Sie spürt, wie sich die Zeit um sie herum biegt, wie ihr übel wird. Dann ist sie wieder über dem Laufsteg und fällt ein Stück, knallt mit den Knien auf das Metall. Rollt sich zurück in ihr Versteck und hält sich die Ohren zu.

Die Sprengladung detoniert. Mariam hört den plötzlichen Knall, eine panische Hektik im Surren der Rotoren, das Knirschen von Polymer und Glassplittern, als die Drohne wie ein teures Spielzeug zerbricht. Dann fühlt sich Mariam sicher genug, um aufzustehen und den Absturz zu beobachten. Die Maschine brennt und trudelt, zieht eine Rauchspur hinter sich her, fällt zwischen ihren eigenen Trümmern in die Tiefe und kracht ins Wasser.

Jetzt hat Mariam keinen Sprengstoff mehr, aber das ist ihr egal. Sie bedauert nur, dass ihre Freundinnen nicht hier waren, um zu sehen, wie cool das war. Wahrscheinlich sollte sie jetzt versuchen, sie zu retten, damit sie ihnen davon erzählen kann.

Plötzlich überkommt sie eine tiefe Müdigkeit. Ihre Gliedmaßen sind taub, es klingelt in ihren Ohren. Ihr geht das Adrenalin aus. Am liebsten würde sie sich gleich hier hinlegen und fünf Minuten die Augen schließen. Aber das geht nicht. Schließlich ist sie jetzt die Wächterin des Tores. Was auch immer das heißt. Sie muss verhindern, dass schlimme Dinge passieren. Dass Albträume in die Welt einsickern. Sie muss den Planeten retten. Und ihre Freundinnen. Wenn sie es nicht tut, wird es niemand tun.

Ihr ist niemand auf den Fersen, als sie die Luke erreicht. Niemand, der ihr nach drinnen folgt.

Der Bohrlochkopf ist dunkel und rund, wie ein antikes römisches Theater voll tiefer Schatten. Um den Rand verlaufen Rohre und Schläuche, in der Mitte ist der riesige Weihnachtsbaum aus Ventilen und Leitungen, die aus dem eigentlichen Bohrloch heraufkriechen. Das alles hatte sie erwartet, kennt es von den Diagrammen und Plänen. Was sie nicht erwartet hat, sind die zwölf Männer in schwarzen Gewändern, die rund um ein Loch im Boden stehen. Sie hat auch die Säule aus blassem Licht nicht erwartet, die von irgendwo tief unten nach oben strahlt. Und sie hat den großen, grauen Stein nicht erwartet, der schwerelos in der Luft hängt, wie es ein so großer Stein eigentlich nicht tun sollte.

Ihre Freundinnen sind hier. Willow und Teoni und Roz und Bronte. Sie knien rund um das Loch und haben immer noch die Hände hinter dem Rücken gefesselt und die Kapuzen über dem Kopf. Sie kann Bronte leise weinen hören. Jemand anders, einer der namenlosen Männer, singt etwas auf Latein.

Ihr ist nicht ganz klar, was sie hier tun, aber ihr ist klar, dass sie nicht zulassen wird, dass sie damit weitermachen. Der Stab ist so heiß in ihrer Hand, dass es fast schmerzt. Sie richtet ihn auf die schwarz gewandeten Männer und denkt daran, sie zu vernichten. Sie alle zu Staub zerfallen zu lassen.

Aber nichts passiert. Funken steigen vom Ende des Stabs auf und schweben zu dem großen Stein. Die Luft flimmert. Die Gravuren auf dem Stein leuchten kurz auf.

Das genügt, um die Männer auf sie aufmerksam zu machen. Einer von ihnen trägt rote Gewänder, die sich von denen der anderen unterscheiden. Er hat Bronte vor sich auf die Knie gezwungen. Nun packt er sie am Arm und zieht sie hoch. Nimmt ihr die Kapuze ab. Mit einer Hand hält er ihr den Mund zu, mit der anderen legt er ihr ein kunstvoll gearbeitetes Messer an die Kehle. Brontes Augen sind weit aufgerissen und voller Tränen.

Der Mann in Rot hat ein hageres, leberfleckiges Gesicht unter seiner Kapuze, wie ein Mann, der zu lange gelebt und irgendwie den Tod überlistet hat. Jetzt grinst er sie mit gelben Zähnen an.

»Hallo, Mariam«, sagt er. »Das ist doch dein Name, nicht wahr?«

Sie kennt diese Leute nicht namentlich, aber sie weiß genau, wer sie sind. Sie stehen für all das, was mit der Welt nicht stimmt. Sie sind die alten Männer, die alles schlimmer statt besser machen. Sie möchte sie in Schnecken verwandeln und auf ihren Schalen herumtrampeln, bis von ihnen nichts mehr außer Schleim und Kalksplittern übrig ist. Aber das würde Bronte nicht wollen. Bronte würde wollen, dass sie es zuerst mit Barmherzigkeit probiert.

»Ich fürchte, dein Stab wird hier nichts ausrichten«, sagt der alte Mann. »Der Magnetstein ist erheblich mächtiger. Er absorbiert alle latente geothaumische Energie in diesem Raum. Wir sammeln sie für unser kleines Ritual. Also kannst du den Stab genauso gut weglegen.«

Sie hört gedämpfte Laute von Bronte und den anderen.

Wie sie durch die Kapuzen ihren Namen rufen und an ihren Fesseln zerren. Die vier stärksten Frauen, denen sie jemals begegnet ist, sind nun völlig hilflos. Das macht sie so wütend, dass ihr Mund zittert.

»Lasst meine Freundinnen frei«, fordert sie. »Ihr könnt mich nehmen, wenn ihr wollt. Aber lasst sie gehen.«

»Das ist sehr tapfer von dir«, sagt der alte Mann. »Aber ich fürchte, das würde für unsere Zwecke nicht genügen. Für dieses Ritual benötigen wir recht viel Blut, musst du wissen. All diese alte Magie benötigt Blut. Das ist schrecklich barbarisch, aber so ist es nun mal mit alten Druiden.«

»Wenn ihr sie gehen lasst, gewähre ich euch freien Abzug«, sagt sie. »Ihr könnt fliehen. Irgendwo weit weg von hier.«

»Nun«, sagt der alte Mann. »Offenkundig bist du eine vernünftige junge Frau, Mariam. Und das ist ein sehr großzügiges Angebot. Aber ich fürchte, wir können nirgendwohin gehen. Die Ozeane sterben, die Ernten fallen aus und so weiter. Aber das muss ich dir ja nicht erklären, nicht wahr? Und es gibt nicht viel, was sich dagegen machen ließe, fürchte ich. Es ist viel zu spät für jeden Versuch, die Welt zu retten.«

»Das ist nicht wahr«, sagt Mariam. »Vielleicht hast du aufgegeben, aber ich nicht.«

Der alte Mann lacht sie nur aus. »Es geht hier nicht ums Aufgeben«, sagt er. »Meine Freunde und ich haben einen Pakt mit dem Teufel geschlossen, vor sehr langer Zeit. Wir werden ewig leben. Und nachdem wir jetzt wissen, wie die Ewigkeit aussieht, würden wir sie lieber im Feenreich verbringen. Nicht hier, in der realen Welt, auf einem toten Planeten.«

»Aber ihr seid die Leute, die ihn getötet haben«, sagt Mariam. »Das ist alles nur eure Schuld. Davor könnt ihr nicht einfach davonlaufen.«

Der alte Mann zuckt mit den Schultern. »Das ist jetzt

bedeutungslos. Warum legst du nicht den Stab weg, damit wir uns wie vernünftige Erwachsene unterhalten können?«

Sie starrt ihn lange genug an, um etwas zu erkennen. In seinen alten, toten Augen ist Furcht, nackte Furcht. Verborgen hinter der selbstbewussten, selbstgefälligen Attitüde und dem herablassenden Lächeln. Er hat Angst. Angst vor einer jungen Frau mit Macht. Angst vor dem, was sie tun könnte.

»Ich frage mich gerade«, sagt sie, »wenn der Stab hier drinnen nichts ausrichten kann, warum willst du dann, dass ich ihn weglege?«

Seine aufgesetzte Gelassenheit ist auf einmal wie weggeblasen. Dann schreit er vor Schmerz auf, weil Bronte – die sanfte, gewaltfreie Bronte – ihm fest in die Finger beißt. Mariam sieht Blut. Sie sieht, wie sich Bronte wegduckt und zu Boden fallen lässt. Der alte Mann bleibt stehen und starrt fassungslos auf seine Hand, an der zwei Finger fehlen.

Mariam hat eine halbe Sekunde Zeit, um die Verwirrung zu nutzen.

Ihr fällt nur eine Möglichkeit ein. Der große schwebende Stein über ihnen ist wie eine mächtige magische Batterie, und Kay hat ihr im Moor erzählt, dass der Stab eine Art Blitzableiter ist. Also könnte es vielleicht funktionieren.

Sie richtet den Stab auf den Magnetstein und denkt intensiv an das, was sie tun möchte. Und lässt ihrer Wut freien Lauf. Diese Männer, die in diesem Raum stehen, sind die Männer, die ihre Zukunft gestohlen haben. Sie sind es, die jeden Morgen den Felsen der Verzweiflung auf ihre Brust gelegt haben, um jede Hoffnung aus ihr rauszuquetschen. Sie haben jedes Mitgefühl verbraucht, das sie noch für sie aufbringen könnte. Sie hat nur noch Wut für sie übrig. Und es ist diese Wut, die die Magie anzieht. Keine noblen oder gutherzigen Empfindungen, wie ihr Wunsch, die Welt zu retten. Sie sagt dem Magnetstein einfach nur, dass diese Männer böse sind. Und sie hat das Gefühl, dass der Magnetstein ihr zustimmt. Ihr helfen will.

Sie spürt ein Kribbeln im Gesicht. Ihre Haare stellen sich auf. Sie spürt eine Verschiebung im Magnetismus des Raums. Etwas ändert sich, tief in ihren Knochen. Der alte Mann scheint es ebenfalls zu bemerken. Er blickt kurz besorgt zum Magnetstein auf.

Und dann schießt ein Blitzstrahl auf sie zu, trifft die Spitze des Stabs. Brennt sich in ihre Augäpfel. Donnert durch ihre Knochen.

Wenn man vom Blitz getroffen wird, sollte einen das nicht töten? Müsste das nicht alle Körperteile braten? So etwas sollte man nicht überleben. Und erst recht sollte man nicht in die Luft schweben und alles in fünf Dimensionen sehen. Aber genau das passiert. Als Mariam wieder etwas sehen kann, schaut sie nach unten und stellt fest, dass ihre Schuhe sich vom Boden gelöst haben. Sie schwebt langsam zur Decke hinauf. Blitze knistern um sie herum. Der Stab ist glutheiß und raucht in ihren Händen, aber sie darf nicht loslassen. Nicht jetzt. Sie kann die Vergangenheit spüren, als ihre Hand nicht brannte, sie kann die Zukunft spüren, wenn die Wunde verheilt sein wird. Sie konzentriert sich auf diese Momente. Nicht auf die schmerzhafte Gegenwart.

Sie kann auch andere Sachen sehen. Nicht nur das Innere des Raums und den tiefen Schacht, der unter ihr gähnt, und ihre Freundinnen, die drum herum am Boden knien. Nicht nur die Vergangenheit und die Zukunft. Der Blitz hat etwas mit ihren Augen gemacht. Es ist, als könnte sie Physik sehen. Wellen, die sich in alle Richtungen ausbreiten. Feldlinien und Partikel und andere Dinge, die sie nicht versteht. Sie kann die Wärme in der Haut des alten Mannes sehen. Sie kann sein zerbrechliches Skelett sehen. Die elektrischen Signale, die in seinem Gehirn abgefeuert werden. Die Furcht in seinem Herzen.

Sie richtet den Stab auf ihn und lässt ihren ganzen Zorn hineinströmen.

Die Augen des alten Mannes blitzen mit einer schrecklichen Erkenntnis auf. Dann trifft ihn der Blitz mitten in seine Brust. Er verwandelt sich nicht in ein Kaninchen oder ein Eichhörnchen oder etwas ähnlich Harmloses. Das hier ist viel schlimmer. Seine Haut verdorrt und schrumpelt, wird schlagartig zu Leder. Feuer bricht in seinem Herz aus und brennt sich nach außen, verwandelt sein Fleisch in Asche. Und als kaum noch etwas von ihm übrig ist, stürzt er kopfüber in die tiefe Grube.

Der Blitz trifft auch die anderen Männer, springt von einem zum nächsten weiter. Er brennt sich durch sie durch, bis nichts mehr zurückbleibt außer einem üblen Gestank. Aber Mariam nimmt es kaum wahr. Sie ist überall und nirgendwo. Damals und jetzt und für immer. Ihr Bewusstsein breitet sich rasant aus, bis es die ganze Welt erfüllt.

43

KAY FÄLLT AUF DIE HÄNDE UND KNIE. ARTHUR
steht mit einem spöttischen Grinsen über ihm, Caliburn in seiner Faust.

»Steh auf«, sagt Arthur. »Oder ich werde dich
kniend töten.«

Kay versucht sich den Saft vom Mund zu wischen.
Er wurde schon mal kniend getötet, aber jetzt ist wohl kein
guter Moment, das zu erwähnen. Offensichtlich teilt Arthur
seine Hemmungen nicht, was Brudermord betrifft.

Die Menge jubelt immer noch, schreit nach Blut. Die
Leute wollen sehen, wie ihr neuer König diesen unbekann-
ten Herausforderer tötet. Arthur scheint gern bereit zu sein,
ihnen diesen Gefallen zu erweisen. Die Bewunderung seines
Volks ist ihm wichtiger als die Liebe seines Bruders. So war
es schon immer.

In seinen Eichengliedmaßen ist nicht mehr genug Kraft
übrig, um aufzustehen und eine weitere Runde zu kämpfen.
Caliburn hat seinen Schild bis zur Unbrauchbarkeit zerhackt.
Kay versucht, sein Schwert vom Boden aufzuheben, doch
Arthur stampft mit dem Fuß auf die Klinge, so heftig, dass sie
zerbricht. Kay bleibt nur noch das Heft, aus dem ein gezack-
tes Stück Klinge ragt. So etwas ist ihm in tausend Jahren noch
nicht passiert.

Kay lässt das Schwert scheppernd auf die Bühne fallen. In

letzter Zeit hat es ihm ohnehin nicht mehr allzu viel genützt, dieses primitive Tötungswerkzeug. Auch hier hätte es ihn nicht gerettet. Und auch niemanden sonst. Das Einzige, was ihn jetzt noch retten kann, ist die Zunge zwischen seinen Zähnen, falls er sich rechtzeitig daran erinnert, wie man sie benutzt, bevor Arthur sie ihm aus dem Kopf schneidet.

»Hör zu«, sagt er. »Addy.«

»Nein«, sagt Arthur. »Das Einzige, was ich in diesem Moment von dir hören will, ist ein Gebet. Ein Gebet für deine unsterbliche Seele.«

Das ist vielleicht gar keine schlechte Idee. Ein stummes Gebet an den Himmel. An Wyn, falls sie da oben ist. Und vielleicht gerade ein paar Honigkuchen bäckt. Er dreht den Kopf weit genug herum, um in der dunstigen Ferne den Avalon-Turm zu erkennen. Am Himmel darüber blitzt es. Ein Teil von ihm hat gehofft, während des Kampfs mit Arthur von dort einen lauten Donnerknall wie in Preston zu hören. Zu sehen, wie das ganze Ding in Flammen aufgeht, wie schwarzer Rauch von der Ruine aufsteigt. Das hätte ihm genügt. Dann hätte er gewusst, dass Mariam es geschafft hat. Das wäre kein schlechter letzter Augenblick gewesen. Aber Avalon steht noch.

Arthur ändert seine Haltung. Stellt die Füße auseinander, um einen besseren Stand zu haben. Hebt Caliburn in die Höhe, damit er das Schwert niedersausen lassen kann.

Doch dann hält er inne, weil noch jemand die Bühne betreten hat.

»Gütiger Himmel!«, sagt Arthur. »Nicht du auch noch!«

Kay schaut gerade noch rechtzeitig auf, um zu sehen, wie Lancelot mit den Schultern zuckt. »Zumindest, was Verrat betrifft, kann man sich auf mich verlassen.«

»Ich hätte nicht noch mal mein Vertrauen in dich setzen sollen«, sagt Arthur.

»Ja«, bestätigt Lancelot. »Selbst für deine Verhältnisse war das ausgesprochen dumm.«

Kay lächelt still. Typisch Lance, wie er versucht, Arthur aufzustacheln, und es klappt sogar. Es gibt keine schnellere Methode, ihn wütend zu machen, als seine Intelligenz zu beleidigen.

»Dann soll es so sein«, sagt Arthur. »Diesmal retten dich keine Burgmauern.«

Arthur geht hinüber, um sich mit Lance zu duellieren. Kay schaut nicht zu. Er hört, wie die Menge wieder skandiert, hört die Fußarbeit auf der Bühne und den Klang von Caliburn, wie es sich in Lancelots Schild schneidet. Aber er konzentriert sich ganz auf sich selbst. Er sammelt seine Kräfte, um aufzustehen. Er bringt das verletzte Bein unter den Körper und versucht es zu belasten. Er beißt die Zähne gegen den Schmerz zusammen. In der Menge gibt es immer noch glatzköpfige Männer, die ihm widerliche Sachen zurufen. Sie werden allmählich ungeduldig. Einer wirft eine Bierdose, die nur wenige Zentimeter an seinem Gesicht vorbeifliegt. Er achtet nicht darauf. Auch nicht auf das Gelächter. Oder die anderen Wurfgeschosse, die um ihn herum auf der Bühne landen. Schließlich schafft er es, sich zu erheben, und steht unsicher zitternd da. Er hört kaum noch etwas, als der Saft von seinem Kopf in seine Beine strömt. Als würde die Menge durch eine tiefe Wasserschicht rufen.

Arthur hat Lancelot in die Enge getrieben, aber in Arthurs Wange ist eine Wunde, die vorher noch nicht da war. Es sieht aus, als könnte Lance ihn zurückdrängen, doch dann packt jemand aus der Menge seinen Fuß. Bringt ihn kurz aus dem Gleichgewicht. Lange genug, dass Arthur zuschlagen kann. Kay kann nicht genau erkennen, ob Caliburn mitten durch Lancelots Schulter fährt oder ihn nur so fest mit der flachen Seite streift, dass er stürzt. Wie auch immer, Lancelot fällt von der Bühne, Hände greifen nach ihm und zerren ihn in die Menge.

Kay ruft Lancelots Namen, aber er kann sich selbst nicht hören.

Arthur richtet seine Aufmerksamkeit wieder auf ihn. Kay sieht etwas Respekt in Arthurs Augen, dafür, dass er wieder aufgestanden ist. Arthur hat schon immer Standfestigkeit und unerschütterliche Hartnäckigkeit bewundert, viel mehr als Mitgefühl oder Vernunft. Ein guter Soldat steht wieder auf, wenn er zu Boden geht. Und er steht so lange immer wieder auf, wie noch ein Funke Leben in ihm ist. Das hat ihr Vater ihnen beiden beigebracht, vor sehr langer Zeit. Es fühlt sich an, als wären sie wieder im Stall, in ihrer Kindheit, nicht hier auf dieser Bühne am Ende der Welt. Vielleicht hat er deswegen das Gefühl, offen sprechen zu können.

»Addy«, wiederholt er. »Hör einfach zu. Nur für einen Moment. Lass mich reden.«

»Du hast schon immer gedacht, dass du alles besser weißt«, erwidert Arthur. »Du hast immer versucht, mir zu sagen, wo ich falschliege.«

»Und du hast mir nie zugehört.«

»Wie kommst du dann darauf, dass ich dir jetzt zuhöre?«

»Weil sie dich benutzen, Addy! Sie glauben, sie können dich für dumm verkaufen.«

»Wovon zum Henker redest du?«

»Diese Männer auf dem Tor«, sagt er. »Sie täuschen die Lehnstreue nur vor. Hinter deinem Rücken lachen sie über dich. Sie lassen dich Kunststücke vorführen, als wärst du ein Tanzbär.«

Arthur konnte es noch nie ausstehen, wenn über ihn gelacht wurde. Er hatte ständig Angst, dass seine Freunde und Verbündeten hinter seinem Rücken Intrigen planen. Nun lässt er sein Schwert sinken, seine Augen glühen vor Zorn.

Zorn, der durch Neugier gemäßigt wird. Er will auch den Rest hören.

»Sie haben mich zurückgeholt, um die Gefilde vor Gefahr zu bewahren«, sagt Arthur.

»Sie haben dich zurückgeholt, um den Schleier zu schwächen! Nur dafür brauchen sie dich. Ihre Festung ist ein Schiff. Sie werden damit zur anderen Seite fahren und alle Schrecken durchlassen. Und an dir bleibt es hängen, den Weltuntergang zu regieren.«

»Du bist genauso wie Lance und Morgan«, sagt Arthur. »Lügen und Verrat.«

»Lance hat dich nicht verraten – er ging, weil er herausgefunden hat, was sie wirklich vorhaben! Es ist noch Zeit, sie aufzuhalten. Genug Zeit, es wieder in Ordnung zu bringen.«

Rote Blitze zucken in der Ferne, und Arthur schaut zu Avalon, über die Menge und die überflutete Ebene. Kay kennt diesen Blick in seinen Augen, wenn sich seine Gedanken langsam umwälzen. Wenn die vergoldete Waage im königlichen Kopf auf einmal langsam kippt.

»Lass mich dir erzählen, wie sich die Leute an dich erinnern, Addy«, sagt er. »Du hast diese Geschichten nie gehört, nicht wahr? Du hast die ganze Zeit geschlafen. Du hast keine Ahnung, welche Geschichten sich die Leute über dich erzählt haben, während der vergangenen tausend Jahre.«

Arthur heuchelt Desinteresse, aber er heuchelt schlecht. Er hat sich schon immer Gedanken darüber gemacht, was die Leute über ihn denken würden, wenn er nicht mehr ist. Jetzt muss er es wissen.

»Was für Geschichten?«

»König Arthur war tugendhaft und gutherzig. So bist du in all diesen Geschichten. Das erwarten sie von dir. Freundlichkeit. Ritterlichkeit.«

Arthur lässt den Blick kurz über die Menschenmenge

schweifen, die nach Blut schreit. Er wirkt skeptisch. »Sieht nicht so aus, als wollen sie Freundlichkeit.«

»Aber im Land gibt es noch viel mehr Menschen als diese hier«, sagt Kay. »Diese Leute sind hier, und sie sind laut, und du glaubst vielleicht, dass sie für alle sprechen. Aber nicht nur sie schauen zu. Ganz Britannien schaut zu.«

Immer noch schwirren Windrädchen über ihnen, Kameras filmen alles. Ihre Worte gehen vielleicht im Lärm unter, aber die Bilder werden weiterhin übertragen, in die Häuser der Menschen im ganzen Land gesendet. Versteht Arthur das? Er schaut mit zusammengekniffenen Augen zu den riesigen Bildschirmen auf. Er scheint langsam zu begreifen.

Kay muss grinsen, trotz des Safts auf seinen Zähnen. »Was sollen sie über dich denken, Addy? All die Menschen in ihren Häusern, in den Lagern, wo auch immer. In der ganzen Welt. Sollen sie denken, dass du irgendein rücksichtsloser Drecksack bist, der seinen eigenen Bruder tötet? Oder sollen sie glauben, dass du der König bist, den sie aus all diesen Geschichten kennen? Möchtest du wie ein Held rüberkommen? Es liegt an dir. Wie soll man sich an dich erinnern?«

Arthur starrt auf die Menge, betrachtet die Gesichter. Kay kann ihn lesen wie ein offenes Buch. Arthur hatte immer eine klare Vorstellung, wie ein König sein sollte, aber diese Vorstellung hat sich ständig verändert. Könige werden an ihrer Stärke, ihrer Tugendhaftigkeit gemessen. An ihren gerechten Gesetzen und der Zufriedenheit ihres Volkes. Es war immer eine gute Methode, um seine schlechtesten Angewohnheiten im Zaum zu halten, wenn man ihn dazu brachte, sich mit diesem idealen König in seinem Kopf zu vergleichen. Sich selbst auf den Waagschalen der Geschichte abzuwiegen. Die Geschichte wird weitergehen, wenn das hier vorbei ist. Die Geschichte geht immer weiter. Arthur fragt sich gerade, wie diese Geschichte aussehen wird und wie sie geschrieben wird.

»Warum sollten sie fliehen?«, fragt Arthur schließlich. »Warum sollten sie diese Welt verlassen und durch den Schleier gehen?«

»Weil sie die Welt vergiftet haben! Weil sie die Luft verpestet haben. Und das tun sie schon so lange, dass die ganze Welt wärmer wird. Das Eis schmilzt, die Pflanzen sterben. All die alten Wälder wurden gefällt. In Britannien gibt es keine Wildschweine mehr, keine Bären, keine Luchse.«

Arthur leckt sich über die Lippen. »Davon haben sie mir erzählt. Sie sagen, das ist alles Blödsinn.«

»Aber es ist doch klar, dass sie das sagen, oder?«

Arthur blickt zu den Ölbaronen in der Ferne. Er kneift die Augen zusammen. »Ja«, sagt er. »Wahrscheinlich schon.«

»Und sie wissen, was sie anrichten, aber es ist ihnen egal, weil sie damit eine Menge Geld verdienen. Während sie die Gefilde für alle ruinieren.«

»Wie Vortigern«, sagt Arthur, seine Augen leuchten plötzlich. »Er wurde fett, während die Gefilde hungerten. Er ließ die Sachsen an unseren Küsten landen.«

»Genau«, sagt Kay grinsend. »Und wenn du dein Schwert gegen sie erhebst, bist du der Held oder nicht? Du wärst wie Uther, der Vortigern tötete. Du wärst derjenige, der das Land vor der Gefahr gerettet hat.«

Die Menge ist still geworden. Die Leute sind von dieser Show gelangweilt oder was auch immer da auf der Bühne vor sich geht. Sie wollen weniger Gerede und mehr Kampf. Arthur mustert sie, diese Schar von Britanniern, die sich um ihn drängen. Er schaut zu den Söldnern auf dem Hügel. Er hebt Caliburn in die Höhe.

»Volk von Britannien!«, brüllt er. »Ihr wurdet belogen. Ihr wurdet in die Irre geführt. Kämpft nicht gegeneinander. Eure wahren Feinde stehen dort drüben. Sie sind fette Blutegel, die das Land aussaugen und sich sattfressen, wie sie es schon seit eintausend Jahren getan haben. Sie schröpfen die Kassen, um ihre eigenen Geldbeutel zu füllen. Sie hetzen einen Britannier gegen den anderen auf. Während ihr gegen eure Nachbarn kämpft, plündern die Männer auf jenem Hügel das Land und seine Reichtümer. Aber jetzt nicht mehr! Legt euren kleinlichen Hass aufeinander nieder. Hebt eure Schwerter gegen euren gemeinsamen Feind. Folgt mir, und wir werden die Gefilde für immer von dieser Geißel befreien. Vorwärts! Vorwärts!«

Lautes Gebrüll erhebt sich. Plötzlich haben all diese Leute ein Ziel für ihre Wut, ein anderes Ziel als Fremde oder Menschen, die anders aussehen. Arthur richtet Caliburn auf das Tor, dann springt er von der Bühne, um den Angriff anzuführen.

Kay ist stolz auf ihn, zum ersten Mal seit sechzehn Jahrhunderten. Er schafft es nicht aus dem Weg, bevor die Leute die Bühne stürmen und Arthur folgen und ihn dabei von allen Seiten anrempeln. Mit seinem blutenden Bein kann er nicht mehr aufstehen. Jemand tritt ihn im Vorbeigehen. Jemand anders trampelt auf seine Hand. Auf seine Wade. Überall stampfende Füße. Verdammt, so will er nicht sterben! Nach allem, was er durchgemacht hat, soll er jetzt so jämmerlich verrecken, ohne zu erfahren, wie es ausgeht? Er ist schon mal totgetrampelt worden, und diese Erfahrung möchte er nur ungern wiederholen. Und schon gar nicht jetzt.

Doch dann hilft ihm jemand auf, hievt ihn am Arm hoch, bringt den Kopf unter seine Schulter. Als er zu seinem Retter blickt, stellt er fest, dass es Lancelot ist, blutüberströmt, aber am Leben.

»Komm schon, alter Sack«, stößt Lancelot zwischen zusammengebissenen Zähnen hervor. »Kann nicht zulassen, dass du zurückbleibst.«

Sie torkeln über die Treppe von der Bühne herunter und

lassen sich dann von der Menge mitschleifen. Das dürfte der chaotischste Angriff sein, an dem er jemals teilgenommen hat. Einige Tausend Männer mit Knüppeln und Stangen und Ketten und Rohren, die hügelaufwärts auf eine Reihe von Saxons mit Sturmgewehren zu stürmen. Alles in allem keine gute Ausgangslage. Nur kurz haben sie das Überraschungsmoment auf ihrer Seite, dann eröffnen die Söldner das Feuer. Gewehre rattern. Windrädchen feuern von oben auf die Menge. Granaten fliegen über die Köpfe hinweg und zerplatzen zu Rauchwolken. Kay sieht die ersten Verletzten, die ersten Toten. Arthur ist ganz vorn an der Spitze, nur vom Schuppenpanzer geschützt. Nicht genug, um Kugeln aufzuhalten. Aber wenn Arthur im Kampfrausch ist, braucht man ein Elefantengewehr, um ihn zu Fall zu bringen. Jetzt steht er da ganz vorne und mäht die Söldner zu Dutzenden nieder, Caliburn säuft ihr Blut. Als würde sich Badon Hill wiederholen.

Kay versucht mitzuhalten, während er mit Lancelot weiterhumpelt und die Horde an ihnen vorbeirast. Unbewaffnet. Auch die meisten Leute um ihn herum haben nichts. Nur ihre vagen Vorstellungen, wofür sie kämpfen. Waliser und Kornen und Cumbrianer und die Army of Saint George, die ihrem neuen König hinterherstürmen. Alle zusammen. Das kann nicht vergebens sein.

Einige der Söldner haben Schlagstöcke und Plastikschilde. Sie bilden einen Schildwall und halten die Stellung, während ihre Kameraden von weiter oben auf dem Hügel in die Menge schießen. Leichen häufen sich auf. Der Rauch wird dichter und brennt in Kays Augen und seiner Kehle. Er versucht sich vorzudrängen, die Reihe der Söldner zu durchbrechen, aber er kommt nicht durch den Mob. Eine dichte Masse aus Ellbogen und Schultern und starken Rücken. Die Leute kommen kaum von der Stelle, dicht gepackt wie Sardinen. Immer noch prasseln Kugeln auf sie ein, lassen Blut spritzen, durchlöchern zwei oder drei Männer gleichzeitig. Kay sieht Zweifel in den Gesichtern. Einige bereuen ihren Mut. Überlegen sich umzukehren und schieben sich gegen die Männer hinter ihnen. Wenn sich ihnen zu viele anschließen, wird es zu einer Massenpanik kommen. Leute, die einander tottrampeln, während sie panisch versuchen wegzukommen. Kay hat so etwas schon erlebt.

Doch plötzlich richten die Söldner ihr Feuer nach oben, auf etwas am Himmel. Kay folgt der Spur der Kugeln und blinzelt, um im Rauch zu erkennen, was es ist.

Es ist Morgan, die einen neuen Drachen reitet. Keine riesige weiße Königin wie im Norden, sondern ein kleinerer Bulle, mit Hörnern und Bart und Schuppen in glänzendem Grün. Woher hat sie den? Sie muss ihn von irgendwoher beschworen haben, oder sie hat ihn eingerollt und schlafend in einer tiefen Höhle unter der Erde gefunden oder ihn mit Zauberei durch den Schleier geholt. Jedenfalls ist er hier und schlängelt sich mit Tod in den Augen durch den Himmel. Rast im Sturzflug auf die Schlacht zu, nimmt einen tiefen Atemzug.

Kay wirft sich zu Boden und reißt die Arme schützend über seinen Kopf, zieht Lancelot mit sich. Schmeckt Erde. Er hört die Flammen, bevor er sie spürt. Sengende Hitze an seinen Fingern und im Nacken.

Als er wieder aufblickt, sieht er eine Szene der Verwüstung. Das Gras ist verkohlt, die Söldner wurden in ihrer Kriegsausrüstung gegrillt. Schilde sind geschmolzen und liegen schwelend am Boden. Morgan lenkt ihren Drachen herum, um es mit den surrenden Drohnen über ihr aufzunehmen, aber nun hat sie einen freien Weg durch die Söldnerreihen gebahnt. Und Arthur stürmt bereits hindurch, dicht gefolgt von der Menge. Sie waten durch Feuer und Tod auf den Haufen verängstigter Ölbarone zu.

Kay rappelt sich auf und humpelt Arthur hinterher, kämpft sich den Hügel hinauf, Lancelot irgendwo hinter ihm. Er sucht nach Söldnern, die er töten kann. Aber er findet keine mehr. Die Menge breitet sich nun in alle Richtungen aus, gelangt hinter die Söldner, reißt ihre Reihen auseinander. Zertrümmert ihre Helme mit Rohren und Stangen. Einige Söldner versuchen sich zurückzuziehen, aber der Weg ist ihnen versperrt. Sie können nur ins Wasser oder auf die Hügelkuppe, wo sie von allen Seiten umzingelt sind. Die Drohnen brennen, trudeln, stürzen vom Himmel. Morgans Drache stößt herab, um eine Gruppe von Söldnern mit den Klauen zu packen. Lässt sie aus großer Höhe zurück auf die Erde fallen.

Kay spürt einen Wendepunkt. Das ist der Moment einer Schlacht, der sich fast unbemerkt anschleicht, den man erst sieht, wenn er da ist - falls man nicht schon vorher getötet wird. Die ganze Zeit hat man keine Ahnung, ob man gewinnen oder verlieren wird, bis dieser Moment kommt. Und dann geschieht es auf zwei mögliche Weisen. Entweder ist der Feind plötzlich hinter einem, und die eigene Armee ist aufgerieben, und man spürt, wie jede letzte Hoffnung zertrampelt wird. Oder man erkennt plötzlich, dass man den Sieg errungen hat und die Schlacht bereits vorbei ist. Die Feinde sind geschlagen und flüchten sich zu den Hügeln oder gehen in die Knie, um sich zu ergeben, falls sie nicht zuvor abgeschlachtet werden. In den alten Tagen neigte Arthur meistens zum Abschlachten, und es sieht nicht danach aus, als hätte sich daran etwas geändert.

Der Ansturm erreicht die Ölbarone und hört dort nicht auf. Er rast einfach durch sie hindurch. Knüppel und Ketten und Rohre werden geschwungen. Leute schreien. Leute flüchten. Leute flehen. Leute werden zu Boden geprügelt.

Kay bleibt stehen. Er ist nicht wild darauf, sich am Blutbad zu beteiligen. Es würde ihm keine Befriedigung verschaffen, diese Leute durch ihre Anzüge zu erstechen. Ihre Hemden rot zu färben. Er schaut auch nicht gerne zu, wie andere Männer es tun, aber jetzt gibt es für ihn keine Möglichkeit mehr, es aufzuhalten. Er hat Arthur den Weg gezeigt, und Arthur ist losgerannt und hat alle anderen mitgenommen. All diese Menschen, denen die Schuppen von den Augen gefallen sind.

Arthur dürfte jetzt irgendwo weit oben auf dem Hügel sein. Vermutlich nahe der Kuppe des Tors. Es hat keinen Sinn, nach ihm zu suchen, bevor sich das ganze Chaos gelegt hat. Ein wildes, mordlüsternes Durcheinander, das sich nicht mehr stoppen lässt, bis es sich ausgetobt hat. Also humpelt Kay zum Rand des Gemetzels, durch Rauch und Blut. Er sucht einfach nur einen Moment des Friedens. Ein freies Fleckchen, wo er sich fallen lassen und eine Weile bluten kann.

Er erreicht das Ufer, wo sich der Rauch über dem Wasser ausdünnt. Einige Söldner wurden in die Salzmarsch getrieben, bevor sie abgeschlachtet wurden. Nun ist das Wasser rot. Hier sinkt er auf die Knie und neigt den Kopf, um ein schnelles Gebet zu flüstern.

Als er wieder aufschaut, sieht er durch den Rauch etwas Schreckliches. Eine große Säule aus blassem Licht strömt von der Avalon-Seefestung in den Himmel. Ein wachsbleiches Licht, geisterhaft und unheilvoll. Es durchbohrt den Himmel wie ein aschfahler Speer. Wolken umwirbeln es, sammeln sich und werden dunkler. Im Herzen des Sturms knistern Blitze.

Vielleicht hatte Merlin recht. All ihre Anstrengungen sind vergebens, es sind keine grünen Triebe mehr übrig. Nur noch Verderben.

44

MARIAM FÜHLT SICH, ALS HÄTTE SICH AN IHREM Hinterkopf eine Tür geöffnet, durch die ihr Geist ausgelaufen ist.

Ist sie noch Mariam, oder ist sie die Welt? Oder ist die Welt Mariam? Früher gab es eine klare Grenze zwischen beidem. Jetzt ist sie schwer zu erkennen. Sie fühlt sich *alt*. Älter als Kay, älter als Regan. Älter als Arthur oder das Hirschkind im Wald.

Sie spürt Wasser, das aus Quellen hervorsprudelt, die hundert Meilen entfernt sind, dann durch Flüsse hinabströmt und ins Meer fließt. Grashalme, die dem Sonnenlicht entgegenstreben. Ameisen, die in der Erde graben. Bäume, die ihre Glieder langsam und geduldig ausstrecken. Blätter, die in der Wildnis das Fell von Hirschen streifen. Vögel, die sich auf warmen Aufwinden über den Bergen in die Höhe schwingen. Wale, die gemächlich durch die tiefe, schwarze Dunkelheit des Ozeans treiben. Die ganze Welt, wie sie langsam um die Sonne kreist. Eine Hälfte warm und eine Hälfte kalt.

Für einen kurzen Moment ist es wunderschön, bevor es schrecklich wird. Menschen verhungern in Lagern rund um die Welt, und sie kann die Leere in ihren Bäuchen spüren. Die Trockenheit in ihren Kehlen. Die Sonne, die auf sie herabbrennt. Sie riecht Asphalt, der auf den Straßen leerer Städte kocht. Sie spürt die Verwirrung einer Elefantenmutter, die ihr Kalb zu einer Wasserstelle führt und nur ein ausgetrocknetes Flussbett findet. Leichen verdorren in der Sonne, ohne dass Vögel oder Fliegen das Fleisch von ihren Knochen picken. Weil auch die Vögel und Fliegen tot sind.

Sie versucht sich auf den Raum um sie herum zu konzentrieren, wo ihr alles klein vorkommt. Gethin hilft den anderen aus ihren Handfesseln. Wann ist Gethin hier eingetroffen? Anscheinend hat er sich selbst aus der Zelle befreit. Willow und Teoni rufen zu ihr herauf, versuchen ihre Füße zu fassen zu bekommen, um sie herunterzuziehen. Aber sie fühlen sich sehr klein an. Sie ist sich ihres winzigen menschlichen Körpers auf die gleiche Weise bewusst, wie sie früher ihren kleinen Zehennagel wahrgenommen hat. Schwierig, sich auf nur einen einzigen Raum zu konzentrieren, wenn sie das Magnetfeld der Erde schreien hören kann. Wenn sie die Farbe des Universums schmecken kann. Wenn sie das Gewicht des Mondes spürt, der an ihrem Herz zieht, als wäre es das Meer.

Das ist alles viel zu groß. Ihr Gehirn ist nicht dafür gemacht, das alles zu wissen, all diese Dinge gleichzeitig zu sehen. Sie möchte sich irgendwo verkriechen und alles ignorieren, sich so klein machen, dass sie von der Welt nicht mehr bemerkt wird. Aber der Stab ist wie eine Stromleitung, und die Muskeln ihres Arms klammern sich daran, halten ihn viel zu fest, um loslassen zu können.

Sie hat sich zu einem Teil dieses Rituals gemacht. Zu einem Teil des Schaltkreises der großen bösen Sache, die hier geschieht. Die Magie strömt von der Quelle herauf und durch sie in den Magnetstein. Ins Gerüst der Avalon-Plattform. Sie spürt, wie das gesamte Gefüge strapaziert wird. Wie sich Spannung aufbaut. Wie Rohre rasseln. Und wie sich draußen der Himmel verändert. Wolken brodeln. Druck steigt. Die Luft erwärmt sich, als sie über das Land weht, wird immer feuchter, bis die Magie sich frei darin bewegen kann. Und dann ist es so weit, sie schießt aus dem Boden herauf, durch den Stab, durch sie, durch den Metallrahmen der Plattform. Sie streckt ihre strahlenden Finger in den Himmel.

Mariam dämmert langsam, dass sie das Ende der Welt nicht verhindert haben, als sie den alten Kerl und seine Kumpel getötet haben. Bronte hat etwas von seinem Blut vergossen, als sie ihm die Finger abgebissen hat. Und draußen auf dem alten Hügel ist noch viel mehr Blut. Der Boden ist damit getränkt. Das Wasser hat sich rot gefärbt. Das Opfer wurde angenommen.

Der Schleier wird immer dünner. Mariam kommt es jetzt seltsam vor, dass sie nicht schon früher vom Schleier zwischen den Welten wusste. Nun scheint es völlig offensichtlich zu sein. Er war immer da. So eine dünne Barriere und so viele Schrecken, die auf der anderen Seite gefangen sind. Sie kann sie spüren, wenn auch nicht sehen. Dinge, die nur in Albträumen oder auf schlechten LSD-Trips auftauchen sollten. Dinge, die die Gestalt von Drachen annehmen müssen, wenn sie sich zur Wachwelt hindurchwinden.

Die Welt ist schon schlimm genug, ohne dass es noch schlechter wird. Es gibt schon genügend menschengemachtes Grauen, da brauchen sie nicht noch zusätzlich diese Wesen. Also kann sie sich jetzt nicht einrollen und vor ihnen zurückscheuen. Sie ist schließlich die Wächterin des Tores. So hat es Herne gesagt. Wenn sie das jetzt nicht aufhält, wird niemand es tun. Weder Kay noch Regan. Sie kann sich nicht darauf verlassen, dass jemand anders es für sie tut.

Wenn sie selbst zu einem Teil des Schaltkreises geworden ist, kann sie vielleicht ändern, was der Schaltkreis bewirkt. Diese gesamte Anlage wurde gebaut, um nur einer kleinen Anzahl von Menschen zu helfen. Um den Rest der Welt in Finsternis versinken zu lassen. Diese Woge der Magie soll eigentlich dazu verwendet werden, furchtbare Dinge anzurichten. Aber vielleicht kann sie die Magie für etwas anderes nutzen. Vielleicht kann sie damit stattdessen etwas Gutes tun.

Also versucht sie, anfangs behutsam, Dinge zu ändern. Versucht, Magie aus der Erde heraufzuholen. In den Stab. In sich selbst. Mit all ihrem Mut, den sie aufbringen kann, will sie, dass sich der Schleier wieder zusammenfügt und schließt.

Sobald sie versucht, diese Veränderung herbeizuführen, werden die Monster auf sie aufmerksam. Sie wollen nicht, dass sie ihr Vorankommen behindert. Wer ist sie, dass sie sie aufhalten will? Sie tasten und greifen nach ihr. Sie kann ihre Wut spüren, ihre dunklen, suchenden Gedanken, bis eins von ihnen durch ihren Geist lodert. Wie ein Drache brüllt es und flammt elektrisch in ihr auf. Um dieses winzige Hindernis aus dem Weg zu schaffen.

Sie stürzt, wird auf das harte Deck des Bohrlochkopfs geschleudert. Jetzt ist sie wieder nur Mariam und nicht mehr die ganze Welt. Es fühlt sich an, als wäre ein großes Stück ihres Gehirns herausgerissen worden. Der Stab fällt rauchend und klappernd neben ihr auf den Boden.

Die elektrische Beleuchtung im Raum ist rot geworden, um Gefahr zu signalisieren. Sie kann Alarmsirenen hören. Die ganze Plattform zittert und ächzt. Sie starrt zur Decke hinauf, in ihren Augen ist immer noch das Bild des Drachen eingebrannt. Sie vergisst zu atmen. Gesichter tauchen über ihr auf. Willow und Teoni, die an ihrer Seite knien.

»Alles in Ordnung mit dir, Mäuschen?«, fragt Willow. »Verdammt, du bist geflogen!«

»Ja«, sagt Mariam. »Ja, ich weiß.«

»Komm«, sagt Teoni. »Wir müssen hier raus. Wir müssen los.«

»Aye«, sagt Gethin. »Vielleicht können wir eine von ihren Drohnen stehlen, wenn wir schnell machen.«

»Nein«, sagt Mariam. Schüttelt den Kopf. Versucht sich

aufzusetzen. »Nein, ich muss hierbleiben. Ich muss verhindern, dass sie durchbrechen.«

Willow rümpft die Nase. »Wer? Wovon redest du?«

»Von den bösen Wesen. Ich muss sie abwehren. Ihr geht. Ich muss hierbleiben.«

Sie greift nach dem Stab und will ihn wieder aufheben, doch ihre Hand ist wund und schmerzt vom ersten Versuch. Die äußere Hautschicht ihrer Handfläche ist verbrannt.

»Bist du völlig übergeschnappt?«, fragt Teoni.

»Ich habe keine Zeit für Erklärungen«, sagt sie. »Ich muss einfach nur hierbleiben. Ich muss das tun.«

Willow und Teoni tauschen über ihr Blicke aus. Roz und Bronte kommen zurück, sie haben gerade das Ölbohrloch mit dem Absperrventil versiegelt. Sie machen einen verwirrten Eindruck. Bronte hat immer noch Blut im Gesicht.

»Kann sie gehen?«, fragt Roz.

»Ja«, sagt Teoni. »Aber sie will hierbleiben.«

Roz wirkt verdutzt. »Ich weiß nicht, was du mit diesem Stab angestellt hast, aber die Plattform wird einstürzen. Wenn du hierbleibst, stirbst du.«

Mariam rollt sich zur Seite und nimmt den Stab in die linke Hand. Nicht mehr so heiß wie zuvor, aber immer noch von magischem Potenzial erwärmt. Sie nutzt ihn, um aufzustehen, stützt sich darauf wie auf einen Gehstock.

»Ihr geht«, wiederholt sie. »Ich muss hierbleiben. Ich muss sie aufhalten. Niemand sonst wird es tun.«

Eine ganze Weile geschieht nichts. Es ist still, abgesehen von den heulenden Sirenen. Mariam hat Mühe, sich auf den Beinen zu halten. Die anderen könnten sie einfach hochheben und wegtragen, wenn sie wollten. Sie wäre zu schwach, um sich dagegen zu wehren.

Doch dann nickt Roz. »Also gut«, sagt sie. »Wenn du unbedingt hierbleiben musst, bleiben wir auch.«

Mariam schüttelt den Kopf. »Nein«, sagt sie. »Ich muss das allein tun.«

»Blödsinn«, sagt Willow. »Wir machen das zusammen. Was auch immer es ist.«

»Verdammt, ja!«, sagt Teoni.

»Vielleicht können wir helfen«, sagt Bronte.

»Aye«, sagt Gethin. »Was brauchst du?«

Mariam schließt die Augen, fühlt sich müde und dankbar und überwältigt. Und sie weiß, dass nicht viel Zeit ist, um noch irgendetwas anderes zu empfinden. Sie hat Freundinnen um sich, die bereit sind, ihr zu helfen. Die darauf warten, dass sie ihnen sagt, was zu tun ist. Es wäre eine große Erleichterung, das zu tun. Ihre Hilfe anzunehmen. Aber wenn sie in den letzten paar Tagen etwas gelernt hat, dann die Tatsache, dass sie sich nicht auf andere verlassen darf. Sie kann es nur selbst tun.

»Tut mir leid«, sagt sie.

Wenn man etwas Schmerzhaftes schon einmal gemacht hat, fällt es ein klein wenig leichter, es noch einmal zu tun. Sie wendet sich dem Magnetstein zu und hebt den Stab. Ein Blitz schießt herab und schüttelt erneut ihre Knochen durch.

Und dann ist sie wieder überall. Auf Feldern und in Wüsten und Städten und tiefen Ozeangräben. In den Wolken und den Bergen und den Steinen am Strand. Sie schwebt hier in diesem Raum, aber auch an jedem anderen Ort.

Vor diesen Ereignissen hat sie nie richtig an Brontes Blödsinn über Energie und Spiritualität geglaubt. An die Erdmutter. Dass die Welt eine eigene Lebenskraft hat. Aber nun spürt sie das alles so intensiv, dass sie es nicht länger abstreiten kann. Denn diese Lebenskraft wird aus der Erde gerissen und durch den Stein gelenkt. Durch sie. Mariam spürt, dass sich die Erde widersetzt, aber der Sog ist zu stark. Die dunklen Wesen lauern hinter dem Schleier, kommen näher.

Nichts steht ihnen im Weg, außer ihr. Und sie fühlt sich viel zu schwach, um sie aufzuhalten. Als würde sie die Schwelle zwischen den Welten bewachen und könnte nur ihren Stab schwingen, um sie abzuwehren. Und sie sind so viel größer als sie. Viel hinterhältiger. Viel eher bereit, Schmerzen zuzufügen. Mariam spürt, wie ihre Tentakel nach ihr greifen. Um sie zu verbrennen und zur Seite zu werfen.

Doch dann spürt sie eine Hand auf ihrer Schulter.

Sie ist sich vage bewusst, dass ihre Schwestern in der realen Welt mit einer Meditation begonnen haben. Das muss Brontes Idee gewesen sein. Sie hocken im Kreis auf dem Boden unter ihr, im Schneidersitz, die Augen geschlossen. Halten sich an den Händen. Roz ist skeptisch. Teoni ist verängstigt. Aber sie alle bemühen sich, sie zu unterstützen. Sie leihen ihr ihre Kraft, so gut sie können. Sie kann ihre Gedanken, ihre Hoffnungen spüren. Sie wollen helfen.

Vielleicht muss sie es doch nicht allein machen.

Im Moment denken sie alle an unterschiedliche Sachen. Sie alle hegen etwas unterschiedliche Hoffnungen in ihren Herzen. Also versucht sie, ihre Freundinnen zu leiten, ihre Gedanken zu lenken, ihre Hoffnungen zu formen, sie alle zu einer einzigen Hoffnung zu verweben. Jetzt denken sie alle dasselbe, streben demselben Ziel entgegen, in Harmonie. Sie sagen der Magie, was sie tun soll. Sie sagen ihr, den Schleier wieder zu schließen und die Finsternis auszusperren.

Und die Erde scheint auf sie zu hören. Als hätte sie verstanden. Als würde sie ihnen zustimmen und helfen wollen.

Es gibt noch andere Gedanken draußen in der Welt. Sie spürt Regan, die einen Drachen reitet und die Plattform umkreist. Sie spürt Schock, dann Stolz, dann eine warme, verschmitzte Hoffnung. Regan schließt die Augen und kommt ihnen zu Hilfe, bringt all ihr uraltes Wissen ein, ihre uralte Macht. Wird zu einem Teil von dem, was auch immer es ist.

Sie spürt Lancelot, der sich humpelnd von der Schlacht entfernt. Zu einem kleinen Baum, der ihm sehr viel bedeutet. Er wirft sein Schwert weg, als er näher herankommt. Er lässt sich davor zu Boden fallen und hofft mit ganzem Herzen, dass der Baum groß und stark emporwachsen wird. Dass er eine ganz bestimmte Frucht hervorbringen wird. Und Mariam spürt noch etwas anderes, eine schwache Intelligenz, die sich in der Erde regt. Etwas im Boden, das sich seiner Umgebung halb bewusst ist. Und dass dieses Wesen sich halb bewusst ist, geliebt zu werden.

Sie spürt Kay, der betend am Ufer kniet. Er ist verwundert über ihre plötzliche Präsenz in seinem Geist. Er öffnet die Augen und blickt zur Avalon-Plattform in der Ferne. Dann senkt er wieder den Kopf. Legt die Stirn in Falten. Bietet ihr all seine Kraft, um ihr zu helfen. Zwingt seine Stärke hinunter in die Erde.

Sie spürt Nimue, die Frau aus dem Wasser. Nicht an einem bestimmten Ort, sondern in jedem Bach und Fluss in den Gefilden, in jedem See und Staubecken, überall, wo sich Wasser sammelt. Spürt, wie Nimue Kraft aus diesen Orten zieht, sie ihnen zur Verfügung stellt.

Und sie spürt Arthur, verwundet, aber siegreich. Wie er ein Drachenbanner auf dem Tor aufstellt. Er runzelt die Stirn und erinnert sich an seine Aufgabe und reckt Excalibur in die Höhe.

Gemeinsam haben sie Macht. In Merlins Höhle hat sie versucht, es Kay zu erklären, aber erst jetzt hat sie es selbst richtig verstanden. Niemand muss das alleine tun, den Kampf gegen alle Übel der Welt führen, die Gefilde retten. Diese Last, die für eine einzelne Person erdrückend wäre, wird erträglich, wenn sie über zehn oder zwanzig Schultern verteilt ist. Und wenn es hundert Schultern sind, wird sie federleicht. Dann wird es einfach, etwas zu bewirken.

Sie haben die Macht, Dinge zu verändern. Sie müssen diese Magie nicht explodieren lassen und damit ein Loch in den Schleier reißen und diesen Kreaturen den Durchgang ermöglichen. Aber sie müssen stattdessen etwas anderes mit dieser Magie anfangen. Sie müssen eine menschlichere, bessere Verwendung dafür finden.

Können sie all den Kohlenstoff aus der Luft ziehen? Nein, spürt sie Regans Antwort. Wo sollte er denn hin? Sie sind keine Bäume. Sie können Kohlendioxid nicht in Sauerstoff verwandeln. Sie können ihr Bewusstsein nicht auf all die kranken Wälder ausbreiten und sie vom Samen zum Schössling nachwachsen lassen, um den Planeten erneut mit hohen, gesunden Bäumen zu füllen. Dazu ist in der realen Welt Zeit und Arbeit nötig. Arbeit, die sie später leisten müssen.

Aber sie sind dazu imstande, die Avalon-Plattform zu zerstören. Mit einer großen Welle, die dieses Monstrum von der Erde wischt. Das würde nicht alles auf einmal lösen oder die ganze Welt wieder in Ordnung bringen, aber es wäre immerhin ein guter Anfang.

Sie spürt Zustimmung von allen. Von ihren Schwestern. Von Kay und Regan und Nimue. Von der Erde selbst. Sie spürt das Entsetzen der dunklen Albträume, als sich der Schleier vor ihnen zuzieht. Und sie spürt eine zunehmende Macht in den tiefsten Regionen der Gefilde. Etwas baut sich auf. Es strömt aus Felsen und Quellen an die Oberfläche, fließt in die Bäche, breitet sich in die Flüsse aus. Nimue begleitet es, lenkt es, sammelt es, lässt es stromabwärts brausen. In den Channel. Ins Meer. Wo es sich zu einer großen Welle erhebt.

Dann spürt sie den Aufprall des Wassers und zwei Arme, die sich um sie schlingen und sie festhalten.

45

KAY STELLT SEINEN GEIST IN DEN DIENST DIESER
großen Anstrengung, wie er sein Gewicht und seine
Muskeln in den Dienst eines Schildwalls stellen würde, als würde er seine Füße in den schlammigen Boden stemmen. Kurz spürt er die sanfte Berührung
von Wyns Hand auf seiner Schulter.

Dann fühlt er die Flut kommen und blickt von seinem
Gebet auf.

Wellen sollten nicht aus dem Binnenland kommen, nicht
aus Flüssen, sondern vom Meer. Er hat es noch nie anders-
herum erlebt, in all seinen Jahren nicht. Doch nun sieht er,
wie aus dem Norden eine große Sturzflut vom Severn heran-
rauscht, als wäre ein Damm gebrochen, der von Giganten erbaut wurde. So eine große Welle hat er noch nie gesehen. Ihr
Kamm überragt die Avalon-Plattform, die immer noch still
und dunstig in der Ferne steht. Und dann stürzt sie darauf
nieder.

Die Wand aus Wasser bricht am Metallturm und drückt
ihn zur Seite, lässt ihn schwanken. Kurz sieht es aus, als
könnte er dem Aufprall standhalten, doch dann hört Kay
Metall ächzen. Die mächtigen Beine biegen sich, das Knarren
hallt über die Flutebene wie der Schrei einer großen Bestie,
die von ihrem eigenen Niedergang überrascht ist. Und er
schaut grinsend zu, im Matsch kniend, wie das ganze Ding

zur Seite kippt. Teile brechen ab, die Plattform verbiegt und verdreht sich. Dann schlägt sie mit einem Donnern auf, das die Erde erschüttert.

Es ist nicht das, was er erwartet hatte. Er hatte sich vorgestellt, Arthur zu töten und zu sehen, wie die große Seefestung am Horizont brennt. Aber vielleicht ist das hier besser. Er spürt einen kleinen Schwall der Hoffnung in seinem Herz, und er lässt ihn ausnahmsweise wachsen, ohne ihn mit Pech zu überschütten. Vielleicht hatte Merlin recht, und vor ihnen liegen keine grünen Triebe mehr. Aber sie haben trotzdem etwas Gutes geschafft. Sie haben ein großes Übel bezwungen. Das hat Merlin nicht vorhergesehen. Sie haben etwas Unvorhersehbares getan, das man bislang für unmöglich hielt. Dieser Gedanke gefällt ihm. Unwillkürlich lacht er leise und blickt zu Wyn im Himmel auf. Im Bewusstsein, dass Mariam es geschafft hat.

Die Ruinen von Avalon versinken langsam im Brackwasser, und erst da verblasst sein Lächeln. Kummer trifft ihn wie ein Knüppel in den Bauch. Mariam und ihre Freundinnen müssen umgekommen sein, als das Ding eingestürzt ist. Sie müssen in den Ruinen gefangen sein. Und ertrinken nun vielleicht. Schnell erhebt er sich, richtet sich auf, wankt auf seinem verletzten Bein. Aber was kann er tun? Über die Marsch hinausschwimmen und nach ihnen suchen? Sie alle ans Ufer bringen? Nein. Also steht er stattdessen im Schlamm, während rote Wellen gegen seine Füße schwappen.

Er versucht gerade sich an ein kurzes Gebet zu erinnern, mit dem er Wyn um die Rettung ihrer Seelen bitten könnte, als er eine Monsterwelle über die Marsch auf ihn zurauschen sieht. Sie bewegt sich eigenartig, wie ein Wal oder ein Delfin, wie etwas mit einem eigenen Willen. Er ist zu müde, um zu flüchten, also geht er stattdessen in die Knie und wartet. Lässt die Wasserwand in ihn reinkrachen, wird dabei fast umgeworfen.

Als er sich das Salz aus den Augen gewischt hat, sieht er Mariam und ihre Freundinnen um ihn herum im Matsch liegen. Sie husten, fluchen und blicken sich verwirrt um. Und im Wasser steht Nimue, die Hände in die Hüften gestemmt.

»Hab deine Freunde gerettet«, sagt sie.

Er dankt ihr noch nicht.

Er eilt zu Mariam, rutscht fast aus, geht neben ihr in die Knie und greift nach ihren Schultern. Auch die anderen drängen sich um sie, sobald sie sich aufgerappelt haben. Der Waliser, Gethin, ist direkt an ihrer Seite.

Mariam öffnet die Augen. Sie blinzelt ihn ein paarmal an. Dann schlingt sie die Arme um ihn.

»Hab dir doch gesagt, dass ich dich nicht brauche«, sagt sie.

Er kann sich gar nicht mehr erinnern, wann er das letzte Mal von jemandem umarmt wurde. Für einen Moment ist er fassungslos. Dann schließt er sie auch in die Arme und lacht.

Es herrscht eine seltsame Waffenrufe in Glastonbury. Diese riesige Menge aus Menschen mit sehr unterschiedlichen Ansichten, die sich sehr unterschiedliche Dinge für Britannien wünschen, taxieren sich gegenseitig. Bleiben in ihren Gruppen. Vielleicht wird es noch mehr Blutvergießen geben, heute oder morgen.

Aber dann steigt Lancelot auf die Bühne und verbindet seine kleine Musikbox mit den aufgebauten Lautsprechern. Er fängt an zu tanzen, zuerst langsam, dann immer wilder. Es dauert nicht lange, bis alle anderen mitmachen, bis sich die Lager vermischen und die Grenzen verschwimmen. Sie haben gerade zusammen gekämpft. Sie haben einen gemeinsamen Feind besiegt. Sie sind bereit, zusammen zu feiern – zumindest für einen Abend. Vielleicht auch länger. Schwer zu sagen.

Die Schatten werden länger, die Sonne geht unter, aber die Musik dröhnt weiter. Kay humpelt das Tor hinauf, zum Steinturm. Morgans neuer Drache hat sich nicht weit von der Kuppe zusammengerollt und den Kopf auf den Schwanz gelegt. Er blickt mit neugierigen Augen auf die Feierlichkeiten, als würde er gern mitmachen.

Arthur liegt blutend im Turm. Sein Kopf ruht in Morgans Schoß. Er presst eine Hand auf die Wunde in seiner Seite. Schon wieder von irgendeinem Sachsen niedergestreckt. Aber nicht so dramatisch wie beim letzten Mal. Es fällt irgendwie schwer, das nicht mit ein bisschen Humor zu sehen. Was hat er sich dabei gedacht, einfach so auf die Söldner loszustürmen? Selber schuld, dass er sich eine Kugel eingefangen hat, dass es auf diese Weise endete.

»Mein Volk jubiliert«, sagt Arthur. Blass und leise, aber zufrieden. »Wir haben eine Gefahr für die Gefilde bezwungen.«

Kay nickt. »Vorläufig.«

Arthur zieht eine Grimasse. Nicht wegen seiner Wunde, sondern wegen dem, was er sagen möchte. »Du hast mir einen guten Rat erteilt«, bringt er mit einiger Mühe heraus. »Es war ... weise, auf dich zu hören.«

»Sehr weise«, bestätigt Morgan.

Kay lehnt sich mit verschränkten Armen gegen die Wand des Turms. »Ich hoffe, du wirst meinen Rat in Zukunft häufiger beherzigen«, sagt er, »falls du vorhast, am Ball zu bleiben. Wir müssen noch einen Krieg gewinnen.«

Arthur kneift die Augen zusammen. Er starrt zum quadratischen Stück Himmel über dem offenen Dach des Turms hinauf. »Hab drüber nachgedacht«, sagt er. »Und ich hab das Gefühl ... dass ich vielleicht nicht mehr der richtige Mann für diese Aufgabe bin. Topf und Deckel, weißt du. Damals in den alten Tagen war ich der richtige Mann. Aber jetzt bin ich mir nicht mehr so sicher. Vielleicht sollte die Krone an jemand

Jüngeres gehen. Eine Person, die sich auskennt, falls du verstehst, was ich sagen will.«

Kay lächelt und ist stolz auf ihn. Er denkt erneut an den jungen rothaarigen Burschen, der in der Wildnis von Gwynedd kniete, vor all den Jahren.

»Und was machst du stattdessen?«, fragt er. »Stricken lernen?«

»Ich werde nach Avalon zurückkehren«, verkündet Arthur so erhaben, wie es ihm möglich ist, während er auf dem Rücken liegt. »Das wahre Avalon. Mich ein wenig erholen. Teilruhestand, dachte ich mir. Aber ich bin sofort wieder da, sollte hier wieder alles den Bach runtergehen. Darauf könnt ihr wetten!«

»Ich werde für eine sichere Überfahrt sorgen«, sagt Morgan und zwinkert Kay über Arthurs Kopf hinweg zu.

Sie beide wissen, worum es hier geht. Ein Vorwand für Arthur, sich nach Avalon zurückzustehlen und seine Wunden heilen zu lassen, ohne dass seine Würde einen Kratzer abbekommt. Es war schon immer wichtig, ihm das Gefühl zu geben, dass er etwas zu seinen eigenen Bedingungen entscheidet. Aber darin zeigt sich auch etwas Weisheit.

Sie heben ihn gemeinsam auf, scherzen über sein Gewicht. Dann tragen sie ihn zu Morgans Drachen und mühen sich ab, ihn auf seinen Rücken zu setzen. Sobald sie es geschafft haben, steigt Morgan hinter ihm auf, schlingt die Arme um seinen Bauch und hält ihn aufrecht.

Arthur schaut noch einmal blinzelnd über die Menge, ostwärts über England. Dann zieht er Caliburn aus der Scheide und reicht es Kay hinunter auf die Hügelkuppe.

»Nimm du das Schwert«, sagt Arthur. »Halt den Laden am Laufen.«

Kay nickt. »Alles klar, Addy. Sieh zu, dass du genug Schlaf bekommst.«

Morgan bedenkt ihn mit einem Abschiedslächeln, dann lenkt sie den Drachen mit einem kräftigen Hüftstoß in die Luft. Kay steht auf dem Tor, mit Caliburn an seiner Seite, und schaut zu, wie der Drache in den Sonnenuntergang davonfliegt. Und Arthur zu seinem warmen Nickerchen zurückträgt.

Jetzt werden überall Lagerfeuer angezündet, und die Leute tanzen drum herum. Kay setzt sich auf den Hang des Tores und rammt Caliburn in den Boden, beobachtet die Feier eine Zeit lang aus der Ferne. Lächelt auf Lancelot herab, der zwischen den anderen feiert. Er kratzt sich an der Eichenhand, es juckt unter seinem Kettenhemd, an all den Stellen, wo sein Fleisch hart wie ein Baum geworden ist. Plötzlich bricht ein Stück Rinde zwischen seinen Fingern ab und hinterlässt einen Fleck sanftbrauner Haut. Er starrt sie sprachlos und erstaunt an. Dann schnallt er mit großer Mühe seinen Gürtel ab und zieht sein Kettenhemd aus.

Ein Teil der Rinde löst sich mit dem Kettenpanzer. Der Rest lässt sich in großen Stücken von seinen Händen und der Brust und den Schultern abziehen, vom Rücken und seiner Kopfhaut. Er hat noch nie etwas gleichzeitig so Derbes und Befriedigendes erlebt wie das Knirschen, als er sich häutet. Als würde man verkrusteten Schorf abkratzen. Darunter findet er seinen alten Körper, vollkommen wiederhergestellt.

Er streicht mit den Händen über seine glatten Unterarme. Dafür fällt ihm nur eine Erklärung ein: Die Magie ist in die Gefilde zurückgekehrt, in den Erdboden. Sie wird nicht mehr an einer Stelle gehortet, sondern breitet sich gleichmäßig über das ganze Land aus. Jetzt ist genug davon in der Erde übrig, um seine uralten Knochen noch etwas länger zusammenzuhalten. Das ist ein tröstlicher Gedanke. Er blickt lächelnd zu Hildwyn in den Wolken auf und murmelt eine

Entschuldigung. Vielleicht wird es noch ein Weilchen dauern, bevor er sie da oben wiedertrifft.

Als er wieder in seinen Kittel geschlüpft ist, zieht er Caliburn aus dem Boden und läuft hinunter zum Rand der Feierlichkeiten.

Dort steht ein weißes Zelt mit Kisten voll Ausrüstung, die von den Medienleuten der Saxons zurückgelassen wurde. Lampen und Kameras und Kabel und andere Dinge. Mariam hat es als ihr Hauptquartier übernommen. Er bekommt ein warmes Gefühl ums Herz, als er sieht, dass sie das Kommando übernommen hat. Mit neuem Selbstbewusstsein. Sie bespricht sich mit Gethin, dem Waliser, und mit allen anderen Anführern, die nicht draußen sind und tanzen. Auch Barry ist mit einigen seiner Freunde hier und nickt zu dem, was Mariam ihnen erklärt. Das könnte ein gutes Zeichen für die Zukunft sein.

Kay bleibt am Eingang stehen, schaut sich drinnen um. Er weiß, dass er sich nicht in dieses Stadium der Beratungen einmischen sollte. Dies ist ungefähr der Zeitpunkt, an dem er sich für gewöhnlich aus dem Staub macht, aus der Geschichte verschwindet, sich in den Schatten zurückzieht. Um auf die eine oder andere Weise wieder unter seinem Baum zu landen. Aber er hat das Gefühl, dass er diesmal noch etwas bleiben sollte. Nicht nur, weil er Caliburn in der Hand hält.

Mariam schickt ihre Leute hinaus, mit der Anweisung, viel Spaß zu haben. Sie werden am Morgen abmarschieren. Er wartet ab, bis sie allein ist, dann tritt er ein und räuspert sich.

Sie sieht ihn lächelnd an. Unterdrückt ein Gähnen hinter vorgehaltener Hand. »Hey«, sagt sie. »Ausnahmsweise hast du lange genug überlebt, um die Siegesparade mitzubekommen.«

»Sieht so aus«, sagt er.

»Wie lange hast du vor zu bleiben?«

»Lange genug, um dir das hier zu geben.«

Er lässt sich vor ihr auf ein Knie sinken. Balanciert die Klinge von Caliburn auf seinen Händen. Bietet ihr das Heft an. Sie schaut kurz nachdenklich auf ihn herab. Doch dann rümpft sie die Nase.

»Nein«, sagt sie. »Behalt es. Ich habe den Stab – der ist viel besser.«

Sie zeigt mit einem Daumen über ihre Schulter. Der Stab lehnt gegen einen Stapel Metallkisten in einer Ecke des Zelts. Vermutlich sollte er ihr nicht erlauben, ihn zu behalten. Er sollte dafür sorgen, dass er in den richtigen Händen bleibt. Aber das sind die Worte von Marlowe oder Merlin. Wessen Hände sind die richtigen? Was gibt ihm das Recht, darüber zu entscheiden? Vielleicht ist es an der Zeit, anderen Leuten diese Entscheidungen zu überlassen. Wenn Arthur die Krone aufgeben kann, kann er auch den Stab aufgeben. Er kann Mariam vertrauen, das Richtige damit zu tun.

»Arthur ist weg«, sagt er und erhebt sich wieder, »was dich zur Königin der Britannier macht, schätze ich.«

»Ich will keine Königin von irgendwas sein«, sagt sie.

»Was bist du dann?«, fragt er.

Sie blickt auf die Menge und zuckt mit den Schultern. Er kann sehen, wie die Gedanken hinter ihren Augen arbeiten. »Etwas Neues.«

»Wie du meinst«, sagt er und folgt ihrem Blick zu den feiernden, tanzenden Leuten. Hemdlose Männer mit Saint-George-Fahnen über den Schultern, die sich besaufen. Waliser mit bemalten Gesichtern, die feiern. Lance und Willow und Teoni, die im Feuerschein tanzen.

»Du hattest recht in Manchester«, sagt er. »Ich habe nie wirklich was verändert. Es hatten immer noch dieselben Leute das Sagen, mehr oder weniger. Es war immer noch dasselbe Land. Derselbe Scheiß. Aber jetzt könnte es anders sein. Alles, was man braucht, ist die Entscheidung, es anders machen zu wollen, schätze ich. Den ganzen alten Scheiß rauswerfen. Von Grund auf ein neues Land aufbauen.«

»Bleibst du hier und hilfst mit?«, fragt sie. »Es könnte ein neuer Drache kommen oder sonst was, das getötet werden muss.«

»Nein, dazu brauchst du mich nicht«, erwidert er grinsend. »Du hast mich nie gebraucht, hast du selbst gesagt. Du kommst gut ohne mich zurecht. Mehr als gut.«

Sie wirkt traurig. »Was machst du dann?«

Er ist sich nicht sicher. Es ist das erste Mal in eintausend Jahren, dass er sich frei fühlt, selbst zu entscheiden, was er als Nächstes tun könnte. Er wirft einen Blick in die Wolken, falls Wyn auf ihn herabschaut. Dann schnauft er.

»Hast du Lust zu tanzen?«, fragt er.

Im kalten, frischen Licht des Morgens geht Kay zum Ufer und wirft Caliburn ins stille Wasser. Nimues Hand schießt empor und fängt es am Heft auf. Er würde gern erfahren, wie sie das immer anstellt, ohne einen Finger zu verlieren.

Sie taucht grinsend aus dem Wasser auf, mit dem Schwert in der Hand. Vielleicht bildet er es sich nur ein, aber sie sieht etwas silbriger aus als in Manchester. Als hätten die Schuppen ihren Glanz zurückbekommen.

»Also«, sagt sie, »hast du sie jetzt flachgelegt, oder was?«

Er lacht über diese Unverschämtheit und schüttelt den Kopf. »Ich wüsste immer noch nicht, was dich das angeht.«

Nimue schnalzt mit der Zunge. »Mein Gott, bist du ein langweiliger alter Sack! Welchen Sinn hat es, die Gefilde zu retten, wenn dabei nicht mal ein anständiger Fick rausspringt?«

»Bin mir nicht sicher, ob ich die Gefilde gerettet habe«, sagt er. »Nicht ganz. Aber es ist ein Schritt in die richtige Richtung.«

»Na ja, gut«, sagt sie. »Du hast immerhin etwas bewirkt. Auf mehr kann man letztlich nie hoffen. Ob man nun sterblich oder unsterblich oder sonst was ist. Hast du mir selbst gesagt.«

»Hm«, macht er. »Gut möglich.«

»Dann zieh ab und hab ein bisschen Spaß«, sagt sie. »Lebe eine Zeit lang.«

»Wenn du gut auf dieses Schwert achtgibst.«

»Nö, das wollte ich auf eBay verscherbeln«, sagt sie. »Natürlich werde ich drauf aufpassen! Und du pass gut auf dich auf.«

Sie sinkt zurück, die Wasseroberfläche schließt sich über ihr. Das Wasser sieht viel klarer als am Vortag aus. Er steht noch eine Weile da und beobachtet die kleinen Wellen, dann macht er sich auf den Weg zurück ins Lager, an Walisern vorbei, die stöhnend ihren Kater beklagen. Dann den ganzen Weg ins Binnenland bis zum Feld mit den vereinzelten Bäumen, wo sie Galehauts Schössling eingepflanzt haben.

Lancelot sitzt daneben. Er hat sein Kettenhemd und sein Schwert abgelegt. Als wäre er vollkommen zufrieden, hier achtzig Jahre lang zu sitzen und zu warten, bis der Baum ausgewachsen ist. Kay hockt sich neben ihm ins Gras. Von irgendwo oben hört er leisen Vogelgesang.

Danksagung

ICH HATTE DIE IDEE FÜR DIESES BUCH IM SOMMER 2016 UND unternahm ein paar Versuche, es zu schreiben, aber das Ergebnis war so furchtbar, dass es mich völlig von der Idee abbrachte, ein Schriftsteller sein zu können. Zum Glück traf ich eines Tages Beth Underdown bei ihrer Buchvorstellung in der Waterstones-Filiale in Deansgate, und sie überzeugte mich davon, mich für einen Master in kreativem Schreiben zu bewerben. Seitdem hat sie unermesslich viel mehr getan, meine ersten schlechten Entwürfe gelesen, den Kontakt zu meinem Agenten hergestellt, sich für mich eingesetzt, um ein Uhr nachts auf Anfragen geantwortet und mir zugeredet, dieses Buch zu Ende zu schreiben, statt meinen Laptop in den Kanal zu werfen. Beth, ich kann dir gar nicht genug danken. Es war ein langer Weg, und du warst die perfekte Reiseführerin.

Ich habe das große Glück, unglaublich hilfreiche Eltern zu haben, die schon immer viel mehr Vertrauen in meine schriftstellerische Begabung hatten als ich selbst. Ohne ihre Unterstützung und Ermutigung hätte ich es nie geschafft. Dankbar bin ich auch meiner Schwester Steph (aus zahllosen Gründen) und meinem Bruder Joe (für sein höfliches Interesse an all diesem arthurischen Quatsch). Ich liebe sie beide.

Meine tief empfundene Dankbarkeit möchte ich erweitern auf:

Harry Illingworth, meinen genialen Agenten. Danke, dass du es mit mir gewagt hast!

Jenni Hill und Julian Pavia, die mich noch für mindestens ein weiteres Buch am Hals haben.

Sam Morgan, der mein Buch nach Amerika verkaufte. Viel Glück bei all deinen neuen Unternehmungen!

Alle bei Orbit und Ballantine, die mitgeholfen haben, die beste Version aus diesem Buch zu machen.

Kaye Mitchell, John McAuliffe und allen anderen vom Centre for New Writing in Manchester.

Nathaniel Gage für unsere lange Freundschaft und seinen weisen Rat.

Paddy Dobson für seinen Scharfsinn und seinen Verstand, für seine Anmerkungen zu diesem Buch und dafür, dass er ein guter Freund ist.

Rina Haenze, weil sie der beste Erste Offizier in Starfleet ist.

Die tapferen Piloten von X-Flight, die immer durchkommen, wenn alle Stricke reißen.

Meine Herumtreiberkollegen und Nachtschwärmer im Master-Programm von Manchester, die mich überzeugten, dass meine »Brexit-Ritter« eine Idee waren, die sich weiterzuverfolgen lohnte.

Meine Freunde in der mittelalterlichen Reenactment-Gemeinschaft in Manchester, die mir einzigartige Erkenntnisse vermittelten, wie es sein könnte, wiederholt getötet und von den Toten zurückgebracht zu werden.

Raina Parker, meine Englischlehrerin an der Highschool, der dieses Buch gewidmet ist, weil sie meine Kreativität zu einer Zeit anspornte, als ich diesen Ansporn wirklich brauchte. Sie sagt, ich zolle ihr zu viel Anerkennung, aber damit liegt sie falsch.

Und zu guter Letzt die Hunde, Bob und den armen alten

Duke, die auf meinen Füßen schliefen und mich in verschiedenen Stadien der Entwicklung dieses Buchs zu Spaziergängen mit nach draußen nahmen. Ich hoffe für Duke, dass der Windhundhimmel und die Kaninchenhölle ein und derselbe Ort sind.

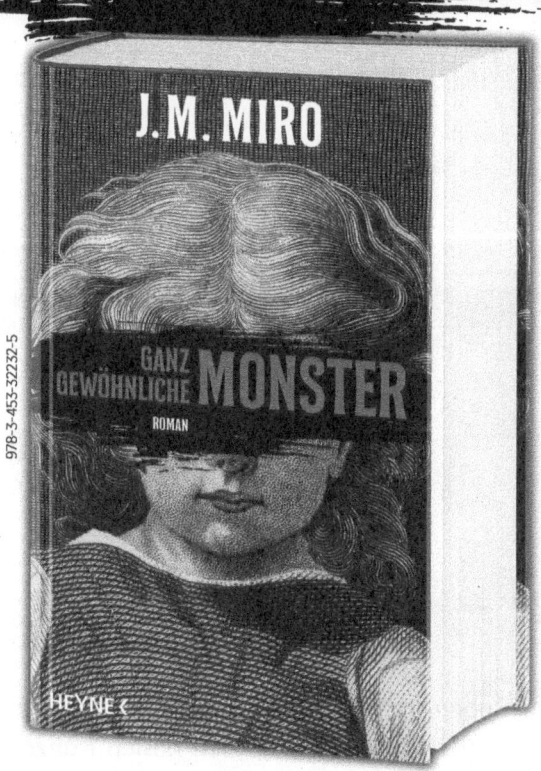

DER WELTERFOLG
THE WITCHER
als illustrierte Erzählungen

978-3-453-32208-0
Das kleinere Übel

978-3-453-32209-7
Der letzte Wunsch

978-3-453-32207-3
Der Hexer

Die Erzählungen von Andrzej Sapkowskis Weltbestseller-serie THE WITCHER wurden von den besten französischen Comic-Künstlern bebildert und erscheinen als hochwertige Hardcover im großen Sonderformat, durchgehend farbig illustriert und mit Bonusmaterial. Jeder Band enthält den Text einer Erzählung in der bekannten deutschen Übersetzung.

HEYNE ‹